U0528955

生死线

THE LINE

兰晓龙 著

人民文学出版社

图书在版编目（CIP）数据

生死线/兰晓龙著. —北京：人民文学出版社，2017（2025.5重印）
ISBN 978-7-02-012336-0

Ⅰ.①生… Ⅱ.①兰… Ⅲ.①长篇小说—中国—当代 Ⅳ.①I247.5

中国版本图书馆 CIP 数据核字(2017)第 025352 号

选题策划	杨　柳
责任编辑	薛子俊
装帧设计	陶　雷
责任印制	王重艺

出版发行　人民文学出版社
社　　址　北京市朝内大街 166 号
邮政编码　100705

印　刷	三河市中晟雅豪印务有限公司
经　销	全国新华书店等

字　数	753 千字
开　本	710 毫米×1000 毫米　1/16
印　张	39.25　插页 2
印　数	14001—17000
版　次	2009 年 11 月北京第 1 版
印　次	2025 年 5 月第 5 次印刷

书　号	978-7-02-012336-0
定　价	78.00 元

如有印装质量问题，请与本社图书销售中心调换。电话:010-65233595

目 录

上 部　**迷 局**　·1
　　　　一九三八年　沽宁七日
中 部　**苦 旅**　·217
　　　　一九四一年　九个昼夜
下 部　**救 赎**　·417
　　　　一九四五年八月十五日及之前的六十天
附录一　　　　　·612
　　　　导演孔笙答问录
附录二　　　　　·614
　　　　大概还会虐下去 / 兰晓龙
附录三　　　　　·616
　　　　关于欧阳山川 / 廖　凡
　　　　关于四道风 / 杨　烁
　　　　关于龙文章 / 李　晨
　　　　关于何莫修 / 张　译
附录四　　　　　·620
　　　　一种说法
　　　　另一个结局

上部 迷局

一九三八年 沽宁七日

第 一 章

1

大地受伤,绿色的草皮上迸裂开黑色的弹坑。

战场上一个中国士兵和一个日本士兵的尸体倒在弹坑的两端,前者已经尽力地战斗过了,与入侵者相比,他的服装和武器是寒碜的,仅有的那汉阳造也已经被炸成了两截。远处的天空在硝烟中如同泼墨,爆炸的闪光映着近处红色的血。

一队土黄色的人影正翻越了坡峦从这里路过,一支完整建制的日本军队,安静的,悄然的,并不太注重行军队形但显然有明确的目的地。队中的一个军曹奔向这处弹坑,他并不打算哀悼他的同伍,而是翻弄那具中国兵的尸体,中国士兵用于果腹的一个硬面饼在他手上停留了一会儿,他咬了一口,然后扔掉。

队列里传来喊声:三木军曹!

簌簌的声响后,那军曹用近乎畸形的外八字脚步追上了队伍,他已经套上了那个中国兵的衣服。而寒酸到一无所有的中国士兵在故乡的土地上裸露着他的身体。

雾气散去的江南,田间庄稼长势正旺,一个老农精心地给自己的菜苗施粪肥,他精确地保证着一瓢两株的比例,仔细地使用这种宝贵的液体。

身后突然有异样声响,老农循声过去,扒拉开那些刺丛,他看见一个正试图挣扎开那些荆棘刺丛的中国兵。后者显然是打算蹑行通过时被缠上的,他如临大敌地瞪着老农,尤其是老农拿在手上的粪勺。

哎哟,军爷这可真对不住。

老农本能地惶恐着,并且打算去为来者解除那小小的麻烦。来者一个冲步,挑开粪勺,一个标准的日式刺杀姿势,将刺刀扎进老农的腹部,并拧转刺刀扩大出血口,露出享受的神情。迅速准确地完成了这一系列动作的家伙满意地转向自己身后,迈着外八字,他就是那个扒死人衣服的三木。

荆棘刺丛外整排蹲踞的军队,混穿着中国军队和日本军队的衣服,一声不响地潜伏着,纯日式的步机枪、掷弹筒,武装到了牙齿。

远处,他们的指挥官长谷川弘次中佐和伊达雪之丞少佐面前铺开了一份军用地图,日文标示,制作精细。

长谷川的手指彻底包抄过这个叫窦村的村庄,然后指向地图上不远处的一个城市,下达指令:换一种方式,另一种战争。目标,这里,沽宁。

黑白的世界。

一个人影。一支手枪。

人影在枪的准星里移动。那是个学生样的男人,年轻得让人嫉妒。他突然迎着枪口站住,满脸诧异。弹丸喷出了枪口,那是一个极其缓慢的过程,将被击中的人看着这颗小小的金属体,笑得有点伤感,接着,弹头穿透血肉,声音清晰无比。

欧阳从噩梦中翻身坐起,下意识去摸额际被头发挡住的伤疤,十一年前子弹从那里洞穿,他能活到今天实属奇迹。

这是一九三八年的沽宁。这是沽宁城里的一户人家。

屋子很小,极不合适地放了一张偌大的双人床。有很多书,一张摊开的地图从书下露了出来,上边用红笔标示着战争波及的区域,沽宁,在红线的东南方。

床上有两床被子,一床已经叠好,一床盖在欧阳身上。

思枫在门镜边换衣,她正要出门,在整理自己。她是那种不会让自己过于出众但又绝不寒碜的女人,她对一切事情都很有分寸。

像任何处得寡淡无味的夫妻一样,欧阳对那个半裸的苗条身影没有多看一眼,反而是思枫有些多余地遮掩了一下。

"头又在痛?"思枫问。

欧阳摇摇头,但脸色和动作说明了一切。思枫递了瓶药给他,转身去倒水,"药铺说咱家的阿司匹林是论斤买的……"

她转身时愣住,欧阳已把半瓶药倒进了嘴里,干嚼。他苦得面目扭曲,样子让人发瘆。"你……不觉得苦吗?"

欧阳敲敲头,"嘴里苦,就忘了这里还有个小铁块……甜甜苦苦,不外如是。"

思枫看起来很想抚摸那备受折磨的头,但最终作罢。她套上外套,"我去店里。"

"我今天有课。"欧阳说。

"中午会给你留饭。"

"谢谢。我会去吃。"

这很像一对夫妻封冻期的例行谈话。但欧阳目光闪烁,头痛或别的什么并没能让他安于苟活,这从他乍醒的精神状态就看得出来。

"你们最近很忙,思枫同志?"

思枫看他一眼,"你不应该这样叫我。沽宁城来了特务,风声紧。"

"我又要被你们打上包裹皮寄走了？送达地址上写着：甭管哪儿，只要安全……"

思枫终于责怪地看了欧阳一眼，并且暂时放弃出门的打算。实际上从他醒来开始两人就竭力把对话往两个不同的方向引，但欧阳的咄咄逼人已经让这事避无可避。

"不会的。你地图也看得烂熟了，哪里还有安全地方。"

"那就打发我两条腿走吧，去个用得上我的地方，怎样？我没什么秘密，不值得你们这样护着。现在半个国家叫日本人占啦，说不定明天睁开眼他们就到沽宁了。我做什么了？枪毙没死，可被自己同志判了软禁。天南地北逃了几年，再一个人窝在这小城小屋里，又几年。"

因为说"一个人"，思枫听着便笑了一下，柔和的眼神似乎很想说还有我。

欧阳看到思枫的苦笑，"抱歉，还有你。我忘恩负义，不是个好同志，还委屈你掩护、陪着。这样的夫妻味道如何？你就没话要说？"

"还好。"

"……好同志。"欧阳叹了口大气，将手抱了后脑枕在墙上，某些时候跳踉的未必奈何得了沉默的，话多的干不过话少的，他也知道。

"我会告诉上级的，不过他也很忙。"

"我死乞白赖地想见他，可不就是因为我很闲，他很忙？"

"你想去的地方根本弄不到你必须吃的这些药。"思枫忧心忡忡地应了一句。

"我为了吃药活着吗？"

"你先活着才好想是为了什么。"

说完，二人之间便有些冷场，欧阳泛出一个古怪的笑容。这是思枫第一次攻击性的语言——今天的第一次，总会如此。"又把你给逼急了，这时候你说话才不像个同志倒像个人了。你别说，杠得我没话说。我很烦，连累得你也烦，我烦的是那些无谓消失掉的时间，你烦的是这个人不知好歹。"

思枫沉默了一会，显然两个人无法只用一个烦字来做计量，"烦"不过是把其他诸事挡在意识之外的盾牌。"我……会告诉上级，告诉老唐。"

"嗯，告诉他那个大新闻，国共已经合作，别让我再在这里浪费生命。"

"只是你的名字从来也没从通缉令上拿掉。"思枫很坚决。

"再告诉他一个新闻……"欧阳又一次去看那张地图，属于欧阳的空间总是很乱，因为那是个无心关照自己的男人，于是也能看到散落在地上的报纸，上边有关于前线的战事。思枫也随他看着那个焦心的小空间。"……北方在燃烧。"

门轻响，人出去了。欧阳看着那扇关上的门，不是愤怒，其实在这个小空间里他永远感觉到的不是愤怒，而是自己也深陷其中的无奈。如果不去想这是一张蛛网，虫子也许呆得很舒服。

欧阳对自己做如是苦笑。

后来他起了床去喝思枫给他倒的水,嘴里真的很苦,苦得让人打哆嗦。刚才的壮举只是一时意气,而且仅限于某个对象。

他的头仍然很痛。

门上的半幅红双喜字已只剩下发白的一角,欧阳看着它,苦笑。

2

欧阳穿过操场去教室,他把锋芒都藏在旧长衫和佝偻的腰背之下。这是一所女中,也是让他这男性不自在的原因。各种女声在周围问候,欧阳脸上带着心不在焉的微笑应着。微笑微笑,咽下刚在家里爆发过的所有戾气,现在他是一个斯文的、通达的、浑身上下洋溢着书卷气的男子,每分每秒暴烈的青年时代都在与他挥手远去,尽管点火就着,但他正让人以为他像一杯亲和的淡酒。

欧阳朝他的课堂走去。

今天的课堂有些不一样。

黑板被一句"打倒日本帝国主义"的口号占满了。学生们拿着卷好的旗帜和标语,正期待地看着他们的老师。他们的领袖是一个叫高昕的同学。

欧阳看看黑板,又看看他的学生,"我来猜,你们不想上课,想去游行?"

"是的,先生。"领头的高昕回答,底下哗哗地鼓掌。

欧阳就在掌声中笑笑,径去擦黑板,这个举动让学生们失望,掌声也成了嘘声。

"您不能擦,先生。"高昕急着阻止。

"这几个字你们早都认识,我想讲点新的东西。我们实在为日本人耽误太多的时间了。"欧阳在黑板上写了一句日语,然后给大家读了出来。

"我们不想听这种可耻的语言。"高昕的神情轻蔑中带些愤怒。

"打倒日本帝国主义。"欧阳翻译出来,对着一屋子错愕的学生,欧阳再次笑了笑。尽管大多数人还是一副不安于室的表情,但暂时她们不会发一声喊便冲将出去了。

"简单地说,你要骂人至少得让人听懂,更简单地说,永远得学新的东西——现在上课,我记得……"他顺着学生们的异样目光回头,门边站着两个黑衣人,刻板而神秘,其中一个向欧阳招手,很无礼。

欧阳转回头不理会他们,"现在上课。我记得昨天的作业是一首七律……"

学生们都有些难堪,只有一个叫唐真的女孩站起身来交了作业。唐小姐脸皮实在太薄,这么一个起身来回脸都红到耳根。

"谢谢唐真同学。至于大家,我想是把精力用来做这些标语了,我想你们也不会有心情把口号押上诗韵。"

高昕抵触地念道:"商女不知亡国恨,隔江犹唱后庭花。"
一片笑声。
欧阳也笑了,"高昕同学引用得当。那我也说说我的看法吧,不要为战争准备一生,到了战场上战争课也就是一两天的事,别的时候做好自己的事情。我们的蒋委员长说过一句很有道理的话——千万别把读书和打仗当成两件事情。"
"说得像是你打过仗似的。"高昕嘀咕着。
欧阳笑了笑,但笑容立刻僵住。门口的黑衣人径直走到他跟前,亮出了自己的证件。欧阳看看他的学生,叹了口气。
欧阳被带到一间办公室。
特务乙在桌前走动,存心让坐着的欧阳看见腰间突出的枪套。特务甲待在欧阳身后看不见的地方。这很像狼扑人的情形,一个在前吸引注意,一个在后伺机扑击。
"为什么在课上讲抗日?"特务乙问。
"沽宁北向,不过三两天的路程,正打得山崩地裂,您觉得现在的沽宁人还有别的话题?"
"什么叫别把读书和打仗当作两件事情?"
欧阳叹了口气,"这是委员长在黄埔任校长期间的讲话,你们不抓人小辫子的时候也该去了解一下贵党历史。"
"你的论调很像赤色分子。"特务乙咄咄逼人。
"我不知道赤色分子怎么讲话的,我想,贵党会把任何拿脑子想事的人叫作赤色分子。"他顿了顿,好像刚想起来,"你们不是已经跟赤色分子合作了吗?"
甲向乙摇摇头,乙迅速调整方略,"你是外来的,从哪儿来?"
"长沙。"
"长沙哪里?"
"烂泥冲。"
"那是个农村,出你这读书人?"
"湘人穷,不在老家做土匪就只好出来念书。"
特务甲忽然插了句长沙话,"我很想吃白鹤楼的臭豆腐。"
欧阳也转了长沙话,"白鹤楼只做糖肉包子,你别逗我了。"
特务甲瞪欧阳一眼,"干吗回这么快?"
"因为有道理。"
"干吗嘴这么利?"
"我没别的本事,只好跟人讲道理。"
"几个大学都从北往南迁,你偏从南搬到北?"
"我三年前来的沽宁。三年前谁知道沽宁会兵临城下?"
"怎么现在说话又一口北方腔?"

"我教的是国语。"

甲与乙互相看了一眼,甲道:"下一个吧。"

特务乙冲欧阳摆摆手,"走吧,我们会去查的。"

两特务走向屋门,欧阳起身,这是人最容易松懈的时候。

"曹烈云!"特务甲突然喊。

欧阳没什么反应,他茫然地看着,可特务甲并没放弃,"把头发捋起来看看。"

"还要做什么一次说了吧?你们不觉得有点过分吗?"欧阳有些不满。

"做我们这行不知道什么叫过分。"特务乙有意挺挺腰,让枪套更突出。

"刚才是闹着玩,现在才是真的。"特务甲奸诈地笑了笑,"我们要找的人从上海来,头上中过枪。除非头砍掉,伤疤消不掉。"

欧阳眼光扫过桌上的一支蘸水钢笔,这是他唯一能找到当作武器的东西。

欧阳一只手将头发,另一只手企图接近那支钢笔,教工突然跑了进来,脸上带着循规蹈矩者的惊慌,"欧阳老师,学生快冲出学校了!"

"非把我从教室叫出来,好极啦!"欧阳缩回将要碰到头发的手,冲着特务嚷一声:"还愣着,帮忙呀!"

"帮什么忙?"

"上大门挡人!否则一发不可收拾!"他在那特务的枪套上重拍一下,"收好了,火上浇油!"

教工和欧阳冲了出去,甲乙特务莫明其妙地互相看了看,随即跟上。

学校门口,看门的老头正赶紧把铁栅门关上。可拥来的学生立刻把他包围了,卷着的旗帜标语也已经打开。教职工们光是看着,如果想做什么怕也是加入到激进的学生里。

高昕煽动着同学们,"刚才欧阳先生给我们做抗日宣传,已经被特务抓了,我们怎么办?"

"把我们都抓了好了!""冲出去好了!"学生们愤然而起。

看门的老头儿能做的只有把门锁了,把钥匙塞在身上。面对这帮气势汹汹的女孩他连吭声的能力都没有。

学生们央求着:"孙叔,您要再锁着大门就是为虎作伥了!""孙叔,亏我们平常叫您叫得那么甜!"

老头儿正犹豫,欧阳和教工匆匆跑来,两特务仍在身后若即若离地跟着,欧阳狠瞪了一眼,转头向高昕嚷嚷:"谁说我叫特务抓了?"

高昕笑嘻嘻地说:"我们的斗争初步成功,欧阳先生已经被释放了,我们要不要争取更多的胜利?"

"当然要的!"学生们拥护着。

高昕喊:"孙叔,开门!孙叔,开门!"

这如同一个号子,学生们跟着一起嚷。没见过世面的老头儿让过百个女声喊得腿酥脚麻,一只手不由自主就往放钥匙的口袋里伸。

欧阳又好气又好笑地呵斥:"高昕,我就服了你啦,为逃一堂课搞到如此惊天动地?"

高昕昂了昂头,"年轻人的事情有年轻人管,您就回您的安乐窝去吧,等我们打出天下来会给您一张安静的书桌。"

哄堂大笑伴之以附和声,这一切对学生们来说不过是个玩笑,而欧阳的脸上也并不见得有什么恼火。"你们搅你们搅,我等你们搅累了回去上课。"

他摊摊手往旁边一让,学生们暂时没什么办法,面对铁链缠身的大门,她们终究不过一群弱质女子,学生们开始拉歌,《九一八》什么的,总之不能那么顺遂地回教室去。校门外已经聚了些看热闹的人。邮差在门外闪过,似笑非笑的。欧阳继续无动于衷地看着外面,一辆停着的黄包车,黄包车上坐着一个大个子,欧阳知道他是个哑巴,叫大风,他周遭还有几个闲人,每个人的眼神都很闲,可又有那么些不对劲。

看谁都像同志,看谁都像敌人。

沽宁以北七十公里,一个村落,叫窦村。有一点坡度,村民伴山而居。此时的窦村炊烟正起,暮色中有人不疾不徐地走在回家的路上。这是一个与世无争的安详世界。

突然鸡飞狗跳起来,一支国军部队正抄过这远离干道的村庄,几个小孩在跑,跑到一个自以为安全的距离便停下来看,农人停下了活计,主妇拿着炊事家什站在门口发呆,兵荒马乱的年间,谁也不知道会发生什么。

那支队伍在村里的空地上停下,列队,大声呼喊着号令。有几组人立即分散到村子的各个出口。

然后是稍息,士兵们换用了一种不那么板正的姿势立定在原地。

带队的军官把一把硬水果糖撒给了仍戒备着他们的孩子,这代表双方最后距离的解除——然后他自得其乐地踱着他的外八字。

农人们开始善良地微笑,有人给那队军人送去新鲜果蔬和水。

他们放下了心,陌生的来客是和善的。

学校里的僵持仍在继续。两个特务在烈日炎炎下松开了领口,校门外的闲人都有些昏昏欲睡,校门口的学生们早不喧哗了,有些发蔫,但回到教室仍是不甘不愿的事情。

一个黄包车夫叮当二五地过来了,之所以叮当二五是因为他那辆车实在打扮得过炫,并且还点缀着铃铛,并且他喜欢随时让那些铃铛响着——这是一个喜欢制造噪音的喧闹家伙。他喜欢随时被人注视,并且第一声大嗓子就让他成为众目之的——这家伙叫作四道风。

"大的大的！你干吗呢？"

大风从自己的车上跳了起来，他本来是憨厚的，现在就更加憨厚，敲打、指点、比画——他是个哑巴，并且竭力向新来者说明一件很复杂的事情。

"好看？有什么好看？"四道风看了看校门里，"女人？你要女人？"他揽着他摇头不迭的朋友评价，"也没什么长得太标致的……真是叽叽歪歪，换成我，这门早拆巴拆巴拿来剔牙啦。"

高昕突然冲着门外叫了一声："四道风！"

四道风正用一个高难度的动作踞坐在黄包车靠垫上，和身边几个车夫嘻嘻哈哈地评头论足。听到高昕的叫唤，他一个筋斗从车座上翻了下来，身手利落之极，看着就是会家子，"大小姐今天很拉风呀，大小姐。"

"帮我把门打开。"高昕说。

四道风哈哈一乐，"你爸会弄死我的。"

"你会怕我爸？"

"我光棍一条还怕有家有业的？"他瞧瞧身后，"可车行这几十个苦哈哈指着有钱人过活呢。"

"我会把你的小名喊得满城都知道。"高昕小声威胁道。

四道风听见当作没听见，对大风嚷嚷："咱走吧，听说金头苍蝇要剁了我脑袋当夜壶呢，我怕他找不着我。"

"沙——狗……"

装聋作哑的家伙如被捶了一记，他几乎是蹿到高昕前，"女人家！吵什么？！"

"把门打开。"

"跟门说去。"

高昕转身欲喊："沙——狗……"

"打不开呀！"

"钥匙在他身上。"高昕示意一直走也不是留也不是的老孙，四道风在犯犹豫。

欧阳不快地看着这一切，门外的家伙油得很，任何老师都不会喜欢学生跟这种一身油气的家伙有交往。四道风开始横了眼打量他，他也不喜欢被人这样看着。一旁的高昕理直气壮，介乎解释和炫耀，"我家的工人！"

"教书匠？"

高昕看来并不介意双方来点语言冲突，给欧阳制造点难题已经是她们的习惯，"我老师。"

"我怕了他"。四道风掉头就走，那很让高昕失望，可走之前他冲着大风打了个呼哨，那个叫大风的车夫走了过来，一把逮住老孙，更确切地说是举了起来，摇晃——四道风就着钥匙串的响声第一下就把钥匙掏了出来，女学生们拼命鼓掌,他发了人来疯就要开门。

特务乙这回真是忍无可忍了,大嚷:"臭拉车的,你干什么?"

他该从刚才那一出就知道眼前这人是受不得激的,四道风张了一眼,两手把住了门往外一扬,他臂力大得可以,两扇偌大的门被豁然打开,"这招叫风卷残云。"

哗的一声,人流顿时如泄洪一样拥了出去。两特务被人流冲撞得把住铁门才保住平衡。人流拥向了大街,打着旗帜和标语,喊着口号。继续向校外冲去的学生有意推搡着两名特务,把他们也拥进了人流,给他们的狼狈雪上加霜。

欧阳避开人流,拥挤中手上忽然多了个纸团。欧阳愕然,塞给他纸团的人已经一言不发地没入人流,他甚至不知道谁把那东西塞到他手上的。

3

游行的队伍拥过沽宁的主街,一路引来众多行人的观望。从北边逃来的难民一脸木然地瞧着,既然今天连衣食都无着,学生们嚷的就是过于遥远的话题。

两特务终于从人群中抽身出来,乙的衣服已经撕破了,甲正整理着自己被人践踏过的帽子。

"大哥,要不要抓?"他说的是四道风,四道风终于放弃找他的朋友,铁链搭在肩上,嘴里哼了个小调而手上拉着车,他从特务们身边晃过时明显地表示着蔑视,他反对一切叫作规则的东西。

"这小子其情可恶。"

"就知道抓!总有天要被你害死——这是沽宁。"特务甲阴郁地看着这座他们并不喜欢,也并不喜欢他们的城市,"此地临山濒海,有这方圆数百里唯一的十道和码头,又占了个天高皇帝远,那就是龙蛇混杂三教九流。"他瞄着四道风远去,"你说可恶的这小子,他老叔是此地水陆黑道的大阿爷,绑块石头扔水里叫沉锚,喉头上补一刀叫放气,你这样不知深浅被他沉锚放气的总有好几百个。方才带头闹事那女学生是此地商会总长高三宝的千金,他要吭个气咱们只好被沽宁的唾沫淹死。出这种苦差,得先摸地头。否则便有来无回。"

特务乙又惊又羡,外加怀疑,"这么大来头还做牛马的活?"

"刀把子枪杆子都在他手里,他愿意,你又怎的?"

这里的人们听不到远处的炮声,照常地日出而作日落而息,生活有些改变,主要表现在街边多了很多从北方逃来的难民,家没了,但命还在,他们一无所求地坐在午间的烈日之下。

"可那个姓欧阳的……"

"如果他不是,咱们的宗旨是宁杀错、不放过。如果他是……"

"我明白了,大哥怕打草惊蛇。"

"我怕个屁的打草惊蛇！我怕的是把此地的共党逼急了,咱俩做了沽宁河里的无名尸！这仗打得太久,国字头是不好使了,咱们得出动本地的官字头。"

"蒋武堂？"

特务甲有些犯愁地点点头,"那厮可从来是听调不听宣哪。"

两人正说着,一个汉子急急过来跟那边的四道风说着什么,两人拉着车卷了风似的跑开。

与此同时,欧阳已在巷子里转了几个弯,大街上的口号与喧哗变得远了。他走到一条巷子的尽头,安静地站在那里等待着。巷子里某户人家的门响了一声,一个人出来倒垃圾,回去时没有关门。欧阳思忖了一下跟进去。

在这个破烂的小院里转了几道弯,欧阳出现在另一道幽深而笔直的长巷,他径直走向巷子里唯一的一个人。那人坐在一枰象棋前打残谱。门在欧阳身后轻轻关上。现在这条一览无余的巷子里再没人能偷听他们说话,甚至没人能找到通往这条长巷的路。

欧阳走到棋枰边,枰上的棋子交错纵横,正杀得难分难解。他静静看了一会儿,开口道:"专诸刺僚。"

"子胥吹箫。"

"同志……"欧阳显然有些激动。

"……想走？"老赵问。

"先得为这三年表示感谢,没你们的照顾我早已是国统区的失踪人口。"欧阳陈述得热切而诚恳,"然后为今天的事表示抱歉,我在这里,就永远会这样,牵扯着同志的精力来为我掩护,而我,什么忙都帮不上。"

老赵开始讪笑,"读书人是真会说话,就连要走都说得那么……绕弯。"

欧阳就直解释,"我本是早该死的人了,不该让你们费心。"

老赵摇摇头,继续打他的谱,欧阳也就安静地在旁边看着。

"真的什么忙都帮不上吗？"老赵像自言自语。

"什么？"

"沽宁是小地方,几万人的这么一座城,我们没经过生死,没见过风浪,你是见过场面的,生里死里滚出来,为什么说在这没有用？"

"我在这三年了,这里一直风平浪静,我也希望它一直风平浪静。"

"现在不一样了。现在日本人要来。"欧阳注意到说这句话的老赵正把一只"车"推过界河,他那只手微微有些发抖。虽然平静,但显出一种临战的紧张。

"能说得更明白一点吗？"

"北线胶着。但是我们的人在战线以南发现日军踪迹,整建制的人马,该是冲这里来的。"

"然后呢？"这种情况令欧阳也紧张起来。

"……再也找不见了。"

欧阳和老赵开始沉默。原来安静的小巷更加寂静。

消失了的日军正穿着国军的衣服站在村庄的空地上，当然，那只是其中很少的一部分。

糖将近散完,村人的水和果蔬也吃喝得差不多,归还水碗时的鞠躬已经有些明显的日式,但这帮与世无争的村民们看不出来。

村里人家淡淡的炊烟已经慢慢融进了天空,远处的林间也有一个彩物晃晃地升上空中——一发信号弹。

哨声响起,松散的队伍再一次列队,并且在口令中分成了四个部分,然后,持枪转身面向了四个方向。

第一枪就是号令！他们的指挥官——三木一枪击倒了离队列过近的一个孩子,那孩子仍在嚼着他刚给的糖。然后,杀戮开始了。

枪声开始轰鸣,林鸟惊飞,枪声呈越来越密的趋势,连一头从村子里惊出来的羊也被一枪撂倒在地上。

没有人能跑出来。

杀戮的枪声似乎还在这个空间里余响,小巷里棋枰边的两个人都皱着眉头。
欧阳问："到哪里再找不见了？"
"窦村、黄庄一带。"
一个棋子在欧阳手上翻弄,他在思考,"都是没人要去的山里,他们上那干吗？埋伏？抄国军主力的后路？"他自己对自己就摇了头。
"不够人,就一个加强大队的样子。"
"……打沽宁倒是正好,可又不见动静。"欧阳边说边皱了眉揿着自己的太阳穴,显然又在头痛,"该通知沽宁守军。"
老赵点头,"已经去办了——先不想了。我就是想告诉你,现在情势危急,你在这里会很有用。"
欧阳苦笑,"我从没渴望过沽宁这样的战场。见不得天日,天天被自己人追杀。"
老赵有点讶然,"谁是自己人？"
摸摸头上的枪疤,欧阳解释,"给我这一下的是敌人。可他们在北方和日军浴血的时候,他们和我就成了自己人……这部分自己人今天还在追我,什么不为,就为上了他们名单的人都必须得死,那叫尊严,管他山河破碎,管我今天已经无害兼之无用,欧阳山川还在喘气就有碍了他们的尊严。"
显然老赵知道刚刚欧阳经历过什么,他开始乐,乐得有点无视欧阳的无奈和愤怒,"无害兼之无用吗？"
"基本无害,基本无用。"

"我们看了你三年,我们可没觉得你基本无害,基本无用。"

"直截了当地说,太长了。什么能让我一个书呆子投笔?因为可以从戎,生命的另一面。"想得太久了,欧阳在说到这些时,整个表情都亮堂起来,"更理想的地方,西北大漠,烈日黄沙,堂堂正正打仗,光光彩彩做人,说不定我还会跟着哪支抗日部队打回来呢?……可到今天我都不知道红色中国的军装到底长啥样。"

"军装……长得都差不多样吧?"

"您见过?"

老赵恍惚了一会儿,摇摇头。

欧阳追问:"您也想?"

"谁不想?"说罢,老赵又开始拈棋:"……我看你是去意难留了。"

"是的……虽然是个外来的,可我要走还是该有您的同意,老唐。"

被欧阳唤做老唐,老赵露出错愕的神情,似乎要解释什么,不过他只是笑着摇摇头,"别管我是谁了,欧阳……这沽宁真的没什么能让你放在心上吗?"

"……什么?"

他瞧着老赵,两个人都有点心照不宣又都不打算启齿,过了会儿欧阳鞠了个躬,转身离开。

在这种时候,那部分还是不要谈好了。

窦村的枪声已经渐渐平息了,现在是在挨屋搜索和剿杀。

窦六品把女人和孩子都拥进了厢房,把门关上。

"我先带咱妈跑!你们躲屋里!"

杀声就在隔墙,女人和孩子已经就剩哭了,六品把门关上,最后看了他们一眼,他冲进正房,把妈妈背了出来。老太太不依不饶在他背上捶打着,"有你这么当爹的?孩子都哭哑了!"

六品执拗着,"我能背几个呀?"

"你不孝顺啊!你妈还能活几年?"

这时一个日本兵已经从院门外探进了半截身子,六品愣了,因为那家伙穿着国军衣服,他抓起院墙边的铡刀,抢了个半圆,那边捅过来的刺刀被他磕飞了,现在他能砍掉对方,但对他来说一个活人无论如何也不是一捆待切的饲料。

于是那个穿着中国军装的日本兵跑出了院子,再次进来的是一个手榴弹。六品瞪着,他不认得那东西,但也知道,那个在地上打转冒烟的玩意不是个好东西。

爆炸……世界一片漆黑。

沽宁街头忽起了混乱,皮小爪被一群江湖道给追得撞开人群狂奔,前者一看就是个无能之辈,一只发育不全的手还畏缩在袖子里根本用不得力。

廖金头抢了根扁担,横刺里把皮小爪打翻,他是这帮江湖道的头儿。突然,刚才风一般离开的四道风一车当先从街口撞了出来。四道风脚下如风,声如洪钟,"借光借光借光——"他连人带车撞进了那人群,有两个人飞了出去——不是撞的而是被脚踢的。

四道风把车旋了大半个圈子,帮徒们闪让不迭,他笑嘻嘻地在人圈中站住,"我叫四道风!四海为家的四,不讲道理的道,狂风大作的风!"又顺手把皮小爪拉到自己车上,找准了对方的头领,"金头苍蝇,你找我?"

被叫作金头苍蝇的廖金头往后让了一步,他是真有些色厉内荏,仗着人多不让人,"车行交我们五抽一的过街费,这是打有车就有的规矩,你们行怎么不交?"

"我刚才有没有说我是不讲道理的道?"

廖金头挥挥手,"那我就是不讲道理的祖宗!"

话刚说完,他身边俩帮徒的后脑被轻拍了一下,俩人回头,是一脸坚忍的古烁,"我是三道风,我叫古烁。我打过招呼了。"他把那两颗头狠狠撞在一起。

廖金头拔的不是刀而是枪,一支不知从哪搞来的老旧左轮,刚掏出来,持枪的手就被一只大巴掌包住,抬了头是人墙一样的大风,然后一拳轰了过来,廖金头飞过了半条街。

四道风乐了,"死哪去了?"他和大风说话的时候不落比画,比画的同时干倒一个从背后摸上来的帮徒。大风做了个睡觉的表示。

"骗鬼吧!"四道风嬉笑着,当四个人都齐了,四道风也就再用不着拿车当盾牌,把从学校大门上取下的铁链缠在手上,和着一双泼风样的腿指东打西。

廖金头在那个缠着铁链的拳头砸过来时扑通跪地。

欧阳终于走出那巷道的迷宫,对于并不太熟悉这城市的他来说,能看见巷口那一线天似的沽宁干道实在让他松了口气,然后就是喧哗拥挤的街道和人群,也是四道风刚刚战斗过的地方。

廖金头正跪在街心,举轻若重地扇着自己的耳光,嘴里照四道风所要求的那样发出苍蝇扑打翅膀的嗡嗡声,"嗡嗡,嗡嗡,嗡嗡嗡……"

四道风坐在黄包车上大声地数着数,"……五十六,五十七,五十四,五十一……"他不大有把握地看看旁边的古烁,"我没数错吧?"

皮小爪看不下去,"算了,老四,这样就行了。"

四道风没好气地说:"不倒了他威风,他再扑腾起来第一个就咬你!"

欧阳对这种争斗没有兴趣,扫过一眼便径直去他要去的地方——思枫的钟表店。"滴答,滴答",这地方挂了满墙的钟表合奏着这样的声音,当它们一起响的时候,人会觉得它单调得颇合音律。店不大,很洁净,店面和后边的小间也不过是两进,陈列墙和柜台构成了这屋的主体,一副桌椅是供看货的人休憩的。思枫所在的空间都会井井有条，除却欧阳的个人空间——譬如说家里的书桌，那是绝症。

没客人，欧阳进来，自己在那副桌椅边坐下。他落拓得和这个连时间和声音都井然有序的空间格格不入，他自己也觉得，于是他郁郁坐下时就像是堆在了那里。

店伙招呼着："老板来了。"

也不晓得算是招呼还是通知在里间的思枫，思枫出来，手上拿的工具都还没有放下，她刚才正在修理一具挂钟——一件与女人似乎完全搭不上边的事情。

欧阳小声嘀咕着："能不能让他别这么叫我？对齿轮和发条我都一窍不通。"

没人搭理他。没有顾客，待客的桌子现在当吃饭的桌子，餐具一件件地放上。饭菜是从左近的店订的，由店伙热腾腾地去拿。思枫将用来待客的茶泡好一杯，和着药放在欧阳手边。

欧阳的沉默看上去不像享受，而是忍受，"我去见他了。"

"他本来就想见你。"

"没有的事，我是恶客欺主，他是被逼无奈。我对你们来说就是……"欧阳敲敲眼前的茶杯，倒老实地喝水吃药，"像是客人……你都知道？"

"知道什么？"

"今天上午的事，还有北边那支忽然找不见的日本军队。"

"知道。"

"为什么……从来不是你告诉我？"

"我也刚知道。"思枫答得从容，可任起性子的欧阳不依不饶，"我算知道了，沽宁为什么对我是最安全的地方，因为它严实得像个封了口的罐头。"

"是唐先生的决定。"

"干巴巴的。"

于是思枫就只好继续干巴巴地，"你跟唐先生怎么说的？"

"很简单的，我要走。被你们这样……无私地对待，我觉得……不自在，"他斟酌着用词，以便在客套的同时还能表达其意："浪费了你们宝贵的精力，这种时候，说真的，就连那两个来缉拿我的家伙，我都痛惜他们白耗的精力。"

"说得对。"

欧阳气结，"你喝点水，越发干巴巴的。"

思枫笑了，在课堂上也许妙趣横生，到她面前却难得玩笑。她喝着欧阳推给她的茶，偷睨了一眼，而那个家伙已经跑神。

"滴答，滴答，滴答……时间在流逝，可我的生命已经停摆。"欧阳低声感慨。

店伙拿食盒拎了刚做好的饭菜回来，这倒让气氛不那么僵硬了，欧阳也帮着往桌上拿饭菜，店伙絮叨着："鱼汤是特意买来鱼定做的，老板娘说能治头痛。"

欧阳还没说什么,几个上好发条的挂钟忽然一起鸣响起来,把他们的思维和行动都暂时掩掉了——即使在这屋里也不是一个安靖的世界。

4

沽宁守备司令部很久没有像今天这样混乱而紧张了。椅倒杯翻,一片忙乱。龙文章和华盛顿吴在桌上摊开一张军用地图,屋里电台和电话的联络声吵成一片。

蒋武堂疾步进来,马鞭柄子恨不得连地图带桌子捣个窟窿,"鬼子来这干吗?龙文章你倒说说鬼子想要干吗?"

龙文章抬起头,"咱是个二流部队,鬼子最爱吃软柿子,司令。"

"当年的十九路军也是二流部队!"

"那我坦白了说吧,咱是个九流部队,也就是比盐警、路警好一星星……"

"你个鸟乌鸦嘴!"

"我本来就是个乌鸦嘴。"龙文章当仁不让。

蒋武堂咽了口气,摆摆手,"接着聒噪!"

"简单得很,"龙文章在地图上划拉着,"北面胶着,沽宁是港口城市,吃下这个软柿子,鬼子军队可以登陆,长驱直入穿插纵横,北面胶着之势立解。"

"跟我走,去看,去探,我不爱看这鸟地图。"蒋武堂没个好脾气。

龙文章示意华盛顿吴把地图卷了,跟在蒋武堂身后。刚要出门,一名马弁来报:"司令,有上峰来人。"

蒋武堂看向院里,那两特务正站在门边,乙迫不及待掏出了证件。

"军装都没有我鸟他?"蒋武堂拿起马刀大踏步出门,"传令下去,枪上膛马上鞍,一队援军都没有,逼着老子做文天祥!"

特务甲快走两步跟上去,"司令,我有要事……"

蒋武堂转身,"是鬼子的事吗?"

特务甲愣住,"什么鬼子?"

"都从南京被轰到重庆了,你来问我什么鬼子?成了个神呢!——派探子,备马!"蒋武堂没再搭理那两位,吆五喝六间第一队探子兵已经发了出去。

"司令……"

特务甲还想说些什么,龙文章轻轻把他推开,"司令让你候着。"

俩特务只好戳那看着蒋武堂一行人离去,毕竟这不是他们的地盘。

5

六品家里的院墙已塌倒,成了焦土,废墟上冒着浓浓的烟。一个换了中式服装的日本人听见废墟里的响动,拎了还在滴血的战刀过去,他一无所获地离开。

六品把身子全埋在废墟里,脸埋得更深,难以抑制的呜咽被土闷住。他手上紧握着一只焦黑的手,那是从废墟里伸出来的。

黎明的时候,日本人开始在村里的空地上集合,残月下一群中国百姓打扮的人在用日语传达着口令。领头的走到队前,日语的喧哗静了下来,那个身材瘦长的领头嘴里说出的居然是纯正的中文,"从现在开始,让我们养成说中文的习惯。"

生硬的中文回答:"是的,长谷川君。"

一记耳光脆响。

生硬的中文再回答:"实在对不起啦,鲍先生!"

日军分成小队分散离去。

6

沽宁郊外的阵地一片忙碌。挖掘战壕,垒机枪工事,守备军们正在设防。

龙文章在守望。守望是件枯燥的工作,他抱着他那支中正步枪已经不知坐了多久。他盯着的路面上除了地平线,似乎永远就只有几个稀稀落落往沽宁进发的难民。

空气中隐隐有鼓声传来,那是沽宁大富高三宝来劳军的队伍。

蒋武堂策马迎向那支劳军队。高三宝坐在慢慢驶行的老林肯车里,身后跟着整支抬猪扛羊披红挂彩的队伍,他老远就冲路边的蒋武堂挥手,蒋武堂环了个圈,飞身下马,"高会长来得勤啊!弟兄们都说鬼子来了好,咱天天打牙祭!"

高三宝笑道:"应该的应该的!全福——"

佣人全福单子一展,抑扬顿挫地唱起来:"猪十只,羊……"

"唱什么?抬过去了!"高三宝呵斥,又转向蒋武堂,"司令,鬼子什么时候……"

"我要知道早去打他埋伏了,在这耗神?"

"也是也是……听难民说,屠了邻县的一个村子?"

"高会长,您劳军是一,听风是二吧?"

高三宝有些难堪,"司令明白,做生意跟打仗一样也要个眼观八方的。"

蒋武堂在这单薄的阵地上走了两步,"会长,耳朵过来,我泄个天机。"

高三宝附耳。

"逃。"

"逃?"高三宝吓一跳。

"蒋某这些年可没少得会长的好处,所以才有这实打实的一个字——逃。"

"你也要逃?"

蒋武堂苦笑,"蒋某得罪上司,带一帮落魄兄弟来了宝地,可没少搅扰地方,这时候废话少说,有一枪放一枪,有几个死几个,我算着能挡个一两天,这工夫城里的就赶紧逃吧,算是蒋某报恩了。"

"就这么惨烈?沽宁十万人怎么逃呀?"

"——您问问逃到沽宁的南京人吧。"

高三宝有些失魂落魄,蒋武堂赶紧扶了他一把,"您先逃吧,会长是个好人,蒋某是从来不嫌好人多,只要听见枪声一响……"

"砰——"一声枪响,蒋武堂一按枪套与刀鞘,愠怒回身,龙文章正在教一个漂亮女孩射击,那是高昕。

"龙文章,你在搅什么?"蒋武堂恼怒。

龙文章一副精神抖擞潇洒迎风的样子,"鬼子就来了,我教咱们女学生一点战斗本领,说不定是个花木兰呢?"

蒋武堂看着高昕笑吟吟地站在一边,顿时气结,"哪里来的女娃娃,你……"

高三宝连忙道:"小女高昕,非要跟来看看我军将士的威勇。"

蒋武堂闻言,只好把下半句吃回肚里。

高昕笑道:"蒋司令,我们想请您去演讲。"

"有那闲工夫?不去不去!"

"我倒是有工夫。"龙文章在一旁打岔。

蒋武堂瞪他一眼,"谁说你有工夫?"

"我是说忙完就有工夫。"龙文章讪讪地说。

高昕看一眼龙文章,"你倒是蛮有看相的,准比蒋司令受欢迎。"

龙文章高兴得又挺挺腰板。

蒋武堂不在乎自己看相如何,可总得找个台阶下来,"如果你觉得这事还有完你就去吧。"

"我这就去忙!"龙文章自恃是蒋武堂面前的红人,一溜烟儿照阵地上跑了,高昕也忙跟着去了。

蒋武堂摇摇头转身,"军务繁忙,我就不陪会长了。"

高三宝点点头,"全福,东西拿来。"

全福从车上拿下一口沉甸甸的箱子。

高三宝小声说:"大洋两千。司令身先士卒,高某没的效力,出点安家费用。"

"我哪来的家小?"蒋武堂哑然失笑,"会长是怕我不护着沽宁,先拿钱押着?"他跳到高地上,"众兄弟听好,高会长捐现洋两千,打赏三军!"

顿时一片欢声。

"司令?"高三宝不解。

"以前怕您不给,现在给了也没福花。有空给烧点冥纸吧,会长!"

高三宝点点头走开,蒋武堂的这个举动已经让他明白真的到了末日,他冲远处的高昕喊:"昕儿,走啦!"

高昕从机枪掩体里钻出来,又跟龙文章挥了挥手才上车。

车驶离阵地,不一会儿便回到城里。

全福坐在前座。高昕自得其乐地哼着曲,只要不上课她就高兴。高三宝则看着车外的沽宁人发呆。

前边的街道让难民群给堵住了,这些天沽宁多了很多这种满脸愁苦的人。沽宁的二胡艺人罗非烟正坐在街边拉二胡,徒弟罗非雨伺候着,难民们簇拥着在听,二胡声勾起他们背井离乡的思绪。

车从人群中慢慢擦出条缝来。高三宝看外边密密麻麻的人群喃喃:"这么好些人,可怎么逃呀?"

"爸,你说什么?"

高三宝摇摇头。

"刚才我差一星星就打中那棵树了。我得成立个妇女救国队,你做名誉队长。"高昕很兴奋的样子。

高三宝心不在焉地点着头,"全福,没开工那洋火厂先停了吧。"

"正要跟老爷说,已经开工了。"

"这么快?"

全福笑道:"您人好啊,万家生佛,造福乡亲,做人做得宽厚,工钱给得又足,这还慢了呢。"

高昕忍不住插嘴,"福叔您可真能捧。"

"那现在咱们在沽宁有五处工厂了?"高三宝满脸忧虑。

"六处,您又忘算城西那酱场了。六处工厂、两处码头、三个车行、十七八个店铺,老爷,您早就是沽宁首富了。"

高三宝闷声闷气地嘟囔:"都是沽宁首富啦?"

"那是,您就去上海也不落人后呀!"

"上海已经完了!"

几人听出高三宝的失落,一时都不知道说什么,车里一下安静下来。可安静不过两秒钟,高昕忽然轻叫了一声伏在高三宝膝上,"我们先生。"

车外欧阳匆匆路过。

高三宝皱眉,"你不说今天停课吗?"

高昕仰头冲高三宝笑了笑。高三宝对着女儿不知忧愁的笑容,茫然而愁苦。

同样感到茫然而愁苦的不只是高三宝,还有六品。

此时的六品在郊外的路上蹒跚步行。他不知道他跟着前面的那两个难民多长时间了。他看起来已经被仇恨烧得形销骨立,偶尔的一瞬让人觉得他的目光像两把锥子。他终于大步赶上前去,仔细打量着那两张泥污的脸,"我日你祖宗。"

那两位愕然对视,然后友好地点头表示同意。

六品背上的刀环了出去,一个人莫明其妙地做了刀下鬼,另一个后退了两步,去腰里掏什么。六品扑上去抓着那人往路边的树上撞,一下、两下……直至那具人体完全瘫软。六品疲倦地坐下,几个不相干的难民已经吓得逃离这杀戮现场。六品擦去脸上的血渍,他看起来不像杀人的人倒像是被杀的人,他很想痛哭一场,他又一次感到茫然而愁苦。

7

欧阳走过空旷的操场。唐真路过,她看见欧阳,恭谨地站住并问候:"先生好。"

欧阳没有看她,匆匆拐弯进了自己家。这份冷漠让唐真有些愕然,她往校门又走了几步,便看见尾随欧阳的特务乙,尽管他已经换了身掩人耳目的衣服,可唐真还是一眼认出来。她立刻低了头。

欧阳进屋,坐在凌乱的桌前,烦乱地翻了几页书,又开始翻箱倒柜在屋里找什么。

思枫推门进来,错愕地看着他。

"药在哪儿?"欧阳问。

"我放在你手边了。"思枫找出了药,就压在欧阳刚翻开的书下边。

欧阳苦笑着摇头,"我真不是个整洁的人,你现在回来干什么?"

"店里没零钱了,我回来拿点钱。"欧阳明显不信这种说法,可也不问,倒了几个药片扔进嘴里。

思枫倒了杯水给他,"你后边不干净。"

欧阳喝了一口水,"我知道。你是为这个回来的?"

"不是。"

"明知道我后边不干净,你现在回来干什么?"欧阳有些发火。

思枫怔怔而温柔地看着他,叹口气,"请不要把你和我……们分得那么清楚。"

欧阳懊悔地坐下来,看着思枫在屋里忙碌,她掀开床下难以发现的活动木板,从里边掏出一支手枪、一个密码本,她把这些都放进手袋里。

欧阳不由又苦笑了,"这就是你的钱?你们想干什么?"

"只是转移一下。"

"是的,这里不再安全了。"

"这里很安全,那两个人只是想抓你邀功的散兵游勇,他们的总部远在重庆,在这里没有援助！沽宁的蒋武堂对反共从来没什么兴趣,他们找不到援助！"

"我还可以在这窝下去?"

"是潜伏下去。"

"你还要告诉我一切太平?除了那两个人啥事没有?你们根本没打算撤出沽宁?因为日本人根本没打算来沽宁,你我的寄身之处也不会被粉碎?"

"你怎么知道?"

欧阳气极反笑,"你看,你我都是藏着很多秘密的人!"

"他都告诉你了?"

"你总是比我知道得更多!"他有些不满,但看着有些失落的思枫,欧阳还是缓和了语气,"他是老唐吗?"

思枫有些出神地摇摇头,"不是,可他负责日占区地下组织的重组工作。"

"他说我会浮出水面！"

"他是这么说的?"

"你怎么啦?"欧阳愕然地看着思枫露出伤感的表情。

"没什么,我早该告诉你,城北的乡间已经发现了鬼子的部队,他们杀光了一个村子的人,窦村。"

"然后呢?"

"然后……然后失踪了,现在不管守备团还是我们都找不到他们的踪迹。"

"这不合道理,长途跋涉不会就为屠个村子。"

"我不知道,我们人力有限,大部分情报都不是直接拿到的。现在我们正做好撤离沽宁的准备,鬼子来的时候谁也不知道这里会变成什么样子,而我们少一个人都是难以承担的损失。"

"我呢?"

"没提到你,指令里没提到你。"

"怎么会?"

"本来以为你可以跟我们一起走,现在看来是打算留下你,说到敌占区战斗经验,你比我们谁都强。"

"总得给我个说法。"

"时局变幻,谁都只能随机应变。"思枫想开门,但在门前犹豫了一下,转过身来,"也就是说,一响枪的时候,我就该跟你……说再见了。"

她带上门出去。

欧阳终于从自己的患得患失中拔足,他回味思枫临去一瞬的神情,满怀伤感。

第 二 章

1

高三宝在自家客厅里坐着,一根象牙手杖在他手上滴溜溜地转。

门铃响起。高昕跑去开门,笑脸在看到门外的何莫修时立刻就拉了下来。

何莫修一身笔挺的西装,捧着束郁金香,整个脸上都洋溢着快乐的光彩,他微微欠了欠腰,礼貌在他身上是种气质而非做作,他捧着花的手向高昕递过去。

"大博士好。"高昕拎大白菜一样把花拎了过来。

"何莫修,莫修,赫德夫马修,随便哪一个,别把头衔当作对人的称呼。"

"小何。"

何莫修开心地笑了,"我一直希望别人这样叫我。"

"爸,小何大博士来啦!"高昕拎着花走开。

"小昕,花不是那样拿的,"何莫修在她身后纠正着,"植物是有生命的东西,如果您被人这样倒拎在手上……"

高昕抓起父亲的一个古董花瓶,把那把花塞了进去,"这样好啦?"

"阳光、空气、水分,您需要的一切它也需要。"何莫修循循善诱着。

"我头痛。"高昕索性掉头上楼。

"何贤侄。"高三宝招呼着何莫修。

"叫我小何好了,高伯伯。"

高昕重重地踩着脚上楼,惹得高三宝神情古怪地看着头顶,"哎,昕儿!"

楼上终于安静。

何莫修笑笑,"没关系的,她做她喜欢的事情,这是她的魅力所在。"

高三宝苦笑,"说真的,小何,咱们两家是世交,你是我最喜欢的年轻人,我不知道昕儿干吗这么对你。这次你回国早该大家聚聚,可昕儿一直不让。"

"在见到小昕之前,我也把老辈的指腹为婚当作一个 legend or joke。"

"什么?"

"传说或者笑话。"

高三宝干咳了一声。

"我也不是回国,是专程绕道,还乡。高伯伯,爸爸妈妈终于决定定居美国,我本该直接从欧洲去和他们团聚,可我想应该先回我出生的地方看看,每个人回到自己出生的地方都像朝圣,我也遇见了小昕。"

"这回请你来是有要事相托,"高三宝顿了顿,"你帮我带昕儿去美国,我牵扯的事太多,回头再去,贤侄……小何,你笑什么?"

何莫修满脸的欢欣,"这是我的梦想! 高伯伯,您相信命运吗?"他兴奋地看着高三宝摇摇头,又点点头,"我现在信了,我在离家二十年后找到自己的梦想。"他看看天花板,似乎这样能看到高昕,"高伯伯,她那么特别,让我想起最喜欢的曲子。"他把他最喜欢的交响乐哼了出来。

高三宝也终于有些欢快,"这就好,我最放心不下的就是她,我最放心的是把她交给你。"

"小昕的观点?"

高三宝愣了一下,"她的观点?"

"当然。"何莫修无忧无虑地笑笑,"我总不能漠视她的观点吧?"

"我还没问。"

"我现在去问。"何莫修起身就往楼上走去。

"回来回来! 坦白点说,她压根儿不想去。"

"那怎么行? 高伯伯,每一个人都应该按自己的意愿生活,何况是她。"

"每个人? 那是不可能的。"

"我喜欢把不可能的事情变成可能,我会说服她。"

"怎么说服?"

"去美国前我想做一个两年的环球旅行,现在我放弃旅行就有了两年时间。两年,我相信两年可以说服任何人。"何莫修神采飞扬,"时间长点更能加深了解。"

"两年? 太长!"

"两年就是弹指一挥……"

"我给你个弹指一挥,"高三宝伸了两个指头,"两天——"

何莫修摇摇头,"这不可能,我不同意,高伯伯,我一定会维护她的,维护她就是维护我自己。"

高三宝疲倦地看着那张坚决的脸,只有未经世故的人才会那么坚决,他不无担忧地说:"每天晚上我都在担心,明儿一睁眼,这里已经不是沽宁人的早晨。"

何莫修摇摇头,他并不能理解高三宝的忧虑。

窗外,沽宁的夜色已经降临。

2

沽宁守备司令部内,摊开的地图旁,蒋武堂一脸困顿,旁边的军官也是满眼血丝。

龙文章刚从郊外的阵地回来,蒋武堂盯着他,龙文章摇摇头。蒋武堂一巴掌拍在地图上,"他娘的失踪了!带兵打仗这么些年,你知道最怕的是什么吗?就这仨字——失踪了。当年跟共军作战,一听这仨字弟兄们就下注,赌的是哪部分挨揍。"

"鬼子也算孤军深入,会不会被哪部分的弟兄吃了?"龙文章猜测着。

"狗屁!一个大队,谁要吃了他还不颠颠地报到总部,"蒋武堂拍拍那把中正剑,"这种剑还不得赏个十七八把的?"

"防线上的兄弟都不行了,能不能先松一松?"

蒋武堂蹙眉思考,那俩特务不合时宜地进来了。甲仍阴沉,乙照旧轻浮,"蒋司令,不说日本人要来吗?怎么这半月连根毛也没见?"

蒋武堂懒得搭理,龙文章用广东话低声骂:"等见了毛你个衰仔早仆街到重庆了。"

特务乙往前凑了凑,"龙副官能大声点吗?"

龙文章把一个虚无的东西郑重其事地放在乙的手上,"我等正研究这根来自鬼子的毛,你看它乌黑油亮像不像黑狗子的毛?"

特务乙气得甩开手想破口大骂,龙文章嚷嚷着跳开,"糟了,跟您老混一块儿了。"

一直沉默的特务甲开口:"司令,迫不得已,我们已经把司令近日的行为上报,重庆方面也很不满意,责成……"

"你知道我这个司令带多少兵吗?"蒋武堂瞪眼。

"这个……军方事务我不便过问。"

"给你个实打实数,三百!一个上校带连长的数!还都是老子从老家拉出来的!重庆方面不满意?你问他对谁不满意!是当年那个站错队进冷宫的蒋武堂!在沽宁占山养老的蒋武堂!重庆?我鸟你!"

特务甲立刻变了口风,"司令,我对沽宁为祸的共党早有成数,匪首是在逃十一年的巨枭!只要一百人,只要区区的一百人……"

"区区一百人?这时候我有区区一百人给你剿共党?你老哥醒醒吧,现在要打来的是鬼子!不是共党!"

"我会把你的立场上报重庆……"

蒋武堂终于光火,"以前是上报南京,现在改他妈上报重庆!中国全丢完了你们改个词就得?——给我叉出去!"

俩特务刚被叉走,马弁又一头扎了进来,蒋武堂一看就蹿火,"叉!"

"……是高老板的人!"

蒋武堂愣了一下,"请。"

来人是全福,鞠了个深躬把手里一摞烫金红帖递了上来,"老爷明天在满江楼给各位设宴庆功,请司令和各位壮士务必光临!"

蒋武堂诧异,"这庆的哪门子功呀?"

"打跑了鬼子,奇功呀!"

"骂人,鬼子来了吗?"

"老爷说要没各位将士枕戈待旦,沽宁早就沦陷了。"全福瞧出蒋武堂并没有太高的兴致,知趣地放下请柬离开。

"司令,阵地上的弟兄……"龙文章试探着问。

"传令撤防,休整两天再上,是休整,可别休得魂游太虚。"蒋武堂翻着请柬叹了口气。

3

沽兴车行里,空下来的黄包车在院里参差不齐地停了几行,车夫们围成个圈,四道风的一对大脚在人头上方灵动飞旋,"最帅的还属这一脚,这一脚直踢得金头苍蝇就再没飞起来,以后沽宁就算没这号人了!咱们行的伙计在外边拉车就没那五去一的抽头了,只要说……三的,怎么说来着?"

古烁笑笑,"和气一点的说,我是风字头的,不和气的说,老子是风字头的。"

车夫们啧啧,"乖乖,没想到老子还有跟人称老子的一天。""省了五去一的抽头,不就跟他娘的神仙一样吗?""都是四哥一双脚踢出来的。"

好话听得让四道风又一阵好踢,直到一只脚硬生生地停在钻进圈来的两人脸边,那是一老一小,神情打扮都不像本地人。

四道风收回脚,"生脸,新入伙?想拉车?"

老的连忙低头,"四哥真是料事如神。"

"料你个头,啥名?"

"小馍头,四哥。"小的显然对四道风钦佩有加。

"我是他爹。"老的瞪了小的一眼。

"那就是老馍头?"

"四哥咋叫就咋叫。"老的涎着脸。

老头子乖觉如此,四道风不由仔细看了一眼,"你爷儿俩死好命,刚打下片天就来入伙,是逃难来的吧?"

"四哥好眼力,承德来的。"老馍头哈哈腰。

"规矩都懂?"

"都懂。"老馍头郑重地拿出钱递了过去,"四哥,今儿抽头。"

四道风神情古怪地看看他又看四周,周围一片窃笑。

"不懂装懂,我可懒得跟你再说一遍,二的——"四道风喊道。

二的就是皮小爪,他只有一只半手,那半只手发育不全。皮小爪上前一步,"规矩是没份钱,行里的押钱和份钱你交了就得了,还有就是每月交五毛大洋给我,"他深以为耻地看看自己的残手,"瞧见了,我不能拉车。"

"这不跟不交钱一个样吗?"老馒头有些发愣。

皮小爪笑笑,"就这个意思。"

老馒头惊讶得忘了点头哈腰,小馒头则更添崇敬。四道风却忽然矮了半截,猫腰就要扎进人群。

"四道风,看见你啦!"

四道风只好硬着头皮站住,"你不在街上闹腾,来这干什么?"

"那叫抗日游行,现在我要包车。"来的是高昕,何莫修寸步不离地跟着,脖子上挂了个当时新潮的木盒子相机。

"你不说人拉人没道德,要老爷们儿用自己的腿走吗?搅了伙计们生意。小姐也自个儿走好了。"

"我还是那么说的,不过明儿游行动静大,我要包你的车拉传单。"

四道风哼一声,"拉你们满街乱扔的那些纸片片?上菜市场弄个平板去,我这里是只拉人的……喂,那假洋鬼子,别动我车!"

何莫修从四道风的车前直起身来,莫大感慨,"社会低效若此,竟甘心把劳力耗在这样的原始工具上,不过很有意思。"

四道风没好气地问高昕:"你家男人?怎么说人话跟安了张鸟嘴似的?"

高昕也没好气,"他爱说不说,跟我有什么关系?"

何莫修冲着四道风说:"你听我说,再加两条传动链,你跑起来真像风一样。"

四道风白了他一眼,"我就乐意慢着!"

何莫修做出一种不可思议的表情,"人怎么能拒绝进步呢?"

"好了好了,那两馒头,你们明天跟着她!"四道风不耐烦地摆摆手。

高昕嚷嚷:"喂,我是要包你的车!"

"老子是卖艺不卖身的。"四道风拉起车,大声吆喝,"开工开工,赚钱拼老命啊!"

几十辆黄包车一并出动。高昕让他那句浑话说得不好意思再拦,往旁边让了一下。整个行里的车洪水般泄了出去。何莫修狠敲一下脑瓜,手忙脚乱打开相机时,取景框里已经只剩一片空地。

4

思枫的小店今天客人不多。欧阳进来,找了个地方坐下便开始发愣。思枫端着托盘过来,托盘里的内容仍精致而丰富,也没少了那一罐费神耗力的汤。

"他们撤防了。"欧阳有些失神。

"我知道。"

"好像日本人不会来了。"

"我……不清楚。"

欧阳看着眼前那碗不知是什么的汤,他忽然间爆发,"你们的工作是怎么做的?"

"几十万人在北边打仗,几十个城市全给毁了,原来的线也全断了,鬼子是还没来,可我们已经给闷在这儿了,看不见城外的事,看不见明天的事。"

"这不合理!整个大队的鬼子摸到我们的后方不会只为屠个村子,现了身之后更不会没个缘由就消失!他们有阴谋,可到底是个什么样的阴谋?"

欧阳的脸庞在这半个月来已经消瘦而憔悴,思枫怔怔地看着,叹口气走开。身后的碎裂声让她回过头来,欧阳仍坐在那儿,汤碗已经摔碎了,他死死地抠着桌边,脸色苍白,整个身子都痛得颤抖。思枫在那抠得发白的指关节上覆上自己的手,"别想了,真的不要再想了,我们都只是小老百姓……"

"你不是小老百姓,我也不是。"

思枫苦笑,"是的,我们不是。"

"得想,必须得想,要不我们就快完了。"

店伙和用娘都已经带上了关切和同情的神情,思枫静静看着几颗汗水从欧阳的额上落下,一颗泪水也从她的颊上落在欧阳的肩上,欧阳忽然嘀咕了句什么。

"什么?"思枫弯下腰,她没听清。

"我要走了。"

"去哪儿?"

"必须得走了,线断了,得给它续上。我去找那个能给我下指令的人,好知道我能干什么,该干什么。"

思枫看着他,眼神中不是惊讶而是悲悯。

"不能再这样耗下去,我会是个短命鬼,"欧阳苦笑,"短命鬼浪费不起时间。"

"是的,你真的该走了。"思枫终于将自己的额头贴近欧阳的额头,这个亲昵的动作看来充满落寞。

"我一直很粗暴,很抱歉,以后万一提起来,你会说那是个坏脾气的同志……"

思枫不冷不热打断欧阳的话,"现在别说这个,没必要。"

"可总得说点什么,兴许明天鬼子就来了,我们就永远没有说话的机会了。"

"他们还没来,你也最好像以前一样,什么都不要说。"

欧阳苦笑着不再说话,他们靠在一起的样子真像是一对想要天长地久的夫妻。

黄昏,思枫走进一家药店,她开始为欧阳的离开做准备。

几张折叠的法币从柜台上推过去,换来几瓶欧阳常服用的止痛药片。思枫把药放进包里,平静地离开。

思枫回到家,天已经黑了。房间已破天荒地被欧阳收拾过,他正整理行李,他主要的行李是书。为把箱子压实一点摞上最后几本,他已经使了吃奶的力气。

思枫走过去,帮欧阳整理箱子。欧阳看着她,对方的平静让他觉得很内疚,"我……这些书一向是随身带的。"

"我知道,把它们留这儿也是浪费。"

"走,也是个好事。特务一直在盯着,我怕总有一天会连累到你们。"

"你说得对。"

欧阳挠了挠头,"说实话,他们不算什么大问题,鬼子也不算。我只是觉得我都等老了,现在一想事就头痛,我怕我最后除了等什么都不会了,成了一个废物。"

"你怎么会是废物?其实你早该做你想做的事,是我们牵绊了你,这是我们工作上的失误。"

"不是的。"

思枫笑了笑,"这一点也不重要,对不对?"

"对。"

他们俩对视了一会儿,思枫很快将目光转开了,"今天才知道,你决定走,我心里也放下一块大石头……我是说同志们都觉得你做得对,你不该有什么顾虑。"

"谢谢同志们。"

沉默。

"你去哪儿?""你怎么办?"这两句话是一块儿问的,两人都有些难堪地笑了。

"我先说吧,我好办,在这里我是老同志,"思枫苦笑,"换个地方,换个身份,重新开始。"

"我去找那个给我下命令的人,他说他叫赵大,我叫他赵老大。"

思枫看起来有些诧异,"他真的很看重你,这个名字他一般不会告诉别人。其实你都不该告诉我。"

"是吗? 不知道怎么搞的,今天很想说实话。"欧阳苦笑。

"你去潮安,应该可以找到他。"思枫也苦笑,"不知道怎么搞的,今天我也很想说实话。"

"你是怕我走弯路。"

"你肯定能找到他的,找到他,做你想做的事。"

"是的,找到他,他会告诉我该做什么,可能是去个打仗的地方。"他很开心地想着,"可能是什么敌占区游击队,既然我不能用脑子了就摸枪吧,可能会死,可打仗总是要死人的。"

"我真羡慕你。"思枫真有些羡慕的神情。

"也许会阴错阳差,他说,你和沽宁的同志配合得很好,你还是回沽宁吧。我就回来……哎,你说我会不会回来?"

"也许吧。"

"或者去西北,你知道吗？我参加过上海武装起义,是个老家伙,对我们这些老家伙来说,西北是圣地。到西北可以走在阳光下,堂堂正正做人,你叫我的真名,我可以答应。"他笑了笑,"对了,既然大家今天都喜欢说实话,你的真名是什么?"

思枫苦笑,摇摇头。

"我也是,我快忘了我的真名,如果被人叫出来,通常表示你要死了。"他整个脸上都是憧憬和光彩,"我是老家伙,从没去过西北的老家伙。我的上一个妻子……我是说像你一样的妻子,送过我一个火柴盒,来自西北,上边有镰刀和锤子。后来她死在苏州,是暗杀。人都说上有天堂,下有苏杭,可我想她更喜欢穷山恶水的西北。"

"你……很爱她?"

欧阳笑了,"爱?不会的,她像你一样,口风很紧。"

"你的口风不紧吗?你从来没跟我说过这些,同志。"

欧阳看看她,思枫笑了笑走开。欧阳仍看着她离开的地方,他面对的是墙和洗漱架,"我要走了,老唐他说什么呢?"

"老唐……最近没有联系。"

欧阳出神,他忽然觉得听到了思枫的哭声。

"别哭,你知道总会这样的。最后总会这样……我们要习惯……最后总有一天……我们会……我是说……你知道……"他艰难地想着词句,并不知道自己要说什么。思枫端了盆热水过来放在洗漱架上,她把肥皂放在旁边,把热毛巾拧好递给欧阳,欧阳拿着毛巾发愣的时候,她把牙膏挤好,把牙刷放在水杯上,她看不出哭过的痕迹。欧阳开始洗脸,三年来已经习惯的一切忽然有种新的意味。

思枫在角落换上睡衣,欧阳看着对面墙上的那个影子,就这么些空间,往常两人对这种事情早不避讳了,今天却不同往常。

床上只有一床被子,另一床已被思枫收走。

"睡吧,明天会很长。"思枫钻进了被角,躺下,闭着的眼帘在轻轻翕动,欧阳第一次注意到她的眼睫毛很长。欧阳僵硬地躺下,他根本没有钻进被子里的打算。

"可以吗?"思枫握住了他的一只手,"会不会妨碍你休息?"

"不会。"

两人静静躺着,像两尊石像。

"你知道吗?"欧阳说,"有时候我真觉得这不是人过的日子。我不是说有人要杀你、要抓你、要关你,非把你送到牢房和刑场上去,我是说,两个人一块儿活在一个屋顶下,可还得互相守着不知道是什么的秘密,最后再互相忘个一干二净……真不是人过的日子。"

"是的……睡吧,明天你要赶远路。"

灯在欧阳眼前灭去,欧阳纹丝不动地看着眼前的那片黑暗。

"我会记得你的。"思枫轻声说。

"什么?"

"没什么,算了。"她转了个身,似乎立刻就睡着了。

"我也会记得你的。"欧阳用更轻的声音喃喃。

5

这是一家离沽宁中学不远的旅店。二楼的房间里,特务乙正拿着望远镜朝学校的方向看着。望远镜里,欧阳压低了帽子从校门里面走出来。

乙放下望远镜,回头看看正在起床的甲,"出来了!大哥真是神机妙算,这小子已经让咱们盯毛了,这大早就出来了。"

"等会儿,被追了十一年的人不会这么鬼祟。"

"我没看出有什么两样。"

特务甲哼一声,"你看出来了就该我叫你大哥了。"

果然,从学校里又出来了第二个欧阳,这个没戴帽子,走向另一个方向。

"大哥真是料事如神……可咱们到底跟哪一个?"

特务甲想了想,"第二个。"

临下楼他又改了主意,"第一个。他从不戴帽子干吗今天要戴?因为他是真货。"

"被追了十一年的人不是不会那么鬼祟吗?"

"猴子捡来件衣服就真当自个儿成了人。"两人匆匆下楼。

晨光从欧阳家那扇小小的气窗里射入。

欧阳睁眼,他是被思枫下床的轻微震动惊醒的,思枫在那边轻手轻脚地活动,欧阳又闭上了眼睛。

思枫终于在欧阳床边站住,欧阳能感觉到自己正被对方长久地注视,思枫很快就知道欧阳是醒着的,可她是那种很会让别人下台的人,"欧阳,该起床啦。"

欧阳大梦方觉地睁开眼睛,眼前的思枫在晨光中是如此清晰而又不真实,他一时有些愣神,那让思枫误会,"你头痛吗?"

"不,还好。"

"我要去店里了,"思枫说,"我们的人应该已经引开了特务,我们可以保证你在沽宁是安全的,但是以后……"

"我会去潮安。"

思枫点点头,沉默一会儿,"我走了,你要吃药。"

"走好。"

"你不要吃太多药,那对你的身体不好。"

"嗯哪。"

思枫开门,门外的阳光让欧阳睁不开眼睛。当欧阳能看清时,门已经关上,屋里也只剩下他一人。欧阳扫视着这房间,开始收拾自己。

欧阳从学校里出来,他打量着四周,正像思枫许诺过的那样,周围很干净,他不用担心被人盯梢。手上的箱子绝不算轻,他得找辆车,他看见了街边停着的黄包车。欧阳走到车边,四道风正在车里睡得无忧无虑,他有些犹豫,"喂?"

"嗯?"四道风仍闭着眼。

"北郊,请快一点。"

"大的,这活给你。"

欧阳看看周围,并没有别的车。他苦笑,甚至想走开,可手上的箱子确实不轻,"对不起,这没有别的车。"

"乌珠子带出来没?这么大个车行——"四道风这才睁开眼,"咦,我的车行呢?我昨儿明明把车停行里的!"

随着一个难闻的酒嗝,再加上地上的酒瓶,欧阳已经明白碰上怎么一个主儿,他笑了笑走开。

"喂,你以为我喝多了吗?"四道风瞪着眼。

"没有,只是觉得您应该再睡一会儿。"欧阳说着走开。

"啊哟喂,你这个人说话阴坏阴坏的。"四道风拖了车一溜小跑地在他身边跟着,"你看我是不是跑得很稳?"

"真的很稳。"

"那你还傻着?上来!老子跑个又快又稳给你看!"

"不了,谢了,我再找个车。"

四道风把车横了,挡住欧阳的路,"不上车你把老子叫醒了好玩吗?"

欧阳愣了愣,"这样——"

他从口袋里掏出些钱,看着对方,"你会接着去睡吗?"

"要不看你小子风雨飘摇的身板,你现在已经飞马路对面去了。"四道风发着狠。

"那你到底要什么?"

"要你上车,好看看老子喝没喝多。"

欧阳苦笑着上车。

四道风的心情不好不坏,"你会做,我最不爱欺侮人,可你刚才要弄得我下不来台,那就没辙了。"

"明白了,现在可以走了吗?"

"你很急吗?"

"倒也不很急,你说了算。"

四道风乐了,"你这么会说话的人真不多。上哪儿?"

"北郊。"

"北郊荒山野岭的有什么劲?我拉你去南边吧?"

"北郊,拜托。"欧阳一直在打量周围,思枫他们争取来的安全并不是永久的。

"北郊就北郊,我这人好说话。"

欧阳刚松了口气,四道风提起的车把又放下了,"我是真没喝多,不过喝酒人都知道的,隔夜酒会……"他已经说不出话来了,刚跑进旁边的巷子就传来一阵呕吐声。

欧阳毫不犹豫地提起箱子,正要下车,身后传来一声问候:"先生早。"

欧阳回头,身后是他班上最乖觉的学生唐真。

"你好。"欧阳只好坐回去。

"先生要出门?"

"出去几天,反正你们隔三岔五地游行,也上不了课。"

"我没有去,不想。"

"如果你从来没去过,建议你去一次,再决定想不想去。"

唐真想了想,"今天我会去。"

欧阳笑了,"再见。"

唐真却没有就走的意思,"先生什么时候再上课?"

"你想上课?"

"我想先把书看了。"

欧阳微笑,有这样一个学生,始终是老师的愉快,"你想看的书吧,很多东西先生教不了,靠自己悟。"

唐真忽然有些脸红,点了点头。欧阳听见身后那双大脚板的扑踏声,微笑变成了苦笑。

"痛快痛快!这回你瞧我能跑多快!"四道风嚷嚷着。

唐真还没搞清楚怎么回事,那车已经带着欧阳飞奔,欧阳百忙中回身,唐真正怔怔地看着自己。街道从身边退去,他的注意力立刻被路边的钟表店吸引住,店门半开半掩着,看不出思枫在不在其中。

"能不能慢一点?"

"你不是很急吗?你整个脸上都写着你很急,被鬼追似的。"

"请你慢一点,拜托!"

"跑开啦,刹不住脚啦!"

虽然未必见得稳,但确实很快。欧阳只能在那种磕磕碰碰中尽量抓紧了车把,眼睁睁看着思枫所在的地方从视线里消失。他有些颓然地坐下来,看着街道从身边掠过,左侧人们正把此地的名店满江楼布置成一座披红挂绿的彩楼,右侧高昕一帮学生带了两馒头的两辆黄包车,在街道上张贴着新的抗日标语。老馒头看见四道风,拉拉小馒头,老早就恭敬转身,"四哥早!四哥好!"

四道风一串怪笑,像是在给欧阳解释,"那是个老屁精!"

"四道风你给我站住!"高昕喊着,可四道风已经跑没影了,高昕甚至没看清车上坐的是谁。

何莫修若有所思地对那个车影犯着嘀咕,"我昨天给他装传动链了吗?"他脖子上仍挂着相机。

"干活干活,是你自己要来的!"高昕没个好脸,一刷子一刷子地给何莫修手上的标语刷着糨糊。

四道风一气把欧阳拉到北郊。城外的路往北看不到头,路边阵地上的军队已经撤了,只留下四五个稀稀拉拉的兵。四道风往地上猛跺了一脚,那辆疾驰如飞的车停了下来,欧阳也差点被这个过于猛烈的动作颠下车。

"美死了!这通跑,酒劲全出去了!"他扒了外套,如刚出笼的馒头一般冒着热气。

欧阳苦笑,他并不是个那么爱抱怨的人,怨言都吃进了肚子里,他从口袋里掏着钱,"你确实很快。"

"我是不是喝多了?你看我像不像喝多了?"

"一点也不像。"

"我得再跑一趟!今儿又要游行,人多就跑不开了!你上来,我再拉你一趟!"

欧阳吓了一跳,"不了,我到地方了。"

"不要你钱!"

"好意心领,多谢。"欧阳双手合十,"你空车跑更痛快,就别带我这包袱了。"

"没劲,不过你这人还行,以后有事找我吧。"他掉转了车头又运脚如风。

欧阳看看那个无缰野马般的身影,又看看沽宁城清晨中潮湿带雾的廓形,盼望多年的离期终于在望,但他忽然发现这并不是让他多振作的事情。

守备军远远地嚷嚷:"喂,你要进就进,要出就出,别跟那块儿待着!"

欧阳最后看了一眼那羁居三年的地方,提了自己的箱子,掉头走开。

6

戴帽子的假欧阳走过长巷,两特务在后尾随着。他迅速转过巷角,那里有一辆邮政脚踏车。他脱下身上的长衫,露出一套邮差服装,接着从邮政车的包里拿出帽子改变自己的发型,再粘上一点胡子,最后换下了鞋。他刚把旧鞋放进包里,两特务就在巷角出现。邮差的手从包里伸出来,拿着一封信,他对照地址敲路边人家的门,无人答应,他把信从门缝下塞了进去。两特务从他身边走过,特务甲很注意地打量他,尤其是鞋。邮差骑车离开,特务对着空荡荡的长巷,他们丢失了自己的目标。

特务乙有些沮丧,"跟丢了,两个人不够,咱们该再调人。"

"有人给你调吗?从重庆调人过来,你不怕抢功吗?"

"守备团的人本来是不用白不用的,可死蒋武堂人毛不派一个。"

特务甲想着:看来要有大事。这共党从来没这么明目张胆地行动过,他一动,沽宁就要动了。他笑了笑,"我巴不得沽宁大动,那蒋武堂就会帮我们逮共党。"

摆脱了盯梢的邮差在另一条巷子里停下,敲了两下门,把一封信从门缝里塞了进去,少顷,门打开,邮差推着车进去。

屋里光线昏暗,有四五个人,两个是思枫店里见过的,一个店伙,一个用娘。

"他已经走了,一路上都很安全。"邮差向着桌边的思枫说,"我们怎么办?他走了,国字头肯定找我们,在这一带我们没有可以抗衡的实力。"

"我们分散,反正国字头来了,我们得分散,鬼子来了,也得分散。"思枫现在不是那个百依百顺的妻子,而是必须拿出主意的人。

"放手沽宁吗?我们都是沽宁人。"

"这不是放手。我们没有阵地,所以哪里都是阵地。"

邮差叹口气坐了下来,别人并不见得比他兴致高昂。

"应该向刚走的那位同志学习,他的战斗经验比我们丰富,三年来,我从没听他说过他是哪里人,他知道他斗争的重心。"思枫提到欧阳有些怔怔,但那神情一闪而逝,"鬼子今天也许没来,可沽宁的失陷是迟早的事情,我们得做好在敌占区战斗的准备,敌占区是半个中国,不光是我们长大的这个沽宁。"

"你是对的,老唐。"邮差说。

"会很长时间,会很难。我们原来容身的地方都会没了,得学会新的战斗方式。"

几个人都沉默着,这种话通常都意味着今后战斗的艰难和漫长。

"准备出发吧,我想你们昨天都已经跟家里人说过再见了。"

远远的第一阵锣鼓传了进来,人们开始游行,欢庆胜利。

沽宁街道上,欧阳方才路过的街道已经不再冷清,鼓乐队和游行队伍已经占据了街心的位置,而这对沽宁人甚至流落此处的难民来说,是不可不赶的热闹。

热气腾腾的四道风到这里就被阻住了,但他立刻在巷口看见了自己的几名死党——古烁、大风和皮小爪。

古烁也看到了四道风,"老四,你昨晚上哪儿去了?"

"我呀?跟你们喝完酒我就逛窑子去了。"

皮小爪问:"拉车去的?"

"谁说逛窑子不能拉着车了?"

古烁笑笑,"高兴就好。昨天高兴,昨天我都喝得听见大风跟我说话了。"

"说的什么?"四道风大有兴趣。

"再来一瓶!"古烁放声大笑。

大风啊吧啊吧地抗议,四道风亲热地捶打每一个人。

街那边,何莫修挤在人群中散发传单,老馍头和小馍头守着车上的传单,两人都有些无所事事。

何莫修捏着剩下的传单走到高昕身边,"一百张!"他有些得意。

高昕头也没回,"再给他五百。"

一摞传单被同学放在何莫修手上,他兴高采烈向高昕宣告,"我来就会有用!"

"她发两千张了。"同学笑着冲何莫修说。

何莫修耸耸肩,"证明我的审美被世人公认。"

高昕百忙中回过头来,"少烦啦你,再给他一千。"

她转身再次投入人群,整条街道一派繁忙。

思枫一行正穿过纵横交错的长巷,巷头那边通过的是游行的人群,几个难民一脸慵懒横七竖八地靠坐,堵得整个巷口只容一人进出。

几人进了难民身边的院子。邮差进门时犹豫了一下,转身掏出几个铜板放在难民身边,铜板在地上滚动,难民捡起了身前的一个看了看,对滚开的几个却视若无睹。几个难民甚至对视着笑了笑,那表情和神情都不像难民。

街上夹道的人群终于等来了他们的正主,那是马背上的龙文章和华盛顿吴,两人身后跟着一队衣衫光鲜的士兵。百姓们欢呼如潮。马背上的两位竭力保持着严肃的神情,但仍掩不住嘴角的笑意与一脸得色。

挤在巷口黄包车上的四道风扒下一只破鞋在眼前晃荡,"赌今儿晚饭?"

几个死党立刻明白了他的意思,古烁也扒自己的鞋子,"我先来。"

他把鞋摔在对街的墙上,鞋子反弹回来砸在华盛顿吴的肩上,华盛顿吴莫明其妙地往对街寻找着肇事者。龙文章幸灾乐祸正想笑,又一只鞋自天而降,不偏不倚砸落了他的军帽。他的反应比华盛顿吴快得多,立刻找准了巷口那几个若无其事的汉子,四道风和古烁也不遮掩,举起光脚给人看。华盛顿吴勒缰就想下马,让龙文章拿枪托轻轻拦住,"明天再算账,那小子是沽兴车行的。"

华盛顿吴点了点头,仍不依不饶地盯着那几个无赖小子。

四道风伸个懒腰对古烁说:"你去买晚饭。"古烁认赌服输地离开。

满江楼已装饰一新,高三宝、蒋武堂和本地的几个知名士绅出现在台上,龙文章带领的小队人马来到楼下列队。

高昕也挤到了这里,接着散发传单,何莫修跟着,脖子上挂着的相机也终于派上了用场,闪光灯频频闪动,他恨不得把整个景全取进去。

巷口的四道风已经很不耐烦了,他一屁股坐在车座上,直到黄包车被人从后边猛力地摇撼着,四道风回头,被堵在巷里的是个一脸蛮横的矮子,他要过去。

"你嘴不会说话鼻子也不会喘气?"四道风不喜欢那种蛮横。

矮子更猛力地推搡。

"大的——"四道风吹了声口哨。

大风把车往后一撅,矮子摔了出去,还没站稳就拔出了刀。四道风在车上垫一脚跳了过去,一手抢下刀,一手推得矮子撞在墙上。四道风把刀在手上耍了几个花,那是柄三八军刺,可他不认识。

"刀不错,我要了。"

"你们很快就会死的。"矮子冒出句日语。

"啥?"

矮子目光狞恶,他伸手到衣服里想掏什么,一个刀脸人从巷子里闪出来,一脚踹上了矮子的鼠蹊部,"他是个疯子!实在对不起啦!我这就带他回去!"

矮子在地上翻滚,四道风有点傻,就算他自己出手也绝不会这样狠,"好啦好啦,路本来就是大家走的!"

他吹了声口哨,大风让开路,回身时,刀脸人一个耳光把刚爬起来的矮子又打得靠了墙,然后两人向巷子里掉头离开。四道风看看手上的刀,"破玩意拿走!我不要!"可那两人已经没影了,四道风回到车上,随手将刀也扔在车上。

皮小爪看着空空的巷子,"老四,那俩怪胎说话什么怪口音?"

"谁知道,中国这么大,这年头逃难的多了去啦。"四道风没心没肺,接着看热闹。

第 三 章

1

漫长的一条路上,欧阳独自一人孤寂地走,箱子变得越来越沉。一群难民与他擦肩而过,双方甚至没有看看对方的心情。

欧阳终于决定放下箱子歇会儿。他坐在箱子上,习惯性地从口袋里掏出一个药瓶拧开,这才发现药瓶盖上写着几个娟秀的小字:慎服。保重。

欧阳愣了愣,他张望来处,路尽头的沽宁已经不见了。欧阳把药瓶盖又拧上了,他决定不吃这药。他提起箱子站了起来,再怎么恋栈不去,也到了该走的时候。

过午的日光把欧阳的影子投射在他的脚下,他盯着自己的影子,似乎想从中找到一个答案。答案是没法从影子中找到的,欧阳也明白这一点,他又试图攀上身边的树再看看被地平线遮没的沽宁。碍事的长衫加上虚弱的体格,欧阳一脚踩滑摔了下来,这一跤倒摔出了一个决定,欧阳爬起来拎着箱子开步,不是朝着潮安,而是走向沽宁。

欧阳的步子已经从缓行成了小跑,他脸上带着微笑。

沽宁的城郭已经在望,工事里的守备团士兵正在吃刚送来的饭,四五个人围了一团,他们甚至懒得去管那坐在路边休息的难民,难民是曾在路上与欧阳擦肩而过的那些。欧阳体力不支,也坐在他们几米开外歇息。他微笑着看了看他们,"老乡们好!"

对方几个人回望了一眼,目光是狐疑的,欧阳把那理解成对陌生人的警惕。他笑了笑掏出干粮,是思枫为他预备好的点心,欧阳想了想把那一整包给对方扔了过去,"你们吃吧,反正我要回家了。"

那包点心在几个难民手上传来传去,传了一溜却没人吃。

"放心,我们在路上见过的,一回生,二回就熟了。我也不爱跟人说话,可今天不一样。你们回不去家是不是?会回去的,你们也不用太担心,沽宁还不错,这里的人很好客,"他笑了笑,"而且像我一样,话很多。"

那些人面面相觑,有人默然,有人僵硬地笑笑,更多人低头不语。

"我真是话多,你们都走累了。"欧阳决定不去打扰这些可怜人,他转开头,却突然愣住,他看见被难民簇拥在中间一个包头裹脚的女性喉间滚动着喉结,那确实是个鲁男人才有的喉结。

欧阳看看那几个难民,又看看周围,除了近处阵地上的几个守备军,一片空旷,就连沽宁城郭也是寂静的。欧阳又看一眼那个喉结,向几个难民凑过了身子,对方脸上已经毫不掩饰露出了烦恶的神情。

"日本人,你们已经被包围了。"(日语)

对方愕然,并未回话,但欧阳能确定他们听懂了。那些脏污的脸不再麻木,而是露出慌张而狂乱的表情。

欧阳同样愕然。愕然之后他看看那几个守备军,守备军毫未觉察这边的异动,正忙活着吃饭,五个人倒有四个人背向了这边。

欧阳若无其事地起身,看起来像是要去路边小解。那几个乔装的日本人递了个眼色,两个人跟了上去,缩在袖子里的手握着刺刀柄。

欧阳刚到树前,一转身把手上抓着的一把沙子全撒进了第一个人的眼睛里,第二个人抽刀扑上。

"鬼子!他们是日本人!"欧阳向工事里的士兵喊,然后顾头不顾脸地冲进了树后,枝梢在脸上抽出了血痕,一柄刺刀险险地扎在身后的树干上。欧阳滚倒在树后,他翻身爬起,第一眼是望向百米开外的阵地,他期待那里的反应。可他失望了,一小队他一直没看到的乔装日军早已潜伏在阵地之后,欧阳的喊叫没被守备军听到,反倒让他们提前跳出来挥刀砍杀,守备军士兵连枪都没摸到就有三个死在刀下,剩下两个带了重伤徒手在刀下挣扎。

追赶欧阳的日军暴躁地砍断了眼前的一根枝条,冲了过去。欧阳放手,抓在手上的一根树枝连枝带叶狠抽在那日军的脸上,他趁机冲了过去,将对方紧紧抱住,两人抱成了一团。被沙子迷了眼的日军听着周围的动静,闭了眼挥刀乱刺,刀几次从扭打的两人身边划过。

"三浦,小心!"和欧阳抱着的日军用日语提醒着。

"三浦快刺,他要杀你!"欧阳这一句有效得多,迷了眼的家伙不分青红皂白一刀捅了出去,欧阳猛力把抱着的那位往刀尖上推。怀里的人立刻脱力,欧阳挣脱开来,对方胸口透出一截刀尖。

欧阳抬头看了看,阵地上的守备军已经全军覆没,又有五个提刀的日军向他走来,外加一个提着手枪殿后的头目。那名女装日军也从行李卷里拽出了一挺机枪,他恨恨地拉动枪栓,身边拿枪的三木拦住了他,"没听到信号前,只能用你的刀。"

身前的日军已弄干净了眼睛,并从队友身上拔出了刀,他两眼冒火地瞪着欧阳。欧阳退了一步,踢到自己的箱子,他把那个箱子拿在手里。

那名日军扬刀,用很标准的刺杀姿势向欧阳刺了过来,欧阳用手上的箱子把刀锋搪开,刀穿透了整个箱子从他颊下划过,在他颈根上添上了一道口子。欧阳故意摔倒,整个身体的重量都隔了箱子压在刀刃之上,刀被偏转,猛拗之下断成了两截,半摔在地上的欧阳把整个箱子劈头盖脑地冲对方砸去,书和衣服散了一地,箱子上插着的刀锋划过了对方动脉。

那几个日本人终于有些发愣,看来欧阳是个值得全力对付的人。又一个日本人哇哇地吼着冲了过来,还半跪的欧阳随手捞起本书砸了过去,正中鼻梁,那个日本人惨叫一声,欧阳瞅了眼书皮——《资本论》,原来大部头有这么大杀伤力。

起风了,欧阳身上那袭长衫被吹得如旗帜一样地飘拂。他这才发现颈上的伤口令半个肩膀已经一片褚红。欧阳喘着气,在颈上摸了一把,看看手上的血,他已经筋疲力尽了,周围的几个日本人满意地看着,他们喜欢看人走投无路。

风吹着被砍散的书页卷过这杀戮场,飘过地上的血渍,飘过尸体,飘过路面,被一只手接住,那只手把那《资本论》中的某页翻过来看了看,然后又把纸翻过来擦自己脏污的脸。

剩下的几个日本人举着刀向欧阳冲去,欧阳把书扔了出去,心爱的藏书被砍得书页纷飞,他趁了这个空当爬起来跑开。

他仍试图跑向沽宁的方向,但那几个家伙仍在围追堵截,他已经被围在那几个人抄出的半圆里了。欧阳站住,四柄刀围了上来,那叫三木的和女装机枪手早不知去向。欧阳扫视着身前身后那几双恨意俨然的眼睛,无奈地看看沽宁的城郭,沽宁已经在望,但他大概一辈子也到不了那里。

日本人咬着牙,能杀掉这个莫明其妙的中国人将成为他们今天最快意的事情。

几个日军叽里咕噜地说着话:"把你的头给我,我要你的头。"

"别和这个中国人说话,他很狡猾。"

"我不会杀你,我只会砍掉你的手脚,看你在地上打滚。"

"是的,岩田最喜欢看中国人在地上打滚。"

欧阳笑着把脖子伸出来,一只手还在上边拍了一拍,"来吧,岩田,给你啦,快来拿。"(日语)

岩田有些疑惑地看看同伴,但欧阳摆出的姿势太诱惑了。

"他是我的。"岩田一刀砍了下去,欧阳揣在口袋里的另一只手伸了出来,把什么东西在岩田头上狠狠砸碎了,然后把剩下的那一半扎进岩田的眼眶里,狠狠拧了个圈。

几个日军惊退,岩田在地上翻滚嘶吼。欧阳看看手上的半个药瓶,药片已经散得一地都是,被滚动的岩田践入了泥泞。

"并不是只有中国人会打滚,你们也会!"(日语)欧阳翻过手上的瓶盖看了看,思枫的留字已经沾了血污但还看得清楚。他捡了几个没沾血的药片扔进嘴里嚼着,神情有些悲悯。他现在是技穷了,不过至少死前他不想再说日文,"好了,现在来吧。"

几个日军有点疑惑,眼前这人并不剑拔弩张,可谁也搞不清他还有多少花样。看着欧阳摇摇欲坠的样子,他们又试探着往上靠。

突然传来一个生硬而冰冷的声音,"你们……谁是中国人?"

日军回头,身后是个难民打扮的汉子,他手上攥着张纸,只有欧阳能认出那源自自己已经随风四散的存书。欧阳还没能确定对方的身份,一个日本人已经回身扑了过去,这让欧阳肯定了对方和鬼子并非一伙。

"快跑!去城里报信!"至少要保住一个能报信的人,欧阳喊着扑了过去。

一直盯着他的一名日军抡刀斜劈,刀从欧阳腰间划过,血光飞散,欧阳摔倒在地,头上刀风虎虎,欧阳仰头望去,纷乱中一柄刀向那陌生人砍下,陌生人甩下背上一个长条布包猛荡,金铁撞击声中日本人的长刀脱手,打着旋儿从欧阳头上飞过。紧接着,陌生人扯下那块包布甩在另一个持刀欲劈的日军头上,布下边是柄黑沉沉的铡刀,陌生人的铡刀甩了半个圆,身前的日军闷声倒下。丢了刀的家伙彻底慌神,他掉头向自己的刀跑去,铡刀脱手向他甩了过去,砰的一声闷响,连欧阳也听到那筋断骨折的声音。

砍倒欧阳的家伙再也没胆背对着这么个人,正对着欧阳的刀也转了过去,陌生人沉着脸,赤手空拳地向着他招了招手,那仅存的日兵再不敢贸然攻上,正筛糠间,噗的一声闷响,一截刀锋从他胸前透了出来。他倒下,身后的欧阳也筋疲力尽地倒下。

陌生人看看一地伏骸,先捡了自己的刀,再对欧阳伸了只手,欧阳把手伸给他,"你是谁?"

"六品,窦六品。"

欧阳立刻就明白了,"从那个被鬼子屠的村来?"

"是窦村。"六品忽然回身,那个被欧阳用药瓶插了眼睛的日军正忍了痛想从旁边爬开。

"不要杀……"

话未说完,六品已一刀落下,他回头瞪着欧阳,"不杀?他穿了我大舅的衣裳。"

欧阳苦笑,"因为……要问他话。"他挣扎起来,"六品,窦六品,十万火急,托你件事,你进城,去守备司令部,跟他们说鬼子来了,装成难民。"

"什么守备司令部?"

"就在黄门街,过了青龙桥就是,你没来过沽宁?"

"我就没离过窦村。"

"来不及了。"欧阳苦笑。他看看不远处的沽宁,谁知道那里今天会发生什么?

2

院门紧闭着,邮差在把着院门。思枫和几个人在院里屋里忙碌着。墙上的活砖取下就露出里边的秘密空间,梁木上也有整块是活动的,水缸里用油布密封着零件,花盆翻过来,下边的夹层里也藏着备用电池。把这些快速地安装在一起,就成了一套完整的电台。思枫将电台塞进难民们常备着的那种被套夹层里,用密密的针脚缝上。她的同志们也在旁边忙碌,把必须带走的东西用各种方式藏匿。

"分散一点不是更好带吗?"店伙看着思枫忙着针线活皱着眉说。

"好带,可有一个人到不了电台就完了。同志,这次转移还没定目的地,可有两件东西是比你我的性命更加重要的——电台和密码本。"

"我来背,"用娘是个牛高马大的女人,她对店伙笑笑,"我完了就你扛。"

"小心一点,谁也不会完。"思枫淡淡地说。

邮差一直从院门上的缝隙往外窥看,忽然跺脚回过身来骂了句:"他妈的!"

"你别老一惊一跳的!"用娘瞪着眼。

"我今儿早饭钱都给了门口那几个逃难的,可人家捡都懒得捡,我可保他那破被子卷的全是金银财宝,比咱这床被值老多啦!"

屋里的几个人笑骂着,思枫排开他们从门缝里向外窥看。几个铜板确实是散在地上,一个刀脸人正从巷子里过身,几人明显不是一路,可那几个难民却一声不吭地跟在他后边。思枫注意到刀脸人背着的手做着一个奇怪的手势,然后难民从行李卷里掏出一个枪柄放进怀里,门缝里视野有限,那几个人消失了。

思枫转身看了看邮差,"你身后干净吗?"

"我一向很小心。"

"我想我们已经被围上了。"思枫苦笑。

几个人立刻狐疑地望向邮差,思枫打消了那个怀疑的萌芽,"我们要信任这里的每一个人,是我自己大意了。"

院里开始一种新的忙乱。思枫和同志们寻找着武器,但六个人只有两支手枪,沽宁的地下活动是几乎不用枪的,现在他们根本没有抵抗的可能。

"争取点时间,让我销毁密码本……"思枫说着就进了屋。

邮差操起了一把镐,脸上和那几个人一样是决死的神情,他突然苦笑,"国共合作时期,居然还要死在国字头手上。"

思枫把木片劈碎了,往灶里又添了几块,火光熊熊地腾了上来,映着她平静而忧郁的脸,她将密码本往灶膛里填去。

门突然被重重地撞开,思枫的手还悬在炉火之上,她回头,进来的是店伙,"走啦!他们走啦!"

思枫愣住,一只手险险地将密码本从火舌上抢了回来,"走了？怎么可能？"

"我们也摸不着头脑,陈六七已经跟上去了。"

"去哪里了？"

用娘也冲了进来,"往街上去了,去看游行——好像根本就不是冲咱们来的。"

店伙呸了一口,"那冲谁？沙门会？青洪帮？沽宁还有比咱更值得对付的人吗？"

思枫蹙着眉头,她不同于欧阳,欧阳一门心思的吾国吾民,立刻就能想到日本人,她心思更重的是这小组织的安危。一切一时如堕云雾,思枫也有些纳闷了。

3

集会中心的满江楼披红挂彩,高三宝、蒋武堂等人已经在临街的窗前坐下。刀脸人、和四道风打过架的那矮子以及思枫她们见过的几个难民在周围的人群里出出入入,他们在占领最佳的射击位置。

邮差在后边尾随着,他跟随的对象似乎和谁都递过眼色,又似乎和谁都莫不相干,这种暗藏的杀机已经压得他有些喘不过气来。

龙文章在一阵如雨的彩纸中被簇拥上来。作为一个英雄,他有必要在此时发表一些言论。

"死,是很容易的！"龙文章把整句话切成一个个单词喊得满场皆闻,满场都被他喊得静了下来,"我知道,在什么地方,有一发子弹,日本造,三八大盖,它在等着我！——可是！在那之前——"他扬起须臾不离的中正步枪,"我的中正步枪,足足一千发子弹,等着日本人！"

掌声雷动。

华盛顿吴拿上来四个绘着日本仁丹胡人头的碟子,往东西南北随意扔去,龙文章抬枪,也没见他怎么瞄,枪声脆响,四个碟子在空中粉碎。

掌声再次雷动,集会渐入高潮。

"蒋司令果然是强将手下无弱兵。"高三宝满脸堆笑。

"小孩子家玩意。"蒋武堂得意中又有些不屑。

四道风尽力地做着鬼脸,他是真瞧不起,一切来自官家的东西他都瞧不起。

何莫修又在拍自己的脑瓜,刚才他又没抢到龙文章的镜头,取景框转来绕去却套住了人群里正横眉立目瞪着四道风的矮子,也套住了斜眼看矮子的刀脸人,何莫修打算把那一小块人群全拍进画面。高昕拉着同学过来,"哎,帮我们拍一张。"何莫修立即转了镜头对着那两个女孩,很卖力地想找一个与众不同的景致。

"站高一点。"他指的是黄包车,车上载的传单已经散了大半,那确实是个很好的立足点。

满江楼上,龙文章的演讲总算收摊,楼下悬着的两挂鞭炮被点响,炸得红纸与喜气纷飞。纸屑翻飞下两头狮子在舞,嘴一对拉出一横幅:沽宁商会捐赠我护城好儿郎五千元。

惊羡者有之,但不带高昕。

高昕和她那同学正努力爬上黄包车,老馍头阿谀有加,小馍头急得直跳,"你不能踩那儿,要坐人的!"

何莫修摆摆手,"哎,你不要挡我的镜头,下一张专给你照。"

他刚要摁快门,高昕在高处猛摇着手,"先别照!把那个给我!"

老馍头把她所指的传单给了她,高昕猛力一撒,传单如雪片落下,高昕和她的同学定格。

邮差趁乱挤到巷口,思枫她们已经从院里出来,正在观察那群吉凶未卜的人。

"那帮人至少有一打,我是说能看出来的。"邮差眼睛仍盯着远处。

"我们不知道他们有多少,这么多人……沙子掉在沙堆里。"思枫担忧的神色显而易见。

"不是冲咱们来的。"

"不是冲咱们来的。"思枫茫然地随了这么一句,脸上的神情并没半点轻松,她看着人群和居高临下的满江楼,突然明白了可怕的事实。她一言不发地转进巷子里,几个人疑惑地跟上。

远远的鼓声阵阵,思枫扫视着几个同志的脸,"我们挑这个时候走是对的,可以说是千钧一发……"她顿了顿想词,"可能今天沽宁就会失守,这地方再不存在。"

"干吗这么说,老唐?"邮差不解地问。

"那些人不是特务,当然也不是难民,我想,可能是鬼子。"

几个人一下炸了窝,血气最旺的邮差立刻就想往街上去。思枫一把拉住他,"陈六七,你给我回来!鬼子已经混进了城,不知道有多少,肯定不光我们看到的那些。这座城要守不住了,不管明战暗战都守不住,这是早料到的结果,所以才要转移!"

"我们可以警告他们!不是吗?"

"我们要送走电台和密码本!没了这两样,方圆几百里才真会给鬼子占了!"

"我可以……"邮差攥着拳头并想不起自己可以干什么。

"我知道,这是我们的家。"思枫苦笑,"今天要做烈士,容易得很,以后也有的是机会,难的是活下去,还打下去。"她冷静下来,"提前行动,送走电台。通知船老大在河边等,傍晚前全部撤出沽宁。"

那几个人也冷静下来,快快地跟在她身后。

沽宁河边,河水淙淙,思枫也心事重重,等的船迟迟不来,她也越来越患得患失。几个同伴散布在周围等待着,裹在被褥里的电台已经背上。

邮差急急跑来,"船老大已经尽快了,可事起突然,怎么也还得半个时辰。"

思枫点点头。

"我……可不可以去放一枪,就一枪,报个信,反正就要走了……"邮差请求着。

"不行。放一枪,然后整个沽宁的守备军都追在咱们屁股后边。"

邮差颓然坐了下来,这事显然已经没了希望。

"让撤离的同志都走南城,鬼子该是从北边来。"思枫说。

邮差忽然捶了下头,"哎呀!上午那家伙可是从北边走的,可不撞枪口上了?"

人们都看思枫,思枫迎着河水北望,好像她能看穿这幢幢建筑看见欧阳一般。

"他吉人天相。"思枫轻轻地说。

几个人莫明其妙地互相看看,无论如何这不像老唐同志该说的话。

4

郊野外,欧阳正在处理自己的伤口。长衫已经被撕成两片缠在身上,他和六品正尽力把它束紧。欧阳试着直起身来,每一下轻微的动作都痛得他直咬牙。

"我看是不行。"六品满脸怀疑。

"我看是行了。"尽管刚束上的衣服已经渗出血迹,欧阳还是弯下腰,去拿鬼子怀里的枪。

"我来我来。"

"得自己来,这都干不了,我躺这儿得了。"欧阳努力着,他终于做成了这个简单的动作,对自己也多了几分信心。欧阳直起腰来,心情好了很多,"挺好。六品,你来搀着我,我给你带路。"

"咱们去哪儿?"

"进城,咱们回沽宁。"

六品搀着欧阳向沽宁城奔走。

牌楼已近在眼前,过了牌楼就算进了沽宁。欧阳停下,随便抹了一把颈子,上面的伤口还在流血。他听着自己粗重的喘气声,觉得那都不像出自自己。

"这城里有鬼子吗?"六品有太多想弄明白的东西。

"大概有吧,可更多的是中国人。"

"这城是不是已经被鬼子占了?"

"我不知道。"

"你比我还玩命,你比我还恨鬼子。"六品说,"你肯定有挺要紧的人在城里,所以你这么玩命。"

"什么?"欧阳看着六品那张憨厚的脸,自己都没觉察到的心事居然被个认识不到一个时辰的人说了出来。

"你脸上写着呢。我老婆孩子都已经死啦,我都快疯啦。这么老久我就跟你说过话,我看得出来。"

"大概是吧。有个人挺要紧,可很多人更要紧。改天我跟你说,如果咱们还能活下来的话。"

"我来背你。"六品笑了笑伸出手来。

他是这种人,丢失了自己的牵挂就愿意把别人的牵挂当成自己的。

"不不,等一下……我不是跟你讲客气。"欧阳挣开那双热情的手,望着百米外的牌楼,"这是进出沽宁的必经之道,没道理这么安静。"

一个人没有,不止是太安静,而且有点死气沉沉。欧阳看了一会儿,终于再次开步。六品搀着他,一步一步地穿过这牌楼。它后边是条百米长街,欧阳早晨从这里出城时还有几个路人,现在只有一件无主的衣裳被风卷着吹过,六品伸手抓住,那是件小孩衣裳,六品憨憨的脸上顿时有些伤感。

欧阳把那件衣服拿过来放在窗台上,轻而坚决地把六品往后搡了一把,六品一惊,"你是说这条街上有鬼子?"

欧阳摇摇头,"我先走,我认路。"

他走得摇摇欲坠,抱着双臂,夹着腋下的伤口,束腰的布条里藏着手枪,他的手握着枪柄。

六品用他特有的专注看着欧阳走开,看他轻推路边一家房门,门从里边闩着,他竭力想从窗户里看清什么,却只见小户人家特有的拥挤与幽暗,他再凑近一点,额上被什么狠抓了一下,他惊退摸枪,一只猫从屋里蹿了出来。欧阳苦笑,后肘被人轻碰了一下,六品终于不愿意再在原地待着,欧阳再没说什么,由六品搀了往前走。

"这里头真要有鬼子咱们是不是就准得死?"

欧阳注意力全在周围,他有口无心地应着,"被枪打死还是被刀砍死?"

"挨枪子儿。"六品蛮有信心地摸摸背上的布包。

"那就再不用拼死挨活报信了,枪声一响,沽宁就是炸开的马蜂窝。"

"那你干吗不开枪?你有枪。"

欧阳看看腋下的枪,有些心虚,"因为谁也不知道鬼子要干什么,我也……"

"你是什么人?"

被一个老实人怀疑地瞪着绝不好受,欧阳苦笑,他知道自己必须答得小心,"我是好人,你也看得见。"

六品终于点了点头移开目光,"我妈总教我别太听别人的话,可我一总不听她的话。"他宽厚的肩膀就几乎把欧阳全拦住了。

欧阳苦笑,"这是个赌,六品。"他轻轻把六品拉到与自己平行的位置。

两人终于走过那条吉凶未卜的长街。

"你不是说鬼子进了城吗?"

欧阳近乎宽慰地笑笑,"也许没有,也许……只是骚扰。"

长街边的巷子里忽然出现三个守备团的人,一个排长带了两个兵,欧阳一把把六品推开,转身拔枪,但枪没有掏出来,伸在腋下的手改成了掩着伤口,那三人诧异而警惕地打量着他。

排长大声问道:"你们——是什么人?"

"沽宁人。"欧阳看看自己这一身血污,"刚碰上鬼子,就成这样了。"

"鬼子?哪来的鬼子?除非我是鬼子。"

"他们可能进城了。"欧阳解释着。

排长的神情有些好笑,"除非我是瞎子,我们一直在这儿。"他忽然变了脸,"你们两个,靠墙站好!说神道鬼的,我看你们倒像鬼子!"

两人被枪口猛烈地推搡着,六品不满这种粗暴,用胳膊把两支步枪搪开,于是排长的手枪指上了他的头。欧阳趁着这股乱劲把露在腋间的手枪柄全推进了束腰的布带里。两人被推得撞在墙上,两支枪口分别对着他们。

两士兵有些急不可耐地盯着那排长,排长摇摇头。

欧阳说:"军爷,您有三个人,两支枪指着我们,让一个人去报信行不行?"

"顶了枪还这么油腔滑调,一看就不是好东西!"一个士兵掉转了枪托狠砸在欧阳腹部,这牵动着欧阳腰肋的伤口,他几乎趴下了。

排长对眼前的俩人有些心不在焉,反而焦急地看了看表。

远处的阁楼上,一支机枪的准星正指着欧阳他们。那是先前女装的日军,衣服已被他脱在旁边,露着毛茸茸且汗湿的上身,旁边装弹手正搬来一个又一个弹箱。

"等信号。松村,武士的心灵在战前要像雪地般寂静。"(日语)三木提醒着,他坐在一个中国人的尸体旁边拭擦着战刀,血渗过楼板滴下,滴在几个死去的守备团士兵的身上,那几个士兵在死后被扒去了军装。

5

沽宁河边,船已靠岸。邮差正小心地把电台送上船,思枫坐在河阶边,低着头似乎在观望流水东逝。

邮差走过去,"老唐,上船啦。"

思枫没动,邮差这时才发现她在悄没声儿地恸哭。

邮差有点傻眼,"老唐……这个船……哎呀你……那个撤离……电台……"

他并没搞清自己在说什么,思枫已经站了起来,"都上船吧。"

同志们都已在船上,邮差上了船,然后向思枫伸出手。思枫看着船上的所有人,船上的人也看着她,谁都瞧得出她刚哭过,可作为下级谁也不说。

"好了,你们走吧。"

"什么意思,老唐?"店伙最先沉不住气。

"这是咱们的家不是?鬼子来了,总得有人放个枪、报个信,你们走了,电台也走了,我去放这个枪,报这个信。"

"我去呀!早说了我去!哪能是你?"邮差对思枫的决定有些气极,他想往岸上蹦,可思枫站的位置就在上岸口上,要上岸就会撞到她,"哎,你让一下好不啦?"

思枫笑了笑,"我去。说起来,我在这里不光有个家,有个店……还有个牵挂。"

"他已经走了,那王八蛋……"旁边的人捅了一下邮差,邮差立即改口,"唉,我就是说他走了!"

思枫并没生气,反倒笑了一笑,红晕上脸。

"可是,你是老唐。"用娘忍不住提醒。

"不再是了。老唐是给大家拿主意的人,我给自个儿拿了这主意,已经不配给大家拿主意了,"思枫苦笑,"我也没给大家拿过什么好主意,这么些年一枪没放,好多自己人都不知道沽宁组织的存在,我对不起你们的热血。"

"你不能把对的说成错,咱们这些年掩护了多少人,又送走多少情报?"用娘很想说服思枫。

"别的地儿热血又热闹,可热完了谁不得从咱这儿上红区?"船老大也在帮腔。

"就是,亏了你,沽宁才叫个平安港。"店伙捅一下邮差,"说话!"

邮差看着思枫,"牢骚归牢骚,小心绝不是错。"

"不是的,我是说我就是个女人,最怕出事,看不得死人……我更合适洗衣煮饭,平平常常,日出作,日落息……这么想的人,不能再做老唐。"她用袖子擦去眼泪,这让她的同伴看得说不出话来。擦去眼泪的思枫看起来又很坚决,几个同伴甚至不敢看那双刚哭过的眼睛。

"走吧,"思枫把密码本往船上扔去,"用命护着它。"

她转头走开,向着满江楼的方向走去。果断而坚定。

6

满江楼前,欢庆祥和的气氛仍继续着。楼上的蒋武堂开怀大笑,紧张的心情在今天的喜庆中终于爽利。

"司令是在笑我这老古董吗?"高三宝莞尔。

蒋武堂居然点头不迭,"我笑的是你一掷千金,沽宁老高这些天给守备团开的钱居然超过了南京老蒋历年给的军饷。"

高三宝看着蒋武堂,忽然大笑,"司令可曾听见一声巨响?"

"哦?"蒋武堂一脸疑问。

"那是高某人心里放下的石头。"

一片笑声。

楼下的每一个沽宁人都看着,沽宁人中潜藏的日本人也看着。

日本人的暗中部署已经全部完成,错落于人群之中,刀脸人在楼前带队主攻满江楼,矮子则自外围包围了整个集会的人群。

在满江楼前不远处,特务甲戴着墨镜叼着烟,一脸的超然物外,特务乙气急败坏地跑过来,"学校里,店里,两处都没有!"

特务甲愣了,把烟头狠狠摔在地上,"她是副车,知道主车在哪儿的副车。"他照着乙的来路走,特务乙跟着,刚走了十数米,便看见他们要找的思枫正从一条巷子里出来,双方撞个正着。

思枫愣了一下,转身进巷,特务甲一言不发跟了上去。

"站住!"特务乙喝了一声,拔出了手枪,特务甲也把手伸进怀里。

思枫头也没回,转过一处巷角后开始小跑疾行,后边的追兵并不是她最在意的对象,她听着巷子外传来的喧哗,焦急地看着表。她快步走着,一闪身,拐进了一家小院,随手把门带上。两特务疾跟过来,特务乙警戒着踢开院门,一个混乱的杂院,看不见思枫的踪影。特务甲做了个手势,两人向长巷两头分头跑开。

思枫从那些拐弯抹角的巷子里钻了出来,巷口正好是几个曾被他们怀疑过的难民,他们毫无忌惮色迷迷地盯着思枫,各自的手已经伸在藏掖枪械的地方。

思枫从他们身边挤过。前边就是满江楼,人头如潮,思枫从中间分出一条去路,她的目标是满江楼前的刀脸人。

刀脸人看了看表,将手伸进怀里。思枫向他挤过去,特务乙突然出现在她身前,一手撩开衣衫,露出握在手上的枪。思枫不理会他的威胁,调身转向另一个方向,但特务甲却出现在那个方向,机头大张的手枪握在手上。思枫再次转身,她所注目的刀脸人一边看着手上的表,一边正从怀里往外掏什么。思枫从手提包里掏枪,对着刀脸人的后背举起,而几米开外的两特务也对她举起了枪械。

"放下枪!我们是中统!"特务甲喊了一声。

人群如潮惊退，倒在本来的拥挤之处让出一片空地来。刀脸人转身，思枫毫不犹豫地开枪，两发子弹打在对方的脊骨上，刀脸人倒地时扣动了手上的信号枪。那发红色的信号弹贴着地斜飞进了满江楼的大门，最终没能升上天空，同时思枫也被来自特务的两发枪弹击中。人仰马嘶，人群惊蹿，楼上的军人推搡着商人们往后躲，这一切在她看来却是个无声的世界，她靠着墙壁慢慢坐倒在地上。

牌楼边的阁楼上。三木再也无法平静，他看看表，焦躁地站了起来，时间到了，可是还没有信号。

不远处，那名用枪指着欧阳的排长看看表又看看天空，终于失去了耐心，"杀了他们。"（日语）

欧阳看了他一眼，他今天已经不再会为这种事情惊讶了。

"用枪？"（日语）士兵问。

"用你们的刀，笨蛋！"（日语）

两士兵又狠狠给了欧阳和六品一枪托，退开几步给步枪上刺刀。欧阳痛苦不堪地软倒，手伸进布带里扣动了扳机，一个士兵中弹，另一个和那排长闪进巷子。欧阳咬着牙跪倒在地上。

"你挨枪了？"六品着急地问。

欧阳苦着脸，"真不该贴着伤口开枪，震到了。"他从布带里把枪掏出来，那已经是把血淋淋的枪。

"这到底是沽宁城还是鬼子城……"六品话音未落，暴雨般的子弹扫了过来，石屑纷飞着从他们脸上割过，六品一把扛了欧阳上肩就跑，欧阳在他背上胡乱射击着，直到被六品重重扔在背弹的巷角。

阁楼上，那名半裸的机枪手正狂乱地射击着，弹壳从脸边飞过。

"浑蛋！为什么开枪？"三木一脚将他踢倒。

机枪手连忙停止射击，端正坐好，三木又一脚踢了过来，"既然已经开打了，就打下去！"

机枪手求之不得地扣动扳机，三木又一脚踢过来，"援军还没到！你这个浑蛋要节省子弹！"

机枪手的连射变成了点射。

7

满江楼前，两特务从奔散的人群里挤出来，如临大敌向思枫靠近。

龙文章举枪，蒋武堂面有怒色地摇了摇手，龙文章忽然转头北向，"北边响枪，机枪，北门！"

蒋武堂将手足无措的高三宝推开，提起刀向楼梯口走去。

满江楼前的人群如潮水般分开，露出那些刀脸人的手下，他们不知所措地站着,不知如何应付这突发的变故。

被挤在巷口的四道风看着人群从眼前拥过,有热闹却看不着,他干脆跳上车座一脚跐了起来,伸手攀住了巷墙,总算是看到了,第一个看到的就是对街矮子狞恶而憎恨的眼神,他正从一个同伴的被卷里掏出一支罕见的家伙——一种日军仅在特殊任务中才使用的侧匣冲锋枪。

"射击。"(日语)他的子弹向他盯了许久的四道风射来,四道风松手,整个人摔在黄包车上,他看了眼墙上的一排弹孔,骂道:"他娘的这还有道理讲吗?"

话音已经被爆响的枪声淹没,矮子的喊叫给没了主心骨的日本人一个主意,一小半按原定计划在攻击满江楼,一多半的人向全无防备的人群砍杀射击。

高昕在忽起的祸事中不知所措,直到何莫修把她拖倒在地,几发子弹从黄包车上方掠过。

矮子狂热地向四道风所在的巷口射击,他的目标只有四道风一个。

几个日军冲到满江楼前。一个在龙文章的射击中倒下,其余几个将手榴弹一齐扔了上去。龙文章扑倒在桌子后,蒋武堂一脚把身边的高三宝踢得滚下了楼梯,自己在楼梯口蹲伏,爆炸让整座楼都在晃动。

"龙文章!"蒋武堂喊,"北门!"

龙文章茫茫然从桌子后站了起来。已经有几个日军冲了进来,蒋武堂一把将高三宝拖开,挥刀砍了上去,狭小的空间倒利于他的马刀发挥,刀锋过处血光飞散。

华盛顿吴提着枪在屋角发呆,蒋武堂狠踢了他一脚,"高会长丢个指头拿你手脚来换!"他立即昏昏然抢上去扶起高三宝,又是几个手榴弹飞了进来,巨响和烟雾中什么也看不见了。

人群彻底炸了窝,两馒头竭力想拖走自己的黄包车,在人群的推挤中左冲右突。

摔得有点发昏的高昕醒过神来,她看着两对左右冲撞的车轮问:"怎么啦?"

何莫修尽力压低她,"不要看!千万不要看!"

高昕还是看到了,先看见他肩上多得吓人的血,然后看见自己的同学已经被打死在车座上,一双眼正瞪着自己,高昕吓得尖叫。

老馒头终于撞出一条去路,帮小馒头把车掉了过来,流弹打在车体上发着令人牙酸的声音。

何莫修一把抓住小馒头,神情已经歇斯底里,"把她带走!"他已经急出了英语,"求求你了!"

小馒头抱起高昕扔在车上,拖了车飞跑,这很要命,因为车上还躺着那位同学的死尸,高昕瞪着自己的同学尖叫一阵,然后她转了身,捂着脸恸哭。

何莫修一瘸一拐跟在车后跑了两步,忽然想起自己也许正在经历某个历史时刻,他回身举起了相机,闪光灯让一个正在射击的日军回身,砰的一枪,相机上的闪光灯粉碎。何莫修紧跑了两步,头下脚上地扎进老馍头的车座,任由老馍头拉走了。

就这么一瞬,方才的集会场已经血流成河,仍没能弄清事态的四道风被弹雨中奔窜的人流阻在巷口。身边的人剥笋一般一个个倒下。人圈外的矮子换上了一个弹匣,他用枪对准已经无遮无掩的四道风。面对那个蓄势以发的枪口,四道风终于明白发生了什么,他很不甘心看着。

"我说过你们很快都会死的。"(日语)矮子是个眦睚必报的人。

大风突然拖着黄包车撞向矮子,矮子向那个庞大的身体扫射,四道风被晃倒在座位上,目瞪口呆地看着大风背上的血渍迅速扩散,瞬间变成了红色。大风的体重加上黄包车的冲劲把矮子撞晕在墙上,四道风抢起先前扔在座上的三八刺刀,一刀捅进了矮子的胸口。大风安静地滑倒。四道风拔出刀,跪下来静静看着大风,大风保持了一个安详的笑容,四道风猛地扔出刀,把对街一个射击的日军钉在铺门上。

"大的!"他踢翻了一个日本人,一膝压了下去,膝下传出碎裂的声音。

"大的!"他抓过又一个日本人,用额头撞碎了对方的鼻梁,抢过了他的战刀反手刺下,另外两个日本人被他吓得狂奔入巷,四道风一步不放地在后紧追。

飞蹿的枪弹和爆炸让思枫从昏沉中清醒,眼见之处,那两个特务仍缩在对面的巷口窥测着,一次近在咫尺的爆炸终于让他们逃之夭夭。

思枫几乎是在战场的中心,周围伏尸狼藉,零星的守备军在和日军对射,可他们甚至无法区分和百姓穿着同样衣服的对手。身前的日军仍在向满江楼里投弹和射击,思枫捡起落在身前的手枪扣动扳机,那不过是意识模糊时的一点本能,但围攻的日军终于有些松动。

蒋武堂趁隙从楼里冲了出来,刀光闪动,他已经杀红了眼。龙文章从楼上跳了下来,动作并不像自己预想的那样利落,他扭伤了脚。

"龙文章,北郊阵地!"蒋武堂挥刀劈倒一个同样持刀的日军,"他娘的,我是刀祖宗!"

龙文章招呼了几个守备军,一瘸一拐地去了。

蒋武堂搪开背后的一把刀,大马金刀地逼上几步,"老子都等急了,别逃!"他把那名日军逼得满街奔窜,蒋武堂终于没了追的耐心,左手手枪把他撂倒。

思枫仍在扣动手枪,直到那支枪无力地落在地上。她已经招得部分日军向她射击,子弹在周围攒射,她奇迹般地没有被命中。她看见旁边有人在奔跑射击,向她射击的日军一个个被击倒,然后她看见欧阳,浑身浴血,表情平静地向她伸出手,思枫微笑着闭上眼睛,她腾云驾雾一样被欧阳抱了起来。

那不过是思枫的错觉,把她抱起来的是邮差。店伙在他后边跟着,两人都已伤痕累累。

店伙捂着心房下边的一块伤口,"快走吧,我们再承担不起损失了。"

邮差抱着思枫向巷子深处走去,突然发现店伙没跟上来,他回头,店伙正扶着墙根慢慢地倒下,邮差咬咬牙离开,再没有回头。

第 四 章

1

欧阳和六品的处境更艰难了,他们要对付的除了那挺催命的机枪,还有那几名伪装成守备军的日军。

六品撞开一家房门,把欧阳拖了进去。这家的人也被杀了,子弹穿过门窗在头上横飞,欧阳叹了口气,竭力在地上坐直,"我们顶不过两分钟。"

六品没说话,挥刀砍翻刚冲进来的一个日军,欧阳补了一枪,看看所剩无几的子弹,"兴许一分钟。"

六品看着他,"你不说会有人来吗?"

"该来的总会来,只要咱别坐在这儿干等。"他给自己和六品一并打着气,"哈哈,国难当头,岂能坐视?"他挣扎着爬了起来。

机枪继续轰鸣,日本打算用子弹把这屋子撕碎。欧阳几经努力,终于把门外死人的一杆步枪勾了进来。

那名机枪手还在射击,硝烟已熏得他漆黑如鬼,身边堆积了密密的弹壳。

枪声戛然而止。机枪手弄了弄枪,似乎是坏了,他和旁边的弹药装填手开始手忙脚乱地卸下枪管。

没了机枪轰鸣,这世界顿显清静。欧阳在门口察看着,对街的日军探头探脑地在准备着什么。"六品,他们要冲进来。"

六品毫不在意地弹了一下自己的刀。

"还有更好的办法,你会开枪吗?"

"不会。"

"只要抠这个扳机……"欧阳用刚勾进来的步枪演示着。

"我讨厌枪。"

"抠这个扳机。"他把枪交给六品。

六品很给面子地抠了一下,一发子弹毫无目标地飞了出去,那几个跃跃欲试的日军往回缩了一下。

"数十个数抠一下,"欧阳看着六品不乐意的表情说,"为了我好。"

六品终于开始小声数数,欧阳轻拍一下他的肩膀,照里屋冲去。他嘴里和六品同一频率在计数:"一、二、三……"

一家窗户被捅开了,欧阳从里边钻出来,他嘴里大声数着数:"……七、八、九、十。"

六品的步枪响了一下,欧阳满意地笑了,"六品你真是个好同志。一、二、三……"

他以一个伤者能达到的最快速度冲过长巷,枪声或远或近地响。巷子到了头,欧阳看着眼前的一道高墙,南方潮湿的气候让墙上结了厚厚一层青苔,"……八、九!"他数着数,猛地冲向那道高墙。

"十……"六品又全无射击素养地打了一枪,日军在屋角的掩护下一点点靠近。

欧阳两手攀着墙头,脚在青苔层结的墙上踢蹬,终是攀不过,重重摔了下来,他痛得直拿拳头狠砸地面,"一、二、三!欧阳山川,你还年轻!"他爬起来又冲向高墙,总算攀了上去,一声脆响,仅有的一个备用弹匣落在墙下。欧阳恋恋地看了那个弹匣一眼,不可能去捡了,"五、六、七……"他向墙那头跳下去,又是一下重摔,痛得他拿脑袋撞墙,"九!十!你还没死!"

枪声又响了一下。欧阳缩在墙角,他已经出现在日军的后方,那假排长正举起一只手,打算等六品子弹打光时发起冲锋,他身边的两名日军拧开了手榴弹弹盖。

欧阳看着假排长还未挥下的手,一边轻声数数,一边检查枪里仅存的子弹。

六品最后一次扣动了扳机,弹壳蹦出,空膛的步枪卡上了弹栓。假排长的手一挥而下,"冲锋!"(日语)

没等他们冲出去,欧阳便从他们背后冲了出来,两个正要投弹的日军在他的射击中倒下,枪口指向那假排长时却没了子弹,欧阳滚倒,他想去捡地上的枪,枪却被那家伙一脚踢开,他对准了欧阳就要扣动扳机。六品从屋里冲出,挺起了手上的步枪,枪上的刺刀发挥了标枪的功能,假排长倒下。

欧阳坐了起来,疲惫不堪地苦笑,"六品,你……"他突然被一个奄奄一息的日军抱住了,那家伙亡命地拉开了手上的手榴弹。

欧阳狠挣,可已经没力气挣开,他冲着向他狂奔的六品大喊:"你别过来!"

六品充耳不闻,冲过来抓住了鬼子的肩膀,一脚狠踹在欧阳屁股上,欧阳从日军手里摔开,六品把那鬼子在头上打了半个旋,向旁边巷子扔去,几乎在脱手的同时手榴弹就爆炸了。欧阳五脏六腑都震得发麻,他在硝烟中寻找着六品的踪迹,"六品!"

六品茫然地看着眼前飘开的硝烟,欧阳扳过他的肩,"六品!听得见我说话吗?"

六品憨憨地笑了笑,他被炸蒙了。

阁楼上的人终于换完了那挺机枪的枪管,机枪又开始轰鸣。

欧阳拖着六品亡命奔逃,弹雨在身边飞蹿。硝烟中一群穿着守备军服装的人冲了过来,龙文章出现在那群守备军中间,欧阳拖着六品跑进了旁边的巷子。

局势未定,龙文章也无心追,他更关注的是那挺压得他部下动弹不得的机枪。他的准星套住了那机枪手闪动的头颅,一枪后,那机枪终于哑了。

守备军潮水般漫过了牌楼,直奔城北阵地。

日本军官伊达雪之丞拿着望远镜看着。他放下望远镜,对身后的另一名日军军官长谷川弘次说:"过去半个小时了,中国人已经发觉,柴崎还是没有发信号。"

"放弃攻城,伊达君。"长谷川没有转身。

"放弃?城里有我两个小队的精锐!"

"放弃。我们是孤军深入,折得起两个小队,贸然攻城,可折不起一个大队,中国人谓之舍车保帅。"

"我听不懂你的那些中国故事!"

"和中国人打仗要了解中国。停止进攻,在城里的人等待下步指令,今天到此为止。"长谷川颇有些自得其乐的样子,"一鼓作气,再而衰,三而竭,袭扰、奇攻、疲敌、破敌,是谓曹刿论战。"

伊达犹豫了一会儿,"传令。"旁边一名士兵跑开,长谷川笑笑,"放心吧,伊达君,我们手上的两张牌还一张没用呢。"

几发信号弹悠悠地升上天空,向城里的日军传达着信号。

2

青葱的巷子长得好像没有头,欧阳和六品在奔逃。巷子另一头突然冲出三个人向他们跑来,欧阳和六品停住。四道风拿着把日本战刀正追砍着两个难民样的日本人,在接近欧阳时,四道风终于追上,挥刀把那两人砍倒。

欧阳下意识举起手上的日式手枪,四道风一脚踢在他肚子上,刀也架上了欧阳颈子,六品的刀也同时悬在了四道风头上。

欧阳已经认出四道风来,而四道风行动永远快于思考,他一把夺过欧阳的枪,对他扣动扳机,欧阳闭眼,嗒的一声轻响,那支枪已经在刚才的血战中打光了子弹。

六品一刀砍了下来,欧阳大声叫道:"六品,是朋友!"

铡刀险险悬住,四道风这才认出欧阳,"你早上坐过我的车,可谁是你朋友?"

欧阳苦笑,"是的。你是大人物,你是四道风,四海为家的四,不讲道理的道,狂风大作的风。"

四道风看看手上的枪,"中国人干吗拿鬼子枪?你是鬼子还是中国人?"

欧阳揶揄地看看他手上的日本刀,四道风恼羞成怒地一刀劈下,六品还没来得及反应,四道风给脚下正偷偷摸枪的日本人补上了一刀。

"我是四道风,手上两道风,脚底两道风。"

欧阳笑了笑,眼里的世界开始旋转,双脚一软,晕了过去。四道风眼明手快,一把将他抱住,"喂喂,你这人怎么这样?"

六品蹲了下来,"他晕过去了。"

"这可怎么办?"四道风皱眉,他看看六品,"正闹鬼子呢,先回车行再说。"

六品茫然地看着他,又看看欧阳,默认了四道风的意见。

天黑了。沽兴车行里烛影摇晃,欧阳从昏睡中醒来,他昏沉地看看自己,身上绑着绷带,又看看四周,他认不出这个光线昏暗的地方,也不知道周围那些黄包车和自己有什么关系。旁边一声大响,四道风正把皮小爪扔在一辆黄包车上,"打架的时候你死到哪里去了?!"

"——我帮不上忙!"

四道风把皮小爪从车上揪了起来,"你到底死到哪里去了?!"他把皮小爪扔到了欧阳身上,刚刚醒来的欧阳被撞到伤口,又痛晕了过去。

欧阳再次醒来,鼻青脸肿的皮小爪正看着他。他试图起来,"我得去找人。"

皮小爪用好手按住他,"别动,你伤很重。城里戒严了,你说名字,我们帮你找。"

"她叫思……"他略清醒了点,苦笑,"算了,她不会再用这个名字。我在哪儿?"

"沽兴行。"

"沽兴行? 黄包车行?"欧阳点点头,不语。皮小爪起身离开,他走过的地方灯光昏暗,两列黄包车,中间的空地上躺着安详的大风。六品挂刀坐在地上,喃喃自语。

3

沙门会的宅院从外观上不属于良善之辈,墙高屋厚,天井和回廊在院里如迷宫一样纵横,很高的青石门槛和台阶让人觉得很难亲近。这像足一个堡垒。两扇厚重的黑色大门合在一起就是一个杀气腾腾的"沙"字,那是家族的徽号。

四个帮徒在大门前两里两外地站立,张狂地露着腰上的双枪,四道风和古烁在台阶下站着,一脸严肃。

院里的火光逆射着一个人影出现在门前,那是李六野,斜戴的黑布眼罩让他平添许多邪气,他看着门外的四道风说:"大阿爷等你。"他完全漠视古烁,仔细地打量了一下四道风,"你行,大阿爷念了你七次,你才回来一次。"

四道风不喜欢他对古烁的态度,淡淡地说:"我挺忙。"

"忙着跟穷鬼拉车?"

四道风把李六野腰间的一对柯尔特左轮信手拉出来一半,"大师兄,没这玩意,你我他,连同大阿爷,都是穷鬼。"

李六野反应过敏地摁住四道风的手,瞪他一眼,甩开。四道风跟上去,存心气人地搭着他的肩膀和他一块儿进院。

进去便是天井,从天井可以看见敞开式祠堂,帐幔飘飘,香火比庙宇更加兴旺,香烟缭绕衬着中间一个"沙"字。沙门会大阿爷沙观止坐在天井里,竹桌竹椅一套简洁茶具,身着白衣,仙风道骨。他手上滴溜溜玩着一对357左轮,那东西据说打得死野牛。

李六野走过去,和几个帮徒站在他身后。四道风和古烁站到桌边,双双鞠了一躬:"叔叔。""大阿爷。"

沙观止看一眼眼前的两人,目光停在四道风身上,"这么晚来,不会是想我这老头子了吧?"

四道风笑笑,"叔叔说的什么话,小四来看看你还不是应当的。"

沙观止点点头,看不出他的心情是好是坏,"说吧,有什么事直说,我这老不死的有什么可看。"

四道风挠挠头,"叔叔,真是来看看你的……另外,我想向叔叔讨两支枪。"

沙观止一愣,"要枪?侄儿你又不入我的帮会,要枪干什么?"

"一早不入会,是我不乐意被人管,后来,我不想欺侮穷哥们儿。要枪……是因为要用枪。"

"你不入帮会,没枪在手,人最多是欺侮你。你有枪在手,又没个后台,人出手就会致你死地。"

"我今天没枪在手,人一样要致我死地。"

"你没跟他提是我沙观止的侄儿?"

李六野插嘴,"大阿爷,小四从来就不提是您老的侄儿。"

沙观止愠怒,"做我侄儿你会折寿不是?"

四道风看着李六野笑笑,也不说话。古烁一躬到地,"大阿爷,是日本人。"

"今儿日本人在城里搅事,你们卷进去啦?"沙观止总算露出些关切的神情。

古烁抬起头来,"大阿爷,大风死了。"

"大阿爷和小四说话,你下人插什么嘴?"李六野训斥着,话头随即转向四道风,"死活都是个废人,你要用人我派手下给你就是,都不知道当初干吗挑个哑巴。"

四道风和古烁眼里冒火地看着他。

沙观止道:"侄儿,你重情重义我很欢喜,你不爱被人管束也由得你去,可是这日本人,你知道什么根底?不知道根底的事你插什么手?人但凡有点能耐,老觉得自己能怎么怎么,干出很多荒唐事来,我那时要不是抽身得早……"

"叔,给枪我记这个恩德,不给我自己去弄。"

李六野挺身而出,"你敢跟大阿爷这么说话?"

沙观止抬抬手,"六野,这是我的家事。"

李六野欠欠腰,只有对沙观止他才是真正的恭敬。

沙观止沉吟一会儿,道:"你是我兄弟留下的骨血,只要你要,这沙门的半壁江山都是你的,又有什么恩德好记?我只想你记住,你性子刚烈,这枪又是大凶之物,枪给了你可不要惹祸上身。"

四道风点点头,"我一直记得叔叔的话。"

沙观止向身后挥挥手,片刻,有人端上来托盘,白布衬垫上放着两对短枪,旁边是一对锋利的短刀。四道风的是一对诨名盒子炮的自来得,古烁的是一对白朗宁1900,两人把四支枪收进了腰间,四道风手腕翻弄一下,那对刀已经不知去处。

沙观止冲两人挥挥手,"实在有事,提我沙观止的名头。"说罢,拎着自己的枪,转身离去。

四道风和古烁从门里出来,他熟络地和其他帮徒拍肩搭背,然而,从古烁到每一个帮徒忽然变得紧张起来,原来李六野一言不发地站在台阶上,浑身透出一种杀气。

四道风笑嘻嘻过去,在李六野眼前晃晃指头,李六野露在眼罩外的那只独眼动都不动一下。他转身走开。

"你给我滚回来。"李六野低吼。

四道风乐了,"给你?哈哈。"

"敢跟我这么说话的人都死光了。"

四道风笑得直拿脚跺地,"对对,再跟我这么说话,我就笑死了。"

李六野掏了枪出来,四道风也没耽误,两只拿枪的胳膊撞在一起,脚下对踢了一脚分开,谁也没落着便宜。

李六野将眼罩换到另一边,遮着的那只眼睛并没瞎,戴眼罩只是他的个人爱好。他脸上是种要杀人的表情,四道风也没了好脸,"别瞎指,我今天气不顺。"

李六野哼一声,"你刚到手的家伙,没装子弹。"

四道风蹙了蹙眉,"你是真想崩了我,还是以为我真会崩了你?"

李六野颇有些没趣,把枪收了。可总得找回些面子,他瞪着四道风道:"你得回来,大阿爷想你回来。"

"叔叔要想我回来,自己会跟我说。现在帮里事是你管,可不带管我的家事。"四道风冲古烁招了招手,打算离开。

"你那两杆枪不管用!就这几天,鬼子就会占了沽宁!"

"你怎么知道?"四道风有点诧异。

李六野瞪他一眼将头转开,有些后悔说得太多。

四道风不依不饶,"我知道,你急着舔小鬼子屁股。"

李六野阴恻恻看着他,眼看又要动手,古烁忙不迭把四道风拖开,一边跟李六野点头哈腰,一边小声对四道风说:"你知道他换眼罩就想杀人,还惹他做什么?"

四道风意犹未尽地对李六野拍拍屁股,李六野气得眼珠都快射了出来,古烁忙给他鞠了个过膝的大躬,拉着四道风急急离开。街灯把两人的影子拉得老长。

经过白天的一通厮杀,晚上的沽宁寂静得过分,长明灯和招魂幡几乎遍布了每一条空荡荡的街道。

守备军士兵在每一处主要通道垒上工事,看起来戒备森严。一只毽子被那些穿着布鞋的脚践踏,一个小男孩从门缝偷看那只毽子,他白天玩耍的地方将成为战场。

士兵们将一具无名尸体抬开。男孩茫然地看着,直到那血淋淋的尸体被夜色淹没。

小男孩被拉进去,唐真姣好的面容闪了一下,门关上,唐真拉着弟弟上楼。

唐真家住在南方常见的那种几户同居的狭小木楼里,一扇年久失修的上闩木门把他们与街道隔开,一条狭窄幽暗的通道连着住家的房门,通道尽头是道窄而陡的楼梯,上去便是唐真的家。

唐真把弟弟抱到床上给他脱鞋,"小弟,这些天不要到处乱跑,知道吗?"

"姐姐,街上为什么那么多死人?"

唐真苦笑着让弟弟躺在床上,她不知道怎么跟一个孩子说这种事情,尽管她自己比一个孩子也大不了多少。

唐真的父亲在另一张床上的蚊帐里咳嗽,"小真啊,把水拿给我。"

唐真穿过拥挤的房间,从陈旧的家具就看得出来,她们家不宽裕,她在蚊帐边站定,给蚊帐后的父亲喂水。父亲喝了两口停下来问她:"今天街上怎么那么吵闹?"

"楼下店子开张,放鞭炮来着。"

"你二舅说要打仗了,鬼子要来了……"

"爸你别听他,喝点酒就爱瞎说。"

"他说今晚上来陪我说话,也没来。"

唐真怔了一下,低身给父亲把被角掖好。

蚊帐里传来一声长长的叹息,唐真转身离开。她回到自己的桌边,桌在窗前,她关上窗,又摊开桌上的课本,她的笔在白纸上面抖动着,许久没能写下一个字。屋里屋外,一片寂静,连敢亮灯的人家也寥寥无几,整个沽宁像一座死城。

罗非烟的二胡声在寂静的夜里隐隐传来,是一曲《雨打芭蕉》,在这样的晚上听来像是哭诉。

涛声依旧,二胡声在这里也听得见。四道风在沙滩上坐下,听着隐隐的二胡声,开始给刚拿到的自来得装弹。

"又拿上枪了……你一定要去找鬼子?"古烁看看自己的勃朗宁,他对这对枪有毫不掩饰的厌恶。

"他们会来。"

"来了就打?"

"我打,你可以不管。我啥事不管,大风的事不能不管。你要管的事多,孩子老婆,行里的兄弟还要你照顾。"

"你把我当什么?"古烁瞪眼。

"当老三。"

古烁沉默,他从怀里拿出个布包递过去,那是一只烧鸡和一瓶酒。四道风拧开盖喝了一口。

古烁苦笑,"今天我输了晚饭,本寻思四个人一块儿喝的……十个,成吗?"

"什么?"

"大风个子大,顶十个小鬼子。我陪你杀十个小鬼子,然后咱照常过日子。"

四道风不置可否地笑了笑,古烁把那当作一种认同。

"今天你带回的那人是沽宁女中的教书匠,你带个教书匠回来做什么?"

"他杀小日本,"顿了顿,"他不会说我陪你杀十个,然后咱照常过日子。"

"咱们刚过好!"古烁拍拍腰上的枪,"不拿这玩意跟人比画也能天天见肉!这就叫过得好!我不想咱们过回去,你想吗?"

四道风把枪卡回了腰里,往沙地上一躺,悠然看着天上的残月,"我不想,可有个事情我特明白。"

"什么?"

"来咱沽宁的小日本绝不会只有十个。"

古烁沉默,四道风也不再言语。一切又恢复平静,只有依稀的涛声和固执的二胡声不止不休地响着。

4

火把闪烁,仓促备战的守备军正在重新驻防城外的阵地。蒋武堂赤着上身,坐在战壕边由医务包扎身上的皮肉伤,他看着带队过来的龙文章问:"城里清了?"

"清了。也封锁了,现在的沽宁是没进没出。"

蒋武堂推开小心翼翼的医护,往旁边一坐,嘴里喃喃地骂。

龙文章安慰他,"往好的一面想,现在沽宁人跟咱们同心同德敌忾同仇……"

"再放这种哑屁,扒了虎皮回你的广东!你一肚子猪油?真以为凭三百个丘八就敢说守住沽宁?有十万沽宁人在后边,三百丘八才在这死扛,才够格跟鬼子一拼,稍挫其锋而已。现在玩什么?鬼子让丘八放进城了,沽宁人都不敢上街了!自己的街都不敢上怎么帮你?就剩咱们这帮后娘养的了!"

龙文章哑了,只好冲蒋武堂身后努嘴,"士气、士气,司令。"

蒋武堂回头,身后的士兵正目瞪口呆地看着他。

"干活!现在还卖呆?就怕死不去吗?"他火气冲天地冲阵地外围挤成一团的几个人嚷嚷,"那边在搅什么?"

"司令,有两个人要见您。"被士兵拦住的两特务冒了头,竭力向蒋武堂挥手。

"弄过来,我正想骂人。"

两特务过来。特务甲哈哈腰,"司令辛苦。"

蒋武堂瞪他一眼,"辛的什么苦?"

"戎马辛苦。"

"你也辛苦。"

特务甲哈哈一笑,"何足道哉。"

"打鬼子开始闹腾便不见了两位踪影,可见不是一般的辛苦。"

龙文章笑道:"原来是躲得辛苦。"

"躲是不敢当的,我两人也一直在观望事态。"

蒋武堂冷哼,"是逃之夭夭的那种观望吗?两位都配枪了吧?想来还都是好枪?"

"司令,在下是开了枪的。"

"打死一个女人?"

"一个女共党。没死,重伤,我们没找到她的尸体。"

"两位还真是挺忙。"

"想来,司令今日也看到了沽宁共党为祸之烈。"

蒋武堂皱了皱眉,"你还真是个倒钩子嘴。我这里鬼子闹得天翻地覆,你倒是除了共党就没提过别的。"

"是鬼子是共党犹未可知呢,司令。"

蒋武堂听得蹿火,抓起几把缴获的日本战刀和枪械扔了过去,"共党使这家伙?"

"司令弄得到的东西,不恭地讲,共党也弄得到。"

蒋武堂不耐烦地挥手,"滚滚,你就死了拿蒋某当枪使的心吧,共党打老百姓?那是你们国字头干的事情!"

龙文章冷笑,"可不,今天那女人,甭管是不是共党,明明打的是鬼子。"

"兴许是共党内讧呢？只要司令小小的支援,我一定查个水落石出……"

"叉！"蒋武堂已没了耐心,话刚落音,几名士兵已经迫不及待地拥了上去。

特务甲举起手来,"别叉,我自己走。"他悻悻地走开,一边自言自语,"就是说有共党,就是说共党今儿还真没闲着。司令现在最头痛的就是找不着……甭管是共党还是鬼子……咱就说敌寇的踪迹吧……"

正踱步的蒋武堂忽然站住,"回来！"

特务甲立刻回头,"司令有何吩咐？"

"龙副官,大敌当前,我毙掉两个油腔滑调的不为过吧？"

"绝不为过,司令。"

特务甲一愣,立刻正色,"司令,共党在今日的袭击中颇有先知先觉之嫌,而凭在下的经验,共党也总是知道一些我们不知道的事情。"

蒋武堂皱着眉犹豫,在一片扑朔迷离之中,特务甲提出的无疑也是一个途径。

特务甲接着道："退一步讲来,即算共党与今日惨祸无关,可他们知道的内情,堂堂守备军没理由反不知道吧？"

蒋武堂看着特务甲,"你知道什么？"

"沽宁共党头目！"特务甲捅了一下乙,乙献宝似的拿出两张通缉令展开,通缉令上是欧阳和思枫依稀相似的绘像。

蒋武堂沉默地看着那两张通缉令,眉头揪得更紧了。

5

太阳升了起来。经过守备军一夜的清理,昨天的狼藉已不复存在,新的一天又将开始,无论如何,沽宁人总要生活下去。

有几个守备军在街头张贴着什么,人们围了上去。空气里满是紧张的味道。

欧阳终于再次醒来,他打量一下四周,六品和小馒头几个车夫在旁边。

"六品……"

六品转过脸,嘘了一声,指了指前面。

那里,摆着一副棺椁,大风的遗骸已经放了进去,四道风端端正正跪着,他用刀割开自己的手臂,血淌在棺椁上。

"他在干什么？"欧阳问。

"他发了毒誓,要不给大风报仇,伤口烂掉他胳膊,烂穿心肺。"

欧阳皱了皱眉,他对这种江湖勾当没什么好感。

古烁也在臂上开了条口子,只是不如四道风那样深得吓人,四道风不由分说给了皮小爪一刀。

他们哥三个跪着,看着棺椁抬走。车夫们渐渐散开,老馒头凑过去刚说了句什么，就让四道风一脚踢开。古烁把他拉了过来，他仍嚷嚷："不是我要揍他，他这时候要退车，不是怕死是什么？逃逃逃，他来那地方有多远我都不知道……"

"四哥……"欧阳叫着走近的四道风。

四道风翻眼看他，"你又不拉车，瞎叫什么哥？"

"多谢……"

"谢什么？说个谢字就把自己当上等人？"

四道风今天气不顺，不像昨天那么好打交道，欧阳笑笑，"我这么说好不好——大侠恩德没齿不忘？"

四道风没理他，转向古烁说："我喜欢他这样的，看着挺像人，阴坏，咬人狗不叫，宰鬼子也闷杀。"他问六品，"六品，他几个？"

六品很精确地伸了五个指头，又伸了三个手指从中间一切，表示半个。

四道风看了，又接着刺古烁："五个整，三个半拉，一天。我都没他多，他说十个收手了吗？"他接着又找上欧阳，"哎，那仨半拉怎么回事？"

欧阳苦笑，"世界上没有半拉人，所以我不可能杀半拉。"

"狠角色都是这么说话的，听出来没？没有他才杀不着，有的他全杀了。"

古烁苦笑。

"四爷，我得走了。"欧阳说。

"等会儿，你上哪儿？"他又找上六品了，"我也喜欢他，个大，话少，这大身板里装的全是义气和力气，唉老三，你觉得他像不像大风？……喂，你说走，要去哪儿？"

"我有要紧事情得办，尤其这个时候……"

"你还能去哪儿？欧阳山川，本名曹烈云，说是沽宁女中的教书匠，其实扮猪吃老虎，是被通缉十一年的赤匪逃犯。说说你怎么混的呗？我大师兄杀了足一打，也就被通缉了两年，赏格也没你高。"

欧阳扫视了四周，没有一个像是特务身份的人，可一切底细被四道风这样的人说出来，实在是令他吃惊。

四道风掏出那张他为了看赏格多少而撕下来的通缉令说："你是死五百，活一千。兄弟，你立马撞死也顶这一车行。"

欧阳无奈地摇摇头，他挣扎着起身，"不管怎么样，四爷，我还是得走。"

四道风瞪着他，"你出得去吗？这个时候你要出去也不问问我同不同意？"

欧阳看着四道风，"你要把我交出去？"

"我是四道风！"四道风火了。

欧阳点了点头，把这当成承诺，"我会记得你的情。"他起身，真的要走。

四道风一把把他推回去，"我说过没我的同意你不能出去。"他说着，转身拿了什么东西摔给欧阳。欧阳看看，那是一身车夫的衣服。欧阳笑了笑，乖乖地换上。

欧阳换上了车夫的衣服,脸上尽可能地化了装,他跟着四道风拉了辆车在街头小跑。街上每隔一段路便贴着他和思枫的通缉令,昨天恶战过的牌楼处已经戒备森严,架上了机枪,设上了重岗。

前边又是一道守备军的卡子。守备军冲过来向两人喊:"站住,查……"

四道风阴着脸一记高踢,这像是他的名片,守备军立刻笑了,"哎哟四哥,是您,后边这位……"

"我亲哥都不认得了?长得不像?"

"仔细一看还真像。"守备军看也没看张口就说好听的,挥挥手让他们过去。

就这么过了卡子,欧阳的脚步慢了下来,他看见了思枫的小店,店子几乎被肢解了,门板被卸了下来,空空的门洞上横七竖八地打了好几道封条。

四道风看看欧阳,"眼见为实吧?跟你说我这人不爱打诳语。"

欧阳没吭声,眼睛看向一片死寂的校园,他向校园走去,他的目标是那里的家。

屋里仅有的一扇小气窗被打开,欧阳和四道风一先一后把自己塞了进来,欧阳看着这个曾经的家有些发愣,他没少见过抄家,可没见过抄得这么彻底的家,连那张双人床都被拆开劈碎了。

他踢到一只杯子,那是吃药用的,出奇地保持了完整。欧阳把它捡在手里,好像上边还有余温。

四道风啧啧有声,"你来找劈柴吗?"

欧阳忽然拉了他一把,两人藏在门后,从门缝里看去,那个叫唐真的学生站在操场上,呆呆地往这边看着。从唐真的神情欧阳已经猜出门外是什么样子,必定打着好几道封条。唐真掉头走开,走向校门,她是专程来的。

四道风看着远去的唐真问:"她是你的匪婆子吗?"

"不是。"

"你非要来这儿,是想你的匪婆子吗?"

"不是。"

他开始寻找,搬开墙上一块活砖,打开门槛下一块木板,里边都空空如也。

"你是不是在找匪婆子留给你的信?亲啊抱啊,情啊爱啊?"

"我在找我的下一步工作指示。"

"你们每个人都配一个匪婆子吗?"

欧阳瞪他一眼,"不会。"他知道四道风并非好色,那只是小市民的好奇和无赖。

"你们会瞒着匪婆子往这里头藏私房钱吗?"

欧阳终于认真地看着四道风,答非所问:"谢谢。有你在就还不坏,你不说话的时候就更好上加好,"他扫视这废墟般的房间,"有你在,我都不觉得这有多糟。"

"什么意思?"

趁着四道风思考的时间,欧阳最后一次看了看这个家,他把那个水杯揣进怀里,开始爬那小气窗。四道风也跟着爬了出去。

两辆黄包车就停在巷子里,欧阳和四道风从墙上跳下来。四道风忽然低吼了一声,把欧阳按在车上,"你刚才绕着弯骂人对不对?"

"对了。"

四道风很想揍人,可对着一个没打算还手的人他揍不下去,只好放开,"我先告你,再阴我,我去挣一千大洋,还阴我,我就挣五百大洋。"

"你不会的。"

四道风狠巴巴地看着欧阳,"我会的!"

"昨天咱都看清了彼此的德行,你是四道风,你不会在乎一千或五百大洋。"

四道风显然把这当作赞美,"你这种狠角都不在乎死活?不过我还是会的!"

"得了吧,你是四道风,黑道巨擘沙门会大阿爷沙观止的侄子,不服管束连你叔父的话都不听。你打小是沽宁街头吃百家饭长大的苦孩子,你叔父是你唯一的亲人,打外边闯荡回来教了你一身武艺,学艺没完你就拉了三个兄弟反出沙门。四道风是你的名也是你们哥四个对外的称呼,你们跟除了沙门会的所有帮会作对,这两月你们已经打得全沽宁帮会不敢跟黄包车要保护费,你是不服管束的无产者,生下来就为跟规矩作对……"

四道风目瞪口呆,摸索着身后的车坐了下来,不是谁都有机会碰上一个生人如此了解自己。

欧阳看着四道风的表情说:"这样的人会去跟官府要赏钱?杀了我也不信。"

"你怎么知道……知道我是我叔父的侄子?"

欧阳苦笑,"你真该把手上那张通缉令看完,我是共党的情报员,一穷二白,什么都没有……没有朋友,没有同志,"他拍拍脑袋,"只有这个和这里边的情报。"

"老子不认字,怎么着吧?"

"不怎么着。"欧阳苦笑着摇头,坐在车挡上。他看着空寂的长街,落寞而疲倦。

6

欧阳整个身子都在颤抖。未愈的伤口不会让他痛成这样,他又在头痛了,他把水倒进那只杯子,杯子弄翻了,水溅了一身,他又重新倒了一杯。他拿着那杯水回到自己的角落时,杯里只剩半杯水,正席地大碗酒大块肉的几人停下来奇怪地看着他。

"赤匪,你怎么啦?"四道风的口气很粗野,带有点挑衅。

"头……有点痛。"

四道风笑了,"你们看他那小娘养的样儿!狠角,就是细皮嫩肉,没吃过苦,不知道啥叫吃苦!"

欧阳点点头,坐在灯光照不到的角落,往嘴里填了块干饽,喝水。

"再不吃真不等你啦!"

欧阳扫一眼他们正吃的玩意,除了肉没有别的,"太油腻,我不能吃荤腥。"

"人参燕窝不油腻吧?二的,去给他炖个十全大补汤!"

皮小爪有些歉意地解释,"老四其实就是想说你别光吃饽,他这人就这样。"

"我管他吃糠吃屎?赤匪,你想吃好的也不是没有,好好跟着我,给我做军师,人参燕窝都给你上。"

古烁神情古怪地看四道风一眼,四道风把他推得仰在地上。

欧阳愣住,"军师?在下对你有什么用吗?"

"打日本。"四道风干脆地说。

"打什么?"

"杀鬼子。"四道风手上变戏法似的多了两支枪,他把它们拍在欧阳面前,"看见没?"

"毛瑟1909,我不知道你爱叫它自来得、盒子炮、二十响还是快慢机。你这对是天津造,出厂一百二,后来改装过,我估计你爱拿它当机关枪使。"

四道风又乐得推身边的人,"瞧见没?他懂枪!他是个狠角,阴坏,鬼脑子又好使,就这么定啦!"

"老四……"古烁绷着脸,他显然对四道风的这个决定有些不满。

欧阳想着措词,他清楚四道风是个很容易伤害别人也很容易受伤害的人,"我是个被通缉的共党,你们拉我是惹祸上身……是的,你不怕惹祸,怕惹祸的人不会成天揣俩机枪晃悠。"

四道风斜了眼看他,"别说了,鬼子准还来,再来你支招,我操枪,行里伙计并肩子上,就这个事。"

欧阳苦笑,"大风死了我也很伤心,可你现在要打的不是哪个帮会,是军队,后边还有一个饿红了眼的国家,它们最擅长有组织有效率地杀人……"

四道风歪着头,尽可能做出轻蔑的表情。欧阳硬着头皮往下说:"不是械斗或者打群架,这是打仗,你要还不明白,我可以说昨天流的血根本够不上打仗,你也根本没见过真正的打仗。"

"啊?哈?是吗?那你明白?你有没有啥哥们儿打小一块儿受人白眼,拉屎都互相帮着擦屁股?"

"我……没有……是的,我不明白。"

"现在他被一帮不知打哪来的该活剥的、油煮的、碎剐的玩意杀了,肠子肚子都打成了蜂窝,你怎么办?"

欧阳显得有些无力,"我会替他死的,如果有的话。"

四道风跳过来,把欧阳揪起,"他就是替我死的!"

一下乱了套,六品打算把四道风架开,但先被古烁和皮小爪架住。

六品冲四道风吼:"你别碰他!"

"别那么大声!我听得见!"四道风看着欧阳,"这么说吧,等着你的是什么命我也知道。没我帮你,你这六斤半早挂牌坊上了,你也出不去这沽宁城,连这街你都不能上!就昨天还打死个女共党,你想想……"

欧阳一惊,"你说什么?"

"女共党啊,死了,怪可惜的,如花似玉的是不是,老三?"

"你没看见,我也没看见。"古烁阴沉着脸。

"没看见就不许我知道?听说还是开店的,店里生意还不错,啧啧……"

"怎么死的?"欧阳的着急写在脸上。

"乱枪啊!乱枪,你们这帮人还能怎么死?一个个的……"

皮小爪扯扯四道风的裤腿,安慰着欧阳,"别听他的,没死。这不还通缉呢吗?"他拿出那几张通缉令扔了过去,欧阳扑到地上抢住那几个纸团,展开一张一看是自己,扔掉,他展开第二张,手在发抖。

"肯定活不了,这事我知道。"四道风似乎以刺痛欧阳为乐,话没完腮帮子上火辣辣挨了欧阳一下。

四道风愣了,然后又惊又喜,"好啊,跟我过招!"他砰的一拳挥过去,欧阳摔倒,撞得几辆黄包车连翻带倒。六品一声不吭地冲了过来,古烁一拳砸在六品胸上,六品却浑若无事地把他推了个滚,古烁愣了一下,接着跳起来。

皮小爪在一旁急得直跳,"你们几个好好说话行不行?"可在几个暴烈的行动派面前他的声音太微弱。

四道风推开几辆车,照欧阳躺倒的地方走去,"哎哎,别装死,我还没使劲……喂,你别玩阴的,玩阴的没好果子吃。"

欧阳爬了起来,拭去嘴角的鲜血,在一辆黄包车上坐下,"我不想跟你说话。"

四道风怔了一下,欧阳的眼睛让他有点发疹,"我还不想跟你说话呢。"他掉头打算走开,"现在的沽宁是进不来出不去,好好帮我,管你红的绿的开染坊的,我保你一条小命!"

欧阳根本没理他,静静展开刚才一直握在手上的纸团。昏暗的灯光下,他静静看着,脸上没有悲欢喜乐。

第 五 章

1

沽宁守备司令部里,一间屋子的灯还亮着。蒋武堂正顶着灯光坐在地图前发呆,龙文章一路嚷嚷着进来,"那俩阴人真要在这儿住了吗?"

"是的。"蒋武堂有些心不在焉。

"您瞧见他们有多讨厌了吗?"

"龙副官,鬼子在哪儿,你在地图上给我指出来。"

龙文章愣了一下,"我……怎么知道?"

"那就忍着,我何尝不知道共党跟这事没相干,可这种两眼一摸瞎的仗怎么打?我只好从姓共的那里找个头绪,谁让他们知道咱们不知道的……"

一名马弁进来,"司令,高会长……"

高三宝匆匆进来,面有戚容:"我想蒋司令不会把我这老废物拒之门外的。"

蒋武堂站了起来,"高会长……"他看着高三宝脸上的伤疤,"高会长无恙乎?"

高三宝抱抱拳,"先说句救命之恩,不敢言谢,再一句,有什么地方我能效力?"

高三宝毫不掩饰的急切神情让蒋武堂有些感动,"您该在家好好将养……"

"高某的老哥们一天内十去八九,高某的女儿死活不走,说要同生死共存亡,要说昨天你我还分个彼此,现在就没那个了,危城之下,保国就是保家,高某明白。"

蒋武堂苦笑,"我今儿请上司往沽宁派架侦察机,那边说飞机宝贵,几十个师在前线浴血奋战,哪有工夫管你小小沽宁?哈哈,踢了一世皮球,这回倒也干脆。"

"谁都是靠不住的,只有靠沽宁人自己了。"

"靠什么?沽宁是人人自危,民心大乱。我这是无兵无将,背水一战,靠什么?"

高三宝有点茫然,"……我有钱。"

蒋武堂哑然,"钱在这时候是管不得用了。"

"钱总是有用的。"高三宝看着屋外漆黑的夜,他的神情如在够一根救命稻草。

2

往常这个时候,沽兴车行已是一片繁忙,但时局紧张,今天出车的并不多。

四道风端着缸子在漱口,老小馒头拉着车往外走,老馒头又在鼓劲想央告四道风退车的事,四道风先一眼瞪了过去,老馒头唉声叹气地走开。

四道风看不过去,"行了行了!下午回来把车退了!逃你的小命儿去吧!"

老馒头感激涕零,"四哥您真是……"

"滚远点!不想看见你!"

老馒头知趣,拖了小馒头走开。

四道风接着漱口,一双眼睛又盯上了跟着两馒头往外走的一个生人,那人整套黄褂圆帽,走相做派十足一街头混混。四道风晃晃水缸,"穿屎黄的那个,过来!这是大马路吗?你进来晃什么?"

那人过来,老远便唱个无礼喏,"正找四爷呢,四爷有礼。"

"别扯,我今生也不是什么爷。"

"我们爷有请四爷,您知道,闹个和头酒。"

四道风厌恶地转开头漱口,一口水喷在阳光下虹光泛射,"你们哪个会的?"

"我们爷……"

"闭嘴走吧你,告你爷,我烦抢到刀把子就骑穷哥们头上的人,甭管他啥会。"

那陌生人看看他,抱抱拳离开。四道风把洋铁缸子一放,从窗沿上看欧阳睡的地方,日头高照,被子下边一个人形一动不动,他回身揪住皮小爪,"爱抬杠的没死吧?怎么这个点还睡?"

皮小爪道:"教书匠啊?两个点前就起了呀。"

四道风愣了一下,跳进屋里一脚把被子踢开,下边是一个被卷。四道风看看车行门外,"你借他一身屎黄的衣服?"

"就你特烦那身。"皮小爪从窗边拿起堆破布,"你瞧这些,扔化子堆里也没人要。"

"你个胳膊都长不全的笨蛋!"他狂怒地抓过那把布条扔了,往大门跑去。

黄衣圆帽的欧阳早已拐进小巷,装化得实在粗疏,半撮胡子已经快掉下来。他一边走一边修复着,从另一条巷子里出来时胡子已经复原了,巷口有两个士兵,欧阳在墙上蹭了蹭脊背,一脸无赖相地看着他们。

士兵厌恶地将脸转开,欧阳又磨蹭了一会儿才通过哨卡,他走向沽宁的街道。

一家药店出现在欧阳眼前,他想也没想便进去了。店里没有客人,他指指架上的一种瓶装西药,伸了四个手指头。那是他常吃的止痛药。

店伙吓了一跳,"先生,这药一年也吃不了几瓶的。"

欧阳摇摇头,只管把钱递了过去,他把药揣进口袋,把找的钱仍留在柜上,"小师傅,跟您打听个人。"

店伙看看找的钱,点头。

"有个女人,二十五六的样子,总来贵店买这种药……"

"她可有几天没来了,这兵荒马乱的……"

"我知道。"他把找的钱推给那店伙,有两张纸币已经被他折成了长条,交叉着放在一个最醒目的位置。他满怀希冀地看着对方。

"……给我的?"

欧阳把钱推给对方,他只看到一个小市民的贪欲,但他还没有绝望,"这有镰刀和锤子吗?"

这种暗语已经接近赤裸裸了,店伙仍只是疑惑地摇头,"我们……只卖药。"

"有人来买外伤药吗?"

"那就多了去啦,鬼子刚闹完,您瞧这儿。"

欧阳看看那空出整大块的药架,外伤药早已卖光。他正打算离开,却又转过身来,热切地看着店伙,"如果她来了,如果买这种头痛药的人来了,告诉她,我没走,暂时不会走,我在找她,我……所有的朋友都断线了。如果她知道,给我个信,不用管我,怎么都行,只是让我知道……她还好。"

店伙莫明其妙地点头,仿佛欧阳是个疯子。欧阳沉默下来,离开。

3

老小馍头坐在街头等活儿,可今天的活儿并不多。

"爹,咱真要走吗?"小馍头有点心不在焉。

"走,驴才跟这沽宁耗呢,趁他今天说了松动话,等拿回那三块大洋押车钱……"

"四哥一直对咱们挺好的。"

"好是他说了算,坏也是他说了算,咱是草民,这条命得靠自己抓着。"

小馍头不吭声,蹲在车边有些冤苦地扒拉车轮子,老馍头二话没说给他一下,"我知道你打见那帮无法无天的心就飞了!他靠不住!你想吧,分文不挣穷快活!车行说话就倒!四道风?到时候你跟他喝西北风去!这都不说了,还跟鬼子打?玩去!"

"可四哥是真英雄……"

老馍头冲着儿子又是一下,"可今天锅里该有的还是没有!他是英雄你又不是英雄！小王八乐意饿死？要不让鬼子挑死？"

小馒头咬了咬牙，"乐意。"

老馒头又想打，神态却瞬间变得恭敬。他的视线里，龙文章领着一小队军人和一个民间鼓乐队走过来。高三宝、高昕、何莫修和沽宁幸存的几个士绅跟在后边，有人还带着伤残。所有人都沉默着，这支队伍看起来有些悕惶。

龙文章挥了挥手，那些人停下，鼓乐队将手头的各种乐器一齐奏响，并不和谐。龙文章烦躁地又挥了挥手，所有的乐器都停了，只剩下瘦削老头罗非烟在奏一曲《十面埋伏》，他的胡琴对沽宁长大的人是有魔力的，琴声中有人聚拢，有人开了门窗，死气沉沉的街道上终于有了些活气。

曲终是沉默，龙文章身后的守备军士不失时机展开一张纸，大声念道："字谕沽宁民众，敌寇来犯，兵临城下……"

龙文章伸手把那纸抢过来揉了，他拄着拐杖跛行两步，白净的脸上泛着杀气，"什么字谕不字谕的？人都死整条街了。两天前我说过，我有一千发子弹留给日本鬼子，现在还是这话。再添一句——鬼子再来，三百人挡不住，谁跟我一块儿打鬼子？"

人群沉默。老馒头把直勾勾看着的小馒头拖了回去。

龙文章看着沉默的人群不由有些恼火，他往身边叫了一声："高会长！"

高三宝点点头，一边的全福把一块红布揭开，那是整筐成色十足的银洋，另一块揭开，露出一口装设在木架上的大号铜锣。

龙文章听着人群里发出的惊叹大声道："这钱是高会长捐出来的。敲一响这锣，十块银洋拿走！上城外跟兄弟吃几天军粮！别怕，用不着怕，鬼子脑袋敲起来不比西瓜结实多少，只要你不怕。"他看着靠前的小馒头问："小兄弟，怕吗？"

小馒头张嘴就答："谁怕他？鬼子来抢粮，我六叔一手一个给他们扔粪堆里了。"

龙文章总算笑了笑，"原来是英雄世家？小兄弟哪里人？"

小馒头看看老馒头，老馒头一双乌珠子快给那筐银圆吸过去了，根本没管他，小馒头道："承德。"

"你那英雄的六叔呢？快请出来给大家见见。"

小馒头干巴巴地说："死了。他扔那俩鬼子用枪打死了他。"

龙文章忽然有些沮丧，可是他仍然坚持着，"你不想给你六叔报仇吗？不想回你的家乡吗？"

小馒头再不敢说话了，掉头看着自己的父亲。龙文章转了身，他对这般麻木的人性感到彻底绝望，他对着人群呼喊："沽宁人，鬼子来了要毁的是沽宁，高会长倾家荡产要救的是沽宁，鬼子来了血流成河的是沽宁人，打跑了鬼子咱保住的是自己的家。那么，谁来救沽宁？"

沉默,被他扫视的人都略为后退了。老馍头靠得最近,也退得最远。

龙文章狠狠捶了一下自己的瘸腿,"沽宁人,我也流了血,可没流光我的勇气!"话音刚落,他身后的锣被敲响了,龙文章惊喜地回头,小馍头拿着足一臂长的锣槌站在锣边,"我想给我六叔报仇。"

同一刻鼓乐大作,彩纸的花瓣落在小馍头身上,他手里有了十块银洋,项上披上了红花,人群里的老馍头嘴唇开始颤抖。

龙文章大力拍着小馍头的肩,"我喜欢他!瞧见他就喜欢!站这儿来小兄弟,以后咱就是兄弟了!"

小馍头站到了人群中间,一向不敢吭气的主,现在臭屁到不知道自己是谁。

万事开头难,锣再次被人擂响,沽宁几天来第一次显得有些欢腾。小馍头挤开人群,捧了那十块银洋向老馍头走去,老馍头仍在发呆。小馍头把钱交给老馍头,"爹,那我走啦。"

十块银洋似乎触动了老馍头的某个开关,他捧着钱挤向龙文章,"这不行这不行,他搞错了,他不懂事,他财迷心窍……咱有钱,咱不缺钱……"

龙文章拿着那摞银洋愣住,旁边拿槌的人停了下来,喧哗也静了下来,好容易激起来的斗志被老馍头浇下一盆凉水,老馍头拖着儿子挤开人群往外走。

龙文章恼怒地吼:"给我站住!你当你在买酱菜吗?"

老馍头诚惶诚恐,"求求你,求您了军爷,您饶了这王八羔子,我们就是拉车的,我们还回行里退车呢,行里还押着五块钱呢。"

高三宝在一旁问:"沽兴行是不是?全福你跟行里说一声,押车钱退人家,他要还拉车以后份钱全免。"他拍拍老馍头的肩,"老哥,我只能跟你说匹夫有责,儿女都是心头肉,可谁让咱们都老得扛不动枪呢?这只能说是个不成意思的意思。"他转身到筐边,于是老馍头手上又多了十块银圆。

"不行,我不卖儿子。"老馍头捧着钱想放下,却又舍不得。

龙文章把枪在老馍头跟前狠跺了一下,"你跟死了的人说声不行!"

小馍头扯扯老馍头的衣裳,"爹,就这几天,打跑了鬼子我就去找你。"

老馍头干张了张嘴,他怕穿军装的,尤其怕穿军装又拿着枪的,对着眼前的枪他说不出话,只能吃力地推起了车向人群外走去。

高昕稍犹豫一会儿,在筐里抓了一把银圆追上去。

人群里锣又被敲响了。敲锣的是个十岁不到的小乞丐,小乞丐期盼地向正分发银洋的伤兵伸手,惹得人们一阵哄堂大笑。伤兵一脚把小乞丐踢飞了出去,"娘的,这钱你也好意思要?"

小乞丐的头在石阶上撞出个包来,不知好赖地还要往人堆里钻,人们嬉笑着挤紧了不让他进去。

"鬼!"小乞丐嘴里模糊不清地吐着字。

人们大笑,"大白天嚷什么鬼?是鬼子!"

"鬼!"小乞丐很执着地说。

高三宝皱皱眉,"像什么话,全福,给他拿点吃的。"

全福拉着小乞丐离开。

高三宝下意识地在人群里寻找高昕的身影。高昕已经挤出去追上了老馍头,她把那把银圆塞给他,"那天是你们救了我,今天你们又给我勇气……勇气,我们现在都需要勇气……"她有些茫然,看看银圆,"这不算什么,真的,它什么用都没有,可是……"她不知道要说什么,窘得脸发红。老馍头愣住,他看看高昕,又看看身后的人群,他将钱放进了口袋,放下车,犹犹豫豫地挤过人群。

龙文章正忙着给新丁排队,身后的锣不干不脆地又响了一下,人们转身,老馍头拿着槌站在锣边,他怯怯地看着龙文章,"我也吃口军粮,成不?"

龙文章笑笑,狠拍了他一下让他站到新兵队里。老馍头理直气壮伸着手,龙文章愣了愣,抓起十块银元塞给他。

老馍头走向新兵队时腰里已沉甸甸的了,但他仍然看着高三宝,"高老板,我那车……"

高三宝急急道:"你老哥放心。全福,帮人把车送回去。"

"那押钱……"

高三宝总算反应过来,立刻又拿了几块银圆给他。

老馍头终于站进新兵队,小馍头讶然地看着,"爹,你干啥?"老馍头也不回答,只是狠狠地在他屁股上踢了一脚。

那筐银圆已经见底,鼓乐队开始收摊。龙文章一瘸一拐地带着新丁队列,踢踢踏踏参差不齐地离开,他威武地对着这帮菜鸟嚷嚷:"打今天起你们就是武夫!看见披黄皮的别叫军爷,要叫弟兄!这叫家伙什不叫枪!这不是脑袋,这叫六斤半!人要问你哪部分的,你就说蒋司令手下,跟鬼子白刀子进红刀子出那部分的!"

人们被他喊得热血沸腾,打醒了十二分精神紧跟队列,向着郊野外的阵地走去。

4

太阳已经完全落下。欧阳坐在流水淙淙的河边,他仍是早晨出门时那身装束,他试图就着河水清洗一直揣在身上的那个药瓶盖,那是个很艰难的工作,因为他是要洗去上边日本人的血渍而保住思枫的字迹。

一条乌篷船从他身边过去,邮差从船上跳上岸。欧阳漫不经心地看了一眼,愣了一下,马上想起曾在思枫的店里见过这个男子的身影。他揣了瓶盖,匆匆跟上。

邮差意识到了欧阳在跟踪,闪身拐进一条巷子。欧阳跟了上去,突然,一支枪在门洞里指着他。

"专诸刺僚。"他摊开两只手表示没有敌意。

那支枪放下了,邮差从门洞里走出来,"别转身。暗号已换,你说得不对。"

"我找不到你们,也没人通知我!我被你们掩护了整整三年,你知道的!"他想要转身,邮差毫不客气地用枪对准了他,欧阳苦笑着举起了手。

"我们都知道你已经走了。"

"我又回来了!"

"带着新指令?那你该知道新暗号。"

"我根本就没有走!"

"我不信……这两天很多事情都变了。"

"你们可以不管我,我只想知道她怎么样了!"

邮差犹豫着,脸上的感情复杂莫名,手上的枪仍没有放下,"别再跟着我。"

"她是不是已经死了——"欧阳猛然转过身,身后空空荡荡,似乎从来就没人在那里待过,欧阳精疲力竭地跪下,越坚强的人越软弱,他掩着脸开始无声地恸哭。

许久,欧阳总算平静下来,他站起来,漫无目的地走开。

他穿过一条巷子,前面的路口设有哨卡,哨卡边贴着他和思枫的通缉令,他神情涣散地看着,再没了平时鹰隼般的警惕,茫然地朝哨卡走去。

忽然一个声音在空落的街头炸响:"抓赤匪呀!"

周围顿时炸了窝。欧阳身边的几个士兵拉开了枪栓吆五喝六地从他身边跑过,仅有的几个行人四下奔散。欧阳莫明其妙地站着,刚才还有寥落行人的街道一下变得空旷,欧阳也似乎大梦方觉。

一辆黄包车旋风般地从身后卷过来,深沉的暮色下看不清楚拉车的人,欧阳只听到一个压低了的声音道:"快上车!"

欧阳下意识地上车,那车拐进另一条巷子。

车在黑漆漆的巷子里奔驰,拉车的对这些鬼打墙似的巷子似乎熟得无以复加,在每一个拐弯的时候都毫不犹豫。欧阳在颠簸中看着前边那个压低了身子,低扣了帽子的人影,他渐渐恢复了意识,明白自己险些做了什么,"对不起同志,我错了……我干了件多荒唐的事情……不,刚才我都不知道自己要干什么……我……我一定认真检查自己……不,你们可以重新审查我,怎么都可以……我只想……"他前言不搭后语地表白着,终于问出自己最想问的话,"我只想知道她怎么样了?"

那人不吭声,哈腰猛跑,街道上追捕的声音渐渐远不可闻。

"她到底怎么样了?同志,请你告诉我!"

那人终于停车转过身来,欧阳还未看真切就听见一个无拘无束到让人生气的笑声,"她是你的匪婆子吗?"

那是四道风。

所有担忧和希望全部落空,欧阳颓然坐倒在车座上,继而有些愤怒地跳下车离开,把四道风的嚷嚷丢在身后。

欧阳快步走着,他又来到了之前碰到邮差的河边,他期望在这能再碰到他的同志。四道风拉了车不即不离地在后边跟着。

河边寂静无人,月色下小河上的舢板和篷船无人自横。欧阳郁郁地看着。四道风看看欧阳,"哎,爱抬杠的别生气,你那么跟我抬杠我都没气。"

欧阳转过身来,"第一,我不爱抬杠;第二,我尤其不敢跟你抬杠;第三,我早就忘了怎么生气了。"

"嘿嘿,赤匪讲话还一二三的呢。"

"别再叫我赤匪了,求你。"他四下看看,往小船走去,他想找一个四道风没法跟着的地方。

欧阳跳上船,四道风想也没想就放下车跟上船。欧阳瞟他一眼,坐下,从口袋里掏出刚买来的药,倒出几粒放在嘴里。

四道风跟着坐下,"你吃的什么洋玩意,给两颗。"

"你不会爱吃的。"

"有福同享、有福同享。"

欧阳忍着气倒给他几颗,四道风拨弄两下,全扔进嘴里,然后他将半个脑袋扎在水里漱口,"你有病的?嚼这个?"

"我头痛。"

四道风又打量着他,嘿嘿地乐,"你够狠,你够狠,我大师兄眼没瞎戴个眼罩冒充狠,你拿黄连当糖豆嚼,你是真狠。"

欧阳又好气又好笑地看着他,实在是很难真跟他生气,"你死跟着我干什么呢?我对你真会有什么用吗?我们根本是连坐在一张桌上吃饭都没可能啊。我就是个穷念书的,没让人打死就当了共党。你想你的地盘,而我就是有个忧国忧民的毛病,我们哪一丁点相像了?"

四道风瞪着他,脸终于拉了下来,"给鼻子上脸不是?上赶着不是买卖不是?"

"你尽可以一脚给我踹水里,只要别再跟着我。请、踢、快。"

四道风没踢,却扑通一声跪了下来,震得船左右晃动。欧阳莫明其妙地看着他,"你怎么折腾我都不奇怪了,你可真是风云变幻。"

"我要杀鬼子,欧阳爷爷,欧阳爸爸,我要宰鬼子!"

"你尽管去杀好了,不过建议你别拉上全行的伙计。"

"我已经杀了,可还是恨。害大风的鬼子我已经杀了,可还是恨,恨得睡不着觉,我天天晚上想,他们干吗要杀他?我没恨过谁,你信不信?"

欧阳看着月光下那张大孩子似的脸,点点头。

船在缓流的水里渐渐漂离了河岸,这只是几十米宽的小河,两人都懒得去管。

四道风接着说:"可我现在恨鬼子,不是哪一个,是那一窝。我要杀很多很多鬼子,可凭我自个儿,最多最多十个鬼子。我是粗人,粗人粗脑子,想大事不够使,你细脑子,细脑子乌珠子一转就有点子,我要你的点子帮我杀鬼子。"

欧阳沉默着,看着水里两人的倒影,叹口气,"求求你别跪着跟我说话。"

四道风咧咧嘴,"那没事,我就当是刘备大哥在请诸葛亮了。"

"我受不了人跪着,我的党费了很大劲就想告诉人,你长着膝盖,不是为了下跪。"

"别说,你那党跟我蛮像的。"

欧阳忍俊不禁,"那是,你是有点城市无产者的初期征候。"

"这算好话坏话?"

"不好不坏,一个评价。哎,四哥你起来说话行吗?"他无意中已经在和四道风戏谑,这是欧阳做梦都没想过的一种交流方式。

"没事,你看我屁股是搁在脚跟上的,其实我还是坐着。"

欧阳看看他偷奸耍滑的跪姿,碰上这么个主他真的很想笑,"好,四哥……"

"老四老四,是好兄弟都叫我老四。"

"好,老四,我谢谢你,不是我说个谢谢就当自己上等人,我真谢谢你。"

"啥事谢我?救你呀?没事,老辈说这辈子挨救下辈子要还的,你跑不了。"

"不是。我谢谢你刚才那一声喊,要不我已经死了,我刚才就是想被他们打死。"

"原来你是寻死呀?我还当你是要空手白刃下他们枪呢。"

欧阳苦笑,"我对自己发誓,无论天堂地狱,绝对不再放弃,若有违背,我就是背叛了我的主义、我的信仰、我的人格、我的道德,背叛了我过去人生所悟到的和将来人生将悟到的一切。"

四道风听得发愣,"你们真怪,发誓都这么轻飘飘的,也没个天打雷劈三刀六洞,还对自己发。"

"这个誓很重,非常重。"

四道风抓耳挠腮,明知不该,可他忍不住不问:"那你那匪婆子……她是不是死了?要是她死了,你怎么办?"

"我会忘了她。"

四道风一拍巴掌,"大丈夫!"

"老四别说话。"

"你会帮我吗?"

"我会帮你。"

"你……"

"别再说话了,好吗?"

四道风忽然明白了什么,他看着欧阳全身放松地躺倒。他不明白那个人在想什么,可自己的浮躁在他难以言喻的沉痛中都消失无踪。船顺水而去,欧阳纹丝不动,四道风也一生难得的这么安静。

船仍在漂,欧阳还躺着,四道风看看周围的景物,终于耐不住性子,"哎,再漂就出海了。"

欧阳没动。

"出海就出海吧,谁怕谁呀?"四道风自言自语,索性也躺了下来。船正漂过入海口上的小桥,欧阳坐了起来,这让四道风甚是得意,"没事没事,就出趟海吧,你不会游泳吧?我也不会。这个来劲,老二老三想脱了头也想不到我们逛龙宫去了,哎呀不好,小时候要不着饭净偷龙王庙的供品来着,哈哈没事,我今儿身上揣着双响炮,我做了它抢它的地盘。"他自觉妙语如珠,欧阳却全没搭理,他目不转睛地瞧着桥上。

四道风顺着他的目光看去,深沉沉的夜空下有一个人影逆了月光站着。四道风想摸枪,欧阳伸手摁住,船从桥洞下漂过。欧阳回望,他终于确定那人是白天被自己跟踪过的邮差,邮差冲他招了招手。

欧阳腾地爬起来,摇船靠岸,未等泊稳便跳上岸去,他头也不回地叮嘱四道风:"别跟来,在这儿等我。"

船在桥洞下荡漾,四道风意外地很听话没跟过去。

欧阳上桥,走向邮差。邮差面对着他再不遮掩,"新暗号是天下刀兵起。"

欧阳舒了口气,"谢谢。"

"清晨六时,桥下会有一条乌篷船,说暗号。你和我们一起撤出沽宁。"

"由衷感谢。"

邮差点点头,他打算离开。

"她……怎么样了?"欧阳掩饰不住自己的迫切。

邮差沉默着,那种沉默让欧阳绝望,但邮差把什么东西递了过来,"这个转交给你,我买的,可是……是她特地嘱咐的。"

欧阳伸手过去,触手硬硬的一个圆柱体,欧阳不用看也知道那是什么,他已经不知道吃空多少个这样的药瓶。他怔怔地看着对方嘴角上绽开的笑纹,这是个值得欢笑的消息,可他已经只会发怔。

"你还需要什么?"邮差问。

"需要……太阳马上出来。"欧阳的脸上笑容绽放。

邮差愣了一下,他也乐了,拍了一下欧阳的肩膀走开,"天亮再见,要忙的事一大堆,我可不想它马上出来。"

欧阳一直看着邮差走远,才转身去找四道风。他向桥下的四道风打着手势让他上岸,他的手势如此张扬,以至于看上去更像舞蹈。

5

新丁们在阵地边的空地上集结。一箱老汉阳步枪被打开,尘封二十多年的老枪一把把分到新丁手上。华盛顿吴给他们做教练,"这叫汉阳造,打完一枪别狠扣扳机,你得拉栓,"他做了组动作,"这叫拉栓退壳,这是瞄准,开枪不能瞎打,你得把觇孔对准了前边的准星……"

新丁们啥也不懂,"什么孔?""吗叫准星?"

华盛顿吴一脸无奈,"就是把后边这眼对上前边这槽。下边讲装弹……"

龙文章拍拍华盛顿吴的肩,小声道:"小吴,别费事了,这老古董有枪没弹,每人一个弹夹。"

"哦……我们讲卧倒,"他又做了一个动作,"这个姿势比较难被子弹打中。"

老馍头极认真地学习这个姿势,并示意小馍头也学。

龙文章实在看不下去,转身离开。他向在制高点上看操练的蒋武堂走去,"司令,您觉得怎么样?"

蒋武堂反问:"你觉得怎么样?"

龙文章苦笑,"比咱们更像炮灰的一队炮灰。"

"挺过这一仗,他们就是像你我一样的军人。"

"您真觉得他们挺得过吗?"

蒋武堂恼火地扬了巴掌,龙文章也不躲避,"司令,我今天给人打了整天气,打得自己都泄啦,您最好能给我打挺了起来。"

蒋武堂扬起的手收了回来,"抗战,就是以我血肉之盾御敌钢铁之矛!"

龙文章哈哈惨笑,什么军容官威全抛到了九霄云外,他四仰八叉在阵地上躺了下来,蒋武堂瞪了他一会儿,也躺下。两人都在惨笑,笑得比哭还难受。

他们忽然住了笑声,黑暗里传来士兵拖得很长的声音:"口令——警戒——"

"是前哨。"龙文章坐了起来。

"好啊,耗死不如拼死。"蒋武堂也坐了起来。

远远传来急促的马蹄声。一人一骑从公路上不遮不掩地奔驰过来,前方哨兵冲来人拉动了枪栓,"口令?!"

"沽宁守备军的弟兄?"

"口令?!"哨兵已经举枪瞄准。

"我们是六十七团,打正面撤下来的!"

蒋武堂冷笑,"鬼信!龙副官。"

龙文章举枪,子弹呼啸着从马头前划过,马匹惊蹿,把那人摔了下来。几个士兵向黑地里扑了过去。

龙文章放下枪,"是和我们穿一样衣服的。"

"他们披张人皮来我都不奇怪……我谁都不信了。"

一名穿着国民党中央军军服的中年军官被押过来。即使缠着血污的绷带、沾了满身的硝烟、刚才又在地上滚了一身土,对方的军服看起来仍比守备军笔挺。龙文章很不满意地斜眼看着。军官看起来很出众,有华盛顿吴的书卷气却没那份呆气,他挺直敬礼,"久仰沽宁蒋司令大名,六十七团参谋官鲍廷野有礼!"

这份不含糊先让蒋武堂有了好感,他眯起眼睛,"六十七团?你也不怕报错了名?"

"廷野不明白司令的意思。"

"六十七是中央军,跟地方军拉屎都不一个蹲坑,没事能来我的沽宁晃?"

"司令说笑,六十七团再怎么着,也记得您跟我们陈团长是明面上的把兄弟,骨子里他十年前就是您的下属。"他好像刚明白过来,笑,"司令在诈我吧?难怪人都说蒋司令有勇无谋,偏团长说您是貌粗实细。"

蒋武堂面无表情地说:"拍得我是再舒服不过,可我纳闷陈少堂会用你这么好溜须的人。"

"陈团长是司令领出道的,自然讨厌溜须。可在下好的不是溜拍,是说实话。"

"哦?"

"这年头说点好的实话也是要勇气的,您知道的,骂者满街,屁精又如云。"

蒋武堂拍着掌哈哈大笑,"说得很对!可我要被你两记马屁就拍趴下了,岂不是很没面子?"

鲍廷野很无奈地笑笑,"别人假作真,我这就真亦假啊,司令。"

蒋武堂从鲍廷野的眼里看不出什么,只好拍着龙文章的肩哈哈大笑,"你看看,人家也是嘴利如刀,可就是叫人舒服。"

龙文章哼了一声问道:"六十七团的大爷来沽宁有何公干?"

鲍廷野并不看龙文章,以他的身份职位只该向蒋武堂报告:"禀司令,不是六十七团的大爷,是六十七团的弟兄,是整个六十七团要来沽宁。"

军官中起了骚动,蒋武堂转了身目不转瞬地看着。

"我们在前线跟鬼子打了场硬仗,伤亡惨重,得撤下来休整。团长说久不见故人,索性绕道沽宁。"

蒋武堂问:"伤亡惨重是什么意思?"

鲍廷野恻然:"能作战的只剩下六百多号,所有的重武器全丢光了。"

"能帮我们协防吗?"龙文章有些急不可耐。

"那没有问题,我们团长的意思是……"

他的话被军官们的骚动打断了,那已经是压不住的惊喜,对守备军和沽宁来说这是个太好的消息。蒋武堂扫视着那些欣喜的脸,周围有人长长地吐出口大气。

"我不相信,"他盯着鲍廷野,"这消息太好了,好得我不敢信。我很久没听过好消息了,经过太多坏事的人就不相信好事。我不相信,所以你是鬼子。"他的刀也铿然出鞘,指住了鲍廷野的喉头。

鲍廷野对了蒋武堂的刀尖微笑,然后伸手到怀里。一瞬间所有的枪口都对上了他。鲍廷野顿了顿,接着动作,他把自己的军装脱了下来,然后使劲撕开里边的衬里。蒋武堂目光炯炯地盯着,想在对方眼里瞧出哪怕一丝的心虚。

鲍廷野迎着蒋武堂的目光说:"难怪司令生疑,我们在来路上也撞上一队鬼子,打了一场遭遇,没见过这么奇怪的鬼子,全穿着难民的衣服……"

他话没说完,军官中间已经嗡嗡地议论开来,蒋武堂伸手将那些议论压下。"打扫战场,陈团长急命我把搜到的这份文件送来。"鲍廷野从衬里拿出两份文件,先递上一份。

蒋武堂展开扫了一眼,终于把刀慢慢地放下,"既有陈少堂的亲笔信,又有私印,干吗早不拿出来?"

"廷野对司令闻名已久,不想初见便是官样文章。"

"等打跑了鬼子,我会留你几天好听够马屁。"蒋武堂不客气地伸出手,鲍廷野乖觉地把另一份文件递了过去,那上面全是日文。蒋武堂转向龙文章,"沽宁城有会说鬼子话的人吗?"

鲍廷野径直拿回文件念起来,"兹命你部先期往沽宁潜伏,T日与海军陆战之师应合,海陆夹击予以占领。——廷野粗懂一点日文,团长命我星夜赶来也是这个原因。"

蒋武堂眉头皱得更紧,"六十七团何时能到?"

"我部也是星夜兼程,以步军速度该是黎明抵达。"

"T日是什么日子?"

"既然此时沽宁还在司令手上,那该是从现在起的任何时候。"

蒋武堂沉吟许久,"我部欢迎友军协防。"

这是一种很正式的表态,鲍廷野又行了个军礼,"团长说随司令两次北伐,快哉壮哉,此次就算是最后一战,也足慰平生了。"

"陈少堂这家伙倒还够义气。"蒋武堂深深地叹了口气,他看着繁星似尘的夜色,压力越来越重,心也越来越乱,他不知道这个小小的弹丸之地,海陆夹攻,会不会是他的最后一战?

6

燃烧的火光下,龙文章正向阵地上的士兵传达命令:"掩体加深半米!垒墙加厚半米！别偷工减料！我不会监督,因为你们不会拿自己的命偷工减料！"他看蒋武堂点头,便继续道,"干活吧！你们新来的别跟那发呆,挖土这种活儿没人教也会！"

新丁们拿起锹把子开始干活,忽然来临的剑拔弩张让他们无所适从。几个军官风风火火走开,简陋的阵地上忙碌起来。

"海上来的是大头,滩头交你们应付成吗？"蒋武堂在高地上边走边交代着,身边跟着龙文章和鲍廷野。

鲍廷野答道："司令放心。团长说他多少年前就是司令的下属,这次也还是司令的下属。"

"如果六十七团先开打,蒋某人不会死在守备团阵地上的。"蒋武堂看看龙文章,"龙文章,你阴着个鬼脸干吗？"

龙文章答："司令,您最近那个字说得太多了。"

"那我说什么？你我都不会死的,弟兄们都不会死的？我干脆说这仗就没开打,咱不过是一块儿发了个大梦。明儿早上醒来咱还在沽宁占山为王,兵不兵、民不民地做土皇上？"

龙文章看看鲍廷野,"参谋官请帮我照应一下右翼。"

鲍廷野很知趣地笑笑走开。

蒋武堂瞪眼,"你支开他干吗？怕我说出格话？"

龙文章苦笑,"在下水性杨花,这六年倒换了七个码头,最后跟随司令,只因为司令的率真。"

蒋武堂大笑,"原来你小子不说死字就改说最后,那真不是我这大老粗能比的。放心,你想到最后也到不了最后,我一总说死是因为老了,你年轻得很,我保证蒋某不是你跟的最后一个人。"

"谁知道呢？"龙文章忧心忡忡,而鲍廷野正和阵地上一帮军官打得火热。

"有话就说吧,现在没工夫跟你扯淡。"

"我不喜欢他,不知道什么原因,就是不喜欢他。"

"你是说你不相信他。"

"不是,我是说莫明其妙的……一股憎恶。"

龙文章用的这个词让蒋武堂皱眉,"你们是细瓷,我粗瓦罐子搞不懂那门心思。"

华盛顿吴匆匆过来,龙文章拿枪托在他屁股上杵了一下,这小子早习惯这种戏谑,瞪龙文章一眼向蒋武堂敬礼,"司令,跟总部核实过了,六十七团确实伤亡惨重,已经撤防休整。"

龙文章讶异地看蒋武堂。

蒋武堂看着华盛顿吴,"我要更确切的消息。"

"查不到,前边几十万人裹着打,一个打散了的团就跟沙粒一样。"

"那份鬼子文件？"

"我让城里懂日语的商人看过,是鲍参谋官说的那个意思……我还跟总部核实了文件印章的样子,总部说没错,是鬼子陆军军部的印信。"

蒋武堂点点头,"你很细心,这么下去你能活得比他长。"

被当作反面教材的龙文章咧了咧嘴,对华盛顿吴作势要打,华盛顿吴搪一下跑开,龙文章转向蒋武堂,"你不相信姓鲍的？背后搞这些花样？"

"我不信姓鲍的,可我信姓陈的,当年我被发配到沽宁,他那边险些为我兵变,我没让他动,死定了的人不该再拖人下水,你没跟我打过仗,不知道什么叫过命的交情。"

龙文章有些不满,"那我们现在在干什么？"

蒋武堂苦笑着拍拍龙文章的肩,"我搞这些花样,因为我希望这事是假的,假的,沽宁就兴许还能保住……我多希望这事是假的。"

龙文章听得出蒋武堂话语里的沉重,他不再说话,苦笑一下,去察看阵地了。

那里,老馍头正钻在单人掩体里不见头尾,洞穴里的泥土像装了自动挖掘机一样飞撒出来,小馍头扒着洞口对里边叫唤："爹,人都是竖着往下挖,你怎么横着挖？"

老馍头的声音闷闷地从里边传来,"我来教你,竖着挖炮弹片照样打得到,横着挖,它就打不到。"

"可你整个全猫在里边,怎么照鬼子开枪呢？"

"开你个球的枪！你当是打畜生呢？照死了两鞭子它也不咬你。"

"鬼子就是畜生。"

"对,鬼子就是疯畜生,你没招它惹它给你村里甩个炮,你请它吃饭它拿你家房子点火。这种疯驴我招它干什么？趁早躲远远的。"

"爹,真不能再跑啦。这都海边了,要不咱直接跳海得了。"

"谁说要跑啦？"

"爹……"小馍头有些惊喜。

"没瞧出来吗？这要打大战！丘八太爷怎么对逃兵的我知道,要跑等打输了再裹乱跑,这会儿死了都不管收尸,你跟我一路飘回承德去？"

小馍头气哼哼地在掩体边一躺,"他妈的,反正一开打你也管不到我。"

龙文章的声音远远传来,"新来的,现在你躺着,等开打你也永世不用起来了！"

小馍头忙钻进了自己的掩体,吭哧吭哧地挖。老馍头想起什么,土猴儿一般爬了出来,"刚想起来,枪一响你小子保不准又毛手毛脚,得看住了。馍头,你也给我往横里挖,给两个洞挖通了。看我干什么？"他往小馍头的洞里砸了个土坷垃,"快挖！"

龙文章晃过去,拍拍老馍头的肩,"真卖力气,大叔。"

老馍头笑笑,"军爷……长官好,咱家世代就是挖土为生的。"他往旁边蹭两步,挡住自己的掩体,等龙文章走开,他又往坑里砸了个土坷垃,小馍头的坑里终于往外甩土。

7

四道风拉着欧阳在漆黑的巷子里拐来拐去,于无路处又走出一条路来。欧阳心情如此爽利,以致四道风有些妒忌,"那么高兴干什么?又给你配了个匪婆子?"

"不是,哈哈!"

"有那么高兴的事情说出来有福同享好吗?"

"没什么,你不会爱听。"欧阳微笑着。

"你是教女学生吧?是不是女学生特好糊弄?说说你怎么糊弄女学生吧,算是有福同享。"

"我不回答你关于匪婆子和女学生的任何问题。"

一声大响,四道风毫无预兆地把车扔下,欧阳险些摔下车来,他纳闷地看着四道风,"你怎么啦?"

"我不拉你了!"

欧阳下车,"本来就不用你拉,是你逼我上来的,要不我拉你?"

"别碰我车!跟我聊女人丢份吗?打刚才到现在一直阴着乐。"

"什么叫阴着乐?"

"就是你那么乐!"

四道风的欢喜与愤怒都是不需要太多理由的,欧阳努力适应着,"我从来就没有什么身份,所以也没什么丢份,至于女人,"他苦笑,"在下虚度二十九年光阴,实在是一无所知。"

"胡扯!我看你脸上包了天大的心事,其实就两个字:女人。女人跟喝酒一样都是上头的,你看你看,现在你额头上都是那俩字。"

欧阳让他说得有点发毛,讪讪一笑,还真摸了摸额头,"我哪来的心事?我是在记路,你走的这路拐弯抹角我都没走过,我得记路,要不天亮了回不来。"

四道风其实也并不需要一个太坚实的理由,立刻就前嫌尽释,"上车上车!我跟你说,这些巷子我要说第二熟,没人敢认第一。哎,你也别记了,咱们回去吃点喝点,聊聊天下大事,天亮我送你回来。对了,你还回来干啥?"

欧阳忽然想起自己是个天亮就要走的人,立刻正经起来,"老四,我跟你说个事,是关于打鬼子的事,你有这个心,我们很欢迎。"

"你们是谁?"

"就是我的党。"

四道风闷声闷气地哦了一声。

"我们有很多人,我是说人才,比起来,我确实是不合适你想要我干的事,我以后给你引见个人,比我有胆识,比我点子多,要说我是鲁肃鲁子亮人家就是诸葛卧龙……"

当的一声,车又被撂下了,欧阳这次有所准备,早扶住了车把。

四道风气哼哼地转身,"跟你讲古你就拿古事来糊弄我?门儿都没有!老子看中你是给你面子,就算你姓蒋名干也还是你!找个人来糊弄我?四道风是女人家踢的毽吗?你直说什么意思!"

欧阳很认真地看着对方,无论四道风如何浑,总是个值得人认真的人,"天亮我就要走了,我不希望你那样去跟鬼子斗,我想告诉你,我背后有一些人,有组织和头脑,也有经验,他们欢迎你这样的人,他们一定会……"

"你背后的人?赤匪吗?我见过,前些年他们脑袋挂在牌坊上的时候见过,没什么了不起的,惹事惹到丢了脑袋,那叫不会惹事。"

欧阳有些蹿火,"是没什么了不起的,我的党如果跟别的党派有什么不一样,就是他相信他跟苦哈哈穷哥们一样,没什么了不起,而且也没人会为了惹事把自己的脑袋挂上高处,那是为了理想。"

四道风挥了挥手,"别跟我说虚的,一句话,跟我,上车;跟你那什么,爱上哪儿上哪儿。"

"真是对不起。"欧阳不用犹豫地走开。

四道风瞪着走得轻松的欧阳,他比刚才更加恼火,"你知不知道什么叫仗义?"

欧阳头也不回,"我不知道什么叫仗义,这么多年我都是一个人过的,我不大懂你的义气。"

"去死吧!全城都在搜你,你等着吧,没我帮忙你的脑袋明儿就挂得高高的,你们这号人都是一脸死相!"

这话让欧阳很恼火,他转身,鞠了个很欧化的躬,"那是不可能的。委员长几年前已经用枪刑代替了砍头,我们从那时候已经成了现代的文明国家!"他沿着长巷走开,四道风瞪着他,直到他的背影消失在巷角。

离天亮还早,欧阳在黑漆漆的巷子里独行,他进了一条断头巷,巷子尽头堆着居民的破烂家什。这种地方照常不会有人来,欧阳在杂物中清出个巢,拿个半边破桶当枕头放在身后,又拿出药瓶,倒出几片咽了下去,然后躺下休息。

窄巷的天穹隔出了一条流动的星河。带着一个期待,欧阳睡得就像在家里的温床上一样。

第 六 章

1

　　沽兴车行的门被砸得都快倒下来了,砰砰的砸门声在寂静的深夜传得很远。皮小爪匆匆过来开门,四道风莽牛一般撞进来,他裸着上身,衣服搭在肩上,额上冒着热气,看起来像头愤怒的豪猪,对整个世界支棱着自己的尖刺。
　　"找着啦?"皮小爪不知趣地问。
　　"找他干吗?我逛窑子去啦!"四道风嚷嚷着进了屋,灯下放着今天的鸡和酒,四道风抓起酒瓶狠灌一口,立刻被古烁拿过去了,"没找着是好事,他跟咱们不是一路。"
　　四道风瞪眼,"我对你们怎么样?"
　　古烁咧咧嘴,"你就我们这几个弟兄。"
　　"我对他怎么样?"
　　"就没见你对人这么好过。"
　　"我干吗对他这么好?"
　　古烁喝了口酒,"不知道。"
　　四道风愤怒地抢过酒瓶又灌下一口酒,"我他妈也不知道!"
　　六品从一旁焦急地过来大声问:"找着没有?!"
　　四道风冒火,"别跟我吼!我没聋!"
　　古烁一旁道:"你都说他像大风,就该对他好一点。"
　　四道风顿时有些后悔,把酒瓶塞给六品,拍拍他的肩。六品喝酒,四道风越看越喜欢,"这也好,该走的总算走了,该留的还是留下来了。"
　　他终于对眼下有些满意,可是六品放下酒瓶翻身爬起来,铺盖卷早打好了,他把刀往里边一塞,扛起来就要出去。
　　四道风大喊:"干什么去?你小子现在跟的是我!"
　　"找欧阳!我又不拉车,跟欧阳能杀鬼子,那一天我就杀了三个鬼子,"六品伸出手指比画着,"还有两个半个!"
　　四道风横眉怒目,"给我待这儿!再动我掏家伙啦!"
　　六品不理那碴,照旧往外走,他立刻让古烁和皮小爪摁下来了。四道风狠灌了两口酒,摔了酒瓶子跳起来,"不行,我受不了啦!"

古烁还摁着六品,看着正欲往外走的四道风问:"你又干吗去?"

"找王八蛋!"

"不说算了吗?"

"刚想起来,他走的时候我没揍他!我非得找到他,才好狠狠地揍他!"他把两支枪掖进腰里,在六品面前狠狠地拍了一拍,出去了。

皮小爪安慰着六品,"去找了,你看,他去找了。"

六品安静下来,古烁气得狠狠砸自己的额头。

四道风在漆黑的巷子里飞奔,漆黑中几个人悄然匿行而过。四道风突然站住,脚步声一下停了。他转身打量着巷子里那片望不到头的漆黑。夜已经很深了,这种时局这个时候还在出没的不会是良善之辈。

四道风冲着黑压压的巷子喊:"管你哪帮哪会的,这日子老实着些!要不见一次打一次!"

漆黑中没有动静。

"这话是四道风放的!回去告诉你们当家的!是那个不讲道理的四道风!"

一道气死风灯的光柱射了过来,那是夜巡的守备军,"谁?大半夜鬼叫什么?"

"你爷爷我嘞。"四道风又吼了一声。

黑暗里传来拉枪栓声:"反了天啦,有人要做我爷爷……哎呀四哥您好,怎么大半夜这么精神抖擞?"

四道风两手抱上了膀子,"这么好天气,不走走睡得着吗?"

守备军看看天色,吹散的乌云已经遮没了天上大部分星星,惨淡的月影依稀可见,"变天了,明儿准是个雨天……四哥您老真是沽宁头号夜游神。"守备军端起了枪,指了指另一个方向,"那边有人招四哥讨厌,咱们去看看。"

四道风把住了几个兵的膀子,"几个小蟊贼偷鸡摸狗而已,谁都不容易。"

"还是去看看。"守备军不太放心。

"你们平常在沽宁不偷鸡摸狗吗?别搞这通贼喊捉贼的把戏。"守备军嘿嘿地笑,四道风拖着他们走远。

漆黑中有种不祥的静寂。

2

欧阳在那堆破烂中蓦然而醒,真如守备军说的一样,要变天了,上半夜还繁星似尘的夜色现在已经月暗星稀,本来就黑漆漆的沽宁小巷里已伸手不见五指。他身边有簌簌的声音传来,然后一下停了。欧阳瞪着眼前的那片漆黑,黑暗里清晰可闻的是两个呼吸声。他屏住了自己的呼吸,琢磨着那个声音的方向,突然猛地扑了过去,一个柳条筐被打翻,后边是双炯炯发亮的眼睛。那个人顾头不顾尾地往杂物的最深处钻,欧阳一把将他拖出来。他开始含糊不清地尖叫,欧阳使劲掩住,直到把他拖到阴影之外,那是在征兵时被踢了一脚的小乞丐。

欧阳压低了声音,"别叫!我不会害你!我干吗要害你?"他被狠咬了一口,苦笑着把那孩子放开,"好了,我是说,你要睡就睡在这里好了,是不是我占了你的床?"

小乞丐安静下来,摇了摇头,肚子里一阵饥肠雷动。欧阳听着那声音,在自己身上搜索着,直到自己肚子里也发出同样的声音,欧阳苦笑,"你看,我身上什么都没有,就这么几个药瓶。"

小乞丐看了他一会儿,安静地往巷子外走,但走几步就站住了,他脸上有种畏惧,那不是因为欧阳。他竭力想说话,可口齿极不便利,费多大劲也就挣出一个字来:"……鬼。"

欧阳笑,"我不是鬼,你看我哪里像鬼?这世界上没有鬼。你不会说话?"

"鬼……"小乞丐固执地指着巷子那头一个破败的院落。

"你说那里闹鬼,所以你不敢过去?"

小乞丐使劲点头。欧阳站起来,摸了摸那孩子脏污的额头,他拉着小乞丐走过巷子,小乞丐紧紧拉住他的衣裾。

欧阳陪小乞丐走进一个院子,院里月光清冷,房顶基本都通了天,只比院子多一堵墙。欧阳看看这个破败的院子,"这是你的家?好了,你看,哪来的鬼?"

孩子把欧阳抓得更紧了,几乎让他难以开步,他只好哄他:"没有神仙也没有皇帝,只有靠我们自己。对不对?"

小乞丐全无放手的意思,反把他抓得更紧了。欧阳看看天边的夜色,又回头看那孩子,"小家伙,天快亮了,我真得走。"他把着那孩子的肩想拉开他,却发现那孩子在发抖,欧阳好奇而惊讶地停下,"谁把你吓成这个样子?"

"鬼!"

欧阳笑着摇摇头,"我还是去看看吧,这只鬼也太过分了。"

那孩子立刻放开了他,并退到一个觉得安全的距离。欧阳看看他,推了一下虚掩的破柴门,里边黑得如凝固一般,一只被惊动的老鼠忽然从屋里蹿了出来,欧阳吓了一跳,定了定神,猛地一下把房门推开,天边忽然打了个电闪,雷声随即轰然炸开。欧阳就着那一道电光看着屋里,地上铺着几床破絮,早灭了的火炭上架着破锅,他看不出那孩子害怕的理由。

那孩子看他没事,怯怯地站在门口。

"好了,你看没有鬼,只有老鼠。"

小乞丐猛力地摇头,"鬼。"

欧阳一阵恼火,"没有鬼!已经活得够糟糕的了,干吗还自己吓自己?"

小乞丐怯生生看他一眼,"……之。"

欧阳笑笑,"对不起,没你的事,是我脾气不好……"一阵雷声又轰了下来,他忽然愣住,"鬼……之?你一直要说的不是鬼,是鬼子?!"

小乞丐点头。

那阵雷声仍在轰轰震响,欧阳绷紧到了极点,"这里有鬼子?"

小乞丐点头,手固执地指着里屋的方向。欧阳捡起一根破椅腿,就着又一道电光,他看见椅腿上有一根生锈的铁钉。他一手握着那根椅腿,一手把小乞丐推开,向着里屋蹑手蹑脚走去。他在门角边站住,屏住了呼吸,拼命想听见里边的动静,可雷电交作他什么也听不见。

一下电光之后,欧阳趁着那阵炫目冲进了漆黑的里屋。里屋漆黑而寂静,欧阳呆立着,听着自己急促的呼吸声。又一下电光闪过,欧阳看清了屋里堆叠的尸体和密密麻麻的老鼠,他猛地从屋里倒撞出来,忍住了干哕,一手揪住也想进屋的小乞丐,"别去。"

小乞丐强挣了一下,终于放弃,欧阳看着他:"里边是你家里人?"

小乞丐摇头。

"你的朋友?"

小乞丐没任何表示,但眼泪掉了下来。

"城里早封得水泄不进了,他们怎么进来的?"欧阳自言自语,"他们走多久了?"

小乞丐摇头,这是他根本无法解答的问题。欧阳伸手去探那火炭的温度,他愣住了,"今天晚上,刚走。"

一种不祥的预感涌了上来。

城外,白炽的闪电频频照亮了近处的阵地和远处的地平线。阵地上的士兵开始有了骚动,龙文章骑着马在阵地上奔窜:"不许擅动!可以打个盹,打盹的时候不要放下手上的武器!"

蒋武堂冲着龙文章喊:"龙副官,回去弄点雨具过来。这雨不是一会儿的事!"

龙文章勒转了马头照沽宁奔去。阵阵雷声汹涌而来。

蒋武堂拿着望远镜朝着远处望去,远处山头的火光忽快忽慢地晃动,"前边有情况,有几百人……自己人?"

鲍廷野在一旁答道:"六十七团会发射三颗信号弹,两绿一黄。"他话音刚落,两绿一黄的三发信号弹在地平线上升起。

"你们的洋玩意不少,老子这还在筑烽火台。"

鲍廷野笑笑,"六十七有的就是司令有的。"他掏出一支信号枪,装弹击发。

雨点终于撒豆般地落了下来。

雨滴透过屋顶上的大洞砸在欧阳脸上。欧阳抬头,从那个洞里看去,绿黄三颗信号弹正依次升起,落入雨夜之中。

3

龙文章策马通过空落的街道,街上只有一个人,那是四道风。四道风根本不打算让开这匹奔马,大摇大摆走了过来,龙文章在将撞上四道风时才勒开了马头,从四道风身侧驶过,"好好条汉子这么游手好闲,真是白活一世。"

四道风也不饶人,"这么匹好马驮了个混账丘八,真是白瞎了一头好畜生。"

龙文章气不打一处来,可他还是个知道轻重缓急的人,狠瞪了一眼驰开。

四道风瞪着龙文章的背影远去。他看看晦暗下来的天色,终于决定回去,先前的几个守备军和他错肩而过,"四哥回去了?"

"嗯,逛够了,回去挺尸。"

"四哥好福气,我们可还得挨浇。"

"你们这些年又干啥了?"他悻悻地又看了眼深邃的巷子,"好极了,逮不着你也浇死了你。"

"四哥说啥?"

"没什么。桥头不用去了,今晚我兄弟在桥头走黑货,大家撞着了不好看。"

"行,四哥说不去就不去。"

"这么懂世故的话,散了岗就记得去趟车行,我那儿有点钱想大家花花。"

"唉哟,四哥最仗义了。"

四道风心事重重地点点头,看着那几个兵走开。雷声隆隆地轰响过来,四道风一直看着那几个守备军转往桥头相反的方向才放心走开。那阵雷声似乎一下把他打醒了,他敲了一下自己的脑瓜,"嘿,我干吗不去桥头?"

空中忽然亮起三发信号弹,四道风抬头看了看,继续往河边走去。

龙文章勒住马,看着三发信号弹没入黑暗中,他感到一种不祥的气息。

和四道风臭贫过的那几个守备军也在屋檐下呆呆地看着那三发信号弹,有人忽然叹了口气,"怪好看的,像我老家过年。"

另一个附和道:"快打完仗就回家吧,沽宁这地方年过得太冷清。"

他忽然看着刚说话的那位同伴怔住,同伴眼睛如死鱼一样地突出,喉咙里发出若有若无的呻吟声,接着一截刀尖从他自己的胸口冒了出来。

几个破衣烂衫的人从他们身后的巷子里冒出,把这几具软倒的躯体拖走。他们簇拥在守备军身边剥下他们的衣服。一张脏污的脸淋过雨水后显得油亮,那是曾在城外与欧阳遭遇的中队长三木,三木看着那几发信号弹下落,目光呆滞而狂热,"他们来了。我们进攻。"(日语)

巷子里幢幢的人影在集结,被雨水浇湿的衣服上反射着些微的光芒,那是几天来窝在各个藏身之处的日军,他们轻声用日语报着口令:"源平合战*。"

欧阳在巷口露头,看了看又缩回去,他拼命向身后挥手,小乞丐还跟着他。日本人集结完毕,潜藏在墙下的阴影里,向一个方向匿行。欧阳咬牙跟了上去。

这行人穿过一条巷子,又拐向另一条巷子,看起来对自己的路线很熟悉,转弯的时候都没有犹豫。

欧阳在他们下一次拐弯的时候撵了上去,落尾的日军回身看他一眼,昏暗的光线下欧阳只是一个被雨淋湿的人影,那名日军将手摁上了腰间,欧阳赶紧说出刚才听到的口令:"源平合战。"(日语)

压在腰上的手放开了,"你迟到了。"

欧阳抱怨着:"中国人的城市太没有规则,我迷路了。"

那名日军大有同感,"除了猿太郎谁又认识这种路呢?可我认为他是个路盲。"

欧阳看看走在队首的那个瘦小的人影,"凭什么让猿太郎带路?要找中国人的什么地方,我认为用猴子领路不如带条狗。"

"因为只有他能把中国话说得像中国人一样,笨蛋,你信吗?这个大队指挥部的翻译到现在居然还没有杀过一个中国人。"

"真是难以相信。"

"可他宣称他侦察中国人的司令部整整三天,我们都认为他在吹牛。"

前边的三木转身给了说话的日军一个耳光,"笨蛋!你们可以在这时候说话吗?"

欧阳住嘴,他紧盯着带队的三木,那家伙曾与他在北郊交手,三木看着他,"你是从哪里来的?"

"我是大队指挥部的。"欧阳胡诌。

三木一脸怀疑,"我觉得你非常眼熟。"

欧阳硬着头皮继续胡诌:"我们在指挥部见过。"

"不,绝不是在指挥部,而且指挥部黎明才能到达,现在这里只有猿太郎这个废物。"

靠后的几个日军已经转身,刚才和欧阳说话的日军再次把手放在腰间。

"我认为是命令传达出现了问题。"欧阳尽量做出理直气壮的样子,目光望向这巷子的尽头,那是条河,他忽然转头,用一个足以让领队人猿太郎听到的低声说:"猿太郎,你走错了!"

全队人都向他回过头来。

三木猜疑着,"你到底……"

"小声点,这是在中国人的城市。"三木愣住,欧阳昂首阔步走向队首,猿太

---

* 源平合战:古日本前战国时期的一次知名战役。

郎正在河边的拐角处犹豫。

欧阳走到他面前,"你确定这里能到达中国人的司令部吗?"

猿太郎转过脸,那是一张怯懦而全无自信的脸,"我……当然确定。"

"确定？当然？"

猿太郎扭脸看所有人,有人开始轻声地抱怨。

"你在雨夜走过这条白天都难以辨认的路吗?"欧阳不依不饶。

"我……"

"我告诉你,"欧阳随手捡起半块地上的碎砖在墙上画着,"中国人的司令部在这个方向。"

三木又追了上来,"我肯定见过你的,就在这几天……"他拍了一下自己的额头,欧阳瞪了他一眼,"小声!"然后他把那半块砖狠狠砸在猿太郎脸上,抱着猿太郎撞进旁边的河。水花四溅,欧阳在河水里死死揪着猿太郎,将砖头不断砸在对方的脸上,用力的同时也把空气混着河水一起吸进了肺里。

几个日军拔出刺刀跳下水来。欧阳放开那具瘫软的躯体,奋力向河对岸游去,一柄刺刀从背后刺来,险险地只差了分毫就刺中。欧阳游上对岸的河阶,连滚带爬地上岸,跑开。因为肺里没有空气,他只能用小跑的速度逃离。

三木看着欧阳逃跑的身姿,陡然想起北郊的遭遇,"浑蛋！我知道他是谁了!"

河里的两个日军回头看他,三木咬牙切齿做了个挥刀砍下的姿势,两名日军爬上河阶,追了上去。

猿太郎从河里被打捞上来,已经气若游丝。三木扔开他的躯体,几个日军正竭力想在草制地图上找出一条出路,三木过去一把把地图抢了,"不要看了！去把那个带我们进城的中国人找来！那个……名字很怪的……黎刘爷。"

"我们怎么办?"一名日军问。

三木看着周围民居,脸上一丝狞笑,"每个中国人的家都是我们藏身的地方。"

4

四道风躺在曾和欧阳共乘的乌篷船里,浑身早淋透了。他探头出来看一看,然后缩回头躺下,"死心眼子,非要等到天亮不成?"

远处,他要等的欧阳终于跑不动了,一下软倒。两个日本人急不可耐地扑了上来,欧阳挣扎了一下,身子缓缓滚动了半个圈子,水花四溅,他又落进了河里。欧阳已经没有力气游泳了,他只能载沉载浮地尽量远离此岸。

打头的日军莽头莽脑就要往河里跳,让同伴一把拉住,"这里没有地方上岸!"

确实,这段河岸没有一处河阶,只在远处有一座小桥,那名日军有些不甘,"我开一枪好吗? 就一枪?"

另一名日军从旁边的屋檐下抄起一根竹篙,笑,"不,用这个!"他一篙打在欧阳头上,然后压着欧阳的肩,把他往水底下压,这对他们来说显然是种娱乐。

欧阳眼见就要沉底了,被他这一搅,又狠狠呛进几口水。他下意识地抓住篙头,争夺,却再次被压下水,浮上来的时候河岸上的日军正在狞笑。欧阳忽然把手伸到衣襟下,做了一个掏枪动作,对着岸上的人把手臂伸直,两人立即趴倒,等他们爬起来时欧阳已经扶着那根竹篙向着小桥的方向漂远了。

"真该死,他现在有了一条船!"一名日军看着远处的桥,桥下正泊着一条乌篷船,"我真想杀了他! 从来没有一个中国人让我这么想杀的!"

他们抢在欧阳之前奔向桥头。

四道风正在船上打盹,砰的一声大响,一个人从桥头落在船上,震得他翻身坐了起来,接着又是一声,第二个人跳了下来。四道风坐在船篷里看着外边两人手忙脚乱地操桨,大声呵斥:"哪个字头的? 干吗抢我的船?"

两个日本人吓得回了身,四道风懒洋洋地坐着,"这是我的船,今天晚上是,要做生意换别处。"

"这船上有人!"一个日军说,"水里那个是我的,我是杀死过十七个中国人的优秀士兵。"

"那么,这个是我的。"另一名日军说。

四道风听得眼睛发亮,"你们说话好像被人打掉了下巴,这种话我听过,我听了那次就再也不会忘了。"

日军并不想知道对方到底说了什么,弯下腰一刀捅了过来。四道风盘腿坐在船篷里,他手一挥,脱下来的上衣裹住了刀锋,一只腿弹踢在那名日军的脚踝上,那日军重重地摔进了船舱,四道风手一扬,刀光闪动,日军栽倒在身边。

他大摇大摆地从船舱里站出来,船头的日军退了一步,又退了一步。四道风走过去,大大咧咧地揪住他的衣领,又是刀光一闪,那日军顿时成了一具尸体。四道风放手让他掉进水里,正要转身时听见水声泼响,四道风循声望去,欧阳扶着根篙子游了过来。

他在船头坐下,看着精疲力竭的欧阳道:"您老早您老好,为等您淋了一晚上雨,没想到您老泡着澡就来了!"

欧阳一只手把着船帮,他已经没力气往上爬了,四道风没心没肺地看着,没有半点要帮手的意思。

"拉我上去。"

"才不呢,上来了你准又牛皮哄哄。"他学着欧阳,"我不知道什么叫仗义,这么多年我都是一个人过的,我不大懂你的义气——妈妈的,我活二十好几没听过这么缺德的话。"

"你这个笨蛋!"

"啊哟嗬,你现在还没上来就牛皮哄哄了。"

"你知道你刚才杀的是什么人吗?"

"小日本哪,杀完了死透了,泡着呢。"

"小日本会跳到你的船上来给你杀吗?"

"因为他们要杀你呀!我把他们杀了就把你给救了,哎呀,我怎么又把你这个过河拆桥的给救了?"

欧阳皱了皱眉,他知道实在没多少时间跟这浑人胡缠,"你有枪吗?"

四道风往腰里摸了一下,"那倒是有的,哼哼!"

"开枪。"

"我才不在你身上费子弹呢,沽宁河这条小臭沟够淹死你这条大鱼了。"

欧阳懒得理他,"对天开枪、示警,然后喊鬼子来了……"

"你当我是窑姐儿呀?发这种娘儿们的惨叫?"

"我宁可听你窑姐儿一样的惨叫,也不想听你老娘们一样的唠叨!"

四道风恶狠狠地掏枪对着欧阳,欧阳无畏地看着。四道风开枪,一梭子弹贴着欧阳的头全打在水里,他把枪在手上耍了个花插回腰间,瞪着对方,"现在怎么着,过河拆桥的?"

"不怎么着,你可以走了,走吧。"

"你别以为我不敢走。"

"还有什么是你不敢的,走吧。"他索性放开了船帮。

四道风气呼呼地拿起船篙,"我要捞你我是王八蛋的!"

"不麻烦你了,请走赶快,再见。"

四道风撑起船从欧阳身边划过,"你就等着你的共党兄弟天亮来捞你吧!"

欧阳已经没力气说话了,连蹬腿的力气都没了,他竭力想让自己的口鼻浮在水面上,但还是秤砣一般沉了下去。

"你赶快说,你是王八蛋!我捞你!"四道风喊着。

但欧阳的脑袋都已在水面之下,不可能再听见他说话。四道风伸手把欧阳抄了上来,扔在船帮上,欧阳脸色惨白,吐出几口河水,轻咳了几声,苦笑,"谢谢,老四。"

四道风气得跺脚,"又玩我?一脚踢你下去!"

"对不起,实在没力气说话了。"

那不是装的,四道风也看得出来,他看着欧阳,"现在怎么办?"

"拿你们的话说,风紧,扯呼。"

"扯呼?"

"我还是斩立决的通缉犯呀,你好像不想我死吧,老四?"

四道风明白过来,迅速划着船离开。

守备司令部里,能找到的雨具都垒齐在门边,司令部留守的几个士兵还在往外搬。一阵枪声让他们放下手上的活儿,迟疑不定。

龙文章大步出来,"城东南,河边,抄家伙。"他扫了一眼在门里狐疑张望的两特务,把士兵给他打上的一把雨伞推开,"扔了!雨淋不死人,枪可打得死人!"

他迅速纠集了一小队睡眼惺忪、衣裳不整的士兵,向着欧阳和四道风刚刚离开的方向赶去。

5

唐真从梦中惊醒,她听着楼下的门粗暴而急促地被人敲响,房东拿着截残烛出来:"谁呀?"

全无回应。门敲得更急,已经是在用脚踢。房东不敢开门,也不敢走开,"是守备团的军爷吗?"他凑到门前去看,一柄薄刃的战刀从门缝里扎了进来,房东只来得及发出一声低沉的哀鸣,残烛落在地上。那刀刃翻转朝上,开始去拨动门闩。

唐真从床上起来,先把灶上沸腾的药罐拿开,然后从窗前探头下望。残烛的光映着大门前的一小群人,唐真正好看见三木,楼上窗户里透出的微光也引导着三木看见了唐真。三木肆无忌惮地咧嘴一笑,对着唐真拔刀出鞘,随脚踩灭了那截残烛,他们又淹没在黑暗之中。

唐真下意识地后退,撞在家具上,她的两位家人都在酣睡,唐真的身子在发颤。她把床上的弟弟一把抱了起来,弟弟睡眼惺忪地发着抗议,唐真置若罔闻地去弄醒另一张床上的父亲,用力过猛把半副蚊帐都扯了下来。

唐真父亲醒来,"小真,什么事?"

唐真轻声地回答:"不知道。"

唐真的父亲昏昏然中也听见了楼下的声音,他撑起半边身子,"靳三……"

叫靳三的人正被日本人压在被子下,挣扎着想要嘶喊,一个家伙跳上床,举刀狠戳下去。三木盯着楼上的方向,"不要留下一个。我们要在这里建临时指挥部。"他努嘴示意,几个人出屋,关上了过道尽头通向街面的大门,上闩。另一些日军悄声走入其他人家。

唐真死死掩着父亲的嘴,父亲终于在惊惶中点头。唐真松开手,听着楼下细微的脚步声,她扫视着家里拥挤的家什,找不到一个可以躲藏的地方,她急得几乎哭了出来。

"真儿,带小弟走,我是早晚就死的人……"唐父的话一下提醒了唐真,她一把把父亲扶起来,使劲撑着父亲往门外走去。家门外的二楼通道上,堆积着所有小户人家用不上又不舍得扔的家什,难以想象的杂乱中放了一口棺材。唐真让父亲靠在板壁上,她竭力想掀开那副棺盖,可从买来就未开启过的棺盖不是那么容易打开的。唐真急得直想哭,一双手靠了上来,父亲显然对女儿的这个主意有些赞许,"你们躲进去。"

唐真喘着气点头,这给了父亲很大的动力,他半个身子都压在棺盖上,棺盖发出重重的摩擦声,终于开了。

三木站在楼梯边,听着楼上清晰的摩擦声。两个日军正提着染血的战刀从一户人家里出来,三木指了指楼上。那两日军踏上楼梯,年久的梯板发出刺耳的声音。

父亲靠在棺材上喘息,唐真用力把他掀了进去。她最后看了父亲一眼,用力把棺盖推上,楼下的脚步声越来越近,唐真把堆在通道上的家什一力推倒,她希望这阵混乱能掩盖刚才的嘈杂声。

头顶上的巨响让摸不着头脑的日军止住了步子,他们看看梯下的三木,三木轻声地骂了句"浑蛋",两人警戒着向楼上迈进。

把一口残破的立柜掀倒后,通道上已经乱得站不住人。唐真朝自己家跑去,在门前踩到一块松动的楼板,半只脚都陷了进去,她用力把脚拔出来,根本无心去看剐出的伤口,她冲到家门前,现在必须给自己找一个躲藏的地方,她突然傻了,被她遗忘的小弟正在父亲的床上酣睡。

6

龙文章和他的士兵在河边搜索着,四道风扔在河里的那具尸体被拖了上来。龙文章扯开那难民服装的衣领,露出下边的日军军服,他嫌恶地放手,"通报蒋司令。你们,跟我搜索城区。"

龙文章沿着河岸走了一段后终于作罢,"这鬼雨是把什么都浇没了,你们挨家挨户搜。"

一个士兵嘀咕:"这时候?会被老百姓骂死的。"

龙文章瞪他一眼,"你们要不要试试被我骂死?"

士兵连忙转身砸响了一家最近的房门。

唐真家里。两名日军终于踏上了楼,从凌乱中迈过。唐真家门开着,昏黄的灯光亮着,她家是楼上唯一的住家,自然成了唯一的搜索对象。

两人扫视那一览无余的家,一人在门前警戒,一人进屋,用刺刀往薄壁的柜子上戳刺,打开柜门,里边只有几件寒酸的衣服。他转而去搜索床下,这屋里也就这两个能藏人的地方,床下没人。

唐真藏在打开的门后,环抱着自己,一手紧掩着嘴。在惊骇中止不住瘫软。

唐真的父亲从棺盖的狭缝里看见自家的门,他知道女儿藏在那里,也知道女儿很快就会被发现。他毫不犹豫地举起拳头,用力敲打在棺材壁上。

日军听到这响动,立刻转身,屋里的日军也疾冲了出来,两人递个眼色,微笑着向棺材接近。

唐真闭上了眼睛,棺材两边的敲击声一下下地传来,无能为力的感觉渗透了全身。

两个家伙掀开了棺盖,其中一个立刻被唐真的父亲揪住了衣领,两个人毫不犹豫地把刀戳了下去,这种杀戮的狂喜让他们如此投入,再没人去注意身后的房门。

唐真的父亲一声不吭地忍受着一刀一刀的痛楚。唐真拖着瘫软的身子挪向衣柜,她没有眼泪,但在痛哭,父亲就这样隔着一扇板壁被人杀死。

三木一边听着楼上的动静,一边从门缝里向外窥看。守备团的士兵挨家挨户在砸开房门,被吵醒的人家开始亮起灯光,但那离唐真家还很远,她家所在的那条街仍然是黑漆漆的一片。

棺材边的家伙完成了杀戮,又继续刚才未完的搜索,看过空荡荡的房门后,又用刀在不可能藏下人的地方戳刺。

灯光从柜门上的刀孔投射在唐真脸上,她看见一个日军向柜门扫过来一眼,她再次屏住了呼吸,但那家伙从这个已搜索过的地方走开,熄灭了这屋的灯光。

唐真在黑暗中听着两人的脚步声出去,走下楼梯。迟来的眼泪在脸上纵横,她打开柜门,从柜子里挣扎出来。漆黑的屋里一片死寂,楼下隐约传来的声音属于那些带来死亡的人。

唐真来到棺材边,看了一眼,里边的景象让她掩了脸不忍再看,哀恸到极点反而显得平静了,她拭拭眼泪,掀开了刚才绊倒自己的松动楼板,小弟就蜷缩在下边,她刚才的忍耐倒有一大半是为了这个。

她抱起弟弟,看着楼下透上来的微光,转身进屋。

三木正在谛听着远处中国士兵的动静,他的手下打开门让一名日军进来,进来的日军说:"送我们进城的人马上就到。"

三木黑着脸,"如果等中国人杀过来,他就不用来了。"

分散去杀人的日军也聚了过来,包括上楼的两个。他们向三木汇报着:"一楼已经清除干净了。""楼上有一个,已经死了。"

三木略有些可惜地问从楼上下来的家伙:"是个女人?"

"不,是个老头。"

"还有一个,"三木说,然后转向报信的日军道,"我在楼上等他。"

随即和那两名日军转身上楼。

楼上,唐真正用床上的被子把弟弟包好,一层又一层,唯恐不厚。小弟对这个平常没机会玩的游戏大有兴趣,嬉笑着把被子拉紧。唐真把弟弟连人带被抱了起来,走到窗户前往外看了一眼,守备军扰亮的灯光离这里很远,出声呼救的话凶手会比救兵来得更早。

唐真小声地哄着弟弟:"小弟你听好,姐姐把你扔下去,你不要怕痛……"

"你为什么要把我扔下去?"

"为了捉迷藏,捉迷藏会摔倒的,摔倒你不要怕痛。你要跑,爬起来就跑……"

"往哪里跑?"

"往人找不到的地方跑,姐姐马上就下来,姐姐在后边追你,摔痛了你也不要哭,一定要跑,不让姐姐追上……"

小弟不解地看着唐真的眼泪,"姐姐为什么要哭?"

"因为姐姐喜欢你。"她迅速在弟弟脸上亲了一亲,把他扔了下去。厚厚的被卷落地时几乎没有声音,唐真提心吊胆地看着,直到弟弟安然无恙地从被卷里爬出来,像她交代的那样,朝无人的巷子跑去。

唐真的表情几乎舒展开来,她试图从窗户跳下。可她立刻呆住。小弟在接近巷口的时候,一个人影从黑影里闪了出来,刀光迅速从小弟颈上闪过。小弟无声地倒下,刀立刻在那个人的袖口消失了。那个影子拖着小弟的身体走过巷子,她楼下的门开了,火光晃动了一下,人影向小楼走来。

唐真瘫软在窗台下,所有的忍耐和期望全让刚才那一刀抹杀了,她再次听见上楼的脚步声,那是三木和两名日军。

第七章

1

　　四道风把船停在一个废弃的码头上,欧阳伏在船帮上,四道风使劲帮着他艰难地倒出肺里和胃里的水。

　　四道风的嘴似乎永远闲不住,"你小子猴精,喝的是清水,要是河底的浊水,乖乖,你现在也不用费劲吐了。"

　　欧阳又吐了一口,"没死就成了,你当喝乌龙还是龙井?还有得挑?"他萎靡不振地爬到一边休息。

　　四道风看着船里那具还没来得及扔的尸体,觉得恶心,过去拖起来要往河里扔,欧阳连忙阻止,"等会儿,先搜搜他身上。"

　　"你怎么爱发死人财……对呀,这小子身上准有枪。"四道风兴致勃勃地去搜,先摸出一柄三八刺刀来,扔在船上,然后找到了他要找的枪和几个弹匣。

　　欧阳对四道风说:"枪和刀都给你,有字的纸纸片片都归我。"

　　四道风搜着,"这小子跟我一样,斗大的字识不得一箩筐,身上半片纸也没有。"

　　"再搜搜。"

　　四道风不耐烦地把尸体提起来给欧阳看,"你看看,要不要倒过来给你控控?"

　　"你别动。"欧阳忽然看见了什么。

　　四道风重重地把尸体扔在船上,"你说不动就不动呀?"

　　欧阳无心跟他斗嘴,爬过来撕开那日军的衣领,下面是一套日军服装,他当下纳闷了,"没有道理,他们干吗穿着军装?"

　　"鬼子当然穿着鬼子衣服,没种穿外边也裹在里边,这有什么好奇怪的?"

　　欧阳摇摇头,"你不明白,既然乔装就不该留下任何暴露身份的东西……"

　　"我当然不明白,我干吗要明白这种见不得人的东西?"

　　欧阳苦笑,"对不起,上次鬼子来袭我也搜过尸体,他们衣服下边不穿军装。"

　　四道风看了一眼欧阳,"你是一肚子坏水、过河拆桥的、不仗义的、好发死人财的赤匪分子,真不是个东西。"

欧阳苦思着,下意识地掏出药瓶,药瓶已经进了水,药片也成了糊糊,欧阳看了看,一口喝下去半瓶。

四道风目瞪口呆。

欧阳笑了笑,掐着自己的额头继续苦想,"他穿着军装……那个日本人说……"电光石火的一掠,他想起三木的话——指挥部黎明才能到达!欧阳猛拍了一下船板霍然站起,虚弱的身体几乎栽下水去,"我怎么这么笨?鬼子要占沽宁,就是今天黎明!"

四道风一把拉住摇摇欲坠的欧阳,很有些不屑,"就凭你看见的那十几号人?"

欧阳摇头,"不,这次肯定是倾巢来攻!"他转头望向天边,雨已经停了,天边已现晨光。他爬起来想要上岸,四道风对着码头霉烂的支柱使劲一蹬,船离开河岸往水里荡去,"你干什么?"

"一定得去报信!我还能干什么?"

"跟丘八报信?死五百活一千,你非把一千变成五百吗?"四道风还是那副气死人不赔命的表情,可欧阳听得出来这是种关切,他看看他,"老四,你听我说,鬼子必取沽宁,所以才穿军装,占了城就是混战,他为的是混战时不误伤……"

"他说占就占?问问我这两把枪!"

欧阳没法跟这人讲理,船又开始往岸上漂,他正想上岸,四道风又猛蹬了一脚,船荡得更远了。

"跳呀!这时候的海水,冰也冰死你!"

欧阳毫不犹豫地跳进水里,四道风一把揪住他的衣服,"我去!我去行不行?"

欧阳冻得脸色惨白,回头看看被四道风揪住的衣服,"没用,只有我脑袋上才有死五百活一千的赏格,有这个,说话才有人听。"

"信你?给我上来!"四道风使着蛮劲,欧阳半个身子都被他提出了水面,欧阳伸手捡了船板上扔着的刺刀,他看着四道风笑笑,"你这人还真是挺不错的,除了不讲理哪都好。"刺刀划过,欧阳割断了被四道风揪着的衣角,整个人又落进水里,他立刻游到四道风伸手不可及的距离,"你说过你不会游泳,可我会。"

四道风气急,"你那叫狗刨!"他扔下手上的半拉衣服,"你王八蛋!跟我玩割袍断义?"他操起块船板就划,越急越不得要领,船在水中央打着转。

欧阳已经爬上滩头,他打着哆嗦,筋疲力尽地沿着河岸狂奔。

欧阳跑着,不远处,黑漆漆的河上泊着一条乌篷船,船上的气死风灯忽明忽暗地亮灭了几次,像在传达着某种意思。欧阳的脚步慢了些许,他朝着那灯光跑去。

灯下,小炉子上的水壶正冒着热气,篷里凌乱而简陋,但让人想起家的概念。邮差从船篷里钻出来,欧阳让他一愣,但他友好地伸出手,"上来,船上有热的喝。"

欧阳怔怔地看着他的手,忍住想上船的欲望,他对邮差说:"快走!鬼子来了!"

邮差愣住,莫明其妙地看着欧阳。

"立刻撤出沽宁!告诉她……我真想和她一块儿走!"欧阳说着,从怀里掏出个什么扔在船上,转身跑上小桥。那东西滚在炉子边,是欧阳的止痛药瓶。

炉子踢翻了,热水倒在船板上冒着热气。邮差和船老大手忙脚乱解缆开船。

欧阳跑到河对岸后回望了一眼,安宁祥和的灯光已经灭去,一个黑黝黝的船影急忙驰开。他长吸了一口气,吸气声在黑暗中听起来像哭。

他照着沽宁黑漆漆的轮廓跑去。

2

三木和两名日军走进二楼唐真家。屋里空空如也,三木鹰隼一般地扫视着,他看向那个让刀戳成了漏勺的柜子,尽管那样密集的刀孔足够让里边的人没有幸存的机会,他还是毫不犹豫地把柜门打开,但里边是空的。

唐真两手吊着窗台,悬在窗外,脚下几米开外就是那个杀死小弟的人。

三木走到窗前,唐真几乎就在他的眼皮子底下,但三木看向远处,渐渐亮起的灯光离这里越来越近,他自言自语地说:"我们也许撑不到天明了。"

"他来了!"疾冲进来的部下打断了他的多愁善感。

三木阴鸷的脸变得急切,"让他上来!"

"他要您迎接。"日军小心翼翼地说。

三木喃喃地骂了句什么,出去。

唐真费尽全力从窗台上攀上来,再多几秒她也许就会掉到杀死小弟的凶手脚下。她第二次钻进那口已经被搜过两次的柜子。

楼下的那个人终于进屋,门立刻紧紧关上。

柜子里的唐真听着脚步碎响,三木和杀死小弟的人进来。三木仍有些狐疑地打量着房间,另一个人将一张凳子踢过,一屁股坐下,他帽子戴得很低,唐真看不见他的脸。

那人看看贫穷的屋子道:"你们是疯子还是傻子,花大价钱进城就为占几个穷棒子的窝?"

三木解释着:"一个奇怪的人杀死了向导,我们只好躲在这里。一定要攻占守备军的司令部,切断城里和城外的联系,但需要你来带路……"

"我听不懂鬼子话。"

三木忍气吞声地换成了生硬的中文,"出了问题。帮我们的,杀中国军队。钱的很多,枪的很多,很多很多的给你。"

"你阁下的猪头落在城外了?"

"什么?"这话对三木来说深奥了点。

那人指指远处的灯光,"事情已经让你们弄砸了。你们的钱,换我们的路,这行,沙门会做的就是这行买卖。再多了,没门。"他又扫一眼三木,"我不管你们,听懂了吗?"

"浑蛋!"三木大怒。

话音刚落,那人坐着的椅子就飞撞上三木的膝盖,三木摔在桌边,腰还没直起来已经被一柄短小锐利的刀指上了喉咙。

"黎刘爷,你什么的要干?"

"干!你们就不能把我的名字咬准了吗?是李六野!"

三木恶狠狠瞪着那人,那人手动了动,刀入肉三分,三木终于妥协,"黎……李——六——野……"

李六野勉强满意,他把帽子往上推了一推,露在眼罩外的独眼凶光闪烁,"我要干什么你的明白?"

三木点头不迭,李六野悠闲地在他喉咙上把刀上的血擦净,"看见这血没有?你们做事不干净,有人跑出去了,他要报了信你们就活不过天亮。"

刀一离开喉咙,三木似乎又有了骨头,"我们占领沽宁,你的死啦!"

李六野看着窗外一点点往这边推移的灯光,刀在手上晃了一下不见了。他嘲笑地看看三木,一只脚已经踏上了窗台,他打算跳出去,这种旁若无人让三木生气,"我告诉中国人的,你的内奸,你的死!很多很多的死!"

"你说错话了。"李六野的面色一下变得很难看,独眼下目光冰冷,他慢慢地把眼罩挪到另一只眼睛上,那是个要杀人的信号。

三木手忙脚乱地掏枪,"你的,走的不要!"

"给你打个记号。"李六野的手动了一下,三木闪躲,刀贴着颊边飞过,深扎在柜门上。李六野看也不看,从窗口跳下。三木冲到窗前,黑街空旷,李六野似乎没来过一样。

唐真咬牙忍受着,李六野那把刀歪打正着地扎进了她的肩膀。

几个日本兵冲了进来,"队长,什么事情?"

"没什么,"三木转过身来,焦躁而绝望,"行动失败了,我们将在这里撑到援军到来,要有必死的决心。"他敲敲窗前唐真的书桌,桌上还放着唐真的课本,"好位置,在这里架上机枪。"

部下们沉默着,一个士兵看着柜门上的刀,伸手去拔。柜子里的唐真一声不吭地忍着。刀插得很深,以至日军将身子顶着柜门仍把门拉到半开,刀终于拔了出来。唐真虚弱地靠在打开的柜子里,一块殷红在肩膀上泛开。

"刀上有血!"那名日军莫明其妙看看柜子,又看看三木,"队长,你受伤了?"

三木摸一下颊上的伤口,这才明白李六野留个记号是什么意思,他恨恨地抹了一把伤口,冲一名部下吼:"去架机枪!"又对其他部下挥了挥手,"跟我去楼下。"

被呵斥的那位提着机枪回到窗前,柜门开着,在这狭窄的屋里显得碍眼,他一脚把它踢上。蜷缩在柜角的唐真再度被笼罩在黑暗里。对着从刀孔透进来的几束微光和楼上楼下的一屋子日军,唐真的恐惧已经麻木。

屋里的机枪手掀掉桌上的书本,将机枪架上,再从床上拿几个枕头打平,放在枪架下加高射界。他对着依次亮过来的灯光瞄了会,那实在没有可打的目标,于是又从扫到地上的东西里捡起了什么,那东西终于让他在桌边安坐,过长的刺刀妨碍他的坐姿,他拔出刀来随手钉在身后的地板上。

那柄血迹斑斑的刀吸引了唐真的全部注意力。她从柜子里一点点挪出来,她终于靠近了那柄刀,那家伙伏在桌上忙着,唐真看着他高耸的两个肩胛骨,只要拿起刀猛刺下去,也许就可以从那扇被拦住的窗户逃生。

手已经触到了刺刀柄,唐真终于看见那家伙在忙些什么,他正把唐真一家三口的照片细细地肢解,父亲和小弟成了碎片,唯独还给她留下完整的一块放在旁边。唐真的身子又开始颤抖,凝聚了半个晚上的勇气在这狂人背后顿时烟消云散,她趁着那家伙还没发现前挪向房门,楼道尽头有一扇紧闭的窗,那是唐真离开这里的所有希望。

唐真试图弄开那扇窗户。可不知什么原因,那扇窗被横七竖八的木条钉死了。唐真终于崩溃,她瘫软地在窗前坐下。眼前是杂乱的楼道,楼下是日本人,棺柩里似乎已经盛不下父亲的血,快凝固的血从棺缝里淌下,撬开的楼板曾经藏过弟弟。唐真茫然地看着这一切,换个人会以为是个噩梦。她站起来,向那间小屋走去,脚步仍很轻,但已没了颤抖和畏惧。在漫长的恐怖之后,唐真终于把恐惧踩在脚下,可能今生她再也不会恐惧了。

楼下,三木队长指挥他的部下用家具堵上了房门,在楼道里筑起几道奇形怪状的工事。几个士兵小心地拉出手榴弹的发火线,把它们绊在几道工事上。绊线在家具和房门上密密地分布着。

唐真就着些微晨光看着家,窗口已经没人了,她试探着进屋,半掩的窗外,天色已经泛白,但街道仍掩在一片黑暗之中,唐真打量着那挺沉重的机枪,身后突然传来一声满意的哼哼。唐真回头,那名日军正系着裤子从父亲的床后出来,显然把那当成了小便的地方。他一见唐真,惊疑立刻变成了惊喜,他把手指竖在嘴边,向唐真轻轻地嘘了一声。

看着对方色迷迷的笑容,唐真只觉得头皮发麻。她咬了咬牙,在对方走过来时,向地上钉着的刺刀摸去。

摸了个空,那日军得意地笑了笑,从身后的刀鞘里拔出刺刀比画了两下,他刚才已经把刀收好了。

唐真后退了两步,撞在桌子上,她转身去抢那挺机枪。日本人惊惧了一秒,随即发现唐真并不能把那偌大家伙抱起来。他笑得更加得意了,"不要出声,不要惊动他们。他们很坏,我很好。"(日语)

唐真并不知道他在嘀咕什么,看着那家伙无所顾忌地走过来,她仍努力想抬起那挺机枪,那家伙一只手把枪压回桌上,迫不及待开始撕扯她的衣服。唐真愣住,脑子里飞快地想着对策,她突然从机枪边捞起把剪刀扎了过去。那把剪刀曾被用来剪碎她家人的照片。唐真一声不吭地使着劲,直到两片剪刀在那人的喉管里会合。那人从她眼前倒了下去。

三木焦躁不安地检查工事和机关,直到脚下踢到一具小小的尸体,"这是谁?"

"那个逃走的中国人,"一名日军高兴地说,"他死了。"

三木看着,那是唐真视若性命的小弟,被李六野杀死后拖了进来。他突然转身狂躁地吼起来:"不是小孩,是个女人!"

头顶上传来一声闷响,那是被唐真杀死的日军倒在地上,三木抬头,"浑蛋!她还活着!"他和几个部下往楼上冲去。

楼梯上响起脚步声,唐真推倒了给父亲煮药的炉子,陈年的木楼很容易着火,火势立刻顺着蚊帐,就着一切可以燃烧的东西在屋里蔓延。她抓起手头一切可以燃烧的东西往楼梯口投了下去。

三木从楼梯上滚了下来,被几个部下扶起,他狂怒地甩开:"灭火!一着火所有的中国人都会来!"

就这么一会儿工夫,楼梯已经烧得没法上人。三木一脚踹在正扑打火苗的部下身上,"撤离!我们放弃这里!"

转过身来的三木傻住,门被层层叠叠的家具堵着,通道也被叠叠层层的家具塞着,那本来是为了让外边的人进不来,现在他们自然也出不去。

一名部下冲上去搬东西,三木一把揪住他,那部下在一道绊线前堪堪停住。三木甩开他,听着楼上唐真的脚步声,他拔出枪。

一名日军一把抱住他,"队长,会惊动中国人!"

"你以为我们现在还出得去吗?"

部下立刻明白过来,纷纷拔枪。

"杀死她!楼上有路!"他们对着天花板上脚步声响起的地方攒射。

薄薄的楼板根本拦不住子弹,唐真在密集的枪声中摔倒,脚踝被一发子弹擦伤。弹雨横飞,射穿了屋顶,整个二楼碎片纷飞。唐真有些茫然地在其间走动,没被打中实在算个奇迹,她端起桌上的机枪,这东西原本沉得她没法把枪口抬起来,可现在她要打的本来就是地板。机枪手做好了所有的备射工作,唐真扣动扳机,脚下立即出现一串密集的弹孔,后坐力让枪几乎脱出她的掌心,她死死握着,直到被推撞在墙上。

火焰在身边蹿烧,木头烧得噼啪作响,楼下不断传来声声惨叫。

3

正在搜查民居的龙文章从窗前探出头来,不远处烧起来的火光在将亮未亮的天空下清晰可见。密集的枪声让他讶然,他喃喃地骂了句什么,抓着窗边的一根篙子滑了下来,正好落在从街上赶来的几个士兵面前。

"跟着我!赶快!"从各家各户跑出来的守备军跟着龙文章向枪响处狂奔。

枪还在响。唐真和日军都在瞎打。火在一楼燃得更加炽烈,三木涕泪横流地从烟雾里钻出来,在火焰和弹雨中拖住一个部下,"解开它!"他指的是那些在过道里布得密密麻麻的绊线。家具已经着火了,再烧下去后果不堪设想。

那位倒也视死如归,发颤的手终于解下一条绊线,他回身把解下的扣环亮给所有人看,人们终于露出点轻松的神情。突然一块烧塌的壁板掉下来,"英雄"被砸得仰面翻倒,手上的手榴弹不偏不倚甩进了火堆。众人愣住,三木第一个反应过来,立刻钻进一堆破烂下边。

一声爆炸,然后是接踵而至的连锁爆炸。

爆炸让整栋楼似乎粉碎,一楼的碎片从楼梯口迸飞上来,二楼的地板塌向了一楼。通往窗口的路早被火封住了,唐真并不打算出去,她坐了下来,抱紧手上的机枪。近处的火舌蹿舞,爆炸还在间歇地响着,这栋危楼终于发出令人胆战的声音,像积木一样倒塌,转瞬成为一堆废墟。爆炸的气浪冲灭了大部分火焰,废墟在潮湿的地面上扑腾起灰尘与烟雾。

四下在响锣,人们拥过来灭火。第一拨人已经拿着一切就手家什跑近。

三木从废墟下挣出半边身子,仅存的两名部下把他拖了出来,外边的百姓服装和里边的日本军装都已经烧得糊成了结块。邻居不明就里地拿着衣裳被褥聚上去救护。

三木狂暴地推开,"撤退!"他挥舞着未出鞘的战刀吼叫。

这句日语让所有听见的百姓闪退,三木和他的手下跌跌撞撞奔向黑漆漆的巷子,一路推搡着不断赶来的救火者。他推上了人群后的一个人,如推上了一道墙。

"你说错话了。"三木被那人叉着咽喉顶在墙上。那是李六野,在他的身边,他带的人已经做掉了三木最后两名部下,冷酷得如捏死一只蚂蚁。

三木想骂,李六野的枪已经塞进他的嘴里,"我从来不受人要挟。"三木瞪大了眼,李六野看着他眼里的惊恐扣动了扳机。

人群惊窜。

龙文章和他的士兵气喘吁吁地跑来,只看到废墟边三具尸体横在地上。龙文章撕开三木的衣服,赫然看见下边的日本军章,他揪住旁边的百姓,"谁干的?人呢?"

百姓惶惶,"不知道,真的不知道!"

废墟里又有个人影在动。一个士兵拉动了枪栓,龙文章伸手阻止,"一定要活的! 我要问话!"

唐真从废墟里爬起来,对周围的人和枪置若罔闻,自顾在废墟上搜寻着。

"是老唐家的闺女。""就剩她一个了,惨哪。"龙文章听着身边的议论,他让士兵放下枪,自己走了过去,"别害怕,鬼子被我们赶跑了,你现在安全了。"

唐真抬头看看他,走开。

"到底怎么回事?"龙文章又问了一句,唐真仍没搭理他。龙文章有些恼火,可看看唐真的样子,凄惨又可怜,只好作罢。他最后扫了一眼唐真和周围,确定在这里得不到什么了,便留下两个人警备,掉头带了其他人匆匆走开。

唐真在废墟里找着,直到看见那挺机枪的一角才停止了搜索,她扒了些焦木断垣把枪盖上,走下废墟。因守备军的存在而不敢上前的百姓一拥而上,"小真,你爸呢?""小弟呢?""到底是走水还是鬼子,你倒给个话呀。""你可怎么办哪?"

唐真安静地坐下,她甚至没费心去看看别人。

4

欧阳一气跑到沽宁守备司令部所在的街道。他在街角站住,远远地看着,几个士兵守候在守备司令部的门外,一晚的暴雨和枪声已经叫他们困顿不堪,他定了定神向那里走去。

"什么人?口令!"

欧阳听着那边拉动枪栓的声音,双手高举,向那几个枪口走去。

"现在宵禁!"几支枪立刻顶着欧阳的身体。

欧阳苦笑,"我有很重要的消息,迫不得已,没谁喜欢被枪比着。"

几个士兵粗鲁地在他身上搜索,一名士兵扬扬手中的东西,"这是什么?"

"药瓶。我身体不好。"

"什么消息?"

欧阳犹豫了一下,他不知道告诉这几个士兵有没有用。

"鬼子今天会大规模袭击沽宁……"

那几个士兵立刻恍然大悟,"敢情是个疯子,让鬼子吓疯了。""难怪揣了药瓶满街跑呢。""疯子回家去,这种鬼话我们听多了。"

欧阳被推搡开,扔过来的药瓶掉在地上。他摇了摇头站到墙根前,墙上是对他的通缉令,"我看我是疯了,可这个疯子倒还值个五百一千。"

几个士兵先是惊骇,然后郑重地把枪口又对准欧阳,一名士兵飞跑了进去报信,欧阳若无其事地负手而立,直到看着四道风从一条巷子里冲了出来。

四道风冲过来,劈头盖脸就给欧阳一下,"天还没亮你发什么神经?跟我回去!"

"我们认识吗?你认错人了。"欧阳说,尽管对四道风的动手动脚他一向反感,可现在却有些感动。

四道风不由分说把欧阳揽了过来,对士兵打着哈哈,"个光棍佬,老婆跟人跑了,王八蛋急得疯了……"他突然发现一杆枪转向了他,大怒,"找死!我是四道风!"

士兵硬着头皮道:"四哥您只管走,可这人没通融。"

"没通融吗?"他动作比说的快,双臂一翻把两支枪都搪在外围,手上的两支枪已经对上了士兵。

"来做什么呢,这跟你根本没关系。"欧阳惋惜而又无奈地看着,大门里已经拥出十多条人枪,如临大敌地向两人瞄准。

俩特务赫然其间,阴鸷的脸现在眉开眼笑,"欢迎之至,曹烈云先生。"

欧阳叹口气,"我已经不叫那个名字了。"

"怎么都好,总之先生是我最想见到的人。"他笑嘻嘻做个请进的姿势,又冲着士兵努了努嘴,士兵一脸歉意地从四道风手里把枪拿走。

四道风气哼哼瞪了欧阳一眼,"跟我是没关系,我是来教你啥叫义气。"他一把推开欧阳,抢在前边进了门。

蒋武堂平时用来商议军务的房间瞬间成了刑讯室,几个士兵把欧阳绑在椅子上,四道风则没那么老实,他一拳把一个士兵挥了出去,立刻有几支枪将他指住,四道风拿胸口堵着枪口嚷嚷:"我知道你们怎么死的!明儿出门都撞上了刀子!"

"四哥您多包涵,我们的日子也不好过……"

"这事有包涵的吗?你有痣,你长白麻子,我都记住了!"

"四哥,我们是烂命一条,可也是沽宁人,上老下小也得吃饭哪。"

四道风想了想,意外地把手放在扶手上,"混这行不丢人哪?干脆跟我去拉车。"

那兵简直感激涕零,松松垮垮用绳子在四道风手上绕着,"四哥您最好了,您放心,这就是给那俩黑皮狗个意思……"

同伴捅他,特务甲乙春风满面地进来,他们对四道风没兴趣,直奔欧阳。

欧阳可比四道风安详多了,他看着走近的特务甲,问:"贵姓?"

特务甲笑逐颜开,"免贵,小姓刘。"

欧阳动动被绑在椅扶上的手,"刘先生这是何苦来哉?"

"想从先生这知道沽宁其他的共党在哪里,也知道先生不会好好说。小地方比不得我们那专门机构,因陋就简,先生多包涵。"

特务乙指挥着几个兵把东西抬进来,火盆烙铁,棍子板砖,看得四道风蠢蠢欲动,欧阳深沉地看他一眼,他终于没动。

欧阳叹口气,"得陇望蜀,贪何至此?"

特务甲笑笑,"四年心血,焉能空回?"

"最有价值的消息我已经说了。"

"鬼子要来?我不管那个。"

"请听好,是鬼子的主力会在天明进攻。您当然不管这事,可您也是身在沽宁。"

"这种还没发生的事情先生又何以如此肯定?难道……"

"您把种种蛛丝马迹合在一块儿来看,就很明显了。要等事情发生才明白个端倪,恐怕十年前在下已经让先生的同行给剿了。"

特务甲看看天色,"天已经快亮了。"

"所以我送上门来,因为十万火急。"

"我倒觉得是先生机变百出,总有些别人想不到的花样。"

欧阳苦笑,"可以让我见蒋司令吗?没有阴谋,也没有花样。"

"援军已至,司令在城外迎接。就算千八百的鬼子也挡得一气,先生不用操心了。"

欧阳皱眉,"以蒋司令与总部的关系怎会有军来援?又挑了这种时候,你们不觉得有鬼吗?袭击沽宁的鬼子只有几十个,真正的主力哪里去了?你们真不担心吗?"

"你的疑心病倒是真重。"特务甲忽然反应过来,"先生是在拖延时间好让你的同党逃离沽宁吧?"

欧阳气极反笑,"这样好吗?不管捆着锁着,请让我见蒋司令。了结这事,再拿我去换您的功名。"

特务甲阴鸷地看着他,忽然一个耳光扇了过去,"赤佬!——你当我跟你谈?我舍不得杀你,要弄你个半死不活倒求之不得!"

欧阳从那记重击下抬起头来,没有愤怒只有无奈,"请让我见蒋司令!"他看向那几个守备军,"我是跟你们说!他们不过在玩领功请赏的游戏!可鬼子真来了,除了这条命你们还有什么?我的苦哈哈的兄弟!"

被他瞪着的几个士兵犹豫不决地动了动脚。

"谁敢去以通共论处!"特务甲威胁着。

"通共不是罪名!你们知道第一次碰见鬼子是什么感觉?你们有没有大半夜一个人碰见狼群?狼要咬断你们的喉咙,就好像蚊子叮人的血,它以为人就是它的食物——这时候它会不会想你姓国还是姓共?"

特务甲抓起一根棍子挥了过去。四道风吼了一声,还没挣开绑住的手臂,特务乙就用枪指住了他。

欧阳在众目睽睽下坐直,头上的血淌到了嘴角,他昏昏沉沉舔了舔,苦笑,"它不会想……你也不会……只有死或者活,那天我碰见鬼子……那天我明白一件事……至少在这几年,姓国姓共不那么重要……至少那天我忘了……我是像老鼠一样被你们追杀的共党……"

特务用一只手扳起他淌血的额头,让他看见第二次高高举起的棍子,欧阳神思恍惚地看着,说着:"一起打鬼子,如果我没死再杀了我……别想你会怎么死,大家一起来想想,我们……我们该怎么活……"

"我让你巧舌如簧!"特务甲第二次把棍子挥了过去,欧阳的腿一记弹踢,不大光明磊落地踢在他的下阴,特务甲发出变了调的惨叫,倒在地上翻滚,欧阳惨白的脸上掠过一丝惨笑,"我让你……让你利令智昏。"

特务乙愣了愣,掉转了枪头。四道风挣出一只没绑结实的胳膊向他打去,特务乙转身要开枪,一个士兵跳到他与四道风之间,一支步枪似乎在向四道风瞄准,可总在天花板和地板之间游移。

四道风一点不含糊,一脚照那士兵胯下踢了过去,特务乙从那士兵背后被踢得跳了起来,他痛得摔在地上晕了过去。

屋里一时显得很静,欧阳在椅子上渐渐歪倒,一多半的士兵还未反应过来,四道风看看地上辗转的两个人,轻轻呸了一口。他跨过特务乙的身体,想去扶欧阳,一个反应过慢的士兵用枪托把他拦住,但那支枪立刻被另一个士兵接了过去,照着那还缠着绳子的扶手狠砸了几枪托,直至断裂。

四道风笑了,他抢过去扶起欧阳,一个士兵拿过他的双枪和刀,四道风用刀割断欧阳手上的绳索,失去支撑的欧阳歪倒下来,四道风一把扶住。

欧阳喃喃:"不能走……带我见司令……"

"作死吗?你老婆在等你呢!"四道风看起来很冲动,他把欧阳扛上肩,转身去接自己的枪,但欧阳死死揪住了椅子。

四道风气极,"再瞎闹不管你了!"他转向一边,"你们搭把手!"

被他吆喝的士兵径直走了上去,"初一都做了,还怕他十五?"

其他人也拥了上去,欧阳的手终被扳下来,被簇拥着抬了出去。

特务甲挣扎着去捡枪,枪被一个士兵一脚踢开,另一个士兵似不经意地一脚踩在他手上。

四道风扛着欧阳疾行,士兵们把他俩夹在中间挡着。远处一个值夜的兵向这边嚷嚷:"大麻子,你们搞什么呢?"

被叫作大麻子的答:"马老三的哥们儿喝多了,我们送他回去。"

马老三低声地抱怨,"干吗说我的哥们儿?"

"做四哥的哥们儿丢你的人吗?"

四道风无心听他们计较,照着眼前的大门加紧两步,龙文章和一队兵匆匆闯进了门,四道风退一步,几个士兵硬着头皮上前。

龙文章皱眉瞧着这小群人,一晚上的风生水起连连扑空,他现在仍带着火气。

马老三抢先一步,"长官,大麻子的哥们儿喝多了,我们送他回去。"

"兵不兵、民不民,鬼子还没来你们先打算把自个儿喝死?"龙文章大声责骂,他突然在几人中发现了四道风,"站住!……我认得你。"

四道风已经尽力遮掩了,可便装混在军装里总是惹眼,他扛着欧阳转过身来,破罐子破摔地笑笑,"认得我的人多了,你们就不用一个个请安了。"

龙文章瞪着四道风,"大麻子,你的狐朋狗友?"

四道风抢着答:"他够得上跟我呼朋唤友?我骗酒喝罢了。"

"大麻子,人分三六九,瘪三就是瘪三,交友也别交破烂。"龙文章转身往屋走。

四道风扶在欧阳身上的手已经握成了拳头,他看看欧阳,终于忍了这口气步下台阶。背上的欧阳却一伸手揪住了龙文章的步枪背带,"河边那鬼子是我杀的,还有一个你们没找着,扔在老码头了。"

龙文章嫌恶地掰开他的手,"放手,醉鬼,上别处撒酒疯去!"

欧阳死死揪住,"他们为什么在里边套着军装?因为他们今天要占沽宁,穿得跟我们一样怕误伤!"

龙文章大惊,一把抢过士兵手上的风灯,光线下欧阳那张连泥带血的脸惊得他退了一步,四道风和欧阳立刻被他带的士兵瞄准。

四道风气得把欧阳重重放在地上,"好极了!你活脱就一好惹狗的肉包子!"

欧阳勉力站稳,"上次来的鬼子是小股,藏在老百姓的衣服下边,你们找不着,可他们也没力量拿下沽宁,要打沽宁就得大队人马,有什么办法能让大队人聚在一起,你们又找不着?"

"你什么意思?"龙文章已经隐约想到一件很可怕的事情。

"老百姓的衣服,你穿的衣服,都可以遮住套在里边的鬼子衣服。"

龙文章把枪口又抬高了一些,"你什么人?"

特务甲正从屋里挣扎出来,可欧阳已经无所谓了,"一个被通缉的共党,请试着信一次共党,共党也不想家园变成战场。"他往前走了一步,"援军什么时候到?"

"援军……应该到了。"龙文章望向城外的方向,那个大有可能的惨痛结果让他一阵晕眩。

5

沽宁郊外阵地。一名气喘吁吁的守备军士兵冲进工事里,"报告司令,城东南听到枪声,龙副官发现一具鬼子的尸体……"

蒋武堂转过身来,"他怎么知道那是鬼子?"

"尸体外边是老百姓衣服,里边穿鬼子军装。"

蒋武堂沉默,鲍廷野沉吟着走了两步。

蒋武堂抬头,"鲍参谋官怎么看?"

鲍廷野思考着,"我怕其中有诈,平白出现一具穿着敌军军装的尸体实在没有来由。再说我团马上就到,等两军会合,这些小伎俩也就没什么大碍了。"

蒋武堂对士兵说:"让他小心行事。"

一直端着望远镜的华盛顿吴转过身来,"司令,十一点方向。"

蒋武堂拿起望远镜,黑漆漆的旷野中,华盛顿吴所说的方向闪动着星点火光。

鲍廷野看着远方,"六十七团到了。"

星星点点的火光在扩大,已经能看出火把下的行军队形。那是个行军速度与防御兼备的楔形阵,如一个箭头直指守备军的阵地。

华盛顿吴单调地在旁边报着观察结果:"五百人,行军队形,有伤员,少量骑兵……有重机枪和迫击炮装备……"

蒋武堂喟叹:"六十七团是要得,撤退都没忘了打仗。"

鲍廷野在一旁道:"团长说仗是活人打的,习惯是死人教出来的。"

蒋武堂念叨:"陈二倌子,你在哪儿呢?"阔别多年的老友在最需要的时候到来,实在让他很难自控,而远处的火光下也有几骑从那楔形中冲出,黑暗中传来喊声:"司令!司令你在哪儿?你可想死我啦!"

军官们莞尔。蒋武堂再忍耐不住,飞身上马,驰下高地。他追赶的那几骑似乎没看见他的踪影,已经从楔形阵的东头冲到西头。蒋武堂又气又喜,策马追赶,"陈二倌你个死剁了头的!看不见老子的人还听不见老子的声吗?"

蒋武堂远离了阵地,来到平时在阵地上极目才能看到的山脚。那几骑终于在微微泛白的天光下勒住,蒋武堂策马赶去。三名骑手正目不转睛地看着他,脸上都是阴晴不定。中间是三十五六许的中央军军官陈少堂,一脸精悍的军人风骨。

蒋武堂喝了一声,马鞭子劈头盖脑地打了过去,"这一鞭打的是你三五年不通音讯!怕老子累了你的大好前程吗?"

陈少堂不挡不让挨了那一鞭子,"前程就是个一屁不值的清秋大梦,陈二倌现在总算明白了这个道理。"

蒋武堂大笑，挥手就是亲热的一拳，"管他的！老子兵败人亡之际你伸了只手，我领你的情！"

"司令侄偬一生，陈二偪赶了几百里路，只想司令有个说得去的结果。"

"你以前不是这样阴阳怪气的。老家伙们呢？叫出来跟我见见！"蒋武堂兴致勃勃打量着那个队形。

陈少堂黯然，"死了，都死了。"

蒋武堂愣了一下，"前沿打得这么苦？"老朋友语境悲凉他听得出来，他奇怪的是陈少堂脸上那种全盘放弃的态度。

"有人苦就有人甜，我在正面堵漏，可侧翼全放了鸽子。全军覆没，活进了地狱。"

蒋武堂看看远处的阵形，"这不半数都在吗？怎么说全军覆没呢？"

陈少堂吐了口长长的大气。饱含的困顿与委屈让蒋武堂听得心悸，蒋武堂黯然道："我知道你是来陪我死在一起的。"

"不，我是来陪司令活在一起的。"

蒋武堂看见对方脸上有种病态的兴奋，第一次觉得老朋友变得陌生。

6

几个士兵抬着欧阳，随着龙文章率领的一队人马狂奔。

龙文章暴躁不安地对着已跑得气喘吁吁的士兵吼着："快跑快跑！"他一脚踢在士兵屁股上，"这是去玩命，拿出你们逃命的劲头来！"

欧阳有点看不过眼，"长官，我只是推测，并不一定……"

"最好求神拜佛你说对了，否则我回头就把你交给那两条狗！"

欧阳苦笑，"就算是求神拜佛，我也只会盼自己搞错了。"

龙文章愣了一下，一直护在旁边的四道风却看不过眼，"穷横什么？不是这坏鬼烧坏了脑子，一百个包子也轮不到你们来啃！"

龙文章接了四道风的话头道："我会考虑把你一起交过去的，沽宁的街面上也会干净很多——你，什么事！"

迎面匆匆跑来的一名守备军，已经跑岔了气，"援……援军……"

龙文章一惊，"援军怎么啦？"

"好多……"士兵大口地喘着气。

龙文章伸手把那士兵揪靠在墙上，"好多什么？"

"……好多伤员，吴长官让准备房间……"

龙文章长长地嘘了口气。他回头看看欧阳，欧阳笑了笑，开心但又苍凉，"你可以把我还给那两位先生了。"

"其实我不想那么干，但是……"

"我知道,守备军已经不易。"他看看四道风,"可他跟我搭不上半点关系,他只是个瞎讲义气拉黄包车的。"四道风听了,无声地咒骂着,转开了头。

龙文章点头,他很歉疚,对欧阳他恨不起来,捎带着对四道风也少了些憎恶。

第 八 章

1

天还没亮,高三宝已起床,老年人的觉总是不那么稳。他看着家里的那些陈设和收藏,忍不住地就想挪动一下换个位置。

"老爷真早。"全福过来,也明白他的老习惯,帮忙弄着。

高三宝皱着眉,"早什么?我压根儿是睡不着。"

全福道:"昨晚上城南响炮了。"

"炮?那是爆炸,"高三宝叹了口气,"过些天你兴许就听熟了。"

睁了眼就是这种烦心事,高三宝越发烦得无以复加,他放弃摆弄死古董而去窗前侍弄花草,积夜的雨水还在窗上纵横交错,他一抬头,正好看到远处龙文章那队人抬着欧阳跑过去。

高三宝一边开着窗户一边自言自语,"这是搅什么?"

窗下一声轻呼,挂下的雨水全浇在坐在窗户下发愣的身体上,那是何莫修,看不出他坐了多久,尽管裹着风雨衣,全身还是已湿透。两人隔着一扇窗互相打量着,一个愁苦终老,一个失魂落魄。

"高伯伯……对不起。"

"想心事?要不要进来?"

"我就是想来说句话,我不走了。"

"进来。"高三宝转身进屋,何莫修在外边愣了一会儿,走进高家的大门。

何莫修犹犹豫豫进屋时,高三宝已经在客厅里坐了一会儿。他指了指对面的沙发道:"坐。屋里烟味大,我刚才在想事,想事就抽烟。"

何莫修坐下,没话找话,"您抽的什么雪茄?"

高三宝拿起一个从农村老汉到小店老板人手一副的水烟袋晃了一晃,何莫修顿时一脸惊喜,"我爸爸也有这个!"

"他还抽这个?"

"不,他抽雪茄。"何莫修想了想,"我想他不愿意提醒别人他是中国人。"

"我跟他都抽着这东西计算着一分一厘,算到今天他成了绅士,我还是个满身铜臭的老市侩。"

"一点不臭,那是您的心血,要这么说我就是灌了半肚子酸水。"

"你是最有希望的,说年轻人的事吧,别让老古董浪费时间,说你的事。"

何莫修摊摊手,如释重负一般,"我已经说过了,我不走了。"

"你这么做我一点不奇怪,可如果是为了小女,我觉得……不好。"

"我在外边坐了半个晚上,刚开始我以为是为了她,后来我听着又是开枪又是开炮,我又觉得不全是为了她。"

高三宝皱了皱眉,"为你的家乡吗?年轻人,你太年轻了,你都分不清炮声和爆炸声,你根本没经历过战争。"

何莫修恍然大悟,"对呀,炮弹是应该有弹道飞行的呼啸声,"他认真地模仿着一个声音,"可昨晚是这样……"他又模仿着另一个声音。

他随时不忘钻研的样子让高三宝气得点燃了烟袋,"对不起,我得抽口。"

"很难闻。"

"沽宁满大街都是,如果你要留下来就得适应这个。"

"我觉得不那么难闻了。"

高三宝看他一眼,何莫修笑笑,"小昕在吗?"

"睡着呢,我敢保揽和这一晚上,她半个动静都听不着。"

"别来说服我,我已经确定这个时候她绝不会跟我走的,我也确定这个时候我绝不会扔下她走的,所以我是绝不会走的。就这么简单。"

高三宝摇摇头,"把复杂的事说简单的人都很固执。"

"对,您别说服我了,我就是这种人。"

高三宝想了一会儿,说:"把东西搬过来吧。"

"什么?"

"你打算一直在旅馆里住着吗?我家里有的是空房。我也不想每天早上都被窗户外的什么吓一跳。"

何莫修又开始欢欣了,"高伯伯,您真是……"

"我只知道不可能说服你这么天真的人,而且这时候……"他看着这偌大而空荡荡的房子,"家里实在该多个男人。"

何莫修笑,"您比我爸爸有趣多了!"

"那是你爸爸为你考虑得更多。"

"您不会烦我吧?其实有时候我挺烦人的。"

高三宝不由莞尔,"快去快回吧,你不烦人。"

何莫修起身,连招呼都没打便匆匆去了。

"小何!"

何莫修站住,看着高三宝怔怔的神情,唯恐高三宝改变决定。

高三宝道:"我拦不住你,也不知道你做得对不对。你身份不一样,在外国,你大概像你爸爸一样不想别人当你是中国人,可在这里,你想做中国人,别人不一定当你是中国人。"

何莫修想了想,掉头走开。高三宝提示的那个未来让他也有些茫然。

2

六十七团的楔形阵在与守备军阵地接触时突然分开,无声地让出一队人来,那是一队担架兵。被单下覆盖着扭曲的肢体,一路哩哩啦啦地滴着血。抬担架的人一言不发,在渐明的晨色下只管低头走着。

没经过大阵仗的守备军目瞪口呆地看着。胆小的直往后闪,胆大的推搡着往前去看,再没一个人记得手上的枪。

华盛顿吴站在路障前,脸色惨白。

几个士兵嘀咕着:"我的妈呀,怎么那么多伤员?""他们是打过大仗的,要不是这帮……这些弟兄在前边顶着,咱们早跟鬼子干上了。"

华盛顿吴吁了口气,也不知是侥幸还是痛惜。担架队的队首已经站在路障跟前,阴沉沉地一言不发,担架下边一会儿就淌了一摊血。华盛顿吴猛然醒悟过来,强忍着干哕嚷嚷:"快放行!照顾自己弟兄!"

守备军七手八脚把路障移开了,担架队长驱直入,瞬间便穿插了本来就单薄的整个守备军阵地。

鲍廷野面无表情地走下阵地。他不紧不慢挤过守备军的阵列,汇入了迎面而来的援军。

蒋武堂仍和陈少堂并骑观望远方的阵地,但他并没有看到阵地上起的变化。

陈少堂道:"其实就算鬼子全打进来,也未必亡得了咱们中国。"

"怎么讲?"

"这么个泱泱大国不是说完就完的,当初的满清还不是早被我族一代代的同化?料想鬼子最后也是同样的结果。"

这个突如其来的感慨让蒋武堂有些疑惑:"你总是比我有见识,不过我的队里有满人可没鬼子兵,再说这辈子的仗这辈子打完,还要我儿子陪着被祸害?姓蒋的不如钻婆娘马桶里溺死。"

"你老婆都没有,哪来的儿子?"

蒋武堂大笑,"你可有儿子呀!我为咱侄子打这仗,成不成?"

陈少堂叹了口气。

他那两名手下观察着他的神色,把马头往前提了一提,变成了两人把陈蒋二人夹在中间。

陈少堂转了话锋,"司令,咱们扛肩上这颗脑袋都不由自己做主,一仗打下来还能活就算胜了呀!"

蒋武堂莫明其妙看看老部下惶急的神情,"你今天怎那么多废话?"

"鬼子来了并不是什么绝路,咱这些年挨的打压还少吗?换个当家的正好……"

　　蒋武堂一记重耳光甩了过去,陈少堂连人带马都惊退了一步。蒋武堂看看陈少堂面无人色,强把一脸恼火换成了笑脸,"这儿人少,人多时你说这话我真不知该怎么办。"他转向陈少堂的部下,"你两个不许说出去……"

　　话音刚落,那两骑兵已抡刀向他砍了过来,蒋武堂猛力策马冲了出去,刀锋在肩膀上划了一条又深又长的口子,同时陈少堂拔刀,挡开了另一名骑兵挥向蒋武堂颈根的一刀。蒋武堂勒回马头,又惊又怒地看着这三个人,"陈二佰,你训出来的人也太护主了吧……"

　　那两骑兵并缰,举刀齐眉,阴森森地看着,其中一个对另一个说:"陈不听话,两个都杀了。"(日语)

　　蒋武堂看着陈少堂,陈少堂如挨了一刀地喊出来:"六十七团早就完了!司令知不知道我们这些年过的什么日子?身在嫡系又不是嫡系!什么准死的仗全是斩立决的军令状,然后拿你的老弟兄上去死扛啊!"

　　蒋武堂怒目圆睁,看看几乎被来人淹没的阵地说:"那你就降了?还带了……鬼子来害我?"

　　"我有家小!我是来救你呀!这种死了都要挨骂的仗有什么打头?"陈少堂看起来有些激动。

　　两个日本骑兵已经封住了蒋武堂的退路,蒋武堂看看自己的阵地,又看看眼前的三人,他慢慢拔出刀,照着那两日本人的刀锋策马冲去,这个举动让陈少堂绝望,"你打不赢的!连拼的机会都没有!他们抬上去的根本不是伤员!"

　　蒋武堂愣了一下,平举了马刀。

　　"是炸药!足够掀翻你整个阵地的炸药!"

　　蒋武堂点了点头,将刀高高扬起。

　　晨日初升,今天的太阳因昨夜的雨水显得黯淡。

　　远处阵地上,那队担架已经纵穿了整个阵地,不偏不倚正处于阵地的中心位置。

　　老馍头和小馍头挤在一个坑里。老馍头点点戳戳地给儿子现身说法,"看见没有?这就是逞英雄。"

　　"人家是英雄。"

　　"你跟他们爹妈说去。"他一把揪住正想出坑的小馍头,"戳这儿,不缺你一个凑热闹的!"

　　小馍头不满地嘀咕了一声,悻悻地蹲在坑里看着。

　　担架突然被放下,抬担架的人一言不发匆匆向阵地后方跑开。士兵们诧异,华盛顿吴过去掀起一块被单,即使没见过多少死人的他也看得出来,担架上的那个中央军士兵已经死了很久了。他转向另一副有动静的担架,掀开一角,看见一个因痛苦和愤怒而表情扭曲的士兵,他再把被单掀开一些,便看见那士兵被绑在担架上的身体和整副担架的炸药,他正想示警就被身后袭来的剧烈爆炸掀飞了。

华盛顿吴躺在地沟里,口鼻间尽是从内脏里震出来的鲜血。他看见自己刚才察看的担架炸成了碎片,而守备军和经营多日的阵地都淹没在爆炸的烟尘之中。

爆炸如此猛烈,城内地面似乎都在摇晃,瓦片雨点般地下落,龙文章躲闪不及,被一块碎裂的玻璃划破了额角,他来不及察看伤势,匆匆率队往爆炸的方向跑去。

"先别去!"欧阳死死地拉住他。

"不去能干什么?"龙文章已急红了眼。

"去了又能干什么!"欧阳看着龙文章,"给你的上级去电,沽宁已经失守!"

"沽宁还没有失守!"

"别让沽宁成了第二个六十七团!"

龙文章愣了一下,城外密集的枪声和爆炸清晰可闻,他揪住一个士兵,"快去发报!沽宁失陷!守备团全员殉国!"

那士兵应一声,跌跌撞撞地去了。龙文章挑衅地看一眼欧阳,扛着枪朝城外走去,他已决定一去不回。

四道风看着龙文章视死如归,大喝一声:"好样的,哥们并肩子上!"他举步就想跟上去,欧阳气得给了四道风一拳。

龙文章看着欧阳,"他可以跟我来,你也可以走了,现在我不用管守备团怎么混,其实我对你们从来没好感也没恶感。"

"别这么去。"欧阳几乎在乞求。

龙文章一脸神伤,"能怎么去?共党不知道什么叫同袍吧?平常怎么都行,可到这时候是要死在一起的。"

"共党不管多难都要活在一块儿,到死的时候就会被你们分开了。"

龙文章怔了怔,一言不发地走开,几个士兵跟在后边。

"让我想想!想个办法!"欧阳看着那家伙渐行渐远的身影,终于逼出一个主意,"你们昨晚杀的鬼子呢?!"

龙文章终于停住。

3

阵地上惊天动地的爆炸刚刚平歇,日军便开始射击投弹,子弹和爆炸的碎片在守备军阵地上横飞,把一切还站立的目标纷纷砍倒。这仗刚刚开打,便已结束。守备军已经没有人能还击了,他们遇上的第一场大战就是被屠杀。

鲍廷野站在阵列中,脱下身上的中央军军装,接过旁边递来的日本陆军中佐服套在身上,陆军少佐伊达雪之丞一脸崇敬地把战刀递了过来,"长谷川君,您的奇谋!"

长谷川将刀佩在身上,他很谦和地笑笑,对伊达拍拍身上的军装。伊达立刻会意,他抽出军刀挥向天空,"还复我们本来的面目!攻击!"

山呼海啸的万岁声中,日军第五师团广岛联队主力大队撕下身上的中国军服,第一次以本来面目出现在沽宁面前,他们向已经只有零星射击的阵地慢慢挺进。

阵地上的爆炸和吼声让蒋武堂急火攻心,可那两个日军的骑术刀术都是一流,分进合击,蒋武堂一时无法突破他们的包围。

一道弧光闪过,蒋武堂肋下又添了一道伤口。陈少堂策马撞了上来,日军骑兵举刀时犹豫了一下,蒋武堂趁隙撒开。

"司令别打啦!你不乐意帮鬼子干事,我陪你解甲归田!总好过这呀!"

蒋武堂置若罔闻,把皮带往上勒住肋间的伤口,耍了个刀花等着。

一名日军恼火地责备陈少堂,"陈,你到底帮谁?"(日语)

陈少堂道:"等着!我在说服他!"(日语)

蒋武堂大怒,"你真快,鬼子话都学会了。"

另一个日军已不耐烦,从蒋武堂身后一刀挥了上去。陈少堂再次搪开了那一刀,蒋武堂却毫不犹豫地一刀把陈少堂穿了个透心凉。陈少堂纳闷地看看深植于自己胸口的刀锋,他甚至能感觉到背后伸出的刀尖,"司令……你搞错了,我是要救你呀……"

"一点也没错,我就是要杀你。"蒋武堂表情冰冷,眼里冒火。

陈少堂无力地碰触了一下刀锋,脸上挤出一丝比哭更难看的苦笑,"我真的是要救你,这一路……走了好远。"

"你分不清大小,没有了主次,不忠亦不义,无廉亦无耻,我被你害得生不如死,连生平最后一战的机会也被你送给了鬼子。"

陈少堂呻吟了一声,嘴里冒出血泡,看着日本人再次抡刀从蒋武堂背后砍来,蒋武堂的刀还扎在自己胸口,可他连提醒的力气都没了。

蒋武堂夺过陈少堂的刀,反手扎进了那个日本人的胸膛,那人在马上摇摇晃晃又冲了一段,栽了下来。

"你看着,你的刀总算杀了一个鬼子!"

另一个骑兵又惊又怒,刀在头上盘了个花,直冲过来。陈少堂使劲一点点从自己胸口拔出刀,他想把这把刀递给蒋武堂。

蒋武堂终于叹了口气,"二伢子,在我心里,你是死在鬼子手上的。"他猛力把刀拔了出来,陈少堂从马上栽了下去。蒋武堂挥刀,火星迸射地和那鬼子对战了几个回合,终于砍得对手从马上倒栽下去。

蒋武堂策马回身,地上的陈少堂脸上纵横着血迹与泪痕,已经只有出气没有进气了。他默然地闭上了眼睛。

远处的阵地上,枪声已经变得稀稀落落。

华盛顿吴被士兵连拉带扯拖进战壕。守备军从一开始就伤亡过半,又丧失了所有重火力,被日军打压得挤在一条战壕里。

华盛顿吴昏昏然,被士兵摇晃着。他现在已经是阵地上仅存的军官。

"长官,现在怎么办?"

华盛顿吴翻翻眼睛,"你说什么?"

另一名士兵窝火地说:"震聋了,别理他,没聋也一个废物!"

华盛顿吴清醒过来,"你他妈才废物!"

"没聋?没聋就快说怎么办!"

华盛顿吴咬咬牙,"拼一个够本!两个翻番!"

"妈的废物!这主意我也拿得出来!"

华盛顿吴气极,反气出个主意,"撤回城里!不要恋战!"

一声枪响,跟他拌嘴的士兵被撂倒在脚边。华盛顿吴愣了一下,和残余的士兵冲出壕沟,身边的人稻草一样被射倒,但根本已无暇顾及。

那些一早就渗透到阵地后方的冒牌担架队封住了他们退往沽宁城的方向,尽管火力远不如正面猛烈,也足让这队败兵动弹不得。正面的鬼子已经压上了高地,眼看就是居高临下双面夹击,而残存的守备团连个藏身的弹坑都没有。华盛顿吴急怒攻心,捡起一个死人的手榴弹,对那帮冒牌担架队甩了过去,出手后才想起忘了拉弦,正懊恼着,轰的一声,不知哪来的爆炸,担架那边的机枪哑了。

士兵们惊讶地看看华盛顿吴,他局促地大吼一声:"冲啊!"

虽是逃命也喊得豪气干云。守备军们跟着华盛顿吴猛冲,忽然发现封住退路的鬼子东倒西歪四下逃窜,当下士气大振,没一会儿已掩杀到沽宁城前。

冲在最前边的华盛顿吴看见从城里又撞出一队日军,叫得声苦,一头扎倒,他双手据地,对准打头的日军打空了一匣子弹,却连边也没擦着。那边厢却对他理也没理,一个手榴弹从他头上甩过去,炸倒身后一片鬼子。另一个用步枪放倒了剩下的两个,然后冲着华盛顿吴叫骂:"烂学生崽!把鼻子搁枪口上你还打不中!"

华盛顿吴愣住,他睡着了也听得出那奚落独属龙文章。

骂人的正是龙文章,甩手榴弹的是四道风,还有几个认识的士兵和一个素昧平生的欧阳,他们无一例外地都穿着日军军装。

龙文章看着趴在地上的华盛顿吴有气,把头上的钢盔摔了过来,"快走!要死也换个地方!"

华盛顿吴愕然爬起来,跟在残兵后边进城,龙文章又一把把他揪住,"司令呢?"

华盛顿吴一脸茫然,"司令？他……司令？"

龙文章顿时光火,一个巴掌扇了过去。

华盛顿吴委屈着,"死的人那么多！连全尸都找不出几个！我又怎么知道？"

龙文章又想打,欧阳冲过去使劲把华盛顿吴摔在地上,龙文章还没反应过来,欧阳已经掏枪指着华盛顿吴的头,贴着他的耳朵开了一枪,然后他回头向着城外的阵地上招手。一队日军从坡地上冲下来,他们正在清剿阵地。

欧阳用日语大声喊叫："他死了！我杀死了最后一个！"他竭力做出一种兴奋的样子,有几个悻悻地放慢了步子,有几个仍向这边走来,其中一个大声问道："一个也没剩下？"

华盛顿吴在难言的恐怖中挣动了一下,欧阳狠狠压着他,又开了一枪,"他们总不肯好好地就死！中村和大岛在比赛,你很难从他们手上抢到人杀！"

他随嘴胡扯的那两个名字是给四道风和龙文章安的,两人紧张地戳在那儿,根本无法掩饰脸上的恨意。

那些日军停住了步子,"你的战友好像要吃人一样。"

欧阳正要回答,阵地那边突然传来号令声,那队追兵终于离去。龙文章松开扳机上的手,四道风在衣服上擦去手心的汗,"死共党真不要脸,这样都被你混过来了。"这句明显赞扬的骂人话让欧阳摇了摇头,他轻轻拍拍华盛顿吴的脸,那位瞪着眼睛,全无反应,看样子是吓傻了。

远处的阵地已经被土黄色的日本陆军军服淹没,士兵们正在列阵,他们在进攻沽宁前将进行一次简单的休整。

蒋武堂远远地从望远镜里看去,视野里的长谷川几乎吸引了他全部注意力,长谷川志得意满地在阵列前走动着酝酿情绪,战前或战后的讲话对自诩擅长攻心战的他来说是必不可少的一项内容。身后集结的部队急不可耐地等待,在刚才那场太快结束的战斗中他们并没满足杀戮的欲望。

长谷川有意压抑这种情绪,以便让它释放出来时更加猛烈。当伊达少佐都等得有些焦急的时候,他才猛一转身,戏剧性地张开双臂,"半个多月藏在山里,吃着冷食,我们的愿望被天神听见,现在他把这座城市放在我们面前,像一个裸体的女人！"他刻意使用的词汇很快就让部下兴奋起来,脏脸上的乌珠子闪着精光。

蒋武堂随手把望远镜扔了,很难有比他更狼狈的指挥官了,没有兵也没有阵地,只有严重的刀伤和几匹无主的马。自己的刀还在手上,陈少堂的刀扎在鬼子身上,蒋武堂把那柄刀拔了出来,血哩哩啦啦流在刀背上。蒋武堂把两柄刀都放在马鞍上,费力地翻身上马。

4

华盛顿吴真是吓傻了，欧阳将他扶起，轻轻拍了拍他，"快走吧，这里太危险。"

龙文章看一眼华盛顿吴，又看看阵地上飘飞的日本军旗，坡脊那边传来日语的万岁声。"带他走吧，我有事要办。"他像是在叮嘱欧阳。

"你去找你的长官？他恐怕……"欧阳疑惑地看着龙文章。

"就算死了也有尸体。"

"拼命是为了把死局拼成活局，现在……"

"我意气用事。"龙文章冷淡地说，一句话把欧阳噎得说不出话来，他竭力表现得比平时更倨傲，轻轻推开华盛顿吴，打算一个人去。

"一起去吧。"欧阳说。

龙文章往枪里压着子弹，不说话。

"那我也去。"四道风站到欧阳身边。

欧阳对四道风说："你帮守备团的弟兄找个藏身之处，我们撑死救一个，你随手就救几十个。"

"我又不在乎他们死活。"说归说，四道风还是拉了华盛顿吴一把，让他靠近自己。

他走了几步又回过头来，有些嘲弄地看看欧阳和龙文章，"半死不活的，别把命全卖给国字头了，给我留点。"

欧阳苦笑，"从今后只有鬼字头，没有国字头了。"

龙文章看着四道风他们离开，然后扭头就走，欧阳不愠不火地跟着。

"你不用管我。"

"我也是意气用事。"

这回轮到龙文章被噎得说不出话来。两人一路沉默，向满目疮痍的阵地靠近。

眼前的火与硝烟未灭，弹坑边散落着尸体，龙文章的神情不再平静，他第一次领会到什么叫溃败和全军尽没。

日本兵还在听长谷川的训话，龙文章看他一眼怔住了，眼里顿时冒火，他爬起来直愣愣地向那个人走去。

欧阳一把把他拖进旁边的壕沟。

长谷川潇洒地转过身来，一只手指向龙文章刚站的地方，他要指的是沽宁，"……占领它！从今天起它属于天皇和帝国！我们强大的后援将从港口长驱直入，中国人的北线防御将不堪一击！而且，为了你们的辛苦和勇敢……"他观察着部属渴望的神情，他太清楚他们要什么，"在那之前，三天的时间……"他笑了笑,"当然,从现在的三天它属于你们!"

他立刻被欢呼压倒了,第五师团大半是来自仙台和广岛的城市破落户,战争对他们个人来说就代表劫掠。

长谷川发现伊达少佐正充满尊崇地望着自己,他挤挤眼睛,极有亲和力地一笑,"当然,像在南京一样。"

伊达是那种把刻板当认真的死性子,他一愣,扬刀出鞘,"你们都听见了!准备!"

日本人开始忙碌起来,狂热但不紧张,现在的沽宁用一支小队都能拿下。

欧阳用力把龙文章摁在壕沟里,后者狂乱而愤怒,"那个人——那个姓鲍的说什么?他们高兴什么?"

"他不会姓鲍,日本没这个姓。"

龙文章恼火地问:"他说什么?!"

"沽宁将被打赏给这些鬼子,为所欲为三天,然后成为他们投送兵力的港口。"

龙文章软软坐倒,欧阳同情地看着龙文章,"这几年会有很多事情比今天可怕,你得当它是生活的一个部分,这些年被你们追捕,我就靠这个才活下来的。"

龙文章无心去听,他转过身,拿起身边的枪。

"你要干什么?"

"杀了那个人,管他姓什么,这算我为沽宁做的最后一件事,你走吧。"

"他的计划已经完成了,现在杀了他,没了管束的鬼子对沽宁只会危害更大。"

龙文章提起枪,"我不管。他把我们害成这个样子,而且沽宁已经被鬼子占了。"

"可城里住的是中国人!"欧阳去抢枪。

身后突然传来一句日语:"你们两个浑蛋在干什么?"

两人回头,一个日本军曹站在壕沟上边愠怒地用军刀指着他们。

欧阳赶紧说:"笠原捡到一块表。"(日语)

龙文章的衣服边露着一截表链,欧阳一把把那块怀表捋了下来,递给军曹看,那军曹在耳边听了听音,随手塞进了口袋里,"赶快准备!"

"是!"欧阳看着那军曹走开,回身时龙文章正表情古怪地看着他,"那是我祖辈传下来的,是传家宝。"

欧阳认真地看着他,"现在沽宁就是那块表,你可以现在杀了他抢回表,表还是鬼子的,你也可以以后找机会杀他,表还是你的。"

龙文章略犹豫了一下,以闪电般的速度举枪,欧阳想要阻止已经来不及。龙文章在瞄准那军曹时犹豫了一下,他转向他更想打的目标——长谷川,突然,龙文章瞄准的方位人群惊蹿,几个奔跑的日军拦住了他要打的目标。

几匹空马从坡地下直蹿上来,那是日军混乱的原因。日军笑骂拦阻,那是军马,他们本能地对属于战争资源的东西比较爱护。

惊马逼近长谷川的时候,刀光飞闪,藏在两马之间的蒋武堂一跃出来。一个刚勒住马缰的日军倒下,蒋武堂像龙文章一样有个坚定的目标,双刀给自己劈出了一个空间,他立刻把刀向长谷川投去。

长谷川脸色发白,眼看要被那柄刀扎穿,伊达跳了出来,刀都来不及出鞘,迎空把那柄刀隔落。

蒋武堂立刻被日军包围了,可他不在乎前后左右的几十支枪,一柄马刀仍是追着长谷川照砍。

伊达再次把刀搪开,十几个日军把长谷川围住。伊达拔刀,照他的武士礼节极恭敬地鞠了一躬,蒋武堂愣了一下,回头砍翻一个。他根本没心思理会,只想在自己死之前多杀几个。

"这个人要活的!"长谷川在一道人墙的保护下再次恢复了气定神闲。

日军开始退弹!倒不是武士精神,而是怕混战中误伤,一片枪栓拉动声中黄澄澄的子弹顿时掉了一地。

砰的一声枪响,一个日军直挺挺倒在蒋武堂身边。

"我说退弹!"伊达又气又急。

人群之外的龙文章当仁不让,拉栓退壳,又射倒一个刺向蒋武堂的日军。欧阳手里拿着两个手榴弹,他把另一个递给龙文章,龙文章绷紧的脸终于有了一丝笑意。

两个手榴弹甩出去,包围蒋武堂的人群连炸带躲顿时少了一片。蒋武堂趁这空隙翻身上马。他把那几匹惊马策了过来,龙文章默契地跃上马背。欧阳有伤在身,他没蹿上去而那两位已经驰下坡脊。

欧阳只好跟着翻飞马蹄的狂奔。至少一个小队的日军在他身后追击。

看着两人绝尘远去,欧阳绝望了,他知道如果追兵拿的不是空枪,恐怕他早已死几次了。正绝望着,龙文章策马绕了回来,向欧阳伸出一只手,第一次表现出一点友好,"既然没把你扔给那两条狗,现在也不能把你扔给这群狼。"

欧阳连说话的力气都没了,伸出只手由龙文章把自己拉上马背。日本人终于开枪,但几人已经冲出那半圆的包围圈,向远方驰去。

长谷川用望远镜观望那几个远去的身影,对伊达说:"不要追了,先占沽宁。"

伊达不无赞赏地说:"他很勇猛。"

"蒋武堂?有上将之勇,无下兵之谋,除了死他还能有什么选择?"

"他让我相信关羽张飞的那些传说都是真的。"

"这是个车轮飞转的疯狂年代,不属于马蹄子。伊达君你必须记住,正因为他们忘了这个,我们才能站在这里谈论他们的历史。"他皱皱眉,看看表,又看看沽宁,"我更担心后来的两个人,但是进攻吧,不要再有这样的意外了。"

"是!"伊达抬手,把一发信号弹打上空中,日军发出冲锋的呼叫声,此起彼伏,如潮水一般。

当最后一队日军也冲进沽宁城时,壕沟里的浮土开始动弹,老馍头从自己挖的深坑里探出头来。

别人的单兵坑也就是齐胸,唯老馍头是盖了头,又挖成了L形,为监视小馍头又挖成了U型,先前那样的爆炸再来几次也只会在他身上加点浮土。

老馍头回身,在小馍头的坑里掏了个空,小馍头从父亲的坑里钻了出来,第一眼就被满眼的狼藉吓得愣住。

老馍头劈头盖脸一巴掌下去,小馍头晕头转向地跟着父亲离开。

老馍头慌不择路在林中奔跑,忽然意识到身后的小馍头一路拖出一种异响,他回头,小馍头手上一直倒拖着刚摸了半天的老汉阳步枪。

老馍头劈头打了过去,"你个死刹了头的!"

"我干吗了我?"

老馍头把枪夺了过来,"你还想干吗?"他想把枪扔进路边的水塘,立刻又转了念,搬了块石头,把枪仔仔细细砸成了碎片及零件。老馍头把那些残破的零碎给儿子看,"你瞅,拼不拢了。"

小馍头撇撇嘴,一副要哭出来的表情。

老馍头把残枪东一块西一块全扔进了塘里,很得意地看儿子一眼。从他口袋里发出一种金属的声音,老馍头摸出一把亮灿灿的银圆看了看,终于挺直了腰杆。

5

蒋武堂终于在狂奔中勒住马头,龙文章随即勒马,坐在他身后的欧阳一头摔了下来。龙文章哑然失笑地看着狼狈的欧阳,"你不会骑马?"

"我不会的事情很多。"欧阳苦笑着爬起来。

"可是骑马……"

"如果贵党追得不那么狠,我一定会学。"

"他是谁?"蒋武堂诧异地看着,心高气傲的龙文章一向很少对人这样关注。

"他……救了我们,"龙文章犹豫着,突然打算一瞒到底,"一个热血的市民。"

欧阳走过来,向蒋武堂微微鞠了个躬,"一个被您通缉的市民,一个共党。"

蒋武堂愣了半晌才想起他发的通缉令来,怆然苦笑,"这么说蒋某被个共党救了?这算不幸还是大幸?"

"在下并没有救谁,司令孤身奋战……"

"孤身奋战?你想一死了之的时候却发现自己命还挺大,这算不幸还是大幸?"

"如果要我说,这是打仗,没什么不幸也没什么大幸。要跟今天死了的那些人比,司令自己还能选择个死活,这真是……够奢侈了。"

蒋武堂一愣,龙文章强笑了笑,"他就这样,又臭又硬,不过有种,真的有种。"

蒋武堂讶然,"龙文章说别人有种?恐怕那不是一般的有种。"

欧阳认真地看着蒋武堂,"在下只希望司令不要太过轻率,和鬼子有作战经验的将领不多,司令若硬拼,拿人命换来的教训就白费了,换个战场却不知救得多少人。"

"你真以为我还有再来一次的机会?这是在防线后边开了道大门,重庆的某人就算不置我于死地,全中国的老百姓也得把我唾死!"

"看司令有心无心。"

蒋武堂气极反笑,对着龙文章说:"我跟没跟你说过,共党就是一群吃野菜扛土枪,还以为自己能打胜仗的人,什么都没有就只好讲心。"

龙文章生硬地赔笑,他并不太同意蒋武堂的说法。

"可我们还就打赢了!"欧阳终于有些恼火。

"苟且而已!"

"我是不是像个苟且的人?"

蒋武堂挤出丝强硬的笑容,龙文章不自在地将头转开。

欧阳叹一口气,"其实我挺羡慕司令的。"

"蒋某真不知道还有什么可以让人羡慕的?"

"你们都能堂堂正正和鬼子打仗,可我,永远只能躲在影子里。"欧阳在树根前坐下,侧侧头就可以看见沽宁上空的烟火,他忧郁地看着,眼里也似乎映着火光。

龙文章犹豫了一下,撕开身上的日军服装给蒋武堂包扎,他转头看看欧阳,欧阳已经在自己毫无觉察的情况下睡着了。

"这人不坏。"龙文章轻声对蒋武堂说。

"我知道。"

"血还没止住。"

"一会儿就不流了。"蒋武堂不太想说话,他的神情看起来很怪。

6

四下里响着零星的枪声,城里已经没有像样的抵抗,那不过是进行无谓的杀戮。日军三五成群地在街头游荡,看见稍像样的房门就砸开冲进去,制造出更多的枪声和烟柱。不时有从屋里逃出的人在街头被打死。沽宁河里开始漂过第一具尸体,然后是第二具,第三具……

高昕已经起床,和高三宝一起望着窗外这个恐怖的早晨。

房门被狂乱地砸响,高三宝和女儿面面相觑,全福闻声而来,往门后顶上尽可能多的家具。

"全福,开门!"高三宝对全福说,"该来的还能让门挡住吗?昕儿,你上去。"高昕动了动步子仍站在那里。

门刚开条缝便被撞开,何莫修一头扎了进来,他没头苍蝇似的一手拖了高昕,一手抓了高三宝,最后还没忘勾一脚全福,"快跟我来!"

何莫修的目标是二楼。几人莫明其妙地跟着,不知道他要干什么,只是被他那股慌张劲吓得不敢质疑。

高三宝终于忍不住发问:"小何,到底什么事?"

"日本人!日本人!"

"日本人?"

"就是鬼子!鬼子!"

"你要干什么?"

"有办法!有办法!"何莫修已经拖着几人到了自己的目的地——高三宝的房间,他把三个人都推了进去,伸出只手,"福叔,这门的钥匙!"

全福下意识地把腰上的一串钥匙给他,并把房间的钥匙给他分了出来。何莫修一把抢过钥匙,将门在三人眼前撞上,又把钥匙插进孔狠狠拧转了几圈。

屋里的人在愣神之后狠狠砸门,"你干什么?""把门打开!"

"有办法的!相信我!"何莫修看一眼乒乓作响的门,尽量勇敢地下楼。

他来到大厅,低头看自己的裤脚,发现裤脚抖得筛糠一样。他想了一会儿,先把钥匙扔进高三宝的大花瓶,然后捡起扔在门边的一口提箱,里边有他成摞的护照和他的身份、学历证明以及五花八门的文字和五花八门的印章。何莫修一股脑将它们全放在桌上,这才整理一下自己的仪表,尽可能让自己看起来雍容如一位绅士。做完这一切他才注意到楼上重重的撞门声。

何莫修又气又急地喊:"别吵!别让鬼子听见!"

轰然一声大响,几个日军端着刺刀冲了进来,高三宝这样的大户人家自然是他们一定光顾的对象。

何莫修吓得摇手不迭,"我不是说你们!"

他用英语又重复了一次,然后是法语、德语。那几个鬼子莫明其妙地看着他,端着刺刀走了过来。何莫修看着刺刀尖上犹存的血渍,连流畅的英法德文也变得结结巴巴,他急得手足无措,"空尼西哇?撒右那拉?……咳,我是说我根本不会讲日语!"

几个日军愣了一下,何莫修趁隙操起桌上那一堆护照和身份证明给他们看:"我是美国公民,我已经入籍美国,这是我的美国护照……不,这德国的,这英国的……这是我的博士学位……这是我的家,你们要考虑到……"

一名日军慢悠悠地用刺刀尖把他手上的学位证书挑成了两半。何莫修瞪眼看着,"考虑到……"

另一名日军揪住何莫修的领带,把他往刀锋上拉近。几个日本兵用刺刀比画半响,何莫修终于明白对方是看中了他的领带,他松了口气,"这个可以,这个给你们。"他痛快地解了领带,立刻被抢了过去。

日本人又撩着他的西装。

"好吧,这也给你。"

可脱下了西装就又看中了他的皮带,而且西装和裤子是成套的。另一个日本人抓着他的手往下摘表,何莫修终于有些惶急,他开始挣扎,"喂,你们是军队,这个叫强盗行径……"

几个日本人不知道他在说什么,可知道是表示不同意,于是一柄刺刀钉在桌上,几个人摁着何莫修的头往桌子走去。

楼上的门终于被一把红木椅子撞开个洞,三人钻了出来,何莫修正吱哇乱叫地被摁着向刀锋凑去。

一声脆响,一块古玉坠子扔在桌上,几个日军再不识货也知道那是比衣服值钱多多的东西,何莫修终得脱身。

高三宝冷了脸站在旁边,把拇指上的扳指儿也撸下来扔在桌上,"这屋里,拿得动的东西都拿走,只是别伤人。"

一个日军眼尖,已经看见了楼梯口的高昕,他嚷了句什么,几个人一起追了上去,何莫修拼力拉住,被一枪托搡倒。

高昕在屋里奔跑,抓起能扔的东西照着追她的人就扔。一片混乱中高三宝终于走向大厅边的壁柜。壁柜里陈列着他收藏的老式燧发枪,高三宝拿出一支,手忙脚乱地在抽屉里找火药和铁砂。

脚步纷沓,更多的日军冲了进来,高三宝一震,还没装上的弹丸落了一地。一名日军军官大踏步向他走了过来,高三宝蹲下去捡弹丸,他只想在死前哪怕能放一枪。

那双脚在他眼前站住了,高三宝愕然抬头,对方向他深深鞠了一躬,"高先生,我们奉命来保护您和家人的安全。"

高三宝听不懂他说什么,茫然地看着对方。先前那几个日军被连踢带打押了一排,那军官径走过去,劈头盖脸就是一通利索之极的连环耳光。

高昕看得发愣,将还没挣扎起来的何莫修扶到椅子上。

那边耳光打完,几个日军被押了出去,军官拿着那几人抢下的领带、扳指儿一类,放在桌上,又鞠了一躬,"对您造成的不便深表歉意,我们会保护您的家,但请高先生这几天不要出门。"

他径直走了,临走时在高家门前放下两个兵。高三宝愕然回顾,全福被撞在地上,何莫修靠在椅子上,一地碎片和翻倒的家具让他不可能忘掉刚才发生的事情。

全福看了看门口两个日本兵,那两人泥雕木塑一样,他虎口抢食地关上了房门,锁紧,用一种与年龄极不相称的速度跑开。

高三宝坐在大厅里开始烧他的烟袋,全福气喘吁吁地过去表功,"老爷,我把……那俩……鬼子……关门外了。"

"全福,就是图个眼不见为净,你犯不上那么紧张。"他看看何莫修,他的领带已经系上了,便有了些自信,在高三宝的古董留声机前想给自己找点事干。

"小何,你干吗动我家东西?"高昕也想给自己找点事干,这种环境下还能有兴趣做的事只能是找何莫修的碴。

何莫修正翻到一张唱片,他冲高昕一扬,"这个,德沃夏克,新大陆交响曲——我原本要去的地方。"他放上,音乐立刻充溢了空间,让三个人心烦,让他陶醉。

高昕白他一眼,"……商女不知亡国恨,隔江犹唱后庭花。"

何莫修闭着眼享受,"要被美好的东西熏陶,才好面对艰难的生活,我在忘忧。"

高三宝实在看不下去,站了起来,"小何,我那钥匙呢?我想回屋睡会儿,可门上那窟窿着实开得太小了。"

何莫修终于想起那档子事来,看着那近人高的大花瓶傻了。

7

欧阳被龙文章撼醒,他睁开眼睛便对上龙文章关切的脸,"你在做噩梦。"

"谢谢。"欧阳由衷地说。

"谢什么?"

"你没让我看见最怕见的事情。"他忽然醒过神来,"我睡了多久?"

龙文章叹口气,"五分钟,我要是你怕会睡个四五天……"

欧阳翻身起来,焦虑不安地在林子里走动着,"不能睡,今天有太多事……真的只有五分钟?我觉得睡了很久,做了很多个梦……我要回去了。"

龙文章诧异,"你要……回沽宁?"

"家里来了强盗,这家不能就给了强盗。我走就说明我认了……再说也没指示让我离开沽宁。"

龙文章沉默。

"我会联系上守备军的弟兄,送他们出来……你们会突围吧?"

龙文章看看蒋武堂所在的方向,他不太拿得定主意。

"我得找司令要个确定的说法。"他拍拍龙文章,"没死,有些事就得做。"龙文章木然地点点头,似发呆又似思虑重重。

蒋武堂四仰八叉地坐在树边,刀插在身边。他在身上摸索了一会儿,掏出自己的手枪,检查了一下弹膛,然后把枪口塞进自己的嘴里,犹豫了一下,又对准了太阳穴,他嘴里喃喃念叨着什么,闭上了眼睛。

"开呀!在我眼前死掉!"

蒋武堂睁眼,欧阳站在眼前,并没有拦他,但压不住满肚子的狂怒,"你英雄一世,狗屁不值!勇冠三军,也刚够把自己脑袋打成烂西瓜!你有什么?"

蒋武堂面色如灰,忽然掉转了枪口对着欧阳。欧阳单膝跪下,把脑门顶上了枪口,"杀吧!杀了看见你自杀的人,这样你就有脸了。"

龙文章从树林里冲了过来,一见此景,跪了下来,"司令!你在干什么呀?"

蒋武堂的手指在扳机上抖动着。

树林里很静,只听见三个人粗重的喘息声。

蒋武堂忽然打开了机头,欧阳眉皱得更紧了,但蒋武堂又合上了机头,他终于把枪从欧阳头上挪开,哈哈大笑,"是有种,还不是一般的有种!"

龙文章强笑,"原来……原来司令在跟这小子玩闹……"

蒋武堂止住笑,"你不用给我转脸子,我不是在玩闹,要玩闹也不会这么玩闹。"

欧阳站起身来,"在下并不想干涉司令的任何决定,可是城里还困着守备军的几十号弟兄,等着司令把他们带出包围。"

蒋武堂吁了口气,"放心吧,这次不成就没下次了,姓蒋的是娘们吗?还当着人面几次三番地寻死觅活?"

欧阳不太信任地看着他,蒋武堂苦笑,把枪扔给龙文章,龙文章犹豫一下,真收了起来。"这就好。我这就回城,为司令寻找守备团弟兄的消息。"欧阳果真转身走了。

蒋武堂愣住,看看龙文章,"他还要回去?"

龙文章情绪复杂地点了点头。蒋武堂转过头,第一次认真地看着那个佝偻的背影走远。

第 九 章

1

　　长谷川和伊达在沽宁守备司令部门前下马。现在的司令部除了门前守候的几个日军外已经空无一人了,四下里丢弃着文件和杂物。

　　长谷川指点江山,如逛花园一般悠然,"五年前我就到过这里,定出了这次袭击计划,半月前又旧地重游,那时候中国人正进退不是,其实他们要不自乱阵脚,真有一场血战。"

　　伊达崇敬地说:"雪之丞是有很多东西要向前辈学习的。"

　　"中国地广人稠,硬战为下,攻心为上,人多而心杂,心杂而易乱,他不乱,你用计策搅乱,奇兵伏兵,合纵连横,无所不用其极……咦,说到伏兵,三木那队人到哪里去了?"

　　"到现在还没有消息,大概是玉碎了。"

　　长谷川不无遗憾地摇头,"我本想用三木队封锁消息,再假借沽宁守军之名攻取下一个城市,现在看来是行不通了。"

　　伊达听得目瞪口呆,本来的钦佩又多加两分。一个通信兵一路小跑过来,敬了个礼,把一份电文交给长谷川。

　　长谷川看了几行,把电文交给伊达,"伊达君,总部急令保全沽宁,你的士兵要受委屈了。"

　　"我们并没有损害港口,而且您已经派人去保护那些船商了。"

　　"光有商人港口是动不起来的。只有这座城市运转起来,港口才能运行,总部是要一个能马上运行的港口。"他掉头向几名候在旁边的传令骑兵,"传命令,停止一切自由行动,赶到这里集合。"

　　传令兵策马离开,奔向沽宁的各个方向。

2

　　沙门会的门大开着,门口居然连一个望风的人也没有。李六野和几个人匆匆进院,一个帮徒出来,被鬼影子一样的李六野吓了一跳,"六爷?——鬼子打进来了。"

"门怎么还开着?"李六野停住。

"大阿爷说沙门会的门多少年没关过,就算鬼子来了也开着。"

李六野不再说什么,径直进了院子。

沙观止大马金刀坐在院子里,仍是竹桌竹椅,全套茶具。手边放着灌得满满的左轮,身后站着沙门会最有地位的帮徒。他冲进来的人喊了一声:"六野,你过来。"

他喝了口茶,"鬼子来得突然,跑是跑不了啦,咱们闯江湖的不能让人瞧不起,也不能让人笑话,我是打算往这儿一坐,能拼几个算几个,你怎么着?"

李六野似乎在淡漠地思考着。

"走还是留?走,金银细软你能拿多少拿多少,只把你师娘伺候到死,留……"

李六野没等沙观止说完,径直站到他身后,沙观止笑得甚是欣慰,"很好,也就差小四不在了。"

他们静了下来,远处的烧杀抢掠之声越来越近,混杂着号叫和惨叫,一发流弹射在瓦檐上,瓦片落了下来。

沙观止给自己倒了杯茶细细地啜着。

天并不是太热,可几个帮徒脸上都淌着汗珠。一人轻声抱怨,"娘的,不卖那条路给鬼子就好了。"

李六野那只眼立刻怨毒地盯了过去。

沙观止转过头来,"什么?"

帮徒笑笑,"没事,天……好热。"

"心静,自然凉。"沙观止一口把茶喝了下去。

女人的哭叫声由远而近,伴随着日军的笑叫声和脚步声。一个衣裳不整的女人终于被一个日军追着跑了进来,一看这院里的阵势,追的和跑的都为之一愣,沙观止甩手一枪,日军直挺挺地倒下,女人掉头逃了出去。

李六野伸出一只手,给沙观止倒完剩下的茶。

又一个日军冲了进来,沙观止双枪齐发,把他撂倒在刚进门的地方。

打得爽利,沙观止伸出一只手,帮徒将一把蒲扇递到他手里,他痛快淋漓地扇了两扇。

门外日本人的声音越来越嘈杂了。

李六野第一个伸手把双枪抄在手里,其他的人也纷纷学样。纷沓的脚步声越来越近,终于在院门外的台阶下停住。几个试探的脚步上了台阶,李六野扳开了枪机。忽地传来一阵狂驰的马蹄声,一个日军士兵的声音喊得院里院外都能听见,他一字不差地传达着长谷川的口令。

脚步声纷沓离去,院里院外又恢复了一片寂静。沙观止又去倒茶,但已经没茶了,他只好又干摇了几下蒲扇。

李六野踢了旁边一名帮徒一脚,那帮徒毛着胆子想去看,却被沙观止一声喝住:"别去!这套我几十年前就玩腻了,探头就是一枪!"

大家只好继续在院子里面面相觑,可真是再听不见日本人的动静。李六野终于忍不住,大步走到门边,台阶下的长街空无一人,只有硝烟还在飘着。

"大阿爷,真走了。"

沙观止面子上有些挂不住,又摇了摇扇子。

一帮徒插嘴,"大阿爷说的一准没错,准是虚晃一下,杀咱们回马枪。"

这个马屁却让沙观止找回了台阶,"什么一准没错?错了就是错了!小鬼子还没进门就折了两个,他是生受不起了!——你们什么时候才能学会六野的耿直?"

李六野问:"大阿爷,还等吗?"

沙观止想了想,"算了,今天就这样吧。"他第一个起身往屋里走。

"大阿爷,上闩吧?"

"……上吧,这兵马乱世的……把那两死尸埋了,不,找远点地方扔了,谁知道谁打的……六野,你把那壶给我。"

李六野把那宝贝壶递给他,沙观止小心地捧住,洒洒然进屋。

"你们几个拖人,你们上闩,"李六野指挥着,他想了想,"上三道闩。"

沙门会据说永不关闭的大门隆隆关上。

沙观止进屋,放好他的宝贝茶壶,炉子上的药罐沸了在响,沙观止把它拿了下来,"琴啊,吃药了。"

沙观止久病在床的妻子挪起身来,沙观止拿两个枕头在她身后垫高了,开始喂药。

"刚才外边乒乒乓乓的做什么呀?"沙妻问。

"教小子们放枪。"

"枪这种东西还是少碰吧,子孙都没有一个,还不积点德?"

"是啊,我很久不碰了,会里事也交给六野了。"

"我瞧你好大心事。"

沙观止笑笑,"没事。"

他专心给妻子喂药。他现在绝不像刚才那杀人不眨眼的过气豪雄,倒十足是个居家男人。

3

沽宁牌坊于欧阳来说是旧地,可现在它已经被彻底焚毁了。

一个传令骑兵从空荡荡的街面上驰过,口传着长谷川的命令,一会儿,几个不情不愿的日军拖沓着从各处建筑里出来,离开。

风吹着久久不散的黑烟,欧阳站在那里,听着越来越远的口令声,等着一个安全的时候到来。

牌坊边倒着几具中国人的尸体,周围散落着可怜的行李,欧阳为之恻然,在浩劫余生之后的寂静中,这种恻然尤显强烈。他忽然转过头,巷子里一个纤细的人影费力地走着,背上扛着一个焦布包裹的长条形物件。

欧阳立刻认出那是他最优秀的学生,他喊她:"唐真!"

唐真被吓了一跳,东西掉在地上,发出沉重的金属撞击声。

欧阳走了过去,"我是欧阳,欧阳山川……"他愣住,不光因为唐真的惨状,还因为她眼光里的惊疑和发自本能的警觉。

"我是你的老师……"

唐真并没有看他,自顾尽全力把那东西拖到了自己的肩上,尽管被压得摇摇欲坠,可迈开了第一步就没再停下来。

欧阳眼睁睁看她消失在长巷,从昨天到今天他第一次这样沮丧而无奈。

怔怔的欧阳忽然听见身后一声碎响,他握住了口袋里的枪柄。

牌坊后响起一声口令:"天下刀兵起。"

欧阳抽出手,看着邮差从牌坊后走出来,对方正用一种审度的眼神看着自己的狼狈样。欧阳皱眉,"你在跟踪我?"

邮差有些难堪地笑笑,"也不能那么说……"

"一直在跟?"

邮差愣了一下,他这才发现欧阳是带着火气的,他解释着:"你是知道的,以防万一,没有绝对的事情。"

"跟出什么来了?"

邮差苦笑,"我们越来越不清楚你在干什么。"

"那你们就把时间浪费在我身上?知道现在有多少事?你们可以帮多少人?"欧阳已经在嚷了。

邮差惊讶地看着他,"我们以为以你的阅历……能够理解。"

"我不能理解!"

"同志,我理解你的心情,我是沽宁人,这座牌坊边长大的。"

"现在怎么又相信我了?"欧阳竭力压下心头那股因沮丧而生的无名火气。

"因为有位一向谨慎的同志说,你是绝对可以信任的。"邮差笑了笑,他尽量想让欧阳放松一点。

欧阳的表情柔和下来,他想当然地认为那人就是思枫。

"他想见你。"

欧阳忽然有点紧张,经历几天几夜的磨难,他几乎不相信愿望还有实现的时候,"我也很想见她,但是请你转告她,现在有事,关系到很多人的生死,我不能离开沽宁。告诉她这些年我从来没像这几天这样忙过,她会明白的。"

"你不用离开沽宁。"

欧阳摇头不迭,"不不,沽宁现在太险,她绝不能回来……"他忽然明白过来,"是不是你们根本没有撤出沽宁?"

"你脑筋转得真快。"

"告诉我已经撤离,因为我虽然是同志,可不是太值得信任的同志?"

"每个同志都是值得信任的,但是以防万一,环境使然。"

欧阳叹了口气,被自己人提防,是件让人疲倦的事,"谁的主意?她或者老唐?"

邮差没反应过来,"她或者老唐?不不,是我的主意!我多此一举!她一直昏昏沉沉,根本拿不了主意!"

"她一直昏昏沉沉,怎么会想到要见我?"

"你以为是她?"邮差笑得有些暧昧,"不是她,同志,是另外一个。"

"谁?"

邮差挠挠头,"我也头遭见。他说非要有个姓的话,这回他还姓赵。"

"赵老大?"欧阳瞪大眼睛,那是一个他期盼了很久的名字,可能也是除思枫外他想得最多的名字。

"对,他说你非要问的话就说赵老大有请。"

"我一直想飞着去见他,我等了他太久,可他来得太晚。"

"他这次来也很不容易。"

"我会去见他。可是等我忙完手上这件事情。"

邮差诧异,"你有什么事情?"

"救人比见面重要,他也会同意的。"

"让你的上级等着?为了救一群国民党兵?"

"他们在鬼子手上吃足了苦头,救出一个就多一个打鬼子的人。"他是个说清楚就不愿再废话的人,索性掉头走开。

邮差在身后嚷嚷,"半个中国都在打仗,你能救多少人?"

欧阳对自己苦笑,"我能救多少人?"他仍没有转身。

4

长谷川毫无兴趣地翻腾着守备军陈旧的文件,直到在文件堆下发现一台残破的手摇式留声机,那东西显然扔在那就没人用过,但激起长谷川极大的兴趣,他转向他的勤务兵,"蛮头,我的唱片呢?"

蛮头立刻在公文包里翻找着,找出几张旧唱片递过去。

长谷川看了看,"我要你带上新大陆,我说过那首曲子适合在占领日听。"

蛮头含糊不清地嘀咕了一句什么,长谷川并没打算听,他放上一张唱片,

"好吧。你捧着这台机器,一直摇到我想跟你说话为止。"

伊达走了进来,"长谷川君,士兵已经集合好了。"

长谷川点点头,向屋外走去。蛮头捧着沉重的唱机开始摇动,屋里响起《欢乐颂》的曲子,因为机器破烂加上摇速不匀,那曲子严重的变调。

屋外,日军拿着劫掠所得的东西在空地上炫耀攀比和交换,整个院子像个嘈杂的市场,屋里跑调的音乐让这一切显得更加嘈杂。

伊达和长谷川出现在屋前的台阶上,长谷川压下双手让部属安静下来,"我的武士们,这首曲子叫《欢乐颂》,它当然适合你们现在的心情。"

没人听他说话,他的武士们正为抢一尊座钟不可开交,长谷川脸色沉下来。

伊达用刀鞘大力敲打着房前的栏杆,"浑蛋!调过你们长满疮疱的屁股!"

士兵们渐渐安静下来。长谷川在台阶上走了两步,看着那些汗津津的脸说:"为了帝国和天皇,你们需要放弃一部分利益,三天的自由行动到此为止,我们必须保留一个可以马上运行的港口……"

他的话立刻被抱怨声淹没了。伊达和几个军官跳下台阶,用刀鞘殴击着抱怨不休的士兵,长谷川焦躁地搓动着手指,忽然把双手抬高,"目光短浅的家伙!你们就只看见这座小小的城市吗?这里的人都很穷!"

他这话确实有用,部分人安静下来,疑惑地看着他。

"看看你们抓到手的都是些什么?破烂!你们占领了中国最穷的一个城市,还以为自己找到了金矿!"

部下们看着那些难以名状的家什,开始羞愧,人群安静下来。

"新的攻击计划已经制定!我们要攻取的下一个城市非常富有!我们是第五师团的先锋!这些城市都是为我们准备的!让那些仙台家伙和北海道渔夫见鬼去吧!"长谷川指着部属手上的东西,"他们只能跟在我们背后捡这些东西!"

士兵哄堂大笑。

长谷川掉头向屋里走去,把虚妄的幻想留给部下。伊达疑惑地跟在后边,"您应该告诉他们天皇的荣誉,这是一场圣战,这些……"

长谷川回头看看他,如看一个傻子,"很高兴和您共事,伊达君。"

伊达倍感荣幸地立正,"我也一样,我渴望来这里,以樱花与剑的高洁,锻炼我在武道上的修为。"

"当然当然。你去命令他们,控制这座城市所有的进出通道,监管所有的港口和工厂设施,我们要所有的中国人为帝国效力,不需要一座逃光了人的死城。"

"是的,长谷川君!"

"您不会让我失望的,您是真正的武士,又是名门之后,"长谷川进屋,身后响起伊达大声的命令声。长谷川冷笑着,嘴里喃喃着后半截话,"……天真或白痴,或者两者兼是。"

5

沽兴车行的大门紧闭,上边印着枪托刺刀与弹孔的痕迹,欧阳敲了半天门才开出条小缝,他没能往里走,因为四道风在开得很窄的门里堵着,抚着腰上的枪,神情古怪,"不要脸的,你还没死呀?"

看着那粗鲁的表情,欧阳忽然觉得轻松,他很想拥抱四道风,他也真这么做了。

四道风粗暴地挣开,"你干吗不去死?你把我害惨了!"他掉头走开。欧阳瞠目看着他身后,院里有守备军也有百姓,有沽宁人也有外地难民,所有人都大气不敢喘地盯着他。

被近百双眼睛盯着,体力衰竭的欧阳忽然一阵眩晕,他扶住房门却顺着那门歪倒下去,四道风脑后长眼似的一把扶住,嘲弄地看着他,"第二回了,你不到快死的时候根本不会想起我。"他架着欧阳进屋。

华盛顿吴坐在院里的人群中,失魂落魄地看着暮色将临的天空。

六品和皮小爪把一锅清粥端了过来,守备军无声地挤了过去,把百姓排除在外,这引起了百姓的抗议:"这算什么?""护家护不住,抢食拔头筹。"

华盛顿吴看看部下递过来的半碗粥,又看看一个眼光光瞪着自己的老太太,他把粥递给那老人,对他的部下说:"你们待会儿再吃,我的命令。"

一个士兵劈手把粥夺回去,放肆地看着他,喝了一口,"待会儿有个屁你吃?打仗没把我们害死,你还想把我们饿死?"

华盛顿吴无力地看着他的部下,军官不再被信任时,确实什么也不是。

一只手从那士兵背后伸了过来,缓慢而有力地把碗夺了过来,那是六品,他低身把那碗粥递给老太太,小心地不溅出一滴,"您趁热喝,可别烫着。"

当兵的跋扈惯了,愣愣神对六品背上就是一拳。六品站起身,打桩似的在那兵头上拍了一巴掌,那兵昏昏然一跤趴倒。一个大飞脚踢了过来,六品抬手拨开,一脚把人倒踢出去。他回头看看那老太太,老太太呆呆地看着他,六品眼神温润,在他的意识中,任何这种年龄的老太太都像他死去的妈。

又一个士兵的拳头砸在六品脸上,六品终于有点光火,一耳光把人扇了出去。

华盛顿吴手忙脚乱从腰间掏着枪,"住手!都住手!"

没有人听他的。因为担心日本人,他们的叫嚷和殴斗都压低了声。屋里的四道风当然听不见,他一边看古烁给欧阳包扎,一边把两支枪装了又卸。

欧阳有些昏沉,更多的是疲劳。

四道风忍不住埋怨,"看你整的事,非让救丘八,老百姓一看都跟着丘八跑,以为这帮泥菩萨还能救他们,最后全封在这儿,鬼子砸门,老子让这帮油瓶拖得一枪没放,要不十个八个鬼子都做掉了。"

欧阳强打精神听着,"很好,你做得很好……这样下去你成沽宁的大英雄了。"

四道风乐开了花,"那倒没打紧,不过也是,啥英雄都是打人能耐,谁像我一次救这么些?不过你欠我十个鬼子,记账上了。"

古烁忍不住插嘴,"鬼子要知道有这么些丘八,非把院子平了不可,他生挺你别陪他生挺。"

四道风嘿嘿一笑,"赵子龙血战长坂坡就是挺出来的,诸葛亮唱空城计,他不也是一个挺吗?"

古烁板着脸,"说点近的给你知道,咱断顿了,米粒都搜罗空了,就够给一半人熬锅稀粥。"

"这事问他,哎……"他这才发现欧阳已经睡着了,"弄醒弄醒!"

古烁正在给欧阳包扎,就手弄了点儿碘酒捅在他的伤口上,可欧阳全无反应。四道风看得愣神,"硬汉。关二爷刮骨头是死撑,这位根本是木的。"

"人不知道痛就离死不远了,连明儿的太阳都未必捞着见,老四,我们要陪这么个人玩到底?"

四道风小心地起身,唯恐惊醒了欧阳。他正想说什么,皮小爪气急败坏从外边蹦了进来,"打起来了!打起来了!"

四道风的两支枪立刻拔在手上,欧阳也赫然站起。

"不是鬼子,是自己人打起来了!"

几人立刻冲了出去。

人群中已分出个圈子,六品把身子挤在墙角,半点不让地对付着整群守备兵。

华盛顿吴终于挤到人群之前,用枪对准了自己的士兵,"都别打了!给我住手!"

士兵们愣住,其中一个照着华盛顿吴走去,"你打!我真活腻了,你当谁乐意在这窝心活着?跟老百姓抢这口痨瘟饭?"

华盛顿吴犹豫一下打开机头,他想震慑,可结果适得其反,那兵更加猖獗,用身体堵住枪口,"你太嫩,这么开枪会让鬼子听见。这么打,"他把自己的刺刀塞到华盛顿吴手上,"用这个,我是自个儿找死,不想害别人。"

华盛顿吴手发着抖,那兵挑衅地一个耳光扇在他脸上,华盛顿吴愤怒得失去理智,他哆嗦着要扣动扳机,欧阳一步抢过来,将那支枪摁下去。他挡在两个人中间,把刺刀插回那士兵的刀鞘,"是我的错!我不该耽搁,我耽误了时间!其实我有好消息带给大家……没来得及说!"

人们狐疑地看着他。他看着人群,"我先跟大家说一句话,别管仗打得怎么样,第一批死的是这帮子军爷!人家豁出命不要也就图大家伸个拇指,说一声对得住乡亲父老！我现在竖两个拇指，说一声，他们真是汉子！"

他这话把守备军的满腔委屈都扰了上来，闹得最凶的那个士兵眼看要哭，忙转过身去。

欧阳接着说："这消息是要跟守备军的弟兄说的，这仗还没打完，你们的蒋司令和龙副官让我带这消息，他们在北郊接应你们。你们会突围，一直跟鬼子斗下去！"

一旦还有希望，人就不那么沮丧了，几个兵不自觉地把肩上斜吊的枪挎正，欧阳看着他们，尽量让人觉得自己信心十足。

从街道上忽然传来的踏步声和日语的口令声叫所有人色变。古烁凑到门缝里看着，开了一条缝溜了出去。

伊达带领的人马正在城中央的空地上立正，在简单的口令中分成了几队，向沽宁的各个进出要道快速进发。几个出门观望事态的沽宁人闪避不及，慌乱地逃进巷角，日军置若罔顾，他们已经被长谷川从进城的混乱状态归整为一支高效的作战部队，几条街道被他们踏得尘舞灰扬。

欧阳听着街上的动静笑了笑，"人不是那么容易一掉到底的，怕到头也就是那么回事了，是不是？爷们儿！"他用鼓励的眼神看着守备军士兵们，"换掉这身皮吧，跟老百姓换，把武器藏好——不窝在这儿，咱去跟大队人马会师。"

他的话立竿见影，守备军聚在一起整理装备。百姓们对他们也不再如避蛇蝎，有人把脱下的衣服换给他们，有人随手递过半块珍藏的干粮。

欧阳在一辆黄包车后坐下，身上已没有方才说话时的豪气，他在静静地思考着。四道风过来一屁股坐下，他对欧阳已经越来越亲热，甚至超过他的弟兄。

"老三放话，鬼子兵发四路，东西南北全部不通，守备司令部改门脸成了鬼子老窝，早知今日，当初一把火给它点了。"

欧阳眉头皱得更紧了，"从昨晚赶到现在，我还是落在时间后边。"

"什么意思？你死样活气的干吗？城外不有大队丘八接应吗？"

"是在城外，也是丘八，可是……"

看欧阳一脸沮丧，四道风明白了，他是个粗心人而不是笨人，"城外活了多少？"

欧阳看一眼四周，伸了两个指头。

四道风变色，"二十个？能干什么？"

欧阳苦笑，"两个。"

四道风跳起来，头在车帮上撞出很响的一声，小心忙碌的人们被这动静惊得回头，欧阳强笑了笑，拉他坐下。

"你也太唬人了吧？"四道风终于学会了小声说话。

"没唬人。蒋武堂和龙文章，两个，就两个。"

"你说大队人马！"

"我们就是大队人马。"

"你那架势像城外有千百人候着!"

欧阳也有点发急,"除了这个我能给他们什么?"

四道风掉头看看那些兵,"你们这些聪明人全这样,能使唤动人就往死里使唤。"他一向烦穿这身皮的人,可烦归烦,他并不想人死。

"我不想使唤人,我也不是聪明人!"

"最后他们还是被你坑死的。兴许有人冲出去了,可没出去的做了鬼都糊涂?"

"你告诉我,怎么办?"

"我不知道。你脑子快,一转就有点子。"

"我已经转不动了,我累极了,我就想找个地方躺下,不论死活。"欧阳的确一脸的心力交瘁。四道风瞪了他半晌,哼一声起身走开,欧阳忽然有种不好的预感,"你干什么去?"

"聪明人不管事,只好笨人上了,我给沽宁搅个底朝天,兴许你们就混出去了。"

"你怎么搅?"

四道风笑了笑,"要想狗不咬人就先扔给它块骨头,是不是这个理?"

欧阳忽然明白四道风在说些什么,他一下愣住。

"我们哥几个上,你们得空儿溜,二的三的——"四道风喊了一声,古烁和皮小爪从人群中站出来。

"等会儿、你等会儿,"欧阳阻止着,他犹豫了一下,拿过几件守备军换下的衣服,"把这个穿上。"

人群起了骚动,此时穿这身出去无异寻死。

四道风笑得更欢了,"对啦,穿上这个骨头就更香了。"他扔给古烁和皮小爪各一件,自己往身上套着。欧阳不顾旁人异样的目光,排开几个守备军,把他们归拢在一起的手榴弹全拿了过来,放在四道风面前,"都拿上。"

四道风眼睛发亮,"这个是好东西!"他不客气地往身上揣着,"这回骨头兴许就把狗咬死了。"

"不是要你杀鬼子,老四,你听我说……"他紧张地想着,"你钻巷子,躲开鬼子,去他们司令部,隔墙扔……"

"那能炸着谁?"

"不要炸谁,只要让鬼子觉得守备军在反攻,让鬼子看见你这身,数五十个数扔一个,八个手榴弹,所有的全在这儿。我们靠这四百个数往外冲,你别打,扔完你再钻巷子,巷子你熟……"

"你唠叨了,巷子我最熟盖沽宁。"

欧阳极不放心地点点头,四道风已经急不可耐地推开院门。

"千万别恋战,好兄弟。我还想看见你,兴许咱们一块儿打鬼子。"

四道风扒着院门笑了笑,"兴许?你口还真紧哪。我知道我是一头热,你是被拖在这儿,可压根儿不想待这儿。"

这是欧阳一直问心有愧的问题,迎着古烁冷淡的目光,皮小爪诘问的神情,他转开了头。

四道风几个悄没声儿地走了。

欧阳看看院里的军和民,那些人的神情里对他充满疑问和忿怨,甚至包括六品。他直面着那些目光沉吟了一会儿,拍拍六品的肩,"准备出城。"

6

四道风兄弟三人在巷子里大摇大摆地走着,不时回头看看身后巷角隐藏的欧阳和守备军,笑一笑,或招招手,这种肆无忌惮叫欧阳担心,也为之恼火,他拼命打着手势,却让四道风更加来劲。

巷口忽然传来日军的说话声,欧阳做了一个手势,守备军全藏进了巷角和门洞,四道风几个却置若罔闻,继续向传来声音的巷口走去。

欧阳的手都挥酸了,四道风终于在险险走近巷口的时候猛托了古烁一把,古烁腾身上了旁边的院墙,四道风在墙上垫一脚蹿了上去。两人伸手把皮小爪拖上去却出了娄子,皮小爪那一只手使不上劲,连踢带蹬把一块墙瓦给踢了下来。欧阳急得眼里直冒火,四道风伸手把瓦抄住,冲欧阳无声地一乐。

两名巡逻的日军来到了巷口,欧阳等闪身在门洞后。他看着四道风几个鲁莽地往院墙那边一跳,三个人落地的声音不可能不惊动一墙之隔的日军,欧阳急得在自己头上狠捶了一下,闭上了眼睛。

可他没听到动静。欧阳睁开眼睛,墙头上那三个人消失了,却攀着三只手。四道风和古烁各用一只手吊在院墙头,另一只手把住了勉强支撑的皮小爪。

日军例行公事地往巷子里扫了一眼,离开。

欧阳看着墙头上那三只手终于消失,他赶过去,听着那边轻微的脚步声远去。即使是看着那道墙,欧阳担心的神情也不能稍减。

东张西望过来的华盛顿吴一头撞在他身上,欧阳一把拉住。从巷口望去,街角是日军的一道重卡,卡子上架着的机枪把几个一览无余的路口都封锁了,那也是四道风他们要在此处越墙的原因。

欧阳低声说:"在这儿等,手榴弹一响,四百个数。"

六品推推他,指指四道风刚越过去的院墙,他不太明白。

欧阳笑笑,"他们绕弓背了,他们道熟。"

"他们真行。"华盛顿吴由衷地感叹。

"淹死的都是会水的。"欧阳显然完全不同意他这个说法。

他们安静下来,静静地看着关卡等待那声爆炸。

关卡上的日军踱着步抽烟,因为不能随便开枪射人,所以他们不太满意这个任务。机枪手无聊地打开弹仓,看看里边打不出去的子弹,又关上。

一名日军调笑着哼曲,"仓木有一支枪,仓木的子弹射不出去,仓木……"

"闭嘴!"仓木狠狠地用枪瞄着虚无的目标。

欧阳仍掩在巷角等待着,他忽然发现对面街角出现一个人,那是小乞丐。他大概快饿晕了,摇摇晃晃在街头寻找着不可能存在的食物。因为房屋的遮掩,他看不到那几个日军。

欧阳竭力做着手势,那孩子终于发现了他,却不明白他的意思,反而茫茫然往前走了几步,他一下暴露在日军的视野。

"站住!"仓木拉动枪栓,小乞丐转身,欧阳绝望地看着他。

仓木兴致勃勃地打量着枪口下的孩子,另一名日军在一旁提醒着他,"仓木,命令是只能杀死太靠近关卡的中国人。"

仓木愣了一下,掏出一块干粮,笑逐颜开地扬起,"食物!过来给你食物!"

小乞丐不知道他说什么,但食物勾起他全部本能的需求,他愣愣地看着,又转头看看欧阳。欧阳无声地说着"别去",但那孩子犹豫一下,摇摇晃晃走了过去。

机枪手勃然色变,推弹上膛,"站住!此处已经封锁!禁止进出!违者格杀!"

那孩子不知道这喜怒无常的家伙在嚷什么,吓得进退不得,仓木的同伴已经笑得喘不过气来,"仓木你真是太幽默啦!"

"你已经违反了帝国陆军最高本部的命令!你的死啦!"仓木玩得高兴之极,他从机枪觇孔里瞄定了那个孩子,他是绝对打算开枪的。

欧阳将头死死抵在墙上,另一只手死死摁住了身边一个守备军,他忽然看见四道风的身影在对街的屋顶上一闪而逝。

"糟糕!"欧阳脱口而出,在弓弦上发生的事情弓背两端自然都能看见,他绝望地闭上了眼睛。

仓木把第一梭子弹打在那孩子身左,第二梭打在身右,他并不舍得马上杀死他的玩具,直到他的同伴提醒他,"好啦!别浪费子弹!"

仓木终于对准那孩子的额头,他的手指压下扳机,一个快速点射,机枪手带着三个弹孔摔倒。

欧阳睁开眼,回身猛推了华盛顿吴一把,"快撤回去!全部!"他已经意识到全盘皆输,可四道风根本没给他那个时间,盒子炮独有的点射声又响了一次。他跳下墙头,墙下刚转过身的一个日军被他打倒。四道风毫不犹豫地跳到关卡前,抱着那孩子滚进门洞,他冲着墙那边嚷嚷:"二的三的——"

被他叫的两人从墙头上把两个手榴弹甩了过去,轰然爆炸,烟尘未歇,四道风揽着那孩子冲到巷口的欧阳身边,他把孩子推在欧阳怀里,欧阳转身推给正要去摸刀的六品,他气急败坏地对四道风吼:"你干什么?!"

"做掉五个!"四道风没心没肺地举起一个巴掌。

工事里还有个鬼子在哼哼,四道风拧开一个手榴弹就要甩过去,欧阳一把抢住,"我跟你说过什么?"

"我忍不住!"

手上的手榴弹在咝咝作响,街那边闻声的一队鬼子冲了过来,欧阳只好把抢在手上的那个手榴弹甩了过去,"撤退!出不去了!"

四道风对他的两位死党招手,"风紧扯呼!下回再说!"他想往来路跑,欧阳又一把揪住,"回去?行里的老百姓全得死!"

四道风想想也是,"你说上哪儿?"

欧阳已经彻底绝望,"找个死也不会拖累人的地方!"

他看看爆炸烟尘消去之处,四道风算把马蜂窝捅到十足了,满街的鬼子冲了过来。欧阳照着刚炸开的关卡跑去,守备军边打边撤地跟在后边。

刚冲过烟尘的欧阳发现迎面又冲来了一队鬼子,四道风痛快淋漓地放着枪,欧阳没好气地踢了他一脚,"带路!这里你熟!"

"是啊,盖沽宁我最熟……"他看着欧阳要吃人的样子,又甩了个手榴弹后钻进了旁边的巷子。

他身后有守备军陆续倒下。

爆炸和枪弹追在身后,欧阳和守备军跟着四道风冲进一条巷子。这条巷子长而幽静,拐角在遥远的尽头,院墙高深,可以隐蔽的地方只有几个紧闭的门洞。四道风兴致高昂地钻进了第一个门洞,双枪在手,迫不及待地等待着,他拉了六品一把,"快躲快躲!鬼子就来了!"

欧阳挤在四道风和六品身边,守备军本能地挤在几个门洞后。

"你把我们带什么地方来了?"欧阳愠怒。

"这叫一线天,易守难攻,我们杀他个回马枪!"

欧阳还没来得及发表异议,第一队鬼子已经冲到巷口,他们看着这条巷子立刻站住了,第一排人端枪戒备。

欧阳气急地压低了声音,"这是死地!"

"活地!三国里卧龙先生一看这地形就计上心头!"

"这不是三国!你也不是卧龙!"

四道风不再理他。

第一排鬼子已经靠近这个门洞,他胸有成竹地掩在门洞后,但那队鬼子就此不动,几个鬼子拧开手榴弹往巷子深处甩去,躲都没地方躲,门洞后的几个守备军闷哼一声软倒下来。

四道风终于有些发傻,看看欧阳,欧阳无能为力地苦笑,"打过仗的都知道,这地方……手榴弹真是太管用了。"

六品咬咬牙,放下还抱着的小乞丐,他打算冲出去给别人换一条活路,可几个守备军在他之前做了这件事,他们冲出隐蔽处,射击。

日军的枪械早蓄势待发,枪弹攒射下几个人栽倒。

"手榴弹。"欧阳向四道风伸出。

"什么?……甩光了。"他看看欧阳的表情,"你就给我八个。"

"我给你的是全部!"

又有几个守备军倒下。欧阳他们因为靠得太近反被忽略,当意识到生气已经无济于事时欧阳平静下来,他看着四道风凄然笑了笑,"再见。"

他正要往外冲,四道风一把把他拉住,欧阳顺着四道风的视线看去,隔着院墙一个东西正飞向日军,那是一个塞得满满的麻袋包,一根悬垂出来的引火线冒着火花。麻包径直落进挤在巷口的日本人里。

欧阳刚把四道风和六品推在门洞里,就爆炸了,声音响彻云霄,震波让整条巷子的砖瓦和着玻璃如下雨一般掉下。

巷口的烟尘久久不散,里边传来日本人的呻吟声。

一个人从墙上跳下,狼狈地摔在欧阳面前,烟尘中欧阳看不清那是谁,那身影扔下一声"快走"后爬起来就跑。欧阳愣了一下,墙上又跳下几个人,其中一个重重拍了一下他的肩,欧阳一看,是邮差。他终于醒过神来,一路敲打着幸存的守备军让他们跟上。

当几个焦头烂额的日军从烟尘里冲出来时,巷子尽头仍是望不透的烟尘。

夜色渐临。

欧阳跟着那几个人拐进又一条巷子,他忽然愣了一下,他曾在这条巷子里见过一个叫赵老大的人。欧阳不由自主看看前边带队的那个人,他已经推开旁边的一扇门洞拐了进去。

枪声和爆炸声还在零星地响着,欧阳进了那个门洞所通的院子,他回头看看,几个人正用杂物和一面假墙把这条巷子布置得如同不存在一样。

邮差在一间绝不可能呆下人的房子前站住,他推开那道简陋的柴门,示意跟着他的人进去。欧阳诧然,因为那小棚子绝不可能塞下两个人。他突然醒悟过来,这屋子只是为一个地道口而修筑。

欧阳听着身边的脚步声,回过头来,然后看见那张久违的脸,"赵老大。"

赵老大在夜幕下是同样苦涩的笑容,"等了你好久,请。"

"我也等了很久。"欧阳弯腰走进那间似乎有无穷容积的房子。赵老大没有进去,邮差在最后将只能内开的门关上。

欧阳下到地道,这地方显然不是仓促造就的,土壁上有木柱支撑,上边接着不知从哪里扯过来的电灯,一个水龙头里水珠滴答到下边的木桶里。

"你们一直藏在这里?"欧阳很难掩饰他的惊讶,这已经自成一个世界。

"换了好几个,这是最后一个,恐怕也是最安全的一个。"邮差多少有些得意,拿一个风灯给欧阳照着脚下的阶梯。

"很不错的地方。"

"挖了六个月。老唐说,这地方也许得用上六年。"

"六个月前就觉得鬼子会来?"

邮差点点头,神情里充满对他提到那人的尊敬。

越往里走空间越大,储存的食物在架上,电台上挑着用蚊帐改的防尘罩,那种细密入微是凭欧阳的急智做不到的,欧阳看了越多细节也就越对那个叫老唐的人充满尊敬。

地道终于到了头,欧阳站住,刚进来的四道风和守备军都在这里。他们的讶然比欧阳更甚,正坐立不安地四处看着。

邮差拧开墙边通往地面的一根铜管,仔细听了听,"鬼子没追来,大伙可以放心休息,"他冲周围所有的床做了个手势,"所有的,吃,喝,睡。"

几个人局促地坐下来,但更多的人看着那些吃的,直到邮差又做了个请的手势。

欧阳走向邮差,"我想见赵老大。"

"他要去办些事,可能明天才能回来。"

"但是……"

"他说你应该休息,整个沽宁你大概是最该休息的人。"

"到了这里就是休息。"

邮差笑了笑,"同志,如果说身体是本钱,你真是个没多少本钱的人。"

欧阳摊摊手,他连争执的力气也没了,他从旁边的床褥上拿过一块布往地上铺,想把床留给别人。

邮差拿走那块布:"不,你上那儿。"

他指的地方是旁边,用布帘遮着,显然是相对优越的一个地方,而这种优越让欧阳恼火,"不,我就在这里,那里留给伤员吧。"

邮差笑笑,"那不是给伤员留的……不,那是给伤员留的。相信我吧,除了你没人会去那个地方。"

欧阳看着那个古怪的笑容,往那个小小的独立空间走去。四道风有点忿忿地回头看了一眼,在小乞丐的头上胡噜了两下。

欧阳小心地拉开布帘走了进去,里边很黑,什么也看不见,也很小,只能放下一张单人床,床边勉强能站下一个人。欧阳深深吸了一口气,呼吸急促起来。他站在墙边,站了很久,但该死的黑眩久久不退,他只能勉强看出床上躺着一个人。

那是思枫。

思枫轻轻动了一下,"欧阳。"

"哎。"

思枫吐了口气,"我想是你,我听见你说话了。"

"我也是……我是说,闻到你的气味。"

"药味。"

"是你的气味,我知道什么叫药味。"

"你用不着把每件事都说得这么清楚,这样……太学究。"

欧阳笑了笑,他一直有些糊涂,直到什么东西触到他的手,那是思枫的手。欧阳下意识地握在手里,立刻觉得不对,"这样不好,这样人家……大家会误会的……至少,应该把帘子拉上。"

思枫没有放手的意思,欧阳再次觉得不对,"你说,拉上帘子,大家会不会更加误会?"可又突然下了决心,"还是拉上比较好,在我没来的时候它就是拉上的,那么现在并不见得因为我来了它就要是打开的,对不对?别人愿意怎么想都可以,但是他们应该想到,拉上了帘子,才方便于你的休息。你受伤了,是重伤,不是吗?"

思枫仍没有松手的意思。欧阳终于明白手不可能被松开,于是用没被握着的那只手拉上帘子,他现在终于有勇气凑在一个较近的距离看着思枫。

思枫躺在床上,也在静静地看着他。

"你该休息了。"思枫说,"这几天地上总传来消息,你在干什么,你又干了什么,有说你头脑发热,有说你智勇双全,我只想你到底有没有时间睡觉。"

"睡了。"

"睡了?"

"总有十来分钟吧?"

"两天?"

欧阳笑笑。

"睡吧。"思枫让出身边一块地方,这个动作很自然,毕竟他们这样生活过三年。

欧阳很自然地躺下,确切说是趴下,因为这样方便看着黑暗里的那个人。

"闭眼。"思枫催促着。

"睡不着,也不打算睡着。"

"你撑不了多久。"

"能撑很久,打个赌?"

"不赌,你太好胜。"

"我错了。"

"什么错了?"

"我不该拉上帘子。"

"别跟帘子过不去了。"

"可我想看见你,这光线太暗了。"

思枫没说话。

欧阳继续说:"你知道吗?越熟的人忘得越快,就这么三两天工夫我忘了你长什么样。"

"我也是。"

"下次再兵分两路,咱们得彼此留张相片。"

"同志,你忘了我们都是不照相的。"

"是啊是啊,真是坏习惯。"

"你真的可以睡了。"

"我能撑很久。"欧阳模糊地倔强着,然后真的睡着了。思枫看了他很久,轻轻地把被子一点点扯到他的身上。

"我刚想明白,帘子拉着,但你可以开灯。"

思枫停止了动作,直到发现欧阳只是极清晰地说了句梦话,才又给他盖上被子。

欧阳沉沉睡去。

第 十 章

1

月光下,老馍头带着小馍头在一块萝卜地里猫腰鼠窜,他们的目的地是菜地尽头一间比乞丐窝好不了多少的木屋。

小馍头看看四周,忍不住抱怨,"爹,咱走得了,干吗还回来?"

"家里床脚下还藏着钱。"

"你身上好多钱了!"

"你懂个甚?这是卖命钱,那是血汗钱,一水的都是钱!"老馍头拍拍口袋,让那里边的银圆发出他爱听的响动。

两人小心翼翼地东张西望,如做贼一般钻进家门。

屋里简陋而凌乱。老馍头在床边的土坑里掏出用油纸包着的银圆。一共五块,他小心地把这血汗钱放在桌上,再把所谓卖命得来的五十来块银圆也放在桌上,这无疑是一笔财富,他脸上熠熠生辉,如瞧见了自己的未来。

远远一阵日语的喧哗声让老馍头惊跳了起来,赶紧把所有的银圆全揣到怀里。小馍头操起镐把,老馍头无声地夺下来,把儿子推到屋角。

屋外是一队巡城的日军,正践踏过菜地。一个日军对老馍头的家发生了兴趣,从很大的屋缝往里窥看。

老馍头躲在板壁后,一板之隔,他竭力屏着呼吸。

一柄刺刀从板壁缝里插了进来,贴着他的脸颊刮过。老馍头一动不动地看着那刀,眼珠紧张得呆滞,却没忘了死死捂住儿子。

那刀终于收了回去,老馍头往后退了一下,一块该死的银圆滚了出来,不偏不倚滚到漏缝中透过的月光之下,老馍头下意识地一脚踩住。

正要离开的日军对地上那只破鞋又有了兴趣,他隔着板壁一刀刺下去,把鞋挑了起来。刚从鞋里脱出脚的老馍头用光脚把鞋子下的银圆够到月光照不到的地方。

日军从壁缝里把鞋挑到自己眼前看了看,然后嫌恶地扔掉,又看了看空无一物的地面,走开。在菜地里践踏的大队人马早已走远了,他吆三喝四地追了上去。

老馍头在黑暗中久久地站着,直到被儿子推了一下,他惊跳起来,然后在屋里寻找着废旧木板,把这屋子的门、窗、所有的缝隙全部钉死。他用极高的效率把自己的破家变成了一个密不透风的笼子。

2

欧阳醒来的时候,思枫已经不在了,他的手上握着思枫的衣服袖子,依然保持着趴的姿势,两条小腿悬在床外,他用这样的姿势趴了一夜。

欧阳下床,挂了一晚上的腿全不过血,他一跤摔在床边,正想爬起来,思枫掀开帘子进来,她把一杯热水放在旁边,扶他起来。

"拉帘子拉帘子,别让同志们看笑话。"

思枫随手拉上了帘子,"你的狼狈相怎么总是让我看到?"

欧阳讪讪地笑,在思枫面前他很愿意收敛自己的口才。现在他终于可以在光线下看看思枫的样子,她苍白也消瘦了许多,由胸肩到一只胳膊全被绷带包裹着,欧阳不由有些歉疚,"实在该我扶你的。"

"一个快累死的人扶睡了三天的人?"

"你伤得很重。"

"比很多人算轻了。"

"再重就见不着你了。"

"但是见着了。"

欧阳笑了笑,他不想在这个话题上纠缠。

思枫从枕头下拿出一瓶药,那是欧阳专用的,她按老习惯把药片放在瓶盖里,把瓶盖放在热水旁边,欧阳安详而感动地看着,"你一直留着这些药?"

"从知道你没走就开始留,知道你是个留不住东西的人。"

欧阳苦笑,"没错,每瓶药都被我浪费了。"

"吃吧,照老习惯你转脸就找不着东西。"

"谢谢,但是我不要。"

思枫惊讶地看看他。欧阳摸出那个思枫写了字的药瓶盖给她看,"慎服,保重。我要爱惜身体,这药救得一时,害了一世,我得准备种新的活法。"

思枫很认真地看了他一会儿,把药片又放回瓶里,把瓶盖旋紧,放回枕头下,"我帮你收好,可你撑不住的时候要说一声。"

"怎么啦?"欧阳愕然,他并不能了解一个女人此时心思的细腻。

"没什么。我觉得好像什么都结束了,又什么都刚刚开始。"

"坏事都结束了,好事才刚刚开始。"

"明知道你在说假话,听了还是好受一些。"

"知道是假的就不要说出来。也许以后咱就在这隐居了,一直到战争结束。"

思枫终于笑了笑,"我不知道你这么能瞎说。"

"也许你在挖这地道时就想到了,有一天咱们的家会从地上搬到地下,挺好,比咱们地上那个家要好,跟邻居串门子也方便。"

思枫强绷着笑脸,"嗯,我一直是这么想的。"

"我是个懒鬼丈夫,我的妻子费多大心血造了这么一处桃花源,我倒天天麻里木足在睡懒觉。"

"嗯,我也这么觉得。"

"很高兴跟您所见略同,老唐同志。"

思枫愣了一下,"你怎么知道?"

欧阳笑笑,"都已经认了这地道是你挖的,那您当然也就是老唐同志了。"

"……你当然会知道的,你那么聪明。"

"只是太喜欢刨根问底的一个笨蛋。"

"希望你不要太生气,这些年做了很多违背你心意的事情。"

"跟你发过很多牢骚,可我想我要真见了老唐,先得感谢她这些年一直在保护我,费了那么大心血。"

思枫如释重负地吐了口气,"谢谢。"

"该我谢谢,你们一直在保护我这个不知好歹的家伙,不过我得先谢谢你,再谢谢老唐。"

"这是我们应该做的,为每一个需要的同志。"思枫笑了笑,晕红了脸,她意识到欧阳不加掩饰的热情。

"你叫我什么?同志?"

思枫慌乱地坐开了些。

"帘子拉着呢。"欧阳回头瞄了一眼。

思枫没再避开。欧阳鼓了鼓勇气,坐在思枫身边,用一个指头勾住了思枫的手指头,思枫调转了头,给他一个侧脸,两人像极了情窦初开的学生。

欧阳忽然小声地笑,"对不起,我实在是做不来……"

思枫也笑,"是啊,我也是。"

"都同床三年了,忽然要来这出。"

"我看见你就想笑。"思枫笑着,"好像你非要扮成跟我不认识。"

"该死的地下生活,毁掉了我的初恋。"

"是初恋吗?欧阳同志?"

"本人大概是经过九死一生,可委实是情窦初开……嗯,你还是绷着脸比较好,这样子比较有氛围。"

思枫又忍不住笑,"算了算了,我不勉强你,你也别勉强我。"

"嗯,还是老夫老妻的样子比较好。"

"老夫老妻是什么样子?欧阳同志?"

外边突然传来东西摔碎的声音,接着是激烈的争吵,两人愕然,起身出去。

四道风挤在通上地面的阶梯前,脚下是摔的破片,拦在阶梯前的邮差都已经被他挤得只好往梯子上站了两步。守备军士兵簇拥在周围。

四道风冲着邮差嚷嚷着:"我像老鼠吗?非得窝在这老鼠洞里过活?"

欧阳挤了过来,"你不像老鼠,你像老虎,不过把这叫老鼠洞,实在是对不起给咱们栖身之处的人。"

四道风横他一眼,欧阳拉了思枫,"介绍一下,老四,这就是我那匪婆子。"

思枫笑笑,"我们久仰四哥的大名,四哥这些年不知道为乡亲做了多少好事,任谁都伸个大拇指。"

四道风不由有些赧然,"哪有啊?我就是个拉霸王车的。"

邮差挤到思枫身边,小声地说:"他要出去。"

四道风立刻嚷嚷:"我要出去!闷在这鸟不拉屎的地方,你们开心自己过好了!"

欧阳冲邮差使个眼色,对四道风说:"你要透气?我陪你上去一会儿好了。"

"谁要透气?你当我还跟昨天一样光图自己快活呢?我……"他忽然发现自己说走了嘴,拍了一下脑袋一屁股坐在阶梯上。

欧阳莫明其妙地看看古烁和皮小爪,古烁不客气地调过头,皮小爪干咳了一声,"老四是想去给这些军爷弟兄借条路。"

欧阳问:"借什么路?"

四道风看着皮小爪,"你闭嘴!"

皮小爪再不敢说话,但思枫立刻明白了,"四哥和沙门会沙老爷子是叔侄的亲情,沙门会做的就是个道路生意,无论水陆航道,明道暗道,只要沙门会接下来就是四通八达,四哥是想借这关系帮守备军的弟兄出城啊。"

四道风诧异地看思枫一眼,有些悻悻,可仍感激她说话给足了面子。

"这倒是个办法。"欧阳看看身边的守备军,忽来的希望让他们脸上充满渴盼。

邮差说:"赵老大还没回来,现在事情都是他拿主意。"

欧阳摇摇头,"非常时期,空等就形同杀人害命。"

邮差犹豫地看着四道风,"沙门会的名声……"

四道风没好气地白邮差一眼,"你看我它也香不了。"

欧阳打断他们的争辩,"利用一切可用资源,现在它可能是唯一的一条路了。"

思枫点点头,"确实是唯一的一条。"

思枫的话让欧阳下了决心,他上了梯子,小心地将顶盖打开,"老四,我陪你去。"

"你爱来不来。"四道风从欧阳身边挤过,径直出去。

欧阳看着思枫,微微一笑,"我教课去啦,带不回银子,最多带个好消息。"

思枫勇敢地笑了笑,看着欧阳一闪身消失在视线里。

3

长谷川的房间已经收拾好了,就是原来蒋武堂的住处。蒋武堂的东西都已被清走,偌大房间徒空四壁,行旅生涯的长谷川也没什么要搬进来。

伊达进来的时候,长谷川正在椅子上打坐,蒋武堂是个生活上极不讲究的人,那张粗糙的椅子坐得长谷川一脸痛苦,频频地变换着姿势。

"长谷川君?"

长谷川皱眉,"我认为蒋武堂是个极没有品味的人,他的椅子都叫人心浮气躁。"

"可他作战很勇敢。"

长谷川站起来,拍拍伊达的肩,"可一把好的椅子能让人很快进入禅的境界。"

伊达有些不知所谓,只好转入正题,"我们的巡城部队与守备军的残军发生了遭遇战。"

"守备军居然还有作战的能力?"

"他们伤亡惨重,但是又逃走了,相信还在这座城里。"

"我不关心他们的死活,可希望尽快消灭这城里抵抗的枪声,这样才好把它移交给友军。我们的目标不是滞留此地,而是继续推进。"

"您说得很对,这座城市已经被征服了。"

长谷川笑了笑,"被征服了?倒也未必。但今天我就要让它恢复运转,并且我要去见一些人,没有他们我们在这里永远是过客,也永远得听这些抵抗的枪声。"

"您一定能成功,我能看出您已经计划好了。"

长谷川哈哈大笑,"是的,在五年之前。"他喜欢看伊达尊崇和惊讶的目光,却忘了那椅子的粗粝,一屁股坐下,被硌得又跳了起来,"他妈的!"

伊达惊讶地听到长谷川的粗口,"长谷川君?"

长谷川又恢复了他的儒雅,"没什么。几日辛劳,小疾又患了。"

他并不愿意把痔疮这类的毛病告诉一个崇拜自己的人,"要解决的问题真是很多。"他挥挥手,让伊达同他一起出去。

街道上,一队日军挨家挨户砸开房门把里边的住户轰出来,嘴里嚷嚷着很难让中国人听懂的中国话:"工作的!你的要工作!"

市民们被集合在余烟未尽的街道上,一个日本军官把一张中文写就的文告贴在墙上,随手从人群中指出一个,"你的,念!"

那青年看着文告念道:"字谕……"

"大声的!大大声!"

"字谕沽宁市民,吾以倭国皇军龟孙子之名义,谨发此令,即日起……"

一干日军听得甚是满意,至少觉得抑扬顿挫很流畅。市民们担心地听着,他们知道那个气盛的年轻人在做什么。

长谷川和伊达骑马从旁边过去,长谷川皱着眉和伊达说着什么,伊达立刻招手让那军官过来,礼未毕一脚踢了过去,"蠢货!他在骂你!"

那军官气急败坏地跑了回去,一刀劈下,血溅在文告上。

"你的来!"

人群里传来另一市民哆嗦的声音,"……即日起恢复一切秩序,工者复工,学生返校,商家开市,有怠工者、罢工者、罢学者、罢市者,一律课以重惩。令出即行……"

长谷川和伊达满意地率领身后的护卫部队离开。昨天被摧残过的沽宁一点点地从他们眼前滑过。

长谷川慢条斯理地说:"这是一股被征服的味道,但是我也闻到反抗的味道。"

"让他们立刻去工作。正像您说的,当他们只为生计奔波的时候,就已经被征服。"

"不是那么简单,伊达君,我们让这座城市的四肢动起来,但现在我们正要去征服这座城市的大脑。"

"谁是这城市的大脑?"

长谷川笑而不答,他转到另一个话题,"刚才那插曲让我想起我们最大的损失。"

"您是指什么?"

"对这城市的几次渗透作战让我们损失几乎所有会说中文的军官和士兵,现在连那份文告都是我亲自起草的,生活在一个中文世界里而不懂中文,那我们就是瞎子,就会像刚才那样被人捉弄。"

"让他们返校不就是为了教他们日文吗?"

"难道您真相信他们会用日文问早安?他们会用日文说早安,但转过身就用中文骂:'我操你祖宗。'"

"可怜的中国人,什么都不会,连汉字都是抄我们的,却还不肯好好说日文!"

长谷川几乎被伊达的宏论吓得掉下马来,"这个……消息是谁告诉你的?"

伊达理直气壮地说:"我的朋友们都是这样说的!他们都是很有身份的武士!很多中国字和我们的字是一样的!难道不是吗?"

长谷川瞠目,他决定适应这个事,"你说得对,我也相信历史是可以被改变的。"

"那是什么意思?"

"有两种真实,我们只需要有利于我们的真实。对,紧咬住现在,所以,今天要征服沽宁的大脑!"他笑嘻嘻地在马屁股上抽了一鞭子。

伊达在后边大感不解地挠着头,他并不清楚他做了什么让偶像如此斗志昂扬。

4

高昕从窗口看出去,那两个日本兵还泥塑一样地戳在门口。她恨恨地回到屋里,在日历上的这一天打上一个大大的黑叉。

"这是什么意思,小昕?"何莫修永远是个勤于观也勤于问的人。

"我们做亡国奴的第一个二十四小时,懂了?"高昕恶狠狠地说。

"这对你的精神状态没有好处,我推荐几本关于逆境中生存的好书……"

"滚回你的美国去吧!他妈的!"

"小昕!"高昕的粗口让高三宝皱眉。

"我又不是骂他!"

何莫修委屈地说:"我知道你是意有它指,但说这种话总是有失风范……"

"我骂的就是你!"高昕让何莫修把火又撩了起来。

高三宝烦躁地抽着烟,"小昕!"

"我不知道到底是怎么啦!可天天要这样过,干脆不要活了!"她火气十足地上楼,一路重重的脚步声由近渐远,何莫修仍想追上去。

"小何,你就不要找她说话了。"

何莫修转身,"但是一切心病都是要说开的,我可以运用分析学……"

"我不管你用什么,可你和我们想的不是一种东西,你怎么开导她?坦白地讲,你还和以前一样优秀,可你是因为同情留在这里的,你不知道我们为什么难受。"

"我是中国人!高伯伯,我是沽宁人!"

高三宝苦笑,"我知道,昨晚我警告你会有这样的事情发生,现在这样的事正发生在你我之间。"

何莫修哑然了半晌,高昕重重的脚步声又由远而近,他担心地听着,"她下来了,我真的替她难过。"

"你干什么?"高三宝突然被吓了一跳,高昕手上端了一杆他收藏的老燧发枪。

"我说过不要活了!"她把枪管照着窗户捅了过去,碎裂的玻璃四溅,她并没费心找目标瞄准,其实她也未必忍心朝个活物开枪,她只想把心里郁气宣泄出去。

"你没把枪通条拨出来!"何莫修不顾死活地扑过去,把高昕扑倒在地上,但高昕已经打着了火门,轰然的巨响声中整个枪管都炸裂了。

高昕被自己制造的动静吓蒙了,看看压在身上的何莫修,他被碎片划破的颈根上正流着血,她顿时手足无措。

何莫修摸了一下颈根,立刻也蒙了,他晕血。

"我给你包扎!"高昕轻轻把何莫修推开,抬头一看,高三宝正一脸凝重地看着窗外,而全福在一边筛糠。高昕顺着父亲的目光看去,窗外有两匹马正在惊蹿,马上的长谷川和伊达死死勒住马头,他们身前半条街的鬼子荷枪实弹漫了过来。

高家门外的两个鬼子开始拼命用枪托砸门。

"好像一早就在等着响这一枪似的。"高三宝苦笑。

"老……爷……"全福已经吓傻了。

"开门,我不想再把家里弄得乌七八糟,是祸,它一总会来。"高三宝自己去开门,尽量不卑不亢地走了出去,只有他自己才知道,他的两条腿也在簌簌发抖。

高三宝刚出门就被门口的两名日军持枪对准,而长谷川的护卫也齐齐把枪口对准了他。高三宝犹豫一下,终于在台阶前停下步子。

长谷川和伊达下马。

伊达还好,长谷川则被那匹惊马搞得有点狼狈,但几步走过来,他已经调整到了一种外交味十足的风度,"沽宁高会长?闻名已久,特来晤会!"

高三宝被此人流利之极的中文吓了一跳,有些茫然地拱拱手。

长谷川虚情假意地笑笑,"高会长果然是大家风范,迎客还有鸣礼炮的习惯。"

"迎客?"高三宝看起来很想说句狠话,但终于作罢,"……老朽正在试枪。"

"试枪?这种非常时候会长试枪,意欲何为?"

高三宝又很想说句狠话,但对着那种阴恻恻的眼神,就是没勇气说出口,"老朽……有收藏古董枪的嗜好。"

长谷川一脸欢喜,"原来高会长也是同好?我在日本也有收藏,只是人穷志短,只收些本国产的铁炮,欧洲名枪是一支收藏不起。"

何莫修和高昕终于鼓足勇气从屋里出来,一左一右地把高三宝扶持在中央,长谷川微笑着看看这两人,一个脸上熏得漆黑,一个捂着颈根,一看就不是试枪。长谷川也不说破,倒是那三个人被他看得愈发不自在。

高三宝想打破僵局,指了指身旁的两人道:"这是小女,这……"

"令爱千金高小姐,名讳一个昕字,集会游行都很来得。这位是刚从欧洲归来的原子物理学何莫修博士,据说和居里夫妇是一个行当,那更是各国都重金礼聘的人才,在上海都见过报的。"长谷川得意地卖弄着他的知根知底。

"何博士已经入籍美国了……他是小女的未婚夫婿。"

高三宝这话形同告诉别人不要轻举妄动,长谷川因为精神上占到的绝对优势诡秘地一笑,"美国是我国的友邦,没他们的钢铁这仗早打不下去了,对何博士自然也是要格外照顾的。"

三人意识到长谷川那种笑里藏刀的重压,只好沉默。

"怎么?高会长不让我看看您的收藏?"

高三宝无奈地做了一个请的手势,一边用眼神给全福示意。

长谷川不客气地进屋,一见高三宝家客厅里的收藏,忙欢喜赞叹,满脸艳羡。

高三宝焦虑地在旁边站着,直到全福把两支盒装的火绳枪拿下来才松了口气。他拿起一支枪对长谷川说:"阁下请看这对十六世纪的皮夏利火铳……"

"放一边吧。"长谷川头也不回。

高三宝愕然地放下。

"在下发现高会长这里真是一座宝山,原来高会长对有些年头的东西都是有雅兴的,在下也是,对历史有着莫大的兴趣,进了贵府便如进了浩瀚史海,真是说不尽的……"他拊了拊掌,用这种无声表示自己的惊艳。

"阁下喜欢什么?"高三宝冷淡地问。

"那尊座钟真是富丽,在下军旅倥偬,一切从简,时间上却一向极紧……"

"那是路易十六年代的座钟,见过法国的革命,也见过拿破仑的战争,跟阁下这么说是老朽一向觉得这些古老之物都有自己的生命,你有了它,可并不是它的主人。"高三宝略有些动容,显然这钟是他很看重的东西,他挥挥手,"拿走吧,反正你们人多,也抬得动。"

"那怎么好意思?初次登门造访,未备薄礼倒要会长破费……"

"我老了,客套话讲多也讲不动了。"

长谷川笑笑不说什么,转而又看着一对大花瓶,"那对景德瓷也有些故事吧?"

高三宝苦笑,"有多少故事它都是你的,送你了。"

长谷川已经连客套也不用了,在房里饶有兴致地走着,看看这个又看看那个,他拿起一张唱片,"《新大陆》?我喜欢的音乐,可惜这次没拿来。"

何莫修终于小动了一下,他有些无法忍耐了。

高三宝道:"拿走吧,阁下还要什么东西开个清单好了,一总都可以拿走,只是……阁下来此到底是有何事?"

长谷川笑了笑,终于回身坐下,高三宝只好也陪着坐下,长谷川却哦了一声又站起来,高三宝只好又站了起来。

"高会长的椅子真是舒服煞人呀,想必是最名贵的紫檀吧?"

"也没那么名贵,阁下待会儿一起列在清单上好了。"

"这真是让在下无地自容了。"

高三宝冷冷地看着他,"阁下此来……"

"哦,久闻会长大名,设了个局,"长谷川笑笑,"饭局,我的东道,恭请会长光临。"

"饭局?沽宁现在还有哪家馆子敢开门?"

"这点尽管放心,在下今晨已下了命令,沽宁即日起无论大小店铺、工场码头,一律恢复作业。"

"好为你们效力?"高三宝立刻明白了。

长谷川笑,"也好让会长赚钱哪!"

"我常去的满江楼已经被你们炸了。"高三宝明显不想去。

"满江楼?徒有其名徒有其表,我带会长去个地方,无名居,保会长大快朵颐。"

"我是老沽宁了,并不知道有这么个地方。"

"老沽宁未必了解沽宁,我是上次来贵地侦察的时候发现的。"他笑了笑,伸出只手,"请。"

高三宝感觉出来那假笑后的强硬,他站起身来。

"我也去。"何莫修凑上来。高三宝看看他,又看看跃跃欲试的高昕,瞪她一眼,"你不准去,家里家外都得有人。"

高昕站住,她愣愣地看着高三宝和何莫修一起出去,前边有一队荷枪实弹的日本兵相迎,后边几个日本军官跟随,那样子,绝不像去吃饭。

5

邮差带着欧阳和四道风在巷子里穿行。别人走巷子是沿一条巷子直线到底,唯他是横着走,从这条巷的对门走到那条巷的对门,再从某个难以觉察的小门绕到另一条巷子进另一个对门,如此反复再三,连四道风也搞不清那无穷多的门到底通向何方,四道风有些光火,"要怕我泄你们的底把眼睛蒙上算了,也好过在这磨鞋底!"

欧阳却是一脸赞赏,"我今天肯定一件事,不是为了我,你们根本不会暴露。"

"就快到了。"邮差对夸或骂都没什么反应,只是又转过一道门,推开紧邻的另一扇门,再走两步推开一扇门,一条四道风终于认识的巷子出现在眼前,四道风呼口大气想要出门,却被邮差拦住,"不能带枪。"

四道风看看那两只伸出来的手,"你想我死呀?"

"老四,你也不想昨天的事再来一遍吧?"欧阳把自己的枪交到邮差手上。

四道风愣了一下,把一对盒子炮重重拍在邮差手上,出门。

欧阳拍拍邮差的肩,转身竭力追上四道风的步子。

一辆黄包车从长巷里疾奔过来,拉车的车夫如同身后有鬼追着。四道风往巷子中间一站,双手一横,拦死了整条巷子,"我是沽兴行的四道风!我要用你的车子!你回头到我行里来,还你辆簇新的车,再附送一天的工钱!"

"四哥你饶了我吧!"车夫说着,他竭力想从四道风身边过去。四道风一把把他拉住,"你瞧好了!我是四道风!"

车夫苦了脸,"哪天都行,今天你饶了我!鬼子满街抓人,见没活干的就抓呀!"

"我就活见了你个鬼了。"四道风愣和人抢车。

巷口拐进两个鬼子,气势汹汹向他们走过来。欧阳拉了四道风一把,四道风放开手,那车夫一溜烟儿跑了。剩下他俩僵直地站着,直到刺刀快戳上鼻尖,"你们的!什么的干活?"

四道风看看欧阳,欧阳摇头,四道风只好隐忍着一言不发。可孔武有力的他引起了日军的注意:"你的跪下!什么的工作?"

"杀两腿猪的干活。"四道风一动不动,两只下垂的袖管口慢慢滑出两截刀锋,欧阳往前一步,把四道风拦住,日本兵立刻把刺刀对准了欧阳。

欧阳操着日语解释,"我有工作,我是沽宁中学的教师。"

俩日本兵惊得眼睛都瞪圆了,一个会说日本话的中国人当然比四道风更让他们注意,"你是谁?怎么会说我们的话?"

"我去过你们的国家,它以前是很美丽的。"欧阳竖起一根拇指称赞道。

另一个日军高兴地说:"我的家乡也是很美丽的。"

"我听出了你的口音,你是广岛人。"

"是的!你去过我的家乡?"

"我去过很多地方。"

"告诉你吧,被我们占领,你们就有富强的希望。"

欧阳不由苦笑了一下,"你们一向是个幻想力很强的民族。"

"我听不懂你的话。你像是一个出身很高贵的人?"

"一点也不高贵,我的祖上像你们一样是种田的农民。"

"你怎么知道我们是种田的?"

欧阳对着这两个谈发了性子的日军苦笑。四道风退了两步,靠在巷口的墙上,他的刀已经收起来了,表情有些无聊,看欧阳的眼神也多少有些蔑视。一队日军踏着正步从街上走过,四道风看着,竭力想适应这个忽然变得陌生的家乡。

欧阳终于脱出身来,双方甚至还招了招手,他急急地走向四道风,做着眼色低声说:"快走,别回头,碰上两个话痨。"

四道风打个哈欠,"我还以为你能用嘴把他们说死呢。"

"离我们的藏身之处太近,你一出手让他们成了死尸,那是给鬼子做路标。"他看看巷口扔着的几个破麻袋包,也不知装的是什么,踢了一脚,"扛起来。"

四道风白欧阳一眼,"我有病?"

"话痨说,他们现在见没活干的就抓,他们要尽快让这座城市为他们运行。"

四道风无奈,恨恨地扛起一麻袋包大步走开。

6

被日军簇拥或者说押送的高三宝、何莫修停在一家很小的馆子前,店名正是无名居。尽管开业,店里绝无顾客。老板和一个伙计看着这帮煞星直冒冷汗。

长谷川一脸得意,"如何?高会长,你们有句话,叫'酒香不怕巷子深'。"

高三宝的注意力更多停在门口那张文告上,他仔细看了看那歪七斜八的拙劣字体,"不错。"他点点头走开。

长谷川知道高三宝嘲讽的是什么,他说:"我们熟悉贵国文字的人不多,这还是下属对着在下的拙笔照猫画虎,所以一定要加强和会长的合作。"

"老朽对合作与赚钱都没兴趣了。"

"会长会想通的,"他转头对店老板说,"又来打扰,这是贵客,要把你们店里最有特色的菜都拿上来。"

店老板嗫嚅:"什么都没了。"

长谷川平静地说着狠话:"如果拿不出八个大菜,我会把你放锅里烹了。"

店老板吓了一跳匆匆去了,长谷川对着高三宝做了一个楼上请的手势。

高三宝冷笑,"如果我拿不出八个大菜来,阁下是否也准备好一口烹我的锅?"

长谷川答非所问:"会拿出来的,是我请客,我丢不起中国人最爱的面子,我像中国人一样好个面子。"

高三宝看看眼前那陡直的楼梯,艰难地走上去。

凡人在二楼坐定。高三宝和何莫修眼观鼻鼻观心地坐着,无心说话也无话可说。同样沉默的还有一个伊达,不过他的沉默只是出自武士的风范,唯长谷川一人纵横捭阖,谈笑风生。

不一会儿,店伙战战兢兢把一个托盘端了过来,托盘上的四个小钵里是很家常的菜,清炖狮子头。

长谷川笑笑,"第一道菜来了!我就说八道菜一道不会少,可能还会有饭后的点心!"他很精专地吃着,捣碎了,浸汤,小口小口地细嚼,"美味!会长想不到第一道菜居然是这样的家常小菜吧?我保证你没尝过这样可口的小菜,滑而不腻,入口即化,有时候你简直以为一块化掉的是舌头……会长为什么不吃?"

"我很少吃肉。"

"中国人有句话叫盛情难却,刚才也说过在下比中国人还好个面子。"

何莫修在一旁插嘴,"他说了不想吃。"

长谷川笑了,"何博士,我保证我做了什么的话,美国不会为此向日本宣战的。"

何莫修怏怏,"食物是进他的胃,和你的面子没有关系!"

长谷川笑得越来越阴森,高三宝伸手止住何莫修,拿起食具吃了一小口。

长谷川拊掌而笑,在并不大的二楼上来回走着,不时到窗棂前看看鱼鳞般的青色屋顶,"今日不算尽兴,我说话说得很累,可大家没有共同的话题。那就尽早言归正传吧,我五年前来沽宁就久仰会长大名,这次再来,会长的事业更是蒸蒸日上,看看这座城,运转着、行动着、呼吸着,每一座城市都有它独特的生命和韵律,但又是构成一个国家不可缺少的齿轮。"

"中国的齿轮。"何莫修说。

长谷川指着何莫修,"现在是帝国的。"

何莫修单薄的勇气被那家伙一指便慑住,讷讷闭嘴。

"会长是这个生命的大脑,至少有三分之二的码头和三分之一的沽宁是被会长的大脑控制着运行。我要会长和帝国合作,并请会长荣幸地接受这种荣耀。"

高三宝苦笑,"荣幸么?你要我的码头,不外乎把沽宁做条兵道,沽宁以后是日本往中国运送军队的门户,而杀中国人的炮弹都是经高某之手运出去的,高某可以干脆地说,如此这般,高某不如去死。"

长谷川耸耸肩,"去死好了。"

高三宝僵直地站起来。

"先提醒会长一句,会长家人不多,只有区区的一个半,这实在叫我有些为难。"

高三宝看着长谷川阴气森森的笑脸,顿时绝望。

长谷川忽然又笑得阳光明媚,"会长一定不是个会打牌的人,刚开局就打出了最后一张牌。"他笑嘻嘻看着高三宝的信心一点点融解,"坐,请坐,一些小事,无须如此剑拔弩张。"

高三宝茫然地坐下。

屋里一片寂静,长谷川也终于歇嘴,远远传来悦耳的二胡声。

长谷川一脸陶醉,"很美的音乐,听说这位罗非烟老先生是和会长并重的沽宁老人之一,一把胡琴直拉得人感时溅泪;好些人深夜不眠,就为听他一曲独奏。高会长,在下对沽宁还算知己知彼吧?"

高三宝没说话,他似乎不再打算说话。长谷川自得其乐,他踱到窗前看着。罗非烟被自己的徒弟罗非雨搀着从巷子深处过来,他随心所欲拉着自己的二胡,并不成曲,却独成韵律。

"我喜欢音乐。"长谷川转身对随侍的部下说了些什么,那名部属点点头立刻去了,长谷川转身,何莫修对上他不怀好意的眼神,立刻将头转开。

罗非烟和他的徒弟罗非雨被几个日本兵带了上来,罗非雨是个俊秀得有点女气的年轻人,像罗非烟手上的二胡一样,他总是跟师傅如影随形。

"罗老。"高三宝站起来欠了欠身。

罗非烟点点头在一张椅子上坐下,并非倨傲,他只是不爱说话,当着一干日本人就更不爱说话。

长谷川兴致勃勃地用日语向伊达介绍着罗非烟,"他像个卖唱的吧?你错了,他从来不为钱唱,他拉琴是因为他喜欢,他不拉也是因为他喜欢。沽宁三怪,一怪就是这位有钱不挣非住贫民窟的罗先生,二怪是这位四处派钱钱倒越来越多的高先生,三怪你还没见过,那是一位把着半省水陆通道却自称大隐隐于市的沙观止沙老先生。"

一直正眼不看人的伊达终于正眼看了看罗非烟,过于郑重地点了点头,罗非烟仍是置若罔闻。

"罗先生请给我们拉个曲子吧,算是佐酒。"长谷川说。

罗非烟拉响他的二胡,他拉的是一首极度哀伤的曲子,高三宝心事重重,仍是听得痴了,何莫修已经快哭了出来。

长谷川听出了不对劲,"停!停!罗先生,您好像不清楚我们需要什么?"

罗非烟停了,但并没有看他。

"我们是胜利者、征服者,我们主宰你们的命运,现在我们需要欢快的音乐。"

罗非烟换了一首曲子,这次节奏快了很多,于山穷水尽处又生出柳暗花明,直听得几个人血脉贲张。

"停!停!现在的曲子充满杀戮之气,不要以为我不懂,这曲子叫《十面埋伏》,中国人喜欢隐喻,你现在拉这曲子的意思我很清楚。"

罗非烟没有要停的意思,如果说先前确是隐喻的话,现在则成了明喻。

"换个曲子。"长谷川已经在生气。

"罗老?"高三宝捏了把汗,他很清楚长谷川是那种谈笑间就可杀人,而且喜欢谈笑间杀人的人。

罗非烟头也没抬,他忘我地拉着,已经没什么能让他的琴声停下来。

长谷川苦笑着摇摇头,"疯老头子,由他去吧。"他转向高三宝,"高先生,您了解我们日本的文化吗?"

"不了解。"高三宝对他岔开话题有些莫明其妙,但为了罗非烟他是求之不得。

"我的民族尽量把事情做得完美,如果实在不能完美的时候,他就会选择一种完美的死亡方式,这种方式用你们中国人能理解的词来说,叫作剖腹。"长谷川转向伊达,"伊达君,我们在说剖腹,我想给高先生做个示范。"(日文)

伊达吃了一惊,"什么?"(日语)

长谷川没理他而转向高三宝,"伊达先生说光说您不懂,得做个示范。"

"什么?"高三宝一脸的云里雾里。

"蛮头,你听见了吗?做个示范。"长谷川说。

蛮头迫不及待地拔出刺刀,他看看长谷川,长谷川向罗非烟摊了摊手,"在座值得尊敬的先生只有一位。"

尽管语言不通,高三宝却忽然明白了长谷川要干什么,他惊得跳起来,"这不行!"

"我是东道,行与不行我说了算,高先生好像连最基本的礼貌都忘了。"

"他跟这事没有关系!"

"从进来坐在这,他跟这事已经有了关系。"

"你要求的那些事情我们可以再谈……"

长谷川无动于衷地笑笑,对着蛮头将一只手下切。

蛮头站在罗非烟身后,一只手肘卡着罗非烟的喉管,一只手将刀慢慢刺入罗非烟的腹部。徒弟罗非雨扑了上去,被旁边的日本兵一枪托打得摔在楼板上。

何莫修豁然而起,"我抗议……"

几支枪立刻向他指过来,他只好坐下,像高三宝一样茫然看着眼前发生的惨剧。

长谷川和伊达都面无表情。

罗非烟的二胡仍在响着,尽管已经有些变调。

蛮头高效而精确地执行着长谷川的命令,将刀由左腹刺入后,向右腹上挑,他的动作极其缓慢,刻意地延长着罗非烟的痛苦。当他手上的刀完成了最后一个上挑动作,拔出刀的时候,罗非烟手上的胡琴终于因痛苦而绷断。

蛮头把罗非烟斜靠在楼壁上,血如泉水般涌着,却并不会立刻死去,只能发着粗重的喘息声。

长谷川看看高三宝,高三宝死死盯着垂死的罗非烟,他已经完全丧失了说话的能力。再看了看何莫修,他的神情如同噩梦里被定格,眼眶里充满了泪水。

长谷川终于真正轻松地微笑,给自己倒上酒喝了下去,他回头对伊达说:"走,现在我们去拜访沽宁的另一个大脑吧。"他对两个日本兵说,"你们留在这儿,看着他们,直到这个人真正死去。然后,让更多的人看到他。"

长谷川和伊达一行离去,屋里一片死寂。

罗非雨瘫在地上,高三宝傻在桌边,何莫修靠坐在板壁边,眼眶下泪痕未尽,空气中弥漫着浓厚的血腥味。

罗非烟的呼吸声终于中断。两个持枪的日本兵过去探探他的鼻息,然后把那具残软的肢体拖了起来,从窗边扔了下去。

第十一章

1

沙门会的门紧关着。

欧阳和四道风在门前那条空荡荡的的街上扔掉了麻袋,四道风一脸蹊跷,"沙门会的门从来就没关过,叔父是不是跟鬼子干上了?"

欧阳摇摇头,"要有这事我们会知道。"

四道风迈上台阶,叩着门上的铜环,"我是四道风!屋里要有活的就给个动静!"

什么动静也没有,四道风急红了眼,"准是让鬼子给屠啦!杀千刀的!"他蹬两步从院墙上迈了墙头。

大门上的小门洞嘎呀一声开了。

"四哥来啦?"开门的是名低阶弟子,手上拿着一把笤帚。

四道风悻悻然跳了下来,"你们在搅什么?"

"大阿爷说这几天没什么事,索性把院子洁净一下。四哥知道的,大阿爷爱干净。"帮徒把门开了一条缝。

"没什么事?这几天?"四道风一脸难以置信地往里走,欧阳跟在他身后。

四道风越往里走就越瞠目结舌,沙门会的帮徒拿着抹布笤帚,到处都擦得湿漉漉的,真在热火朝天地做大清洁。

四道风摇头咋舌,"你们在搅什么?没事吧?鬼子就隔道门了,你们还扫什么?"

他换来的只是几句"四哥""四哥来了"之类的问候,四道风瞻前顾后,一脸的不可思议,看看欧阳,欧阳深沉似水。

"小四来啦?大阿爷就怕你有个三长两短,他说你手脚要没断一准得来。"李六野踞坐在太师椅上,一只脚踏在椅子上,一只独眼炯炯地盯着四道风,他手上倒提着一杆鸡毛掸子,看来正在给帮徒们监工。

四道风本来气不顺,听见这阴冷的腔调更加来气,一眼瞪回去,"这是在干什么?"

"没瞧见吗?做点清洁,不是杀人越货。"

"这是什么时候?"

"光天化日,又不是月黑风高。"

"我叔叔在哪儿?"

"后院清静。"

四道风不再搭理他,径直往后院走去。李六野没管他,手上的鸡毛掸子却拦在欧阳身前,"这是个什么东西?"

"六爷。"欧阳叫道。

四道风回头,"是我最铁的哥们。"

"你最铁的哥们不是那几个连残带废的吗?"

"我哥们多,就像你的仇家多。"

"我的仇家都死光了,就像你那个哑巴哥们。"李六野居然笑了一笑,四道风往前跨了一步,他看起来已经忍无可忍了。欧阳扯他一下,"值不值得,你自己想想。"四道风停住,转身向后院走去,"走吧,我叔叔在后院。"

欧阳往前走了一步,李六野手一动,指着欧阳的鸡毛掸子已经换成了枪,"你该死了,不是沙门的人却进了这道门,再往里走就只能死无全尸了。"

四道风没带枪,他手上的寒光闪了一下,袖管里伸出一截刀锋,旁边的帮徒都愣住,看起来这两人一旦开打,他们并不知道帮谁。

欧阳笑笑,退了一步,"我在这里等。"

李六野咄咄逼人,"不是沙门的人只能在院子外边待着。"

"那我出去。"他看看四道风,"老四,其实我根本不用跟着,你知道自个儿在做什么,是不是?"

四道风无声地骂着什么,表示一种无奈的认同。欧阳点点头,打算出去,李六野却不依,"沙门的门,不是想进就进想出就出的门。"

欧阳站住,他这才明白,打从一进门,李六野就没打算让他们平安通过。

四道风挡在欧阳身前,他的刀终于亮了出来,斜指着李六野的鼻子,欧阳推他,"老四,你让开。"

四道风动也不动地说:"你不知道这个人!他为抢个茅坑都杀人!"

李六野笑了笑,颇有些自喜。

"我能应付的,你信我。"欧阳说。

四道风终于让开,但架势并没放松。李六野颇有些纳闷地看着欧阳,"你到底是个什么人?你不是道上混的,瞎子都看得出来,可老四就算对着他做鬼的爸妈也不带这么听话的。"他又阴损了四道风一句。

欧阳一只手摁着四道风的胸膛,唯恐那个躁性子就此开打,他对李六野说:"在下什么也不是,沽宁城里的一介白丁而已。"

"一介白丁?"李六野笑了笑,"管你猫猫狗狗,总之是有事求着我,要不凭他的性子哪会这么忍气吞声?"

"我求的是我叔叔,干你屁事!"

"求人还这么大架子？那你又何苦空跑这趟？"

"六爷说的是，求人自然是要低头的，"欧阳深鞠了一躬，"六爷要怎么着才放我们过去？"

"把你的刀给我。"他是在说四道风。四道风愣了一下，看看欧阳，欧阳点头。他极不情愿地把两柄短刀扔了过去，李六野一手抄住，看看凛冽的刀锋，"说什么三刀六洞，沙门没那个讲头，就是两柄刀——"他手指动了一下，倒拈了刀锋看着欧阳，欧阳笑了笑，似乎明白他的意思，"四个洞？"

李六野对这人的勇气也不禁有些折服，嘴上没再刻薄，点了点头。

欧阳往后退了一步，"六爷请。"

李六野在四道风还没来得及反应的时候就把一柄刀掷了出去，李六野存心偏了些，刀子穿过欧阳左臂的衣袖把他钉在柱子上，欧阳左臂上立刻泛出一片殷红。

四道风左右开弓将两个阻拦他的帮徒踢翻在地，顺手从他们腰间抽出了一支枪，他把枪口对准了李六野。

帮徒们反应极慢地瞄准四道风，"四哥，你行行好……"

"你们给我行行好！瞧瞧大伙现在都干的什么事？欺这个压那个，两杆腰里硬除了街坊邻居就没指过别的！这里十个倒有八个是吃百家饭长大的吧？是天生王八还是不知好歹？老子跟王八没得讲，跟不知好歹的只有一句话，什么叫恶人，一心骑别人头上的就是恶人！"

帮徒们被骂得讪讪的，欧阳对他刮目相看，四道风别扭地扭开头。

"老四，把枪放下。"欧阳说。

"你那套在这里讲不通！"

欧阳苦笑，"你会害死我的。"

李六野皮里阳秋地一笑，"小四，这白脸儿真比你聪明多了。"

"你闭嘴，我手指头痒痒。"

李六野对着枪口笑笑，"我本来只想见红就收，你这枪一指，我只好弄死他算完，你想想道上的人乐意被人说怕死吗？"

四道风愣了一下，他突然意识到自己已经拆掉了欧阳一直在搭的台阶，他只好强撑着，"你不怕死，你根本就是条疯狗。"

李六野空着的一只手几乎都戳到了四道风枪上，"我不信，你是沙门出去的人，你也下不了手杀任一个沙门的人。"他毫无预兆地把另一只手上的刀掷了出去，不偏不倚朝向欧阳的心脏。

两声并发的枪响，那柄刀被打成了两截，刀锋贴着欧阳的头皮钉在柱子上，而四道风手上的一支枪也被打得落在地上。

沙观止愠怒地掂着两支左轮站在通往后院的门口，"两个小的都给我滚进来。"他特意点了点欧阳，"还有那个外人。"

三人跟着沙观止来到后院。后院几乎被一棵参天的榕树全罩上了,在这种炎热的天气里仍显得阴凉。沙观止的那套家什——竹桌竹椅蒲扇茶具都在这里陈列着。他一肚子气坐在竹椅上,用力摇着蒲扇,"都还记得门规吧?给我背!"

李六野和四道风低了头乖乖背诵着:

不得手足相残
不得兄弟阋墙
不得欺师灭祖
不得恃强凌弱
不得假心假誓
不得私引官差
不得横行乱作
不得远内亲外
…………

沙观止烦乱地用蒲扇拍打着桌子,"好了好了,你们各自给我说该个什么处罚?"

李六野一躬腰,"大阿爷,我该着一百八十大棍。"

四道风却一动不动,"我没犯什么错。"

沙观止怒斥:"没犯什么错?先不说险跟师兄动了枪火,你刚才说什么来着?这里都是恶人?我是恶人?"

"叔叔自然不是。"

"这是沙家的祠堂,你在这里骂街,形同指着祖宗牌位说一窝子猪男狗女!"

四道风没心没肺地说:"那照门规再重的罚也不够使,我只等天打五雷劈了。"

沙观止气得不行,想找个东西摔过去,可眼前的茶具又都是宝贝,他只好把蒲扇摔了过去,"我把你两个孽畜!为个外人斗得死去活来!我把你……要不是沙家就剩你我两人,我把你一洞穿心了!"

"我来跟叔叔借条出城的路,叔叔要把我穿心就穿吧,拿这条烂命换条路好了。"

沙观止气得没话,四下找可摔的东西,可要找轻飘飘不伤人的东西还真不容易。

"大阿爷,小四是为个外人才闹这些毛病的。"李六野在一旁道。

沙观止豁然顿悟,"哎,外人,你哪条线上开扒?有什么靠山?干吗要搅得我沙门鸡犬不宁?"

"老爷子,在下……"

欧阳鞠下的躬还没直起,沙观止已经出枪指住了他,"姓沙的退隐多年,道上的是不是以为廉颇老矣,竟敢上门放肆?"

"在下并不在道上,可也知道沙老爷子大隐于市的名声,那是绝不敢轻侮的。"

沙观止面色稍为缓和了些,手上却扳开了枪机头,"那还敢来?求路的是谁?是你?知道求人怎么求吗?"

"在下知道。"

"是这种挑得我沙门手足相残的求法吗?"

欧阳苦笑,"手心手背一样是肉,在下也晓得沙老爷子的苦衷,再多不是,是我这外人的不是,沙老爷子要打要罚,我也认打认罚。"

沙观止看看欧阳,难辨喜怒,"你是上我这卖光棍来了?"

"在下不是道上的人,又有什么光棍好卖?只是一来有事相求,怕事不成;二来也明白老爷子恨的是兄弟阋墙,想的是家和万事兴。"

"你很会说话,说的话也实在,求我不是吗?好办,沙门要没路,别处也就别提这个路字了,路有的是,只给晓事的人走。"

"在下晓事。"

"沙门可以一掷万金,最要紧不过的却是个面子。"

"在下说了认打认罚。"

沙观止点点头,一直瞄着欧阳眉心的枪口下移到了欧阳的膝盖,欧阳苦笑,将那只脚跨前了一步。

李六野急急上前,"这怎么行?咱们买卖的是路,他这条腿本来就该卸的,那路岂不是白饶的?"

"得饶人处且饶人。你今天废条腿子换条活路,以后在道上行走要记得我沙观止是讲道理的。"

欧阳弯腰,"多谢沙老爷子。"

沙观止点点头就要开枪,四道风却拿身子把欧阳挡得水泄不通,"借路的是我,要腿子拿我的好了。"

李六野气哼哼道:"小四,为个外人你要跟大阿爷也过不去吗?"

"面子是不是?来了鬼子,沙门做缩头龟,这面子已经倒着挂了。道理是不是?这人跟鬼子拼做九死一生,叔叔倒要拿他的腿子来祭面子,又还有什么道理讲的?"

沙观止脸色一沉,随手抄起他的宝贝茶壶摔了过去,四道风不闪不避,额角顿时淌血。沙观止立即有些后悔,既悔出手这么重又心疼那具心爱的壶。

四道风苦笑,"叔叔要我的腿吗?"

"我后悔早没打断你的腿,让你出去和这帮猫三狗四的胡混!"

"猫三狗四也好过咱这帮坐地阎罗呀,叔叔。"

"你给我滚出去!"

"我要路,昨天我做了错事,害死不少人,今天我得还他们条活路。"

沙观止气得上气不接下气,"两个字,没路!我不会给你路!"

"叔叔,你说我爸和您一起打的天下,沙门有一半是我的,是不是?"

"是!那也不是让你拿去败的!"

"我不败,我不要了,我拿这半壁江山换一条路,叔叔行吗?"

沙观止愣了一下,"知道你个蠢货在说什么吗?那就是半个沽宁,顶你混的那车行好几百个。"

"就一个我都忙不过来了。"

"你就觉得沙家做的事这么下作?"

"叔叔,你已经很久不出门了,出去看看就知道了。"

沙观止闭眼沉吟着,"好,给你个干净,半壁江山,外加你以后别再进这门,别再叫我叔叔。"

四道风毫不在乎地咧咧嘴,沙观止看着他的样子,气得再也说不出话来。

2

欧阳和四道风从沙门的大门里出来。

"这样不好。"欧阳沉闷地说。

"什么好不好的?"四道风显得轻松。

"用你该有的东西去换一条路,再加上跟你叔叔闹翻。"

"那用什么?你的腿子吗?狗头都快被打爆了,狗腿也不要了吗?"

欧阳忧心忡忡地苦笑,"我没能帮上忙。"

"这么说吧,你帮不上忙,叔叔尤其不爱管这些外边的事,要知道借了道是给丘八走,那是怎么也不会答应的,现在好了,他气糊涂了,走的是什么人都忘问了。"

"你一早就想好这么干了?"

"对啊对啊,咱们以后不是一块儿打鬼子吗?要那些劳什子干什么?这下子轻松了。"四道风简直有些兴高采烈。

欧阳看着他用种小孩般欢快的步子走开,脸上是深以为疚的神情,对四道风憧憬的那个未来他有完全不同的看法,这很明显。

"你又苦着张老脸做什么?不乐意跟我一块儿削鬼子?"

欧阳忙做出轻松样子,"哪有啊?我一直想封城后鬼子怎么混进来的,莫不是跟咱们走的一条道……"

"你想歪了不是?叔叔都不屑跟丘八通气,更别说跟鬼子了。"

欧阳只好打马虎眼,"是啊是啊。"他追着四道风走过巷子,经过无名居,店老板惊骇欲绝地在店门前瘫软着,四道风好奇地走过去,往店里一看,血从二楼楼板上渗了下来,嘀嘀嗒嗒的。突然一声闷响,罗非烟的尸体摔在他的脚边,四道风愣住。

欧阳看见两个日本兵从楼上下来,强把四道风拖开一步。

"是拉二胡的罗老爷子……我喜欢听他的二胡……"四道风喃喃。

"沽宁人都喜欢的!你不喜欢吗?!"四道风吼了出来。欧阳没再理他,一跃进门,跳过地上的血泊上楼,四道风愣了一下追了上去。

楼上的三个人似乎未曾动过,即使欧阳和四道风上来,也没让他们从极度惊惧的状态中恢复过来。

四道风第一个注意到的是高三宝,他茫然而安静,嘴唇轻轻蠕动着。四道风赶紧去扶他,手刚触到高三宝的衣袖,高三宝忽然发出一种嘶哑的尖叫。

"东家!我是四道风!沽兴行的四道风!"

高三宝已经失去了理智,在四道风手下挣扎着,恐惧让他有了惊人的力气,一只手在四道风颈根上挠出了几条血道。四道风狂怒地把高三宝甩开了,他有更多的东西要发泄,那不是恐惧而是愤怒,他把一桌菜连汤带水捎桌子举了起来,摔在墙上,汁水飞溅,巨大的响声反而让高三宝安静了。四道风满腔怒火地瞪着他,"你服了吗?我他妈的就是不服!"

欧阳静静地看着这一切。四道风又去扶高三宝,高三宝不再挣扎,任由四道风架着离开,欧阳和何莫修跟在身后,他们俩一直把高三宝和何莫修送到家。

欧阳看见高昕从楼上冲下来,赶紧低了头躲到屋外。

高三宝仍安静地瘫着,全福和高昕几个又是凉水又是毛巾地忙活半天,他终于吐出口长气。

"爸,您怎么啦?"高昕着急地问。

"我高某本想听此琴声以终老,谁想曲未歇人已终。罗老罗老,您是被我害死的,做了杀给猴子看的鸡,人能坐死吗?人要能坐死我索性坐死在这儿得了。"

"爸,您别老想着这个……"

"我高某本想听此琴声以终老,谁想曲未歇人已终……"

几个人愣住,再看高三宝,他的眼神还是呆滞的,跟刚才一样浑浑噩噩。

全福说:"我知道了,他是吓住了,卡在那个节骨眼儿上了。"

"我索性坐死得了。"高三宝又喊了一声。

"福叔你!人又不是鱼刺,哪能卡住的?"高昕急得没法。

"太过于强烈的印象会遮掩其他的记忆,这是一门我一直很有兴趣的学科,高伯伯,您感觉……"

高昕一把把何莫修拉开,"爸,他们这么胡说你还不生气呀?"

高三宝瞪着女儿,"杀给猴子看的鸡。"

高昕悲从中来,搂住旁边的何莫修放声哭泣。四道风一手伸过来把他俩扒拉开,"一帮子娘娘腔,一个流马尿一个就会照相,老子给你们好看。"他一把抓了高三宝的花瓶和香炉,那都是高三宝珍爱的玩意,凑到高三宝面前,"东家,我是四道风,小时候跟你要过饭的四道风,沽兴行的四道风!"

高三宝喃喃,"能坐死吗?"

"你别装疯卖傻,你把着多少伙计的饭锅子钱袋子?你装疯卖傻不说人话就把他们晾给了鬼子,我是不打紧了,光棍一条我跟鬼子白进红出了,你不能让养家糊口的人陪你玩完,穷哥们儿的命不见得比你更贱,你也不见得就……"

"是我害死的。"高三宝木然唠叨着。

"没错,是你害死的,你也别想坐死,坐死太舒服。你瞧好了,这是你的宝贝炉子,三国的,你的宝贝瓶子,那个啥春秋的……"

何莫修小声嘀咕,"明明是清朝和北宋……"

"你闭嘴!""闭上你的鸟嘴!"四道风和高昕不约而同地凶着何莫修,何莫修噤若寒蝉地闭嘴,四道风因意见一致而嘉许地看高昕一眼,高昕竟有些红晕上脸,四道风没理那个,转了头用炉子撞瓶子,瓶子一下粉碎。

"碎碎平安了,心痛吗?心痛是不是就清醒一点了?"

"曲终而人散。"高三宝又嘀咕了一句。

"你终了我还没终呢!"四道风又把香炉摔在地上,香炉没碎,他猛跺了一脚,居然把一只炉脚跺了下来,"又完了!"

高三宝无动于衷地看着。

何莫修忍不住插言:"坦白讲,你这种刺激疗法没有用,顺势疗法比较……"

四道风旋起一脚,曾被何莫修藏过钥匙的大花瓶铿然粉碎。

"四道风,你干什么?"高昕开始急了。

"我疗?我疗他个头!我在发火!全城的人都说死就死了,他还跟这变了法子演他的缩头老乌龟!起来打呀!"

高昕哭了起来,"你别这么说我爸,你根本不知道……"

"对,我不知道,苦哈哈玩的就是命,没他那么些钱烧给死人!"他抄起一把椅子冲高三宝的万宝阁摔了过去,"你是古玩大玩家,今儿给你玩冲家!"

"四道风!"高昕哭喊着。

四道风终于停手,"我看不得人哭!走了走了!跟窝老龟蛋玩什么?送给鬼子烹龟汤吗?"他从高三宝的欧式长桌上一路踏了过去,把欧阳从门页后揪了出来,"不怕死的,我叫了你那么多名,其实心里就叫你不怕死的,知道为啥吗?就因为你真不怕死,我就跟你写一个服字,我就跟你死做一堆儿,哪怕你阴阳怪气。"

欧阳被他如揪一个稻草人一样揪着去了。高昕呆呆地看着,何莫修把一幅手绢递了过来,"擦擦眼泪。"

高昕接过手绢,伤心地搂住了呆滞的父亲。

3

长谷川和伊达看着不远的沙门会停了下来,长谷川指着沙门会对伊达说:"看见那座城堡一样的院子吗?那是沽宁的第二个大脑,如果说我们刚见了沽宁白天的脑,现在要见的就是沽宁的黑夜之脑。沙观止,沙门会的枭首,这座城市在晚上一样有混乱而活跃的生命,这生命的脉动就掌握在一个早起早睡的老头儿手里。"

"门关着,按我们的命令,城里所有的门都应该开着。"

长谷川笑,"各人自扫门前雪,这可是个好兆头。"

"砸开它。"伊达对几名日军下令。

"不不!我特意下令不要打扰这里边的人,让他们觉得跟以前一样没什么改变。"长谷川看看旁边一座门可罗雀的茶楼,"伊达君,想喝茶吗?"

"喝茶?"

"毁心夺志不光是摧毁,也有迷惑,请。"他径直走向茶楼,伊达和部属疑惑极了。

沙门会里,几个帮徒在一边打着扇子,一个帮徒拿过一条浸了凉水的毛巾,李六野给沙观止敷在额头上。

沙观止仍是一副七窍生烟的样子,"给我去查!查那个人,他到底是哪条线的!怎么就让那个孽畜子铁了心的反我!"

"已经去查了,大阿爷。"

沙观止对着香堂嚷嚷:"大哥,家门不幸!你晓得我是一向把你儿子当作亲出一样啊!"这种带唱腔的哭嚷就沙观止的生活观而言是一种抒情,李六野和帮徒们也很入戏地拉劝,"大阿爷,伤身,伤身。"

"烧了!都烧了吧!六野啊,这烧剩的一半是你的!我以后就没这个孽畜子了!"

李六野忙着从他手上抢火烛,"大阿爷,师娘在屋里睡觉呢,您会吵着她的。"

沙观止愣了一下,止住了号啕,"你们把窗户关上。"

"您说过师娘见不得太阳,可屋里要保持通风的。"

沙观止又愣了一下,声音小了许多,"气死我啦!"

他火气已经小了,李六野擦着汗从人群里退出来,叫过一个帮徒,"你们小心侍候,我去抓点去火的药。"他把双枪插进裤腰,几个帮徒争先恐后地打开门。

长谷川和伊达坐在临街的座位前,看着远处沙门会的大门开启,李六野出来。

"正主儿来了。"长谷川说,"我们的运气很好,我们要等的人来了。"他笑笑,"你知道怎么做了?"

伊达点点头,对一个军官示意,后者带着几个兵出去了。

李六野拎了两服药从药店出来,发现门口有几个日本兵站着,他愣了一下,腰板倒挺得更直了,不闪不让地从那几个人中间插了过去。

日军军官一躬腰,用生硬的中文说:"指挥官请您喝茶。"

李六野用眼罩外的独眼斜了一眼军官所指的茶楼,径直走开。几个日本兵用枪杆拦住了他的去路。李六野往前撞一步,指东打西,几个日本兵倒在地上,他手上倒提了两支抢过来的步枪,俨然大侠风范。

那军官忙不迭地拔枪,李六野用枪托倒撞在他腹部,军官软倒。又有几个日本兵围了上来,李六野衣襟一翻,两支枪已经提在手上。身后的脚步声让他转过头来,伊达一边提着战刀从茶楼里出来,一边用嘴扯下手上的白色手套,他看着李六野,挥了挥他的战刀,"枪的不要。"

李六野犹豫一下,把枪收回腰里,他踢起地上的两支步枪,卸下上边的两柄刺刀,呼呼地舞了几个花。两人提刀对峙着,神情都一样的炽热而兴奋,突然两人扑在一起,几个交锋后分开,伊达白净的脸上开了条血痕,李六野的衣襟下摆被割得旗帜一样在风中翻飞。

突然响起了掌声。李六野环视四周,长谷川站在茶楼门口,很有风度地拍着巴掌,说不尽的闲逸与友好,"久仰六爷大名,今日得见,幸何如哉?"

李六野微微动了动颈子,长谷川摊摊手,"备茶一壶,小作清茗,六爷敬请就座。"

李六野活动一下手脚,走了过去。他在长谷川的桌边停下,一只脚踏在椅子上,也不管眼前的茶有多烫,端起一口全倒进嘴里,道:"夜猫子进宅,有事直说。"

长谷川笑吟吟地看着,似乎对这个人有无限的欣赏,"六爷不要见外,其实我们已经不是生人了。"

"我不认识你。"

"我是前些天用二十条枪、两千现洋跟您买一条进城之路的人。"

李六野顿时愕然,不禁认真地打量着长谷川,"直接经手的人不是你,照规矩你也不要提这事了。"

"可付钱的是我,我是幕后的老板。"

李六野挠挠眼罩下的那只眼睛,他有些心虚地环视周围的日军,"我没瞧见他们人在,怎么说也由你说。"

"他们都死了,死在一条巷子里。"

"我只是个送货的,人枪烟土都是货。送货的只管送到,不管死活。"

长谷川笑了笑,"当然,他们该死。"

李六野对这个喜怒难测的人有些发毛,他抹了把额上的汗,"茶喝了,我走了。"

"六爷留步,上次生意您做得非常好,我想跟您继续合作。"

"不了不了,最近大阿爷说要收紧,一般生意不接。"

"我是个穷人,所以只能……一百条枪。"

李六野愣了一下,那无疑是个疑惑,但他还是装着不在意地挥了挥手,"现在是人少枪多,算了。"

"要人多还不容易,一百条枪,外加沙门以后在方圆数百里地界的唯我独尊,七会八派十九帮,一概都是你的!"

李六野惊讶地转过头来,一只独眼瞪得溜圆。

长谷川微笑,"到时候您只会嫌人多枪少。"

天并不很热,李六野又擦了擦汗,"这么大价码,做什么?"

"什么也不做,只换您两个字——合作。"

"合着做什么?"

"简单之极,就是贵会不要做那些和我军作对的事情,您知道是什么。"

"我们没有做那些事情。"

"对极了,所以一百条枪只是换一个君子协议,沙门与我军的合作。"

"我师父说,只要不拿枪顶着,什么都不那么好拿。你话说得轻巧,什么都不要做,可要细想想,又什么都得做。"

"三百条枪。"

"这事太大,我得去问大阿爷。"

长谷川欢然而起,"太好了,在下也久想拜会大阿爷。"

"大阿爷不喜欢见外人。"

"六爷,只有我和这位伊达先生进去,外加这些送礼的。江湖上的人凡事都讲个面子吧?我面子给得如何?"他挥了挥手,士兵们让开,露出身后的挑夫,地上放着几口长长的军火箱。长谷川掀开,让李六野看见里边的长枪,"一百条枪,只是个见面礼。说一声合作,又两百条,一支这样的枪少说卖到一百现洋,沙老爷子今天可说是一字万金。"

李六野又擦了把汗,终于点了点头。

4

沙观止狠狠一耳光甩在李六野脸上,"你把路卖给鬼子,干什么不告诉我?"

李六野恭顺地跪着,"钱多,事又急。"

"从现在起,只要那羔子把这事抖出去,沙门在道上就臭了!"

"咱们可以就势把那帮小鱼小虾一并收拾了,所谓的道上以后就沙门说了算。"

沙观止又是一记扇了过去,"你还想跟鬼子合作?你知道什么叫合作?"

"不外是咱别跟他捣乱,形同鬼子跟咱交点保护费吧?"

"你懂个屁!"

"师父,什么是合作?"

"就是他娘的……应该不是好事。"

"我去把他们回了,就说没门,爱谁谁吧。"李六野起身就走。

"站住站住!要这么简单我发什么脾气?"

李六野摸着脸,"是啊,师父你今儿脾气真大。"

沙观止从屋里的窗户看下去,长谷川和伊达还恭谨地站在院子里,两行挑夫规规矩矩地在军火箱旁边戳着,他由此得出结论,"准是有事求我,要不能这孙子样?"

"是啊,师父您面子真大,日本鬼子来了都叭儿狗似的。"

"我只要一个掌心雷甩下去,就能成就万世美名,以后沽宁市志上当有记载,沽宁义士沙观止……"他真拿了个叫掌心雷的手榴弹在手上比画着。

李六野抚着腰中枪道:"师父,我陪你一道。"

屋里突然传来一个声音,"观止啊!"

沙观止顿时从英雄梦里醒了过来,"琴啊,啥事?"

"你跟六野别真生气,这孩子怪好的。"

"没,他又没做啥错事。"他看看李六野,深有感慨,"你是比那孽畜子好多了。"

"师父,跟他们咋说?"李六野紧张地等待着。

"让他们等着,等烦了,自然就走了。"他放下那手雷,拿起了蒲扇。

时间一分一秒地过去,长谷川和伊达已经在天井里站了很长时间,长谷川微笑地看着香堂里飘拂的沙字,而伊达在闭目养神。

一个帮徒端了两杯茶出来,"大阿爷请茶。"

长谷川笑笑,"不用,谢谢。"

帮徒狐疑地看他一眼,退开。另两个帮徒把椅子搬到天井边,"大阿爷请坐。"

"不坐,多谢。"长谷川仍笑着。

帮徒郁闷地嘀咕:"茶又不茶,坐又不坐,来干什么?"

"又有茶又有座哪能显出在下的诚心?"长谷川索性吹大一点,"要不是关系着我军的威严,在下是很想跪等的。"

几个帮徒退开。

长谷川笑着用日语和伊达说:"快出来了。我真搞不懂这帮江湖人,什么脑袋掉了碗大疤,可就顶不住几句久仰大名、三生有幸。"

果不其然,不一会儿,几名帮徒把一张竹桌,一张竹椅及沙观止的相关道具搬到了天井里。香堂里的锣铿然响了三声,然后停顿,又是三声,尽管天还未断黑,几个帮徒仍把拳头粗的蜡烛点燃起来。

烛影幢幢,沙观止终于施施然出来。

伊达低声骂道:"浑蛋,他的架子顶得上派遣军总司令。"

"你应该喜欢他们把精力用在毫无必要的排场上,以为自己是主子的奴隶才是最好奴役的。"

没人关心俩人的日语小话。沙观止大马金刀地坐着,帮徒给他倒茶,沙观止品了一口,道:"贵客久候,抱歉之至。"

长谷川谦恭地笑笑,"哪里,领会了沙老先生院里的清凉之意,真是俗人难求的高妙境界,让人有出尘之感。"

"我这劣徒说阁下要谈什么合作的事?"

"听着风声过耳,看着月出星辰,才发现跟沙老先生谈这些俗事实是孟浪了。"

沙观止疑惑地转向李六野,"小鬼子这一顶顶高帽子扣下来,到底图个什么?"

李六野点头不迭,"不过有劳师父您亲自见他,也实在是抬举他了。"

沙观止冲长谷川点点头,"你只管讲,我自有计较。"

长谷川摊摊手,"没有什么,在下所思所想相信六爷也说过了,与帝国的决策并没什么关系,是在下志趣使然……"

"你是说跟日本国没什么关系?"

"是的,在下多年来一直行走方圆几省,早知道沙门的赫赫威名,现在受命执掌这沽宁古城,那就跟古时的小芝麻官上任一样,知道不拜会沙老这样的大人物是待不长久的,这是在下的私心。"长谷川摇手不迭,似乎不好意思之极,"说了不要说的,说出来太俗,主要还是在下对沙老的景仰之情。"

沙观止听得几乎要拈须微笑,"那是那是,岂敢岂敢?"

"所以一百条枪只是聊表些敬仰,沙老以后但有所需只管开口,还有两百条枪也请六爷明晨去在下的驻地验收。"

沙观止点点头,"嗯,说说你要我们办的事。"

长谷川一脸讶然,"在下来拜山门,结交朋友,哪敢有什么请求——就此告辞。"

"告辞?"沙观止更加讶然。

"是啊,哪敢扰了沙老的清修?"长谷川恭敬之极,后退几步才转身出去,转身前还很内行地对沙观止弯腰作一大揖。

沙观止茫然地抱拳回应,他实在不懂长谷川葫芦里卖的究竟什么药。

5

欧阳和四道风在一处院落前停下。欧阳从墙上一路摸了下去,有半块砖是松动的,他卸下那半块砖敲击院门,三下敲在门框上,一下敲在门扇上,如此反复。

四道风瞧得不耐烦,当的一记大脚踢在门上。

欧阳吓了一跳,"你干什么?这是暗号。"

"暗什么号?鬼影都没得一个,非搞得比青洪帮的茶阵还烦。"他扯一嗓子,"我是四道风!"

欧阳伸手把他的嘴掩住,四道风当的又在门上踢了一脚,正要踢第二脚的时候门开了,思枫弱不禁风地站在门后,"你们回来了?"

欧阳点点头,进门。思枫看着他胳膊上的新伤,没说什么,只是在四道风进门后把门关上。

四道风将两只手在身上拍打着,大摇大摆走开,"他回来了,我还没有回来,你们小两口儿尽可以爱怎么着就怎么着。"

欧阳瞪他一眼,思枫笑笑,"我家欧阳什么都不懂,出门办事一定拖累四哥了。"

"倒也不是那么拖累。"四道风有点恬不知耻,欧阳狠瞪了他一眼。

思枫笑着跟在欧阳身后,无意似的将欧阳的手拉住,而且握得很紧。欧阳奇怪地看看那只手,但思枫并没有看他,顾自跟四道风说着话:"四哥左边转……今天办事还顺利吗?"

"事倒成了,我救了他两次,他救了我两次,大家扯平,如此而已。"

思枫询问地看看欧阳,欧阳点头,思枫的表情更加担忧,"四哥受累,前边右转。"

转过弯就看见他们藏身的地下室入口,邮差站在那棚屋旁边等着,看见三人便打开了门,欧阳忙将手挣开了,若无其事地过去。

"今儿空气清爽,你也没出洞透一口气?"四道风拍拍邮差的肩膀,钻了进去。

邮差笑着看欧阳,"看他这么得意,一定是马到成功?"

"明儿清晨六点,老码头,水路。你别跟他生气,他……没少付出代价。"欧阳弯腰想进地道,忽然发现思枫和邮差都是一副有事的神情。

"有人在等你。"邮差说。

欧阳立刻明白了,"赵老大?"

邮差点点头,"事情有些变化……"

"让他们自己说。"思枫打断了话,她深深看了欧阳一眼,和邮差进了地道。

欧阳被她那心事重重的一眼弄得有些神思恍惚,他下意识揉着那只被思枫握过的手,发现院里那扇通向长巷的门已经打开。欧阳走过去,巷子像欧阳第二次所见一样,被尽头的一堵假墙隔成独立的一个狭长空间,两边的屋檐故意连在一起,让人从外边看不出这条长巷的存在。

欧阳看着巷子尽头坐着的人影,他跟前还是放着一局残棋,这让欧阳觉得时间并没有过去,世界也并没有变化。

他再走近些,发现那个自称赵老大的人靠在壁上,已经睡着了,那种睡态欧阳熟悉之极,是筋疲力尽中放松意志的小憩。

欧阳将手拢在袖子里,静静地打量赵老大的脸,赵老大却像在睡梦中也能感觉到目光一样,豁然而醒。"我睡了多久?"

欧阳笑,"这些天我睡醒也总问这句话,别人也总告诉我,不久。"

赵老大苦笑。他看了看天色道:"我等了你……从薄暮到入夜。"

"头次见你的时候是黎明,你再来的时候这天已经黑得不能再黑,还挂着一个……黑太阳。"欧阳的神情有些苦涩。

"你有情绪,你嫌我来得太晚?"

"这座城市已经被日本人占了,守城的人连拼死一战的机会也没有。"

"我在……你觉得能改变什么?"

"我不知道,我是两眼一抹黑,光凭着些本能在跟人斗,我不相信能改变什么——不,我不知道能改变些什么,我也不知道改变了什么。"

"你做得很好,同志,比我做得好多了。"

"您在,可以更好,我天天在等您来,您来了,兴许……鬼子今天还在城外。"

"沽宁难逃一劫,后方开了大门,北面的国军已经出现颓势,这是最新的消息。"

欧阳深吐了口气,赵老大接着说:"我不是在给自己找理由,和你分手后我按捺不住,过早地和鬼子接火,我来晚了,犯错了。我应该像你一样,尽量把事情做得更好,我错了。"他从靠着的墙上支起了身子,欧阳惊讶地看见,赵老大的一只袖管在夜风中飘拂。

"您的手?"

"手没了,自然是犯错误了。"

"您是因为这只手……"

"手好说,和鬼子一战,伤亡惨重,只剩下沽宁这块人还算能凑个整儿。"

欧阳再没说什么,他内疚得想抽自己个耳光,风在吹,他茫然地看着夜色,"还有希望吗?"

"你自个不就是希望吗?我来这看你独个打得天昏地暗,也觉得有了希望。"

欧阳苦笑,"我做得很糟,您越说好我就越觉得没了希望。您别糊弄我。"

"没人糊弄你。人这个东西,他自个就是他自个的希望。"赵老大看着眼前模糊不清的棋盘说,"损失惨重,就只好重整残局,从头开始。"

"跟我有关系吗?"

"当然有关系——很大的关系,我把沽宁交给你好吗?"

欧阳吓了一跳,"什么?"

"我希望你不是受宠若惊,因为我是把沽宁这满城的鬼子交给你来应付,不是要把沽宁封给你。"

"我更想跟您去战斗,乡下、山里、前线、后方……我可以见得太阳。"

"那些地方我已经安排人了,眼下,只是这里,沽宁城。"

欧阳看着墙壁,久久地沉默。赵老大也不吭气。

"给我多少人枪?"

赵老大苦笑,"你一个。枪多了也没用,你如果要的话,我这支现在就给你。"

欧阳看着赵老大递过来的手枪,他没接,"我……您真是……太抬举我了。"

"我还真不是抬举你,只是实在没人了,一个人得派十个人的用场,我自个儿在派二十个人的用场,你看看把我累的……"

"可您拿我在派一百个人的用场!"

"我一直很看重你。"赵老大无论如何是内疚的。

"我宁可您看轻我!"欧阳气得在巷子里走来走去,"我得跟您要一个人!"

"不行。"

"您知道我跟您要谁吗?就说不行?"

"老唐跟你一样是我看重的人,我不能把两个我看重的人放在一个地方。"

欧阳哑然。

赵老大使劲揉着头发看着他,那样子歉疚得恨不能给他下跪,"我知道你们的关系,说句实话我听见这事乐得不行,乐得都忘了我这胳膊,可你们俩就是两颗种子,我得撒出去,过不久你们就能长成片,一大片,往哪儿看都是一大片。"

"我是人!您信不信?"

赵老大一脸难堪,"好吧……欧阳同志,我决定改变一下原计划……老唐……"

"别说了!别说出来!"欧阳颓然坐了下来,蜷在墙根,"别说出来。您现在做得对,再说就犯错了,我们犯不起错了,不是吗?别说出来,说出来我顶不住,那……实在……是个……太大的……诱惑……"

赵老大也在他身边挤着坐了下来,他忽然狠狠叹了口气,"我说得真准,人这东西,他自个儿就是他自个儿的希望。"

"对,越多失望,越多希望,失望希望,不外如是。"

赵老大干咳一声,"你对老唐还真……"

"我爱她,就是这个词,当她面我大概永远只敢说点无关痛痒的话,可跟您我说我爱她。您知道一个男人要穿越刀山火海才能见到一个女人,他会多爱那个女人吗?对,我就是那么爱她。"

赵老大愣了一会儿,狠狠拍拍欧阳的肩,"告诉你一个稍微好一点的消息吧,你不会是一个人的。"

"您又把哪颗种子给我留下来啦?"

"确切说是一颗可以发展的种子。"

"可以发展的?蒋武堂?他再打鬼子也还是国军。高三宝?我今天看着他吓得瘫掉。沙观止?他加入五斗米道的可能性大过做抗日组织。"

"就在我们脚下。"

欧阳看看脚下的地面,"脚下?四道风?"

"四道风!"赵老大看着欧阳深受打击的表情说,"我以为你们关系很好,打来了这儿你跟他一块儿的时间多过跟老唐。"

"我跟着他,是怕他一小时内把大伙苦心经营的这地方翻个底朝天!"欧阳走来走去地跟赵老大发火,"我当然高兴认识他!您也会的!那样一个人,那样不拘小节言行无忌鲜蹦活跳,那样的……那样精力过剩地想把所有东西折个个儿!他是沽宁街头疯跑着长大的孩子,我们是看着同志尸体学会的成熟。您觉得这两种人能合在一块儿吗?您可以试试。"

"听起来,你对他真是……印象深刻。"

"没法不深刻!就这么几天,他毛毛躁躁坑死我的时候和救我的时候一样多!"

"他救你,就是说他还是有用得上的时候。"

"用得上?一支总是走火的枪!我们犯不起错,所以我宁可选择板砖。"

"同志,我们没得选择。"

"那就我自己,反正我已经习惯了一个人。"

赵老大疑惑地看着他,他总觉得欧阳现在的火气不那么简单,"你在犯错。国字头以为靠他的几十万精英能保住国土,现在还不是山河破碎?我是说得靠每一个还记得中国俩字的人……你不会天真到以为靠我们几个能赶跑鬼子吧?你为什么这么反对把他拉进这件事情?"

欧阳踌躇了一下,他转过身子说:"这几天我看见太多死人。"

"你怕他会死?"

"不是怕他会死,是他一定会死。那个人只会一种活法,痛痛快快了无牵挂,你怎么可能让这种人学会我这种活法?学不会,他就死。"

"我弄错了,以为你讨厌他,原来他是你的朋友。"

"他当然是我的朋友,他救我的次数和坑我的次数一样多。"

赵老大苦笑,"看来还是生死之交,不是一般的朋友。"

"我能问您怎么忽然对老四……四道风有了兴趣吗?"

"我今儿做了一天探子,想看你以后在沽宁能有多大搞头,这个四道风是沙门会的要紧人物,为人又很有正义感,如果把这些草莽英雄组织起来是股了不得的抗日力量……"

欧阳忽然摇着头苦笑,赵老大愕然,"我说错了吗?"

"您没错,可这个太有正义感的四道风刚拿他的继承权换了条路,就是守备军明天出城的活路,为了填上昨天他挖出来的坑。"欧阳笑不出来了,"下去合计明天的事吧,我现在没勇气想将来。"

6

思枫正在地下室小间里收拾自己的东西,四道风过路,帘子没拉,他又回来,很欠礼貌地往里看看,"嫂子。"

"四哥。"

四道风不想离开,看看另一头的守备军,没话找话,"嘿嘿,他们在乐呢。"

"明天就能重见天日了,都是四哥你帮到的。"

"嫂子也烦这儿吧?没风没日没景看,活人进了耗子洞,整个淡出鸟来。"

"是啊,谢谢四哥。"思枫看了看这耗子洞,她的眼神像看要离开的家。

"嫂子是个好人,我看得出来。"

"四哥也是个好人,我们也看得出来。"

"我吧,是那种脑袋别裤腰带上的货,说到头还是图自个儿痛快,你们是一早把命就捐给别人了,那是真好。"

思枫有点忍俊不禁,"谁告诉你的?"

"我眼睛瞪这么大,我会看呀!跟那个阴阳怪气的死里活里转几趟,真觉得以前都活在狗身上了。"

"阴阳怪气的?"

"就是半死不活的,就是那个不怕死的药葫芦,哎呀,就是你男人!"

四道风对欧阳的称谓不由让思枫微笑,"其实他也不总是那么阴阳怪气。"

"那倒也是。"

"这些天……你们过得好吗?"

"过得太好了!又挨枪子又挨炸的,半死不活的让人一棒子差点没把天灵盖打八瓣,我说出来你都不信!"

思枫看着四道风大孩子似的脸,苦笑,"看得出来,他的精神状态从没像这几天这么好过……沽宁以后就剩你们了,一个他和四哥这样的汉子才能待下去的地方。"

"一起上一起上!我看嫂子也不是吃素的,咱们一起去找鬼子晦气。"

"你会照顾他的,是吧?"

"那是,他不听话我拍扁了他,他对你不好我也拍扁了他。"

四道风说话的方式让思枫又愣了一下,想明白时她就笑了,"他一定很高兴认识四哥这样的人。"

外边忽然起了些骚动,两人转头看去,华盛顿吴正和一帮子部下对峙着,各自保持着那点所剩不多的信心。

华盛顿吴理直气壮地说:"明儿要大动,我叫你们睡觉错了吗?"

士兵们嚷嚷:"白天睡了晚上睡,谁他娘睡得着?""他哪晓得白天晚上,打进了这他敢把头探出去过吗?"

华盛顿吴一拳头挥了过去,他的火压了很久了,他看着那个刚被他打过的士兵,恨恨地说:"别再污辱我了,我是你们的长官。"

那士兵不怒反笑,把一个小指竖得很高,这又带起一片哄笑声。华盛顿吴冲他又是一下,四道风突然出现,一脚把华盛顿吴踢得倒在刚进来的欧阳身前,欧阳一把将他扶住,华盛顿吴气急败坏地掏枪,但看着欧阳终究没好意思,他转手从旁边操起一根棍子,"别过来!我打我的兵,他们得睡觉!要你管什么?"

四道风活动着腿脚逼过来,身后簇拥着所有的守备军,他比华盛顿吴更像这些人的头儿,"老子最瞧不得上压下大欺小,在耗子洞里还定尊卑做大爷!"

"我是军官!我的职责就是管他们!"

四道风一脚把那小棍踢成了两截,士兵哄笑。华盛顿吴气得都忘了怕,没招没式一头撞了过去,"我管的就是他们!我书都不念了,你们说国家有难我就来了!我受够了!我是来打鬼子,不是给你们打的!"

四道风没当回事,一只手就把华盛顿吴隔在圈外,大声地奚落着:"你打鬼子?我正眼看见鬼子,一转身准瞧见你屁股!"

士兵们粗野地大笑,欧阳阴着脸把两人隔开,话头却直指四道风,"这样你痛快了?受了鬼子的气,回来找着个出气筒?"

"喂,他先动手……"

欧阳把华盛顿吴推开,"你没错,你有道理,可人听你的道理之前,会先看你做得有没有道理。什么都别说了,我们来看看明天怎么出城。"

他向一张桌子走去,边看看站在旁边一直沉默的赵老大,"您看见了。"

赵老大苦笑:"看见了,你只好独自打拼,做个孤星入命的人。"

一群人在灯下商量了许久,欧阳终于从桌边站起来,揉揉有些发花的眼睛,吐了口气,"就是这样了,肯定不是最好的办法,可是唯一的办法。明天一早咱们分两路各自行动吧,现在休息,老四你尤其早睡,明天你是主角。"

四道风无所谓地打个哈欠,显然还为刚才的事生气,欧阳没理他,径直回了小间。他在床边坐下,似乎在想什么又似乎在生闷气,思枫进来,看看他把帘子拉上了,"你答应他了?"

欧阳沉默。

"你反应真快,立刻就接手了所有事情,现在赵老大在沽宁都得听你发号施令。"

欧阳木然地说:"我不想这样,可只能这样。"

"你做得很好,这里以后就是战场了,它需要你这样的人。"

欧阳忽然发作,"你让我怎么可能不答应他?他明明是对的!"

思枫愣了一下,说:"我不是在抱怨……你不要这样。"

"我知道,我没怎么样……我能怎么样?"

"别这么沮丧,这不是你,你是个对着枪口都能想出十七八个主意的男子汉,这是老赵看重你的地方,也是老唐我喜欢你的地方。"

"对着枪口能想出十七八个主意,因为知道闯过枪口就有希望。现在是刚活出一点人味,又被十七八个枪口对着,而且还是孤家寡人,我甚至不知道你们在哪。"

"战局还会向南蔓延,老赵的意思是我们不能凡事落在鬼子后边,所以明天一起离开,你应该是能理解的。"

"我当然理解,刚才我有反对吗?"

"你要知道我们去哪儿吗?这也许会好受一点?"

"不、不要,既然老赵不说的话。"

"四哥怎么办?他一门心思跟你。"

"他太不合适,送走你们就跟他分手,藏一阵子,找些可以发展的人。"

"你一个人?"

"我们在开始的时候都就一两个人。"

思枫苦笑,看看周围的空间道:"所有的东西都会给你留下来,这是我在沽宁最后的努力,能给你和将来的同志造就一个栖身之处,我很高兴。"

"我以为这是我们的家。"

思枫怔了一下,"我们还是不要说这个了,好像什么都搅在一起了。"

"同意。"

"睡吧。"她把双手放在欧阳的肩上,那是一个邀请的姿势。欧阳看着她,她的表情坚定得让他意外,"抱着我,别管帘子,别管别的,什么都别管。"

"你睡吧,我坐会儿。"欧阳犹豫了一下,轻轻把那双手扳开,苦笑道:"我做不到,脑袋瓜子现在塞的全是血泊尸体、刺刀鬼子这些个乱七八糟的玩意,没法想象人能在尸山血海中抽空谈个恋爱。"

思枫静静地看他一会儿,转身摊开床上的被褥,欧阳盯着墙壁想自己的心事。

"有句话,我做学生时给自己励志的……'如果千年里星星只在一个晚上出现,那么人们会从此相信天堂。'我想象这是新世界终于创造出来时的第一天。"

思枫没理他,低身把两摞衣服放到床边,一摞没包的是给欧阳留下的,一摞打包的是自己要带走的。

　　欧阳说话的声音忽然带了哭腔,"可是……星星在今天这个晚上出现,我想起以后没有星星的晚上就要发狂。"

　　灯光在他眼前灭了,欧阳在一片漆黑中听见思枫上床睡去。

第十二章

1

长谷川轻鞭快马,在空荡荡的街道上颠颠地小跑着,身后的护卫可保无恙,这一切让他有种做皇帝般的感觉。

伊达并缰过来,他从出了沙门到现在都是一脸疑惑:"我不明白,您给他们枪,却没提出要求。"

"别心痛从守备军手上抢来的过时武器,我看见更大的鱼。"

伊达疑惑地看看身后的沙门会,周围的人家都是战战兢兢一灯如豆,那里却是整个沽宁最为灯火辉煌的一个院子。

长谷川在他旁边轻笑着,"飞扬跋扈的沙门已经没了,那里只是未来的皇协军营地。"

灯火通明处,沙观止和李六野正监督着帮徒检查地上的几个军火箱。

李六野眉开眼笑,"大阿爷,真是足一百支。"

"那是,人这么大手笔,还能少你一支两支?"沙观止同样的高兴。

一帮徒喊着:"大阿爷,枪上有血。"

"刀头舔血的日子过着,还怕什么血?"他居然亲热地在那小辈屁股上踢了一脚,"擦净了不一样出手?"

李六野颔首道:"敢情真是来交保护费的,我明晨去跟鬼子起了那两百支枪,连钱带枪咱都有了,咱不是王谁敢是王?"

一句话说出沙观止的老大心事,他踱到僻静角落琢磨着,"你嫩了,这全城都让人拿枪顶着呢,凭什么给咱交保护费?我教你为人之道你就不听,这叫三分薄面,睁眼闭眼,我瞧得起你,你眼里也有我,成了。"

李六野嘿嘿一笑,"那两百条枪起了就成啊。"

"你又嫩了,这一百条枪是给你尝个滋味,要吃大餐就得交钱,你拿什么交吧?"

"那就由它霉啦?小鬼子可是有名的吃碗面翻碗底,过气就没了。"

沙观止左右辗转,实在不忍心说不要。

"其实我有个主意。"

"说了听听。"

李六野看看周围,小声地说:"师父,您还生小四的气吗?"

"别提那个孽畜!气死我啦!"沙观止顿时没了好心情。

"其实倒有个法子能让小四改邪归正。小四不要帮什么人出城吗?这时候跑路准是鬼子想要的人……"

"胡说!你要害死他呀?"

"不是啊!小四跟咱们见外不就是因为外人吗?明天摆个消气酒传他,他敢不来?城外就把事办了,回头咱跟小四掰开揉碎了说清,兵荒马乱的,以后就回门里来陪着您吧。"

沙观止摇摇头,"出货就不能反水,坏了沙门的名头。"

"可货离了手就不再管生死,这也是沙门的规矩。"

沙观止一声咆哮:"你个小浑蛋就是惦记两百条枪!"

李六野立刻低头不再言语。

沙观止焦躁地踱两步,附在了六野耳边说:"——以后也不要跟他说清。"

李六野让他这句话吓了一跳,抬头时沙观止已施施然地去了,他回过神来才明白,沙观止这是接受了自己的意思。

2

还没被日本人抢净的鸡发出啼声,死寂的街道上终于有人开了条门缝向外张望。太阳旗仍在屋顶上飘着,哨卡上的日本兵打着哈欠,奇迹没有发生,世界也没什么改变。

几个日本兵又在街上挨家挨户地砸着门,嚷着已经熟练的那句中文:"干活的!快快的!"

街上开始有了人,人们就这样惶惶恐恐地开始第二天。

四道风从睡梦中醒来,邮差和赵老大几个正悄声地在电台边忙碌着什么。

"三的四的,起来干活啦!"四道风把古烁和皮小爪摇醒,同时把周围人吵醒一片,寂静的屋里立刻起了嗡嗡声。

小屋里,欧阳也醒来,眼前一片漆黑,他悄悄地坐了起来,却突然被思枫一把抱住。欧阳什么也看不清,但感觉到思枫在亲吻自己的脸,他下意识地回应,同时又想挣开,"老四起来了……我们得去先头探路。"

"会见不到你的!"

欧阳挣扎和拥抱着,"会见到的,城外还见一次。"

"我要这辈子!"

帘子一下被拉开了,两人用一种躲炮弹的速度相互放开,四道风嬉皮涎脸地站在外边,"啊哟对不起,我把丘八们送走再来好了。"

欧阳看了他一眼，有些悻悻地站起来出去。

"嫂子对不起，忙完这半天我给他脖上拴条链牵给你，一辈子！"

思枫转过脸没说什么，四道风吐吐舌头走开。

守备军们已经聚在一起。欧阳走过去，赵老大把自己的枪递了过来，"拿着吧，就你以后要做的事情，实在不成个意思。"

欧阳没说什么，接过来，他跟着四道风几个出了地道。

几人像昨天一样鱼目混珠地扛着麻袋混迹于人流中。长谷川的士兵四处巡逻着，他们被昨天逼问欧阳的那两个日军拦住了，两人把皮小爪从人群里拖了出来，"他的，什么的干活？"

欧阳赶紧用日语解释，"他是拉人力车的，你们老家也有。"

"一只手？怎么拉车？他是个废物！"

"先生，您是认识我的。"

"我认识你，可不认识他！不能让一个废物浪费我国宝贵的粮食！"

另一个日军用刺刀挑着皮小爪的那只空袖，直到他发育未全的那只手露出来，这个发现让他觉得很惊喜，拉着和欧阳说话的日军去看。

皮小爪深为以耻地捂着那只手，日本人用枪托把那只手砸开，皮小爪紧紧地捂着，日军改用刺刀挑，皮小爪那只完好的手开始流血，他只好放开。

日军大笑，"如果每一个中国人都长成这个样子，我们就不用出兵了！"

古烁死死地挡在四道风身前，欧阳感激地看他一眼，他们现在就在路口的一挺机枪射界之下。

两个日本兵又想起了新的玩法，把步枪塞到皮小爪的那只残手上，"你的这个！你的……"他们转向欧阳，"你翻译，如果他能用这支枪杀死我，我们就放过他。"

欧阳内疚地向皮小爪说："他说如果你能杀了他，就让你走。"

皮小爪额上流着汗，他无助地看着那两个日本人。

"杀了他，我陪你死！"四道风已怒火冲天，"杀了他，要不你不是我兄弟！"

皮小爪似乎受了莫大的刺激，使劲把那支枪提了起来，三八枪本来就是单手无法使用的长度，那对皮小爪的残手来说更是接近不可能的事情。

两个日军乐不可支，他们根本不相信这个中国人能提起枪，就算能提起他们也相信他不敢开枪。

欧阳焦急地看着，人群突然奔窜，街角传来整齐的踏步声，两个日军忙抢过枪，跑过去立正。

欧阳一手拖了四道风，一手拖了皮小爪，汇入街边的人流。

四道风挣扎着，"我做了那俩王八蛋！我趁乱子做那俩王八蛋！没见过这么糟践我兄弟的人！"

"老四！"欧阳猛地把那只挣扎的手甩开。

四道风愣了一下,"干啥凶巴巴的?"

欧阳恼火地说:"我不敢跟你一块儿做任何事情!我绝对不敢!因为我已经不知道这是第几次!"

四道风愣一下,终于蔫下来。

整队的日军目不斜视地从街上踏步走过,他们看起来风尘仆仆。欧阳心事重重地看着大队后边的那些重炮,四道风一脸火气地站得离他很远。

"是才登陆的主力军,码头已经可以用了。"欧阳自言自语地说。

一种隆隆的震颤声传来,几辆钢铁铸就的怪物在街角现身,第一眼就让人群又往后退了几米,人倒摊翻,日本造的坦克也许粗劣不堪,但在沽宁人眼中却无异洪荒巨怪。

四道风没有退,他惊讶得忘了退。眼看那坦克就要撞上四道风,欧阳一把拖开了他,解释说:"那东西叫坦克,看样子要打大仗了。"

四道风回过神来就猛地甩开他,"我不跟你说话!我绝绝对对不跟你说话!"

欧阳苦笑着回身,看那几辆坦克驶远,简陋的路面上留下两道碎裂的坑,整个街头被柴油烧出的黑烟笼罩。他冲几人示意,他们趁乱离开,直奔码头而去。

这里已能望见海边,东斜西倒的仓库和四下横陈的旧舢板和帆船影缩了中国从来没发展起来的航海业,两天前的晚上,与龙文章和蒋武堂分手的欧阳曾从这里上岸,然后一直厮拼至今。

四道风领先,几个人深一脚浅一脚地过去,四下无人,这里更像船的坟场。他吹了声呼哨,少顷,在几条翻过来的船顶上出现几个持枪的人影,居高临下戒备着。

"装什么蛋?不知道今天要运的是四哥我吗?"四道风嚷了一声,那几个帮徒忙赔了笑跳下来,领头的那个人让四道风觉得眼熟,仔细一看,居然是廖金头。

"金头苍蝇,怎么是你?"

廖金头涎着脸笑,"小的不知天高地厚,被四哥教训之后,就随在沙门之下了。"

"想当日在街上飞扬跋扈,你真是伸也伸得,缩也缩得。"

"多谢四哥夸奖!"

四道风咧咧嘴,"别不要脸了你。这是第一批,随后还来二十好几,出点事我把你苍蝇翅膀揪下来。"

"那不能那不能,四哥,大阿爷问你载的是哪路货?"

"那你就甭管了,等货到了地界我去跟他说。"

"大阿爷还说今儿摆了消气酒,货交给我们,让四哥火速赶去。"

四道风有点动容,他对廖金头说:"我把货送走就去。"

"大阿爷的火可还没消,他说四哥如果不马上赶去,那就今生也不要去了。"

四道风犹豫着,下意识地看欧阳。

"去吧,你可说过那是你唯一的亲人了。"欧阳说。

四道风想起先前说过不理欧阳的话,连忙把头转过来,对古烁说:"你告诉有些不知好歹的,打这上了船,沿海路走个把小时就绕过沽宁了,这是沙门专用的道,别的船是绝不敢走的,告诉他免得吓破他那颗小胆。"

欧阳情绪复杂地看着四道风,在他的意念中,上了这船就不会再和四道风接触了。

"告诉他我喝完酒就去看看那帮丘八去,跟他没啥关系,让他不用傻等了。"

古烁点点头,"嗯,我告诉他。"

"行了,有的人瞧着就碍眼,我喝酒去了。"

"老四?"欧阳叫。

"谁叫我?"四道风看着海上,好像欧阳在那个方向。

"老四,和你叔叔好好说话,别再打起来,学会个忍字,别凡事强出头,天总会亮的,可你这么下去兴许就看不见了。"

"懂了,原来有的人活到今天,全是缩头缩出来的造化。"

欧阳笑了笑,"老四再见,别跟我生气,我知道你是个心特别大的人。"

四道风实在忍不住,转头道:"你王八羔子别做出一副转眼就死的样子好不好?"

欧阳笑了,"很高兴你又跟我说话了。"

四道风气得甩了甩手对着几个帮徒嚷嚷:"快把这几个货运走!这几个货回头都是要载回来的!你给我小心别摔了!"

"是了四哥。"廖金头长长短短几声呼哨,一艘藏在废船后的快划子驶了出来。

欧阳上船,不自禁地回头看看四道风,他已经甩手甩脚地走了,看不出再有生气的样子。

船在水上航行着,也不知走了多久,终于到了另一处海岸。这里荒凉而寥无人迹,沿着海岸有起伏的丘陵,欧阳几个人在这里下船,远眺身后,远远已经看见另外几条船跟随的影子。皮小爪看看那个影子说:"今儿扯足顺风旗,那几个也快到了。"

古烁揶揄地看看他被刺刀挑得支离破碎的袖子,皮小爪不说话了。

欧阳再没有回头多看,抽出赵老大给他的手枪往岸上探路,他对这个一览无余的地形并不放心。

古烁转头对廖金头吩咐:"我们过一个时辰回来,你跟这等着。"

廖金头点点头,"一百二十个心放下来!八个时辰都等!"

古烁几个跟上岸,回身看,远远跟来的守备军和思枫他们乘的船又近了些。

欧阳快步走着,他终于站在丘陵上,往前看是常绿的树林,往后看,几条船已泊在海滩上,船上的人正下来。欧阳从树上折下一枝绿叶,向海滩上的人们挥动。人们沿丘陵上来。

古烁看看树林说:"往那边走就是沽宁城,欧阳先生是说蒋爷藏在北郊的林子里吧?过这岗就是了。"

"有三哥在这儿,真是什么事情都有个着落。"

"好说好说。"古烁的口气很淡薄。

皮小爪有些得意地笑,"老三在沙门里的大号是坐地鼎,大阿爷就为他最把稳才让他跟着老四的。"

欧阳看着古烁道:"三哥好像有什么放心不下?"

"没什么啦,连着几天没法分身,家里老婆孩子也没去看看,说被鬼子挑死了也不一定。"

"这些天实在是烦劳三哥,以后但凡有什么机会……"

"你今儿说话怎么好像不会跟我们再打交道似的?"

欧阳苦笑,显然细心的古烁已经看出来什么了。

"甭说了,如果你今儿真一走了之,我只有四字奉送:谢天谢地。"

"惭愧惭愧。"欧阳苦笑。

守备军和沽宁地下党都已经跟了上来,赵老大过来,拍拍欧阳的肩,"一切顺利,比我想的还顺利。我不由又想能把这里的江湖势力派上用场就好了,攒这么些年的能量可比我们几个共党强多了。"

"我会试试,但谈何容易。"欧阳已经踏着厚厚的落叶层在林中行走,他始终是无法放松,却又看不出什么蹊跷来。

林子里一声轻响,欧阳立刻回身,那不过是一只惊鸟。

古烁过来,他像欧阳一样机警。

欧阳说:"二哥和三哥都先回去吧。"

"说好等你们跟蒋爷会面的。"古烁又警惕地看了看四周。

"你们还是紧去盯老四吧,我怕他那火暴性子又跟沙老爷子吵起来,就不好了。"

古烁想想也是,便说:"那我给你留条船。"

"不用了。"

"你是真不跟我们再打交道了?"古烁揶揄地看着他。

欧阳苦笑,"请三哥告诉老四,欧阳这个人就是雨打浮萍,所过之处连个影子都留不下来,欠他的许是还不起了,但欧阳会一直惦着他,也会惦着他那颗心。"

古烁点点头,退一步,抱个拳拖了皮小爪走开,走得如他为人一样干脆。

赵老大若有所思地看着欧阳,"你舍得把这个生死之交就这么断掉?"

"只能舍得,否则生交要变成死交了,我也不能说是他的错,只能说这几天能活过来靠的行险也靠的运气,可往下不敢靠这个了,再有一次那沽宁就成咱们的盲区了。"欧阳看着思枫过来,刻意地开步走,他现在甚至没勇气和思枫走在一路,他边走边说:"等送走你们两路人马,我一个人就好办了,我会混回城,找个地方藏起来,十万人的地方,怎么也有我的栖身之处,怎么也能找到合用的人。"

"会很难。"赵老大说,他注意到欧阳很细心地把一根拦路的枝条拨开,用另一根枝条绊住,以免反弹打到身后的思枫。赵老大不由叹了口气,"对不起,每次我来都把你连根拔起,再砍光所有的根茎枝蔓。"

欧阳淡淡地说:"来吧,我很高兴看见你。"

身后忽然传来急促的脚步声,欧阳回头,古烁和皮小爪从林子里钻出来,两人跑得气喘吁吁。

"船没了!"皮小爪喘着气说。

"不是送完我们他们就走了吗?"欧阳有些不解。

古烁道:"你没明白!得留条船载我们回去!那条船也走了!我看着他们喊都喊不回来!"

欧阳并不大明白这些江湖道的勾当,古烁直接告诉了他结果:"他们反水!"

欧阳看了看周围的树林,竭力逃离的危机忽然又直现在眼前,他对古烁说:"改道,还有没有别的道?"

古烁还没说话,林子里一丛鸟扑扑地惊飞了。赵老大看着鸟飞的方向说:"鸟不是被我们惊飞的。"

"都趴下!"欧阳低喊一声。

他们钻进路边的树丛,对面的树丛里,有幢幢的人影晃动。

3

沙门会的大门又打开了,四个帮徒耀武扬威地站在门前,腰间露着双枪。

"嘿,今儿活得像个人样,王八盒子又亮上了?"四道风心情好极地挠着几个帮徒的痒痒。

帮徒躲闪着,"四哥说笑四哥说笑,大阿爷后院等着呢。"

"吊颈鬼不在吗?"

"六爷还没回来呢。"

四道风点点头,"那就最好。"他觉得万事皆顺,兴致勃勃地进去了。

他刚进门,又有四个帮徒走了出来,现在那道门有八个人守着,不是为了不让人进,而是为了不让人出。

四道风径直进了后院,榕树下,沙观止的竹桌上放着几个很素的小菜和一壶温酒,沙观止在桌边拿着蒲扇闭目养神。四道风站住。老头儿也甚为警醒,立刻睁开眼睛,四道风把笑容强堆上脸,立刻成了一个赖皮涎脸的后辈,"叔叔,说来看您怎么也得拎点云糕麻糖什么的,我嫌它贱。"他拍拍膝盖,"人都说这块儿有黄金什么的,我觉着不是,这哪止黄金,压根儿就是金刚钻和氏璧,值老钱了……"

沙观止皱皱眉,"你叨咕个什么?"

"没啥呀,给叔叔送上金刚钻一块,和氏璧一块。"他扑通跪了下来,"给叔叔赔不是来了,我就晓得这世上最疼我的就一个叔叔了。"

沙观止乐了,"小浑蛋,嘴这么甜,昨天骂我时干吗不匀着点?"

"就为留着今天使嘛。"

"你还要不要你那半拉家产了?"

"叔叔说要我就要,叔叔给块屎我也咽了。"

"跟帮没成器的小混混学得如此嘴脏,屎是没有,桌上的你给我吃了。"

四道风看了看,苦着脸说:"太素了。"

"那就只好给屎你吃了。"他说着,从桌下拿出只烧鸡扔在桌上。

四道风乐了,"都说先有蛋还是先有鸡,要我就说先有叔叔才有鸡。"

沙观止开怀大笑,那是真正的开心。

四道风撕着他的鸡吃,沙观止一口菜一口小酒,爷儿俩大快朵颐。

沙观止看着狼吞虎咽的四道风说:"你吃那么快干什么?教你个养生之道,吃食要细嚼慢咽,跟我来,嚼十下,咽一口,这么着,再过一百年,你还能腿脚爽利来叔叔坟头上香。"

"得了吧,再过两百年叔叔还坐这跟我说,急什么,教你个养生之道。"

沙观止不禁莞尔,"你骂我老不死的妖精不是?"

四道风摇头不迭,趁隙却把整只鸡腿塞进了嘴里。

"你火上梁水浸床似的急什么?"

"哦,吃完了好去看看我的货。"

"不准去!"沙观止立时色变。

"跟他们说好了,叔叔你说人有信义二字……"

"人还有个孝字!陪我吃顿饭会死呀你?载的什么货,你还没说。"

"现在货也到地儿了吧?"

"早到了,什么货?"

"国字头的丘八兵,吓你半跳吧?"四道风得意地笑笑。

沙观止果真吓了一跳,"你也够浑啦!以前都不搭理国字头,鬼进城了你起劲!幸好……"

"嘿嘿,还有红通通的红字头,叔叔怎么也想不到这两窝怎么水火同笼吧?

现在吓你一个整跳。"

"你你你！以后跟家好好待着！我还当你在外头混些猫三狗四！原来全整些混世魔王！"

"咱这不就是混世魔王吗？"四道风纳闷着。

"我呸！咱洁身自好！"

"好好，洁身洁身，"他嬉皮笑脸站起来，"我瞅趟就回来。"

"说了不准去！"

"一趟就回！晚饭也跟你吃，还有咱婶婶，行了吧？"

他往门边去，沙观止站了起来，四道风却又在门边站住了，李六野一行人正进来，身后跟着的那些军火箱也许没什么，但两百支枪分量不轻，李六野带的人不够，又从日军里抓了几个挑夫。

"这是怎么回事？这沙门广纳良缘鬼子都漫进院啦？"

李六野故意不看他，径直向沙观止走去，"师父，两百条一支不少！要说那鬼头也真是知趣，我也不说要枪，就说有这么档子事跟你通个信儿，我呱呱一说，他点头一乐，说对了，六爷您光顾我的事了，可别忘了还有两百条枪落这儿了，你瞧他多会说话！"

沙观止难堪地点点头，"回头说，回头说。侄儿你过来，我给你细说。"

四道风绷了脸，"怎么个细说？有怎么档子事要跟鬼字头通信？"

李六野回头笑笑，"小四，跟你实说，绝非为这两百条枪，是为你好。我们不能总为你提心吊胆，弄得大阿爷也茶饭不思的，要说你是好的，是有人把你带得坏啦，这个万祸之源……"

"这个万祸之源就被你卖给鬼子啦？"

"反正也是你送上门来的。"

四道风回头看看大门，八个帮徒已经把那里堵得水泄不通。沙观止也看出了他要干什么，立刻冲门边的帮徒喊："拦住！关门！不能让他出去啦！"

帮徒手忙脚乱地关门，四道风却根本没往那厢冲，他一脚照一个日本兵踢去，那日本兵被踢得晕了过去。四道风亮刀在手，气势汹汹走向另外几个日本人，"老子今儿杀翻一个够本，杀翻一对赚番！看你们怎么跟鬼头交代？"

日本人没枪在手，被他追得满院子乱跑，嘴里乱嚷些什么。

李六野挠着头，"这小子真会惹祸……"他向院里不知所措的帮徒喊："快拦住！拉牢他！"

那些日本人无路可逃，只好向尚未关实的大门逃去，四道风一边躲闪着帮徒们的追赶，一边对日本人下着狠手，刀锋过处血光飞溅。门前的帮徒也扑过来抓他，四道风在高墙上蹬了一脚，险险避过几只手，向大门扎去。

"不好！他是声东击西围魏救赵明修栈道……"沙观止典故没说完，四道风已自大门口蹿出去了。

李六野和一干帮徒冲下台阶,四道风的身影跑过最后一段直街,猛拐进旁边的一条巷道。
　　李六野抬手阻止帮徒们,"别追啦!这小子又进了巷道,子弹都追不上。"
　　沙观止气急败坏地从院里出来,"人呢?"
　　"没逮着,大阿爷放心,现在谁都出不了城!"
　　"我怕的就是这个!我怕他冒死闯城!"他挥挥手,"去,去追,把他给我追回来。"
　　一干帮徒又飞跑着去了。

　　四道风一路狂奔,风一般冲向沽兴车行。
　　车行的门大开着,门上贴着勒令上工的文告,几个车夫磨磨蹭蹭正要出车,四道风一头撞了进来,"给我车!我要车!"他跑得身上热气腾腾,两眼血红。
　　车夫们惊喜,"四哥!""四哥你回来了!我们就怕你怎么着了!"
　　"别他妈婆婆妈妈,把车给我推过来!"
　　一个车夫去推车,几个人仍围着他,看他杀气腾腾地检查枪里的子弹。
　　"四哥,藏咱行里的穷哥们儿都给抓了,说他们没工作……"
　　"我看见了。"他看看推过来的黄包车,又说,"拿棉被来,要厚的。"
　　"现在没活干就得抓……"
　　"别唠叨了!沽宁人都死满街了,要牢骚你跟死了的人说去!"
　　"四哥,我们一直惦记你。"
　　四道风看看面前的几张脸,终于平和了一些,"谁要你们惦记?我怕人惦记。"他往黄包车上堆棉被,车夫们立刻帮他堆,他往被子上泼水,车夫们七手八脚帮他连被带车泼得透湿。
　　"四哥你要干啥呀?"
　　"出城。"
　　车夫们吓一跳,"现在哪出得去城?"
　　四道风叹口气,"我还有俩钱,扔那屋茶罐子里了,你们拿了花去。刘三你别赌,你要赌我做了鬼也来抽你。"他拉了车出去,浇透了的车很沉,他拉得有些吃力。
　　车夫们看着,有几个反应快的已经明白了,"四哥,你别寻死!来了鬼子活得难,可赖活也是个活啊。"
　　"我得跟他们拼死了,要不对不住人。"
　　他刚出门,沙门的人就咋咋呼呼从巷子里跑了过来。四道风还没反应过来,车夫们已经拉着黄包车冲了过去,一条窄巷顿时挤得水泄不通。
　　"四哥快走吧!沽兴行可是你的地盘!"
　　四道风再没废话,拖了车往另一边跑,身后传来帮徒们殴打车夫的声音。

"听好啦！我是去杀鬼子,你们要伤我伙计,我做鬼也来钉着你们!"

打人的帮徒停了下来,看着远去的四道风,脸上不折不扣是一种崇敬之情。

四道风突然发现刚被骂过的刘三一直在追着自己,他急得破口大骂:"你他妈的来干什么?"

"四哥你拉着车咋杀鬼子?我来帮你拉车。"

"滚!"

"我老娘前天让鬼子烧死在家里啦,我没牵挂啦,就赌这一回,赌个命吧。"

四道风犹豫一下,停了车说:"上车。"

"是我拉你!"

"开打了你拉我,说书的说会打仗的人开打才上马,之前都走道,不让马耗着。"

刘三乐哈哈地上车,"都说给四哥做牛做马也开心,没承想这辈子还真能做一回,值得。"

四道风拉着车飞跑,终于在一个巷角把黄包车停下,他看看车上的刘三,"这是离城门最近的地方啦。"

刘三下车,"那就该我拉四哥了。"

"刘三……你不后悔吗?"

"四哥,你知道想杀鬼子又没本事是啥滋味吗?"

四道风点点头,上车。

刘三拉车,淋透了的被子加上四道风相当沉重,他拉起了就不敢停步,着力狂奔。刘三刚拐过巷口,迎面就撞上两个鬼子。

"你的站住!"

四道风在车座上一扬臂,刀锋从一个鬼子的喉管划过,他又把刀掷向另一个的咽喉,那两个声音顿时哑了。他痛快地掏出一支枪,另一只手上拿着剩下的一柄刀。前边就是日本人的哨卡,两挺机枪架在那里,日本人现在还没发现这辆疾驰的黄包车有什么异常,只是竭力挥着手,"那边的!那边的!"

四道风手挥动了一下,把那个声音钉在喉咙里。

"折过来!"

刘三急急转身,车险些翻掉,现在对着日军哨卡的是黄包车的车背。一挺机枪已经反应过来,机枪手狂乱地拉开枪栓,四道风和枪手对射,终于把他打倒在枪架边;另一挺机枪狂射,打中盖着湿被的黄包车便发出一种古怪的声音。四道风忽然觉得腹间被猛撞了一下,他看看那里透出的一块殷红喃喃自语:"还是不管用?"

刘三玩命地往城门的那条长街撞去,"好使吗?"

四道风大声地答:"好使!好使得要命!"他开枪,打哑了第二挺机枪。

四道风冲过哨卡之后,才发现坠入一个阴险的陷阱,这条连着牌坊的长街早被日本人清空了,无论前方后方都给闯关的人设下一个死亡区,而已经被甩在身后的追兵仍在开枪。

"折过来!"

刘三在空旷的长街上迂回,把车转向。四道风在车上向后方开枪。前面就是城门的方向,那里有更多的日本人正冲过来,那是来自城里根本看不见的第二道哨卡。刘三猛震了一下,刚照面便被几发子弹击中。他猛力地把车又折回去,这让打得正高兴的四道风恼火至极。他正想开骂,却立即傻了,不仅因为刘三的浴血,更因为城门方向漫了街的鬼子。他本能地转向城门方向开枪,对后边的追兵已经不管不顾了,一发从后边射来的子弹从肩上穿过,四道风左手的枪掉在车上,他猛砸了一下让他麻木的伤口,把枪又捡了起来。

刘三竭力把车把抬高了,让自己的身体成为四道风的遮掩,他在奔跑中不断中弹。一发穿透颅骨的子弹终于中止了刘三的狂奔,他甩开了车,栽到街边。

四道风从歪倒的车上跳下来,抱起刘三,刘三瞳孔里已一片茫然,"四哥,出城了吧?"四道风装出兴高采烈的样子说:"出了出了!可他娘的到城外了!"刘三心满意足地笑了,头一歪,那笑容凝固在脸上。

四道风放下咽气的刘三,蜷在车后敲上两个弹匣,向两头逼来的鬼子开枪。

一发手榴弹隔着车炸了,四道风从嘴里啐出一口血,接着啐出一块叮当作响的弹片,他靠坐在街边,身前唯一的掩护是那辆黄包车,伤重若此,他也懒得去躲子弹,只是从车下的空隙里点射着日军的脚。

一发子弹从大腿上穿了过去,四道风毫无感觉地把腿挪了一下,他开枪,空膛击发,一个弹匣已经空了。

身后机枪轰鸣,四道风惊得回头看,他以为他已经把那个要命玩意收拾了。他看见身后已经被他收拾得不多的鬼子纷纷倒下,一个瘦小的身影拿着一挺与其体形不大相称的机枪,从城里方向一路射过来,整个脸都被头巾包得严严实实。四道风茫然看着,他眼里看到的东西已是淡红色的了。

那人冲到四道风跟前,看着他问:"你打鬼子吗?"

"我以为我在杀鸡。"四道风即使到这时候仍要嘴臭。

"那就一起打。"那人说。

四道风茫茫然站起来,摸到那车把,提起来折了个个儿。那人并不知道他搞什么,但看他把黄包车背折向城门的方向,也就明白了他的意思,抬脚上车。

四道风推着车一瘸一拐地向城门撞去。那人把车背当支点向着前方的鬼子开枪,他的射击技术很烂,一半子弹浇到了二楼,但这样的长街实在太利于机枪的发挥,几个鬼子甚至被从壁角蹦回的跳弹打倒。

四道风机械地迈着步子,他终于冲到牌楼前,前边已经能看见沽宁的郊野,冲过去就再无阻拦。

"折个个儿!"那人喊。

四道风笨拙地转向,在冲过长街之后,几乎所有的枪弹都已经来自身后。
"你能跑多快?"那人问。
"我能跑到比你想的还快。"
那人在射击中大声地说:"那就跑那么快!"
四道风用老太婆散步的速度跑了两步。
"这就是你的快?"
四道风急了眼,"我是四道风!手上两道风!脚底两道风!"他开始狂奔,似乎那条受伤的腿不长在自己身上,车硌着城外的石头颠簸着迅速离开。
城里的日军被那人用机枪又阻了一阵,等冲出来时两人已跑到了一个难以追及的距离。
四道风速度一点没减,他向着自己朦胧记得的目的地狂奔。

4

欧阳他们躲在树丛里,那边的人影也伏在树丛里不动了,双方僵持着。
欧阳忽然明白了什么,伸手把枪扔出去,叫了一声:"龙文章!"
那边轻噫了一声,欧阳站起身来,脸上终于现出轻松,"龙文章,就是你了!除了你还有谁能这么纹丝不动,就想拿一杆枪对付一帮的?"
龙文章从树丛后站起身来,惊喜地合上枪机,转头对身后嚷着:"司令,出来吧!那有种的小子还真就回来啦!"
他刚转过身,华盛顿吴立即扑上来将他抱住,他这几日的委屈终得发泄,已经哭得说不出话来。
"好啦好啦,拿出点长官样子来。"龙文章在他面前终于显得成熟。
蒋武堂从树丛里走出来,没看别人径直走向欧阳,"好,蒋某大写一个服字,水泄不进的城你还能回来,这是其一;居然还真能把蒋某的兵交到蒋某手上,这是其二。"他看看那些伫立的士兵,终于有些恻然,"就剩这么些啦?"
欧阳笑笑,"少是少了些,可这是司令的第一队兵,希望不久后司令带着千军万马回来,杀尽沽宁城里的鬼子。"
"不可能的事情都被你做成了,弄得在下的心里也有些痒痒了。龙文章,把我的枪还来吧,打仗的家伙怎能放你身上?"
龙文章笑笑,从腰间掏出蒋武堂的手枪扔了过来。
欧阳欣慰地说:"在下只有一句不成器的话,能多救一个中国人就多救一个中国人,能多杀一个鬼子就多杀一个鬼子,送与司令共勉。"
蒋武堂点点头,"倒找些年蒋某会把这句文理不通的屁话刺在自己肚皮上的。"
赵老大走过来,向蒋武堂抱了抱拳,"请问司令是从哪个方向来的?"

蒋武堂愣一下,指着一个方向说:"那边,怎么?"

赵老大转向欧阳,"刚才惊起鸟迹的不是他们,还有人。"

"您能肯定?"

赵老大苦笑,"这条胳膊就在山里丢的,你精城里我通山上,都是血教出来的。"

欧阳做个手势,人们重新潜入山林,他躲得稍晚,一发子弹贴着颊边飞了过去。

"三八枪,鬼子放冷枪。"龙文章在茂密的枝叶中寻找着,终于瞄准一丛不自然的枝叶,开枪,一个披着枝叶的日军冷枪手摔了出来。

龙文章蹲下,"三点,十一点,九点,七点到五点,都有。"

人们顺着他说的方位看去,丛林里影影绰绰晃动着人影。

欧阳看着古烁,"三哥,还是要问你有没别的路。"

"有,可走不得,那是上大路,这个时候城里碰见的那些鬼子正过路。"

欧阳沉默,枪声已经密集起来,子弹在周围飞蹿。几声闷响,欧阳听着那怪啸声由远而近,他忽然扑在思枫身前,那几发手炮弹触着他们头上的枝叶炸开了,断裂的枝叶覆在他们身上。

欧阳看看思枫平静的面容,站起来,"走,反正哪边都打不过,那边还没有防备。"

他们朝密林深处奔窜,潜藏的日军散兵从林里亮出身来。子弹在后边追射,龙文章回身射击,他神乎其神的枪法把那些装备精良的追兵截在一个很远的距离,但这也让他和大队落了很远。他终于打光了枪里的子弹,边跑边忙着装弹,一个包抄的日军从树丛里挺着刺刀向他扎来。

龙文章闪躲,一柄刀从他头上划过,那鬼子翻倒,龙文章抬头看看拿刀的六品。"该着的,欠你条命。"

"啥?"

龙文章再次上下看看乡土味十足的六品,他并不甘心被这样一个土气十足的农民所救,所以他很不恭地学着六品的口音,"啥?"

六品置若罔闻,"你放几个过来,我剁了他。"

龙文章不屑地看看六品那柄很不起眼的刀,把一个将近的鬼子放倒,然后开路跑。他忽然被林中伸出的一只手拖倒,六品抡刀欲砍,却发现那是赵老大。

"趴下别动!"

龙文章看看身后,追兵远远的正往这边搜索。他再看看欧阳几个注目的方向,那是从沽宁城里直牵出来的一条公路,成纵队的鬼子正在公路上行军,中间还夹着重炮。

"至少两个大队。"赵老大说。

"得有一个旅团。"蒋武堂有些痛苦,"娘的,老子的沽宁成东大门了。"

龙文章皱眉,"怎么办?"

"赌。"欧阳果断地说,"赌前边的大队过完之前,后边的追兵不会找到咱们。"

龙文章掉头看看,追兵又近了些,可他却再不能开枪。

已经能清晰地听见从身后传来日语的交谈声,躲在外围的华盛顿吴已经能看见枝叶间追兵迟疑的脚,他不安地动了一下,一个枪口立刻对上了他。那是昨晚还被华盛顿吴打过的兵,华盛顿吴一脸绝望地看着他,那个兵只是把一只手指伸在唇边无声地嘘了一下。

欧阳绝望地看着就要被发现的那两个人,在他目之所及的公路上,步兵总算是已经过完,但后边还有一列炮队。

邻着华盛顿吴的那名士兵实在太靠近外围,终于被一个疑惑不去的日军踩到,他立刻从华盛顿吴眼前被拖了出去。

所有人听着枪托的殴击声和日本人的问讯声:"多多的人?哪里?""你的会死。"

没有那个士兵的声音,只听一声刀刺的声音,华盛顿吴看见血从自己头上的枝叶上滴落下来。

士兵忍痛说:"我告诉你们!"

华盛顿吴绝望地闭上眼睛,蒋武堂的刀出鞘一半,欧阳也轻轻打开了枪机。

"在那边,我带你们去。"

脚步声渐渐远去,所有人松了一口气。

公路上该死的炮队终于去尽,欧阳长呼口大气,"走吧。"

人们几乎贴着那个炮队的尾部穿过公路,华盛顿吴仍在看着那个士兵离开的方向。欧阳拖着他,"走!如果你看重那个人豁出来的性命!"

华盛顿吴摸了一下那枝叶上的鲜血,他带着这点红色离开。刚穿过公路,林子里就传来步枪齐射声,他微微愣了一下,快步跟了上去。

一行疲劳不堪的人跋涉在一个很浅的地沟里,他们已经没了山野的屏障,现在只能凭着些许起伏的地势掩护自己。

"这种光秃秃的路还有多长?"欧阳担心地问。

"前边有条河,过了桥路就多啦。"古烁说。

欧阳如释重负地点点头,赵老大忽然向所有人嘘了一声,静寂中,风中刮过来细微难辨的日语交谈声。

"我们还没转出包围?"欧阳愕然,然后是一种极度失望的神情。

赵老大苦笑,"挑的好时候,整旅团的鬼子漫了山野,我们在中间做没头苍蝇。"

欧阳从地沟中探头,一辆熄火的坦克停在路边,路那边是古烁所说的河,有一座简易桥,那是他们逃走的唯一道路。

坦克是在城里见过的,两个追兵从公路上赶过来,正跟坦克手说着什么,坦克手爬进坦克,将坦克发动起来,炮塔转动,前方的通道立刻被封锁了。

欧阳从地沟边滑下来,坐在那里苦笑。

龙文章捅了捅他,让他看另一边,穷追不舍的大队追兵正拉成一条长长的散兵线向这边包抄过来。

龙文章闭上眼睛,"死定了,绝对过不去。"

蒋武堂黯然,"能跟各位撑到现在,荣幸之至。"

欧阳看看龙文章,"你有没有……那么一两个手榴弹?"他仍然抱着一点希望。

龙文章苦笑,"炸坦克吗？欧阳先生实在勇气可嘉。"

"司令呢？"

蒋武堂也苦笑,"我这刀削铁如泥,你要不要拿去试试？"

欧阳终于绝望了,"现在我愿意用这条胳膊换一个手榴弹。"

赵老大也伸了伸仅有的一条胳膊,"现在我也愿意用这条胳膊换一个手榴弹。"

"算了,您留着养老吧。"

赵老大笑笑,"喂,咱身上不趁的,鬼子倒挺趁。"

欧阳明白他的意思,背后来的肯定打不过,那铁家伙看着是唬人,可人给套上个壳子总是不太灵光。

"你们在说什么？"蒋武堂有点纳闷。

"我们想做了河边俩鬼子,再借那俩鬼子的家伙炸了那王八铁壳子。"欧阳说。

蒋武堂让这狂言弄得说不出话,呆呆地看着欧阳他们行动起来。

那条散兵线又临近了许多,几个守备军士兵将手上仅有的几发子弹压进枪膛。

龙文章、欧阳和六品从地沟里尽可能向公路上的两名日军接近,靠公路的这段地沟已经低到他们只能匍匐前进。

欧阳拍拍龙文章让他停下来,他往地沟上一指,龙文章立即拉栓上弹,紧张地瞄准着,然后欧阳拍了一下六品,六品站起来,高举了双手,他立刻被两支枪对准了。

欧阳站起来,"不要开枪！我有重要的事情告诉你们！"（日语）

忽然凭空冒出个日语说得如此流利的人,那两名日军吃了一惊,用枪比画着,"过来！好了,站在那里,不要动！"

欧阳伸在脑后的手做了一个手势,龙文章立刻从地沟里抬起身来,同一时间欧阳和六品卧倒,龙文章几乎连瞄准的机会也没有,仅凭直觉打倒了一个日军,他向第二个瞄准的时候那人已经反应过来,六品踢起一块土坷垃砸在那人头上,龙文章拉栓退弹,开了第二枪。

欧阳径直冲向第一个倒下的日军,他仅从那个人的弹药包里掏出两枚手炮弹。六品比较好运,他从第二个日军身上搜出了仅有的一枚手榴弹。

远处的散兵线已经发现暴露在地沟之外的他们,子弹直射了过来。

蒋武堂挥了一下手,守备军的士兵从地沟里冒头开火,尽管枪声稀落,但总算吸引了射向欧阳他们的子弹。

六品把手榴弹照着坦克狠甩了过去,他根本没拉弦,手榴弹在铁甲上砸出一声巨响,炮塔向欧阳这边转动,还没发炮机枪先扫了过来。

欧阳和六品滚倒在地上,欧阳在倒地前捡起了反弹回来的手榴弹,在弹雨中滚动时他把手榴弹向跳出地沟的龙文章扔去。龙文章接住,趁着坦克向欧阳他们射击时接近,他直到贴住了坦克才拉开手榴弹的弦,把它塞在坦克履带之间。

轰的一声炸响,坦克并没像人们希望的那样瘫掉,坦克里的人被吓了一跳,一边继续向欧阳扫射,一边转动着只毁了皮毛的履带向卧在地上的龙文章辗去。

六品把自己的大刀插进了坦克的履带中间,坦克的传动系统发出刺耳之极的摩擦声,龙文章趁这一瞬躲开了就要辗到头上的履带。坦克一加马力,六品那柄近两指厚的大铡刀猛打在他的胸口,六品一跤坐倒,吐出口血来,刀柄立刻从履带间弹了出来,旋转着深深砍在旁边的一棵树上。

守备军正用枪膛里仅剩的子弹阻击迫近的追兵,背后的坦克猛震了一下,发射出第一发炮弹,在地沟沿炸开,蒋武堂所剩不多的部下又少了两个。

蒋武堂红了眼,他抓起自己的马刀,从攒射的弹雨中跳了起来,"我去开路!"他直扑向那辆坦克,愤怒地砍下第一刀,然后从炮塔上的某个缝隙把刀插了进去。

坦克无知无觉地驶行,一下把他心爱的刀别成两半。

赵老大和邮差几个也有点目瞪口呆了,对着这根本无从下手的机械造物,他们终于领会到什么叫人力有时而尽。

坦克无所顾忌地在几个人中间横冲直撞,又射出一发炮弹,逃生的人们现在是腹背受敌。

公路在此处拐弯,四道风看不见前方,但听见爆炸声,他在昏沉中稍显清明。"把你那突突突弄好!"

那人没说什么,只是有点生硬地打开枪膛检查着所剩无几的子弹。

四道风在拐弯处把车又一次掉个个儿,他推着车向前冲去。

欧阳仍被坦克上的机枪追射着,他跑着 Z 字路线,刻意在吸引那凶猛的火力。

蒋武堂仍挥着半截刀不顾死活地追砍着坦克,直到被邮差和赵老大拖开。

六品正全力从树上拔出自己的刀,他手脚并用使出吃奶的劲,终于连人带刀摔在地上。

龙文章敏捷地从坦克后方攀了上去,他用枪托乱砸几下,发现车里的人把所有舱口都锁得严丝合缝,龙文章把枪调过去,对着窥视孔里开了几枪,仍然无济于事。因为位置明显,追兵的火力已经向他扫射过来,打在坦克装甲上发出难听的声音,龙文章无处藏身,只好又跳了下来。

思枫听见背后的厮打声,她转身,冲在最前边的一个追兵已经跳进地沟,迎上去的守备军没了子弹,抡圆了枪托和那家伙斗在一起。

思枫用手枪开了几枪,那个面相凶残的家伙摔在自己面前。

更多追兵在机枪和手炮的支援下已来到一个极近的距离,思枫无望地看着。

欧阳跑不动了,他藏在一棵树后,那棵树立刻被坦克碾翻,他不抱指望地用手枪向坦克射击。一个熟悉的怪叫声让他转过头去。

四道风推着那辆怪模怪样的黄包车冲了过来,车上的机枪对正要发起最后冲锋的追兵一通猛射,追兵被压了下来,一时迟滞不前。

车上那人跳下来,继续向追兵射击,四道风的注意力却在坦克上,坦克仍在追击欧阳,他推着黄包车向坦克撞去,几乎连声响都没有,他的土造装甲车立刻支离破碎。四道风恼火之极,回头抢下了那挺正在射击的机枪,他瘸着,但仍凭股狠劲攀上了坦克,把枪口插在一个窥视孔里猛射。

坦克像个有知觉的生物一样愣了一下,贴着欧阳的身边驶了过去,但很快又恢复了正常,它一边转向想把人甩下来,一边对着刚缓过气来的守备军又发射了一枚炮弹。

四道风死死揪着一个能抓手的地方,他再次开火,却没了子弹,他恼火地把枪扔了。

欧阳捡起扔在一边的两枚手炮弹,追着坦克,对上边的四道风大声嚷嚷:"接着!"他把一枚炮弹扔上去,四道风接住,却茫茫然地不知道怎么使。

"炮筒子!"他示意四道风把炮弹塞到炮筒里去,四道风立刻明白,他伸长胳膊把炮弹塞进去,然后往炮塔侧面躲开。他刚闪开坦克就炸了,坦克炮弹和手炮弹在炮管里相撞爆炸,发出一声闷响,硝烟过后炮管炸得如劈裂的竹子一样,坦克也歪歪斜斜撞向路边,终于停了下来。

被震得发晕的四道风仍攀在车上,与坦克搏战了半天的人们难以置信地看着这个奇迹。

欧阳对地沟里的人们挥着手,"快走!"

还有子弹的人对追兵进行掩护射击,剩下的人快速跑向那座简易桥,欧阳看看仍死攀在坦克上的四道风,他甚至想笑一笑。

那辆坦克突然又开始驶动起来,欧阳赶忙跳开。

坦克向陡峭的河岸边倒退,火炮已报废,坦克用机枪向逃向桥头的人们射击,那条生路立刻又被封死了。

四道风狂怒地踢打着舱盖,那自然无济于事。

欧阳看着那些被压制的人们,思枫就在一个很近的距离上,欧阳笑了笑,把仅剩的一发手炮弹高举过顶,向坦克的装甲砸去。

"不要!"

思枫的叫声让欧阳改变了主意,他把那发炮弹塞进坦克后方陡峭的河岸里,一边揪着草皮往上爬一边嚷:"开枪!对这儿打!"

龙文章明白了他的意思,对那枚炮弹射击,空膛击发,他的子弹已经打光了。思枫开枪,一枪,两枪,那发炮弹终于被击中炸开,炸塌了那坦克据足的一截河岸,松动的河岸根本受不了这几十吨的重量,它慢慢失去平衡,随着簌簌塌落的土壤向河里滑去。

欧阳把四道风拖了下来,用尽最后的力气把他推上河岸。

那坦克仍在浮土中转动着履带挣扎,直到再无凭依,倒摔进河里,炮塔里立刻传来沉闷的呼救声。

四道风兴高采烈地趴在河岸边对坦克嚷嚷:"哪来的回哪去吧!"他刚嚷完,很干脆地就晕过去了。

六品没等人说话就把四道风背了起来,跟四道风一块儿来的小个子捡回扔在地上的机枪,一帮人迅速通过生死所系的桥梁。

追兵终于赶上来,却在河岸边停住,他们必须去救陷在坦克里的驾驶员,一辆坦克和里边的驾驶员对倾力投入战争的日本来说该是重要的资源。

过了桥又是山野,一干人迅速没了进去。

5

劫后余生的幸存者在山弯里休息,绯色的太阳在前方下落,只有一个小小轮廓的沽宁已在远远的东方了。

赵老大仔细看看那个方向,转过身来对欧阳说:"我们要从这里往南去了,希望再来的时候……"

欧阳疲倦地笑笑,"希望再来的时候我还活着。"

"你且死不去呢,估计比那还要好,你看,你现在已经有自己的同志了。"

赵老大指的是仍昏迷的四道风和在旁边照顾他的人。六品正很细心地把草药敷在四道风的伤口上,古烁和皮小爪看起来都有些茫然,那个半路杀出来的机枪手仍包着头巾,落落寡合地远远坐着。

"这是战争,他们……"

"这场战争已经着落在跟战争无关的人身上了,谁挨了打都有还手的权利,你别否认这个。"

欧阳没再说什么。

"你怎么办?"

"蒋司令要往北去,会合国军主力打鬼子,我把他送到安全的地方,然后回沽宁。"

赵老大点点头,"我不想说什么告别的话来浪费你的时间……"他没说下去,然后招呼邮差和几个地下党走开了,却刻意把思枫留了下来。

欧阳看看思枫,一时不知道说什么。

"拿去。"

欧阳看着思枫递过来的药瓶,说:"如果要把它留给我,放在原处不就好了?"

"我一直以为……我想……也许你会跟我们一起走的。"

"是我不对,我一直努力做的好像就是要把你们送走,我自己留下来。"

思枫苦笑。

欧阳也笑了笑,"总是还会见面的,总是还有机会,所以……我不要。"

"别犟,鬼子占了的地方药物都会很紧张。"

"说过不吃这种药了,治一时害一世,我也说过从现在起,得为好一点的活法做准备。"

思枫没说什么,沉默一会儿,又看看手上的药瓶,"真的不要?"

"不要。你拿走,这样我头痛的时候就会想起你来,也许我见你面时就会吃一颗,见你就得吃药,这都快成仪式了不是吗?"

思枫笑了,"那我希望你少想起我。"

"我倒希望到这仗打完能把这玩意吃个十来二十瓶。"

"好了,你已经哄得我很高兴了。"思枫忍不住想哭。

"那就走吧,趁着高兴的时候高高兴兴地走。"

思枫点了点头,一只手轻轻抚过欧阳的面颊,依依不舍地离开。

欧阳背向了她,久久地站着,直到那个人影在丛林小道上消失才抬起头来,"好了!我们也该走了!"

剩下的人们站起来,跟着欧阳往另一个方向进发。

一条大路蜿蜒地伸向远方,几个国民党的伤兵和守备军错肩而过。

龙文章上前把他们拦住,"哪个部分的?问你们话!"

伤兵不耐烦地看了看他,没说话。

"见了长官不知道敬礼吗?"

伤兵咕哝着,"散都散了,还哪来的什么长官?"

龙文章愣了愣,"前沿战况如何?"

"败都败了!还有什么战况?大家并肩子跑,五十步笑百步罢了。"

"怎么会败得这么快?"

"怎么能不快?多谢沽宁一个姓蒋的,开了大门把鬼子从海上放进来!鬼子排山倒海打后边压过来！怎么能不败？现在军部都下了命令，全线通缉这姓蒋的汉奸！谁见了都可以立即格杀！要让老子碰见就好了！"

龙文章根本无心跟他生气，他回头看看蒋武堂，突然很后悔问这些话。

蒋武堂垂头站着，似乎这些事情与他无关。

又往前走了一段，欧阳察看着被六品和古烁用土担架抬着的四道风，迎上蒋武堂，"司令，我必须回沽宁了。"

蒋武堂意兴阑珊，"回吧。"

"司令，您跟我说过什么话记得吗？"

"记得，能不记得。"

"有人跟我说，人这东西，他自个就是他自个的希望。"

"自个？自个在哪儿？我找自个找半辈子了。"

欧阳皱皱眉，"司令，事已至此，在下告辞，只能说好自为之了。"

蒋武堂点点头，欧阳看看他身边的龙文章，对方正用一种极复杂的眼神看他。

欧阳笑了笑，"你也是一样。"

"保重，共党。"

欧阳拍拍他的肩，和六品几个离开，那小个子也毫不犹豫地跟随了他这行人。

两队人分道扬镳，各自离去。

"司令，咱怎么办？"龙文章看着蒋武堂，他对蒋武堂一直低落的情绪放心不下。

"怎么都行。"

"前边败了，咱们往南还是继续往北？"

"南北都成。"

龙文章忍不住气，"您知道您只是做了替罪羊！这里哪个弟兄都看得见，您什么时候做过汉奸？他们只是要找个人扛！"

蒋武堂苦笑，"龙文章，你是不是很想跟他们去？跟那个风都吹得折的硬骨头？你是个喜欢英雄的人，我知道你打第一回见他，心里对你的司令就打了折扣了。"

"没有的事。"

"别不认，你没错呀，跟他们去吧，你跟错人了。"

蒋武堂用极快的速度把枪指在太阳穴上，龙文章愕然看着，他根本来不及反应。

枪声在空气里回荡着。

另一路的人们听着后边传来那一声震耳的枪声，古烁看了看欧阳，欧阳说："没有办法，已经尽力了。"

古烁将头转开。

"现在只能救救得下的人,现在救老四。"欧阳的步子没有停下,他们一行人向着沽宁的方向继续走去。

守备军纵队围成了一个圈,龙文章抱着蒋武堂,他瞪着蒋武堂平静的脸,难受得根本哭不出来,"你这算什么?你就这么把一队人扔给我了?你知道我们是怎么走出来的呀?你让我们怎么办?"

周围每一个人都比他更加茫然。

"你知道我们怎么才走出死路!你以为你这条命还是自己的吗?!"

"你别这么说他!"华盛顿吴哭着说。

龙文章瞪着华盛顿吴哭得不成样子的脸,"哭!你给我哭出条活路来!"

"你可以跟他走!你想跟他们走!我带弟兄们走!我就能走出条活路!"

"你?就你?"

"就是我!"华盛顿吴看看周围的士兵,可那些士兵的神情对他没有半分信任。他站起来,把一只手高高举起,另一只手拿着蒋武堂的半截刀,他猛挥了一下,把伸着的手指头砍了下来,"吴某人在此以天为誓!从今日此时起视在此的每一个人为兄弟!从今日此时起一定要带他们走出条活路!若亏欠一人,自断一指!若丢失一人,自断一指!"

龙文章瞠目结舌,这绝不是他认识的华盛顿吴。

一个士兵用布把断指包了起来,递给华盛顿吴。华盛顿吴摇摇头:"埋在路边,请大伙为证,我今天把我的血肉埋在沽宁,早晚有一天我会带大伙儿一道回来。"

那士兵沉默着照办,就这一瞬间,龙文章知道士兵们对华盛顿吴已完全慑服。

华盛顿吴在龙文章身边跪下,诚挚地看着他的朋友,"快追他们去吧,我知道你根本不愿意离开这儿。"

龙文章看着朋友那张忽然变得成熟了的脸,咬咬牙转身。

欧阳几个仍在向沽宁方向走,龙文章背着枪追上来,一声不响地跟着。

欧阳看了看,什么也没说,他们默默地向着既定的方向走去。

黑夜终于来临。

一艘小船靠在欧阳他们当时登岸的地方,廖金头和几个帮徒蹑手蹑脚下船。他们刚在海滩上走了几步,就被长长短短几支枪给逼住了。

古烁笑嘻嘻地走过去,把那几个人腰间的枪都下了,古烁对着欧阳说:"我就说照李六野的性子一定会再派人来看一看,看我们死得透不透。"

廖金头苦了脸,"三哥误会,你们刚上岸就来了鬼子巡逻兵,我们只好……"

"你好像很愿意替李六野死嘛。"

廖金头立刻不说话了。

"没别的,借你条路回沽宁,好商量吧?"

"万一路上遇上鬼子……"

欧阳不愠不火地说:"这不是沙门的专用道吗?沙门卖了我们还好说,总不能把发家老本也卖了吧?"

古烁毫不犹豫地对廖金头抠了扳机,廖金头吓得软在地上,可枪里早没子弹了,古烁拿起廖金头的枪指着廖金头,"要听见个鬼子声就拿你的子弹撞你的头,不晓得谁硬?"

"上船,请上船。打现在起你们是爷爷。"廖金头忙不迭地开船解缆。

古烁笑笑,"可以放心了,这家伙是真正的沽宁精。"

船在黑漆漆的水里驶着,终于又回到当初上船的码头。码头上寂静无人,船影幢幢,欧阳他们下船。

廖金头吆喝着:"抬四哥呀!你们几个瞎了眼的,这船上最金贵的是什么还要我说吗?"

"有劳廖先生。"欧阳说。

廖金头苦笑,"劳什么?四哥要有个长短,大阿爷第一个做掉的怕就是我。"

"还请转告沙老爷子,这次事情就当它过去了,只望他以后离鬼子远点,免得伤了沽宁人的心,这是我替老四说的,你千万要记清。"

廖金头点头不迭,欧阳实在没耐心打发他,转头去看望已被抬到岸上的四道风,四道风还是昏迷着。

"我就到这里吧。"古烁的神情有些异样。

"我不明白三哥的意思。"

"我是有家小的人,不敢像你们那样开罪沙门,打一开始我就想好去跟大阿爷赔罪,就算请大阿爷赏条活路,以后咱们也就是两不相干了。"

皮小爪急急道,"老三,你这算仗义吗?"

"我是个有家小的人,我已经为了对一个人仗义负了一群人。"

皮小爪愤愤地点点头,不再说什么,古烁有点挑衅地看着欧阳,"欧阳先生有什么说道吗?"

"没有,我很抱歉,兴许是因为我才弄得你们兄弟不能在一起。"

"我也奉劝欧阳先生一句,尽早把老四送回沙门,不为别的,你想想他伤得这么重,眼下的沽宁,除了沙门谁还有能力救他的命?"

欧阳苦笑一下没说什么,显然古烁所说也是他头痛的问题。

古烁接着说:"我也知道你们说的什么主义,可我跟你说那大不过命去,你要觉得这大过老四一条命,我告诉你,不仗义的不光是我,也有你一个。"

欧阳苦笑,看着茫茫的夜幕,"生死存亡,这早就不是主义之争了。"

古烁又看了看他,走向廖金头,"走吧,我们回沙门。"

"这怎么说的?"廖金头吓一跳。

"今儿犯的错,你不想有个人陪你一起扛吗?"

廖金头再没说什么,带着几个帮徒和古烁一起去了。

欧阳几个一路小心地又回到了那间地下室。偌大的地下室里一下只剩了几个人,显得甚是冷清。

龙文章坐着发呆,四道风仍昏迷,六品弄了草药和皮小爪一块儿在对付四道风的伤势,但看来是无济于事。

欧阳径直走向坐在角落里的一个身影,那是带来了一挺机枪的小个子。欧阳坐下,看着对方,小个子不安地动了动,往阴影里坐得更深。

"唐真!"

对方无声地解开头巾,那确实是唐真。她嘴唇动了动,似乎要叫老师,但终于没叫出来。

欧阳叹了口气,"你不叫我老师了?我知道我的所作所为不像个老师,可你不叫我老师,恐怕不是这个原因。"

唐真不说话,只是看着他,那目光叫欧阳觉得有点冷。

"发生了什么事情,你不说,我能想到。有些事让你什么都不信了,不信天,不信地,不信我以前教给你的东西,当然也不信我这个半吊子老师。你只知道自己想做什么,要做什么,除了动机什么都没有。"

唐真仍是执拗地看着地。

"你可以不说发生过什么,可你得说要做什么,否则我很难办。"

"我要杀了李六野……还有沙门会的头儿,他叫沙观止。"唐真终于开口说话,久不说话,她的声音有些嘶哑。

欧阳愣了一下,眼睛里出现一种真正的痛惜,他看看身后,庆幸四道风仍人事不省。

"还有所有沽宁的日本兵。"

"可以知道为什么吗?"

唐真又不说话了。

"我相信你有充足的理由,你一向是个很为别人考虑的人。"

唐真不说话。欧阳苦笑,"把沽宁的鬼子交给我吧,你回家。如果没有家了就去别的地方,这真的不该是你干的事情。"

"我有一挺机枪,你们没有机枪,我拿机枪入伙。"

"我是你的老师!你来跟我谈入伙?"

唐真沉默。

"走吧,好吗?你是个聪明孩子,你跟很多浑浑噩噩的人不一样,知道将来是什么样的,去为你的将来做点什么,别在这里,别这样……"

"没有将来,我走到外边就会死,是我自己要死。"

欧阳看着那张不再有一丝稚气的脸,那上边的决心让他慑服。欧阳使劲揉着自己的额头,他实在很难接受这种现状,但现状就是这样。"好吧,你住那里。"他指指他住了几天的小间说。

"不去。"

"你可以不认我是你的老师,可说到头你是个女孩,如果不住那会给我们带来很多的不便!"

"我入伙了?"

"如果你觉得在这里才能活下去,那就暂时先这样吧。"

"我去。"

欧阳苦笑,他觉得荒唐。

"那我叫你什么?"唐真问。

"爱叫什么就叫什么。"

"头儿。"

欧阳苦笑。他摇了摇头,走出了地下室,在杂院里坐下来,院里显得破败荒凉,很合适他现在寂寥的心境。

棚屋的门响了一下,龙文章从里边出来,在欧阳旁边坐下,"就我们几个?"

"就我们几个。"

"能把整队人从重围里带出来,我以为你们在沽宁有相当的实力。"

"已经实力倍增了。原计划就我一个,有你们在真是好得多……可也多了很多烦心事。不过你确实没有必要回来。"

龙文章黯然看看他,淡淡地说:"我要在沽宁找些东西。"

"找什么?"

"说不出来的东西,你不满意这个回答的话,我还可以告诉你,我是广东佛山人,很多年没回家了,我妈说要来沽宁找我,我不知道她什么时候动身,可不敢一走了之,就怕她来了不小心进了鬼子窝。"

"你们都有很多留下的理由,都强过我。"

"你什么理由?"

"老婆走了,我得看家。"

"这算哪门子理由?"龙文章哑然。

"不是理由,是现状,现状如此,无需理由。"

"我来是想问你一声,四道风是你的朋友吗?"

"是很好很好的朋友。"

"那么……你最好有个准备,我是行伍中人,知道这个,伤成这样的人,活不过明天。"

欧阳想着,"我该把他送给沙门会吗?他能活,可不是照他想要的样子。"他看看龙文章,犹豫地说出自己的想法,"我想……去找高三宝试试。"

6

高家的门被久久地叩动着,全福和高昕终于来应门,高昕手上拿着一支上好的燧发枪,门外站着两个模糊的人影。

高昕警惕地问:"你们找谁?"

欧阳犹豫了一下,走到门廊下。

"老师?"高昕愕然。

"我来……家访。"

高昕根本说不出话来,欧阳说的那两个字似乎属于上个世纪,第二个人也走了进来,那是龙文章。

"龙副官?!"

龙文章难堪地笑了笑,"我来……陪他家访。"

高昕惊讶地把俩人让进屋,她把那支燧发枪放在桌上,局促不安地看着欧阳。

欧阳笑笑,"是这样,有一个伤员……他……我想……"他想着措词,分神看了看这客厅,客厅里的大钟、花瓶、留声机什么的都没了,只留下几个空荡荡的位置,椅子也少了几张。

"别看那个了,鬼子给搬走了。老师,你刚说有一个伤员?"

"对,一个……伤员。"

"什么伤员?外伤内伤?我是说,怎么受的伤?"

"嗯……主要是外伤,急需医生。"

龙文章干脆地说:"让鬼子打的。"

欧阳点点头,"对,让鬼子打的,这些天这样的人多了去了,我想你父亲乐善好施万家生佛……"

"我爸爸现在天天还说车轱辘话呢。"

欧阳有点发傻,"那么……"

"那么现在谁管事?"龙文章又帮他说了出来。

"没人管事。家里有两个男人,一个整天颠来倒去说一句话,一个洋洋洒洒忙着写信给国际联盟。"

欧阳失望之极,"那我只好……"

"您先告诉我这个伤员是谁。"

"他是……说起来你也认识的。"

"四道风?"

"你怎么知道?"

高昕笑得绝不止得意,还有高兴,以及——一种说不出来的光彩,"谁不知道呢?今天有个大英雄,用一辆黄包车就冲过了鬼子的重重关卡,干掉了一条街的鬼子,这个英雄人人都认识,可就鬼子不认识,这个名字人人都知道,可就不告诉鬼子。"

欧阳苦笑,"原来他已经搅得这么沸沸扬扬了?"

"您掩耳盗铃才是真的!老师您知道今天沽宁人有多高兴吗?您知道等我爸好了我第一件事要告诉他什么吗?您知道有一半沽宁人都在说鬼子马上就要跳海游回日本了吗?对了,老师你们有多少人?是不是个个都这样?是不是都飞檐走壁用双枪的?"

"这个……也许吧。"

"老师您是干什么的?是不是也身怀绝技深藏不露?"

"我?打杂的打杂的。"

"龙副官你呢?"

龙文章正色,很想对自己伸个大拇指,"我是……"

欧阳干咳了一声。

龙文章笑笑,"我是帮忙的帮忙的。"

高昕显然不信,"神神秘秘,像做大事的,什么时候拿过来?"

欧阳一愣,"拿什么?"

"大英雄四道风呀!不是受重伤了吗?"

"不是没当家的吗?"

高昕得意扬扬亮出一串钥匙,"男人都不管用,当然就是女人当家啦,老师你知道我多高兴您来找我吗?四道风要在这住几个月?"

"几个月倒不用,就是输血……就在门外……如果不输血的话,他撑不过明天。"

欧阳出门示意,六品和皮小爪把四道风背了过来。

7

四道风从沉睡中醒来,发现自己睡在一张很舒服的床上,周围摆明是个女孩的房间。他看看手上的针管子,一把全扯了,又把旁边的输液架推开,自己站了起来,一个趔趄,他差点摔在地上。他把一张椅子拖了过来,扶着它在屋里毫无必要地转了两圈,然后推开门,一步一椅子地走了出去。

高昕正上楼,上几级就撑不住了,在台阶上坐下,擦了擦虚汗。何莫修关上大门进来,"我把医生送走了……又撑不住了?"他连忙过来扶她,"你知道一天一夜抽800CC血是个什么概念吗?"

"你知道我闭着眼的,我晕针。"

何莫修拿手比画着,"这么大一瓶子,精确地说,用量管来装……"

"别说了。"高昕自己也有点害怕。

"就算他是英雄吧,我们可以再去找几个O型血的人来,很多的。"

"老师说一定要保密,"她反应过来,"什么叫就算是英雄?"

"英雄的定义有很多种……英雄来了。"

四道风拖着椅子出现在楼梯口,看两人一眼,很不感恩戴德地说:"我说在什么地方呢,原来在你家呀。"

高昕看着他,一张快嘴忽然拙了。

"那谁谁谁呢?"四道风问。

何莫修纳闷着,"什么谁谁谁?"

"算了,我自己去找,不该你们知道还是不说的好。"

"你应该躺着,你还没有恢复。"高昕试图阻止。

"还没有恢复?哈哈!这点伤老子压根儿不用管它自己就长好了,我是躺你们那大软床把腿躺木了,一会儿我蹦个高给你看!"

何莫修有些不满地说:"你说这话是没有风度的,你知道谁给你找的医生、谁给你输……"

"再说你就惨了。"高昕忽然间红晕上脸。

何莫修气得挥了挥手,闭嘴。

"医生就不用了,在你们家睡了一觉,谢字还是会说一声的。"四道风说,"走了走了,找机会你上我家睡一觉就补回来了。"

高昕忽然臊得没话。

四道风试巴试巴地端着椅子下楼,这实在是不太方便。

"有根扁担就好了。"他说,他终于想起来,又问:"你爸好了没?我还怪惦记他的。"

高昕摇摇头。

"给我瞧瞧,我上次又想了个方子。"

高昕惊喜,顾不得何莫修的狐疑,把四道风带到高三宝屋里。

高三宝仍一脸呆滞地坐着,似乎除了换个地方就没换过别的,四道风煞有介事地翻看他的眼皮,把着脉。

何莫修怀疑地问:"你真有办法吗?"

"我是练功的人,练功的自然有练功的法子,不过外人不能看。"

"你治我爸,我去做饭。"高昕转身。

"你会做饭?"何莫修更加怀疑地问。

"你有那么多要问?跟我出来。"高昕有些恼火,何莫修不太乐意地跟高昕出去,并带上了门。

四道风看看高三宝,"东家?"

没有回应。

"这个法子是这样的,上次摔你的宝贝你豁了出去装疯卖傻,这回我抽你大耳刮子看你是不是还装疯卖傻?"他把一只大手伸到高三宝眼前晃着,"看见这没有?我是为了你好,你可不要怪我。"

他轻轻在高三宝脸上拍了一下。

"人散曲终——"

四道风点点头,"我晓得,不痛。"

他打重了一些。

"坐。"

"还是不痛?我下手就是太轻。"他一个耳光扇过去,高三宝被打得靠在椅背上。

"罗老?"

四道风有点急了,"以为你是个响鼓呢,原来是个烂鼓呀!没辙了!"他拿起高三宝放在旁边的象牙手杖,往高三宝的额头敲去,"别没羞没臊啦!你那码头天天过日本鬼呢!你还好睡呀?起床啦!那个阴阳怪气的跟我说过一句特有道理的话,你给我听好啦!——能多救一个中国人就多救一个中国人,能多杀一个鬼子就多杀一个鬼子。"他几乎每说一个字就在高三宝头上敲一下。

高昕在楼下不安地听着楼上的动静,几个送菜的伙计拿着锅碗瓢盆出现在门外,"高小姐,您订的大菜。"

"轻点声,放桌上。"

几个伙计径直进来,一边往桌上放东西一边问:"高老爷子怎么愿意从外边订饭啦?"

"说了轻点声!我家厨子躲日本人去啦。"

何莫修在旁边看着,很不满意地说:"明明不是你做的,为什么要说你做的呢?"

"你懂什么,这叫女德。"高昕转身上楼。

"就算你忽然信三从四德了,也没这条吧?"

"我乐意。"

"你是不是……"

"你管不着。"

何莫修一向平和的脸上终于有些忿忿的神情,他跟了上去。

高昕上了楼,推开门,高三宝仍在那里坐着,四道风却不见了。

"爸爸?哎,四道风呢?"

何莫修大不乐意地靠在门边,"你问我还是问你爸?问他他也听不见。"

"你们吵什么?"高三宝突然说。

两人吓了一跳,高昕忽然醒过神来,"爸爸你好啦!"

"什么好啦坏啦?我就是觉得特别饿。"

"楼下有饭！我扶您……"

高三宝茫然地摇摇头，"先别动我。我正在犯纳闷，我好像做了个梦，可醒来时又发现自己并没睡着,我现在就觉得两颊火烧火烧的,下巴颏这块也火辣辣的,唉,这头也……人老了是不是尽这毛病？"

"是他把你治好啦!"高昕一脸欢喜。

"谁把我治好啦？治好了我怎么还头疼？"他习惯地去摸自己的宝贝手杖,一摸却摸了个空,"我的象牙手杖呢？"

高昕也终于想起来,"他人呢？"她在屋里四处找着,不明白四道风怎么就突然不见了。

四道风拄着高三宝的象牙手杖走在小巷的青石路面上。他走得吃力之极,一手支着手杖,一手扶着墙。那根文明杖对他并不管用,四道风也恼火地觉察到了,他拦住了对面过来的一个沽宁人,那人挑着担子,四道风把人家的担子挑到地上,把手杖塞给人家,"这个给你,"他把人家的扁担拿了过来,"换你这个。"

那人被那根价值不菲的手杖吓了一跳,反应过来时四道风已经一瘸一拐去得远了。

四道风自如地支着那根扁担走着,几个巡逻的日本人被他当作无物。他在沽宁是很让人眼熟的人,不一会儿就被几个人盯着,终于有一个毛着胆子过来,"借问一下,您是不是四道风？"

四道风停下,"我是沽兴行的四道风,四海为家的四,不讲道理的道……"

市民惊喜地小声喊:"他是四道风！"

四道风身边立刻有一帮人围过来。

"昨儿一辆黄包车闯城门杀了整街鬼子的是不是你？"

"那当然,那都不算什么,我出城还放倒一辆坦克呢,直接给它扣河里啦！"

"我就说那叫坦克！"

"假的吧？明明是洋铁甲车！"

四道风急了,"怎么是假的呢？看我这手没有,这大痕就让铁棱给硌的,这耳朵,让炸得现在还嗡嗡嗡！"

几个日本人看看这边,并搞不清这些人在干什么。

市民们仍叽叽喳喳,"假的,做了那么大事哪敢第二天就出来？""假的,绝对是假的,四道风是个大胡子。""对对,哪像他嘴上没毛,一看就假。"

四道风还没来得及抗议,立即被忽然出现的欧阳和龙文章一左一右拥着离开。

欧阳气极,"你怎么就出来啦？"

龙文章也一脸担心,"我们预计你明天能睁眼,后天能说话,再后天能起床。"

四道风看看这个,又看看那个,欧阳看着他,忽然一阵莫名的感动,把四道风一下揽紧了,"不管好赖,欢迎回来。"

四道风不习惯这样,挣扎着,但很快就不挣扎了,他越过欧阳的肩膀看见一帮沙门会的帮徒正走过巷口,古烁蔫头耷脑跟在最后。古烁也看见了他,两人用一种极其陌生的眼光互相打量着,古烁终于问心有愧地将头转开。

欧阳把四道风拉进更深的巷子,"别怪他,既然沙门没把他三刀六洞一洞穿心,你该为他高兴。"

四道风仍向没有了古烁的巷口张望着,欧阳拉着他,三人七弯八拐小心地回到地下室。

一回来,欧阳便坐到发报机前发报,四道风显然已经忘了刚才的郁闷,坐在旁边的床上,好奇地想看看自己绷带下边的内容。

"他们已经到了。"欧阳说。

四道风抬头,"你老婆是吧?到哪儿啦?"

"南边……南边也让鬼子给占啦。"

四道风咧咧嘴,"不说就不说。"

"有一天总会跟你说,因为从现在开始我们是自己人。"

"原来以前咱们不是自己人?"

欧阳有点不好意思,"我是说——你、我、他们,大家都是自己人。"

四道风想了想说:"你老婆人不错,自己人就自己人吧。"

"我有一个计划,还要跟你约法三章。"

"计划是什么东西?"

欧阳想了想,说:"就是妙计。"

四道风笑,"这就对啦,以后你就是军师,有妙计好计尽管拿出来,我就是大将军,杀鬼子的大将军。"

"你认真听我说,沽宁地下抗日组织从现在起成立,你是总负责人,也就是头儿,我是总联络人,就算是你说的军师吧。"

"那以后就叫你军师啦。"四道风对这个安排显然很满意。

欧阳苦笑,"反正我不会叫你将军,请你认真听,从今天起我要尽一切可能让你成为沽宁的英雄,但是你绝对不能再像今天那样出头露面,既然四道风这三个字已经被沽宁人知道,我要让这三个字成为英雄的代称,可不能让人知道四道风长得什么样,住在哪儿,这是其一。"

"为什么?"

"因为我们什么都没有,只能扯出一杆旗,在这杆旗下我们的队伍也许会慢慢壮大,'四道风'三个字,就是这杆旗。"

"那你呢?"

"谢谢你为我考虑,我在你的旗下,我是你的影子。"

"听起来不坏,只是委屈你啦。"

"绝不委屈,我早习惯了。我再说其二,照你想的那样,我会制造一切机会给你打击日本鬼子,能多救一个中国人多救一个中国人,能多杀一个鬼子多杀一个鬼子,但是——你得听我的。"

"为什么?你不在我的旗下吗?"

欧阳又想了想说:"因为……我比你聪明。"

"那倒也是,就这样吧,反正其一上你已经吃亏了,其二给你补一下子。"

欧阳有些愕然,他没想到这条这么好过。

"其三?"四道风问。

"其三是以后你跟沙门就绝对没什么关系了,你是中国共产党领导下的地下抗日组织之一,能做到吗?"

四道风一听就急了,"何止没什么关系?我非做了李六野那吊颈鬼不可!"

"你做得到吗?"欧阳有些揶揄地看着他。

"他要真给脸子不要脸的话……行了行了,做得到。"

欧阳如释重负地吁了口气,"那么就通过了,你的名字?"

"我的名字?四道风呀!四海为家的四,不讲道理的道,狂风大作的风。"

"那是绰号,我要你老人家的大名,从今后你是中国共产党领导下的抗日组织,我们必须登记你老人家的大名。"

四道风忽然有些赧然,"我可以告诉你,可你不能告诉别人。"

"为什么?"

"我爸妈死得早,没来得及给我起个好名字。"

"那你叫什么?"

"我叫……这个名字只有大风、二的还有那个不仗义的三的才知道,就是说只有好朋友才知道……你绝对不能说出去!"

"你说给我听听,你已经让我很好奇了。"

"我姓沙。"

"这我知道。"

"狗狗。"四道风的声音小了下去。

"什么?"

"沙狗狗。"四道风大声了点。

欧阳突然乐了。

四道风认真地看着他,"说出去天打五雷劈!"

欧阳笑着摇摇头,开始发报,四道风急了,"你不是告诉那头的人吧?"

"不是,我告诉那头的人你只能叫四道风了。"

"你笑得很怪。"四道风仍怀疑。

"真的不是,我只是想告诉那边的人,我欧阳山川终于有了一个朋友。"

四道风看着欧阳,终于放心而开怀地露出了一种四道风式的微笑。

中部 苦旅

一九四一年　九个昼夜

第十三章

1

三年后。

一九四一年十二月七日。夜。

电光和雷声划过夜空,枪声在某个街头回荡,路面上的雨水激起半人高的水雾。一个中枪的日本兵倒在水洼里,几双大头靴纷沓而过,杂着日语的喊叫,他们在追捕凶手。

枪声仍在零星地响着,日军终于在一条T字巷里堵住一个人,那个人两手空空,衣衫单薄,日军的电筒在他身上晃动:"靠墙的!""举手!举手的!"

电筒光束晃过那人的脸,是龙文章,他举起双手,任由日军拿枪筒在身上捅着,嘴角露出难辨的笑意。

电光闪过,巷角的凹槽里放着一支步枪,龙文章活动了一下灵巧的手指。

电光过后是一片漆黑,巷子里开始划过弹道的闪光,枪声被迟来的雷声盖住。龙文章退出最后一发弹壳再装弹时,巷里已经只剩一个活的日军了,这仅剩的日军怕得发抖,死死挤在门洞里,龙文章拿枪瞄了瞄,忽然放下了枪,"那东西是我的,你别碰。"

那日军还没明白,就被一双胳膊从背后扼住,黑暗的门洞里发出骨头碎裂声。

龙文章恼火地咧咧嘴,沿着巷子走开,六品从门洞里出来跟在他身后,并没忘记拿走几具尸体上的枪弹。

小馒头拉着一辆黄包车从巷子里跑来,龙文章和六品一言不发把枪械藏到车上,小馒头拉着车跑开,跟两人背向而行。

一切又恢复平静,只有雨仍在哗啦啦地下着,直到清晨才渐渐停下。

高家客厅里,几个人在吃早饭。高昕无心吃东西,忙着把盘子里的食物弄成一小块一小块的,何莫修时不时地看她一眼。

"你老看我干什么?"高昕问。

"你有话要说……是让你高兴的事情。"

"这都能看出来?"高昕乐了。

"能看出来,如果你看一个人看了三年,还有什么看不出来?"何莫修的语气接近哀怨。

高三宝干咳了一声,高昕却纯当它是空气,"我为什么高兴呢,小何博士?"

何莫修摇摇头,"我不知道,如果我知道有事情能让你这么高兴,我早就做了。"

"谢谢,不过你做不来。"高昕简直兴高采烈,"你昨天睡得很晚,听见什么吗?"

何莫修从她的神情立刻明白是什么事情,他苦笑,"我听见打雷,看见下雨。"

"你真笨,明明是爆炸!"

"是雷声。"何莫修倔强着。

"是爆炸!从鬼子司令部的方向传来的!"

"是一种气流摩擦现象,来自同温层。"

高昕气得没法,只好找高三宝,"爸爸你听见没有?"

"是打雷……不过我也听见开枪。"

高昕笑逐颜开,"就是说又开打了,鬼子说剿了他们纯属放屁,就是说压根儿不像小何想的那么回事……"

"哎,我想什么?我和你……当然也和他们同一立场,只是实力相差太过悬殊。"

"悬殊吗?三年多了鬼子也奈何不了他,他是盖世的英雄,只要挥挥手就能聚起好几百人……"

"这话不实际,他要翻个筋斗沽宁不就光复啦?"何莫修一脸的不赞成。

高昕瞪眼,"你今天干吗老跟我作对?"

何莫修不再说话,他也觉得自己的泛酸有些心理阴暗。

高三宝看着两人,"别吵了,谁又不是站在他那边的?早知道我车行的一个车头能有这么大能力,我把几个码头工厂全给了他,也好过现在被鬼子活剥皮……唉,来咱们家晃一圈儿就没影了,还拿走我的象牙手杖……"

"爸,你还要你的宝贝手杖呀?"

"倒也不全是,我想给他点买枪买药的钱,咱家是败落了,可这点力还出得起。"

何莫修郁郁地站起来上楼。

"你怎么啦?"高昕问。

"我回屋写稿子……出一点力。"

高昕开玩笑地做了个轻蔑的表情,何莫修看着那个表情心都快要碎了,他在楼梯上愣了一会儿,上楼。

高三宝又叹气,"不要那么对他。英雄是挺了不得的,可只有他,才会坐在这儿等你三年。"

"你说什么呢,爸爸?"高昕扭捏地起身上楼。

高三宝一脸苦笑地看着。高昕已经不是孩子了,可仍理直气壮地不肯长大。

何莫修在桌边奋笔疾书,高昕在门口张了一眼,"小何你干什么?"

"没……没什么。"何莫修下意识地把正写的东西挡了。

他的样子反倒激起高昕好奇,"给我看看!你说你要出力,这是出力的东西吗?"

"不是啦,真的不是!你要尊重隐私啊!"

高昕蛮横地抢到一张纸,"这是什么?"她看不懂那上面密密麻麻的英文。

何莫修舒了口气拿过来,"这是……这是我在温书,对,几年没进实验室了,可我心里有个实验室。"

"小何,你到底在干什么?"高昕笑得颇为叵测。

"没什么啦。"何莫修看一眼高昕,讷讷地将头转开,他怕高昕这样,因为他觉得对方很美。

"知道啦,你在给你的英格兰、法兰西还有德意志情人写情书。"

"才……才怪呢!我对拉丁人种没兴趣!我是说只有审美上的兴趣。"

"你在干什么嘛,小何?"

"说了你不要笑我,我觉得这是有用的,我才这么干。"

"我不笑你,为什么要笑你?"

"我在写一篇散文,关于中国的风和日丽,"他担心地看着高昕莫明其妙的表情,"我之前写的目击报道已经发给欧洲的报社了,你知道的,关于日本人的暴行,还有照片……他们说,如果有一篇异国风情的游记连载,报道就可以考虑发表。"

"游记散文?风和日丽?"

"我知道这很可笑……"他叹口气,"你笑话我吧,别忍着,这不像你。"

高昕显得很失望,连笑话他的劲头也没有,她把稿纸还给他,顺带着拍拍他的后脑,"小何,念博士的人是不是都特别天真?"

"这跟博士有什么关系吗?这……这不就是个希望吗?希望本来就是无所谓有无所谓无的呀!可一定得有啊!"

"我出去,你陪不陪我?"

"我明天截稿,你如果等……"

"我走了。"

"你上哪儿?"

高昕已经走了,何莫修愣了一下,手忙脚乱收拾稿纸,"你只需要等两分钟!"

高昕的脚步声已经响着下楼了,何莫修终于放弃收拾追出去。

2

被占三年的沽宁人口并未减少,街道却显得破败许多。司令部外的闹市区都坐着乞丐,那小乞丐也混迹其间,他已经从儿童长成了十二三岁的少年。看着频繁进出的日军,他相应的往一个布袋里放石子、树枝和树叶。

"小汤包,不够塞牙缝的小汤包。"一只手胡噜着他的头发,用压低了的嗓音逗他。

小乞丐顿时惊喜,也压低了声音说:"四哥,我昨晚上梦见你了,我想死你了。"他的口齿已经很伶俐。

那个人在小乞丐身边坐下,一样的破衣烂衫,帽子压得看不见脸,"最近鬼追得好紧,你还想死我,别真把我想死了。"

小乞丐语无伦次地倾诉:"还想军师,你们叫我别动,在这儿盯鬼子,我就哪儿都不去。"他看见人群中警戒的六品和其他几个人,"太好了,你们都来了!现在可多多可鬼子了,疯了一样,你们要小心。还有,我一直有听话,我这么听话,你这回带我走吧?"

那个人在帽子下笑得打战,小乞丐愣了一下,猛地把帽子扯了下来,龙文章正笑得不可抑制,小乞丐顿时恼火不堪。

"龙乌鸦!"

"跟大人这么说话?你说话还是我们教的呢!"

"没有你,军师和四哥教的,你就会扮神气,还有乌鸦嘴。"

"还不如不教,那帮烂仔又能教出什么好?"龙文章摇头叹气。

"要你管屁!"小乞丐把布袋递过去,"这五天进出的鬼子军队。"

"这是什么?"

"大石子是官,小石子是兵,榆树叶是炮,柳树叶是车,一根树枝就是一队人。"

"我们的情报员居然不会算数。"

"军师说了,有空就教我。"

龙文章拿着那个布袋起身,想要走开,裤管却被小乞丐拖住,"他们来了吗?"

龙文章摇摇头。

"那你来做什么?"

龙文章看看禁卫森严的司令部大门道:"鬼烧了我们的眉毛,我就来敲他们的门牙。"他胡噜一下小乞丐的头,转身走开。

一辆带篷的卡车驶进司令部,车上渗下的血滴在路面上。

司令部里的日军正整理着一些在城市里绝用不上的重型武器。那辆卡车驰过,在空地上停下。士兵们从车上卸下几具被打得浑身都是弹孔的中国人尸体,在地上列成排,几支破旧的武器架在一边,几个文官拿着相机在旁边拍照。长谷川和伊达陪伴着一个年轻的高阶军官过来,他叫神崎,是途经此地的神崎支队队长,也是现时沽宁最高职务的军官。

神崎看着眼前的尸体道:"长谷川君,这就是你叫我来看的东西吗?"

"这是昨晚肇事的反抗者。"

"也是三天前在公路上炸毁我两辆汽车的人吗?"

"是同一批人,他们接受一个叫四道风的人领导。"

"是五天前在山里杀死我一个中队长的人吗?是上周几乎炸掉了军火库的人吗?而你想用这几具尸体打发我?"

"要尸体我可以给你更多。"长谷川的脸色很难看,神崎并非他直接的上级,分属海陆军,而被一个小自己十几岁的海军军官呵斥,面子总是不好看。

"浑蛋!海军是真正的精锐,我的海军陆战队是精锐中的精锐!他们要途经此地投入圣战,因为你的无能,我的勇士还没上战场就蒙受牺牲!"

长谷川小声嘀咕:"无可救药的蠢货!居然说自己还没上战场?这里就是战场!"

"浑蛋,你说什么?"

长谷川一低头,"神崎君,我说我有个东西想给你看看。"

"什么东西?"

长谷川没回答,径直往他的房间走去,神崎和伊达跟在后面。

他的房间已经陈设得琳琅满目了,许多贵重的东西直接来自高家。长谷川翻开一本厚得吓人的相簿,里边全是注明死亡时间地点的死人照片,这是几年来被日军杀死的反抗者,也是长谷川几年来的业绩。

第一页赫然是四道风的名字,除了名字什么都没有,往后几页则连名字都没有。长谷川吃不太准地把它空着,因为他感觉对手决不会是由一个豪雄率领的一帮草莽之流。

神崎怔怔看着翻过去又翻回来的名字,他用生硬的中文念叨:"四道风?"

长谷川点点头,"不是一个人名,是一个绰号,也是一群反抗者。我相信沽宁周围的反抗运动百分之八十出自他手,尽管我对外声称在沽宁没有任何军事行为,可三年来仅本队就有两百多人折损在他手上。"

"可我们也杀死他们四百多人。"伊达看着那相册说。

"这里有四百九十三具尸体,可无济于事。四道风是本地人,现在他是英雄,对任何还有反抗意识的中国人来说,他是一杆旗,吸引他们把意志变成行动。我们可以砍倒向他跑去的人,却不能阻止人心向他跑去,就像你们想用刀阻止水流,两位尊敬的武士。"长谷川说。

神崎有些不屑,"关于这个传说还有些什么?"

"没有了,因为他的存在,沽宁永远是战场,可得不到更多的情报,线总是到某个地方就断掉,他是沽宁人的宠儿,人人都保护他,甚至连我重金收买的内线也不愿出卖他。"

"那么你又给我一个很好的借口了?"

"不是借口,神崎大人,我希望在即将来临的大行动中,你我能联合作战。"

"我必须向本部核准。他们有多少人?"

"五六百。"

神崎吓了一跳,"五六百你们就可以对付,三年前你们也是陆军的精锐,现在居然……"他看看伊达,摊摊手,算是留面子没说下去。

"相信我,是值得的。"

神崎犹豫了一会儿,"我会去核准,我认为让我的部加入这次行动是无谓的,但是为了我的朋友伊达,我愿意与你一起作战。"

伊达感激地笑笑,神崎笔挺地出去,甚至不打算跟长谷川客气一下。

看着神崎走远,伊达才转身对长谷川说:"我认为四道风他们最多一两百人。"

长谷川苦笑,"伊达,如果是五六百我们就只好在碉堡里生活了。"他沉吟了一会儿,"让沙门的人过来,我要用上所有能用的力量来杀他,以便让沽宁能安静个一年半载。"

"一年半载?"

"您认为到下一个人向我们开枪会有多久?伊达,你们不了解这场战争。"

3

高昕和何莫修乘坐的老林肯车缓缓停下,这是沽宁郊野。公路、河流、桥梁,四道风他们曾经在这里收拾了一辆坦克,或者说险些被坦克收拾。

四周都没有人,只是路边多了一具烧得所剩无几的卡车残骸。

高昕兴奋地从还未停稳的车上蹿了下来,直奔那卡车残骸,"他们来过这儿!几天前,昨天,兴许就今天!"

何莫修看看那积尘的车架,苦笑,"至少几周前了。"

"这里有个弹孔!"

"这片土地千疮百孔。"

"那儿还有,你看。"她给何莫修看捡到的一个弹壳,跑开。

"这么暴力的东西不该让一位女士如此兴奋。"何莫修的神情越来越忧郁。

高昕根本无心听他,她已经跑到了河边,发出一声心旷神怡的叹息,在河岸的高堤上抱膝坐了下来,对何莫修来说,那是个美得让他颤抖的画面。

高昕看着扎在河中淤泥里的那辆坦克,因为重量和地势,它已经在那里呆足了整整三年,生着铁锈,盘着青苔和水草,像是洪荒怪兽的化石。

何莫修抑郁着,在她身边坐下来,"你已经看了它很多遍,看得它都快成精了。"

"什么样的人能把这么个怪物掀到河里去呢?"

"你臆想出来的英雄。"

"你什么意思?"高昕的口气有些生气。

"我是说,不是一个人,是一群、一群……英雄。"

"总得有个领头的吧?一个与众不同的男子汉。"

"有吧,也许。"

高昕温柔地看着手上的弹壳,"也许这发子弹就是他射出来的,射向我们共同的敌人。"

"那是日本造,你把它翻过来就能看见昭和某年。"

"打了三年,他们一定很苦吧?他当然只好用从鬼子那抢来的武器了。"

"不如归去。"何莫修看起来心都要碎了。

"再陪我坐会儿,你一向很够意思的。"

"不如归去,是回我自己的地方,有实验室、图书馆、剧院和酒会,我从那里来的,那里也有人要我,可是这儿不是我的家吗?"

"你看!"高昕跳了起来。

"什么?"何莫修又被她的惊咋吓了一跳。

"你没看见吗?"

何莫修顺着她手指的方向看去,对面的山峦除了林丛和枝叶,什么也没有。

"有个人啊!"

何莫修惶恐地把那边又看了一遍,还是什么也没有发现。

"还没看见吗?他穿山入林,绝尘而来,走起来像跳,跑起来像飞,快得像风!"

何莫修苦笑着摇头,伸手去摸高昕的额头,高昕恼火地挡开,"我真的有看见啊!"

"他是谁?"

"四道风啊!"

何莫修看着高昕,"你别像我一样,对够不到的事情想得太狠……你已经想出毛病来了。"他去拉高昕,把她拉回老林肯车里。

对面的山林里,一个身上缠满伪装枝叶的人又看了一眼远处的那对男女,跳起来向山林深处跑去,他的同伴已经在前边嚷嚷:"八斤,你磨蹭什么?"

八斤道:"见了个鬼啦,有个女的火眼金睛,她在山下能看见我。"他是个一脸稚气的半大年轻人,破衣烂衫,背着陈旧的武器,他身前还有十来个同样的人,队伍间距拉得很长,一直延伸到山林深处。

同伴笑,"这孩子怎么办哪?才十六就想女人想成这样。"

"什么跟什么?我怎么会想那个?"八斤又气又屈。

一只手在八斤肩上拍了拍,"十六岁,想想也没什么错的。"

顺着那只手看上去,这人胡子拉碴,头发长得几乎可以束起来,一件长衫直撕到腰间再打了个结,两只袖子也为了方便拔枪直撕到肘部,这是欧阳。他拿起望远镜看了看山下的旧人,那两位仍在拉扯。

"走吧,我们得尽快赶回营地。"欧阳看起来有些伤感。

4

长谷川走进餐厅的时候,伊达和神崎正在那桌丰盛的饭菜前谈笑风生,看到长谷川进来,神崎停止了说话。

伊达站起来,"长谷川君,您知道神崎君要做什么吗?他要用他的工程机械帮我们把那辆坦克捞出来!那辆坦克还完好,我早已经看过了,重要的部件也早卸下来保养着!几个月后,本队就会有自己的坦克,我要叫它菊一号!"

"可是我们要坦克干什么呢,伊达?"

"当然是追击我们的敌人!"

长谷川苦笑,"就像大象追老鼠吗?我们的敌人漫天星罗,不在山野就在街巷啊。"

伊达明白对方说的是实话,顿时有些难堪,神崎却哼了一声,喝下一杯酒,面子有些难看。

"尽力去做吧,我想看见你站在菊一号上的英姿!"长谷川笑了笑,端起酒杯转向神崎,"神崎君,薄酒一杯,聊表歉意。"

神崎终于和善了些,"谢谢,有一件事要告诉您,本部已经核准,这次大行动中神崎队将与贵部联合行动。"

长谷川一脸欢喜地举起酒杯,"那就聊表谢意了!"

"应该的,这些匪党对来往的圣战之师都形成威胁,我打算用一周时间剿平他们!"

"本部核准多长时间的联合行动?"

"两周,我觉得大可不必,只需要一周。"

长谷川顿时愣了,把酒杯转了一圈,放下,他看着神崎道:"两周?那么也许在第三周他们就会再度蔓延,用中国人爱说的话,就是雨后春笋。我的建议是六个月,用六个月铁锁合围和拉紧绞索,在沽宁周围建上十几道封锁线和上百个碉堡。"

神崎看起来比长谷川更加惊讶,"六个月?就为灭鼠?如您所说,他们只有五六百人!我的部队是三千人,您有一千人,加上这次大扫荡中别部的两千部队协同,在这片弹丸之地上同时行动的有六千精锐!"

长谷川挥退了旁边伺候的士兵,"神崎君,这是绝密,您太小看这次行动的必要性了。"

"那有什么关系?行动在明天就正式开始了。"神崎悻悻地说。

"我能这样说吗?陷在泥潭里的不光是那辆坦克,也是我们自己。"

神崎的回应是把一个酒杯摔得粉碎,伊达忙拦在两人中间。

长谷川笑笑,"我不会和您生气,我只能说,您的课业将在明天开始。"他鞠了一躬出去了,身后的神崎在伊达的拦扯下怒吼:"浑蛋!你还有帝国军人的锐气吗?"

长谷川走出餐厅,在空地上站住,他的军队仍在空地上整理装备。廖金头和古烁候在边上,见了长谷川便一躬到底,廖金头的躬鞠得得心应手,古烁却僵硬的有几分恨意。

长谷川看着两人,"李六野呢?"

廖金头道:"长谷太君,六爷他……"

"他为什么躲着我?另外请叫对我的名字,我姓长谷川而不是长谷,就像你们的欧阳氏并不姓欧。"长谷川仍带着刚才的火气。

廖金头涎着脸,"原来太君已经知道了?"

"知道什么?"

"六爷让我们捎来太君要的情报,这群跟太君作对的人叫四道风,他们的头其实并不是四道风,真正把头的是一个共党,一个姓欧阳的,叫欧阳……古烁,什么来着?"

"山川。"古烁生硬地说,他神情复杂,那个名字让他想起很多很久以前的事情。

"对,就是这个叫欧阳山川的,一肚子坏水,什么坏主意都是他出的,他是四道风的军师,六爷说要碰到这厮一定碎尸万段了再给太君送来。"

长谷川目光闪烁,这个情报他并不知道,但他一向习惯榨取更多,"还有吗?"

"没了。"

"什么叫无信无义你们知道吗?"

廖金头擦了擦汗,"这个……小人知道。"

"我要的是什么你们知道吗?"

"这个……也知道。"

"我给的,你们全收下。我要的,你们迟迟不给,是谓无信无义。你们真以为我不知道四道风和沙门的关系?不知道你们一直搪塞我的原因?"

廖金头扑通跪地,还没擦完的汗又淌了出来,"这个……别人兴许是知道的,小的入会才三年,真不知道!"

"告诉六爷,我不说,因为我当他是朋友,跟他论交情。现在我说了,因为四道风活不长久,如果他的尸体是被我们拖回来的,那六爷和我不再是好朋友,如果你们把四道风带到我的面前……做我的朋友有很多好处,"他阴鸷地扫视着两人,"还告诉六爷,我很懂中国人的交情,如果四道风是他带回来的,也许你们大阿爷的那位贤侄就不会死,只要他不再和我作对。"

廖金头点头不迭,"是是是……"

"明天我想在此时此地见到你们的六爷,有问题吗?"

"一定、一定的!"

长谷川不再理两人,径直走开。

廖金头和古烁一道从日军司令部里出来。古烁在街上站住了,他看见路边的小乞丐,小乞丐也看见了他,立刻低头。

古烁看看一离开日军司令部就优哉游哉不可一世的廖金头说:"我去买点东西。"

"买菜?给老婆做饭?兄弟,得行乐时及时行乐啊!"

古烁敷衍地点了点头,走向一个菜摊。等廖金头走远了他才走向小乞丐,他扔了一个铜板在小乞丐的碗里,直盯着他,"我见过你,在那个地下室里。"

小乞丐抬头,看着他。古烁拿了一把铜板出来,一个个往他的碗里扔,"别不认,我记性很好,你后来见过老四吗?你是不是还跟他在一起?"

小乞丐看着他,不说话。

古烁苦笑着摇头,"怎么会?太苦也太惨了,我都撑不下来,你可比我儿子都大不了多少,我只是想,万一你还跟他在一起……别怕,我不会告诉别人,我不像你们想的那样……你还是不会说话吗?"

小乞丐点了点头。

"不会说话很好,就不会像我这样,要说话找不到人听。可是你要是在伪装,要是和他在一起,就告诉他,鬼子要有行动,就是这几天,怎么动不知道,是冲着他来的,叫他要小心,我是他不成器的兄弟古烁……"古烁忽然有些唏嘘,抹了抹眼泪,看看掌心里的泪水,又看小乞丐,"很好笑吧?我真的很惦记他,他那么顶天立地。"他把一把铜板全撒进了小乞丐的碗里,站起身来走开。

小乞丐一直盯着那个身影走开,然后在地上找了两块石子,他想了想,很认真地在上边写上歪歪扭扭的"汉奸"两字,然后把石子扔进他的布袋。

5

老林肯在高家门外停下,高昕和何莫修下车,两人仍然很激动,一路嚷了进来。

"我看到的就是他,你干吗不同意?"

"你愿意是谁就是谁,又干吗要我同意?"

"咱们是好朋友,不是吗?"

何莫修苦笑,"所以就……"

"对呀!"

高三宝在客厅里干咳了一声,两人这才发现家里有客人,立即住嘴。客人是一位面目慈祥的老妇人,看得出风尘仆仆,也看得出多少年前的风韵,她在这种落拓的时候尤为难得地保持着洁净和修养。

高三宝绷着脸,"整天的疯闹,还不过来见见陈阿姨。"

"陈阿姨好。"

老妇人笑笑,"真好,高先生。您这样玲珑剔透的一个女儿,这样斯文内秀的一个儿子就在身边,哪像我家那反骨仔,腿脚没硬就插上了翅膀。"

"那是贤婿。至于这个女儿,您觉得她和鲁张飞有什么区别吗?"

"那就更好了。"她抚着高昕的头发说,"女孩儿家还是不要太文静的好,要不就像阿姨这样,这辈子都是为别人活的。"

高昕对人的好感来得极快,立刻柔顺地挨在老妇人身边,"阿姨您也很好呀!"

"好极了,助长你娇贵二气。你们上去吧,我跟陈姨谈事情。"

高昕撒着娇,"我坐这听不好吗?现在家里难得有客人。"

高三宝冲她挤眉弄眼,"上去,大人谈事。"

老妇人笑了,"高先生您就不用给我留面子了,我是手头不便,又听说高先生是古玩大家,上门周转来了,您拿我当客人就好,又何苦让儿女不便呢?"

高三宝和高昕都有些愕然,他们没想到老妇人能把这事处理得如此自然。

"对对,倒是我食古不化了。"高三宝苦笑。

"高先生一定很忙,如果方便……"

高三宝知道对方想让他看货,连忙点头,"好好。"

老妇人从膝下的行囊里拿出一个精致的盒子,打开,里边是一副光泽温润的麻将。高三宝的眼睛立刻直了,他无法掩饰自己的爱不释手。

"家传的东西,也不知道好坏,有劳高先生的法眼。"

高昕忍不住插嘴,"我爸最喜欢象牙的东西了,三年前人借他一根象牙手杖,他直念到今天。"

高三宝又冲她挤眉弄眼,因为高昕的话让他无法讨价还价。他看看麻将,转而对老妇人笑笑,"也就是明匠才有心思弄这些费时费工的东西吧?"

"高先生法眼,祖上说是万历年间的东西。"

高三宝想了想,"五百块如何?"

"太少了!"高昕又插嘴。

高三宝气不打一处来,"你什么时候又懂古玩了?"

老妇人却点点头,"好。"

高三宝愣住,做了一辈子生意,他的习惯一向是漫天要价,就地还钱,这样痛快的人真是没见过,当下也就觉得有些不好意思,"五百是少了,八百吧,八百。"

"五百就好。"老妇人说。

"您坐会儿,坐会儿咱们再商量,全福,茶凉了,给换茶。"

老妇人笑了笑等着他。高三宝苦笑,着实有些狼狈:"您知不知道我是个商人,为商的总是有个讨价还价的恶习,我开个低价,是等着您还价来着。"

"知道。"

"您这东西是个宝物,要放在太平年月怎么也值个两三千的,您知不知道?"

"现在不是太平年月,而且我是出门在外,够吃住就好,多了是祸事。"

"那就这样,我先付您八百,觉得不值当您随时来取,我随时恭候。"

"就是五百。"老妇人说,她又笑了笑,"先生这样谈价钱的我还真没见过,不过也明白了先生怎么能把生意做到德高望重。"

高三宝也不再争执,"好吧,就是五百。不过我心里这本账上还欠您五百,要钱您随时来取,我已经是乘人之危了,实在惭愧。"

"好吧,我也是受之有愧。"

"您先坐一会儿,全福——"

全福是个乖觉人,立刻上楼去取钱,高昕则挤在老妇人身边,"我爸又占便宜了,他那个厚道也是要卖钱的呀,可买来了能吃能穿吗?"

高三宝老脸微红,"昕儿别瞎闹,您别见怪,这丫头是我一大块心病。"

"何来的心病呢?高先生是有福之人啊,我可不是说您有钱。"

高三宝笑笑,岔开了话题,"您是远道来的吧?"

"是啊,广东佛山。"

"那可太远了。"

"是啊,一路上又兵荒马乱,停停走走就花了半年。叫您见笑了,我是来找我那不成器的儿子,看着您女婿同堂,就觉得什么都好。"

"找着了吗?在下在此地还有些熟人,兴许能帮些小忙。"

"那真太好了,有高先生说话,我今晚上都能睡个好觉了。"

"您贵子是在哪里高就?"

"犬子已经三年不通音讯了,最后是说在沽宁的守备团任什么军官,最后来信说他们要跟鬼子决一死战,所以我放心不下。"

铿然一声,高三宝正要点的烟袋掉在地上,高昕和何莫修同样神情古怪。

"高先生?"

"哦,没事没事,我是说……昕儿,你跟小何上去……总待这儿干什么?"他这么说,是因为高昕眼圈已经红了,何莫修忙拉起她走开。

两人并没上去,高昕靠在玄关窗边饮泣,何莫修在旁边呆呆地站着。

"高先生能帮忙吗?您说这好笑吧?我想儿子想得不行,拎副麻将就出来了,因为就爱打个麻将,可这兵马乱世的,再走上半年还是一缺三啊。"

"是啊是啊……我是说能帮,一定能帮。"

全福拿了钱过来,"老爷,拿来了。"

"这哪够?再去拿再去拿!"

老妇人笑笑,"高先生,说好的。"

"这不行,钱您拿走,麻将您也拿走!"

"您这是叫我为难。"老妇人说着,拿了钱就往门外去。

高三宝追着老妇人出来,"这真的不行!我问心有愧,我会愧死!"

"要有一点犬子的音讯都该把那东西送您,难得您喜欢,该愧的也是我。"

高三宝实在是不愿意跟人撕巴,他停住,"好好,这事从长计议,您住哪儿?"

"还没找呢。"

"全福,让车送老夫人去君悦来,说是我的贵客,一应花销开在我的账上,"他转对老妇人说,"我见天就去找您,您千万别走!"

老妇人不安地笑笑,"看把您麻烦的!"

高三宝呆呆地站住,看着那老妇人笑眯眯地向他合十称谢,被全福送走了。

高昕走到父亲身后,"你干吗不告诉她实话?守备团当时全军覆没,哪还有活的嘛。"

高三宝压着嗓子吼回去:"如果你在外边野三四年不归家,我会相信你死了吗?"

6

欧阳在丛林茂密处站住了,他示意身后的人隐蔽,然后学了两短一长的鹧鸪叫,少顷,丛叶中传来合上枪机的声音,以及唐真漫不经心的声音:"知道是你了,军师。"

唐真劈着腿坐在树后,穿着不合体的男人衣服,两腿间放着从不离身的机枪,斜挂着一整条弹链,她像足个老兵油子,回来的人们悄声从旁边通过,欧阳看着她,"你的哨?"

"不是,可我不愿意让别人碰我的枪。"

"荒凉而空虚是那大海,凝视光亮的中心,却是一片寂静。"

"什么?"

"在我还是老师时教过的一首诗歌,有一个学生很喜欢。"

"忘了。"

欧阳叹口气,"老四呢?"

唐真往一个方向伸了伸指头,在那隐僻的山野深处扎着几间简陋的草屋。欧阳默然,向那几乎与周围的枝叶融为一体的草屋走去。

欧阳进了这狭小的空间,屋里只有皮小爪一脸惊慌地看着他,然后他腰上被顶上了一支枪,一个阴鸷鸷的声音在耳边说:"动的不要,你的死啦死啦。"

欧阳苦笑着走到一张草铺上坐下,四道风一脸失落地看着他,"不像吗?我刚学的日语。"

欧阳摇摇头,轻轻说了句日语。

"不像不像,鬼说话都是鬼哭狼嚎的,哪有你这么轻言细语?是什么?"

"翻译吗?你是鬼说人话,我是人说鬼话。"

四道风扑上来撕巴,"见面就阴坏我!"

那张简陋的床一下塌了,欧阳挣开,"打住!请对得住你队长的名头,拿出点身份!"

"名头身份?好吧,老子是队长,你给队长报汇……"

皮小爪在一旁纠正道:"是汇报工作。"

"……汇报工作,这次去外围发、发达……"

"发展。"皮小爪实在不想看他抓耳挠腮。

四道风冲皮小爪瞪眼,"我知道是发展,你插嘴你干队长好了!"他转向欧阳,"嗯,发展这个外围的时候,有没有碰到你的匪婆子呀?"

"请不要插科打诨。"

"真的,有没有碰到?你那婆子怪不错的,我也是怪想她的,你别弄拧了,我是怪想你们在一块儿的,这叫关、关、关什么来着,二的?"

"我又不想干队长,记那么多干吗?"皮小爪显然在生气。

"你一只半胳膊你干得了吗?队长我说话你就得听。"

皮小爪不理他,四道风眼看下不来台,欧阳无奈地笑笑,"关心部属生活,也就是说你这样的领导关心我这样的下属生活,你没错,可别再把话说错了。我也跟你说,第一呢,我不是去找她的;第二,麻烦你把婆子这样的词改成同志。"

"找没找到?我就想知道这个。"

欧阳微笑着往壁上一靠,说:"在潮安那边,老唐的名字比你四道风还响,可要想找到她,也像找你四道风一样,接近没门。你这边怎么样,这一个月?"

四道风立刻不再说话了,愣了一会儿,出去在门边蹲下。

"又死人了?"

四道风没说话,皮小爪替他说了出来:"有三个今天没回来,恐怕是凶多吉少,这个月折了十个。"

欧阳黯然,"我折了俩,那我们现在就二十八条人了,这样下去不行,最近鬼子也防得太紧,我想带大家先撤外围,而且是越快越好。"

"撤不了,"四道风在门外说,"龙乌鸦带七个人进城了,想在那弄出点像样的响动,明天才能回。"

"围魏救赵吗?老四最近这队长干得不错,会三十六计啦。"

"别扯啦!"

欧阳出来陪四道风坐下,"这是打仗,你要接受死人。"

"你死俩,我死十个,这怎么讲?"

"你要尽量活,可你要接受死,你不爱听水浒的书吗?一百零八将最后不还有个蓼儿洼吗?"

"后边那些回我压根儿就不听。"

欧阳苦笑,要让一个活得生机勃勃的家伙接受死亡真不是容易的,他只好拿出个纸包递过去,"拿着,别让人看见,就这一只。"

那是只烧鸡,四道风像个孩子似的又乐了,他撕下一条腿往屋里扔给皮小爪,又撕了一只腿给欧阳。

无论如何,重逢总是愉快的。

7

何莫修坐在桌边,没开灯,屋里一片漆黑,桌上摊满了稿纸,他在发呆。

"小何?"高昕探头进来。

"嗯哪。"

"干吗不开灯?"

"在想事。"

高昕走进来,让眼睛渐渐适应黑暗,"你稿子写完啦?你的散文?"

"写完啦,我的可笑的散文。"

"我来给你道歉……其实我不知道干吗要道歉……又没做错什么。不是,我是说,我大概是不懂事,可有些事我再不懂事也会懂……就是说……"

"你别说啦,我明白得要命。"

"你在生气?"

"不是,我在想我有多幸福,我和我爱的人在一起三年了,只隔着一道墙。三年,你却和你爱的人断了联系,你只能跟在他后边,找着他的脚印,就算他跟你只隔一道墙,你也不知道他在哪儿。"

高昕想反驳,但终于没说出来,最后转成一声幽怨的叹息,"我一直都很庆幸有你在，什么话都能说出来，不用放在心里。"

"你以后要学会放在心里了。"

"我根本学不来的。"她突然询问地看着何莫修。

何莫修苦笑，"是的，我要回家了，我想家了。"

"你不说这是你的家乡吗？"

"我是说家呀，海那边的家，有爸爸妈妈在，我让他们等了三年了，今天看见那个找儿子的妈妈，我想家了。"

高昕安静地看着他，伸出手来，似乎要去抚摸何莫修的脸，何莫修闭上眼睛等着这让他战栗的接触，高昕却在最后改变了主意，狠狠捏住了他的鼻子，把他整个人从桌边拖了起来，"王八蛋！光会发你莫明其妙的感慨！我还根本不了解你呢！就得受着我爸天天叫你贤婿！"

何莫修只好跟着鼻子走，直到被甩在一边，高昕怒气冲冲向房门走去，她刚抓住把手，枪声就响了，如此密集，即使在沽宁被占领的那天也没有过如此密集的枪声。

高三宝和全福站在门外，目瞪口呆地看着枪声传来的方向，枪声来自沽宁人视同魔窟的日军司令部，不仅被人听见，而且被人看见，天空交错着闪烁的弹道。

"他们打回来了！沽宁光复了！"高昕和何莫修冲了出来。

沽宁日军司令部外的空地上，日军聚在一起，尽其所有地对着天空射击。

一向注重仪表的伊达敲碎了酒瓶颈，把酒倒给他碰到的每一个人。神崎跳着难看的舞蹈，对空开着枪，语无伦次地大叫着"托拉，托拉，托拉"，那是日军袭击珍珠港的口令。他撞上了身后的长谷川，长谷川面沉如水，神崎忘了以前的不快，使劲摇晃着长谷川的肩膀，"我们奇袭了珍珠港！我们向美国鬼宣战了！我的军队将穿过整个中国，横扫东南亚！"

长谷川面无表情地看着他，周围狂热人群的推挤把他们分开了。

长谷川转了身轻声地骂："庆祝你们的愚蠢吧，世界大战爆发了。"

四道风和欧阳在山顶听着来自城里的喧哗，那枪声沿着城外的旷野传得很远，四道风急得上蹿下跳。欧阳放下望远镜，望远镜里什么也没看到。

第十四章

1

经过一夜狂欢的日本人仍是一种半疯狂状态,走路都带着小跑。几辆卡车停在司令部门外,一群士兵用一种狂乱的速度往车上搬运东西。

司令部里的喇叭在播着对美宣战的新闻,但是日语的,沽宁人听不懂。

何莫修拿着封用中文和英文写着地址的信件从旁边走过,他隐隐觉得不对,却又不清楚哪里不对,郁郁地向着邮局走去。

那封邮件已经被邮政拿在手上,他神情古怪地看着正在通电话的何莫修,他在说英语,而且自在得像说自己的母语,表情丰富手势夸张,"马策拉特,我是赫德夫马修,那篇该死的游记已经寄给你了,可我更关心我的报道……什么报道?去你见鬼的幽默!《暴行始末:日本人在中国》!……为什么不能刊登?你这个日耳曼人也不守诺言了吗?要无聊的游记不要严肃的报道!……连游记也不要了?为什么?"

他在恼火之余看看周围,几乎整个邮局的人都在看他,何莫修友好地向看他的人挥手,那些人转开身,惊讶变成了窃窃私语:"假洋鬼子!""不是日本鬼子?"

"我在什么地方?当然不是你想象的原始部落!我在一个很现代的城市,交通和通讯都很发达!我知道所有的新闻!所以别想骗我!——什么?!"何莫修惊得把电话挪离耳边,转了身的人们又被他惊得再转过身来。

电话那边的人已经用了最大的声音,"日本鬼子袭击了珍珠港!美国向日本宣战!太平洋战争爆发了!真正的世界大战!哪来版面登你陈旧的新闻!"

何莫修不信,"日本挑战美国?美国每年废弃的钢铁都超过它钢铁产量总和!"

"我们都认为日本疯了!半年到三个月,这个国家将会崩溃!"

何莫修脸上露出真正的欢愉,他再无心听那电话了,忙不迭地把口袋里的钱掏出来放在柜上,那是话费。

"你在哪里?亲爱的马修?每个人都在找你,德国、英国、美国,每个人都在为战争忙碌,你这个物理学天才时空旅行去了吗?我知道你是无药可救的和平主义者,可是……"

"我在我的家乡,亲爱的马策拉特。"他挂上电话,心情如此欢乐,甚至对着话筒亲了一口。

何莫修兴奋地从邮局里出来,醉酒一般踩着舞步离开,这些年能这样快乐的人已经不多了。

他经过日军司令部,装卸车的日军已经不见了,门口戳着几个哨兵,何莫修向他们挥手,倒出了自己日语存量的几分之一,"撒右那拉!"

两日军看他一眼,没理他。

司令部内,一派出击前的寂静。整理好装备的日军已经站成了队列,机枪和重炮阵列在队前。

神崎向长谷川和伊达敬礼,"两位,我的军队在等我。"

"外围就辛苦您了。"长谷川说。

"一周后沽宁将是个安静的城市。"神崎一副不可一世的样子。

长谷川不置可否地笑笑,等神崎上车驶去,他才走向高台面向他的部队,"扫荡,这是我们往下两周要做的事情!"他看着他杀气腾腾的部队,把两只拳头握紧,"但是,我不把它叫作扫荡,我叫它——掘根!掘地三尺的掘!连根拔起的根!"

日军士兵的眼里开始闪着炽热,长谷川满意地看着。

神崎的军车驶出,在人流中排开一条道向出城方向驶去,他的速度很快,这在何莫修眼里又成为一种末日将临的表现,他冲车上的人大力挥手,"撒右那拉!"

车子急驰而去。

何莫修转身,六品穿着一身日军军装正眼里冒火地盯着他,何莫修并不认识六品,他兴致勃勃来了个欧式的鞠躬,"空尼西哇!撒右那拉!"他忽然觉得大事不妙,被他这么嚷过的日军总是很茫然,而眼前这位却恨恨地看着他,何莫修决定闪人,但他的路被六品拦住了。

"我是国际人士!我是受保护的!"何莫修并没有勇气对抗。

"你会说中国话呀?"

何莫修怔住,还没想明白鬼子咋会说中国话,六品便狠狠一脚踩在他脚上,何莫修痛得要摔倒,却被六品把整个人都揪了起来,狠摔在路边菜摊上,"狗汉奸!"

何莫修仍没明白过来,六品已不再理他,他回头跟上了人群中现身的几个日军官兵。那位军官军装笔挺,一双白手套纤尘不染,乃是龙文章,后边的几位也一码齐是四道风的人,他们径直走向日军司令部的大门。

龙文章操着日语向门边的哨兵吼:"浑蛋!你们在干什么?"

几个哨兵并不知道自己干了什么,但官大一级压死人,立刻立正,龙文章也不再多说他的差劲日语,几个耳光甩了过去。

哨兵反射性地生挺,龙文章转向下一个,又是一记耳光,他把刚打的那几位扔给了六品,六品比龙文章狠得多了,一拳就打得那哨兵弯成了两截,反手又是一下,街道另一头都听到骨骼的断裂声。

整条街上的沽宁人都呆了,何莫修仍坐在菜摊上,总听说日军体罚很重,却没想到真是照残里打的。

几个哨兵瞬间便被几个冒牌货收拾了,六品扔开了最后一个,其他几个人已经冲向大门。

营里的日军终于觉得不对,几个人向大门跑来,龙文章在他们眼皮下关上了门,用一对码头用的大铁钩伸进门缝,勾住了那两扇往里开的大门。他打个呼哨,其他的队员把连在铁钩上的粗绳向人群抛去,几个人从人群里跳出来,把绳索拉紧,固定在早已找好的固定物上。

门里传来又撞又砸的声音。门外的人把一块厚木板端在门上,六品狠狠砸进几个钉子固定,里边的人暂时无法将门打开了。

长谷川仍在训话,大门那边的喧哗让他无法继续,听训的士兵也纷纷张望。

四道风的成员已经离开被撞得砰砰作响的大门,转向街上驻足观望的人们嚷嚷:"快别看了,走啊!""赶快散开!"

一名队员拿过来一个漆桶,龙文章把刷子蘸足了油漆,在司令部外的墙上一挥而就:四道风到此一游!

七个红色的大字让本来已经散开的人们又聚拢来,龙文章又气又急,"死老百姓,有什么好看的?马上要炸了!"

一个队员把背上一个偌大的背篓放在门前,六品从里边扯出一根粗大的药捻,擦个洋火就点着了。

百姓终于知道他们要干什么了,前边的人往后飞退,后边的人仍往前挤,街面上乱成了一团。

队员们跑向早停在路边的几辆黄包车,跳上去,车夫们朝巷子里拔足飞奔,立刻就去得远了。

何莫修茫然地从菜摊上下来,他并不知道刚才发生了什么,只见身边的人忽往前拥,忽往后闪,现在则往街巷两头飞跑,他茫然朝人群前端挤去。

大门边,那背篓的火药捻子已经快烧到了头。

大门里边已经聚集了很多的日本兵在又砸又撞又骂,他们还不太清楚门外发生了什么。

长谷川终于放弃了他的战前动员,"外边在干什么?"他走了过来。

"报告,不知道!"

一队武装的士兵冲过来和门较劲,长谷川往后退了一步,不明所以的情况下他习惯观望。

司令部大门前的人已经快跑干净了,何莫修没什么障碍地挤到最前边,第一眼看见那红色的"四道风到此一游",第二眼看见那火药捻一闪,烧进了篓子里。

轰然爆炸,极大的声音,极大的烟尘,何莫修眼前黑了一下,什么都看不见了。

那两扇门被炸得飞起来,把靠近门边的日军全砸在下边,长谷川被砸在人堆下边,天旋地转,他什么也听不见了。

呛人的硝烟散去,在坍塌的门后露出摔得东倒西歪的日军,几个日军仍奇迹般地站立着,被熏得漆黑似鬼,震得神经麻木。当头的一名队长茫茫然拔出了战刀,狠挥了一下,啃出了倍显白净的牙齿,"冲锋!"

条件反射,门边的一名日军平端着枪刺冲了出来,他并没有目标也忘了拐弯,径直照着稀落的人群冲过去,人们四处逃散,枪刺眼看将扎上尽头目瞪口呆的一个衣衫褴褛的年轻人,小乞丐使劲拉了他一把,那名日军毫不含糊地一头把自己撞昏在对街的墙上。

年轻人在小乞丐身边簌簌发抖,那是沽宁二胡艺人罗非烟的徒弟罗非雨,小乞丐拍打着罗非烟的脊背以示抚慰,人们愣了一会儿,然后有人喊了声"跑啊",剩下的人顿时拔足远离这是非之地。

伊达带着大批还算清醒的士兵冲出来时,已经只看见一片乱哄哄的背影。

何莫修夹在人群里狂奔,被六品踩过的脚仍瘸着,脸上的表情不是惊慌而是狂喜,"他们完了!我跟你们说,世界大战爆发了!反法西斯阵线成立了!他们真的要完了!"

人群推挤着散入街巷,并没人关心他嚷些什么,每个人都只想尽快回家,关上门再来回味今天的奇观,在沉闷的沦陷区生活中,这样的故事足可讲得半年。

气喘吁吁的何莫修已经落在最后一个,他再也跑不动了,索性在一处巷角坐了下来。他刚坐下,有个人也随即坐在他对面喘气,何莫修抬头,那是昨天找高三宝卖古玩的老妇人。

"阿姨,这里很危险!"

"跑不动了,这是干什么呀?"

"是我们沽宁的抗日组织在打鬼子!"何莫修居然有点炫耀的意思。

"这里也打鬼子呀?"

"全国都打!全世界都打!现在美国都打!"这激起了他的侠义心肠,"我来搀您,我是怎么也不会让您落到鬼子手上的。"

他倒也不想日本人要这个老太太做什么,扶起她便往巷子里去。

四下里零星地响着枪声,何莫修在一处门洞放下老妇人,"您在这儿等着,我去侦察一下。"

"不用了吧?"

"要的要的,这种事情我最清楚了。"

他蹑手蹑脚往巷子交叉处轻走了一段,巷里没人,他胆壮了许多。巷子尽头就是街道,何莫修正想上那边再探探,身后一声碎响,他吓得转身,另一个巷口里,龙文章几个正在换下身上的日军服装,小馒头一脸尊崇地在旁边候着,黄包车停在旁边,他们将军装藏进黄包车上的夹层。

何莫修很容易就认出了六品,一只脚掌还痛得筋骨欲折,六品也裸着结实的身子瞪着他,"汉奸。"他的神情很不友好。

龙文章二话没说,单手一提枪对着何莫修,何莫修吓得抱住了头,"我不是……"

龙文章却没打算为他浪费子弹,只是嘴上轻轻砰了一声,带起了几个同伴的轻笑。

"我真的不是汉奸!"

没人关心他是什么,那几个人已经迅速换去了军装。

"四道风在哪儿?"

他成功地引起了龙文章的注意,龙文章看看他,又看看小馒头。

"我……是替别人问的。"

龙文章没搭理他,转向小馒头,"他不会把你卖了吧,馒头?"

"他没那种,公子哥儿,空心大少。"小馒头讥笑。

龙文章嘴角的嘲弄之意更明显了,他很玩帅地打了个响指,几个人衣服换好,长短家伙就位,眼看着就要走,何莫修气得有些结巴,"我、我也不是空心大少!我、我也热爱我的国家和民族!我也像你们一样,我也一直在做事,好让自己对得起她!……我是有很多事情要做,要不我也跟你们一样!"

龙文章乐了,"来吧?"

"什么?"何莫修愣住。

"你来吧,跟我们一块儿,今年我们已经死了一百多号,现在欢迎所有四肢健全的人,是中国人就行,你是中国人吧?"

"当然、当然是!"

"跟我们走吧,就是现在。"

"我、我、我……还有些事情,可是我赞成你们,拥护你们,我和你们是一条阵线的,对,同一阵线,我喜欢你们。"

龙文章其实只是调侃,被他吊着尾念叨烦了,转身咔啦一声拉动了枪栓。

何莫修吓得抱头蹲了下来。

他们再没理何莫修,走远了。小馒头小人得志地瞧何莫修一眼,拉着黄包车往另一个方向跑了。

龙文章几个立刻就把何莫修给忘掉了,龙文章打了半个哈欠,脸上十七八个不称意,"回去吧,今天这没劲,都不能叫军事行动。"

"那叫什么?"一个叫满天星的队员搭讪,他是八斤的哥哥,叫这号是因为青春痘。

"玩闹呀!"龙文章没好气地说,"弄点做炮仗的土炸药来崩,雷声大雨点小,有死的鬼子也是让吓死的!要听我的用营地那几十斤真正的黄色炸药,沽宁的棺材都不够鬼子用了。"

"那是大伙儿拿命换、一点点从臭弹里抠的,很金贵。"六品说。

龙文章悲天悯人地摇头,那倒不是装的,因为装备粗劣失去了杀鬼子的机会,他确实觉得痛心。

何莫修总算放开了遮在眼睛上的双手,他的心里一阵阵地发冷。

老太太终于等不过,走进了这条巷子,何莫修无助地看着她,"我是空心的吗?"

老妇人没搭理他,"那是……"她看着龙文章一行刚在巷子那头拐弯,连忙颠着小步追了上去。

何莫修呆坐着,他从没像今天这样,觉得自己一无是处。

2

日军司令部乱成了一锅粥。长谷川被从一干士兵身下挖了出来,他没受什么伤,只是半边脸熏得漆黑,一只军装袖子只剩下几条线缝相连,露出半截瘦嶙嶙的胳膊。

伊达一脸关切,"长谷川君,您还好吧?"

"什么?"长谷川声音大得吓了伊达一跳。

伊达悲伤地说:"那颗卑鄙的炸弹伤了您的听觉,我以我的名誉起誓,我会为您复仇的。"

长谷川不得要领地看着伊达的嘴唇开合,他的第一个反应是不能再这样丢人下去,绷紧一张黑脸,掉头向自己的住处走去,伊达和几个军医在后边紧跟,他那只要命的袖子终于掉了下来,伊达抢身一步捡起,递还他,"您的袖子。"

这给了长谷川最后一次打击,他瞪得伊达往后退了一步,"去抓他们!杀死他们!砍下他们的头放在我面前!——开始扫荡!"他仪表风度荡然无存,在伊达眼前将门狠狠关上。

伊达错愕地转向乱得赶集一样的部队,"列队!"

昏昏然的日军总算是列好了队,也恢复了些军人的样子,伊达挥挥他的战刀,"出击!"

一队队日军从军营里开出,徒步的、乘车的、骑马的,扛着重机枪,牵引着大炮。为这次扫荡他们已经准备了很多天,却没想到会这样狼狈地开始。

这支全副武装的军队踏过长街,开出沽宁。

3

龙文章一行走在城郊的旷野,他们先日军一步,根本不知道身后日军正大规模地出击。

好天气让几个年轻人恢复了活力,他们在草地上翻着筋斗,连一向吹毛求疵的龙文章脸上也露出些笑容。

龙文章的笑脸忽然收敛了,他隐约地听见有人在叫脏仔,是脏仔而不是章仔,这个见不得人的名字是他的小名。

龙文章皱了眉打量,六品正一臂夹了一个同伴在卖弄他的蛮力,周围除了几个自己人没别人。他终于想起往身后看看,极目处,沽宁城的轮廓上出现一个小小的人影,正用一种极慢的速度向这边追来,那是刚和何莫修分手的老太太。

"妈?!"龙文章再仔细看就傻了,更远处,十几个影影绰绰的人影又出现在他的视线,明显是在追赶自己的妈妈,那是日军扫荡部队的斥候*。

"操你妈!"他提枪在手,玩命地跑了过去。

六品扔下手上的人,莫明其妙地看着。

龙妈妈追赶着遥不可及的儿子,裹过的小足实没什么速度。日军斥候嘻嘻哈哈的声音几乎就在龙妈妈身后,他们还没看见远处的龙文章。一心赶路的龙妈妈也没有听见身后的声音。

一名日军终于烦了,给枪装上刺刀,他吆喝了一声向十几米外的龙妈妈冲去,在他的意念中这个长距离突刺定可把人穿透。

龙文章狂奔,看着那柄枪刺向妈妈冲去。他跪地,抬枪,几百米外的那个疯子在准星上跃动,龙文章将准星往前提了一点,开枪,那个冲刺的日军一头栽倒。

斥候部队终于发现了龙文章的踪迹,他们狂叫冲刺,机枪就位,掷弹手手忙脚乱地放下掷弹筒,从背包里掏出一发发的炮弹,几个步枪手向龙妈妈冲去。

龙文章爬起来继续狂奔,可他离母亲实在太远。他在狂奔中站住,开枪,一个靠近龙妈妈的日军被打得飞了出去。

一发子弹贴着他耳边飞过,日本人终于开始射击,龙文章移动枪口,找准了那个射手,眼角却扫见另一名射手正向龙妈妈瞄准。

龙文章不管不顾了,一枪把瞄准龙妈妈的人撂倒,瞄着他的射手开了第二枪,龙文章肩上擦出一道血槽,他拉栓上弹,把第二个撂倒,龙妈妈仍在一尺尺拉近和他的距离。

"趴下!"龙文章急得大喊,可老年人根本听不见这么远嚷来的声音。

"你来干什么?!"龙文章急怒攻心又射倒一名日军,可龙妈妈照旧听不见。

---

* 斥候:侦察兵。

这场小遭遇战已经演变成了谁也没有掩蔽处的枪来弹往,龙妈妈夹在弹雨中间,最要命的是她还对横飞的弹雨无知无觉。

龙文章被日军刚架好的机枪打得连滚带爬,他换上一夹子弹,一通速射后那机枪终于哑了,龙文章也终于冲到龙妈妈身边,他把她压倒在地上,"你、你来这里干什么?"

龙妈妈歉疚地看着儿子怒气冲天的脸,想笑,一口气喘不上来,晕了过去。

龙文章怒火满腔,他把妈妈背在背上,却发现背了人的自己无法射击了,日本人的枪却仍打得爆豆子一样。

一发炮弹在他左近炸开,龙文章背着妈妈刚跑了两步,就被封在一处小洼地里动弹不得。炸开的碎片在附近横飞,龙文章避无可避还不忘对没了知觉的妈妈发牢骚,"你看看,不该来的时候你准来。"又一发炮弹飞来,龙文章怨气满腹地伏在妈妈身上。

洼地外传来枪声和吼声,六品一头扎进了洼地,几位同伴都在和日军对射,只有他不爱用枪,被压在洼地里没处施展。

龙文章遇上了救星似的,"六品,别见了鬼子就发飙!这儿有个事给你!"

六品这才打量龙妈妈,龙妈妈与他的妈妈酷似,以致六品愣了一会儿,"妈?!"

"是我妈不是你妈!快把她弄走!"

六品出奇的听话,弯下身子便把龙妈妈抱了起来。

日军也知道这洼地里封住了一个弹无虚发的家伙,炮弹和手榴弹全往这边招呼过来,龙文章捡起一个弹进洼地的手榴弹扔了回去。

六品趁这个空当起身,宽厚的背脊把龙妈妈遮得严严实实,他跃出洼地狂奔,把背脊全卖给了日军。

一发手炮弹在身后炸开,六品打了个晃仍然跑远了,龙文章放心地回过头来,他知道妈妈算是安全了。他捡回枪,抬身一个速射,正装弹的掷弹手一头摔倒,刚装进炮弹的掷弹筒被他压在身下,这让周围的日军一片惊慌,四处奔逃。龙文章却也无心再打了,招呼同伴从洼地里跳出来,头也不回地跑过旷野。掷弹手的身下轰然爆炸,他身上还背着备用弹,炸完之后是余爆,这支斥候小队终于暂时受阻。

4

何莫修怏怏地进屋,高昕蹿过来,把他摇得如墙头草一般,"你听见了吗?听见了吗?"

何莫修抬起一张有些失神的脸问,"什么?"

"爆炸呀!你不要再说那是打雷!"

"不是打雷。"

高昕乐了,"你今天好乖!以后也要保持。哎,你今天不是出门了吗?你看见什么了吗?"

"看见……什么?"

"没看见就没看见,你紧张什么……小何,你今天有点不修边幅嘛。"她照常地拍拍何莫修,然后去忙自己的。高三宝却透过报纸狐疑地打量何莫修,他看得出何莫修和平时不大一样。

"高伯伯,"何莫修上去把高三宝的报纸拿开了,"别看这个了,上边什么都没有……日本人袭击了珍珠港,美国已经参战,也就是说,几个月之内战争就要结束了。"

高三宝一下站了起来,这是个好消息,但突然得让他难以相信。

"也就是说,我待在这里没什么意义了,我要回去了。我今天才发现,我真是个没什么用的人。"他留下不明就里的高三宝和高昕上楼。

他回到自己的房间,开始收拾行李,其实除了书以外,他的私人物品并不多,书是无法带走的,何莫修把提箱放在床上,留恋地看着书架。他忽然想起什么,做贼似的看看虚掩的门,拿出书架上的某一本,里边夹着一摞高昕的照片,那算他的珍藏。

高昕推门进来,何莫修把书合上,他想就势把书放进箱子,高昕却挡在他和箱子之间。

"你知道吗?我在这里还不如一颗生锈的子弹有用,还不如一块掺了杂质的TNT有用。"何莫修解释着。

"我不是要留你,可我爸刚才说起一件事,我来提醒你。"

"提醒我吧,我需要提醒,我现在就是一锅粥。"

"你说美国和日本打起来了?"

"是的。"

"日本人对你为什么一直听之任之?"

"因为我……美国公民?"他已经意识到一个很要命的问题,张口结舌之下连手上的书都掉在地上,高昕的照片散了一地。

高昕帮他一张张捡起来,照片上的自己撒着传单,嚷着口号,让她想起很多以前的事情。她把那些照片放进何莫修的箱子里,何莫修仍愣着。

"我是不想你走,可你真该走了……但现在保护国成了交战国,你怎么走?"高昕苦笑着轻轻拍拍他的脸,在他俩常有的无性别接触中,这多少算是柔情蜜意,"我和爸爸一定会帮你的,你真可怜,你是个没有家的人。"

高昕转身出去。何莫修愣在那里,像一尊木偶。

5

龙文章几个来到一个隐蔽的山洞,山洞并不深,刚够他们栖身。

龙妈妈仍昏迷着,龙文章又气恼又痛心。满天星扯开六品背上的衣服,被弹片划出的口子足有几寸长,满天星吸口凉气,看看旁边放着的草药,"这草药怎么使?"

六品径向龙文章说:"龙乌鸦,你把它嚼碎了……"

龙文章听见这称谓就有气,"干吗非我嚼?你真懂医吗?也不知随便摘的什么。"

六品愣了一下,"那我来。"

龙文章看着六品拿起那苦涩的草药放进嘴里,到底有些过意不去,"我来我来,怎么说你那伤也是……"他不是个爱说谢的人,"以后别叫我龙乌鸦,你们看我哪里像乌鸦?我只是看得远一点,说事情也说得比较透而已。"

"我跟着别人叫的。"六品把龙文章手上的草药抢了下来,"舌头会麻,可是管用,我来就够了。"

他舌头已经大了,龙文章看看他的狼狈样,也就不再抢,回头看看妈妈,叹了口气,莫大的烦恼写在脸上,满天星觉得无聊,出去了。

"妮妈佛山来?佛山吼远吧?"六品大着舌头问。

"好远,远得我都忘了啥样。"

"你妈恨吼。"他像龙文章一样呆呆看着那个老妇人。

"很好?不好,六呆子你嘴紧,我跟你说你别告诉别人。"

六品点头不迭。

"我来自一个封建的没落家庭,但我很早就觉醒了,我不做封建落后的陪葬品,我追寻自己的真理,叛逆了家庭。"他很严肃地看六品一眼,六品正目瞪口呆。

"补通。"他说。

龙文章急了,"不通?怎么不通?难道像你们这样得过且过,偷鸡摸狗地打打鬼子就通了吗?"

六品急得不行,"通!通!通!"

龙文章恍然大悟,"不懂是吧?我也知道你不会懂,只管一日三餐的人是不会有比较高级的追求的。"

六品终于放下心,点着头。

"我妈是我真理之路上最大的障碍,只管用她那一套压着我,她只想让我光复在我出生前就没必要存在的封建官宦家庭。终于有一天,我愤而出走,走上我的道路,我先是求学,后来又投笔从戎,她像阴影一样追着我……"

"补通、补通。"

"这有什么不懂呢?她很专横,也不理解我的理想,和她在一起我觉得很窒息,没有自由。"

"补通,我说补通。"

"这回你又在说不通了?"

六品点头。

"你这个笨庄稼汉呀,是不是就想揽着老婆抱着孩子,陪着老妈享你的天伦之乐?最不济你也是一个战士呀,知道什么是战士吗?就是知道为什么而战的人……"他住嘴了,因为六品已泪光闪烁。

六品发了一会儿呆,把嚼好的草药做成一个饼子,往龙妈妈的额上放。

"你干什么?"

"吼了,给妮妈。"

"那你呢?"

六品摇了摇头。

"谢谢。"龙文章小声地说。

六品咧了咧嘴,笑了。

山脚下,神崎的车从公路上拐进了树林,林子里闪烁着一支伪装的日军部队。

车停下,几个军官在旁边无声地等待着,神崎看了看表,竖起的一只手臂往下一挥,一队日军迅速挪开伪装的枝叶,现出枝叶下的一尊大口径野战炮,一枚两人才能抬动的炮弹被填进了炮膛,炮闩合上。

龙文章从山洞里走出来,他踱着步,一脸苦恼,他终于下了决心,对身边的满天星低语:"叫大伙出来,声音轻一点,别吵醒我妈。"

"那你妈怎么办?"

"笨蛋!有带着妈打仗的吗?你怎么不把你妈带上?"

"我妈早死了,要能带上……"

龙文章压低了声音,"蠢话!我妈且长寿着呢!我是说,她能照顾自己,比你们能,去吧。"

满天星又看他一眼,悻悻去了。

龙文章吁了口长气,无意识地摸索着手上的武器,他不知道自己算对算错,他抹了抹眼,居然有泪,他索性坐在那无声地啜泣起来——他实在不像自己想象的那样坚强。

一只手抚在他肩膀上,"脏仔?"

龙文章慌乱地站了起来,同队的伙伴都在龙妈妈身后,倒好像是龙妈妈把他们带出来的。龙文章顾不得狼狈,瞪了满天星一眼,"好、好,你们真行……"

"是我自己醒的,"龙妈妈说,"你打小就是这毛病,被凳子绊一跤就要打凳子,自己出了错就怪别人。"

"两岁的事您也拿出来说!……嘿!我跟您较这劲干什么?您没看我多忙吗?您当我在干什么?这是在打鬼子!鬼子有多凶您不知道呀?您……嘿!你们跟她说,打小我就跟她说不清道理。"

六品转向龙妈妈,"他就是说这日子挺苦,不是人过的,总也死人,今天好好的明天就没……"

龙文章吓了一跳,"你闭嘴!舌头不麻了脑筋烧坏了?鬼子什么时候伤到我们了?今天杀个三进三出连毛都没伤到。"

"你是想把我扔在这儿?"龙妈妈看着儿子做戏,她绝不傻,并比龙文章认为的要精明得多。

"我是在想把您安顿在哪儿?"

六品看看四周,"在哪儿也不能在这儿,这林子里有野物,路不好走,你妈腿脚又不方便……"

"跟着我们就方便?方便挨饿挨冻挨枪子挨刺刀挨炮弹挨死挨活!"

猛然一声巨响,一枚炮弹在空中炸开,声震方圆数十里,神崎那尊炮的威力如此巨大。他淡然地用望远镜看着爆炸的天空,一个降落伞吊着一团不祥的红色缓缓下落,那是一个巨型的伞降信号弹,它的下落过程能持续十几分钟。

龙文章几个都被那声爆炸惊得微微缩了一下。少顷,山林里响起日军齐呼万岁的声音,那声音山呼海啸,听起来毛骨悚然。

几个人立即卧倒,连龙妈妈都笨拙地学样。山脚下,源源不断地冒出穿土黄色衣服的日军,正拉成一条望不到头的散兵线,向对面的山林搜去。那是一道筛子,打算把藏在山林深处的反抗者都筛出来。

六品捅了捅龙文章,"好几百?"

"好几千!两三千!"

"林子里盛得下这么些人吗?"

"盛不下他们,自然也盛不下我们,鬼子用了最有用的笨办法。"

"我们又不在里面。"

龙文章一愣,"营地!营地的人全包在里边了!"

6

营地,望远镜里的山野一片青葱,树梢如波涛起伏。八斤放下望远镜,使劲用衣襟擦了擦镜片,"风太大,看着满山遍野好像都是人,真姐,你要不要看?"

唐真没吭气,低着头可劲擦她的机枪。八斤看看她,颇有些人小鬼大的意思,"你当然不要看啦,你在这儿都是老前辈了。真姐,你来多久了?"

唐真伸了三个手指头。

"我被鬼子的狼狗咬过,伤好我哥就带我来了。真姐你为什么要来?"

唐真仰头看着晴空上的云彩,不语。

"真姐我从来没见过你这样的人。"八斤鬼鬼祟祟看看山下,几个同伴们在出入,没人理这边。

不远处传来四道风的声音,"你们两个小鬼头不要在那扮妖精!龙乌鸦有影没有?"

八斤吓了一跳,对着窝棚边的四道风摊摊手,四道风跺跺脚进棚。

八斤又盯上了唐真,"真、真、真姐,你觉得我这个人怎么样?"

"你太老啦。"

八斤吓了一跳,"老?他们都说我小哎。"

"跟我小弟比起来你太老啦。"她把枪挪在身边,躺了下来,看着天空发呆。

八斤噤声。

草棚里,欧阳正在电台边翻译新收到的电文,四道风满腹牢骚地进来,"死乌鸦,张嘴闭嘴没人话,回来也不挑个好时辰。"

"如果你总给同志们起绰号,沙狗狗这三字就会尽人皆晓。"

四道风立刻不吱声了,一脸乖巧地看欧阳译电文,"是你那匪婆子发来的吧?我一看就知道,老没臊地扮什么牛郎织女,魂都不在这儿啦。"

欧阳看看他,"老四,我知道昨儿晚上怎么回事了,太平洋战争爆发啦。"

"打吧打吧,全世界还有哪儿没开打的吗?"

"美国对日宣战了,重庆在放鞭炮庆祝,这许是个好事,可对咱们不是。"

"是不是鬼子转身就得拿咱们开刀?"

欧阳伸了个拇指,"答对啦,光为了全力跟美国人打仗,鬼子都得把这块后院扫清了,老唐……"

"你老婆,别扭劲的。"

"好的,我老婆让我们能撤就撤,鬼子要大动,已经看出迹象来了。"

"往哪儿撤?"

这是个敏感问题,欧阳小心地看着他,"沽宁行吗?这二十几号人一多半是沽宁土生土长,对他们来说没有比沽宁更好的藏身之处了。"

四道风咧了咧嘴,没说话。

"你还是不想跟沙门正面冲突?"

"那就沽宁吧。"

欧阳对刚进来的皮小爪说:"老皮,告诉大伙打理一下,等龙文章回来就撤……往潮安撤,那边比较松动。"

四道风愣了一下,死死地盯着欧阳。欧阳开始收拾电台,他突然停了下来,思忖着,"我想,我在犯一个错误。"

砰的一声爆炸,营地里的人都愣住了,欧阳和四道风蹿出窝棚,天空中,那巨型的红色伞降信号弹正缓缓降落。

欧阳看着,一脸凝重,"鬼子已经动了,来不及等龙文章了,我们先撤。"

一个子弹箱被撬开,里边的子弹并不多,每个人只能分到两个弹夹。欧阳一边分弹夹一边说:"这子弹是保命的,不够打这场大战,你们知道怎么做吧?"

"省着用。"

"不,尽量别用,避免交火,你们化整为零,按早划好的撤退路线走,别跟鬼子遭遇。"

那些年轻的脸上都有些不忿,欧阳看着,他必须在最短的时间里说服这些求战心切的人们,"如果我倒下了,你们不要回头,你们倒下了我也不会回头,这是突围,不是拖家带口的逃难。"

四道风掂着两支自来得,杀气腾腾地过来,"逃命!你直接说逃命好了!小的们,本队长要去搞两枪,你们谁去?"

应和他的人比应和欧阳的人多得多,欧阳气极,"老四你得保护我!我背着电台!"他看看那些沉默的人们,"活下来!每次我都想看出你们谁会牺牲!看出来我就不会让他参战!可我看不出来!"

年轻的人们沉默着。稀疏的枪声已经响起。"如果你们觉得逃命很丢人的话,队长和我先逃。"欧阳说着,背起了电台。

四道风没动,歪着脖子瞪着他。

"拜托!你明白我的意思!"欧阳已经在乞求。

四道风非常明白,他又看了看那群小的们一眼,跟着欧阳没入山林。但仍有一些去意未决的年轻人站在那里。

欧阳转身,"这些死犟死犟的家伙呀,十只鬼换你们一个人我都觉得亏。"

年轻人都不说话,默然地渗入山林。

欧阳吁了口长气转过身来,"走吧老四,你是英雄,你走了大家才会走。"

他刚转身,猛烈的炮火就把营地覆盖了。

四道风和欧阳往背面的山脊狂奔。周围的枪声越发密集,土黄色的人影漫山遍野,是否能从这道绞杀线里活着出去还是未知之数。

第十五章

1

炮火仍在往山谷里倾泻。被封在山谷里的人只剩下寥寥几个,子弹也快告罄。

日军的主力终于露头,炫耀一般地阵列着他们的迫击炮和机枪。

几名幸存者被渐渐收紧的火力逼往死角。

欧阳和四道风已经逃出绞杀线,正潜伏在山顶的灌木丛里。欧阳用望远镜看着谷底的杀戮,神情平静得吓人,四道风阴沉着脸,盯着自己的枪。

欧阳忽然迅速看了四道风一眼,将目光转开了,但四道风已经发现,他抢过欧阳手上的望远镜,他在望远镜里看见了皮小爪,"你这个王八蛋!我忘了老三!"

皮小爪正用自己管用的那只手把几个幸存者推下溪流,他从同伴的手上抢下一支三八大盖,把它戳在地上,在弹雨中脱去自己的上衣。

"他要干什么?"四道风讶异地回头看着欧阳,他已经习惯向欧阳要答案。

"我不知道。"

"你算屁的军师?你什么都不知道!"

欧阳用一种悲悯的眼神看着他,他也许不知道皮小爪会怎么做,但他知道皮小爪要做什么。

皮小爪脱下上衣,裸出缺乏锻炼的上身,配着那只残臂就格外难看。他站起来,不遮不掩地向逼近来的日军开枪。一支三八式步枪的长度接近米半,对他那仅存的左手来说,射击是一个极困难的动作。

几个日军躲闪了一下,那发子弹直歪到林梢,又看见皮小爪的残疾,日军惊喜地从隐蔽处站了起来。

皮小爪开始拉栓退壳,那个动作更难,他把枪夹在两腿中间才勉力办到,用了足半分钟时间,日军哈哈大笑。皮小爪再次开枪,瞄准的意图太过明显,时间也太长,被他射击的日军轻而易举地躲开了,他笑得前仰后合地向皮小爪走来,皮小爪拉栓,再开枪,已来到身前的日军压下了他的枪口,子弹射进土里。

四道风瞪着眼看着谷底那一片土黄色和那个半裸的身影,手指已经深抠进了土里。欧阳已经不再看谷底了,他目不转睛地盯着四道风。四道风那样危险地沉静着,像是要爆炸,欧阳轻抚他的后脑,四道风猛地甩开,把头狠狠往地上一磕,那里有块石头,四道风把自己磕得头破血流。

皮小爪的枪已经没了子弹,他可以使用的武器只剩下枪刺,他提起枪向对方刺去。对方轻松地架开,另一个人狠狠一枪托砸在他的背上,皮小爪几乎摔倒,枪也深扎进旁边的树根,他正使劲往外拔,一名日军把刺刀捅进他的腰肋。

皮小爪被当成了靶子,日军随心所欲地在他身上练着刺刀,每一个人的刀都并不深入,以便延长这个人当靶子的时间。

欧阳死死地把四道风压在土里,四道风的呜咽像是从土地里传来,他怕四道风再伤害自己,抓起那块带血的石头扔开。

皮小爪已经完全无力抵抗,只是狂乱地倒提了枪挥舞,至少有十几个日军在拿他练习刺刀,更多的日军围在周围开心。

终于有一个日军军官怒气冲冲地过来,"你们要为了他放走多少中国人?"他对着皮小爪的额头就是一枪,皮小爪直挺挺地倒下。

日军开始对顺溪流逃走的人射击,有人倒在水里,但多数人还是逃走了。

山谷里的枪炮声渐渐静下来,山顶上的四道风也终于安静下来。欧阳撕开了衣服给他包扎额上的伤口,他甚至不愿意直视四道风的眼睛。

四道风的眼睛动也不动,像是死了一样。

2

日军军营里震响着长谷川喜爱的交响乐,长谷川阴沉着脸站在空地边,他的衣服已经换过,脸上无伤大雅地缠了些绷带。

几辆卡车在空地边卸下中国人的尸体,给仍在城外的扫荡部队装上补充弹药,一些士兵冲过去拍照归档,那将是长谷川今后可以邀功的成绩。

长谷川掏出一块手绢来掩住鼻子,他的心情并不见好。

伊达放马进来,他兴奋得不行,"长谷川君,作战非常顺利!我军非常勇敢!"

长谷川过了会儿才看见他,他指指自己的耳朵,阴着脸走开,伊达下马追上去,"您的听觉还没恢复?"

长谷川示意他靠近点,"我的耳朵里似乎飞进了几只苍蝇。战况如何?"

伊达兴奋起来,靠近长谷川,"本队歼敌上百名!"

"您确定死的都是反抗者吗?"

"那当然,我们的士兵遭到了抵抗。"

"是您的士兵在说谎,"他指指一具尸体,"尸体不会说话吗?您看他拿得动枪吗?歼敌一百七?也许只有五个真正的反抗者吧?"

那是个乡下孩子。伊达愕然了,然后怒气冲冲去找他的马,"我要去惩罚他们!"

长谷川摆摆手,"不不!仗打了这么多年,每个人都学会了应付。我会把他们变成照片,我们得靠这些照片说话,否则总部要有人怀疑我们存在的价值。"

"可是反抗组织仍然存在!"

"是啊,扫荡之后我们还得在门前修上碉堡,架上机枪,防备下一个炸弹会送到我们的床头,而且再多几个炸弹就会让总部否定我们所有的成绩,我们会永远陷在沽宁。"长谷川看着烟熏火燎的营门外,那里足有一个小队的日军在警戒着,他们紧张得眼都不敢眨,那样子不像在扫荡,而是怕被人扫荡。

"我已经厌倦这座城市了,三年前它是你我的一个机会,现在正在成为一个要命的恶疽,我像厌恶缠身的疾病一样厌恶它。"长谷川的样子看起来很落寞。

3

夕阳西下,皮小爪和几名同伴的尸体被装上山道边候着的卡车,疾驰而去。

四道风和欧阳一言不发地在山上疾奔。他们不是在逃,而是在追。

终于跑到山脊上,那卡车已顺着山路驰远,四道风心慌意乱摔了一跤,他跳起来继续要追,却被欧阳拉住了,"别追了。"

"我再也看不见他了。"四道风颓惫地坐了下来,"鬼子会把他拍成相片,往后这人就找不着了,他是我兄弟,不是相片啊。"他垂着头,缩成一团,像块山脊上的石头。

欧阳目不转睛地看着他,"哭吧,哭完了好赶路。"

四道风摇了摇头。

枝叶碎响,唐真从丛林里钻了出来,她是被皮小爪推下溪流的一个,衣衫透湿让她终于像个女人。她看了看这两人,抱着机枪在旁边坐下,两人都无暇顾她。

"我要把他埋了。"四道风哭着。

"埋在这儿?"

"我们都是没家没业的光棍,死哪儿埋哪儿。"

"埋什么?"

"有什么埋什么。"四道风在树下刨了个坑,左手放在地上,掏出刀就要切小指。

欧阳的手覆在他手上,"你说了有什么埋什么。"他拿了刀在树上刻字。

唐真安静地看着。

四道风问,"写的什么?"

"革命同志皮小爪。"

"他是我兄弟。"

欧阳在下边又加了"我的兄弟",四道风终于把那个坑覆成了土堆,小小的一捧。

"你得说话。"四道风说。

"我?我说什么?"

"我说话难听,开口就骂他,你说,得说真心话。"

欧阳想了想,道:"他好像一直被别人照顾,其实是他在照顾别人,他很爱他的兄弟四道风,虽然他并不了解四道风在做什么,可他为此舍出了生命。"

四道风跪着听,一个头磕了下去。

周围的树叶沙沙地响着,天,终于黑了。

"我们去哪儿?"欧阳问。

"你说,你是军师。"四道风道。

"你说,我听你的。"欧阳想让四道风振作起来。

四道风仔细打量欧阳,"我们去找你的匪婆子,看你夫妻团聚的丑态。"

欧阳愕然了,但没说什么。

"逗你玩儿的,看把你美的。"他没精打采地站起来,"去沽宁吧,兴许你说的是真的,在那里我们能少死点人。"

4

龙文章一行持枪警戒着在山野里穿行,六品背着龙妈妈被护在队伍中间。

枪声早已经没了,日军已经推进到更远的地方,但龙文章几个并不知道。从他们所在的地方望去,营地的方向腾出黑烟。龙文章做了个手势,几个人立即进入临战状态,龙文章回头看了一眼,六品仍不知所措地背着龙妈妈。

龙文章低声道:"放下!"

六品放下龙妈妈,拔出他的刀。

"这是在打仗,妈,有什么动静您都别过来。"

龙妈妈看着那个绷得弦一样紧的儿子,她是个聪明的妈妈,什么都没说。

龙文章又做了几个军事手语,那几个人没入山林。龙文章最后看了妈妈一眼,"完事了就来接您,放一百二十个心啦,不会有事的。"

他拉栓上弹钻入山林,顺着坡势冲了下去。而六品和满天星几个冲到山脚下就扎堆了,他们有点不知所措。

"大乌鸦那个这个……"满天星学着龙文章的手势,"是什么意思?"

六品摇摇头,"不知道。"

"怎么老这套?鬼画符样就搞些除他没人懂的?"

龙文章一枪在手,从枝丛中掩杀过来,"怎么还在这儿? 不是让你们三左翼,你们四右翼,我掩护两翼吗?"

"你干吗不直说呢?"满天星郁闷道。

"我训练你们的时候没说吗?"

"谁记得住嘛。"

"毫无军事素养!简直流寇!打三年仗,全死你们这帮新来的大白菜!"

六品皱眉,"这么说话不好。"

"你一样啊,打了三年还是白菜!"

他又挥出几个手势,几个同伴全瞪眼看着,既然不明白什么意思索性不动。

"散开!平推!"

同伴们终于照他说的做了,龙文章擦了把汗,掩向林端。山谷里已经是一片焦土,队员们陆续放弃警戒姿势从林间站了起来,连龙文章也放弃了他的军事动作,山谷里已经不可能有活物了。

"没有尸体,鬼子没扑着他们。"龙文章自我安慰。

"这有血。"六品说。

他跟上了地上的一溜血迹,队员们跟在他身后,那血迹像是什么人被拖过造成的,血在谷口的山路边汇成触目惊心的一大摊,血泊边有几个血染的车轮印,顺着车轮驶去的方向淡去。

队员们喃喃道:"拉走了,去沽宁。"

"剩下一个人四道风就还在,早说过的。"

"那是。"

他们说这种话像是呓语,毫无豪壮之情。

"走吧,鬼子在扫荡,耗这儿是等死。"龙文章幽幽地说。

人们也懒得拿什么主意,三三两两地跟着他就走。

"你妈呢?"六品突然想起来。

"你给我闭嘴。"龙文章头也不回。

"你什么意思?"六品停住。

其他人也跟着停下了,龙文章恼火地转过身来,"带着妈走?这种日子?有吃的吗?树皮管够!有医药吗?乡下人治牛治马的草药倒有!有子弹吗?上尸体上找去!有人欢迎吗?等你敢见人再说吧!有结果吗?"他指着那摊血泊,"只有灰飞烟灭,就此失踪,像他妈一只臭虫!"

他忽然住嘴了,龙妈妈不知何时已在他身边站着,她压根儿就没准备相信自己的儿子,她看看龙文章,目光里像早洞悉了一切。

"大伙儿别跟脏仔生气,他就是个嘴臭,心地还好。"

"我不是怕他们生气!"

龙妈妈叹了口气,"都知道你怕什么。"

"我什么都不怕!"

"你对你妈老是先哄,哄不住就急,急不过就跷家。上回跷家是说什么来的？帮我买瓶豉汁豆油,可好了,一瓶豉汁买了六年。"

"您翻这老账干什么？"

"你要做大事,你把妈搁哪儿呢？"

满天星道："带不带妈走,大伙举手吧。"

"我的妈！要你们举什么手？"

六品迫不及待地举起了一只手,剩下六只手全举了起来。六品的手反倒放下了,他去背龙妈妈,龙妈妈乐了,她很配合地让六品背上。

龙文章一瞬间转了十七八个念头,终于发现已成定局,他只好找准了六品,"如果我妈有个三长两短,六品,你记住。"

"知道你孝顺,可是脏仔,妈真受不了你这样子来孝顺。"

"别叫我脏仔。"

"那好喽,你爸在世时最中意叫你屎精。"

"我求求您了。"龙文章一脸崩溃,干脆两步跨到队伍前头。

一行人继续向树林深处走去。

5

那辆载着皮小爪等人尸体的卡车驶进日军军营,照例又停在空地边卸下尸体。

长谷川看着窗外黑暗里那辆夜归的卡车,掩住口鼻使劲地呼气,仍然无效,耳鸣依旧。他坐下来烦乱地翻看桌上堆积如山的公函。

伊达在旁边一壶清酒自酌自饮已渐入佳境,他仍很兴奋,说话也很大声,"再有几天,以沽宁为径,六千精兵就能扩散成一百五十公里包围圈！那时候我们再以公路为网,据点为锁,像渔网一样再扫荡一遍,追歼残敌……"

长谷川抬头,"你们这些军人,是不是说起扫荡、追歼、残敌就有性交的快感？"

伊达愣住,"长谷川君？"

长谷川也有些后悔,他很少这样暴露自己的刻毒,"对不起,我是说这次扫荡太劳师动众了,"他拍拍手上的公函,"造就这么多要看的公文……"

一声尖利的刹车声在门外响起,门被推开,一个日本军官站在门外,长谷川并没有听见也没看见,他仍在牢骚,"军部不过是怕被海军抢足风头……"

军官皱了皱眉,"军部急令。"

长谷川仍没听见,"……出自几个官僚的想入非非……"

伊达强烈暗示地大声敬礼说："宇多田少佐阁下,军部有什么命令？！"

长谷川终于转过身来,他有些目瞪口呆。

宇多田瞪着他把公文递了过来,长谷川低下头看,以掩饰自己的难堪。

"知道这个人在哪儿吗?"宇多田问。

长谷川竭力想听清,伊达凑近他道:"知道这个人的所在吗?"

长谷川看着宇多田,"不知道,但是我保证,三天之内一定把他送到军部!"

"是您自己说的三天。"宇多田转身要走,又看了看长谷川,"长谷川队长,您似乎对军部有很大的意见,请您在后天的会议上亲自向将军痛陈吧。"

长谷川仍听不清,胡乱应道:"是、是的。"

宇多田愤然出去,长谷川一屁股坐下,喃喃骂道:"该死的四道风!"

"有什么重要的命令会从军部越级下发?"伊达同情地看着他。

长谷川看看手上的公文,"你还记得一个叫何莫修的人吗?"

伊达茫然,显然已经不记得何莫修是谁。

长谷川站起来,向伊达挥挥手,"去高家。"

何莫修把自己关在房间里,各种语言的地图和旅行手册差点将他淹没。门响了一声,何莫修昏昏然地抬起头来,高三宝和高昕都巴巴地瞪着他。

"你在干吗?"高昕没好气地问。

"我在找一条可以不用护照的秘密通道。"

"这书上印得有?"

"我从重庆飞印度,再从印度坐船去澳大利亚,嗯,这是其一;不过澳大利亚怕也是交战国了,坐船会被打沉的;苏维埃倒是中立国,我也许可以上哪艘苏联货船做偷渡客,到海参崴再收买渔民去阿拉斯加,再去加拿大,嗯,这样子去美国……"

高昕白他一眼,"你真是个差劲的世界公民。"

高三宝道:"小何,我想……你还是先计划一下怎么离开沽宁比较好,城外打得炮火连天的。"

"我的思维习惯一向是把最难办的放在最后解决……"

高昕嚷嚷:"我开眼啦,原来你是在逃避现实?"

何莫修又气又急,"你不要提醒我!"他颓然靠倒,才半天工夫他憔悴了很多,"我不知道没有自由是这么难受的,我现在去不了美国,连英国法国都去不了……"

"去不了火星,去不了金星。"高昕没心没肺地火上加油。

"小昕别闹,小何别急坏了身子,大家一起想办法。"

"我想上黄石公园登山,看塞纳河的夕阳,跟乞力马扎罗的野兽同舞,和毛利人共进晚餐……"

高昕撇撇嘴,"无病呻吟!沽宁城外的小土包他都爬不动,一个跟着航运表发现新大陆的哥伦布。"

何莫修长叹,"小昕,我知道,你气我是怕我着急,你也气我不是你喜欢的那种人，天大的事情一个哈欠全没了，我真的做不来，我只觉得窒息。"

"你你你……什么嘛！我气什么你知道吗？你是中国人还是美国人吧？"

何莫修愣了愣，"我也不知道……这些年做美国人好像自由一点。"

"好吧，那我跟你说做中国人的自由吧。是中国人，有种的话，我陪你，咱们一块儿闯过鬼子封锁线，中国大得很，爱上哪儿上哪儿。是美国人吧，听说鬼子正要修一个集中营，专搁留在中国没走的倒运大鼻子……"

"集中营?!"何莫修已经快哭了出来。

"小昕！"高三宝瞪她一眼，转而安慰何莫修，"没事，小何你是中国人，是沽宁人，鬼子要找来我就说你早走了，早……"

"鬼子会找来？"何莫修又挨了一击。

"不会不会，谁知道你在这儿？"

"知道啊，高伯伯，那个长谷川三年前见过我的。"

"他不记得，三年呢，你又不是什么要紧的人……"

正说着，全福气喘吁吁跑了进来，"鬼、鬼……长、长！"

高三宝皱眉，"五十多的人了，说话还要这样吗？"

"那个姓长的鬼子在客厅，他要见何博士。"全福吓得发抖。

高三宝猛地站起来，几乎一下摔在地上，"你们躲、躲……不，我是说你躲一躲，去小昕的房间，这里我来。"

高昕没说话，她看到了高三宝衣衫下面在簌簌发抖，高三宝叹了口气，"那是个黄蜂刺尾底针，可我是狗急跳墙兔急咬了，不不，用你们年轻人的话，我很愤怒，对，我很愤怒，愤怒就不会害怕了，姓高的已经是个破落户了，没什么好怕的。"

"爸爸别遇到上次那样，要不我去？"高昕实在放心不下。

高三宝给自己壮胆子，"不！姓高的这辈子最丢脸的就是被恶人吓得疯掉，这脸不挣回来就是残的，对了，不是听见又枪又炮的吗？四道风好小子要打回来啦！哈哈！小何说的，世界反法西斯同盟也开打了，没几天啦，我是说小鬼子！"

高昕看他一眼，拉着一片茫然的何莫修进了自己屋，高三宝定定神，可以说是果敢地向楼梯口走去。

高三宝走进客厅，长谷川和伊达早已经在座，身后随着一群日军，这个阵势不善，高三宝硬着头皮坐下。

"只有高会长一个人吗？"

"沽宁商会名存实亡，会长二字愧不敢当。高某也是家道败落，走的走散的散，连家佣也不剩下几个。"

一名翻译居然低下身给长谷川翻译，高三宝越发上火，他当然知道长谷川的中文比很多中国人更好。

翻译向高三宝调转了头，"会长的乘龙快婿呢？"

"长谷川先生是不是把中国话忙忘了？中间夹个传声筒还有什么好谈？"

长谷川听了翻译，脸上有点怒意，想了想终于让翻译退下。

"我耳力欠佳，请高会长大声说话。"

"先生有疾吗？在下真是担心极了，听说有人在先生门前放了个炸弹？莫不是，呵呵……"他故意把声音放很小，长谷川竭力倾听还是听不到，这让高三宝越来越无畏。

"言归正传吧，我要谈的是贵婿的前程。"

"小婿？"高三宝的声音立刻高了八度，"早已走啦！堂堂一个博士，又怎会在这小地方呆足三年？"

"是吗？为什么伊达前天还见过他？"他转向伊达，"你见过他，不是吗？"

伊达一脸诧异，"怎么会？您不提醒我都想不起他是谁。"

长谷川对高三宝说："您看，伊达君很诧异，他对贵婿印象深刻，还特意让他给会长带好来着，贵婿没有带到吗？"

"小婿昨天走的。"高三宝恨恨地看看伊达。

"会长是在闭门清修吧？昨天的沽宁已经不能随意出入了。"他贴近了高三宝，"您总是说谎，我们如何商量呢？"

"……请让您的人暂时回避一下。"

长谷川对身后挥挥手，除了伊达，所有的日军都退了出去，他摊了摊手，"好了，现在可以说了。"

"阁下到底想要什么？"

"怎么讲？"

"小婿只是个无足轻重的小人物，对政治一窍不通，只不幸和先生的敌国有些牵连，我想，说到头他对先生的国家是一文不值的。"

长谷川笑了笑，"这我倒也想过，今天上峰来令要人，我已经推搪过了。"

"先生的辛苦，自然不会白费。"

"刚才见先生的林肯车停在门外，是古董车了吧？"

高三宝松了口气，"就送与先生代步吧，在下对车也没什么兴趣。"

"如此甚好，等在下接到了贵婿，一定会加倍照顾。"

高三宝愣了一下，"你还是要人？"

长谷川笑得像只吃到鸡的狐狸，"人当然是要的，会长走眼，不知道贵婿是多重要的人物，重要到没有讨价还价的余地。当然，先生的厚礼在下还是会领受的。"

"我还真想知道他到底有多重要，倒好像关乎你们的国运。"高三宝压不住火。

"那倒也不至于，只是我们的德意志盟友一见我国对美宣战，立刻向我方索要贵婿，据说已经请了他多少遍了，贵婿只是一意推托不肯去。"

"德国？你们要把他交给德国人？"高三宝在愤怒上又加了愕然。

"那倒也未必，在下也想向贵婿问个明白，或许让他在会长膝下共享天伦之乐也说不定。"

高三宝不再信长谷川的话，他甚至后悔刚才与他谈条件，他把心一横，"既然没得通融，那他已经走了。"

"会长，这就有点孩子气了。"

"我来猜猜你阁下为什么没把我洗劫一空吧？码头产业是没了，可高某横了心振臂一呼，半数码头还会瘫痪，这你没法交代，你们也要高某好好活着，给所谓东亚共荣应个景儿。"他瞪着长谷川，"那么，你要用强，就是如此。"

图穷匕首见，两人都有点恶狠狠的。长谷川看着高三宝忽然笑了，"谁说要用强了？会长真是好没风趣。"他往外走去，"话不投机，走了走了。"

高三宝捏了把冷汗看着他，他当然不相信这人会这样就走，但他也不知道他打算干什么。

楼上，通阁楼的一扇小窗已经打开，高昕从里边把何莫修拉了出来，"好了，躲这儿你是不是觉得安全一点？"

何莫修看看天上的星星，"谢谢，我好多了。"

"你不就是一个入了美国籍的中国人吗？怎么好像做了亏心事一样？居然惊动了沽宁的鬼子来找你？"

"我知道，德国日本是盟友啦，这可比进集中营还糟糕。"何莫修心烦意乱地说。

"你不要一急就没头没脑的好不好？"

"你不知道，我在外国做的事情很重要的，不过我不喜欢。"

"你到底是做什么的？"

"原子物理学呀，我早说了原子物理。"

"怎么你在发抖？"

"对不起，我有一点点恐高。"

"要不回去吧，我爸绝不会让他们来搜的。"高昕已无心再嘲笑他。

"不，就这儿，"他在屋檐边坐了下来，"这里很好，你听见城外的炮声了吗？我现在明白你为什么非把打雷说成爆炸了，有人还在跟他们斗，就是说这种日子会有尽头。"

他坐的地方实在让高昕胆战心惊，她拉他，"你用不着现在来表现你的勇敢。"

"我不是勇敢，我……"

高昕忽然把他摁倒了，俯视下去，长谷川和伊达走了出来。

6

长谷川和伊达从高家出来。"我们就这样走吗?"伊达不解地问。

阴了几天脸的长谷川忽然恢复了神采,"当然不。这样才有趣,这是真正有趣的事情,比城外的扫荡有趣多了。"他看着伊达疑惑的表情道:"那个叫何莫修的人,利用好的话,他也许是我们离开沽宁的跳板!"他忽然对身边的日军道:"占领周围所有的民宅,快去!"

一干日军不明所以地去了,周围立刻传来砸门打人和哭叫的声音。

门外的喧哗让高三宝从家里冲出来,他惊呆了,所有的邻居衣衫不整身无长物地被赶在他家门前,左邻右舍的家里冒着火光,传来打砸的声音。

长谷川在一片混乱中怡然自得,他登上高处扬起了双臂,"各位,打搅了!当然,我知道不止是打搅而已!扰了各位良民的休息,只为一件小事,我,想见一见这位高会长的贤婿,对,就是你们都认识的那位,西方人做派的那位东方人。"他顿了顿,看一眼待在家门前的高三宝,"可会长不让见,我说我会拿你的邻居当出气筒,会长说好,去吧,他们跟我没关系。很遗憾,我拿你们出气了,我的士兵会住在各位家里,我见到会长的贤婿之前你们没有回家的机会,我很抱歉,可我有这个权力。"

他跳下来,悠闲地走开,然后想起什么,又回身竖起一根指头,"对了,还有五分钟就宵禁,宵禁期间夜不归宿一律以抵抗分子论处,格杀勿论。我很想管你们的死活,可连会长都不管,我又来管干什么?"他得意地看着高三宝,高三宝狠狠地看着他,转对邻居们喊:"请大家到我家暂避,全福开门!"

全福大开了门,人群顿时向他家拥去,高三宝在人群中被推挤着,一双眼睛仍狠狠地瞪着长谷川,直到门前只剩下他和长谷川面对。

长谷川没想到高三宝会这样,多少有些悻悻,"仁义!我想告诉仁义的高会长,我知道您为什么有了骨头。因为你们的英雄四道风,因为城外的炮声,因为美国的参战!城外的炮声是在扫荡,几天内也许我就能请您参观四道风的尸体,至于美国,我们已经彻底击溃他们的太平洋舰队,在东南亚也势如破竹!——请会长早些安歇吧!"他微微鞠了一躬,带着所剩不多的部下离开。

高三宝牵牵绊绊地走过大厅,一向冷清的家忽然和菜市场一样热闹,不断有人拉住他嚷嚷:"会长,这算哪门子的祸事呀?""老高,你别一直不说话。"

高三宝叹了口气,置若罔闻地走开。全福匆匆过来,"老爷,何博士……"高三宝瞪他一眼,看看周围人。全福放低了声音,"他在屋顶上不肯下来。"

"上屋顶干什么?"高三宝怨气冲天地向楼上走去。

房顶上,何莫修生根般地坐在檐边不肯动弹,高昕恼火地瞪着他。他仍在发抖,但说起话来却汹涌澎湃:"我真的很高兴跟你一起度过三年,除了在实验室以外的地方我没这么踏实过,我学到的事情是在客厅里绝对学不到的,就算去周游世界我也不会明白这些事情。"

"你发什么疯?快过来!"

何莫修摇了摇头,"我爱你。"

"你……过来再说,我、我服了你好不好?要说这种话也不要在这里说吧?你让我怎么回答你嘛!"

"我不是为了说这种话才这样的,其实不说出来我都很满足了,人心不足蛇吞象,可笑。"

"你碰上多大事了?就要寻短见?"高三宝从阁楼里探出头来,透着恼火,"你知道为你费了多大劲吗?要跳就找个高点的地方跳!这么高摔不死!"

"爸爸?!"高昕急得直跺脚。

何莫修笑笑,"我算过了,从这个位置跳下去会是颈骨折断,准死无疑。"

高三宝从天窗里钻了出来,小心地挪步过去,"好吧,跳吧,我就看准了你不会早夭!知道为什么吗?你是很天真,可也就有股谁都没有的活气!"

"爸爸!"高昕又跺了一下脚。

何莫修看了高昕一眼,转身,对着下边的空间使了使劲,可那股劲头却忽然断了,他就此泄气,"好吧,我不跳了,高伯伯你别过来,小昕你也别,看摔着!"

一旦注意到这些小事,刚才忘了的恐高症又发作了,何莫修忽然瘫软下来,"你们……还是谁把手给我一下吧?"

"你刚才怎么走过去的?"高昕伸了只手过去。

何莫修握住她的手,往里挪了几步,然后一屁股坐在屋顶上,"刚才不知道,现在……已经决定不能死了。"

7

三人在高三宝的房间里坐着。高三宝叹了口气,"小何,能告诉我你怎么能惊动这么些人吗?"

何莫修摇头,沮丧莫名,"我也不知道,我们这帮人在欧洲被叫作火星人来的。"

"那什么意思?"

"就是想入非非的意思啦,我们不屑于去做什么电灯泡发报机,我们做的是未来型科学的研究,虽说还只是理论。"

高昕很想笑,看高三宝绷得鼓一样的脸,终于忍住。

"也没人搭理我们,后来有位同行为了筹经费,提出研究一种超级炸弹的可能性,我们一下子就炙手可热了。"

"什么超级……炸弹?"高三宝彻底糊涂。

"就是用特制的引爆装置轰击特定的铀物质,导致原子裂变啦,很灭绝人性的,我算了一个月也没算出它的威力极限来,大概是可以抹平一座城市吧。"

"那你是不是……可以造出这样一颗炸弹炸鬼子呢?"高昕天真地问。

"那怎么可能?搞这个的人有好几百,你得把这些人码齐了,才有可能;其次,不,这个是最主要的,太不人道了,我不干,所以他们找了几次我就打包回来了。"

"好家伙,你是为这个才在沽宁待了三年而不是为了我?"

"是的,不全是为了你……"何莫修有些赧然,"说真的,有点逃避,美国要我也是为这个,所以……留下也不全为你,还是有点逃避。"

"好极了,省得我过意不去。"

何莫修看着她又有些发愣,高三宝干咳了一声,"我听不懂。不过我知道你在这里没法待了,小鬼子那一手已经让邻里邻居全成了他的耳目,你也出不去,出了门就是鬼子在把着,更别说城外的扫荡了。"

"我想好了,我死也不跟他们合作……落到他们手上不如死了。"

"那是最后一步。"高三宝站起身来,"昕儿,门锁了吗?"

"早锁了。"

高三宝打开他卧室里的大立柜,柜子里边有个暗门,他打开暗门。

高昕和何莫修看得发愣。

"爸,咱们家还有这么一间哪?"

"变故看得多了,谁知道哪天就到自己头上?现在又是光出不进,我不藏点,你又哪有养活自己的能力?"他看看何莫修,"小何,行吗?"

何莫修愣了一下说,"设计有点一般。"

"我是说你在这里暂避,直到我给你找到一条出路。你可以在里边看书写字,实在烦了,里边有很多我的珍藏,可以打发时间。"他拍拍发呆的何莫修,"进去吧。"

何莫修终于醒过神来,他战战兢兢地钻了进去。

高三宝又对高昕说:"小昕,我累了,你也回去休息。"

高昕嘟着嘴走了。

高三宝换上睡衣,他今天显得格外疲倦,正坐在床边发呆。门被敲了敲,高昕不等应门径直进来,直奔柜子里的暗门。

"昕儿,他刚进去。让他休息。"

"我们聊天。"

"我不知道你们有这么多可以聊的。"

"我们有难同当。要不我们换个房间好不好?"

高三宝吓了一跳,"算了算了,你像个姑娘家行吗?你进出也别敲门了,我要睡着了你步子轻些,好吧?"

高昕点点头,进暗门。高三宝刚躺下,外边又响起敲门声。

"都说了不要敲门……"

他愣住,看看还开着的柜门,又看看房门,一个山羊胡老头探头进来,那是邻居,一位谭姓道学先生,比高三宝年纪还大。

高三宝愣了愣,"谭老,还不歇着?"

"一腔愁肠难以入眠。"谭老颤悠悠地进来。

高三宝明白他来的目的,苦笑一下,"谭老保重。"

"小高,你随我来看。"他站到窗边,让高三宝看窗外的民宅,里边闪动着火光,隐隐传来日军粗野的笑声。

"好像……在烧东西。"

"所烧何物?老朽穷其一生之力所攒红木家私全套,本想与之终老传以下世,却当陈年积薪付之一焚!暴殄天物,痛何如哉!痛何如哉!"

高三宝苦笑,"在下……在下屋里这套谭老还看得过眼吗?"

"你当老朽来此打秋风是不是?你当老朽所说仅是一套家私?你当老朽所为何来?你当……"他猛烈地咳嗽起来,高三宝忙给他捶背,柜子里却传来当的一声,那老头子耳力甚好,他立刻转向那柜子打量着,"这东西给我了是不是?"

"是这些,这些!那西洋东西入不得您的法眼,只有在下才搞这种中不中西不西没得格调的东西。"

谭老说死不回头,仍上下打量着柜子。高三宝咬牙闭眼,把一只花瓶推在地上,老头立刻回头,惊蹿了过来,"天打雷劈,这是只景泰蓝呢!"他比高三宝还要痛惜。

高昕从柜子里出来,根本连遮掩的意思都没有,上去拍拍谭老的肩膀。

"啊哟!高姑娘什么时候来的?"

"刚进来的。"她二话没说就叉住了谭老的脖子,照着门口拖去,老头儿瘦瘦小小,在她手上连反抗的力气也没有。

"啊哟!这成何体统!小高,你家有恶女,管教无方……"

高三宝装聋作哑,高昕把老头扔在门外,顶着他的鼻子把门重重关上。

"小昕,这个……下不为例了。"高三宝苦笑。

"爸爸!"高昕的神情像被叉的是她自己。

"如何?嗨,我是说怎么啦?"

高昕眼圈一红,两颗眼泪已经掉了下来,"小何……他快死了。"

高三宝一愣,猫腰钻进他的收藏室。里边就是个仓库,自然不是合适住人的地方,无窗无光,只有堆了很高的箱笼和大件古玩,中间空地上铺了尽可能多的被褥,何莫修躺在上边,才一会儿的工夫他已经涣散无神,正一脸茫然地瞪着天花板。

高三宝摸了摸,"怎么烧得这么厉害?"

"他又上房又跳楼,怎么就不能这样了?"

高三宝又气又急,"我也不想,你别在我身上撒气,小何,你要什么?"

"阳光、空气和水。"

"水?我去倒水。"

"他说的水是江河湖海。"高昕握着何莫修的手,她又想哭了。

高三宝站住,和女儿无助地对视着。

8

已经宵禁了,街上空无一人,只有巡逻的日军在晃来晃去。

日军的电筒晃过沽宁河,河边上一条空无一人的小船泊在岸边,船板上空空荡荡,这样的船在沽宁河里再平常不过。

日军走过,小船用慢得难以觉察的速度漂动。欧阳、四道风和唐真几个从水下钻出来,从船板下拿出电台和机枪,四道风带着他们迅速没入巷子。

几人来到当初的杂院,院里已荒草萋萋。欧阳揭开盖子,露出下边久违的空间,他刚想进去,唐真拉了他一把,说:"等一下。"

欧阳明白过来,这是要放放浊气。他在院里坐下。

四道风活动了一下腿脚,却立刻不耐烦起来,"又冷又饿,我去找食。"

"待着,现在宵禁,找什么食?"

"是鬼子宵禁,跟我老人家有什么关系?"他看看欧阳还绷着的脸,"好吧,这两天小的们许就跟着暗号找过来了,我去跟咱们情报员联系一下,好发达……发展工作。"他忽然有些黯然,因为这个词是皮小爪提醒他的。

欧阳拍拍他,"好啦,别想啦。"

"这个词是老二帮我记住的,我会常说……我走了。"他的身影在墙头一闪而没,欧阳没再拦他。

欧阳看着皎洁的月色出神,忽然听见身后一个吸气声,他回头,唐真正在做一个深呼吸。

欧阳笑了笑,"家乡的空气和哪里都不一样的,对不对?"

"我回来了。"

"对,你回来了。"欧阳笑笑。

"我要杀掉李六野、沙观止,杀爸爸小弟的鬼子已经死了,我还要杀掉长谷川。"

欧阳僵住,一个二十一岁的女孩像计算自己的衣服一样计算着要杀的人,这无论如何是他不能接受的,他叹口气,"下去吧,外边空气很好,可我们总得下去。"

"然后我就可以死了。"

欧阳无法言语,他不知道跟唐真说什么,因为他也知道什么叫作沉痛。

两人默默进入地下室。因为长时间没有人住,有一股沉闷的霉味。欧阳拉开帘子,看着曾和思枫度过两夜的小室。他回头看看唐真,唐真无所事事,意兴索然地打量着这片空间。

"很久没呆过人了,得收拾一下,这两天还有人来,小间是你的,你自己收拾。"欧阳开始忙碌,收拾一个积尘逾寸的地方不是容易的事情,他回头看看唐真,唐真正坐在一角,不管不顾地只擦她的机枪。

欧阳苦笑着摇摇头,继续忙活。整个地下空间终于收拾干净了,唐真也已经把机枪里外的每一个零件都擦了一遍,现在她打算把每一发子弹也擦一遍。欧阳看了看她,索性自己去收拾那个小间,活脱一个勤杂人员。

当小间也终于收拾完毕,他才装上电报机接收电文。

他把收到的电文在纸上译出来:遭遇扫荡,情势危急,我部转移。老唐。

欧阳终于显得有些惶急,他在屋里走了两圈,不经意地扫到唐真。

唐真终于关注到机枪之外的事情:衣衫透湿,她脱下来晾干,自己不经意地在机枪边坐着。

欧阳立刻将头转开,他明白了一件事情,和他同处一室的这个女孩已经不是他当年的学生了。欧阳回到电台边把刚想到的建议转成密码,突然发现有些不对,一转头,唐真正离得很近地打量着电台,近到让欧阳有些不自在。

"去睡吧。"欧阳说。

"这盒子就是电台吗?"唐真好奇地问。

这很像学生问老师问题,以至欧阳又有些错觉。

"更该叫电报机,按照一定速度接通和断开电路来发送信号,有空可以教给你,比你的机枪好。"

"你为什么讨厌我的机枪?"

"不是讨厌,你的机枪很管用,我是说……你不合适这场战争。"

"我做得还行。"

"你做得不是还行,是很好……可我不是在评价好坏。"

唐真看了看他,"不是你说了算,你在学校说的也都不算。"

欧阳苦笑,"是啊,我本来就是个冒牌老师。"

"是不是就是这盒子说了算?"

"不是这么说的,它连接我的上级,我的上级又连接他的上级,我们是有计划目的地改造社会……"他看看唐真不大有兴趣的表情,"照你习惯的直咕龙通的说法,这么说也行。"

"这盒子让你杀了谁你就杀了谁吗?"

"不是杀,是……好吧,在战争中我们会杀人,但你不要把杀字挂在嘴上,尤其也不要放在心里。"

"这盒子让你杀了李六野沙观止,你就会杀了李六野沙观止吗?"

欧阳立刻明白了唐真和他说话的目的,"这事很复杂。"他不再说下去,开始发报,竭力不被唐真干扰。

"还不就是为了四道风跟他们有牵连吗?"

"不全是。"

"我要你杀了李六野,沙观止。"唐真将头凑到电台那一头,将嘴对着它说话,以便让她说的话像是从电台里边发出来的。

欧阳已经发报完毕,平静地看着她,也许唐真把事情做得像小女孩开的玩笑,但欧阳并不把这当成玩笑。

"别把杀字挂在嘴上,我的学生。"

"你是冒牌老师罢了。"

"是的,我肯定不够格为人师表。我只想说,人都会长大,可不是你这么长大,你根本就停在我不知道的哪一天了,三年了,我一直等着你从那一天跳出来。"

"你有过要紧的人一个个死在你身边吗?"

"有过,多到我觉得活着都是一种罪过。"

"帮我杀了李六野,沙观止……"唐真看起来很淡然。

欧阳皱了皱眉,他是没法消灭这句话了。

"你要干什么都行。"

欧阳愣住,他认为自己听错了,但听得如此真切,以致无需再问。

唐真漫不经心地看着他,轻轻咬着嘴唇,因为欧阳不吱声,她又补充了一遍:"怎么都行,现在也行。"

欧阳很生气,他站了起来,看着唐真,唐真毫不回避地瞪着他。欧阳的怒气似乎忽然释然,他脸上浮出了笑纹,"我以为你真把自己变成一挺机枪了,一直看你就痛心,现在才知道,原来你压根儿就没有变过,就是个攒足了三年劲的小女孩。"他伸手摸了摸唐真的头发,那完全像在对孩子,唐真有些恼火地甩开。

"就算李六野他们永远不死,你在这里也不是那么无助的,别把他们的死和活当成你评定世界的标准,唐真同学。"他举重若轻地从那里离开,走向地道口,背对着唐真的时候脸上的笑纹立刻没了,这看来是桩会让他操足了心的麻烦事情。

第十六章

1

小乞丐在破屋子的角落里睡着,身上半边草席,身下半边草席,一只手过来胡噜他的头,"小汤包,小得不够塞牙缝的小汤包。"

小乞丐惊起,瞪着黑暗里的人影,"龙乌鸦!"

四道风把头探到月光里,"我是你四哥!"

小乞丐一脸惊喜,"四哥!我就知道去多少鬼子都逮不着你。"

"别提这碴,"他注意到角落里还有一双惊慌的眼睛,"你又把什么猫猫狗狗拉窝里来啦?"

小乞丐很自豪地把那个人拉到亮光下,那是他在爆炸之后救下的罗非雨,"我兄弟,我救的。"

四道风有些惘然,"你也跟人称兄道弟啦?"

罗非雨惊恐地缩着,小乞丐起劲地跟罗非雨解释,"他就是有一万个鬼子在找的四道风,人还行,就是嘴欠。"

四道风看看罗非雨,看不出个好来,"他没劲,我走啦,你来不来?"

"现在宵禁。"

"你跟不跟我来?"

这对小乞丐来说是个不用多想的问题,"你看家,别让贼进来。"他对罗非雨叮嘱着,然后蹦了出去,竭力跟上四道风的步伐。

四道风带着小乞丐在巷子里夜行,他的身影在墙头上晃了一下,回头把小乞丐接上去,几个日军走过,他们几乎就是在日本人眼皮下出没。

四道风把小乞丐接下来,随身紧了紧腰上的两支枪,枪的旁边还挂着两枚昭和十三手雷,小乞丐期待地碰一下,"给我一个吧,你有两个。"

"你可以跟我扯皮骂娘,这吃饭家伙不能碰,等我要了你吧。"

"你什么时候要我?"

"等你跟枪一样高。"

小乞丐挺了挺身子,立刻显得高了很多。

四道风笑笑,"蹿得挺猛,等我找根枪来比画一下吧。"

"什么时候?"

四道风明显在应付,他看看黑沉沉的夜色,嘘了一声,小乞丐立刻很警惕,跟着他一块儿蹲下。

四道风打量着黑灯瞎火的住家,小心地向某个角落接近,然后从怀里掏出一根绳,挂在脖子上。

"你在偷鸡?"听着黑暗里咕咕的鸡鸣声,小乞丐已经明白了怎么回事。

四道风轻嘘了一声,从鸡窝里掏出一只鸡来圈在绳子上,他的手法熟练之极,从头到尾鸡也不出一声。

"军师会知道的。"

"我是队长,"他自己也知道有点强词夺理,"你不说他就不会知道。"

"我不知道会不会说。"

"我教了你很多东西吧?现在也是在教你,偷鸡都不会还打什么天下?"

"军师也教我了,他不说打天下,这叫革命行动。"

四道风看看孩子,拿出一块银洋让他看,然后放在鸡窝里。他站起来,浑身挂满了鸡,"费这鸟劲偷它干吗?比买的还贵。"他没好气地说,然后拖了小乞丐离开。

2

古烁的家已有模有样了,有个小院,里里外外几间房,房里都有半新不旧的家具,里屋传来女人和孩子的玩闹声,古烁有耳无心,瞪着角落里供的关帝爷发愣。

"古烁,睡啦!"古烁妻在屋里喊。

"就睡。"古烁应了一声。

"洗了澡再睡。"

"嗯哪。"

古烁应着,开始给关帝烧香,他极虔诚,先解下身上的枪和刀放在一边,然后焚香长揖过头。烧完香,他转身到院里洗澡。天已经很凉了,他打着寒战,用凉水浇过身上的刺青和累累疤痕。和着水声,有一声轻微的枪机声,不知是打开还是合上。

古烁腰上搭了块毛巾光着脚进屋,他突然瞧见地上有一个湿鞋印。他没声张,在外间把自己收拾干,他把毛巾搭在枪上,再收回毛巾的时候枪已经不见了。

古烁上院子里,出门时忽然把毛巾下的枪顶在门上,那是这屋唯一能藏人的地方,他扣动扳机,枪没响。

四道风出现在门口,他瞪着古烁,手上的子弹一粒粒落下,他的神情冷淡又失望,"我就想知道你会不会对我开枪。"

古烁退了一步,看起来想哭,"不是对你!我不知道是你!沙门缺德事做太多了,我现在蹲坑都带枪!"

"你现在是沙门老三了是不是?李独眼、金头苍蝇、你古三爷,没一个好东西。"

"我是四道风的老三,大的、二的、你、我。"

"狗汉奸别提他们。"

"是的,我他妈狗汉奸。"

"古烁你跟谁说话呢?"古烁妻在屋里嚷嚷。

"我高兴,哼曲呢。"

"外边哼去,刚洗完澡身上凉,呆热了再来睡!"

四道风调侃地看着,"你脸都不要就图这个?"

古烁黯然,"你不会喜欢,可有人喜欢。"

"还哼?"古烁妻又嚷了一声。

"出去好吗?"古烁央求着。

四道风脸上的嘲笑之意更加明显了,他掉头走开,古烁毫不犹豫地跟着,他根本忘了自己还是光着的。

古烁在院墙根下站住了,他觉得这是个好地方,"就这儿吧,这儿不错。我老梦见你,梦见你说,我以民族的名义枪毙你,然后,一了百了。"

四道风咧了咧嘴,"怎么连汉奸都比我会说套话?"

"你要信得过,吭一声,我安排好后事找个地方把自己崩了,这样好不让我老婆孩子看见。"

"我信得过你?"

古烁苦笑,"是啊,那就这儿吧。"

"你有病?我拿枪比过你吗?"他撩起衣服给古烁看,"两把家伙睡着呢,自作多情。"他把古烁脱在院子里的衣服扔了过来,古烁忽然意识到羞耻,忙不迭地穿着。

四道风看着他评头论足,"羞什么?一身贱肉谁没看过呀?肚腩子都有了,我劝你趁早死了算了。"

"你……想干什么?"

"我饿了,陪我吃饭。"

"吃饭?"

"还要叫人,要热热闹闹,要……"他看了看月色,"风光大葬。"

最后四个字声音极低,他是嘀咕给自己听的。

古烁沉默地点点头,系上扣子,和四道风闪身出门。

四道风和古烁在一条巷子里停下。四道风在一边待着,古烁从院里领出一个人来,那是一个沙门帮徒。

三人又到了另一条巷子,四道风和古烁等着,那帮徒又领出一个人来。

几个巡逻日军路过。

"什么的干活?"

古烁看看爱搭不理的四道风,拿出证件给日军看,日军没说什么,走开,古烁立刻把它收起来。

"汉奸证啊?"

古烁极没面子地点点头,四道风劈头盖脸就是一下,古烁默默地承受。

在几条巷子里转了一圈,在半夜的街道上四道风这行人已足六七个,他们径直向日军的关卡走去。

"站住!什么的?"

古烁犹豫一下,对旁边的一名帮徒说:"你去说。"

被他点到的帮徒向日军走去,拿出证件,日军点点头放行。

几个人还没过关卡就听见哎哟一声,四道风又给了那有证件的帮徒一下。

一行人沉默着来到一个废码头。

四道风打量着眼前的人,足足六个,高矮不等参差不齐地戳着,每个人脸上都是一种要哭出来的表情。

"你们干吗呢?我抢你们钱了?"

"四哥,好久没见着你了!"

"得得,我要吃饭,不听号丧。"他吹了声口哨,小乞丐从黑暗里出来,拖着四道风的所有赃物,很仇恨地看着他,"四哥,你干吗跟他们一道?"

四道风没空搭理他,转向古烁一行说:"他是我哥们儿,你们也是我哥们儿,那他也就是你们的哥们儿,他可是我四道风的情报员,你们以后在街面上走动要罩着他。"

几个人答应不迭。古烁有点讶异地看那小乞丐,小乞丐瞪他一眼,将头转开,"谁要他们罩?他们都是汉奸。"

"三的听见没?我小兄弟都比你像样……"他愣了一下,"六个都是?"

六个里跪下了五个,古烁站着,反倒有点幸灾乐祸,"都是,都出息大发了,都是李独眼的得力干将。"

"我掉进汉奸窝啦?"

"四哥你明鉴,咱们都是沙门的不是?沙门跟鬼子合了不是?那外人眼里咱就叫汉奸啦!"一个帮徒说。

四道风揪住他就往沙滩上摁,"别想绕我,就说有没有干过汉奸事?"

古烁冷冷地说:"如果给鬼子跑腿叫作汉奸事,那就都干过,你当汉奸证白拿?"

被揪住的帮徒说:"古烁别说啦,你不是把自个儿也装进去了吗?放我们一马,四哥!"

古烁从四道风手上把那个人抢了下来,"老四,看你干的事我们也解气,可你是天上飞的,我们是地上爬的,我不知道想吃口热饭菜,不被人追着杀算不算没出息?如果是,那我们没出息。"

四道风捡了根烂船橹就想打,古烁不躲不避,"你是四海为家的四,不讲道理的道,狂风大作的风。谁能是你啊?很多事情鬼子来的时候已经定了,你改不了的。"

"改得了!"

"大风已经死了。"

四道风把船橹贴着古烁的头砍在地上,半截断橹飞了出去。

"老四?"

"你去杀鸡!"

"你可以杀了我,也可以杀了他们,你是沽宁专杀败类的大英雄。"

"去杀鸡,我不想跟你说话。"

古烁犹豫了一下,拿起那整串鸡走开。四道风在小乞丐身边坐下,他显得很疲倦。他就这样沉默地坐着,直到古烁把鸡做好。

沙滩上一堆火光,几个人围坐了吃着古烁的海水烧鸡,气氛很沉闷。

四道风不断地把各个肥硕的部件塞到小乞丐手里,最后索性把一只鸡腿从古烁手里抢下来,塞给小乞丐。"你是汉奸,吃鸡屁股。"

古烁翻他一眼,真就撕下只鸡屁股吃着,两人都竭力想恢复旧日的感觉,但那真不是容易做到的事情。

四道风也翻他一眼,打了个饱嗝,抓把沙子擦擦手,又在衣服上蹭两下,这就算卫生过了,然后他又和古烁大眼瞪小眼地看着。

"好了,老四,说吧。"古烁的话像是个口令,其他五个人也都不吃了,齐齐放手,很严肃地看着四道风。

"说什么?"

"你有什么事?你冒了大险找过来,又不杀我们,总是有事。鬼子正在扫荡,你们一定很难,或者你要我们背后给鬼子一刀,你说话,我们办。"

帮徒们附和着:"我也是古烁这话。""就是,全沽宁翻我们白眼,你看得起我们,还请我们吃这顿鸡。""一句话,有的你拿走,没有的我们给抢过来。"

"我是谁?我是四道风呀!我一起跑全沽宁的鬼子都得跟风!我要杀几个鬼子还要求你们狗汉奸?"

几个帮徒都哑了,古烁火气上头,"你别把汉奸两字老挂嘴上!"

"你自己也说是!汉奸!"

"你干吗不在嘴上挂个尿壶?"

"我就挂这俩字——汉奸。"

这事已经被他弄得像玩闹了,古烁一拳抢过去,四道风灵巧地让开,"不给你打,汉奸。走啦,小汤包。"他拉起小乞丐,想想,又转身,说,"我没事,就是一直忙杀鬼子,也怪想你们的,真要见了也不过这么回事,你们也别惦记我,好好过日子,给鬼子跑腿可以,别祸害沽宁人,还有三的……我懂你的难处。"他终于正眼看了看古烁,然后搭着小乞丐的肩膀走开。

古烁怔怔瞧着就要没入黑暗的四道风,忽然有种不管不顾的冲动,"老四!你等会儿!"他追上四道风,把什么东西塞到他手里,"这个你拿走,拿这个你能在沽宁城里走通途!"

四道风瞧瞧手上的证件,"还有个事,我没脸跟你说……"

"你说你说,老四,我真想你,还有老二……"

"二的完了,就今天的事。"他看着古烁,"自然是鬼子杀的,可我不知道是不是我害的。你说的也有理,大的二的兴许真是被我害的……你们都是哥们儿,几个哥们儿给他磕个头吧,我已经磕过了。"

他带着小乞丐走了。

古烁僵在滩上,半天没回过神来。

杂院里,欧阳靠着墙睡了一个晚上,他醒来的时候,已是初晨,四道风正极认真地用一只鸡腿顺他嘴边擦了一脸油,小乞丐严肃地站在旁边。

"梦到匪婆子了,你笑得像被鲜花砸破头的狗屎。"

欧阳没好气地白了四道风一眼,他实在是饿坏了,抢过鸡腿来就啃,忽然又停住嘴,"几条腿?"

四道风把一个布包扔给他,"管够啦,本队长一向是关心同志生活的,这我买的,还是从别人嘴边抢下来的……"

他住嘴,因为发现说走了嘴,小乞丐气冲冲为他补充,"从汉奸嘴里抢下来的!"

"哪来的汉奸,小气包?"

"哪来的都有! 他还跟汉奸献宝,泄露我是四道风的情报员!"

欧阳看四道风一眼,四道风讪笑着,并且立刻为自己找到一个可以岔开的话题,"我觉得该给小汤包闹个正名了,这一人一个叫法实在不好。"

"先说好不准带'小'字。"小乞丐立刻忘了告状。

"不带'小'字鬼知道是你?"小乞丐冲四道风屁股就是一脚,整个四道风组织敢踢他屁股的也只有欧阳和小乞丐一大一小。

欧阳低了声,"你要去看朋友没什么不好,很多人也不是扣上汉奸二字就能一棍打死的,不过以后注意。"

四道风看了一眼欧阳,由诧异到感激。

三人走下地道。

唐真在小间睡觉。欧阳搬了张椅子放在小间外边,把四道风带回来的鸡放在椅子上,好让唐真醒来就能看见。

四道风凑过来,看着唐真的睡姿吹了一声口哨,欧阳轻轻拉上帘子,重重一脚踢在四道风屁股上,"对自己的同志不准这样!"

"我刚发现她是个女人。"

"那是,你一向当她是挺机枪。"他拿起衣服,"走,我们去踩踩盘子,看在这地方怎么活下去。"

四道风伸伸懒腰,"我困了,要补觉。"

"为了你昨晚不干正事现在才必须出去!"他给四道风化着装,"还偷鸡。"

"死小孩,又告密。"挣扎的四道风顿时老实了,由欧阳在脸上涂弄着。

"一吃就是海水当盐,边吃还得给它剪脚趾甲,这德行的鸡卖得出去吗?拜托你下回掩耳盗铃别再被我抓住了,我都奇怪你就没落鬼子手上。"

"叨叨得跟个老妈子似的,"他瞪一眼欧阳,"给了钱的。"

"有没写'四道风到此一游'?"

"'游'字还是不会写。"

"谢天谢地。"欧阳给四道风贴上一撮胡子。

3

长谷川又在窗前捅自己的耳朵,直到看见几个沙门会帮徒过来。

李六野赫然其间,古烁跟在最后,身边的人有三个是昨晚一起吃鸡的。廖金头贼头贼脑凑到古烁身边,"烁哥怎么这么阳气不足?"

"搓了十八圈麻将。"

"咋不叫我呢?大输赢吧?"

"大输赢。"

"谁赢了?"

"都输了。"

"总有个赢家吧?"

古烁看着正从房里走出来的长谷川,说:"鬼赢了。"

廖金头当这是气话,贼兮兮地笑了起来。身边的同伴捅了古烁一下,他知道古烁正因为皮小爪的死压着一股火。

长谷川在门口站定,刻意江湖气地冲李六野抱拳作揖,"六爷跟我说话一定要大声,惭愧得很,中了你那师弟的毛招。"

李六野多少有点赧然,"那畜生跟沙门三年不通音信了。"

"哦,总有些联系吧?"

"真没有。"

长谷川笑了笑,"六爷知道我想要什么还这么说,是拿我不当朋友拿四道风当朋友啊。"

"我当然和你是好朋友,要不是看师父面子早把那畜生三刀六洞了!要有半句假话叫我生不如死!"

长谷川瞧出李六野不是在说假话,乐了,"我当然信六爷的话。其实这次扫荡四道风也是插翅难飞,只是想起和六爷的交情,就好像骨鲠在喉,想知道我的好朋友是帮我还是帮别人,这点小心思六爷能明白吧?"

李六野简直有些感动,他说:"那当然。我们枪上讨生活的人最讨厌就是吃碗面翻碗底,我回去一定跟师父好好说说,让我们沙门在这事上能多多出力,好对得起你长谷川的交情!"

"那就好。其实请六爷来一是挂念,二是有两件对六爷举手之劳的小事。"

"说说,二十件都给你弄好。"

"其一呢,我明天有些公务出门,手上有个想要的人被此地商会的高三宝藏了,我料他会想法把人送出去,这沽宁明暗道都是沙门的,到时烦请把人给我送来。"

"这也太省事了。那老头就是空架子,要不要我把人给你搜出来?"

"不不,最好是做得神不知鬼不觉,让老头有苦说不出比较有趣。"

李六野大笑,"你很坏嘛,还有一件什么事?"

长谷川谦虚地笑笑,"这更好办了,这趟扫荡颇有斩获,那边有些尸体想请六爷帮看一下,也许四道风大意失荆州就在其中也说不定呢?"

李六野顿时来劲,"看看!看看!他要就此挂了我也不用跟师父费口舌了。"

长谷川引路。古烁几个没好气地跟着,他们自然知道四道风活得好好的。

李六野看得贪婪,眼罩换了三四次也没看到他想看的,"死小子命大,这圈没有。"

长谷川反倒不像他那么失望,"我想这种扫荡也很难抓住他那样的人,我只有靠六爷了。"

"你放心,只要师父说个行字,不几天我就把那厮给你带来。"

"等公干回来我给沙老爷子备份厚礼。"

两人寒暄着从尸体边走开,众帮徒求之不得地跟上,几个人已经快吐了出来。古烁一向是能离李六野多远就多远,他落在最后,但眼角突然扫见什么,他站住。

那是一具昨晚刚运到的尸体,古烁注意的不是那尸体的遍体鳞伤,而是那长短不一的两只手。古烁被雷劈了一样,两眼冒火,他回过头来,他的世界一下成了无声的,眼里只剩下长谷川那颗耸动的头颅,古烁撞开身前的廖金头向那颗头颅冲过去。他才把枪拔出一半,几个一直关注他的帮徒便死死把他抱住了。古烁挣扎,他还是听不见声音,周围一下乱了套,李六野和长谷川回过头来,李六野在无声地喝问着什么,一个帮徒在古烁脸上狠扇了一掌,古烁的世界又恢复了声音。

另一个帮徒正在回复李六野的问话:"啥事没有,六爷,烁哥昨晚牌上输给我们了,火气一直没消呢。"

"我操!刀把子讨生活的人就这么输不起,来这给我丢人?"

廖金头笑笑,"烁哥顾家小的嘛,准是输脱底裤跟老婆没法交代了。"

"你那么看着我干吗?找死?"

几个帮徒使劲把古烁的脑袋摁了下来,"给六爷赔罪!给六爷赔罪!"

长谷川也来打哈哈,"麻将这东西很是有趣,哪天跟六爷来上两圈?"

"我烦那个,我就好抛光洋,押天地头,赌多大都行!"

"那也好,我最倾慕的就是六爷这股豪气!"

李六野哈哈大笑,抛开了古烁。

几个帮徒仍死死夹着古烁,古烁身子一震,一缕血丝从嘴里溢了出来。

总算出得日军司令部大门来,几个贴心的帮徒夹着古烁进了一家茶馆,馆子里仅有的客人吓得悄悄溜了出去。古烁被推坐在桌边,他现在像个关节不会打弯的人,帮徒忙着给他推宫过血。

江湖人有江湖人的道,掐人中、喷茶水地搞了一气,古烁终于醒了点神。

"烁哥,你说话松松气,实在不想说骂我们也行。"

"汉奸两字怎么写?"古烁茫然地看着眼前的人。

帮徒难堪地笑笑,"烁哥这又是何苦来呢?"

"我知道咱们就是汉奸,可不识字,我特想知道这俩字怎么写,可又没脸问人。"

帮徒们都不说话,古烁直冲冲地向掌柜走去,"你,写给我看。"掌柜吓了一跳,摇头不迭。古烁把枪拍在柜上,掌柜战战兢兢用指头蘸了茶水,在柜上写给他看。

古烁一言不发地端详半天,长叹一口气,"是真难看哪。"他推开帮徒们,直投闹市而去。

4

城内外进出的关防明显加强,街头充斥着各种服色的日军,这让这座小城里的兵力几乎饱和,剩下些许空间也被街头巷尾横行恶作的沙门帮徒占据。

欧阳心事重重地看着这一切,他回头看一眼四道风,那家伙不知从哪儿弄了包瓜子在嘴上嗑着。

"给了钱的。"他把瓜子向欧阳递过去,欧阳摇摇头,向一间饭馆走去。

饭馆里很空落,日本人统治下还能撑得起馆子的人实在不多。

四道风要了一桌子菜,坐在角落里吃得不亦乐乎,想起来了便给欧阳夹一筷子,他已经很成功地把欧阳的侦察变成自己重温乡情。
　　"吃一点吃一点,知道你头痛吃不得油腻,可你也瘦得像活鬼。"
　　"满大街晃的都是鬼,你就没往心里去?"
　　"吃饱了才好驱鬼。"
　　欧阳犹豫了一下,道:"沙门的人在沽宁可搅得越来越凶了……"
　　四道风看欧阳一眼,仍在吃,但已不像刚才一样贪嘴。
　　"你什么都可以说,就不说这个?"欧阳苦笑。
　　四道风可劲地嚼一块排骨,不回答。
　　"那就不说了。"
　　四道风释然了些,给欧阳碗里放上一块排骨。
　　"唐真昨天晚上要我杀了李六野。"
　　"这有什么稀奇?小疯婆子跟谁都这么说,还说要杀我叔叔,我叔叔招她啦?"
　　"她说只要杀了李六野,我要干什么都行,这事你怎么看?"
　　四道风愣了愣神,终于不再吃了。他琢磨着这话的意思,然后拍着桌子大笑,笑得上气不接下气,"你、你、你喜欢那挺机枪?那你干吗不抱着那挺机枪睡啊?放一百二十个心啦!我不会告诉你匪婆子的!要不要我今晚上再躲出去?"
　　欧阳目光冰冷地看着他,"你明知道她为什么这么做,她被逼得没别的希望了,被我们逼的,你我两个,你大英雄,我大局为重,我打哈哈,说她是小女孩,好像这样就显出我们的大了,大总是比较方便骑在小的头上,对不对?"
　　欧阳的冷峻让四道风终于停止了笑声,"你抽风呢?为个女人跟我这么说话?"
　　"她是四道风的一员,而且我也不是光为她说。老四,一边是死,一边是活,我们一直是那条夹缝中间活下来的,现在城外的缝被鬼子填死了,城里的缝也叫沙门填没了,你说怎么办吧?"
　　"说半天还不就是要我跳出来跟我叔叔斗!"
　　"早不是你和你叔叔的事情了,是我们还活不活得下去的问题。扫荡把我们压到这个地方来,这个地方有两帮人,说到头,两帮人最后都会选择用枪。"
　　"用枪是不是?"他站了起来,三两步走到街心,那是沽宁城的繁华处,目之所及处有三个巡逻的日军,还有几个沙门帮徒。
　　欧阳从馆子里赶出来,正看见四道风一边掏枪一边抹去脸上化的装。他还没来得及阻止,四道风的枪就响了,两个正对他的日军一头栽倒,他回身,又一枪贯穿了第三个日军的头颅。
　　人群惊窜。

"我是四道风!"四道风的一句嚷嚷让人群逃跑的速度都慢了下来,四道风这三个字在街头巷尾已经有莫大的威力。

"我是专杀鬼子的四道风!我是沽宁人,不杀任何一个沽宁人的沽宁人!"他扫过那几个帮徒,那几个人正想拔枪,却迅速将手从枪上挪开。他扫过欧阳,欧阳苦笑,他明白四道风正在给他一个确切无疑的答案,他什么也不能干,只能将一只手塞在衣襟里,监视着四道风的身后。

"不过话说在头里,哪个不争气的沽宁人要把坏事做得太绝的话,我……"四道风想说句狠话,却无论如何也说不出来了,憋了半天才冒出句:"我……我操他祖宗!"

话一出口,他顿时觉得这话实在没什么力度,但已经没时间后悔了。日本人闻声而来,欧阳出枪,把跑在最前的一个日军撂倒,他一拍四道风,两人拔腿就跑。

欧阳和四道风缩在一个门洞里,抓了狂的日军在巷口跑来跑去。几个日军从巷子那头纵穿过来。眼看再无藏身之处,身后的门突然开了,一个战战兢兢的市民探出头来,"四道风吧?你是他本人吧?在跟鬼子斗吧?"

"都对,能进去吗?"

市民连忙让开,两人进院,门关上。逼近的日军纷沓而过。

日军的喧嚣还在周围响着,四道风一屁股坐了下来,"对不住。"他说。

"回头再说。"欧阳还在听着外边的动静。

"老子在给你认错!"

欧阳听着日军的声音往另一个方向远去了,回头苦笑,"我听见了,我接受。"

"别这么阴阳怪气的说话,你恨我恨得牙痒痒的,你直说。"

"真的不是。我不该逼你,我逼你了,我也该认错。"

四道风狠狠在墙上捅了一拳,弄得这陋舍有些震动,户主忙扎了进来,"怎么啦?"

"滚蛋!"

"对不起,他在说我。"欧阳抱歉地冲户主笑笑。户主退了出去。

"说真的,我一直就不想逼你,你是个特别恋家乡的人,家乡当然不光这沽宁城,还有人,你不想和养你长大的人为敌,这我明白,我明白可还逼你,是我不对。"

四道风不说话,闷声抠着墙皮。

"老四,咱回山里吧。山里还有林子,在这儿咱们什么也干不了,可能都活不了。"

"就不!"

"别撒孩子气。"

"我、我、我跟沙门斗！"

"沙门的人都不是善碴,现在刀架在脖子上,你连句狠话都说不出来,平心而论,老四,这仗还没打已经死输了。"他不再说了,他是真不想逼四道风。

四道风默默地盯着墙壁发呆。

5

李六野在帮徒们的簇拥下走过街头。他的飞扬跋扈让市民见他便远遁,他踌躇满志要进沙门院子时,廖金头跑过来说着什么,李六野一脚把廖金头踢得从台阶上滚了下去,他狂怒地进院。

沙观止正在小炉边扇火,听见李六野的脚步声他回过头来,一脸的火气说:"我的祖宗是他什么人?"

"欺师灭祖,师父。"

"我、我把他……我把他个孽障……我……"他气得都不知道说什么了,手上的扇子伸到炉子上着了火,他狂怒地扔了。

李六野瞧着师父这形状,屈得哭了出来,"我不知道我怎么他了,师父,都不知道做错了什么,他要沙门就让他坐大好了,我烂命一条行走江湖也罢,在沽宁除了您老人家也没别的牵挂了。"

沙观止心痛得不行,忙抚慰他,"这是怎么讲?沙门传到你这已经第四代了,就算在我手上也没像今天这样兴旺过,你哪有做错什么?你是沙门的大功臣才对!"

"做人可是真难哪。"李六野仍在垂泪。

"哪里话来的?天底下会有让我徒弟害怕的玩意?不过六野,那孽障倒也不是小人,他是让赤匪给蛊惑的,那赤匪才真不是东西!"

"要不是碍着小四,十个赤匪我也给师父抓来了!"

"你就去抓嘛,我好断了他的手筋脚筋!"

"可小四死保呢,他现在自家人都不要了。"

"你……你把那孽障也抓来!"

李六野顿时有了精神,"交给长谷川哪?"

"给他那孽障就死定了!交给我!我拿链子锁了!"

"师父,那咱这就形同和小四放对了?"

"两帮人马才叫放对!他就从这出去的,使的枪都是管我要的!放什么对?这叫清理门户!"

不管清理门户还是放对,这都正是李六野要的,他突然又变得精神抖擞了。

四道风和欧阳心事重重地回到藏身之处,通往地道的盖子从里边锁上了,欧阳按暗号敲了敲。盖子打开时露出八斤年轻稚气的脸,欧阳的脸上少了点阴郁,"八斤,你找过来了?"

"所有人都找过来了,军师。"

欧阳和四道风赶紧下到地下室。八斤所谓的所有人,加上唐真也只有八个。

欧阳看了看四道风,四道风低着头不让人看见他的黯然,然后打了个哈欠,"我困了,我要睡,爱说话你说吧。"他扒开张铺躺下,顺手用被褥盖住了脸,欧阳不知道被褥下边是什么表情,他回头看看来的人,"还有……还有十个人呢?撤的时候是二十个。"

"牺牲了。"

回答得干净而爽快,欧阳为之一愣,"牺牲了?确定?"

八斤道:"我们都对过了,刘老虎让第一顿排炮炸死了;小爪子、马瞎子死在营地了;阿宝、二黑进城时没混过去……"

"好了,别算了,你们谁见过龙文章那一队?"

"没。恐怕凶多吉少,现在城外的鬼子见人就开枪,老百姓也不放过。"

"军师,什么时候行动?进到城里来了,我们可以大大的搞一下!"

"是呀,你知道八斤把什么带出来了?八斤!"

八斤得意地让欧阳看背篓,那里是炸药。

"足足二十八斤!都是一点点从臭弹里抠出来的!军师,够把鬼子的王八壳掀个底朝天啦!——什么时候行动?"

欧阳看四道风,四道风装模作样地打鼾。

"暂时……不动。"欧阳说。

年轻的脸惊诧而失望,"怎么能不动?"

"你们不要急着去牺牲,先想想怎么活下来,活下来就能成四道风这样的老油子,就能杀更多的鬼子。"

"那死了的同志怎么办?"

欧阳咬了咬牙,"咱们现在只能想活着的。"

年轻的脸庞有愤怒,也有茫然。

第十七章

1

何莫修眼窝已经深陷了下去。高昕坐在旁边托着腮静静地看着他。

何莫修醒来，对着高昕无力地笑笑，"天黑了吗？"

"我不知道。"

"你就一直在这里边待着吗？这不好，真的不好。"

"爸爸出去了，找可靠的医生。"她犹豫了一下，"上次给四道风治伤的那个。"

何莫修笑了，"你提他就提他好了，还要怕我心情不好，这不像你。"

"少说傻话。"

"我真没用，借你的词，真他妈没用。"

高昕知道他想逗她，她没精打采地笑了一下。

"你放心啦，我不会死的，昨天在楼顶……是昨天吗？我不知道过了几天。"

"昨天。"

"昨天我为什么没从楼上跳下去，是因为怕死吗？"

高昕强笑了笑，"当然。你怕死，所以你不会死的。"

"不是的，我不是怕死，我是怕在你面前死，吓着你。"

"傻话。我没心没肺的，胆子又比你大，怎么会吓到我？"她忽然打了个寒噤，又说，"是啦，我怕你死，你别在我面前死，你现在死我会记得你的。"

何莫修笑，"别诱惑我。"

高昕终于忍不住，哭了出来，"不跟你开玩笑了。你说不会死，干吗还老说些死人才说的话？"

"好了，别哭别哭，我不说了。"

高昕止住了哭。她想了想，突然无比坚决地做了个决定，"你得到外面去。"她说。她拖过来一张靠椅，把何莫修架到椅子上坐好。

"有点胡闹了吧？"何莫修说。

"你想不想胡闹？"

"想，想得要命。"何莫修病恹恹的脸上忽然有些孩子气的热切。

"你藏够了吗？"

"早就够了,我又没做什么错事。"

"那就来吧。"

何莫修点点头,高昕歪倒了椅子,连椅子带何莫修拖了出去,椅腿在地上磨出令人牙酸的声音。

二楼传出的摩擦声让所有人回头,高昕在楼梯口停了下来。椅子没法在楼梯上拖,她把何莫修架起来,一步步挪下梯级,何莫修多少有点赧然,冲楼下目瞪口呆的人们点点头,高昕则一脸挑衅的神情。

那位谭老顿了顿拐杖,走了过去,"小何,你可算是千呼万唤始出来啊,你可知晓,你若再藏头露尾,连老朽的祖宅都要尽成瓦砾了?"

何莫修苦笑,"等这口气喘过来,我就去把自己送到鬼子手上。"

"谭老伯,我等会儿和您说。"高昕一边架着何莫修,一边说。

"跟你又有什么好说?本夫子不与女子小人同谋。"

高昕把何莫修放在客厅的椅子上,周围的人躲瘟疫一样闪开了,高昕没好气地瞪他们一眼,拿几个软垫给何莫修垫上,细心地把他安置妥帖。

何莫修终于沐浴在阳光之下,高昕的发丝飘在他的脸上,何莫修用崭新而陌生的眼光看着,他幸福地叹气,"好了,现在我可以去见日本人,而且我不怕他们。"

"你躺着吧。"高昕拍拍他的头。

她直起身来,径直向谭老走去。谭老对她真有些畏惧,后退一步,"你得知道,老朽不是光自家一个人说话!这许多的乡里乡亲左邻右舍,哪一个不是被搞得流离失所?你要跟我纠缠,就先问问他们!"

"人多就有理,是不是?"

"自然是人众为理,我也不来与你口舌,只是告诉你要识得为十舍一,虽死犹荣的大体!"

"谭老伯,鬼子没来的时候,每年都是您主祭河神吗?"

"那是乡亲抬爱,日酋来后也荒废许久了。"

"我从小就看您杀祭祀用的羔羊,我从小就好怕你哦。"

"尽说这些闲话干什么?"谭老莫明其妙。

"没什么,您觉得小何像祭祀用的羊吗?还是您多年没主祭,老早就手痒痒了?鬼子来了您什么都不做,光惦着有谁能为您的十舍他的一。您这大才要多想想怎么个一保十,恐怕鬼子今天还在岛上过不来。"

谭老气得张口结舌,"这什么话?我是为众陈词!陈老三,是你们公推我出头的!怎么倒高高挂起啦?你去门口招个手,让那些日酋过来!我们不与她多话!"

他叫到的人犹豫一下,没动。

高昕从墙上摘下一支父亲的燧发枪,站在大门的玄关处,"谁敢去我就开枪。"

一邻居道:"高小姐你放心,谁也不会去的,谁做得下这个脸子?谭老他是老糊涂了。"

"谁说我糊涂了?我就去!"他往前走了一步,高昕毫不含糊地把枪举了起来,谭老吓得后退不迭,"没王法了!我七十!我七十了!"

那邻居劝阻道:"谭老你就少说两句吧,房子而已,比得过一条人命吗?"

谭老被众人拥到客厅另一头去了。高昕放下枪,往玄关放了张椅子,她在那坐了下来。

全福瞠目结舌地看着她,何莫修也静静地看着她,如果以前是热恋的话,现在则是不折不扣的倾慕。

"全叔,把我爸的火药拿过来。"

全福不敢说半个不字,哆哆嗦嗦地去了。高昕嘘了口气看看何莫修,一向大大咧咧的她,今天却忽然有些不好意思,"别老看我,说好多遍啦。"

何莫修笑了笑,"现在……怎么办?"

"我也不知道,我只是想……你得有阳光。"

全福把火药和铁砂拿来,高昕笨拙地开始装弹。

"小心别炸膛。"何莫修温柔地提醒着。

高昕把头支在枪上,疲倦而羞涩地笑了,在何莫修的眼里,这样的高昕美得无以复加。

全福从窗户里偷偷地望出去,高三宝家周围三三两两散落的日军仍在监视着。

照到厅里的阳光渐渐没了,太阳已经落山。高昕也终于折腾累了,她拄着火枪沉沉睡去。

何莫修悄悄地从躺椅上起来,轻怜蜜爱地看了高昕一会儿,他回头,客厅那边的人们正看着他,有担心,有怀疑,有怨恨。

何莫修将一只手指放在嘴上示意他们不要出声,然后慢慢弯下身子,施了一个他认为最隆重的欧洲宫廷礼节。他掉头向门外走去,这个义举没能进行到底,高三宝风急火燎地闯了进来。他一下把所有人都惊动了,客厅那边的邻居骚动起来,何莫修吓得险些摔在地上,惊跳起来的高昕第一眼就看见了何莫修。

"你在干什么?"高昕惊奇地问。

"我……这个那个……"

"扮英雄吗?"

高三宝看看眼前的两人,"你们在干什么?他怎么出来了?"

谭老抢先告状,"小高,你可知你不在的这段时间令千金如何作践我们吗?"

高昕手上正拿着一杆火枪,高三宝不用提醒也看出来了。

"你拿这个干什么?"

高昕不回答，一眼瞪得谭老退回了人群，她这才把枪放下。

高三宝长叹了口气，"有出息的人都杀到鬼子窝里去了，你们倒好，在自家窝里搅得天翻地覆。"

"有出息的人？是不是四道风？"高昕眼睛顿时发亮。

高三宝沉着脸点点头，却压不住高兴，"光天化日之下，格杀鬼子于闹市，完了还不慌不忙报号——我是沽宁四道风！这小子！"

高昕幸福地感叹，"他是在告诉我们扫荡剿不死他，他永远和我们在一块啊！"

何莫修看着高昕心旷神怡的表情，他知道他的幸福已经离他远去了。

2

欧阳在电台旁痛苦地揉着脑门，队员们有一多半在呼呼大睡。四道风终于醒来，在铺上拱了两下，拱到欧阳那头看着。

"头又痛了？"

"算着也该痛了。"

"好啦，我欠你的。"

"不是，是电台联络不上。"他苦笑，"只有两个原因，电台坏了，或者人……"

"你老婆跟人私奔了。"

欧阳瞪着他，"就算我为你这种粗野的笑话笑了，心情也不会好。"

"好啦，担心她不是吗？有难同当，我陪你一起担心。"

"我担心所有人。"

"最担心谁呢？"

欧阳沉默一会儿，说："你不懂失去联络表示什么，所以才乐得出来。"

四道风站起来，向地下室的出口走去，"你不想跟我说话。我贱出名堂来了，还去给你弄药。"

"瞎闹，这都晚上了。"

"我这身筋骨就好晚上活动。"

"那倒是真的，不过已有人告诉鬼子我们的去向了，搞不好连南北城都知道。"

四道风警惕起来，"有奸细吗？我去做了他。"

欧阳哭笑不得，"是你自己啊，三具尸体两个活人，外加一个响当当的字号，头顶上是个什么样子，我现在都不敢想。"

四道风有些难堪，讪讪地坐下，"我是不是个特别烂的人？"

欧阳答非所问地说："你拉过黄包车，有辆车别的都挺好，就是轮子是个三角的，跑起来直扑腾……"

"哪有这种车?"

"对呀,没认识你的时候我也会说,哪有这种人?"他点点头作为结论,"就是说还行。"

四道风又愣住了,显然他对于欧阳的话是好是坏还没有明白过来。

高三宝家,拉灭了灯的全福拉上窗帘,点上一截蜡烛,他把蜡烛拿到客厅一角,所有人都在这里坐着。

"各位,连着几天扰了大家的好日子,都是高某一意孤行,在这先说声抱歉之至。"高三宝一个深躬鞠了下去,久久不起,周围一片窃窃私语。

"我这准女婿不幸,成了鬼子得之而后快的人物,他又还有几分气节,到了鬼子手上多是一死。高某这两天涎了老脸,对不住邻居,就为给他找一条生路,一天奔波,生路算是找好,事情却不再是高某一家的事情,是生是死,望大家给个商量。"

黑暗中人声嗡嗡,高三宝有些紧张地说:"鬼子造成的损失,高某定会补偿,这跟眼下说的事是没相干的。"

邻居们说:"活,谁又说得出死呢?""老高,这商量什么?你要把我们愧死呀?"

"我得问谭老的意思。"高三宝转向谭老。谭老一双小眼转了转,看看高昕又看看何莫修。高三宝冲谭老笑笑,"这么说吧,现在我跟大家讨主意就是个笑话,因为谁说了都可以不算,只有你说了算!"

高昕气往上冲,"他说什么都不算!"

"活。"谭老冲高昕瞪了回去,"我是自有分寸,可不是怕你的粉拳。"

高昕一下把他抱住,谭老惊慌地挣扎,"近之怨远之憎,何其难养……"

"又不要你养!"

高三宝终于露出些松快的神情,一直沉闷的客厅总算有了些欢愉的气氛。

何莫修心事重重地回到房间,他的行李箱又再次打开。

高昕在一旁帮他收拾,两个人谁都不说话,即使眼神相触也是尽快挪开。

高三宝拿着一个精致的小盒过来,"小何,这才有空跟你交代,仗着以前在沽宁航道上还有些面子,我这奔了一天才找到……"

"有面子就有路子,你就快说吧。"高昕催促道。

"出城路条拿到了,然后水路上有船等你,现在水路还安全,出了沽宁地界你就只是普通中国人,好办得多。这东西拿好,纸币现在不如纸,光洋又沉,这个你就是拿到国外,别人也知道价值不菲。"

何莫修打开,盒子里是精致的首饰。

"这个不要了。"他将盒子递回去。

"是昕儿的首饰,当嫁妆办的,你拿着也说得过。"

高昕被搞得有些赧然,抓过来看了看立刻知道怎么打发了,"我还有这个呢?送给你啦,换钱或者送女孩都好使!"

何莫修黯然地收了,高昕始终是把他放在一个哥们儿而非情人的位置。

"剩下的就是如何瞒过门外的鬼子,我明儿要在家办个寿酒,请柬今儿已经发了,你可以跟着送饭的伙计混出去,也是自己人。"

"你还八个月才五十六呢!"高昕睁大了眼睛。

"要你提醒?我顺便给邻居们道个歉!不过有件事我特纳闷,这门口的鬼子不是专盯小何吗?我冷眼旁观,连一个跟小何照过面的也没有啊,岂不是说很容易就可以混出去?"

"才不会呢,那个长谷鬼子都狡猾成精了。"

"我想也是,所以一切是小心为上。"他拍拍何莫修,"远行在即,尽快休息吧,不过为这小心二字,你今晚还是睡那间见不得人的小屋。"

"高伯伯,我……"

"对,你觉得这安排有什么破绽就说出来,大家从长计议。"

"不是,我、我不想走了。"

高三宝和高昕一起惊讶地瞪着他。

"我知道……我必须得走了,我也一定会走……"他笑得有些苍凉,"我只是说,我从来没像现在这样留恋这个地方。"

高三宝和高昕舒了一口气,立刻又有了些落寞之情。

3

一大早,高三宝家就开始忙活,有人正布置大门,往门上贴了一个大大的寿字,人们谈笑风生,根本不像流离失所的样子。

日军司令部外,伊达送长谷川出来,他的车在门外候着,那是高三宝的老林肯。

"那么我去总部了,这两天你要小心。"长谷川向伊达交代着。

伊达一低头,"放心吧,自昨天开始,城内的防卫也大大加强,四道风已经无处可去了。"

"不要太相信你的军队,多借助李六野,沙门是非常好用的。"

"他武艺很高,但他的人战斗力不行。"

"他不是军队,可对付刺客最好的办法就是刺客。"

伊达似有所悟,一名监视高家的日军匆匆跑来,"队长,高三宝今天要过寿!"

"知道了。"长谷川对伊达说,"告诉李六野,他做得很好,请他明天早上亲自把何莫修送到潮安,那时候他会真正知道跟我合作的好处。"

"对不起,我看不出为什么要在一个中国人身上花那么大精力,也看不出他能给我们带来什么利益。"

长谷川春风满面,"因为他能成为筹码,因为他手到擒来。至于利益,伊达君,会议桌上能争到的利益多于战场,靠这个筹码我会在会议桌上改变我们这支该死的三流部队的现状!"长谷川向伊达点头以示决心,他上车,径直驶向城外。

欧阳和四道风在街头的人群里张望,四道风今天的装显然是欧阳很用心化的,一部络腮胡子几乎遮了半张脸,另半张脸上还有一块大得让人恶心的胎记。

四道风看着远去的车怀念地说:"那是高老板的车,他很烧包,十万人的城也要搞个车,经常被我们黄包车堵熄了火。"

"你真是个老沽宁了。"

"那是。"四道风有些得意。

"如果你不那么卖老字号,看看车里,你就会发现里面坐着我们的死对头,沽宁最高军事指挥官长谷川弘次大人。"

四道风仔细看了一眼,差点没把鼻子气歪,但车已经驶远了。

迎面过来的几个市民看四道风一眼,嫌恶地将目光转开。四道风老大疑惑,"你今天在我脸上搞了什么花样?"

欧阳仔细看了看,"挺好的,很自然。"

"什么东西很自然?"

"俊得自然,让人不敢看第二眼,这就是我的目的。"欧阳拉着他走进药铺。

药架上几乎空了,西药完全没了,中药也空了大半。

四道风两手支在柜上,几乎把那张脸顶到伙计脸上,"怎么会没货呢?你再找找!我救人的,家里那个都快咽气啦!"

"自家的货我还不明白?"伙计尽量把脸离远了。

四道风对欧阳摊摊手,欧阳笑笑,"算了,我也想到了,只是来碰碰运气。"

"那你怎么办?"

"你少做让我头痛的事情就好。"

"你真是,痛成这样就预备着点,我叔叔给我讲过蚂蚱过冬的故事,你听过没?"

欧阳没理他,出去了。他在街头站住,对面就是思枫曾经营的那家店,店名仍旧,只是早已鹊巢鸠占。

欧阳安静地看着,打开话匣子的四道风跟上来,"我跟你说吧,这个蚂蚱吧,真是太好笑了,"他自己先乐了,"它不搭窝,这个蚂蚱它……"

"我听过。"

"有什么好看的?"四道风住嘴,跟着欧阳的目光好奇地往那家店看着。

"我不是不预备药,我预备了,但给了我……老婆,这样我一头痛就会想起她。"他赧然地笑笑,"我是不是很那个?"

"哪个?毛病?"

"浪漫。"他有点心虚地笑笑,"三十多岁的人了,真是。"

"这个浪漫,跟那些个发展工作、组织、斗争什么的都是共党的词?"

欧阳违心地点头不迭,"对对,都是共党的词。你应该尽快入党,我认为现在的中国只有共产党才懂真正的浪漫,因为我们没有蝇营狗苟。"

"好像不坏,你现在痛得蛮惬意的样子。"四道风有点羡慕地看着他。

"是吗?"

"头痛就是想老婆,越痛就越想老婆,你现在很痛吗?"

欧阳笑了,"痛得要命……老四谢谢,不用药了,你已经治好了我的头痛。"

"原来老婆还能当药使?难怪三的天天守着黄脸婆不放。"

"对对,你不光该入党,也该结婚了,二十七的人都该抱着崽子了。"

"我才不要!什么动静?"他突然被一阵锣鼓声吸引了。

"有人成亲哪,你瞧,鬼子再加上扫荡都挡不住这事,结婚生子,中国人就得过中国人的日子,你又怎能挡得住?"

"就是不要。"他是个有热闹必看的人,想都不想就朝热闹处去,欧阳只好跟着。

正像欧阳猜测的那样,这是一场婚礼。新娘来自城外,整个送亲队伍被阻在关卡那边,送亲队急得不行,把一整盘烟和糖果给卡上的日军送了过去。

卡上的几个日军恣意笑闹着,"新娘的!新娘的!"

于是新娘来上烟上糖,几个日军大把大把地往口袋里揣着,那盖头却撩得他们好奇心大起,伸了手就掀,新娘避开。

"呸!什么玩意?"四道风愤愤地骂了一句,他发现欧阳神情很怪,眼神也有些发直,便伸手在欧阳眼前晃晃,"你不是跟鬼子一样见不得女人吧?"

欧阳醒过神来苦笑一下,"我搞错了,哪有这么巧的?"

关卡上的日军搅得不可开交,新郎官终于匆匆赶来,二话不说,先把一卷钱塞到日军手里。

日军仍然不依,新郎只好揭下了新娘的盖头。

欧阳的身子猛震了一下,他的直觉一点没错,那是思枫。

"没用的!亲嘴!嘴的亲!"

那新郎官是赵老大,被日军一下一下地往思枫身边推着,平日的运筹帷幄已经跑了没影,他不知所措又有些愤怒。思枫轻柔但坚决地抱住了赵老大的脖子,赵老大挣扎了一下,终于放弃,他被思枫拉近,亲吻。

呼哨,跺脚,几个日军乐不可支。四道风莫明其妙地看看那厢又看看欧阳,欧阳像化在街头的石头。

思枫终于看见他,慢慢把赵老大推开。

欧阳沉默地掉头走开,四道风悻悻地又看了一眼,跟上他。

欧阳和四道风坐在空寂无人的巷子里,这是往他们那处地下据点的必经之路。两人都有些垂头丧气,四道风忽然往墙上踢了一脚。

"别闹了,假的,当然是假的。"欧阳说。

"假的就行啦?"

"假的……就行。"

"我说不行!"四道风已经瞧见巷头的人影,跳起来就冲赵老大过去,欧阳强把他拉住。来的那一行人因方才的突发事件怏怏不乐,赵老大沉闷而思枫默然。欧阳推开四道风,迎向他们,"欢迎大家……我一直在担心。"他刻意回避着思枫的目光。

赵老大看看两人,"你……在等我们?"

"碰巧了,欢迎来沽宁。"他也觉得语气过于生硬了一些,于是伸出一只手与赵老大相握,握到的却是一只冰冷的假肢。赵老大把左手伸给他,欧阳生涩地握了一下,他忍不住扫了一眼思枫,想了三年的久别重逢竟带着股苦味。

4

饭店里的伙计把成桌的酒宴抬进了高家,高三宝是连桌椅订的整席,那送餐的队列看起来像在搬家。

高三宝的面子仍在,多少也能做出个宾朋满座的样子。客厅里摆满了宴席,连门外也摆得到处都是。

高三宝端着酒从席间站起来,高举过顶,"诸位,寿星什么的就是个胡扯的话,高某把众位朋友冷落日久,连五十五岁的寿酒都是关起门来自个儿喝了,今日就是要喝个痛快,大家伙儿以酒浇愁,一醉方休!"

全福在后面直拉他,高三宝甩开了,"这第一杯不敬大家,敬门外的鬼,望沽宁城的孤魂野鬼们早死早投胎!"

满座轰然应诺,不喝酒的人都跟着高三宝一饮而尽。

高三宝靠近一个人,"都预备好了吗?"

那人指指伙计们抬进来的一口大木箱,那是专装一些大号餐具用的,高三宝满意地点点头,伙计们把木箱抬进了厨房。

厨房里正忙得不可开交,虽说饭菜不是在高三宝家做,可一些碗筷还是要在高三宝家洗,一些大菜也要在此分流。

何莫修穿得像伙计一样混了进来,一个伙计使了个眼色,他跟他们混在一起,把那口大木箱里的碗碟搬出来。

吃饭家伙搬空,何莫修闻到了那里面散出的积味,一咬牙和他的行李钻了进去。

这口箱子显然就是夹带私货用的,伙计们往箱子上加了一个夹层,然后在夹层上又放上用过的碗碟。

"好了没有?"高昕钻进来,她今天把自己穿得像个男人。

伙计指了指箱子,高昕乐了,"真的看不出来,小何,能透气吗?"

"还好啦。"

"我来送你。"

"再见,你走吧。"

"你那么想我走吗?"

"不是啦,我不想你以后一看见没洗的碗筷就想起我。"

高昕笑了,"我一定会送你的。"她把一封信交给伙计,"等你们送走他后就把这个给我爸,不过现在我跟你们一起走。"

那伙计点点头,一挥手,几人一块儿把箱子抬出去。

高三宝看着伙计抬着那口箱出来,和人应酬的时候就凭空多了一道心事,他心不在焉地和人碰杯,"谭老请酒。"

"在那箱子里呢?"

高三宝苦笑,"这杯祝他一路顺风,也向谭老顺致歉意吧。"

"我为公理而争,不想这世道乱了,公理也一块儿乱了。"

他俩喝酒。

高昕趁着高三宝仰脖的工夫跟着箱子一起出去了,高三宝再往那边看时,箱子正好抬出大门,高昕已不见人影。

伙计们抬着那口箱子匆匆通过监视的日军,高昕离了一段距离跟着。在一个巷角处,伙计们放下箱子,何莫修从里面爬出来。伙计们又匆匆抬着箱子离开。

高昕把路条递给他,"拿好了,你出城的路条。"

何莫修接过来,发现高昕还有一张,便问:"怎么有两张?"

高昕乐了,"我爸买什么东西都爱留一手,买路条也是两张。"

"喔。"他忽然想起来,"你拿它干吗?"

"我送你呀!"她笑得太高兴了,以至何莫修越发狐疑,"我觉得你不像是送我,倒像要去你特别想去的地方。"

"走吧走吧,你让鬼子吓得疑心病越来越重了。"她拍拍何莫修,转身走去。

何莫修狐疑地跟着。

因为有那两张路条,他们一路上都没遇上任何障碍,顺利地出了城。

高昕心情很好地在郊野里走着,何莫修认真地打量着她,"我越来越不信你只是出来送我了。"

"你说什么?"她已经把拎着行李的何莫修扔得很远。

"有什么高兴的事说出来好了,我会使劲和你一块儿高兴。"

"使劲吗？哈哈！"

"说吧,你是个很容易闷坏的人。"

"以后再不会闷着了,我要去找四道风！喂,你不要搞错意思,我是去找那群叫四道风的抗日义士,不是那个拉黄包车的傻瓜。"

何莫修使劲笑着,很像苦笑,"当然,他现在已经不拉黄包车了。"

"你说话大声点好不好？"

何莫修大了点声,"我在为你高兴。"

"我也要做战士了,如果你在美国听到沽宁的胜利消息,记住有我一个。"

"不可能的,沽宁太小,美国只关心太平洋那么大的地方。"

"你老唧唧地说什么？又不是小鸡！"

何莫修忽然间气往上撞,他把箱子一放,嚷了出来："我说你去找他好了！我说我可能有本事让你难受,可你所有的快乐全是为他准备的！"

高昕愣了,"你说什么？"

"小声听不见！大声也听不见！你是不是就喜欢把男人当西瓜切成两瓣？一瓣理想,一瓣现实？我就是你想摆脱掉的那瓣现实？我多想成为你那瓣该死的理想！"

何莫修大概这辈子也没这么嚷嚷过,高昕哑了。

周围的旷野里出现了几个陌生人,一言不发地向他们走过来。何莫修退了一步,想起高昕又往前进了一步。

一个陌生人道："何先生吗？高会长让我们在这儿等您。"

何莫修立刻就放松了,高昕仍警惕着,"我们要去哪儿？"

"葵花渡,船在那里等着。"

高昕也终于相信,两人毫无戒备地随着那几人走了。

5

地下室里。欧阳的人和思枫的人已经把这地下空间填满了,大部分人素不相识,气氛有些沉闷。

欧阳站了起来,"大伙儿认识一下,他们是老唐的人,是我们的同志和兄弟！老唐这个名字你们应该听说过,在潮安一带比四道风更响,鬼子这回的扫荡就是冲我们两队人马！"

他的介绍还是很有用的,两拨人开始互相打量,有人握手,甚至有人拥抱,有人在帮对方包扎伤口。

八斤掰开一块干粮,递给他并不认识的邮差,邮差笑了一下,接过去。

欧阳注意到思枫的身子在微微发颤,也注意到她的红衣服下有一块异样的殷红。他向唐真道："唐真,带她去你的房间……换一下衣服。"

"这边，师娘。"

欧阳因为唐真用的称呼愣了一下，他看着那两人进小间，肩上被人拍了一下，是赵老大，"来，有事跟你谈。"

欧阳跟着赵老大走向地道口。四道风很没正形地坐在地上，看见赵老大便狠狠地横了一眼，欧阳瞪他一眼，四道风转开了头。

欧阳在院里闷闷地坐下了。赵老大过来，嘴上的一根烟已经烧到了头，他贪婪地猛吸一口，踩了。

"我们绝不在这院子里留下人来过的痕迹。"

赵老大连忙把烟头埋了，强笑："真背运，刚到沽宁就被你管，在潮安被老唐管，对上还说我是你们上级。"

"对上对下您都是我们的上级。"

"对不起，是为了混进城，要不然那么大帮人真不知道怎么进来。他们真的没法再打了，弹尽粮绝伤痕累累，你看见的是我们的全部主力。"

"真的不要说对不起，是我请你们来沽宁暂避的，您不相信我的理解力吗？"

赵老大宽慰地笑笑，"那就好，这趟我们是来避难的，可也带来了别的事情。"

"说吧，我所有的人都在这儿，您也看到了。"

"不是打鬼子，是救人。"

欧阳苦笑，"现在人命不如草，又有谁这么幸运呢？"

"这沽宁有一个叫何莫修的，并不知名，可现在忽然变得很重要了。"

"巧了，我认识，如果他是潜伏人员，那我真是看走眼了。"

"我们谁也不知道他是什么人，只知道美国人向国字头要他，国字头在沽宁没有眼线，又向我们要他。"

欧阳愣了半响，"怎么给？国际邮政？"

"他大概真的很重要。国字头把美国潜艇的专用频率都给了我们，找着人后直接联系大鼻子，打移交。"

欧阳神情古怪地看了赵老大一眼，赵老大苦笑，"你觉得别扭，我也别扭，上半辈子就跟大鼻子帝国主义斗，可现在……这就叫世界反法西斯同盟。"

"走吧，这不是件多难的事，但我们还是要准备一下。"

两人起身进了地下室，四道风也跟了下去。

看着欧阳和赵老大准备外出，四道风又开始不安起来，他也给自己披挂着，双刀双枪，外加两个手榴弹。

欧阳看看他，"小事儿，你不用动了。"

"我得去，万一你让那个过河拆桥的卖了就惨了。"

欧阳皱皱眉，"这么说真不让你去了。"

"好了好了，他是千娇百媚的可心人，好了吧？"

欧阳瞧瞧赵老大,莞尔之余也就默许了。他正要往外走,思枫跟了上来,她已经换了套素净的衣服。

"你不要去了,你有伤。"欧阳仍回避着对方的眼神。

思枫看看他,"孩子气要耍到什么时候,欧阳同志?"

欧阳有些赧然。

四道风探头过来,"对了,咱们去干什么?"

欧阳立刻找到了一个下坡的台阶,"你得改改这个动腿不动脑的毛病!"

四道风咧咧嘴,跟着三人一起出去,直奔高家。

几人来到高家的时候,高三宝仍自忙于应酬。一转头,正好看见刚进门的四个人,也不说话也不就席,帽檐压得很低,在门边一站倒像在找什么人。高三宝皱了皱眉过去,"请问几位……"

"东家万寿无疆,本想带着象牙手杖来做寿礼,可我拿它换了扁担。"

高三宝愣了一下,看着那张被欧阳搞得认不出来的脸,"风、风……"他比了四个手指头,四道风点点头。

"请请请!这几位一道吧?一起请!"他手忙脚乱地把几个人让到楼上。

高三宝关上房门,门外的喧哗顿时远了。他一脸欣喜地迎向几位不速之客,乐得像孩子似的直搓着手,"几位几位,这可真是意外之喜啊!几位有何贵干?可是缺了什么?缺钱缺药?哪怕是缺枪,高某也一定想法弄来!高某对几位都有些嗔怪了,三年都没个音讯,难道是忘了沽宁还有高某这号人物了?"

欧阳几个弄得有些诧然,倒是赵老大咧嘴一乐,"看来你们在这儿干得不错。"

"何止不错?四道风是什么?是沽宁人,跟鬼子斗足三年,鬼子连边都擦不着的沽宁人。那叫什么?那叫希望。"

欧阳苦笑,"不瞒您说,我们今天是为了贵婿何莫修来的。"

高三宝讶然,"这书呆子怎么忽然吃香起来了?早晓得把他托付给你们好了,你们靠不住还有谁靠得住!"

"还有谁在找他?您把他托付给谁了?"

"德国人托了鬼子找他,高某再不才也不会就范,暗地找路把他送走了。"

"什么时候走的,走的哪条路?"

"才走了没一个时辰。沽宁陆路就一条,水上倒四通八达,自然走水路。"

全福在外边敲门,"老爷,是我。"

高三宝打开门,全福进来,"姑爷已经走了,伙计送来一封信,说是小姐让送的。"

高三宝疑惑了两秒,忽然明白了什么,一把抢过来。他看完信,疑惑地看四道风一眼,又怀疑地看一眼。

"我脸上生花吗?"四道风被看得有点发毛。

"小女走了,去找……阁下去了?"

"我在这儿!"

高三宝看了看信,"她说,要去碧绿的山野——你战斗过的地方。"

"她找我干什么?"

高三宝不知说什么,他气得跺了跺脚。

欧阳看着高三宝急急道,"走水路在哪里上船?这事很重要,会长可能把令婿和千金都送到鬼子手上去了。"

高三宝被他的紧张弄得愣了,"我托的人是可靠的,高某怎么说也曾执掌过沽宁的航运网络呀。"

"直到今天我们用的武器全从鬼子尸体上捡的,为什么?因为沽宁所有的地下通道全被沙门掌握着,武器和医药根本运不进来。"

"我托的人绝不会跟那帮汉奸私通。"

"希望如此,"欧阳踱到窗边,"会长您看看下边。"

高三宝俯首,包围了他家几天几夜的日军正在撤走。

欧阳回过头来,"他们不用在这里待着了,因为已经得到了他们想要的。"

"葵花渡!快去葵花渡!"

6

欧阳一行四人在巷子里疾走,四道风满腹牢骚,"我们干吗要救那个废物?"

"上级的命令是不惜一切代价。"赵老大说。

四道风横了他一眼,"为那个废物不惜一切代价?"他转向欧阳,"你的上级准是收了那小子银子,他家有钱,准没错。"

"我的上级是你,你的上级是他,你们谁收了银子?"

四道风不由得又瞪了赵老大一眼。

思枫说:"四哥,我们是为了盟军阵线救他的。盟军就是指美国人。"

"那就没错了,他递了大鼻子银子。"

"老四,能不能想点别的?我们连要对付什么都不知道。"欧阳有些恼火。

"分头行动吧,老唐回去再带些人,我们把人追回来,在葵花渡碰头。"赵老大说。

"你回去码人,我们三个追人,"四道风看着赵老大,"我是队长。"

欧阳欲说什么,赵老大止住了他,"这样也好,我会尽快和你们会合。"

四道风毫不客气地指了指分叉的巷子,"好就走那边,你个儿。"

赵老大苦笑了一下,和他们岔开了方向。

"现在好了,就我们三个自己人。"

欧阳恼火地瞪着四道风,"他就是你的自己人,而且你该听他的命令。"

四道风斜他一眼,走向一个方向。

思枫跟在后面,"四哥,错了吧?咱们得走水道绕出去。"

"没错,我要闯正门,血洗鬼子的关卡!"

思枫怀疑地看看欧阳,欧阳苦笑,"他没疯,他只是看你来了高兴,在发人来疯。"

思枫莞尔一笑,确实,赵老大被轰走之后,他们变得很轻松。

四道风在街口站住了,前方就是出城的关卡。他很严肃地看看欧阳和思枫,"从现在啥事都听我的。别怕死,别往后躲,鬼子都是纸糊的,我待会儿一脚踢散一个给你们瞧瞧。"

欧阳没好气地瞧着他,"人来疯发够没有?你老实说怎么过关!"他是无论如何不相信四道风会硬闯的。

"闯啊!"他挥了挥手,真的是径直朝日军关卡大步走了过去。

日军拉动枪栓,欧阳、思枫惊住。四道风伸手入怀,掏出的却是一张纸片,"我们是沙门的人!现在要出城办事!"

那是古烁给他的所谓汉奸证。

欧阳擦了把冷汗,看着思枫苦笑了一下,但那张证让一切顺利之极,守卡的日军看了一眼,让开了关卡。他们通过,四道风的大摇大摆比李六野更甚。

"下次你身上有那种东西,麻烦先告诉我好吗?"欧阳小声地说。

"你被吓到了吧?"

思枫微笑,"难得有人能把他吓出一身冷汗,四哥真厉害。"

"我哪有出汗?"欧阳抱怨。

四道风哈哈一乐,那份得意难以言表。城郊的风景已在眼前。

第十八章

1

何莫修一行已经到了河边,岸边泊着一条乌篷船。那几个来迎他的陌生人也不爱说话,往船上指了一下,然后让在一边。

何莫修放下自己的行李,看看高昕,叹了口气。高昕终于感觉到离愁,怔怔地看着他,"那么你算是找到你的自由了?"

"那么你也要去找你的自由了?"

高昕苦笑,"我们不这样说话好不好?"

"我也不想,我只是、只是觉得特别失败……在最后这一会儿。"

"什么最后嘛!我们还会见面的不是吗?"

何莫修苦笑,"你不知道,干我们这行的,不管到了哪个国家,都会被当作精密的机器保护起来,重兵把守。"

"你还会跑掉的,像这次一样。"

"我会跑掉的。"他看起来并不抱什么希望,难过得想哭。

"我……走了。"

"走吧,我看着你走。"

"别这样。"

"我为什么难受呢?因为觉得你现在特别美丽,我竟然要离开这样的美丽,你为什么这么美呢?因为你要去做你想做的事情,找你想找的人,你是为了你的理想才这么美的,所以结论是我高兴,我真为你高兴。"他甚至笑了一笑,笑得高昕简直有些心碎,"你……真是……有时候也是很好的。"

高昕忽然情窦初开,看着眼前对自己渴慕三年的情痴;两人都呆了。高昕忽然皱了皱眉,那几个陌生人泥雕木塑一样,瞪着两人不动。高昕竭力让自己不去管那几个讨厌家伙,那几位仍那么毫无感情地站着,像是在观察标本。本来想亲何莫修一口的高昕改成了在他头上一通胡噜,"太讨厌了……我走了,要给我写信!"

她一转瞬已经去得远了,何莫修如同身在梦中,一直看着那个穿着男装的女孩消失在地平线上。

两个陌生人向他走了过来,"皮带。"

"什么?"

"把皮带解下来。"

何莫修的心思仍在地平线那端,他心不在焉地解下皮带,那两人把他的手架到身后,用皮带结结实实地绑着。

何莫修终于醒过神来,"这是干什么?这对我们要干的事情有用吗?"

"有用。"陌生人答,于是何莫修就老老实实任人绑着,直到动弹不得。

高昕在郊野上大步她的冒险之旅,她越走越慢,终于站住。回头看一眼来处,草丛飘摇,何莫修早已不见了。

"管他呢!亲一下又不会掉块肉?"她大声地说服了自己,然后掉头往回走。

何莫修双手被反绑着,仍在跟人理论:"能不能告诉我,这是什么意思?我知道各行有各行的规矩,比如说蒙上眼睛,为了守住你们的秘密。你看,我不是一个不通情达理的人,可你得说……"

高昕出现在地平线上,对船边的一切尽收眼底,她立刻明白了事情的变化。

"笨蛋!"她冲何莫修骂了一句。

何莫修欣喜地看着她,"你回来啦?我正在想……"

"跑啦!脑袋进水的家伙!"她握着块石头打过来,但她没法跟会家子逞凶,没一个照面已经被人打掉石头并揪住。

何莫修终于想起开路,手被反绑没法平衡,没两步就摔在地上,被揪了起来。

泊着的那条乌篷船里传来一个没好气的声音,"外边吵吵什么?"

几个一言不发的陌生人变得恭谨之极,向那条船行了一礼,"禀六爷,那高老头的女儿又跑回来了。"

"真麻烦哪,一块儿绑了。"

"是。"他看看周围,找可以绑人的东西,一眼就看见何莫修的领带。

于是何莫修的领带被解了下来,高昕也被结结实实地反绑。

船里的人终于出来,一脸阴鸷暴戾,毫无必要地戴着眼罩,乃是李六野,身后簇拥着一帮人,心事重重的古烁和嬉皮笑脸的廖金头都在其中。

"李六野?!"何莫修瘫软下来,他当然知道李六野在沽宁的恶名。

李六野抚着腰里的枪,看着何莫修哼了一声,何莫修强自友好地点点头,他又看着高昕哼了一声,高昕硬了头皮,尽可能做个轻蔑的表情,李六野气愤地掏枪顶在高昕的头上,高昕闭了眼睛而何莫修惊叫。

廖金头在李六野身后赶紧弯腰,"六爷息怒,这丫头是高三宝的女儿。"

"那又怎么样?沽宁有了六,又哪还有他的三?"

"那是自然,不过这老儿在道上说话还管用,得罪他以后总是不太方便。"

李六野并不是傻子,想想就收了枪,"你个妇道人家不守妇道,跑出来疯什么?"

"汉奸狗子不在城里啃骨头,跑出来蛮横什么?"

廖金头吓了一跳,"六爷息怒、息怒!"

李六野非但不生气,反而一脸疑惑,"我干吗要生气?她说的是汉奸狗子,跟我有什么相干?"

廖金头擦着汗,"对、对。"

"跟小日本低三下四舔腚沟子才叫汉奸狗子,我们有吗?他们点头哈腰还来不及呢,沽宁还有比我们更有面子的人吗?没了。再说我们也没跟小日本怎么的,只是跟长谷川私交不错,江湖靠朋友嘛。"他如此娓娓道来,让人目瞪口呆。

高昕冷笑,"我今天真算是开眼啦。"

廖金头又擦了擦汗,"对,今天就是叫你开、开眼!"

"老子问话呢,妇道人家乱跑什么?"

高昕翻他一眼,懒得说话,一帮徒一旁道:"回六爷的话,我们在路上听出点意思,她好像要找四道风。"

李六野的脸色立刻难看起来,"找那畜生做什么?什么人都去找他!那畜生是香的!沙门就是臭的吗?"

高昕冷哼一声,"这么有面子的人还要香臭干什么?"

李六野气得把眼罩往上一推,炯炯地瞪着高昕。何莫修着急地说:"我跟你们走,把她放了。"

李六野看着何莫修道:"你真当那双腿还长在自己身上吗?"他又瞪了高昕一眼,掉头向船上走去,"我会叫你生不如死。——上船!"

高昕和何莫修被他们推推搡搡地弄上了船,高昕看见了跟在后面的古烁,她说:"我认识你,你是四道风的兄弟。"

古烁不说话,嘴角现出一道苦涩的纹路。

河水淙淙,夜幕已经快落下来了。

李六野站在船头,掏出个偌大的金壳怀表看了一眼。

廖金头赶紧道:"六爷,长谷川约的我们是明晨到潮安,时间已经很紧了。"

"哪回晚到他会说个不字?这就叫个面子。"他踌躇满志地挥了挥手,"开船!"

船驶向河中心,顺流而下。

2

野外无人,欧阳突然在疾奔中站住,他看见草丛中倒伏着几具中国人的尸体。

"是我们的人吗?"四道风也看见了。

"是老百姓,"他指向旁边的山冈,"枪从那个方向打来的……"

话音未落,他指的位置就爆出了枪焰,四道风把欧阳和思枫拖倒,一排子弹从头顶削过,枪声在旷野里传得很远。

"机枪!"欧阳说。

思枫道:"是扫荡,先一线平推,再占山设点,鬼子所谓的绞杀网。"

四道风笑,"跟一对诸葛亮在一起真是有趣……"

话没说完,对方又来了一阵更猛烈的机枪扫射,他头上的草丛都被剃去了一片,三个人被逼得躲进了一处洼地。四道风又把他的汉奸证掏出来,冲着山上乱扬,"喂,我是汉奸……"

一阵枪声打得他把那证扔了。他本是两手准备,一手证一手枪,证没了抬手就给山顶上一枪。

"你短他长,打不着的。"

"打不着也吐口口水恶心他。"他低了头捆缚着裤腿,欧阳不太热心地看着,这种事情他们已经很默契了,可思枫并不明白,"四哥要干吗?"

"他要摸到鬼子鼻子下边逞英雄,我们留这儿做靶子。"

"我要去拼老命了,嫂子和这傻瓜好好亲亲抱抱吧。"

他说得思枫脸上一红,一猫腰已经从地沟里跑掉了,思枫担心地看着。

"放心吧,我们已经这样过了三年了。"欧阳说,他忽然意识到这是重逢后两人第一次独处,迅速地变得不自然起来。

四道风从地沟里钻了出来,在土里又滚又爬。山势陡峭,他仰了脖子也看不见什么,四道风擦擦脸上的泥汗,又看看欧阳思枫藏身的地方,"弄个动静啊!光顾跟老婆唠了不是?"

像应声虫一样,手枪喑哑地响了一声,立刻招来机枪弹雨一通倾泻。四道风乐了,把一柄刀咬在嘴上,伏低了身子开始四肢并用地爬山。

欧阳连瞄都不瞄,又放了一枪,日军又以一通猛烈的扫射回应,他缩了缩脖子。

"欧阳?"

"大敌当前,有什么事回头再说。"

"我不觉得你有多紧张。"

"我很紧张。"他又无的放矢地开了一枪。

思枫有些好笑,"这就是被评价为从不感情用事、能忍人所不能的欧阳山川?"

那一枪日军没反应,欧阳阴着脸又开了一枪,日军开始爆豆。

"沽宁的条件是比乡下好,我们可舍不得像你这样浪费子弹。"

欧阳被提醒了,"我们也舍不得!"他检查了一下弹匣里的子弹,不再开枪。

"你越来越像四道风了。"

"我很想像他,痛快。"

"我很奇怪你会为了这件事情生气,而且这事你比谁都明白。"

"我气我居然要这样荒谬地生气!……这事太荒唐!我等你三年,你那样出现在我面前!"

"我等了你几年?我在枪林弹雨里等你!我想重逢时我要让你看见的样子,从分开时就在想!"

"是啊,这事真荒唐。"欧阳苦笑。

"一点也不,活下来就能看到你,你总说信念,这就是我的信念。"

"这大大的不对,我们是为了……"他忽然不说话了,看着思枫,思枫倔强地看着他,那种倔强不可征服,欧阳只好轻轻地承认,"我也是。"

日军调低了射界,一串子弹贴着两人身边危险划过,欧阳把思枫扑倒在身子下边,那条盲射的弹线渐渐移远了,欧阳从思枫身下抽出手来,他张口结舌看看手上的血迹,思枫看着他,"别管它了,是几天前受的伤。"

欧阳从思枫身上爬开,"你吓死我了,知道刚才那一下我梦见过多少次吗?"

思枫不说话。他们躺在洼地里,天很青,交织了一部分的暮色,日军的机枪在旷野里回响。

山顶上露出一个日军吱哇乱叫的头,四道风像壁虎一样伏在山脊上,手一挥,一柄刀扎进对方的颈根。

日军发现了这边的动静,手忙脚乱地调过枪口,一个没脑家伙径直冲上来,被四道风一枪撂倒。

再没有日军敢露头了,但机枪轰鸣着,四道风也不敢露头,成了对峙局面。

山顶上有棵树,四道风解下一个手榴弹,他把手榴弹扔出去,撞在树干上,然后反弹在机枪边忙活的几个日军身边。轰然炸响,然后就没了动静。

四道风满意地吹了声口哨。

欧阳和思枫仍静静地躺在那儿,甚至没注意到枪声已经停了。

"我们结婚吧,欧阳。"

欧阳愣了一下,"可我们早就结婚了,六年前。"

"你把那叫结婚吗?喝交杯酒的时候都想着,这是为了牺牲的同志。"

欧阳忽然间福至心灵,"是啊,我们结婚吧。"

四道风的声音打断了他们彼此的注视,他在山顶上大声嚷嚷:"此山是我开,此树是我栽……"

欧阳站起身,没好气地看着山上那个人影,那厮得意忘形,正拉开了架势在那唱戏:"要从此路过,留下买路财!"

"总是在这种地方,总是这么短暂。"欧阳无奈地把思枫拉了起来,向山上走去。

"喂喂,你两位亲到嘴没有?"

"亲到了,走啦。"

四道风倒也乖觉,扛起那挺机枪就走。

"你拿那个干什么?"欧阳看看他肩上的机枪问。

"机枪啊!崭崭新的!老子端回去,以后再不用看唐真那小娘们的脸色了!"

"我们在拼脚力呀!拿那东西赶得动路吗?没人帮你拿!"

"那也要拿。"

欧阳不想理他,回身望了一眼,脸色却变了。山的那一边是河,河上一艘乌篷船正顺流而下,正要与他们错过。

"来不及了。"他看看思枫,思枫正看着临河的峭壁,上边有些蔓生的枝藤和石缝,欧阳明白了她的意思。

"你小心点。"他先攀着枝藤爬了下去。

四道风吓了一跳,"喂喂,真玩命呀?"

思枫冲四道风笑了一笑,"放下吧,四哥。"她也在峭壁边消失了。

山顶上只剩了四道风一个,他急得手足无措,"你们要搞清楚!要救的那个废物,骨头攒齐了还不值这一根枪管!"

没人搭理他,他只好把机枪往身上紧了一紧,背着那几十公斤分量跟了下去。

欧阳已经下到峭壁之底,那艘船远远地驶了过去,船上的人并没有发现他。欧阳把思枫接了下来,痛惜地看看她惨白的脸色,一块石头砸在他头上,四道风正吊在峭壁上打秋千,石块泥土簌簌下落。

"你不能把那玩意扔了吗?"

"就不!"

"船已经走了!所有人都在等你!"

四道风不说话了,拼命去够一根藤蔓,几发子弹从头顶上竖射下来,几个日军的身影在峭壁顶上闪动。

"我不是把他们做了吗?"

"是援兵!枪响那么半天,援兵不来才怪!"

日军往下边胡乱打着枪,终究没人有爬下来的勇气,大部分人绕路下山追赶,几个人留在山上。

留在山上的几个拉开手榴弹弦扔了下来。

这峭壁实在不低,日军扔下的手榴弹没落地就爆炸了,欧阳把思枫推在一边,冲着吊在半山的四道风嚷嚷:"你赶快下来!"

四道风没空吱声了,被爆炸的气浪冲撞得像个钟摆,可还是不愿扔掉那挺机枪。

又一颗手榴弹爆炸,四道风手上的藤蔓断落,一路撕扯着摔了下来。欧阳和思枫刚把他拖开,就有手榴弹在他摔下的地方炸开。

"你的墓碑这样写好吗?为了占到一点小便宜,献出了宝贵的生命。"

"没事,没死。"他爬起来就跑,以示没事。

"你摔晕了?那边!"

四道风换了个方向又跑,欧阳和思枫无奈地追上。

船已绕过一道湾,李六野踞坐船头,枪声响起的地方,只闻其声不见其人。

他发现高昕充满希望地挣起身往那看,哈哈大笑,"在扫荡!哈哈!扫了你要找的那头畜生!"

高昕狠狠地白他一眼。她和何莫修在船尾蜷成了一团,像堆没人要的垃圾。

尽管隔了整条船,李六野仍不住地打量她,那只不带感情的眼睛冰冷而邪恶,高昕毫不示弱地瞪他。她轻声问何莫修:"那天你在屋顶上,想跳楼,是什么感觉?"

"心里紧巴巴的,心里有个东西黑乎乎的,叫你害怕。"何莫修很认真地说。

"又好像在把你往下吸,对不对?你知道只要一跳就没人能把你怎么样了。"

"对对。你怎么知道?"

高昕看着那张白净的脸,苦笑,嘴唇轻轻在上边碰了一下,完成了一个偷工减料的吻,她猛地站了起来,一只脚已经踏上了船帮。

"不要!"何莫修明白过来。

水清洌而湍急,高昕没听见一般,打算完成这纵身一跳,眼角却扫见岸上一个人影,她定了定神,四道风正追着这条船狂奔,他扛着那挺机枪,重压下他奔跑的姿势难看之极。

这一犹豫她被几个帮徒揪住了。李六野走过来,"放开!我瞧她敢不敢跳?"

几个帮徒把高昕放开,李六野耍着自己的枪,"跳吧,你进水我就打断你两条腿,手也绑着,死起来一定很好看。"

高昕瞪着他,竭力把他的目光引开,她嘴角的笑容已经预支了胜利。

"不跳了。"她乖乖地回到何莫修身边坐下,搞得李六野都有些诧异。

"六爷,扔河里得了。"

"不,船泊祭旗坡,我有个主意。"

高昕又回到身边,何莫修长舒了口气,"求求你不要再这样了,还没到那一步。"

高昕笑了笑,"不会了。"

何莫修诧异地看她。

高昕向他附耳,"他绝尘而来,拿着一支很大的枪。"

何莫修立刻知道怎么回事了,脸上同时交织着惊喜和阴翳。

船上的帮徒没看见四道风,可四道风看见了他们,他又跑了一小段,一屁股坐下来,"跑不动了跑不动了!"

"四哥,枪扔这儿,回头再来取好不好?"

"那就没了!"

欧阳不理他,和思枫跑在头里,四道风却开始拖拖拉拉,刻意拉开双方的距离。

"老四,不是跑不动,你看见船上有沙门的人,对不对?"

"有沙门的人?他们来干什么?"

欧阳看着他,四道风再装不下去,索性撩着衣服扇风,装死狗。

"沙门帮徒三两千,如果见了就躲,鬼子别打得了,你回沙门,我去潮安。"

"少耍狠了,为空心大少要我跟叔叔翻脸,你也说得过去?"四道风压根不信。

"高小姐也在船上,你们是故交。"

"认识而已啦,故交?"他摇头不迭。

"人家救过你,上次你被鬼子打得像死狗一样,是人家给你输的血。"

"什么输血?我不知道。"

"你当然不知道,身上的血都流光了,你睡死过去了,她把血输给你换你条小命,你身上的血是女人的,你欠人家的!"

思枫神情古怪地看着这俩人,欧阳这些年为四道风发明的工作方式是她在其他同志身上绝看不到的。

"你骗我!我这身板这力气,血怎么会是女人的?"四道风狼狈之极,他擦着汗,那不光是热出来的。

"你可以追上她问问嘛,你欠她的。花钱救你你还钱好了,可现在你欠大发了,今生今世都还不清了。"

四道风跳了起来,狼狈不堪地看看手上的机枪,他猛地一下把枪扔进河里,然后拔足狂奔,一边跑一边扯下身上缠的弹链。

"这不好吧?"思枫看看欧阳。

欧阳笑,"他喜欢这种歪理。这家伙没有卫生常识,三年前那几百 CC 血早被他新陈代谢光了。"

他俩开始急起直追,四道风的身影已遥不可及。

欧阳和思枫赶上四道风时天已经黑了,四道风正站在湾流处发呆,河流在这里有个分支。

"跑没影了,他们顺风又顺水。"他看看自己臂上的血管,"欠她多少我还她好了。"

欧阳吓了一跳,"算了算了,老天在上,你已经尽力了。"

四道风显得很沮丧,悻悻地往分流处又看了一眼,转身要走。
"等等,"欧阳指着四道风看的方向,"他们往那边走的?"
"是啊,就看着个影儿,那是往祭旗坡。"
"继续追。"
四道风又有些不太乐意,"你也说了,我已经尽力了。"
欧阳还没来得及说话,就看见来路上远远地闪动着日军的身影。
"好了,路上惹翻的鬼子追来了,现在跑不跑由你。"他和思枫开路,四道风恨恨地回望了一眼,跟上了。

3

祭旗坡在黑夜里是一个影影绰绰的村落。那条乌篷船泊下,几个帮徒掌上了灯,一切看起来都有些鬼祟。
"这地方几天前被剿过,为了凑足尸体,你们不要大惊小怪。"
"是了六爷。"廖金头冲身后换了个调门,"你们不要大惊小怪!"
李六野拔步下船,水里飘着一具尸体,他浑不在意地踢开,涉水上岸,几个帮徒硬了头皮在后边跟着。
高昕吓得脸色惨白,她被帮徒推到水里,一具尸体荡过来,她惊叫了一声。李六野阻在她身前,快意地看着,"原来大小姐不光怕死,也怕死人?这回过瘾了。"他拿过帮徒手里的一个火把,向那边扔了过去,火把下照烁的全是死去的村民。高昕这才发现自己为了避开尸体跑到尸体更多的地方,吓得又一声尖叫。何莫修也发着抖,强自挣到高昕身前,拦住了高昕的视线。李六野哈哈大笑,拿火把四下晃着,"好看吧?在家看不着吧?再要嘴硬六爷就随便找两个跟你绑作一堆!"
他终于玩腻了,把火把往树洞里一插,"他娘的,这日本鬼子是比我们要狠。"
"是……可不是。"廖金头脸色惨白。
"找个干净屋子,我们来看看阔少爷大小姐随身带了些什么细软!"

远处,欧阳和四道风伏低了身子,看着村里闪动的火光,思枫则在注意更远处日军追兵的动静。
"十一个,全是狠角,李独眼真能讲排场,二十二条枪。"四道风悻悻地说。
"三对十一。"欧阳自己也在盘算。
"跟这帮晚上能打香火的家伙对?你算半个,你老婆不算。一个半对十一,你两口子才两条枪,四对二十二。"
欧阳苦笑,"赵老大怎么还不来?"

"那家伙一脸奸臣相,靠不住。"

思枫靠过来,"鬼子大概是三十来人,照速度十分钟到这儿。"

"他还是别来好了,为一个美国人要的人,不值得。"欧阳已经笑不出来了。

4

沽宁城里,赵老大正带着一干人想穿过巷子。今夜的气氛有些异常,夜晚的街道上晃的不光是巡逻的日军,还有三五成群的沙门帮徒。

八斤穿得像个半大孩子,拎着一屉包子从巷子里穿过。

一个帮徒拦住了他,"站好了!干什么的?"

八斤举举手上的包子,"王马虎家要的夜宵,他家好晚上打牌。"

帮徒看了看,确是包子,巷子里也确实传来麻将声,他拿了一个啃着,顺便给了八斤一下,"会做生意就弄两碗云吞过来,老子要站通宵的。"

八斤敢怒不敢言,钻巷子就拐了弯,幽静处藏着些身影,是赵老大和他的人。

"压根儿过不去!大街鬼子看着,小巷沙门把着,连个老鼠过路都要拔枪!"

赵老大急得不行,"怎么这里也扫荡呀?到什么时候?"

"他们说了,通宵。"

赵老大看了看天色,一脸绝望。

5

祭旗坡一片漆黑。欧阳三人已转移到村外的树林里,日军的火光也越来越近。

四道风看着村里那个发出亮光的房子说:"我有个办法,大摇大摆走进去,跟他谈判。我给他面子,空心大少带走好了,女人留下来,怎么样?这我就还了情啦。"

欧阳和思枫都摇头,"不怎么样。"

"也不用这么夫唱妇随吧?"

欧阳没说话,回头看了看,日军追兵的火把正依次灭去,"他们是想来暗的,"他忽然乐了,"老四,你想不想三个人包围十一个人?"

"别逗了。"

"不开玩笑,只要你学句鬼子话。"他说了句日语。

"什么意思?"

"快投降,我是四道风。"

四道风咧咧嘴,"然后他们就投降啦?那我上沽宁街面去喊好了。"

"不是,你冲鬼子喊鬼子话,开两枪,然后冲村里喊中国话,还喊我是四道风,开两枪,咱们看能不能浑水摸鱼。"

四道风立刻明白了,他摇摇头,"让沙门跟鬼子打?我不干。死鬼子当然好了,死沙门的人……我放过话,不杀沽宁人。"

欧阳苦笑,"我记得你放的话,但沙门的人不会死。这计划的关键就是不能让鬼子攻进村,进村就露馅,所以咱们夹中间,看鬼子露头就打,咱们四支枪对不过任一拨,可至少能让鬼子不敢轻易露头。"

"那沙门的人要冲出来呢?"

"沙门都是短枪,短枪对长枪会冲到一马平川的地方对着干吗?"

"还不行。"

"你要怎么才行?"

"那句鬼子话太客气,我要说这句——去死吧,我是你四道风活祖宗!"

欧阳笑着教他这句日语。

四道风很小心地念诵着,站起身来摸进黑暗,欧阳苦笑着看看思枫,"我是不是太惯着他了?"

"赵老大一直奇怪你们怎么配合,现在我会这么说,因为你尊重他。"

"不光为了这个,我也相信世界上没有那么多恶人。"

思枫点点头,表示同意。

那间民居里,何莫修的行李已经被扬得满屋子都是,帮徒把高三宝送的首饰搜了出来,交给李六野。

李六野看看,"个娘娘腔,值钱玩意都是娘们用的,你怎么不穿女人衣裳?"

何莫修低着头,他已经不敢和这人说话,也不屑于和这人说话。

廖金头过来,"六爷,再耽搁真不赶趟啦。"

"让他等会儿会死呀?瞧你那汉奸狗子样!"

廖金头很没趣地低了头,李六野哈哈大笑乐不可支,"今儿真是扯足顺风船。小的们,留两个人守着高大小姐,老子决计雁过拔毛,跟她老爸找点零花钱!"

"六爷,这要露馅的!"

"说你笨还露个猪脸给我看!你不会假别的帮派名字要啊?完了再撕票拉倒!"他自己在那琢磨,"不先奸后杀太便宜她了,偏老子又练的童子功,卖到日本妓院去好了,看交游广阔的高大会长找得到她!"

何莫修已经脸色煞白,说不出话来。高昕恳求地看着古烁,古烁皱眉不看她,忽然咬了咬牙,一把掏出了枪指着高昕的头颅。

李六野后脑似乎长了眼睛,一个耳光甩过来,"你他妈怜香惜玉,想坏老子财路?!"

古烁被打得嘴角淌血,腰还没直起,外边就传来一声尖利的枪声。

"去死吧,我是你四道风活祖宗!"(日语)

接着一颗子弹从窗外穿进来打在屋梁上。

"快投降!我是四道风!"

四道风伏在草棵子里,他嚷的那声日语叫几个刚露头的日军张皇失措,不明虚实的日军退却,四道风追射,欧阳从草丛里探出头来,"别追,追就露馅啦!"

四道风习惯性地向他靠过去。

"别扎堆,打一枪换个地方,让他们摸不清多少人。"欧阳刚说完,村子那头就传来思枫的枪声。

屋里的人都伏在地上,李六野钻在翻倒的桌子后,这房子简陋,打起来连子弹都防不住。

四道风在外边嚷嚷:"假独眼的小子!你被老子围上啦!"

李六野气急,"你那两条人枪,有本事站出来拼个真章!"

一发手炮弹在村里的空地上轰然炸开,李六野吓得又躲缩了一下,"畜生!他连炮都有啦!"他一脚把火踩了,恼火地对着所有人嚷嚷:"都别猫着!拼死他个浑蛋!"

沙门帮徒开始无的放矢地对外开火,二十二支家伙齐射倒也蔚为壮观。

日军的头目用望远镜看着那片黑暗里四下闪现的枪焰,眉头越皱越紧,"奇怪,这片村庄我们几天前刚刚剿过。"

身边的几个掷弹手又发射了几发炮弹,一间房舍被炸得支离破碎。几个士兵摸了出去,刚摸上村边,草丛里枪响了两声,两个士兵滚在路边。

"压制火力,我军按兵不动,等待援助。"头目放下望远镜,向背着电台的通信兵说,"请求援助,告诉他们我军在祭旗坡发现反抗者的主力。"

日军再也不动窝,步机枪和掷弹筒一起开火,在阵地和村庄之间连成数十条夜光的弹道。

李六野的二十二支短枪至此全无还手之力,子弹穿过板壁在屋里飞来飞去。一发近失弹在屋外爆炸,板壁塌了下来,高昕惊叫,惊叫中带着欣喜。

那声音李六野听来分外刺耳,"再叫我现在就撕了你!"

高昕不作声了,日军大概是想撑到援军到来,射击声终于小了少许,李六野心有余悸地看看这穿得漏壶一样的房间。

"这、这火没法驳呀,六爷。"廖金头的声音直发颤。

"闭嘴!"

屋梁上一口飘摇已久的破罐重重砸在地上,李六野也不太敢出声了。

四道风仍兴致勃勃盯着日军可能潜来的路口,欧阳钻了过来,他也乐得不行,"趁机赶快,扩大战果,把他们玩急了就不好了。"

"怎么扩大?"

"你不是想谈判吗?现在可以谈判了。"

四道风挠了挠头,"我想了想,独眼儿是个疯的,他不会跟我谈的。"

"谈判桌就是胜者的舞台,现在他已经见识了我军的强大火力,除非他是死的,不然就得坐下来乖乖谈!"

6

屋外枪声已经完全停歇了,可对屋里的人来说,这是一片让人毛骨悚然的寂静。

"六爷,人走啦?"廖金头探头探脑地问。

"才怪呢,那小子恨透我了,不见个死活会走?"

话音刚落,四道风的声音从外边传来,"假独眼?"

李六野答应一声,"怎么着?"

"我跟你谈谈,看在我身后过百条枪把子的分上,你别瞎打一气吓着我兄弟。"

"不开枪不开枪!"廖金头急不可待地说。

"那就把灯掌上。"

李六野悻悻地爬起来,"都起来!还趴着干什么?"

十几个人灰头土脸地爬了起来,灯又亮了。打得歪了半边的门被轻轻敲响,"这家有没有个爱玩火的小屁孩叫李独眼?"

"小四,你不要欺人太甚。"李六野嗓子都气变了调。

四道风乐哈哈地走进来,欧阳绷着脸在旁边跟着。

四道风的眼睛快速从屋里十几个人身上扫过,高昕满是惊艳,古烁一往情深,何莫修神情复杂,还有两个是他那晚的酒友,也一脸崇敬。

四道风对李六野唱个无礼喏:"哈哈师兄,听说这些年跟鬼子混得生龙活虎,怎么倒越过越穷酸了,出来就带这么几个人?"

"别那么干笑,我也不叫哈哈师兄,嫌人少哪天我把人码齐了,咱约地方对阵。"

"嘿嘿师兄,我怕有些汉奸狗子顺道通知了鬼子,老子要阴沟里翻船。"

"你要笑就给我笑出来!别嘴里咬着泡屎似的!老子看了难受!"

"原来师兄是这么体贴的?确实不恭确实不恭!"他早绷不住乐了,索性大笑,笑的时候还要拍打着旁边呆若木鸡的几个帮徒,李六野气得肚子似乎要炸掉。

欧阳皱眉,现在实在耽误不起时间,他对李六野说:"六爷,我们来是谈判的,废话就少说了。"

"有屁快放!"

"六爷回家可把此话对墙念上三百遍,以占足口头便宜。现在我先说放你们生离此地的条件。一,把你们所有的武器交出来,我说的不是这二十二条枪,是沙门会拥枪自重的所有器械。"

四道风听得诧异莫名,笑声也止住了。

李六野大怒,"发你娘的清秋大梦!"

"二,解散沙门会。当然你们如果弃暗投明,加入抗日阵线,这事还有得商量。"

李六野已经不愿意再说什么了,伸手就到怀里拔枪,欧阳走到窗边,对着日军所在的方向就是一枪。那边给脸之极,步枪机枪立刻响成一片,几个炮弹在村子里炸开,欧阳、四道风和沙门会帮徒一起趴下。

枪声渐歇,欧阳抖抖身上的灰尘面不改色地站起来,"六爷,好听难听也听完再打吧?什么事都有个商量,何必让我做得难看?"

李六野简直快把欧阳瞪穿了,终于点了点头。

"三,把人放了。"他摊了摊手,以示到此为止。屋里一片寂静。

四道风提心吊胆地看着,李六野喘着粗气,"最多最多给你把人放了!"

欧阳很为难地看看四道风,四道风已经明白了欧阳搅浑水的精髓,又忍不住想笑,终于咬着牙忍住,点了点头,"那你以后在沽宁不许那么为非作歹。"

这实在是个很含糊的要求,李六野犹豫,而廖金头拼命对他使着眼色。

"嗯哪。"李六野总算应了一声表示同意。

廖金头如蒙大赦,"放人放人!"

几个帮徒手忙脚乱解着高昕和何莫修的绑缚,四道风又忍不住大笑。

"你他妈的又笑什么?"

欧阳道:"六爷,他这么笑就是为了气您,您可千万别中招。"

这话果然有用,李六野立刻强行自己冷静。

高昕和何莫修终于被松开,两人活动着手腕,一时不知该做什么,欧阳冲他们使使眼色,"你们出去,外边有人接应。"

高昕和何莫修看看这两帮对峙的人,逃也似的出去了。

两人刚出来,黑暗里的思枫就迎上来,她把他们引向沙门泊在河边的那条船。

四道风已经不笑了,屋里一片寂静,该说的都说了,要做的也做了,欧阳看着李六野那张愤怒如狂的脸,道:"那就这样了,告辞。请六爷的人过半个时辰再出这屋子,因为我方的人员和武器不想被六爷看见。"

四道风点点头,"对对,万一你把这么重要的情报告诉鬼子,就算同门情谊我也只好杀人灭口了。"他冲着周围的帮徒抱了抱拳,"各位,以后万一要瞄我,枪口歪着点!"

欧阳拉了这得意忘形的家伙一把,两人向门口走去。

李六野大喝一声:"小四!大阿爷让我问你一句话——你现在姓共还是

姓沙?"

四道风轻松的表情一下没了,欧阳转身,"请六爷回禀大阿爷,四道风自然永远姓沙,只等打跑了鬼子,回到他老人家膝下,那时候他老人家会知道姓共或者姓沙不是什么水火不容。"

"连这么句话都要死老共帮你答?你还敢说你姓沙?"

"六爷请吧。"欧阳又拉了四道风一把,两人已到了门口。

李六野愤怒若狂,他本来就是个拿狠劲抵聪明的人,一把把枪拔了出来,"我把你个死老共……"

他瞄的是欧阳的后脑,同一刻四道风也回身甩手,掷出了一把刀,刀击中李六野枪上的准星,子弹斜射在门框上。

那刀余势未息,刀削过他的上臂,从眼球上擦过。李六野的眼前顿时黑了,他把眼罩往上一推,摸摸挨刀的那只眼睛,摸到一把血,他是个见血疯,顿时把另一支枪也拔了出来,"见红了!见红好啊!"

那似乎是一个号令,那二十支枪顿时一起拔了出来。

四道风一脚把欧阳踢出门,自己跟着滚了出去,然后爬起来一把把欧阳拖起,朝河边就跑,没跑两步,他忽然站住了,疑惑地回望那间屋子。

屋里一片寂静,古烁的两支枪一支指着李六野,一支指着廖金头,海滩上吃鸡的三个则指着另外的几个人。

"大马小马,你们?"古烁显然也有些意外。

"烁哥,那晚在滩头一块发的毒誓,跟四哥动枪的人就是跟我们动枪。"

古烁点点头,"好,我以为你们都忘了。"

李六野咬牙道:"你们有能耐,真有能耐,等到我活剥了你们的皮再蒙在你们身上,等到我把你们家小……"

古烁根本没等他说完,抬手就是一枪,李六野直挺挺倒下。

廖金头扑通一跪,"烁爷饶命!"

古烁犹豫了一下,就这一下,廖金头滑得泥鳅似的直撞到他怀里,两人一下滚倒,带翻了屋里仅有的灯。一片漆黑中枪声开始乱响,人影翻倒,拳脚往来,二十支枪在这样一间小屋里开火,黑暗里不断传来各种古怪的声音。

终于安静下来,古烁从屋角抬起头来,"大马小马?"

扳机轻响了一下,古烁滚开,几发子弹打在他刚出声的地方。

古烁再不敢出声,四道风一只手从塌倒的板壁后伸了过来,轻拉他一下,"三的?"

古烁又惊又喜,扔下这个烂摊子从那里钻了出去。

四道风和欧阳拉着古烁向泊船处奔跑,古烁挣开,"你的人呢?"

"空城计。"四道风嘿嘿一乐。

古烁气急,"大马小马还在里边!"

四道风二话不说要往回钻,欧阳拉住他,"来不及了!"

远处,日军终于等来了他们的援军,正拉了一条散兵线向这村落冲了过来,原来的手炮爆炸声中加入了沉重的重迫击炮爆炸的声音。炮弹呼啸着向他们飞来,三人立刻逃向船头。忽然传来暴怒至极的嘶吼,一个人影从屋里冲出,向他们追来。

三个人你拉我扯地上船,思枫迅速把船撑离了岸边,机枪在船后追着打出了一道水幕,那个追赶他们的人视枪林弹雨如无物,径直向船边冲来。

古烁一惊,"是李六野,这家伙老吹自己是九命怪猫,想不到是真的。"

四道风不说话,只拿着楫尽量把船撑离岸边。

古烁看他一眼,把一支枪插回腰间,他打算一枪解决。可那一枪还没打出去,李六野就毫不犹豫从岸上跳了下来。只见水花翻飞,李六野快得惊人地向船边游来。

古烁看看四道风,"这家伙水性好得很,你还要躲吗?"

说话间李六野已经追到船边,一只匕首在手上闪着寒光向船上的人猛戳,欧阳猛地把何莫修拖开,险险没有戳中。古烁不再犹豫,在一个极近的距离用枪瞄准了李六野的头,一扇船桨从旁边砸了过来,船桨飞断,李六野晕在水里。古烁冷眼看着四道风放下断桨,把李六野从水里拖了上来,拿绳子细细地绑缚着。

"这家伙说的好话从不兑现,坏话做死做绝。老四,我的老婆孩子要是死了,那就是你害的。"

四道风什么话都不说,只是把李六野身上的绳子打了个死结。

船迅速划离。

船已经离岸很远了,日军开始冲锋,从船上看去,祭旗坡已经炸成一片火海。

小屋里射出最后一枪,一个日军倒下,船上的人静静地看着。

古烁吁了口气,"沙门今天总算做了一件好事,杀了一个鬼子。"

四道风最后看了一眼那村子,他转身,把欧阳揪了起来,"你骗我!你说沙门不会死人!今天我又死了两个兄弟!"

欧阳静静地看着他,那目光叫四道风不知如何是好,他撒手把欧阳放开,"他们到死都被人当汉奸!"

"他们不是汉奸,是你的好兄弟,你的兄弟都是好样的。"

"我的兄弟都被你害死啦!"

"是的,我骗你,我害死了你的好兄弟。"欧阳看起来很疲倦。

四道风的怒气却忽然消去,随之是极度自责,"你没骗我,他们是被我害死的。"

"别这样,老四,你和你的兄弟救了我们,要怪怪我,是我把你带进这场战争。"

思枫意识到他的沮丧,轻抚着他的头发。船顺流而下,朝着沽宁的方向。

第十九章

1

一条船靠在沽宁河的堤岸边,船上已经空了。

夜深人静,一辆放空的黄包车从街头跑过。四道风从窄巷里蹿出来,压低了帽子和嗓音,"我要包车。"

车夫被他吓了一跳,那是小馒头。

"四哥!"

四道风点点头,往巷子里挥了挥手,古烁把一个绑得严严实实也包得严严实实的人形往车上扛,那是李六野,即使是这样他仍把腰一弯,摸着瞎对古烁撞了过来。古烁毫不客气地狠砸了几拳,李六野闷哼了一声。

"三的,别往死里打。"

小馒头看得发愣,"四哥,那啥呀?"

"李六野。"

"四哥处决汉奸是吧?回头给我也捞一枪吧?我爹就是被汉奸乱枪打死的,我得报仇,我可没少帮你们,行里哥们儿都叫我小四道风啦。"

四道风点点头,不语。他挥手让欧阳几个出来,然后走开,他的心情显然很不好。

这一行人在夜晚的街道上显得格外引人注目。古烁走在头里,前边有几个人影在晃荡,那是沙门帮徒。

古烁大声嚷嚷:"沙门办事!闲人闪开!"

"烁哥真精神,办事回来啦?"

"回来啦。"

"六爷呢?"

"六爷要忙啥事从来不告诉我们,只让我先把人带回来。"

那几个帮徒贼兮兮往车上看了看,古烁使劲对着李六野就是一脚。李六野狂暴地挣动,呜呜地咆哮。

几个帮徒哈哈地乐。

"你们蹲这儿干吗?"

"四道风在沽宁,我们蹲四道风呢。"

古烁皱皱眉,扫了眼隐在车后边的四道风。

"咱们跟四道风不是井水不犯河水吗?"

"四道风把大阿爷惹毛啦,大阿爷说要把他身边那共党断了手脚筋给日本人,把四道风铐了锁家里,六爷没跟你说呀?"

"六爷太忙——我要去交差了。"

帮徒连忙让开,前边关卡上的日军也早看见了这帮人,懒得再问什么,径直打开了路障。

虽是顺利过关,几个人的脸上却没见半点轻松。

他们转进一条巷子,巷子里也是幢幢的人影和火光,沙门帮徒几乎把住了沽宁每一处路口。古烁走一段喊一声"沙门办事,闲人闪开",他不再和那些帮徒搭讪。

欧阳落后两步,等着四道风过来,他低声说道:"这城里快呆不下人了。"

"我瞧得见。"

"我们会被封死在地底下,连吃喝都找不着,更别说打鬼子。"

"跟我叔叔没相干,准是这一只眼。"

"现在不是跟谁有相干的问题。"

"你又想逼我干什么?"

欧阳愣住,四道风为表达不同意见连动手都有过,但从没像现在这样冷漠。

"没什么,我只是想说,如果你还想李六野活着,就不能这么把他带回去。"

"老子要他活,谁敢要他死?"

"唐真。"

四道风傻了,显然那是个他也挠头的麻烦人物。

2

杂院的门被规则地敲响,八斤过来开门。欧阳进来,伸手就摁在八斤嘴上,把他的一句招呼摁在嘴里。

"放那屋吧。"欧阳打量一下这个破落的院子,指了其中一间屋子。

四道风把李六野扛了进去,径直走向欧阳指的空屋,何莫修几个跟着进来。

"思枫,你带他们下去。八斤,这个俘房非常重要,你不要告诉别人。"

"是啦,军师。"

古烁径直跟着四道风,根本没打算往地下室去。

"古烁,你也下去休息吧。"

古烁摇了摇头,"他已经手软了,我怕他再心软。"

欧阳再没说什么,其实他也有同样的担心。他一低头闪进地道。赵老大惊喜地迎上来,"你已经是地头蛇了,我们连出都出不去,你居然又进又出?"

"以前不是这样的,以前要对付的只是鬼子,没有沙门。"

"很艰难吗?"赵老大看着欧阳忧郁的表情。

"三年来没这么难过,早知道这样,我绝不会叫你们来沽宁。"

赵老大愣住,欧阳吁了口长气,"赶快发报吧,我不知道怎么才能扔掉手上的两个烫手山芋。"

"两个?"赵老大看看高昕,高昕正自来熟地研究思枫的枪。

"她很烫手吗?"

欧阳摇头不语,开始折腾电台。

四道风把包在李六野身上的破布解开了,露出李六野一双怨毒的眼睛,他的嘴被塞着,四道风去扯那布。

"操……!"

四道风连忙又把那布塞了回去,"我可告你,你在这儿有的是仇人,把她惊动了就不得好死。"

李六野眼角除了怨毒又多了层冷笑。

"我不杀你不是图你怎么着,是为了我叔叔,谁让全世界都当你怪物就他当你是儿子?我也真搞不懂你干吗这么恨我,我是气你玩来着,你不也老逼我吗?"

古烁悻悻地在旁边道:"你说,我牵条狗来,你把他说动了那狗就能把自个儿下锅了,自个儿给你端上来。"

四道风从李六野身边坐开了,茫然地在一边苦想。

"你好好想,想明白了告诉我,我替你动手。"

"你当我是不敢动手吗?"四道风瞪古烁一眼。

"我知道,我也替你那共党军师说句他没说的话,你记着我们兄弟的情分,今天你活了,你碍着你叔叔的情分,明天你死了。"

四道风恼火地说:"都这么聪明跟我这糊涂蛋做兄弟干吗?"

"我的活法是人不为己天诛地灭,我的己是我老婆孩子,加上你兄弟几个,你的己是你的那群四道风,你得为他们想着!"

四道风没说话,李六野倒在那边发出干咽声,四道风一下跳了起来,"我靠!他把堵嘴布吞了要噎死自个儿!"

"你啥都别管,等一分钟就行。"

四道风只等了两秒钟,他扑过去从李六野嘴里把那块布往外抻,布刚抻出来李六野就狠狠咬住了他的手,古烁使劲捏开他的下巴,四道风才把被咬得鲜血淋漓的手挣出来,古烁气往上撞,掏出枪打开枪机。

"行了行了,我没啥事!"

古烁把枪收了,他实在有些绝望,"我不该跟你回来,他一个绑手绑脚的把你治成这样,他外边三两千人,我们没活路了。"

四道风没说话,只是给李六野嘴上又绑上一道布条。

地下,欧阳正在调整电台,电台似乎用永恒的静噪考验着他的耐心。周围人在紧张地等待着,最紧张的是何莫修,最不紧张的是高昕,就这会儿工夫她已经快把这地下空间踩出一条坑来,"老师,四道风呢?"

"他自己长腿的。"

"他是不是还跟李六……"

思枫打断她,"高小姐是被李六野吓坏了,战斗已经结束,你在安全的地方。"

欧阳被她吓出一身冷汗,他回身看了一眼,唐真已经直愣愣地盯着他。

"什么嘛,"高昕回头,她看见唐真,顿时眉开眼笑,"小真你现在真的是……"

唐真掉头走开,而电台也终于发出和谐的电波声。

"连上大鼻子了,赵老大,暗号。"

赵老大拿出一张纸,极别扭地念着:"我寻找这些娇弱花儿一般的韵律,呼唤一颗星星年轻沉思的心灵。"

欧阳诧异地看着他。

"不是我写的,大鼻子就好这口。"

"很美,但这样脆弱的东西不适合于战争。"他一边说话一边快速地击键,屋里安静下来,他们还是第一次跟叫作盟军的人联系。

思枫帮欧阳快译电文,"我是孤独的静静夫人,在纺纱机上我纺着你的命运。"

赵老大在一旁道:"听说这位夫人是艘潜水艇,我也不晓得那是什么东西。"

"一种全密封耐压壳体的水下作战舰艇,我可以给你们画结构图。"何莫修说。

欧阳打着键,扫他一眼,"我只想知道你做了什么,他们要这样对你?"

何莫修耸了耸肩,"我也觉得小题大做。"

欧阳再没说什么,他盯着电文,"让我们把他送到潜艇的停泊点,谢谢合作。"

"在哪儿?"赵老大问。

思枫直起了身子,她看了看大家,惶惑而难以置信,"明天傍晚六点……潮安?!"

"哪儿?!"赵老大吓了一跳。

"潮安,我们刚逃出来的地方。"

欧阳气极,"开什么玩笑?离沽宁足足一百五十公里!不是一百五十公里的路!是一百五十公里扫荡圈!"他敲着键,"我告他们没门,要人就来沽宁!"

思枫扯着从电报机里源源不断冒出的打孔纸条看着,眉头皱得很紧,"他们说不可能,沽宁海域的反潜网太严密。"

赵老大愤愤道:"扯!比沽宁的反游击队网还严密吗?"

欧阳皱着眉头猛敲键,而思枫则在看那些打孔纸条,两人的神情都越来越难看。

"他们说我们不过是配合,必须听他们的。"

"他们是天王老子吗?老子把鸭子打下来,做得了,给他端上来,他说重来,你们不过是配合我的嘴!"赵老大拍拍何莫修,"对不起兄弟,我可不是说你是鸭子。"

何莫修苦笑。

欧阳说:"我这么回的,说到底,是贵方向我方寻求合作。"

电台里又冒出些纸条,思枫看了看,给欧阳,欧阳看后再没说话。

赵老大不解地看着两人,"又说什么?"

"什么都没说,断掉了。"

何莫修站起来,看了看那些纸条,然后对欧阳说:"谢谢你维护我的心情,摩尔斯电码我也认识。"他转头向着其他人,笑得比哭更难看,"他们说,说到底,我们要带走的不过是一个中国人。"

欧阳安慰地拍拍他的肩,所有人都沉默下来。

3

夜已深了,大部分人都已经睡去,没睡的几个人都在伤着脑筋或者伤着心情。

高昕陪何莫修坐着,她看着他没精打采的样子,已经连叹气都叹不出来,"别这样啦,走不了就走不了,没什么的。"

"是啊,走不了也好。"

"就是嘛。"高昕笑靥如花。

何莫修刚看出点生趣来,地道口轻响了一声,高昕立刻充满期盼地回过头去,何莫修叹了一口气,头扎下去再也不抬起来了。

电台边,赵老大一根根地抽着烟,"你不要再伤脑筋了,我会告诉上级,一应责任由我承担,可这是个无法完成的任务。"

欧阳闭着眼睛道:"办法总是在有和没有之间。"

"你看看这里还能打的有没有十个?再算算这一百五十公里上的鬼子有几千?"

"我们现在争的不过是个生死存亡,这几年争的也是这个。"

"老弟,我不跟你掰字眼。"

欧阳没有回答,因为闻到思枫的气息。思枫把一杯水给欧阳端了过来,自然还有他久违的药。欧阳笑笑,"谢谢,我想了三年,说的可不是药。"

"嗯,好好看着她,好好看着老唐,主意就会出来的。"

欧阳和思枫一起瞪着他,赵老大后悔莫及,"对不起,我是说你们俩处着吧,我就不在这儿污染空气了。"

"你也坐在这儿想,我也不知道主意会从哪个脑袋里蹦出来。"他站起身来,把药吃了,把一杯水喝光,冲思枫点了点头,"我出去想。"

"去吧。"

"凭什么你出去想,我就得坐在这儿?"

"我把诸葛亮藏后院了,我去跟他问个主意。"欧阳头也不回地出了地道口,舒展了一下筋骨,步向藏着李六野的小屋。

四道风和古烁都已经倦极而眠,李六野目光炯炯,怨毒地瞪着他们。欧阳进来,那两人立刻惊醒。

欧阳解开李六野嘴上的布条,古烁先掐住李六野的下颌,才敢掏出他嘴里的破布。李六野活动了一下嘴角,居然没骂,只是嘿嘿地阴笑,"杀了我,你们也必死无疑,沙门两千七百帮徒,一天看不见我就会把沽宁翻个底朝天,你们变成耗子也会被翻出来。"

"我们知道六爷的能耐。"

"我可不是要你别杀我,老子只要活下来,管叫你们求死不得,只后悔爸妈把你们生了出来。"

"六爷真是威风至极,不知要如何对付我们?"

李六野双眼一闭,来了个不理不睬。

欧阳摇摇头,古烁又把李六野的嘴堵上。

"古烁,你知道多少?"

"我?姓李的从来就没信过我,沙门封城这么大事连个风声也没给。"

"别的呢?"

"还有什么?鬼子头长谷川不在沽宁,今儿去了潮安鬼子总部开会,递的话是让我们明晨把那空心大少送到地头,就这么些,这有什么用?"

"我不知道,那你们又在那村子里耽搁什么?"

"姓李的除了狠就是个贪,想多榨些,不然现在早跟沽宁的鬼子碰头交人了。"

四道风凑了过来,"要不我回沙门吧,要锁要铐由他,先把这围给撤了。"

欧阳想都不想就摇头,他在想别的事情,而且已经隐约想起点什么,但就差那一线天光。

门突然被狠狠地砸响了。

四道风和古烁立刻掏枪,欧阳还没及反应,门又被重重地砸了一下,倒下的门板重重砸在他头上,唐真闯了进来。

四道风一愣,他的反应让古烁不敢开枪。

唐真可没含糊,枪口稍一歪,便找准了被绑成粽子的李六野,然后她开枪。枪没响,欧阳从后边拦腰把她抱住,两只手指卡在扳机圈后,扳机抠不下去。

唐真使了使劲,欧阳的指骨传来响声,他被砸到的头上,流下一缕血丝。

四道风一声不吭地用枪对住了唐真,欧阳瞪他,"老四,你也把枪放下。"

四道风瞪了唐真很久,终于把枪放下。

欧阳冲唐真嚷嚷:"你杀他,我们就全毁了。"

"他死一百次都不够,跟我们有什么关系?"

欧阳看看四道风,四道风恼火地挡在李六野身前,古烁则一脸讥诮,显然他也认为李六野该死。

"他……很重要。"

"有什么重要?"

欧阳语塞。

"我不是驴子,你别这样哄我。"

稍微压低的枪口又抬了起来,四道风往前跨了一步,拿胸口堵着枪口。

欧阳着急地想着,说着:"唐真,你听我说,他真的很重要……是咱们完成这次任务的关键……"他忽然想起什么,一下子有些出神,那是个触机而发的主意。

"什么任务?"

欧阳在出神。

"你们骗我。"唐真打算再次开枪。

欧阳恍然大悟,他放开了唐真,狂喜地握住了她的手,"不不!没有骗你!这是真的!刚才是假的,可现在是真的!唐真同学,我被你逼出来一个主意!可能是解决所有问题的主意!"

唐真恼火地甩开,四道风和古烁莫明其妙地看着他。

"你不会开枪的,虽然你对谁都不理,可我明白,这群人对你很重要。为了我们你不会开枪,可我希望你是为了自己不要开枪,说得不客气一点,你不必用你的一生来报复一条疯狗。"

唐真掉头冲了出去。欧阳迎着四道风和古烁古怪的眼神说道:"真的,我有了一个主意,被砸出来的主意!"

一丝温热直流到眼角,欧阳擦了一下,这才知道自己在流血。

几人回到地下室。欧阳一边任由思枫给自己包扎伤口,一边说着自己想到的主意:"我来排列我们现在的麻烦。其一,鬼子扫荡;其二,沙门捣乱;其三,得把何博士送到那位静静夫人卧着的潮安……"

何莫修和高昕远远地坐在人圈之外,但仍没忘了插嘴,"小何、小何就好。"

"好,小何是对我们最有用的人,有了他,我们才好把这些糖葫芦穿成串。沽宁已经不是避难所,是我们需要赶紧逃离的地方,既然要逃,索性再逃远一点,逃出鬼子的扫荡圈,潮安就在扫荡圈的边缘。"

赵老大忍不住插嘴,"我知道有了主意的人很兴奋,但能不能有个重点,现在我只听出你赞同把何老弟送到潮安。"

欧阳歉意地笑笑,"长谷川也要求李六野把他送到潮安,就在今晚。"

"移花接木呀?一百五十公里?不大现实。"赵老大也有点明白了。

"如果每次打仗,我都要想躲开子弹这事现实不现实,现在一定千弹百孔了。"

"你们文化人把这叫比喻吧?这能算依据吗?"

"因为我没有依据,我们四道风的搞法是先做,做了看看。"

"你当我们老唐的人是什么搞法?这也吹!"

"那么有谁同意吧?"欧阳自己先举起一只手。

四道风和古烁举手,何莫修举起一只手,发现根本没人把他算数,又怯怯地放下,赵老大犹豫了几秒,举手。

"同志,一点小伤没么重要,现在是决定我们生死的时刻。"欧阳有点责怪地看着给自己包扎伤口的思枫,因为就她无动于衷。

思枫看他一眼,没停下手中的活,"我不同意。原因是有一个人不同意,你做事的时候也许会多加一点小心。"

欧阳笑了,"那好,现在有谁愿意跟我去见沙门会六爷的日本东家?"

刚刚放下的几只手又都毫不犹豫地举起来。

于是几人开始打扮自己,尽量把自己弄成沙门帮徒一般的流氓样。

高昕看着四道风,犹犹豫豫地过去,"四道风?"

她发现自己的声音竟然有点发颤,周围的人也都回头看着她,她脸颊飞红。

四道风看看她,愣了一下,似乎刚想起什么,"知道了知道了。喂,那个谁谁谁呀,你跑趟腿,把高大小姐送回家去!这算怎么回事呀?老子忙着关乎你们小命的大事,你们连这点小事都不办?"

"哎,我是想……"高昕吞吞吐吐的,却不知要说什么。

四道风没理她,瞪着八斤,八斤一脸委屈地过来,"队长,我叫八斤,运回二十八斤炸药的八斤,不叫谁谁谁。"

"二十八斤是吧?"四道风心不在焉地说,"把大小姐运回去吧,交给她老爸,替我说原物奉还,一命还一命,两清啦。"

高昕急得跺脚,"四道风你听我说……"

四道风转身看着她,于是高昕又患了失语症,忸怩地看着自己的脚尖,四道风把胳膊绷紧了,看看自己兀出的血管,然后和高昕比较了一下,他冲欧阳说:"不可能,你冤我吧?"他一边说着,一边跟着欧阳走向地道口。

欧阳头也没回,没好气地说:"您老人家可真是位麻木神。"

高昕发着呆,一直到四道风消失在地道口才恢复了些常态,她看看何莫修,何莫修呆呆地坐着。

"好吧,我这就送你回去。"八斤很有气概地说。

"回哪儿?我就是四道风的一员!"对着八斤,高昕立刻恢复了语言能力。

八斤张口结舌,十六岁的小男人总是害怕女人,尤其是漂亮女人。

欧阳从地道口钻出来就站住了,他看见角落里坐着个人影,不用细看他知道那是唐真。四道风也站住了,看见唐真他就想起某件放心不下的事情。

八斤追出来,"队长,她不肯走!"

欧阳道:"八斤,来得正好,你去看着俘虏。"

"他哪看得住?"四道风压低了声音,"那小疯婆子……"

"你必须试试,要不她永远是小疯婆子,不是你的同志。"

四道风仍不放心地对八斤叮嘱:"可看好啦,别让任何人靠近,尤其是……"他指指唐真。八斤茫然地点头。几人掉头走了,没入黑暗之中。

4

没有长谷川的军营倒显得活跃很多,空地上拉着灯,伊达正带头用高压水在冲洗一个黑黝黝的怪物,那是已经在沽宁河里沉了三年的坦克。

恶臭扑鼻,靠近坦克的日军都戴着口罩,几个日军喊着耕田时的号子,伊达也很来劲地忙着。

一名日军跑了过来,"伊达君,有几个沙门会的人找您。"

伊达愣了一下,看看空地边那四个痞气十足的人。欧阳推了古烁一下,古烁不情不愿地鞠了个躬。

"哦,他们应该给队长挂电话。"他实在舍不得离开这臭气冲天的现场,"你带他们去吧,队长的房间里有电话。"

欧阳几个跟着那日军走开,伊达忽然想起什么,把手上的水管扔给别人,向那几个人影跑了过去,"喂,留步!"

伊达在沽宁待了三年,中文仍说得极烂。欧阳扯了四道风一把,几个人停下。

"你们晚了,三个半小时,至少。"伊达说。

"那小子腿贼长,跑挺快,可总算是抓到了。"古烁说道。

"很好。别的,我问你们。"他忽然疑惑起来,"李君没来,为什么?"

"长谷川队长说那是要犯,所以六爷在亲自看守。"

"很好。我问你,这个四道风,他的家境怎样?"

古烁看看那几个人,一脸惑然。

"用你们的话,这样说,他的什么来头?是武士吗?像李君那样的?"

欧阳躬腰道:"他家境很好,他爸爸以前是沽宁知府,妈妈是诰命夫人,他是含着金子出世的。"

几个人拼命忍着笑,四道风一脸的不乐意。

"很好,可那是什么意思?他是贵族吗?我的意思。"

"是的,他是沽宁最贵的贵族。"

伊达果然很满意,"很好,这样就很好。我的想法,我想写信,一封战书,我和他,我们用剑,用剑解决三年的仇怨,但他要一定是贵族,不能污辱我的剑。"

四道风说道:"你给我吧,哪天你划道。"

"很好,什么意思?"

欧阳笑笑,"他是我们沙门最好的信使,他是说只要您把信给他就能送到四道风手上。您就写吧,可以用日语,据我所知四道风很熟悉日语,尤其喜欢华美的文字和古赋格修辞。"

"很好很好,他果然是贵族。"伊达点点头,若有所思地走了。

几个人费了很大劲才绷住笑,赵老大看看他的背影,"这傻瓜干吗老说很好?"

"他在表示客气,或者他真觉得什么都很好。"欧阳说。

四道风有点发急,"我爸是知府,我妈是诰命夫人吗?"

"给他找点事干,如果他整晚都想着给你写信,咱们成功的机会就又大了。"

几人忍着笑,跟着领路的日军进了长谷川的房间。日军径直去拨电话,他们打量着这间沽宁最奢华的房子。

电话的另一头是日军在潮安的总部。此时,少将师团长饭田正和他那帮旅团、联队一级的指挥官在开会,会议已经开到了七嘴八舌的地步,几个士兵用托盘把清酒端了进来。

饭田端杯站了起来,"在菲律宾,在缅甸,在香港,我军都势如破竹,在整个东南亚都战绩骄人。"

长谷川侧耳细听,但还是听不清,他有些焦急地看看表。

"我敬我们尊贵的客人,来自海军的神崎君,在这次扫荡中他的重装部队是主力,并且在几天内就歼灭了三百多名匪徒。"

神崎面有得色,起来鞠了一躬。

"还有沽宁驻军指挥官长谷川君,他配合神崎君,也歼敌一百余人,要多多努力啊,长谷川君。"

长谷川官职并不高,所以坐得离饭田很远,加上耳朵的问题,他没听见饭田的话,自顾又看了看表。

所有人为之色变,饭田有些不满,"长谷川君!这是帝国振兴之日,你一定要抛弃军种的成见!"

长谷川终于被周围人的目光提醒,连忙把酒一饮而尽,周围谁都没喝,他此举显得呆气十足。

神崎讥笑,"据我所知,长谷川君倒没有什么成见,只是他的尊耳在匪徒的袭击中有些失聪。"

满座皆笑,长谷川难堪地赔笑。

一个士兵进来跟长谷川附耳,长谷川终于露出些喜色,跟着士兵出去。

士兵领着长谷川来到通讯室,一些日军正忙着挂线摘线、收报发报,没有人理他,他拿起放在一边的电话,"我是长谷川。"

"队长,我是牛岛军曹,有几个沙门的人要和你通话。"

"什么?"长谷川又听不见了。

听筒里的声音又大了些,"沙门的人在这里!"

长谷川急不可待地说:"把电话给他们!给李六野!"他的声音很大,整屋的人都看着他,那个曾去沽宁送信的少佐宇多田也在其中。

牛岛被长谷川嚷得耳朵发麻,他揉着耳朵看着眼前的四个人道:"队长要和李六野先生说话。"

几个人面面相觑,谁也没想到长谷川一上来就指名道姓。

"六爷没来。"欧阳说。

军曹又揉了揉耳朵,"自己告诉他吧,"他有点幸灾乐祸,"他很不高兴。"

欧阳看看几个同伴,无奈地接过电话,他嘘了口气,心里已经满是事败的感觉,"喂……"他的声音仍有些发颤。

长谷川根本无法听清欧阳那犹豫不决的声音,他大声地对着电话喊:"大声一点!我跟你说过!"

旁边的日军示意他看墙上的"禁止喧哗",长谷川很想发火,可这是总部,大多数人是他得罪不起的,他看看屋里的人,"打扰了,有谁能说中文吗?"

宇多田阴着脸站了起来。

"拜托了,请帮我接电话,我的耳朵受伤了。"长谷川简直有点卑躬屈膝。

宇多田拿过电话听了听,转对长谷川说:"他说虽然晚了一点,但是人已经抓到,就在他的手上。"

"很好,让他立刻送过来。"

"立刻送过来……他问怎么送过来。"

"我会让伊达派车,路上不安全,他一定要亲自押送。告诉他,会得到报酬的,告诉他把电话给牛岛,我有事交代。"

宇多田不耐烦地说着,比长谷川再愚钝一百倍的人也能感觉到他的不屑。

电话另一头,欧阳把电话还给牛岛,牛岛很不客气地做了一个外边请的姿势。

欧阳几个出去,刚出门,赵老大就小声地问:"怎么样?"

欧阳擦着额上的细汗,"不知出了什么岔子,那边的大鬼头换了人接电话。"

"什么意思?"

古烁道:"老天不想你们死吧,你要见过一次就知道那鬼头比真鬼还难对付。"

电话终于打完,牛岛冷着脸出来,欧阳仔细观察着他的神情,还是刚才一样的不耐烦,"队长命令,给你们派车,立刻前往潮安。"

"我们这就去带人。"

"车会在大门等着,你们这次必须遵守时间。"

"一定、一定的。"欧阳很有江湖气地抱了个揖就走,几人匆匆离开。

长谷川挂上电话,鞠了一躬才退出来,走到无人处,脸上不由露出笑容。他又一次掩了口鼻及耳孔使劲吹气,以求打通自己的听觉,这一次居然成功了,他放出一个响亮的大屁来。长谷川长嘘了一口气,通讯室里的说话声立刻变得清晰了,那是宇多田的声音:"众所周知,他是一个大愚若智大俗若雅的傻瓜!"

长谷川不怒反笑,能听清别人说话才能发挥自己的口才,他有种一扫心头晦气的清新感觉。

5

八斤很忠于职守地抱枪坐在地上,和李六野大眼瞪小眼地看着。

门轻响了一声,唐真本打算把这门推开的,可已经被砸脱了轴的门还是倒了下来,八斤吓得一下弹起,"真、真姐……"

唐真没理他,径直走向李六野。

"队长说,说不让人近他,尤其是你。"

唐真压根儿没理八斤,她坐下,瞪着李六野。李六野嘴角现出一丝狞笑,手脚都被绑着,他仍使劲耸动着自己的下半身,这是个极其下流的动作。

唐真放开了手上的机枪,十公斤重的家伙狠狠砸在李六野命根子上,李六野一下蜷成了一团。八斤看得愣了神。唐真把机枪拿了起来,仍瞪着李六野。

"我知道你的事,真姐,我们背后聊过,知道一点点……他是个大坏人,我知道,该死的坏人。"

"别说啦。"

"你可以杀他,不,我不是说要你杀了他,我是说你在这儿,我出去小个便,五分钟够不够?"

唐真没说话,八斤把那当默许。临出门时他犹豫一下,把自己的刺刀拔出来放在唐真身边,"别开枪,会发现,用这个。"

唐真把那把刺刀拿了起来,细细地看着上边的血槽,又看看李六野。李六野狂怒地挣了一下。

"用刀杀人要做噩梦的,为了他,不值得。"她把刀还给八斤,径直出去。

八斤茫然地看看那刀,又对李六野比画了一下。李六野狂怒地挣动和哼哼。

唐真在院里冷僻的角落躺了下来,恸哭,不知为了家人还是为这几年的岁月。

地下室里,何莫修坐着发呆,鼾声忽远忽近地从各个角落传来。高昕听得睡意全无,忽然轻声乐了,"真是有意思,我从来没听过人打鼾。"

何莫修看着她,"没听过高伯伯打鼾吗?"

"我家房子太大了,而且第一次听到就这么多人一起,这种生活真有意思!"

何莫修苦笑,"你说他们会愿意牺牲那么大,把我送到美国人手上吗?"

"你那么想去什么美国?"

"也不是啦,人想做一件事的时候就想这一件事情,你知道的,你也一样。"

高昕脸红了红,"如果是我我就这么说,太难了,不去了,什么大不了的。"

何莫修嘴角抽动了一下,他站起身来。

"没种说就算了,也不用走嘛。"

"我出去一趟。"

"干什么?"

"有些事情女孩子不要问好吗?"

高昕明白过来,"方便是不是?你看,有什么事就要说出来,你要真那么想去也可以说出来。"何莫修摇摇头,怪没面子地出去了。

小屋里。八斤合上眼睛微盹,李六野忽然开始挣动,八斤立刻醒来,"干什么?"

李六野唔了两声,八斤先把枪上了膛,才过去把他嘴里的布掏出来。

"我要方便。"

"你就地便吧。"

李六野也真不客气,一盘腿就真要便在身上。

"行行,服了你啦。沙门的大爷跟个畜生似的,对啦,你本来就是畜生。"他把李六野腿上的绳子松了结,但不打开,持枪后退两步,"自己挣,挣两下就开了。"

"你小子人小鬼大。"李六野悻悻地挣开。

"嗨,队长的腿功我可见识过,一条腿就把我撂翻了,你比他差大截……"

话没说完,李六野砰的一头往死里撞在桌子角上,他直挺挺地倒下。

八斤吓了一跳,他仍然很谨慎,拿枪对地上那个纹丝不动的人体瞄着,直到看见李六野的血流了一摊才稍近了些。

刚一靠近,李六野便一脚踢在他的肚子上,八斤声也没吭就昏了过去。

李六野翻身爬起来，拔出八斤的刺刀就开始割手上的绳子，血糊了一脸，让他看起来像个活鬼。

　　八斤昏昏沉沉爬了起来，抡起枪杆重重砸在李六野的后颈上。李六野惊起，手上的绳子还没完全割断，他把八斤撞倒在桌上，然后用绑着手的绳结勒住八斤的脖子，一边勒一边将八斤挣扎的躯体在屋里拖来拖去，不时将他的头撞在墙上。

　　八斤已经完全瘫软了，手里摸到落在地上的刺刀，他抓起来反手往身后刺去，李六野闪了一下，刀扎上了他的喉管，李六野痛得低吼了一声，他把八斤最后一次重重撞在墙上，八斤终于动也不动地躺在地上。

　　李六野挣脱手上已经松散的绳子，听了听外边的动静，跌跌撞撞冲了出去。

　　何莫修来到院里，看看四下无人，蹑手蹑脚到一个地方解决他的问题。李六野像只潜行的豹子从拐角冲了出来，无星无月，他眼前的李六野一身血腥，脖子上还插着一把刀。何莫修吓得一下瘫在墙边，他下意识地捡起一根朽木棍。

　　李六野愣了一下，何莫修挡住了他必须通过的一扇门。他一使劲把刀拔了下来，一手捂着伤口，一手挥刀向何莫修撞过去。何莫修顿时勇气全失，把棍子一扔，抱头蜷在墙边尖声大叫："救命啊！"

　　趁着他抱头的工夫，李六野从他身边冲了过去，身后，人声响了起来。

6

　　唐真已经睡着，嘴角带着些微笑，似乎正在做梦。何莫修的呼救声让她霍然而醒。她坐起来，一个人影从这院子里跑过——李六野正被这迷宫一样的院子搞得晕头转向，东奔西突找不着出路。

　　唐真抓起枪，并不敢开，掉转枪托砸了过去。李六野堪堪避过，逃进另一个院子。

　　人影纷沓，从仍抱着头的何莫修身边跑过。

　　李六野和唐真在院里绕圈，他已经挨了几枪托，没力气再跟唐真斗了。思枫和几个队员追了过来，李六野穷途末路，他猛地照墙冲了过去，狠蹬两脚蹿上了墙，整个身子横担在墙上。

　　思枫断然掏枪，李六野双手使劲一撑，照着墙那边摔了过去，墙外传来重重的落地声。

　　几个队员开始越墙，思枫小声地下了命令，"再追上就开枪！"

　　李六野跌跌撞撞从巷子里跑开。巷里寂静无人，唐真和几个队员穷追猛赶。

　　李六野刚一冲出巷子，迎面便撞上从日军司令部回来的欧阳四人。古烁第一个反应过来，一枪撂在李六野肚子上，李六野退一步，一头撞进河里，古烁要开第二枪，却被四道风架住了，身后又开了一枪，那是欧阳，他并不能确定自己打没打中。

"别开枪!"四道风喊。

"不是杀他!是救所有人!"欧阳开了第二枪,四道风终于没再阻拦,但李六野跳下水后就再没露头。

唐真和几个队员从巷子里冲出来,唐真对着水里又打了一梭子弹。

日军和沙门的帮徒被惊动了,远处响着人声,亮起火光。

"快走!"欧阳连推带搡地把河边的人推进巷子里,"这怎么回事?刚有条活路,所有事情就被你们搞砸了!"

没有人回答他,人们只是尽速向藏身处退却。

不一会儿,沽宁四下里都亮起了火光,火光正往响枪的地方缩拢。

杂院里,没有去追赶李六野的人也都到了院子里,等待着未知的结果。

欧阳怒气冲冲地进来,他的样子很吓人。

"欧阳,这事怪不得谁……"思枫抢先一步说。

"我不是怪谁!我是心力交瘁!现在李六野就算死了这儿也会被掘地三尺!"

四道风看看他说:"生气的时候数十个数,你自己说的。"

欧阳瞪了他一眼,竭力地平息着自己的怒气,"都走!所有人只带必需的东西!所有人,包括伤员!"

"上哪儿?"思枫问。

"鬼子司令部!"

"计划成功了?"

"勉强算吧,"他的火气又上来了,"如果李六野没死,我都不知道出不出得了沽宁城!"

没有人再回应他。所有人都沉默地走下地道,开始收拾出发。

第二十章

1

　　一帮沙门会的帮徒拿着火把往河里照耀,日军在对岸搜索着。巷子里一阵喧哗,古烁一马当先,带着一帮人冲了过来,"哪里响枪?! 是哪里响枪?!"
　　"烁哥,就这里响枪,我们来了可什么也找不着。"
　　"狠狠地搜!我去禀报六爷!"他带着那队人踢踢踏踏跑远。
　　几个帮徒看着他们的背影胡侃,"烁哥今儿可转了性子,这么咋呼上劲的。"
　　"他们那帮人怎么有用长枪的?"
　　"教你个乖,我沙门如此兴旺,自然有带艺投师的,也就有了用长枪的。"
　　他们心不在焉地搜着,下游忽然有一个黑乎乎的人影爬了上来。帮徒们惊退,大呼小叫地伸出十几支枪,"相好的别动!瞧见你啦!"
　　"别掏家伙!我家伙在手上!"
　　"……六爷!!!"
　　那确实是李六野,身上的血已经被河水漂尽了,一只手仍卡着漏气的喉咙。他看看自己的手下,翻个白眼,直挺挺地栽倒在地上。

2

　　四道风的队伍在日本司令部外列了个参差不齐的队形,何莫修被夹在四道风和古烁中间。
　　一辆停在大门边的卡车已经发动,伊达匆匆从军营里出来,"比约定要快。很好,你们终于守时了。"他显得很满意。
　　"六爷说大家是好朋友,自然要守时。"
　　"你们的六爷呢?"
　　欧阳东南一指,"那边响枪,六爷扑人去啦!"
　　"很好,我们的军队也去了。"他看看何莫修,一脸的深信不疑,"长谷川君说这人大大的重要,但我对你们的战斗力很不放心。"
　　欧阳愣了一下,"这二十二个人个个都是沙门的高手!"
　　"他们甚至连立正都不会。他为什么……在他的背上?"伊达看着被队员背着还生死未卜的八斤。

"他喝多了。"

伊达走近两步,一股扑鼻的酒气熏来,他皱了皱眉,"你要我相信这样的人吗?也许我该从紧张的兵力里抽调……"

欧阳急了,对着四道风一指,"你,出来!让人瞧瞧沙门的功夫!"

四道风爱搭不理地出来,双枪在手上耍个枪花,瞄都不瞄就是一枪,对街屋顶上的一块瓦当被他打得飞掉,他又一枪,那瓦当在空中成了碎片。

伊达惊得退了一步,看四道风的眼神也多了些尊敬。

欧阳指指八斤,"他——就是教他用枪的人!回去吧!"

四道风恨得直咬牙地缩回队里,伊达高深莫测地又看看八斤,眼角却又扫见了什么让他不满意的事情,"怎么会有个女的?"

他指的是唐真,唐真和她的机枪笔挺地在队尾站着。

欧阳小声地说:"请您小声说话,混江湖的女人脾气都不好,您也看见了,她是机枪手。"

"女人怎么用得动机枪?"

唐真也无需欧阳来说,把机枪轻飘飘地在手上打了一个旋,拉栓上弹,然后歪头看着两人,"打谁?"

伊达摇头不迭,"很好,我相信她。"他又看见思枫,"怎么又有一个女人?"

高昕拼命把自己藏在别人的身后,可是伊达已经无师自通地想明白了,"机枪组自然是两人,有谁能又背枪又背弹?是不是?"

欧阳肯定之极地点头,伊达终于抬起双手,"我相信你们的战斗力,那就拜托了。"

欧阳松了口气,"要有半个闪失,我脑袋给您。"

"很好,赶快上车吧,别让长谷川君等急了。"

车厢板被掀开,何莫修第一个被架了上去,然后被一个个上来的人挤在最里边,一辆车上坐了二十多个人,显得有些拥挤。

车发动了,却迟迟不开,欧阳焦急地看着外边,伊达跟大门边的两个机枪手说了些什么,那两个人拿着武器跑了过来。他们上车,一个一脚把赵老大踢开了,另一个又推开几个人,两人占了一个宽敞的角落坐下。

欧阳苦笑,"他怕一挺机枪不够,又派一挺支援我们。"

车终于驶动,把日军军营和伊达远远地抛在后边,卡车驶过街道,乱成一锅粥的沙门帮徒正从街上跑过。

两个日军枪手在用日语大声地谈论车上的女人哪一个最漂亮,车里的人忧心忡忡地看着外边摇晃的路面,他们不知道这种走钢丝一样的活路到底能走多久。

古烁和四道风站在车口,看着黑漆漆的沽宁,古烁的神情变幻不定。四道风警觉地看着古烁,古烁苦笑,"我不能跟你们走。"

"你发的什么疯?"

"要是李六野死了,我跟你们走;李六野没死,他会跟我老婆孩子过不去。"

四道风默然了,道:"他死了。"

"今天我是为咱们兄弟活的,活得好痛快,现在该为老婆孩子想想了。"

"我一定回来,回来一定找你。"

"放心啦,我是坐地鼎古烁呀,最把稳的,我会在沽宁等着你回来。"他在车帮上一踏,跳了下去,随即消失在巷角。

四道风眼眶忽然有些湿润,背过身子坐了下来。

"他干吗下车?"思枫诧然。

欧阳轻轻捏了捏她的肩膀,于是思枫看四道风的目光也带上了同情。

卡车畅行无阻地通过了最后一道关卡,驶出沽宁。

四道风忽然一拍脑门,跳了起来,"啊呀,忘了一件事!"

高昕缩了缩脖子,她有点心虚。四道风看着她,"我忘了把你搁回去了!"

"反正说什么都晚了。"高昕索性露出一个胜利的表情。

3

李六野被前呼后拥的帮徒抬进沙门会,周围一片"六爷""六爷"的嚷嚷声,整个沙门乱得如同暴乱。

"哪儿呢? 在哪儿?"沙观止穿着背心短打从屋里跑出来,两个帮徒拿着衣服在后追。沙观止慢慢走了过去,他站在人圈之外,不敢想象会看见什么。帮徒们立刻让出一条道来。李六野躺在门板上,虚弱地喘着粗气,脖子被绷带缠得粗了一倍,身上和脸上也被包得像个木乃伊。

"三十年! 三十年! 这徒弟我带了三十年! 金疮药! 去拿我最好的金疮药!"

"已经裹上了,大阿爷。"

"六爷右边的招子*坏了,喉管被割断了,背脊、肩膀、肚子挨了三枪,小伤没数……爪子好狠哪,大阿爷。"

"谁干的? 是谁! 六野,说出来,就是把沽宁掀了也要他碎尸万段!"

李六野嘴里只能发出粗重的喘气,一只没裹上的手在空中胡乱抓挠。

帮徒们嚷嚷着:"六爷嗓子坏了,说不出话,大阿爷。""要不拿纸笔给六爷!"

沙观止抬腿就是一脚,"他识不得字!"

李六野急火攻心,一只独眼瞪得如铜铃,于终于不再抓挠,而是在自己胸口

---

* 招子:旧时江湖黑道对眼睛的别称。

猛捶了一下,就此安静。

沙观止急忙扑过去,"六野你别死!你是我的好徒弟!不——你就是我的儿子!"

李六野却不是死,而是瞪着眼在想主意,他那只手忽然指向供桌上的签筒,帮徒连忙给他拿过来,李六野哆哆嗦嗦从里边抓出四根签。

"是下下签!"一帮徒道。

李六野把签子照他脸上狠扎过去,那帮徒捂着脸逃开。

"四……四道风?"又一个帮徒猜测。

李六野用尽全力点了点头,沙观止在伤心之外又多了震惊和茫然,他摸到张椅子无力地坐了下来。

李六野仍不消停,他转指着大门。

"有客要来?"

李六野一把揪住了那糊涂蛋的头发。

"六爷的意思是仇家要来寻仇!"

李六野伸手又抓,这位比较乖觉,还没抓着就闪开了。

"六爷,您那意思是要出门?"

李六野终于没揍人,这说明答对了。

"大阿爷,六爷要出门!"

沙观止手忙脚乱地站起来,"你有心事师父给你办!六野,可不兴死,你一身功夫!怎么伤也不兴死!"

李六野眼里只闪着偏执而仇恨的光芒,一只手路标样地指着门口,沙观止终于定下神来,赶紧穿好衣服,他伸出手,一名帮徒忙把蒲扇给他递上,沙观止狂怒地摔了,"枪!快拿我的枪!"

那两支大号左轮终于递到他的手上。一干人风风火火地出门。沙观止大马金刀杀气腾腾地在前边走着,身后的帮徒抬着门板,举着火把。

李六野终于找着他要找的东西,他指着一面日军的旗。

大伙都有点傻了,一帮徒说:"糟了,六爷是被鬼子害的。"

沙观止愣了一下,"六野,是不是这样?"

李六野仍然固执地指着那杆旗。

沙观止又问:"你要去鬼子司令部?是不是?"

李六野终于嘘出口大气,于是乱成蜂窝一样的人群也终于有了个方向。

另一条街上,古烁拖着衣衫不整的老婆和孩子从屋里出来。女人看着自己的家,使劲地挣脱了,"你到底做了什么亏心事?好好的家就要这么扔掉?"

"我做了亏心事!烧了人家,抢了人钱,杀了八十岁老太太!"

"你当你做不出来?"

"我何止做得出来,我还就做了!"

"你做你的,你走你的,拖着我们干什么?"

古烁急怒攻心,一个耳光甩了过去,女人和孩子一起哭。

"我回来做什么?我告诉你吧,我杀了李六野来着,死没死我不知道,要没死,那疯子就会着落在你们身上。"

女人吓得顿时不哭了,连着把孩子的嘴也掩上,"你、你说什么疯话?"

"你说我不做好事是吗?我现在做了件大好事,盖沽宁都伸大拇指的好事,你怎么不高兴哪?"

女人终于相信他说的是真话,抱着孩子待在地上,古烁歉疚起来,"不跟你吵了,我是为了你们回来的。"他一手抱着孩子,一手搂着女人,女人哆嗦着拿过钥匙想锁院门,古烁把钥匙抢过来扔了。

他带着老婆孩子在巷子里左冲右突,沙门会还在街巷里拉网,没转几下就让一圈火把给围上了,女人顿时吓得在他身边筛糠。

"烁哥大半夜带着嫂子上哪儿呀?"

"她娘家人病了,送她回娘家看看。"古烁仔细地打量着那些帮徒的神情,想看出一丝端倪。

"出不去城,今晚上闹得太凶,拿证都不好使了。"

古烁怔了一下,这实在不是个好消息。"那我回去。"他带着女人转向。

"烁哥,别急昏了,你家在那边!"

帮徒指的那个方向,一圈熊熊的火把正过来,领头的赫然是沙观止,古烁只好硬着头皮迎了上去,"给大阿爷请安。"

沙观止面沉如水,"古烁,你今天不是和六野一块儿吗?"

"我家里有事,六爷和廖金头一块儿走了。"

沙观止几乎快哭了出来,"你看那帮糟心烂肺的,把我徒弟害成什么样子!"

沙观止手指之处,身后簇拥的帮徒如潮分开,露出门板上抬着的李六野。

李六野也看见了古烁,他虽伤重濒危,可复仇意志却烧得越发炽烈,一只手狂怒地指向古烁。

古烁惊得猛退一步,重重地撞上了墙,他下意识地把老婆孩子轻轻推开。

沙观止凑到李六野身边,"六野,你要什么?想说啥?痛不痛?"

李六野稍微偏开了他,仍指着古烁。

"古烁过来,我瞧他是有话跟你说。"

古烁一步步走了过去,他在李六野面前站住,"说吧,我等着呢。"

沙观止悲从心来,"怎么说?喉管都让那畜生割断啦!自家人啊!怎么这么狠!"

古烁愣了一下,李六野已经揪住了他的衣服,古烁生挺地站着,李六野使着蛮力想把他拉近,他仇恨地瞪着古烁,那只独眼都快射了出来。换个人谁都能看出那是仇恨,可偏偏李六野平时绝大多数看人时都是这种眼神。

"烁哥,你顺着六爷,他气不顺。"

"是啊,他要打你就让他打两下,我们都挨过了。"

李六野急怒攻心,伸手把帮徒腰间的枪抽了出来,向古烁指去。他伤得实在太重,这一下已经把气与力一块儿用尽,险些从门板上栽下来。

古烁抓住李六野的手,轻轻把那支枪掰了下来,"谢六爷赐枪。古烁一定用这支枪把害六爷的人追到天涯海角,给他个三枪六洞。"

沙观止深有感触,"是啊,沙门现在良莠不齐,真靠得住的还是你们这帮老人。"

"我想这事一定是跟廖金头有些关系的,我这就去抓他来问个明白!"

"去吧去吧,两千七百门下,你是最把稳的。"

李六野气得一口血吐了出来,直挺挺地晕了过去。

"完了!血脉逆行!六爷要归位!"

沙观止狠狠给那多嘴的帮徒一下,"快抬鬼子那儿去!他们有西医!"

一片闹哄哄中古烁让在旁边,直看着那帮人走远,他看看女人,女人死死抱着孩子,他来不及多想,一手拖着老婆,一手抱着儿子,径直往另一个方向跑去。

古烁在一条巷子里停下来,他看着大道上的日军关卡,一辆卡车刚刚驶来,一整车的日军下车就位,关防一下增强了几倍,看来是连只蚂蚁也不会放过去了。

古烁转身,看着女人和孩子叹了口气,他没说话,从女人手上拿下包裹,解开。

"出不去城啦,古烁?"

古烁点了点头,他从包裹里拿出一个小布包,塞到女人手上,"这是咱家所有的钱,你拿好,别跟我,跟我就是个死。你拿钱在城里找个地方住下,尽量少出门,沙门认得你的人不多,我出什么事你也都别管,等这阵风过去了就离开沽宁。"

女人哑了,古烁把女人的手合拢拿紧那些钱,又摸摸孩子的头,掉头走开。

他老婆一把把他揪住,"你让我别管!没了你我们娘儿俩怎么活?"

古烁轻轻掰开女人的手,"有你这话我死也值了。"

女人呆呆地看着他,"你要去哪儿?"

古烁苦笑,"哪儿都不去,可我最烦的全都来了,躲命,逃亡,能活一天算一天。"

他又看了老婆孩子一眼,转身隐没在黑漆漆的巷子里。

4

欧阳一行乘坐的卡车行驶在公路上,远远的沽宁已经只是一个轮廓,一队卡车与他们错肩而过,欧阳一眼扫见那车厢里晃荡着中国人的尸体,但他没有看见的是车厢角落里被看押着的廖金头。

"已经进入扫荡区了,告诉大伙儿,看见什么都不许擅动。"

他那句话被一个一个地传下去。

远远地响了一声炮声,扫荡仍在继续,这种飞驰的速度让车里的人又有了些希望。

欧阳对赵老大说:"照这速度天亮能出扫荡圈。"

"我就没指着你这浑水摸鱼能成!"赵老大笑得几分侥幸几分庆幸,更多的是欣慰,欧阳却叹了口气,"可成与不成还不是定数……"

话音未落,驾驶室里的日军司机猛打方向盘,车旋了半个身子,在路面上凭空出现的一个大坑前停了下来。

车里的人竭力保持着平衡,一个日军机枪手嘻嘻哈哈地趁着惯性扑到高昕身上,高昕嫌恶地把他推开。

司机回头道:"路被挖啦!"(日语)

四道风看看欧阳,"他嚷什么?"

"路被挖了。"

四道风顿时急了,"哪帮坏鬼把路挖了?"

"像你我一样的人。"赵老大说。

司机跳下车,在那个横断了整个路面的大坑前一筹莫展。潮安于他来说,是不能到达的目的地。

潮安日军总部会议室内,长谷川正眯缝了眼在听神崎夸功耀武,嘴角带着一丝高深莫测的微笑。

神崎侃侃而谈:"作为这次扫荡的主力,我部两天内从沽宁推进到潮安,可以说是势如破竹!我可以向诸君保证,我部所过之处再无所谓的抵抗组织,他们最多能搞些破坏公路和电话线这样的小伎俩……"

显然谁都不太喜欢他这份狂傲,连首座的饭田少将都不喜欢,他转向长谷川道:"长谷川君,作为配合部队和沽宁军事指挥,你有什么要说吗?"

神崎笑笑,"长谷川君的听力还欠佳啊。"

长谷川站了起来,敬礼,他现在终于可以胸有成竹地卖弄他的口才了,"将军,我没有神崎君那样的幸运,一直遭遇到顽强的抵抗,在神崎君走了之后。"

同僚中响起几声窃笑,神崎气得脸红脖子粗,"这是不可能的,沽宁的抵抗力量在一开始就被荡平了!"

"那么如何解释在这之后我部与敌人发生的激战呢?将军,你是否记得德国盟友向我们要一个中国人?"

饭田点点头,"当然记得,他和你说的事情有关系吗?"

"是的,他被盟军关注,被沽宁的抵抗组织保护,并且落在他们手上。在神崎君离开之后,我部与这些训练有素的武装人员爆发激战,他们只是藏起来了,并且在之后闹得更凶。"

"这个人有那么重要吗?"饭田的兴趣已经被长谷川勾起来了,这正是长谷川想要的,他说:"敌军出动数百人,就他们来说是罕见的规模,我本人受到炸弹袭击,但我部作战英勇,终于摧毁了他们的山中基地。"

"我是问此人为什么会这样重要?"

"属下在激战的同时也产生了疑惑,对照多年前收集的资料,发现我们的德国朋友隐瞒了很多。何莫修此人是一个很尖端的科学家,在欧洲涉入过一种超级炸弹的理论研究,我们的敌人美国因此而邀他入籍。"

"本岛的情报人员并没掌握这些,他们只觉得德国人要就给他们。"饭田的眉头皱成了疙瘩,长谷川说的无疑已经成为今天晚上绝对的重点。

"属下不顾艰辛和人员伤亡的作战,不是为了满足德国人,完全,也仅仅是为了帝国的忧患。设想一种超级炸弹,且不论是如何超级吧,别人有而我们没有,万一有一天落到我们头上……"

"这个人……叫何莫修的现在在哪里?"

"万幸,我们终于把他抢到了手上,正在送来,将军。"

饭田露出一脸愉悦的神情,他看看表,站了起来,"时间不早了,我们就此结束吧,"他看看长谷川,"让我们等待长谷川君给我们带来的好消息吧。"

5

天边已乍现晨光。欧阳他们乘坐的卡车还滞留在那个大坑旁,他们拖来一些树干,想在坑上搭出两条勉强可以通车的道。

欧阳看看天色,"快一点儿,我们耽误一个多小时了。"

四道风也不理他,埋头把最后一点弄好,在上边狠踩了几脚。欧阳指挥着那车颤巍巍地通过,然后对散落四周的队员挥了挥手。

车缓缓驶动,队员们追着跳了上来,两个日军机枪手在车里四仰八叉地睡着,他们刚才没出任何力,倒是被车的驶动惊醒了。

高昕快乐地弄干净刚干过活的手,她已经忘了还有这么两个讨厌家伙在旁边,直到一只手鬼鬼祟祟地摸了过来,高昕惊叫了一声,弄得满座皆惊,那日军厚颜无耻地看着满车人,伸在高昕腿上的手仍没有拿开。

何莫修咬咬牙站了起来,高昕冲他说:"别,我知道顾全大局,我自己能对付。"她把那家伙的手推开,可是没用,而且骚扰她的人又多了一个,高昕一记耳光扇了过去,被打的日军反而开始笑,那是既然撕破脸了就继续下去的意思。

他们眼前忽然一闪,四道风的一双手掌伸出,两人同时着了一记耳光,头重重撞在一起。

四道风对高昕说:"瞧见没？绷直的巴掌打人才会痛。"

"你的死啦!"日军惊怒交集,其中一个已经扑过来,唐真不吭不哈,重重一枪托撞在他腹部,那家伙声都没吭出来就蜷在车角,那份准狠叫四道风都刮目相看。

另一个一看,立刻老老实实坐下了。

四道风这才发现驾驶室里的两司机正透过后视窗往这里看,他瞪了一眼,那两司机却指着蜷在地上的同僚哈哈大笑,同时用日语说了句什么。

"他嚷什么?"四道风习惯性地看欧阳。

"请你坐前边。因为你很厉害,他们怕得罪你。"

"我才不跟欺软怕硬的家伙坐一块儿呢。"

那司机又嚷了句什么。

"他们请我们的头儿坐前边,赵老大,说您呢。"欧阳说。

"我不去,我也腻歪。"

"该有个人坐前边盯他们动静。"

赵老大想了想,犹犹豫豫地站起来。欧阳拍拍驾驶室,车乖觉地停下,好让赵老大换到前边。撩开篷布的赵老大忽然惊呆了,就在几十米开外的路边,一座完全被焚毁的村庄正冒着黑烟,而远处的地平线上,几个看不见的地方也正冒着同样的烟柱。周围是艰难跋涉的日军步兵,之所以这样艰难,是因为路面整段整段地被挖开和毁掉了,极目之处,这样疮痍的路面看不到尽头。

何莫修脸色苍白,"这样磨蹭下去……"

他没再说下去,但每个人都知道他要说什么。

四道风不顾车下日军惊讶的目光,扒着车帮往外看。在村庄边的空地上,日军的炮兵阵地还未撤去,有一发没一发地对远处发射着炮弹,而一帮步兵在旁边陈列着尸体,那显然都是这个村庄的村民。

思枫黯然,像是说给欧阳听,又像是喃喃自语,"我们来过这儿,这儿好多人我们认识……"

龙文章蹲在枝丛里,远远看着地平线上那几道上升的烟柱,隐隐还在传来爆炸声,他的队友和龙妈妈在他身后。

"还是不行,路是鬼子的,这里也过不去沽宁。"龙文章的脸色很难看。

"可咱们已经绕两天了。"

"打仗有道理可讲吗?到现在还没死你要谢谢老天了。"

龙妈妈从他身边摘下一根野菜,精心地放在一个小布包里,她那包里已经有了很多这样的东西。

龙文章一眼瞪了过去,龙妈妈歉疚地看他一眼,"这菜在南方可没有,六品告我叫七星草。"

"做汤用的。"六品说,他也在摘,并且把他摘到的放进龙妈妈的布包。

龙妈妈笑了笑,"现在不能生火,等有了地方就给你们做,你们真都该补补了。"

"现在是操心维他命的时候吗?挨了枪子儿的时候会不会觉得铁质又太多了些?"

"你又乌鸦嘴。"

"请您不要像他们一样老提'乌鸦'这两个字!"

龙妈妈立刻像做错事的小姑娘一样把布包藏在身后,六品接过去帮她藏了起来,两人不折不扣是一种同谋的关系。

龙文章决定不再提这事,他看着远处升起的烟柱说:"我决定再往北走试试看,走到找到一个缺口能进沽宁为止。你们看见他们留的记号了,他们在等我们,他们需要我们。"他看看所有人,"出发。"

六品立刻摆好了背人的姿势。

"好孩子,可辛苦你啦。"龙妈妈说。

龙文章皱了皱眉,那两个人处得如此融洽,让他觉得心里不是味道。

6

几个日本军医在给李六野急救,沙观止和伊达在急救室外惶急不可终日。

"到底发生了什么事,他应该在去潮安的路上!可又怎么会伤在四道风手上?!"

沙观止急怒攻心,"我怎么知道?!"

军医从屋里出来,"他醒来了。"

伊达冲进屋,那军医恼火地走开,他的眼窝被打成了乌青,沙观止也要进去,眼角余光却扫见了什么。

几辆参加扫荡的卡车从外驶入,车上除卸下死人外,也拖下来一个活人,那是廖金头,沙观止怒气冲天地向他扑去,"我把你个黑了心的!跟那畜生合谋整我徒弟!"

廖金头一看是沙观止,拔腿就跑,虽被五花大绑但腿脚还甚是灵便,一边跑一边大叫:"没有啊!我哪有啊!"

"没有?六野都被打成那个样子了。"他拳脚交加却招招落空,廖金头逃起来确实比泥鳅还滑,沙观止急怒交加下想起自己是用枪的,忙手忙脚把枪掏了出来。

听到动静的伊达向这厢赶了过来。

廖金头眼看逃不过,扑通跪了下来,"冤死我啦!明明在跟四道风打,怎么一下就换成了皇军啊！反水的可是古烁,我是死保六爷啊！"

"古、古烁?"沙观止愣住。

"何莫修呢?"伊达的反应比沙观止稍快,他已经不止是疑惑,而是焦急。

"四道风抢走啦！我可是死抢,死而后已啊！你们看我被打的！"

伊达傻住,即使什么都不清楚,他也明白自己上了一个恶当。

长谷川此时正在潮安日军司令部的休息室里坐着休息,虽然一夜未眠,他仍然精神之极,宇多田少佐进来,"司令官有请。"

长谷川随宇多田出去,他满意地注意到一向倨傲的宇多田这次对他堪称恭谨。

饭田正在房间里等着,长谷川进来,他居然冲长谷川客气地点了点头。

长谷川坐下。饭田道:"我已经和本部通过电话,他们认为你提供的情报极有价值,何莫修这样的人是不能交给任何别的国家的,你有什么办法吗?"

"我们可以说没有找到或此人已死,德国人没有办法的。"

"只有这样了,他们要求立刻把何莫修送往本土。"

"这没有问题,押送他的车应该已经快到此地了。"

饭田点点头,"你做得很好。"

长谷川站了起来,他以为谈话到此为止了。

"不不,你坐下,宇多田?"

宇多田立刻明白了他的意思,转身出去,并关上了房门。

"我和你的看法是一样的,这件事情也许比这次扫荡更加重要,而我,不想让本部觉得在这样一件重要的事情上,我什么都没做过。"

长谷川立刻反应过来,"是您指挥了这次堪称完美的行动,击退了上百名装备精良的敌人,我只是提供了一些情报而已。"

"不,你提供了很重要的情报,可是上百名太少。"

"击退了五六百名中国人和盟军的混合部队,我们拍摄了完整的照片可以作为证据。"

饭田终于微笑了,"你做得很好,我很满意,同时我也觉得沽宁不是一个能让你发挥特长的地方,到我的身边来怎么样?我想我是不会在中国长呆的,可能很快会去太平洋完成我的梦想。"

长谷川又站了起来,"那也是我的梦想啊！"他没想到自己梦想的来得这么快。

宇多田轻轻敲了敲门,进来,"将军,有长谷川君的电话。"

"什么电话要在这时候打扰我们?"

"是沽宁的伊达副队长打来的……"

长谷川已经对那个名字有些厌烦,"他总是这么个没有分寸的人,我想……"

饭田挥挥手,"去接吧。"

长谷川鞠躬,出去。

7

车仍在一点点往前蹭着,在这条被破坏的公路上,欧阳的焦急没有尽头。

死去的中国人已经被排列在公路旁边,能闻到一股浓重的血腥味,车里的人面色铁青,何莫修终于开始干哕。

欧阳过去,"来,你换里边,我坐外边。"

何莫修感激地和他换了,欧阳笑了笑,"我一直很想知道你是做什么的。"

"我……我……"

"没关系,说点你喜欢说的事情,会好受一些的。"

这倒符合何莫修的生活逻辑,他立即有些神采奕奕,"我一直都觉得这个世界很有趣,很美好……"他顿了顿,似乎在想着怎样表达,车里的大部分人都对他说的莫明其妙,欧阳谦和地微笑着,尽管眉宇间有着忧郁。

"这样的世界是怎么来的?所以我就想看清每一个原子和分子,后来我的理想就是结构这些原子和分子,我做的事也是,结构原子和分子。"他两只手在空中比画着,抓着他的所谓原子和分子。

外边突然传来激烈的枪声。

公路边,一个村民样的男人被四面八方的日军逼在一段低浅的路沟里,面对来自周围的枪弹攒射,他打得很业余,只能在抬头间隙还上一枪,连瞄准都没有。日军显然把这当作一场玩笑,步机枪不惜弹药地招呼,却并不想打中。

两个日军潜近地沟,一人从腰间拿下一个手榴弹,另一个日军摇摇头,把一个圆筒形的东西递给他的同僚,那是一个烧夷弹。同僚心领神会,乐了,他把那个烧夷弹投了出去,地沟里腾起白炽的火焰,那名抵抗者带着一身焰苗从地沟里冲了出来。

四道风动了一下,但欧阳的手似乎先知先觉,把他摁在原处。

卡车周围的日军嘻嘻哈哈地大笑,根本没人打算开枪,他们看着那个人痛苦地在路边的旷野上奔突,他们喜欢延长人的痛苦,笑声却给了那人一个目标,他向这边冲了过来,怀里抱着一个包制粗劣的麻布包,上边的导火索已经被他身上的火苗引燃。

那是炸弹。

司机开始狂乱地猛打方向盘,车边的日军惊蹿。远处的日军碍着他们不敢开枪,近处的日军吓得忘了开枪,那名抵抗者径直向这辆卡车奔来,欧阳一伙瞠目结舌地看着,他们也不知如何反应。

炸药提前爆炸了，在离车两三米的地方，烟尘和巨响爆起，那辆卡车失去了控制，从烟尘里冲了出来，一头撞在路边的电线杆上，电线杆被拦腰撞断，扯着几十米长的电线一起倒了下来。

伊达站在电话边，一只手焦躁地把战刀拔进拔出，廖金头已经被松了绑，带着一身累累伤痕，哭丧着脸站在旁边。沙观止被两个帮徒伺候着坐在椅子上，他恼火不堪，忽然想起什么，对旁边的帮徒说："掘地三尺！给我把古烁那小子抓回来！"

伊达也因此想起什么，也对旁边的日军说："让所有还在军营的人集合待命！"

帮徒和日军传令兵争先恐后地去了。

潮安日军司令部通讯室里，长谷川拿起电话，"我是长谷川……"

伊达听见了电话里的那个声音，一把抓起电话，"长谷川君……"

电话猛然断了，伊达听着那个失去联系的信号，狂怒地把电话摔了。

长谷川莫明其妙地看着手上的电话，然后拿给宇多田看，"断了，他好像很急。"他有点嘲笑伊达的意思。

宇多田笑笑，"扫荡期间断线是常有的事情，将军阁下还在等您。"

"我立刻就去。"

他把电话撂在一边，离开，临走时还没忘对那些文官笑嘻嘻地点点头。

伊达狂怒地来到通讯间，"给潮安发报，要快！快一点！"

通信兵被他喝得手忙脚乱，伊达又狂怒地冲了出去。

空地上的日军仍按几天前扫荡那样列着队形，几个士兵正安放一挺重机枪，伊达冲过来，看看这支臃肿而迟缓的部队，一脚把枪架踢翻了，"骑兵！叫我的骑兵！"

日军纷纷跑去准备，整个司令部乱得像个市场。

公路上，那辆卡车熄了火停在路边，引擎盖撞得翻起。日军的工兵部队正在抢修电线，一名头目左右开弓地扇着惹祸司机的耳光，"浑蛋！因为你们的愚蠢我们要辛苦一个上午！"

车里的人无精打采地坐着，欧阳急得脑门上都冒青筋了，思枫把手伸过来，欧阳看看别人，悄悄握住。思枫却立刻把手抽开了，欧阳有些愕然地看看手心多出来的两个药片，他没说什么，咽了下去。

四道风焦躁地玩着自己的枪，高昕悄悄地看着他。

何莫修呆呆地捡起一片崩进车厢里的破布，看看破布上的血渍，那属于那个已经粉身碎骨的抵抗者，他把破布放进了衣袋。

欧阳看向车外，两司机已经不用挨揍了，正拖拖拉拉地修着车，有一搭没一搭地扯着皮，互相推诿。

"你的错！你转向太猛！"

"你的错！我很疲倦,你早该接替我！"

日军机枪手把头伸在车厢外,幸灾乐祸地笑着,"把车撞坏了,你们回去要被打死！"他现在很小心,放了句狂话立刻回头对四道风点头哈腰地笑笑。

四道风眼里已经快急出火来,他看到高昕正看着他,没好气地翻个白眼,高昕愣了一下,以往她很快能判定那叫没好气,可现在她有点搅不清。何莫修几乎没时间因此而失落,他偷偷看着自己的表,秒钟一格一格地跳着,绝不会因为他们的停滞而停滞。

欧阳忽然站了起来,头探在车厢外,用日语问:"车什么时候能修好？"

司机愕然,"你怎么会说我们的话？"

"我当然会说你们的话！赶快修车！"

"修不好啦！回去我们会被惩罚的！"

欧阳急怒攻心,一跃下车,他走到两司机面前,左右开弓地来了两下,打完后他比司机更愕然,在他的人生观中,扇耳光是被他深恶痛绝的一件事情。

欧阳有些难堪,轻声地说:"请快点修。"

他走到车后,嘘了口大气,那车已经迅速地发动起来,欧阳几乎被扔在路上。四道风伸手拉他上车,脸上洋溢着忍不住的笑意,"早知道这样就好,我就——"他伸了伸巴掌,那叫欧阳有些沮丧,"别说啦,我从没想过会这样打人。"他看看自己的手,"会说他们的语言,可我真不了解他们。"

驾驶舱里的赵老大笑嘻嘻地转回头对他伸了伸大拇指,然后狠叉了司机一下,"快快地开！小心地开！"

司机惶惶地点头,卡车继续向着潮安的方向驶去。

那段被日军集中扫荡的村落终于被甩在身后。又通过一道关防后,前方的路终于稍见平坦,没了那么多被凭空断毁的路面和蝗虫般的日军。

第二十一章

1

天大亮了。

卡车已驶过平原的路段,前方是两山对峙的夹道。

四道风踢了同车的日军一脚,把他的干粮袋抢了过来,又对着另外一个捏了捏拳头,于是他得到了两个干粮袋,四道风扔给其他人,"吃吧,这就当早饭了。"他摇头拒绝了别人递给他的干粮,"我不吃鬼爪子碰过的东西。"

他坐到车厢口监视着,又有人拿干粮碰他的肩,四道风瞪眼就要发作,一看是思枫,总算忍住,"嫂子,要吃坏肚子的。"

"你倒看这是不是你打鬼爪子里抢出来的?"

那分明是几个沽宁街头上就有卖的肉包子,虽然凉了,也叫四道风乐得合不拢嘴,"嫂子真不是盖的,跑得烧起来了还记得这个!"他抓着个包子冲着高昕指指画画,"瞧见没,善良贤淑是可以当包子吃的,漂亮脸蛋行吗?就知道出来野,给我们添多少麻烦?"

高昕咬着嘴唇,很想抢白一句,最后却成了嘀咕:"你怎么知道我做不来?"

四道风又去搅唐真,"现在的女人逼男人做和尚啊,瞧那位,给你吃包子?枪子管够吧!"

唐真白他一眼,捣弄着自己的机枪。

欧阳没好气地把他的包子抢了过来,"吃个包子而已,你要数落几个呀?"他把包子递给唐真,"不嫌他手脏嘴臭就吃。"

"哎,我夸你老婆呢,说你傻人有傻福。"

"你夸一个不用骂一片,再说,跟你比起来我还真不知道傻在哪儿。"

四道风拖拖拉拉准备吃饭,却发现自个儿的包子落在唐真手上了,唐真转身去喂昏昏沉沉的八斤。他看看思枫,思枫带的东西已经分光,抱歉地冲他摊摊手,高昕把自己那份递给他,四道风有点愕然地看着,后脑上忽然着了一下,欧阳从他身边挤过,绷着脸坐在何莫修身边。

何莫修怅然地看着车后逝去的公路,欧阳把一块干粮递给他,何莫修接了过来,"谢谢。"

"走完这几十公里山路就到潮安界内了,晚点可还赶得上,你不用担心。"

"我不是担心,"何莫修有些怅然若失,"我该感激你们,来帮我这么个一点用不上的人,可我真想说的是真羡慕你们。"

欧阳拍拍他,"多说点话吧,既然大家死活都捆一堆了,就多交交心,瞧瞧我们老四,神憎鬼厌的嘴,可就还讨人喜欢。"

四道风白他一眼,"老子不是为讨人喜欢才说话的。"

何莫修忽然叹口气,"是该多说点话,等到了那边就只能对着墙说中国话了。"

生路眼看着越来越近,他却越发失落起来。

2

潮安日军司令部通讯室里,日军译码员把电码译了出来。

"沽宁急电!"

宇多田拿过来看了一眼,匆匆出去。

饭田屋里的音乐放得震天响,桌上的清酒已经喝空了几瓶,两人在交响乐的旋律中微醺。饭田把着手里的酒杯,瞧着窗外的景色道:"很难碰到一个真喜欢贝多芬和瓦格纳的人,大部分人都是在附庸风雅。"

"他们的心已经被世俗淹没了。"

"长谷川君,到我身边来吧?我有很多听命令的人,但没有能理解命令的人。"

"您已经说过了,能为麾下您效力是我梦想的事情。"

饭田醺醺然地笑笑,"说过了吗?长谷川君,我们真是有很多共同点啊。我意识到你抓住了一件很重要的事情,大概比这次扫荡更加重要,我和本岛通电,他们非常惊喜,让我们立刻把何莫修送回日本。"

"这真是太好了!"

"我也会因此回国一趟,活动一下,都是你的功劳。"

"那真比什么都好。"

宇多田敲了敲门,进来,看这两人竟如此融洽,不由有点发愣,"司令官,沽宁来电……"

饭田扬扬手,"放下放下,那里已经没什么要紧的事情。"

宇多田放下电报,拿起酒瓶给饭田倒满,长谷川存心把杯中酒一口喝干了,也放在他的面前,宇多田不光给他倒上,还微微鞠了一躬才离去,长谷川嘴角泛出一丝笑意。

"押运何莫修的车也快到了吧?"

长谷川胸有成竹地说:"肯定到潮安了,也许就在门外。"

饭田点点头愉悦地微笑,终于微微打了个哈欠,"酒意微醺,我倦欲眠。"

"那么属下这就告退了。"

"你不用急着回去,我让他们给你安排住处,就在隔壁好了。"他到桌边打铃叫人,忽然扫见宇多田放在桌上的电文,他扫了长谷川一眼,看看电文,又扫长谷川一眼,"我不明白这是什么意思?"他看起来有些疑惑。

长谷川恭谨地说:"将军不明白的属下也未必明白。"

"不,你必须明白。你说你们和沽宁抵抗组织爆发了一场恶战,并且全歼了他们,把人抢到了手上?"

"是的,那真是一场恶战,敌军显示了罕见的决心和战斗组织能力,我怀疑有盟军间谍直接参与,可惜没有抓到。"他信口开河之余还不忘沉痛地摇头。

"那么何莫修此人在谁手上?"

"在我们手上,马上就要送到……"

饭田把那份电文甩在他的脸上,他变起脸来比什么都快,"你这个蠢货!从沽宁来的急电!他被抵抗者带走了!并且坐着你们提供的卡车!"

长谷川有点蒙了,他捡起电文看着,被按铃传唤的宇多田也正好进来。

"我不明白,留守沽宁的伊达副队长是个大惊小怪的笨蛋……"

长谷川还没说完,饭田又冲他摔过来一块镇纸,"你要把所有的错事全推到别人头上吗?伊达是我上司的儿子!蠢材!因为你的愚蠢我惊动了本岛的陆军总部!现在甚至连首相也知道这件事情!"

长谷川被砸得有些昏昏然,那让饭田更加恼火,"带他走!"

"去哪儿?"宇多田问。

"带他去通讯室!长谷川队长,我现在责成你不惜一切代价把那个人追回来!你可以调动能调动的所有兵力,可当我一觉睡醒的时候,如果他还不能出现在我的面前……"他没往下说,杀气腾腾地瞪长谷川一眼,走进卧室。

宇多田把那块镇纸捡起来放在桌上,看了长谷川一眼,幸灾乐祸溢于言表,"将军很久没这么愤怒了,这可是他最喜欢的东西。"

长谷川怒气冲冲转身出去,又气急败坏地冲进通讯室,对着通信兵叫喊:"找到伊达!他到底在搞什么鬼?"

"他不在沽宁,你的部下说的。"通信兵又倨傲起来。

"他怎么敢离开沽宁?"

宇多田道:"我不想提醒你,将军要的可不是伊达。"

长谷川总算想起现在不是找出气筒或者推卸责任的时候,他扑向桌上的地图,那些大卷的地图一人展开很难,宇多田这些总部的人冷淡地看着,存心让他狼狈。

"联系扫荡圈内所有的部队和哨卡!我要知道目标的位置!"

通信兵道:"这需要将军的命令。"

宇多田笑笑,"将军让他负责,在将军睡醒之前。"

于是通信兵立刻拔插着各路线头,打开了所有电台,疯狂地忙起来。

公路上,伊达的骑兵正在通过欧阳他们遇上的第一个大坑,树干搭起的简易桥还在路上架着,几辆车堵在那里。

一个骑兵正在向路边的步兵问路,他转向伊达,指着大路,"他们沿大路去了!"

"走这边!"伊达勒马下了路面在野地上奔驰,向欧阳他们追去。

欧阳他们乘坐的卡车正通过山路上设的一处断头卡,远远的山头上隐隐响着枪声,司机给哨卡上的日军看证件和路条,赵老大装模作样地对车下的日军点头哈腰。

一个哨兵走到车后察看,欧阳不卑不亢地瞧着他,一脸流氓相地抹抹鼻子。

日军放行,少顷,车开始驶动。

欧阳嘘了口气,对思枫说:"这是你的地盘了吧?"

"是的,这里的人都知道一个叫老唐的人。"思枫看起来心事重重。

"居然一枪未发从沽宁闯到潮安……"他看看思枫,"有什么不对吗?"

"你没什么不对,是我,"她苦笑,"你们在沽宁打仗要人少,我们乡下人就图人多,发展了很多抗日武装,也不知道扫荡之后还剩多少。"

欧阳愣了一下,和她一起听着来自两侧山上的枪声。

身后的哨卡边,一个日军头目接到部下的通报,匆匆跑向话机,那名头目一边接着电话,一边狐疑地看着那辆驶远的卡车。

潮安日军司令部里,一个个日军通信兵通报着让长谷川肝尖打战的内容,每报一个,他手上的红笔就又要在大地图上推进一步。

"那辆车已经通过第五封锁线。"

"第四封锁线核实,他们早已经走了。"

"第三封锁线早晨有一辆沽宁驻军的车通过,还撞坏了电线杆。"

这简直是催长谷川的命,他手上的笔已经濒临代表扫荡圈的红线边沿。

"第二封锁线山田中队长报告,那辆车好像刚过乌头山。"

长谷川跳了起来,"再查!"

通信兵继续忙碌,长谷川查着地图,一脸诧异,"他们是冲着潮安的方向来的。"

宇多田笑,"也许是要把人给您送来吧?"

长谷川顾不得这句抢白,因为通信兵已经复查完毕,"没错啦,开车的是沽宁驻军,载的是中国人,通行证是伊达副队长开的。"

"命令第二封锁线向第一封锁线靠拢,给我接通第一封锁线的指挥官!"

宇多田看看长谷川,"这怎么行?你会搅乱全局,有很多抵抗分子会因此逃生!"

"将军现在要的不是很多抵抗分子,是某个特定的人,而且不是死人,要活人。"

"居然用几千人堵一辆卡车!我会禀报将军,追究你的责任!"

长谷川苦笑,"你不知道他们中间有个活见了鬼的大脑。"他转向通信兵,"接通了吗?"

"正在接,会很快的。"通信兵答。

第一封锁线上,神崎的士兵分散在周围的旷野上,借着地形的掩护正向一个叫大荷村的村子猛烈地倾泻火力。大荷村是倚傍公路的一个大村子,村子里只有零星的土枪在还击,以至于这场战役有点像日军单方面的娱乐。

神崎的车驶来,指挥进攻的中队长过来敬礼。

"这里在干什么?"

"神崎队长,这里的村民居然敢向我们开火,打伤了一名士兵。我正打算试用一下新配发的毒气。"

炮弹的烟尘在村子里炸开,神崎心不在焉地看着,"太浪费了,留着对付真正的敌军吧。"

中队长仍很亢奋,"消灭了这些抵抗分子,我们就把长谷川队的笨蛋们远远抛在后边了!"

神崎恼火地说:"别提那个浑蛋!我不知道他做了什么,居然很被将军器重!"

一名通信兵跑来,"神崎队长,潮安总部的电话。"

神崎向指挥车走去。中队长回头看看进攻的队列,拔出战刀挥动了一下,"让神崎队长看看我队的善战!冲锋!"

日军开始冲锋。

神崎在枪炮声中暴跳如雷地和电话争吵着,他的士兵很快就攻进了村子里,那是场不值得多看一眼的胜利。

神崎摔开了电话,狂怒地在车边踱着步子。中队长又屁颠颠地跑过来,"神崎队长,我们已经攻克了大荷村!"

"长谷川这个浑蛋!他居然敢用将军的名义来命令我!"

"他怎么敢!"

"他居然敢命令我这个一线指挥官来帮他抓区区的一队抵抗分子!而且还一定要活捉!——把这里收拾出来,我要它做我的指挥部!"

"是!"

神崎忽然想了起来,"你们把毒气带来了吗?"

"是的!"

"太好了,"他搓了搓手,"还有一个中队会来增援你们,准备集合。"

"是!……我队还抓了两百多名俘虏!"

神崎不耐烦地挥挥手,"我用得上那些老太婆和小孩子吗?"

中队长恍然大悟,点点头飞跑着去了。

3

一队从关卡上撤下的日军快速上了两辆卡车,那两辆车在路边停着,像在等候什么。

欧阳一伙乘坐的那辆车驶来,关卡上的日军看也没看就挥手让通过。车上的日军瞧着那辆驶远的车,脸上的神情显示他们已经知道车上坐的是什么人。日军的头目挥了一下手,四挺机枪被架上了两辆卡车的驾驶室顶,两辆车离得很远地跟着欧阳他们,堵住了他们的退路。

卡车一路上几乎还没有开得这样顺利过,路上没了日军也没了哨卡,只有一些零星的枪声在响着。

车里很安静,一路颠簸,现在的轻松让大多数人沉沉睡去。昏迷中的八斤忽然猛烈挣扎,"真姐快跑!"

有人轻笑,唐真似乎在睡着,也恼火地动弹了一下。

欧阳靠着车篷小憩,嘴角泛着微笑。思枫的手伸了过来,欧阳悄悄勾住了她的手指头,在这难得的空暇中,两个人的表情显得满足之极。欧阳忽然觉得不对,睁开眼,四道风极认真地看着他,那表情如小孩在观察蚂蚁,"你们两个也真是怪有趣的,我看你嘴角都忍出大燎泡来了,这么着,等到了地头给你俩关进黑屋子里,三天三夜不许见人。"

欧阳感觉到思枫的手迅速缩回去了,他恼羞成怒,"这种小事不用你管!瞄一下这个瞄一下那个,你自己找个人瞄行吗?"

"我瞄谁?瞄她呀?"他指的是高昕。

说瞄还真瞄,他直愣愣地看着,高昕迅速将头转开,却又立刻转回来。尽管脸色绯红,高昕仍勇敢地迎着四道风的目光,短暂的目光交接中,四道风迅速败下阵来。

欧阳胜利地大笑,直到被思枫打了一下才想起自己也曾是为人师表的人,生硬地把笑声打住。

四道风羞恼地站起来,"一车子怪胎!"他宣布完毕,打算找个怪胎少些的地方待着,车忽然急转,车里的人滚了一地。四道风稳住了平衡,车外一个让人牙碜的金属摩擦声传来,四道风撩开篷布,一个粗大的炮筒直直地对着他,他下意识地掏枪,用两支手枪对着那个炮筒。

欧阳摁住他,"不是冲我们的!"

那炮确实不是冲他们这辆近在咫尺的卡车,而是要对付一个远程火炮阵地,炮管从车边摇过,一个炮手将一个偌大的药包塞进炮膛,另一个炮手关上炮闩,所有人都掩上了耳朵,一个炮手猛拉了一下发火绳,巨响声淹没了一切,那发重型炮弹飞了出去,地面都在震动。

山野外,龙文章警觉地听着空中那个过火车一样的呼啸声,"快跑!九点方向!"

他带着的人顿时乱套,总是有人搞不清他说的方向,龙文章只好带头拔足狂奔,"散兵游勇!那边!"

满天星忍不住抱怨,"你能不能直接东南一指?老是点七点八的鬼搞得清啊?又没带过表……"轰然一声,他们刚才藏身的那棵大树碎屑纷飞地倒了下来,爆炸实在太近了,为了碎嘴而耽误脚程的满天星昏昏然地站住,他被震蒙了。

龙文章笑呵呵地看着他,"我知道你听不见,不过还是得说——死老百姓!"

"什么?"

"我说快跑!单发完了准是齐射!"

这回大家知道都听他的,一步不落地跟在他屁股后边往山腰上狂奔。

龙文章一张碎嘴,跑路时不忘叨叨:"你们好狗运,那发炮弹打的是空爆,要没削在树上你们死一半了。我得说这仗打得总算有个打仗的样子,这可是师团级的大炮,不是以前那些个耗子放屁的小手炮,你们没见过大炮齐射吧?那真叫山呼海啸。"

六品说:"小手炮也蛮厉害的。"

龙文章掉头,"老实做骆驼吧,你压根儿不懂,开这炮的在十公里开外,你找都找不着,这儿吧。"他在一处山弯里躲了下来,所有人依样画葫芦,龙文章望着炮弹飞来的方向直纳闷,"鬼子这炮今儿打得真准,要说咱们伪装得够好啦。"

满天星又说:"要不咱别往沽宁去了,这都快绕潮安来了。"

龙文章瞪他一眼,"你懂什么?军人就是要在需要的时候赶到需要的地!"

"我又不是丘八。"

"我是!"

一发炮弹又在左近炸开,然后是龙文章吹嘘的齐射,确实是山呼海啸,躲在山弯里的他们几乎被飞土给埋了起来。

硝烟终于渐渐散去,六品从龙妈妈身上爬了起来,"龙乌鸦真没吹,这还真是山呼海啸。"

龙文章瞪他一眼,"别把我妈压坏了!你沉得像头活驴。"

龙妈妈拍拍六品身上的土,"没事没事,我说,六品你这好孩子也得顾自个呀。"

龙文章怪没趣地转开头,"邪门了,倒好像鬼子的观察哨跟着咱们跑似的……"

六品突然神情怪异地看着龙文章，龙文章这才发现自己被两支土枪、两支梭镖指上了，为首的那年轻小伙子冲龙文章轻轻嘘了一声，然后指了指另一个方向。

龙文章站起来，仍被土枪和梭镖指着，他没好气地看看自己的押解者，那小伙子向林子里努努嘴，龙文章看过去，他顿时瞠目结舌。几十人的农民武装，寒碜加业余，牵着骡子赶着驴，拉着粮袋背着被套，连手上的破旧武器都当了扁担在使。

这帮人的头儿是一个脸似佃农衣似地主的半老头子，叫荀腊八，荀腊八看看押解龙文章的那个小伙子问："海螃蟹，怎么回事？"

海螃蟹道："那边有票人，我把他们头儿抓来了。"

龙文章瞪他一眼，"别吹爆了，我就是来看看。你们是逃难的？"他又瞪了荀腊八一眼，荀腊八被他瞪得有些怯场，"我们是大荷村抗日游击队。"

龙文章奚落道："游击队？我只知道这里是老唐的地盘，那么您就是老唐了？"

"我们就是老唐的人，我们叫……叫……"

远处传来炮弹的尖啸，他和龙文章都分了神，龙文章很快听出来那炮弹和这边关系不大，掉头接着问："叫什么？"

炮弹在远远的山尖上爆炸了，荀腊八缩了一下脖子，"炸……"

"炸什么？"

"炸雷！"荀腊八说了个名。海螃蟹几个面面相觑，显然他们并不曾有这样响亮的名号。

龙文章一脸不屑，"炸雷也好闷雷也罢，麻烦你们逃难时小心点，不要连累了我们，"他指指那支叫化子似的队伍，自觉仁至义尽，开步就走，"这个样子二十公里外的鬼子都能看见你们！"

海螃蟹醒悟过来，"怎么倒成他审我们啦？"

荀腊八看着龙文章，"等等！"

龙文章没要停的意思。

几支土兵器又对上了龙文章。龙文章没工夫计较，他仔细地听着从空中传来的怪声，那是已经找好修正点飞过来的第二批炮弹，他指了一个方向，"快跑！那边！"

人们跟着他跑，树林瞬间便被炮火覆盖了，几头家畜倒了霉。

荀腊八钦佩地抬起头来，"打得可真准……"

"准个屁！没一炮不歪的！要炸你们的倒炸到了我们！"龙文章气哼哼地走开，这回总算是没人敢再拦他。

龙文章回到等待他的队员身边，六品问："怎么啦？"

"一帮农民，咱们离他们远点。"

六品看看他身后,龙文章回头,荀腊八追了过来,这回有点低三下四,"这位大哥,你算是把我们救啦!"

"没事啦,各有各忙吧,告辞。"

"各位大哥是做什么的?"

龙文章不耐烦地说:"你看我们像做什么的?"

"是啊是啊,你们是老唐的人吧?"

"你不说你是老唐的人吗?"

"要说老唐长什么样咱也没见过,一定是像各位一样的英雄。"

龙文章实在不耐烦跟这乡巴佬胡缠,挥了个手势就要开路。

荀腊八把他的枪托把住了,龙文章皱眉,"你到底有什么事?我不想在这块儿被炮弹追着炸。"

"这位大哥能不能……您能不能……"

他看看龙文章的枪,龙文章恍然大悟,把枪从他手上挣出来,"要下我的枪?"

"不是不是,大家都是打鬼子,能不能通融几支……"

"是啊,这炮火纷飞的,鬼子追着打,枪可是比人命还重要……那么您要不要连命拿走呢?"

"不不!要不随便给几支吧?我们那全是土造家伙什儿,撑破天把鬼子打成麻子,要不三支?两支?"

龙文章把枪重重顿在荀腊八身前,"问问我的枪吧!"

老荀吓了一跳,"别!别!大哥这是怎么说的?"

"我不是说要冲你开枪,中国人不打中国人,你打我我也不打你,我就让你问问它这些天干掉多少鬼子!十个!"这个数字让荀腊八又吓了一跳,"你拿得动就拿走它吧!"

"哪有那么多?"六品怀疑地问。

"抢你的刀去!我百步穿杨你看得见吗?"

"我十二个。"满天星说。

龙文章瞪了他一眼,他已经不打算再搭理荀腊八了,带队走开。荀腊八瞧着他们遁入山林,直到海螃蟹几个从山道上追出来,"村长,人呢?"

"走了。"

"不给枪?我就说咱们人多,不如用抢的。"

"那不好,不识得大体,人家是真打鬼子的,有种跟鬼子抢去。"

"可那个白脸的知道躲炮弹,咱们这两天在炮弹下折多少人啦?"

荀腊八猛然醒悟过来,"可不是,叫大伙儿,咱跟着。"

"可那个白脸的好凶。"

"咱不要脸皮地跟着。"荀腊八毫不犹豫地说。

4

欧阳心事重重地盯着车后逝去的漫长公路,只有汽车驶行的引擎声,路上很静,这是个漫长而枯燥的下午。

四道风看看他,"你盯着外边看足半个点啦,看出花啦?"

"连过了三道卡,鬼子都没查过我们。"

"你喜欢被查呀?"

欧阳摇摇头,"那儿有两辆车,你看见了吗?"

四道风在公路的极目处才能看到那两个小小的车影,欧阳把望远镜递给他,四道风在望远镜里看着,那就是两辆普普通通的卡车,罩着篷布,不紧不慢地开着。

"我盯了半个点,他们一直保持这个距离,这不是碰巧的事。"欧阳想了想,转身拍拍后视窗,"停车!"

车停了下来,欧阳和四道风下车,两人拖拖拉拉似乎在路边撒野尿,停车的路段是个下坡,两人等着对方在坡顶上出现。

赵老大从驾驶室里出来,"怎么啦?"

"他大惊小怪,说有两架鬼子车在做吊靴鬼,鬼子要发现我们还不马上开打吗?"

"我们车上有他们要的人,"欧阳苦笑,"别这么看着我好吗?只是以防万一。"

他们提心吊胆地又等了一会儿,两辆日军的车出现在坡顶,篷布拉得很紧,不疾不徐地从他们旁边驶过,远去。

四道风松了口气,"要被你吓死的,瞧,没人盯咱们。"

"我有病,我真的有病。"欧阳也嘘了口大气。

赵老大苦着脸,"你们哪位把我从前边替出来行吗?那俩鬼子司机总色迷迷地看我,真受不了。"

欧阳笑着往车边走,"他们是向你表示友好,因为你很厉害……"他忽然愣住,看着刚驶走的那两辆卡车,神色比刚才还要严峻,"不是刚才那两辆车。"

两人被他说得顿时一愣。往后方看去,两辆车正从坡顶向后退去,欧阳竭力使自己平静下来,招呼二人上车。车开动,远远的,那两辆车又跟了上来。

现在在一个有限的距离里,欧阳他们乘的车已经被前后各两辆车夹在路上。

驾驶室里的赵老大目不转睛地盯着前边那两辆车,看久了,也真觉得低垂的车篷显得很阴险。

欧阳看着远远尾随的两辆车,还是那个不即不离的距离,他小声地对四道风说:"看见了吗?后边两车车顶上是拿沙袋加固过的,那是鬼子专对付游击队的土造装甲车。"

"被做夹馅了,你说怎么办吧?"

欧阳想着,思枫还不知道发生什么事情,看看他,欧阳强笑了笑。

四道风道:"我说往山上冲,怎么也拼个鱼死网破。"

"我猜后边有两挺机枪,前边还有两挺,四车人,一个中队。"

四道风咬了咬牙,两支枪轻轻滑到手上,欧阳看了一眼,说:"忍。"

"忍你个头。"

"鬼子不知道咱们已经觉察了,什么时候开打还在我们,你一开枪这个便宜都没了。"

"你想占便宜想疯啦?上百个枪筒子对着!"

"我跟自个儿发过誓的,绝不放弃,你看见的,"他想了想,"鬼子摆明是想捉活的,不敢使全力,你别急着拼死,让他们觉得可能活捉,这是第二个便宜。"

四道风气极反笑,"好吧,爱占便宜的,你给我一个主意。"

欧阳沉默半晌,低声说:"老四,拜托你件特为难的事,我不知道何莫修是干什么的,可要实在跑不出去了,你把他杀了,这任务不算完全失败。"

四道风愕然地看看何莫修,何莫修茫然地对他点点头,四道风厌烦地将头转开,"你疯了?我不杀那可怜虫。"

"那我来,"欧阳苦笑,"我做这件事他会比较伤心。"

"你就是个娘们样,每次开打前都要死要活的。"

"你觉得我们能跑出去?"

"那就鬼知道了……以前不都跑掉了吗?所以赶快想办法,老子这条命早交到你手上了。"

"好兄弟。"欧阳感动地笑了笑,他开始冥思苦想。

5

那前后四辆卡车离欧阳他们更近了。欧阳在一个近得可以看清司机表情的距离上看看后面那辆车的司机,他再看看驾驶室的赵老大,赵老大点点头。

"去跟大伙说吧。"欧阳对四道风说。

四道风站起来,径直走向那俩日军机枪手,他冲高昕努努嘴,"你上那边去。"

"为什么?"

"懒得告诉你。"他两手一叉,把高昕平地提了起来,在拥挤的车厢里转了半个圈子,放下了。

高昕又气又窘,"喂,你……"

"听我的就闭上眼睛。"

高昕顿时住嘴。

四道风回头看着那俩日军,那两位也在高兴地看着他和高昕纠缠,四道风手挥了一下,刀光和血光同时从一个日军喉咙上闪过,一点鲜血飞溅在高昕的脸上。

四道风往前走一步,手卡在另一人的喉管上,把一柄刀对着心脏部位扎了进去,那日军使劲挣扎,却随着刀锋的深入越来越软。

高昕呆呆地看着,这种残酷绝不是她能想象出来的。

四道风放手,旁边的队员即使不知道发生了什么也早有了默契,迅速把尸体拖开。他看看驾驶室的司机,几个队员过去,用身子将后视窗挡上。

四道风把刀收回袖里,他扫视车厢里的所有人,说:"咱们让鬼子发现了,下边军师说。"

所有的目光看着欧阳,欧阳笑笑,希望别人把那笑容当成信心,"沾了小何的光,鬼子不杀咱们,大概还设了个伏想活捉咱们,咱们不能进这个伏,鱼上钩的时候是他们最得意也最手足无措的时候,咱们就选那时候挣脱钩子。还是那话,我不知道有多大胜算,你们别急着死,能跑就跑……"他扫视大家,八斤也已经醒了,在队友的搀扶下病恹恹地听着,那让欧阳心里打了个突,"八斤,你背出来那二十八斤炸药呢?"

八斤不知所措地看看别人,别人很快指着一个背篓给欧阳看,欧阳看得眼里闪光,他推了一下四道风,"这就是咱们占的第三个便宜!二十八斤真正的炸药!把它引爆了总能让鬼子惊一下,这惊一下就是咱们逃命的机会!"

四道风有些怀疑,"只有一个引爆雷管,谁那么大力?扔不够远连自己都要炸翻掉的。"

欧阳也有些挠头,何莫修却怯生生举起了一只手,"我……"

四道风瞪他,"你?别扯啦!我赌你还能尿在自己鞋尖上呢!"

"我扔不远,不过我能做引爆雷管。"

"这说话就开打的工夫!你知道什么叫雷管吗?"

"不过是几百年前就有的东西,怎么做不出来?"

"放你的春秋大屁……"

欧阳拍拍四道风,他看向何莫修,"真的?"

"应该……没错吧?"

"应该?"四道风又想发话,欧阳再次止住他,"要多久?"

"你要什么样的?遥控的?定时的?触发的?碰炸的?别说导火的,那太简陋了。"

四道风撇撇嘴,"搅得跟真的一样。"

"我要最快的。"欧阳说。

何莫修想了两秒钟,"我要子弹。"

唐真扔了一条弹链给他,何莫修笨手笨脚却怎么也拨不出子弹,唐真凑过来替他拨了出来。欧阳有点绝望地看看四道风,四道风无声地讪笑。

"刀。"何莫修伸出只手。

欧阳冲四道风努努嘴,四道风不情不愿地把刀递过去,何莫修接过刀,开始分解子弹,他不大习惯那刀的锋利,一下就在自己手上切了个口子。

四道风看看欧阳,那讪笑已经像是狞笑了。

欧阳叹了口气转过身去。

何莫修埋头忙活着,手上的忙碌绝看不出他犹犹豫豫的个性。他把弹头、火药和底火装进弹壳,做成一个黄灿灿的东西,除了高昕已经没人看他了,连欧阳都闭眼在想着别的主意。高昕目不转瞬地看着那忙碌的十只手指,又看看何莫修心无旁骛的表情。专心于某件事的何莫修一扫平日的恓惶,比较像个男人。他挑剔而不满地看看自己的成品,高昕轻声问:"这就好啦?"

"不知道,这是临时构思出来的,构思不是实践。"他看看高昕,"你脸上有血。"

高昕擦了擦,但擦错了一边。何莫修掏出手绢帮她擦掉,高昕愣了一下,这接触让她莫明其妙地有些失落。何莫修忙得顾不上她,他立刻转向欧阳,"衣服。"

欧阳诧异地看了看他,四道风也斜他一眼,"你是光着的吗?"

"我的衣服料子太好……我不是舍不得好料子,它不利于爆炸扩散,而且我撕不动……最好是你们穿的土棉布……不信,我这套就送给你!"

他唠叨半天,欧阳已经哭笑不得地把衣服脱下给他,并帮何莫修撕着布片。

"炸药。"

一个队员把背篓拿了过来,何莫修用布片包上一小块炸药,然后小心地把那个自制雷管插在上边。

"这就做得一个,没材料,我做了原始的撞击雷管,只要有足够的撞击力就会炸。"

欧阳盯着他,"你肯定吗?"

"一个负责的科学家绝不会对自己的试验品说肯定。"

四道风一把抢了过来,"这什么?这是……年糕吧?这玩意扔出去会炸?鬼扯吧!是不是以为前后都是鬼子我就不敢扔啦?就扔,没听过年糕会炸的!"

"瓦特发明蒸汽船时全伦敦人都说肯定开不起来,肯定开不起来;轮船飞跑,全伦敦人又说肯定停不下来,肯定停不下来。"

四道风看看欧阳思枫几个的笑容,"什么意思?不是好话是吧?"他伸手就把那个小包往外扔,欧阳一把抢住,四道风看着欧阳,"扔出去要没炸他就把咱们害死啦!"

欧阳说:"扔出去要炸了你就把咱们害死啦!"

"你信啊?"

欧阳犹豫地看看那小包,低声道:"死马当作活马医吧。"

"他是匹医不活的死马!"

欧阳摇摇头,对何莫修说:"能不能再做点?"

"做多少?"

"你能做多少?"

何莫修想了想,又开始用那种让人眼花缭乱的速度忙碌。

卡车继续向前行驶,那两辆车仍隔了一个距离跟着。

也不知道过了多久,欧阳终于从深思中回过神来,他用刀划破了篷布,往外看着,"就是这儿了,看地形准没错。"

他又看看车厢里,何莫修仍在忙碌,并且已经做出了最后一个土造雷管,现在所有的人都在帮他,车厢地板上放了一排那种其貌可憎的小布包。

欧阳托起了一个,他忍不住又看看何莫修,"会炸吗?"

"我不知道。"何莫修说。

6

大荷村外的空地上,日军正忙得不可开交,一队戴着防毒面具的日军在那里埋下一些金属的罐子,连上发火线。

村子里腾着火光和烟雾,村民哭嚎的声音传得很远,但没人去关心。大批的日军在拆掉家具或者砍下树枝,做成可以在手上挥舞的棍棒。

神崎阴着脸从车上下来,看看刚给自己收拾出来的指挥部,又看看集结的士兵,中队长走过来,"神崎队长,您的指挥部已经布置好了,还满意吗?"

"我并不打算在这个地方待很久。"

"堀越中队正监视着目标,他们很快会到这里。"

"既然这样还要我的军队拿起棍棒干什么?长谷川只是想尽情地羞辱我!"他气冲冲地进屋。

山野外,一发炮弹飞撞在树干上,那棵半大的树打得迎空断成了两截,龙文章暴怒地跳起来,吐去嘴里的土屑。

树丛里有人影在闪动着,还传来一声驴叫,那除了大荷村的难民游击队之外不会有别人。

"六品,你的枪给我。"

六品大部分时候是言听计从的,他把枪递给龙文章,龙文章拿着那杆空枪向树丛里走去,"别躲啦!几公里远的炮弹都让你招来啦!我会看不见你?"

茍腊八难堪地从树丛里站起来,身边是海螃蟹和一帮大荷村村民。

"大哥。"茍腊八讨好地叫了一声。

龙文章把那支枪往他怀里一搡:"拿去!"

"大哥,这啥意思?"

"要枪不是吗?我给你枪!拿了就走人,有你们在鬼子炮弹长了眼似的!"

"不要枪了,这家伙在您手上才是枪,到我们手上是烧火棍子。"

龙文章愣了一下,回头把另一个队员的枪也拿了过来,他合上枪栓,扔给海螃蟹,"两支。不会再多了,拿了快走吧,别赖在这儿。"

大荷村的人脸上都现出了怒色,只茍腊八一个还唯唯诺诺,"真不要枪,他们都是我从村里带出来的,就想一个不落地带回去,打跟上您伤都没伤一个,照早先准炸死仨俩的了。"

"我也想一个不折地把他们带回去,你再跟着就要有死伤了。"

茍腊八嗫嚅,龙文章半个磕巴也没有,还拉了一下枪栓以示决心。

"脏仔……"

"妈,您什么也不要说!这是打仗,没您在家里那些仨瓜俩枣的人情!"

"您怎么说我也跟着。"茍腊八有些死皮赖脸的味道。

"他妈的!你还要脸吗?"

"脏仔!"

"不准说粗口是吗?您真当我还是玩拨浪鼓的脏仔?我是龙文章啊,您杀人不眨眼的儿子!"

所有人都沉默下来。龙文章恼怒地在树林里走来走去,他往山野外的极目处看了看,能看见的是村庄的轮廓,还有村庄边小得难以辨认的日军部队。

"那是哪儿?"龙文章脸色铁青得可怕。

茍腊八顺着他的目光看过去,"是大荷村东五里地,瞧见那老榆树没有?我曾爷爷种的。"

海螃蟹道:"我们转几圈都没离开这块地,因为这是我们家。"

龙文章转回头看看他俩,又看看他们身后的游击队,叹了口气,"走吧,都跟着走吧。"他转身先走了,又转过头狠狠地说:"注意隐蔽。"

乱七八糟站起来的队伍又被他瞪得矮下去几分,一行人跟在他身后,向着远处的村庄摸去。

茍腊八曾爷爷种下的老榆树边,有一个日军的观察哨。日军观察的方向,草丛里动了一下,茍腊八举着双手从里边钻了出来。那吸引了两名日军全部的注意力,两人端枪向茍腊八走去。六品和满天星从他们身后蹿了出来,把他们放倒。

海螃蟹也冲了出来,帮着把两哨兵拖进草丛。

俩日军被五花大绑地带到龙文章跟前,龙文章拿着刺刀削断了一根树枝,又拿手指试了一下刀锋。他面无表情地瞧着那两人,将刀在一个日军身上比画着,"你们为什么在大荷村集结?"

那日军露出恐惧的神情,"指挥部,指挥部的它是!"
"什么指挥部?"
"重要的人!重要的人要来!"
"什么重要的人?"
"很重要的人!"日军使劲点着头。
龙文章站了起来,看来是问不出什么,可又让他充满希望。
"大哥,我问问行不?"荀腊八问。
龙文章心不在焉地点点头走开,身后荀腊八几个上来就是一顿暴揍,"死不去的小鬼子!村里的人怎么样了?!"
龙文章踞坐在草丛里想着心事,极目处是与公路相连的大荷村,日军正在那里清空场地,从这个距离看不清在搞什么花样,但路基下,一个中队的日军正在集结。
六品过来,看看他,又陪他看着,并不知道要看什么。
"六品,你带大伙儿先走。"
"你说什么呀?"
"有重要的鬼子大头要来,我想在这个距离上能把他崩了。"
"什么意思?"
"两月前有个小游击队击毙了鬼子大将大角岑生,少将须贺彦次。只要有这个心,小枪也能做大事情,说不定来的是冈村宁次……"
"你想做大英雄?"
"陪你们打小麻雀打烦啦,今天也许就能打下一只金鹰来。"他看看六品,"没什么啦,这块都被炮火标定过,没法明目张胆跑,藏藏掖掖跑又要被步兵追上,所以你们笨鸟先飞,至于我呢……"
"我怎么就觉得你要做的事是有去无回呢?"
"你们先走,我开一枪就来!信我啦!"
六品犹豫一下,很没主意地点点头。
"告诉我妈我上前边探道去了,使劲赶就能赶上。"
"我说不出来。"
"我受够你们这些婆婆妈妈了!快走!有没有全局观念!"
六品被他的态度和大词吓了一跳,匆匆去了。

龙文章听着草丛外渐远的人声,掏出所有的五个弹夹排列在身前,他单拿出一发子弹磨钝了放进弹膛,据说这可以造成弹丸在人体里翻滚。
龙文章开始屏息宁神,他忽然回头看看人声消失的地方,"我可真是个不孝的儿子。"为了这一下分神龙文章狠扇了自己一记耳光,他趴下瞄准,为自己找着最隐蔽的姿势。

大荷村外的日军正竭力隐藏设下的陷阱,毒气罐已经埋下,发火器设在村口的卡子里,几辆卡车貌似随意地停在村子外的空地,成车的日军拿了棍棒躲进车里。

现在大荷村看起来就像任何一个日军集结地一样平常,甚至还有几个日军在村外懒洋洋晒着太阳。

神崎看了看这个布置,他也挑不出什么毛病来了,他转身回自己的指挥部。

龙文章的准星瞄着神崎进屋,手指头在扳机上微微颤抖,"你要沉住气,还有大的,还有更大的……"

草丛里一通乱响,荀腊八一头钻了出来,二话没说就跪在龙文章面前,龙文章吓了一跳,"你怎么还没走?"

"这可不行哪!大哥你救救我们!"

"怕什么?怕鬼子死了你们遭报复?你什么不干鬼子照灭你的村!你都灭村了还怕什么报复?不带种?"

"没灭!都关在村里祠堂呢!刚才那俩鬼子说的!"

龙文章愣了一下,"你想我去救他们?"

"是啊是啊!您是英雄好汉,我们村给您建生祠!"

龙文章厌恶地瞧着对方磕头如捣蒜,他犹豫了一会儿,道:"早都死了,这扫荡就是个三光。"

"没有啊!"

"那俩鬼子是让你们给揍的,你想听什么他们说什么。"

"没有啊!"

"你跟我胡搅什么!没看我在干什么吗?我连妈都不管了还管得着你们吗?"

老荀愣了,呆呆地看着他,然后抹了抹眼泪,"对不起,大哥。"他向草丛里爬去。

"别叫我大哥!你比我大几十岁!"

荀腊八已爬没影了,龙文章怔怔地出了会儿神,但公路上出现的五辆卡车立刻让他打醒了精神,他迅速卧倒,用准星套住那移动的目标。

第二十二章

1

顶头的两辆车有意地放慢了速度,一左一右地分开,车尾仍对着欧阳的这辆车,后两辆也从一列分成了两行,把退路堵得水泄不通。

四道风目不转睛从篷布里盯着后边的车,他甚至能看见驾驶室顶上沙袋后闪动的钢盔。几个手脚便给的全挤在下车口,每人手上托着一个小布包,唐真托着机枪坐在一旁。两个同样的布包从后视窗递到了赵老大手上,赵老大怀疑地掂了掂,日军司机浑不晓事,哈哈地冲他乐。

欧阳看着大伙,小声道:"大家一起扔,总有炸的,要都不炸就用枪。"

"要不炸我就把他扔出去!"四道风威胁地看何莫修一眼,何莫修又畏缩起来,大气不敢出。

欧阳拍拍他,"我们不会把你扔出去的,绝不会。"

他们的车已经驶上空地,后边两辆车正加速把路口堵了个严实。欧阳点点头,四道风刀尖一划,把整块篷布扯了下来,车里的人完全暴露在后边两辆车的视野里,欧阳别无选择地把土造炸弹扔了出去,同伴们也跟着扔出去三四个。

布包砸在汽车发动机罩上。轰然炸开,冲击波将挡风玻璃炸得粉碎,那成了最好的杀伤武器,驾驶室里的司机栽在方向盘上,顶上的沙袋被炸得塌了一半,后边两挺机枪一挺朝天一挺对地。

欧阳难以置信地看看何莫修,何莫修呆若木鸡,好像这事与他无关一样。

然后是连番的爆炸,第二辆车的运气比第一辆更糟糕,连接着了几个土炸弹,一头从路基上栽了下去,带着一片日军的惨叫声。

龙文章惊讶地看着公路上腾起的烟尘,他不明白那里到底发生了什么事,准星在卡车与卡车间移动着,他丢失了目标。

那俩日军司机还不知道车后到底发生了什么,下意识地打方向盘加速,前边的两辆卡车却篷布一撩,露出两挺蓄势待发的重机枪。

司机惶然倒车,赵老大在他后脑上猛击一掌,"撞它!"

司机条件反射,在机枪开火的同时踩下油门,赵老大缩在驾驶室里,密集的机枪弹将两个日军司机打死,加速的卡车却一头将对方撞得歪倒,一挺机枪登时哑了。

赵老大从驾驶室里爬出来,剩下的那挺机枪正从对面车门上探出,他把手上的土制炸弹冲那辆卡车后厢甩了过去,爆炸声中一挺机枪被掀飞。

被逼在后厢里的四道风跳了出来,他左右开弓,打倒几个被赵老大炸得昏昏然的日军,唐真的机枪也开始轰鸣。

"这他娘的还真好使!"赵老大一脸惊喜。

四道风毫不客气地把赵老大手上仅剩的一个土炸弹抢了过去。

"还给我!"

四道风把炸弹甩进了被撞的那辆卡车里,一声闷响,刚扶正的机枪又哑了,他胜利地冲赵老大笑笑,"没了。"

欧阳拉了他一把,身前身后的四辆卡车是被炸得溃不成军了,可空地对面停着的那排卡车里,正下饺子似的往外跳着穿土黄衣服戴防毒面具的日军。

四道风吓了一跳,"搞什么?过鬼节呀?"

"是防毒面具……他们拿的什么?"

"棍子!"四道风终于看清了。

计划中没有的爆炸声惊得神崎从指挥部里冲出来,他看着眼前的混乱,大叫:"不要往上冲!毒气!引爆毒气!"

一发步枪弹洞穿了他的额头。

龙文章遗憾地摇摇头,"太浪费了,才是个中佐。"

他寻找着第二个目标,打算用有限的子弹制造一点奇迹。他的视野里,欧阳一伙已经集结在卡车周围,向冲上来的日军开枪。龙文章看着,悲天悯人地叹口气,"没得救了,好不容易打个大仗还跟打群架一样。"他突然又高兴起来,无论如何,他们还活着。

2

几个参谋围在神崎身边做无济于事的抢救,而那支早预备好的棍子队仍机械地往上冲锋,欧阳他们炸弹已经甩顺手了,迎头便是一通臭盖。

爆炸四起,空地上一无遮掩,冲在前边的日军翻倒一片,剩下的连滚带爬地逃回了车后,唐真用机枪追射,几个落后的日军永远栽倒在空地上。身边的一个队员忽然一头栽倒,四道风往回看了一眼,"后边!没死绝的又摸上来啦!"

那是几辆卡车里刚从爆炸中缓过来的日军,重整了旗鼓又摸了上来,一枚手榴弹隔着车轮炸开,四道风狠狠地晃了晃脑袋,"好极了,现在轮到他们炸我们了。"他刚想往后冲,欧阳把他拦住,"没退路!"

"什么?"

"只能往前冲!"

"前边有软柿子捏?"

"你不喜欢吗?"

四道风龇牙一乐,刚露个头就被弹雨压了回来,子弹浇得所有人只能蜷在车后。

神崎手下那中队长从地上爬起来,龙文章立刻找到了第二个有价值的目标。

准星里的中队长昏昏沉沉走向东躲西藏的部下,"开枪!开枪!"他挥舞着手臂,踢打着畏缩不前的士兵。日军被他吆喝着拿起了武器向前冲,他跌撞着向日军身后那个连着所有毒气罐的发火装置走去。爆炸的烟雾屡屡拦住龙文章的视线,从那中队长身边跑过的日军让他屡屡丢失目标。

又一名队员被子弹击中,一头栽进欧阳的怀里。后边的日军已经抄了上来,被四道风一通双枪又盖了回去。

"谁会开车?能把车开起来吗?"欧阳大声地问。

所有人面面相觑。欧阳期待地看高昕,高昕正躲在车后掩着耳朵,他再看何莫修,何莫修脸色煞白地在簌簌发抖。一个手榴弹飞过来砸在他的头上,何莫修惊叫,思枫一把抢在手上。

"给我给我!"四道风像见了宝似的,思枫扔给他,四道风甩手掷了回去,手榴弹在空中炸开,几个日军倒下。

欧阳已经绝望了,他自己把驾驶室的司机尸体拖了出来,唐真突然将他推开了,把沉甸甸的机枪放在他手上,欧阳难以相信地看着唐真坐在司机座上,摸索着。

"你会?"

"不会!"

欧阳不抱指望地看着唐真一通捣鼓,但熄了火的车居然发动起来,这是个没时间去多想的奇迹,欧阳抱着机枪回身扫射。

"上车!都上车!闯过去!"

篷布已塌了,人们从侧边车帮翻了进去。欧阳又往后打了一个点射,后脖领子上一紧,被进到驾驶室里的思枫抓了一把,他就势坐在踏板上,就这么边打边撤。

车撞开了另一辆车的残骸,向大荷村冲去,已经拿回了枪械的神崎队士兵在车后拼命地追击。

那名中队长从掩体后探出头来,他终于握住了发火器。

这一秒钟已经让龙文章套住了目标。他开枪,中队长额前陡然洞穿。他面前的日军立刻从着弹位置推断出枪手的大致方位,但他刚看往那个方向,卡车就向村口冲来,后边追着整队发狂的日军。

中队长这时才一头倒下,龙文章那一枪并没阻止他的引爆,他一头栽在发火器上,空地上顿时腾起一股烟雾,埋在浮土下的毒气罐被引爆了。

唐真的车开得很糟糕,与其说靠技术不如说靠反应,车碾翻了一个闪避不及的日军后,径直碾进那层浓浓的白色气雾中,一瞬间什么都看不见了。

"毒气!憋住呼吸!"欧阳红着眼睛,流着眼泪,他最后能看见的是村子里的日军比较稀少,"进村!往村里开!"

唐真勉为其难地把车头对准了进村的路,车子横冲直撞地驶进大荷村。

空地上的追兵比欧阳他们惨得多,卡车只在毒气的边沿,并很快就冲了出去,那帮倒霉鬼可在毒气的中心。不断有人捂着口鼻从烟雾中冲出来,瘫倒在空地的边沿,已经暂时不能追击。

卡车歪歪扭扭地撞向路边的民宅,一道墙被撞倒,车终于在院子里停了下来。

"下车!"欧阳跳了下来,"趁着鬼子还没集结,杀条出路!"

其他人鼻涕一把眼泪一把地跳下来,四道风擦擦眼泪就冲了出去,刚露头又让弹雨逼了回来。

几个戴着面具的日军从烟雾里露头,欧阳示意人们向屋里退去。日军战战兢兢靠近那辆扎在废墟里的卡车,村外的恶战实在让他们心有余悸。

院子里没人,日军刚松口气,四道风从车厢里跳了出来,在一个近在咫尺的距离上撂倒了一个,翻身跳到了车那头。

日军气得要疯掉,扎成了一堆向车那头冲去。几个队员从门窗处现身,抓着那种土制炸弹向日军狠狠甩去,院里的日军立刻人仰马翻。

更多戴着面具的日军从正门和断墙处冲进来,却被几支枪的集火打得措手不及。日军开始溃逃,仍未散去的毒气倒成了保命的烟幕,队员们不敢往那儿冲,只好甩炸药解气。

"停!停火!"欧阳从一个队员手上把炸药抢了过来,"剩下的全给我!"

欧阳收集着武器,连防毒面具一块儿拿上,"咱们得死守,可守不来什么救星,"他看看这院子,"快走吧,换个地方。"

3

毒气还未散去,神崎的几个参谋就踢打着有防毒面具的士兵,让他们进攻。

一个参谋气极地喊:"笨蛋!快去抓住杀死神崎队长的……"

一发子弹从他口腔里射了进去,他是龙文章又找到的一个目标,但这一枪也让他终于暴露,一小队人分兵向他的藏身处扑来,龙文章退壳上弹快速射击,把扑来的人打倒几个。一枚炮弹在他身边的草丛里炸开,龙文章跳了起来,"老子才不陪你们虾兵蟹将玩呢!"他开始跑路,一整队日军追在他身后。

村外,野战炮已放列好,日军拿出了对付正规军的架势,几个齐射之后,欧阳他们刚才呆的民宅彻底崩塌下来。

日军几个参谋在商量对策,另一个在电台边和总部通话,"是的,神崎队长已经玉碎了……怎么可能活捉？你应该来看看敌人有多凶猛！我军付出很大伤亡才包围了他们！……什么叫不惜代价？敌人到底是什么人……"

他恼火地站起来，冲炮队挥动手臂，"停止射击！"又转向其他几位参谋，"长谷川这个浑蛋！他不管别人的死活，我们不过是他的棋子！"

村口挤成了一堆的步兵队忐忑不安地看着他，参谋狂暴地掏出枪来指着他们，"为什么还不冲锋？要等他们来消灭你们吗？"

步兵又开始拖拖拉拉地集结，连连受挫，他们已经没什么斗志了。

欧阳他们换了一所新的院子，从院墙里往外看去，一小队戴着防毒面具的日军正顶着子弹贴着墙角把毒气罐拖过来，这种不顾死活的推进终于让他们把两个毒气罐运到墙根下。

屋里的人立刻戴好面具。

一声火药发火的轻响，他们藏身的地方瞬间被白烟笼罩了。

六品背着龙妈妈，回头看着远处白烟升起的地方，几个队友都散落在附近，视野里的大荷村已经淹没在烟雾之中，一队日军掷弹手正快速跑向村子侧面的空地上寻找发射阵地，这在六品他们看来是罕见的大阵仗。

"娘的，大乌鸦原来不光会跟我们号丧。"满天星明显有些敬佩的意思，六品狠狠地瞪了他一眼，满天星吐吐舌头住嘴。

"六品，脏仔真的在前边吗？"

"嗯，他去给我们探道。"

"我怎么觉得他在后边？在那边。"

六品看看龙妈妈指的那个方向，他并不是个擅长撒谎的人。

"六品，做妈的总能知道儿子在哪儿。"

六品愣了一会儿，放下龙妈妈，对满天星说："看好她，除非你不怕龙乌鸦回来跟你过不去。"

"你要干吗？"

六品温和地看龙妈妈一眼，走向大荷村的方向。

大荷村的空地上，那些掷弹手刚找好发射阵地就被冷枪打得鸡飞狗跳，追赶龙文章的日军也立刻找到了他的藏身之处，一通扫射过去，龙文章跳了起来，百忙之中又撂倒一个炮手，他扎进草丛深处，再次藏了起来。

屋里很静，四下漫散的烟幕从门窗侵袭进来，似乎要浸透这屋里的每一个角落，随着进来的还有一支上刺刀的枪和一个戴着防毒面具的日军。

四道风把那个躲躲闪闪的家伙连人带枪拖了进来，手起刀落，日军顿时成了一具尸体。

更多的日军冲了进来。在这狭窄空间里,第二场恶战开始了,什么都看不见,双方在一个触手可及的距离上厮杀,从一个房间到另一个房间,都在进行着殊死搏斗。

四道风快意地大叫,一手刀一手枪,死守着进入最多的正门。一柄刺刀突然刺进了他的腰肋,他一只手抓着枪尖不让拔出来,另一只手上的刀割断了对方握枪的几根手指,那名日军吓破了胆,掉头想从窗口爬出去,却和正要爬进来的几个同僚挤成了一团。

四道风对着窗外近在咫尺的一个枪口笑了一下,迎头就是一枪,其他几名日军也被他吓得掉头鼠窜。

轰然爆炸,后墙倒塌,一小队日军从缺口处冲了进来,他们显然是有所图的,进来就在屋里搜寻。

躲在屋角照顾八斤的高昕被搜了出来,高昕尖叫着,抢起就手的东西一通乱砸。何莫修爬过来帮她,浑然忘了自己就是日军的目标,他俩没有与日军抗衡的资本,没几下,高昕就被一脚踢倒,何莫修则被横拖倒拽了出去。

高昕昏昏沉沉爬起来,透过面具看出去,四下一片白烟,枪声似乎很近又似乎很远,战场已转移到前院。

"四道风!"高昕冲正堵在门口打得带劲的四道风喊了一声,四道风回头,何莫修已被拖了出去,而高昕毫发未损地坐在地上。

"瞎嚷什么?你又没死!"他一拳打碎了一个日军下巴,兴高采烈地闯了出去。

高昕气得要哭,终于又想起另一位救星,"老师!"

欧阳不知跑哪里去了,烟幕里出现的是唐真,唐真看她一眼,转身开火,一名从烟幕里冲出的日军倒在她们中间,那具穿满弹孔的尸体让高昕濒临崩溃,"快救小何!他……"

唐真没等高昕说完就冲了出去。

后院的烟雾稍少,被倒拖着的何莫修终于抓到一棵小树,书呆子也有死较真的力气,他死抱住小树不放,日军连拽带打,一时也奈何不得。

唐真从断墙后冲出来,举枪,但那几个身影纠缠成一团,她又放下了枪,几个日军立刻向她冲了过去。唐真抡动枪托打倒了一个,她躲开了刺刀的挑刺,却被狠狠的几枪托打得瘫在墙边直不起来。

发现被打的是一个女人,这让那些日军非常愉快,他们留下两个人抓着何莫修,其他人嘻嘻哈哈向唐真逼了过来。一个人从屋里扑出来,抱住一个走向唐真的日军,那是一直重伤未愈的八斤,他毫不犹豫地拉开了日军腰里的一个手榴弹环,一边喊:"真姐快跑!"

唐真却没有要跑的意思,她冲过去想把八斤抢出来,手榴弹爆炸了,没有轰然巨响,只有浓烈的白烟,咝咝地发出燃烧声,八斤和那日军在地上翻滚惨叫,唐真想扑灭八斤身上的火焰,在他的挣扎下却根本抓不住他。

前院轰然一声爆炸,加上眼前的惨烈,院里的几个日军终于面有惧意,他们把何莫修从树上掰扯下来,打算就此带走。欧阳从屋里出来,一手拿着枪,一手拿着最后一个土制的炸弹,"你们知道这是什么吧? 真正的烈性炸药,只会用在大口径炮弹上,是一点点从臭弹里起出来的,今天你们已经吃足了它的苦头。"(日语)

他进一步日军就退两步,欧阳又往前进了两步,一把把何莫修拖了过来,他又往前进了一步,看起来打算把炸弹扔出去,日军怪叫着开始翻墙夺路。

唐真下意识地捡起机枪扫射,几个日军被击毙在墙头。欧阳扔掉了手上的炸弹,试图弄灭八斤身上的火焰,可翻滚和拍打都无济于事。

"这是白磷。"何莫修说。

"怎么办?!"

何莫修被欧阳喝得嗳嚅了一下。

"我说怎么办?!"

何莫修咬了咬牙,从地上捡起一把刺刀,"你们摁住他。"

欧阳和唐真摁住八斤,何莫修一刀割了下去,他用的是这种环境下唯一的办法:割掉沾上燃烧剂的皮肉。

八斤痛昏了过去。

何莫修满手是血一跤坐倒,高昕呆呆地在屋里看着,经过这样的两天,血和死人已经不能让她畏惧了。

欧阳疲倦地站起来,唐真捡起欧阳扔在地上的那个炸弹——一块砖头从破布里露了出来。

战斗总算结束。院子的雾气已经渐渐散去,欧阳扯下面具,试探着呼吸了一口。

四道风看看从雾气里走出来的队友,还不到十个人,连伤带累,再配上那面具,谁都像个鬼魂。

欧阳看着剩下的人道:"同志们,可以确定我们给了敌人沉重的打击,敌人进攻的间隙时间已经越来越长了,因为他们也伤亡惨重……"

"鬼扯吧,他们十个死掉九个还是比我们人多。"四道风看着欧阳,"死活就是一层纸的事,你还哄着干什么? 痛快一点!"

他找了间还算完整的房子,把两具日军的尸体从里边拖出来扔在一边,然后左拥欧阳,右拥思枫把两人往屋里推,"我说过的,给你们两公婆关小黑屋三天不让出来,现在三天是别想啦,鬼子打过来我会叫你的。"

"要你狗拿耗子……"欧阳住嘴,因为他发现思枫并不像他那样激烈地抗拒。

四道风冲赵老大嚷嚷:"领导,上级,那个偷着乐的,你给个话!"

赵老大忙不迭站起来,"虽说不大像话,可这是几天来你说的第一句人话。"

欧阳瞪他,"你又起什么哄?"

四道风伸手就把他们推进了屋里,把门关上,一张没正经的脸上也忽然有些伤感,"小的们,还有那个老的们,死之前该忙活什么就忙活什么吧,到阎罗王那别说四道风欠着你们。"他拿根棍子把门环扣上,走开。

赵老大因被叫作老的们而苦笑了一下,他从日军的尸体上翻出半包烟,点上一支,无限满足地吸了一口,把剩下的烟扔给了队友。

4

四道风把门扣得很紧,欧阳怎么也拉不开,他踢了一下门,"外边还喘气的!开门!"他凑在门缝里看了一眼,"老赵这个没正形的,居然教十几岁的孩子抽烟。"

"你把打过这种仗的人叫作孩子?"

"打仗归打仗,过日子他们还是孩子。"因为门锁着,他被思枫看得不太自在,转头又在窗上寻找出路,"那小子就是爱发人来疯,根本不管什么时间场合。"

"我想他是太清楚到了什么时候。"

"这样说不对。"欧阳猛力地撬着窗户。

"你要出去?"

"当然,鬼子大概半小时内就能集结下一轮攻势,总得准备一下。"

"我们会死吗,欧阳?"

"你说什么呢?"欧阳转过头来,看着思枫凄婉的表情,他也有了些茫然,一会儿,又笑了笑,"不会死吧,我想不会。"

"就要死了也不能在一起几分钟吗?"

"有这几分钟也许就活了,我得出去忙。"他已弄开了窗户,开始爬窗。

思枫看着那个身影在窗户上消失,然后门环响了响,欧阳把门打开了,"生生死死这么些年,别的大话也不爱说了,我就是要活着出去,然后才好跟你结婚。"

思枫呆呆看着他,然后笑了笑,"不光是活着出去,还得活着打完这场战,做对老不死的夫妻。"

"已经是老夫老妻了。"欧阳有些赧然。

"除了各多几条皱纹,咱们哪里像老夫老妻了?"

欧阳歉疚地笑了笑,出去,思枫怔了怔,开始检查枪里的子弹。

欧阳到赵老大身边,很不恭敬地推推他,"你对这儿熟,村里哪栋房子最结实?"

"祠堂。还要换？"

"我不喜欢坐以待毙。"他对那几个筋疲力尽的幸存者，"起来，把烟掐了。"

人们开始摇摇欲坠地准备防御第三次攻击的到来。

四道风坐在尸横狼藉的屋里，竭力想用撕开的布条包扎腰肋上的伤口，一个队员从外边探进头来，"军师让全体往祠堂转移。"

"死了方便归位吗？裹好这就走。"

队员走了，四道风显得很郁闷，背上的伤口并不那么好包扎。

高昕进来，帮他把伤口包上，四道风哼了一声以示满意。高昕看着那张永远长不大的脸，说："我要是像唐真一样会不会好一点？"

"像那个男人婆？我的老天！"

"我怎么做你才会正眼看我？"

四道风奇怪地看着她，"我一只眼睛瞄枪，一只眼睛盯鬼子，看你干什么？"

"我是来找你的呀！你不知道吗？"

"不对，明明是老子把你救出来的。"

高昕气得快疯了，一把揪住了四道风的衣服，"可我喜欢你呀！全世界的人都知道就你不知道吗？"

四道风有些惶恐，他一向对太认真的人没什么抵御能力。

"你说死之前想干什么就干什么，可我不知道我想干什么。"她一点点向四道风靠近，看起来她很清楚自己想干什么。四道风犹豫一下抱住她，他很被动，像对一个天上掉下来的馅饼那样被动。

高昕忽然把四道风推开了，"我不是要这样！"

"我也不是要这样，咳，你知道啦，我以为你自己要的……"

"不是要这样，我找了你三年，我以为就为了这样，我刚知道不是，你知道吗？你想一个人想了三年，绝不会就为了这些。"

看着高昕想哭，四道风焦躁恼火加不安，"好啦好啦！你爱怎么样怎么样好不好？我就是给大小姐打短工的，你要干什么我就配合一下。"

"不是的！我来找你，就是想和你说话！"

"说吧说吧，说话嘛。"

"你听我说，三年了，我以为我什么话都跟你说过，现在才知道，没有，我只是自己跟自己说。你是英雄，你过的日子是我根本不了解的，我说的话你也听不见。"

"乱套了，我放着鬼子不打，该跑到你们老高家去听墙根子？"

"我想我在做梦，在一个这样的地方，到处躺着死人，我居然不怕，还跟你说这些，你离我这么近，又好像比以前还远。你说的每句话都那么新奇，又那么……浑蛋。"

四道风焦躁不安，对异性他只有云山雾罩的一种理解，"你病了，病得还不轻,打完这仗就送你回沽宁。"

"大概你听着就是胡话!可我是把命都不要了来告诉你的!你干吗这么浑蛋地对我?我干吗还是喜欢你这个浑蛋?"她终于哭了,欺硬怕软的四道风因此有些茫然,他仔细看了看,终于有些痛心,"我倒也不是存心的,那就认真地说吧……我就烂命一条,其实也是不在乎跟谁睡的,以前也给你们家打过短工,就当以后打长工了,你又挺漂亮……"他看看高昕瞠目结舌的表情,"这么说不对吗?我的心思这就叫一言九鼎的应承。"

高昕又哭了,"我干吗还是喜欢你这个浑蛋?"

"别哭了,我带你活着出去,我应承你了。"四道风尤其看不得女人哭,他拉了拉高昕,"走吧,大家伙可能都走了。"

高昕擦擦眼泪,站了起来。

欧阳一行已经来到了祠堂,但祠堂的大门紧锁着,为数不多的人只好在院子里安顿。这是大荷村最大的一个院子,欧阳和队员将刺刀倒插在墙内的地上,这样可以使日军越墙时多些顾忌。

何莫修在祠堂边坐着,孤独而茫然,他下意识地搓着手上的血迹。

欧阳想起什么,走过去,何莫修瞟了一眼欧阳,欧阳的手无意识地摸在枪上,何莫修苦笑,他几乎知道要发生什么。

"高昕呢?"欧阳问。

"做她想做的事情去了,我不知道这是不是你想做的事情,可要做就快点做吧。"

"不是。"

"管它是不是,快点吧,我什么都没有,只有我的兴趣,可忽然有一天别人说,你的兴趣让你变得很重要,于是我连自己都没有了。我什么都不是,是大人物争抢的工具,是你们的包袱,快开枪吧,你们解放了,我也解脱了。"

欧阳把枪掏了出来,何莫修闭上眼睛。

"你不是包袱,靠你的炸弹我们才活到现在。"

何莫修苦笑,"谢谢。我待会儿跟鬼知道的哪个神仙说,我这辈子还做过一件有用的事情,你说多可笑吧,我都不知道他们穿长袍还是西装。"

"你要过几十年才能知道了,"他把枪扔到何莫修面前,"该怎么做你自己知道。"

何莫修愕然地看着那支枪,把它拿了起来。

欧阳继续去准备那简陋的防御工事。

5

第三波攻击是试探性地发起来的,日军终于不再小瞧劣质武器射出的子弹,试探着往前推进。

那名担任战场指挥的参谋正在对着电话大叫大嚷。

长谷川呆呆地看着搁在桌上的话筒,话筒里仍在传出咆哮:"不可能生擒!我告诉你,用帝国的全部军队也不可能生擒他们!"

宇多田淡漠地看着他,"将军已经醒了。"

长谷川一下跳了起来。

"正在沐浴。"宇多田笑了笑。

长谷川抓起话筒,咬了咬牙,"杀死他们。"

那名参谋如释重负地挂上电话。

来自总部的直接命令让村外的炮兵终于放开手脚对大荷村开始齐射,半个村子很快就成了废墟,日军踏过废墟开始了第三波攻势。

一栋房子射出一枪,那栋房子立刻被接踵而来的炮弹炸平了。

赵老大连滚带爬地从烟尘中跳出来,身后几支机枪追射,他跑过街道,屁股上着了一枪。四道风从门洞里跑出来把他拖进去,他们现在终于见识到什么叫重型火力支援。

日军自烟尘中露头,人数足够把这里的寥寥数人给粉碎了,赵老大刚才诱敌让他们径直冲向这个方向。

日军靠近墙根的时候,四道风带头,齐齐把刚才从日军尸体上捡来的手榴弹扔了出去,墙那边的爆炸压倒了惨叫。

他们刚从墙边退开,墙外的日军就越墙过来,四道风等一通齐射,墙头的几个日军被打得摔了下来,后面跳下的几个跳在一早埋下的刀尖上。然而,日军不顾死活地仍一个个从墙头跳下来,欧阳他们再次陷入了肉搏之战。

追捕龙文章的日军仍在旷野上搜寻,他们已经绕到了大荷村的另一头,村口的机枪哨卡正严密监视着村里的动静。一名日军忽然发现了草丛里摇晃的一袭衣服,开枪并狂叫:"在这里!他在这里!"

龙文章从他脚下跳了出来,用刺刀结束了那个叫声,几发子弹向他射来,其中一发穿透了他的胳膊,他滚开了,抬头看着大荷村方向,村里的爆炸很难让人相信里边还有人活着。

"你们死也吱个声啊!别害死了我!"他照封锁村口的机枪哨位扑去,被哨位上的日军发现,机枪开始掉头。龙文章扑在地沟里,伤口也懒得管了,他换上一夹子弹,起身,一梭子弹立刻从耳边划了过去。龙文章扑倒,摸摸火辣辣的耳朵,一手血,他咬了咬牙,端枪再次起身。

机枪哨位上,枪已经哑了,六品正对着日军又一次挥动他的大刀片子。

"窦六品你个死剁了头的!我妈呢?"

"在后边呀!"

龙文章回头一看,满天星正背着龙妈妈跑过来,他周围几支枪把追赶龙文章的日军压得不敢起来。

"你们这帮活驴,干吗把我妈背过来?"

"我们来救你啊!"

"谁要你们救?"龙文章掉头就往村里冲,"他们在里边!"

六品一行也只好跟着。

村外的庄稼地里,苟腊八和他的炸雷们汗水淙淙地窝着。

"你们都知道啦?"苟腊八看看他的部下。

海螃蟹和他那帮小伙子们憨憨地点头。

苟腊八一个个点着说:"你爸你妈,你媳妇,你奶奶你外婆,你追三年也没追上的花二姐,你弟你嫂子,我老婆我闺女我外孙全在里边,全都没死,让鬼子关祠堂啦。"

这种战前动员做得所有人烦躁不安,没人说话,只一味地擦着汗。

苟腊八把鬼头刀杵在地上,脱去了衣服,露出一副老农民的身板,"那就杀他娘吧。"他先跳了出去,村民在后边跟着,他们从侧面照着大荷村冲去。

日军的侧翼开始大翻,苟腊八的农民游击队翻过院墙插了过来,他们对这里熟悉到了闭眼也不会走丢的程度,土枪梭镖一通交锋,日军向村子中心撤去。

龙文章又惊又喜,"你们这帮草头军给我站住!"

苟腊八根本没理他,拎着柄抢来的日本刀向村里狂奔,"救人哪!全村人都活着,都在祠堂!"

作为战斗口号这很不成话,却嚷得每一个从大荷村逃出来的人都不愿意落在他的后边。

一个手榴弹炸开,硝烟后露出祠堂边厮杀的人们。欧阳他们搭起的障碍很快就被突破了,日军源源不断地从塌倒的院墙上跳过来。

欧阳用步枪里的最后一发子弹打死一个日军,用刺刀刺向从墙头跳下的日军头目,那断了半截的刺刀只是刺伤了对方,欧阳被人从身后抱住,那头目跌跌撞撞爬了起来,拔出自己的战刀。

何莫修茫然地看着,下意识地拔出欧阳给他的枪。

"开枪!"欧阳喊。

何莫修漫无目的地举着枪,瞪着刺向欧阳的刀锋。

"开枪呀！"

何莫修调转了枪口对住自己的额头,杀人在他理想主义者的脑袋里终究还是一道不可逾越的道德鸿沟。

欧阳绝望得已经感觉到刀锋刺入自己的腹部,一个人如炮弹似的闯了过来,把那日军头目撞翻在地,然后劈头盖脸就是一刀。

是苟腊八,接着是他那伙救人心切的生力军,龙文章和他的小分队紧随其后。

日军迅速溃退,不是因为龙文章百发百中的枪和六品绞肉机一样的刀,大荷村那几十个村民不要性命的砍杀才真正叫他们心悸。

但溃退已经晚了,人们已经杀红了眼,这场仗早已打到不死不休的地步,一直从院里杀到街心。

欧阳捂着腹部的伤口,看着何莫修,何莫修仍闭了眼指着自己的头,簌簌发抖。欧阳把枪从他手上拿了下来,枪上的保险栓没有打开,欧阳打开枪栓,用那支枪打死了一个正对思枫偷袭的垂死日军。

那是这轮攻击波的最后一个人。

杀跑了日军的苟腊八全无得意之色,把刀一扔就去撞祠堂上的门,几个同村的小伙子也不得章法地想帮他劈开那锁。

"他干什么？"四道风不解地问。

龙文章答:"他们村的人让鬼子关祠堂里了。"

"没听见动静啊。"四道风直纳闷。

龙文章一愣,上去拉开苟腊八,苟腊八猛地甩开,他快急疯了。"老苟,我是帮你的。"

赵老大走上来,"苟村长还记得我吗？我在你们村住过。"

苟腊八茫然地看着他,"你是老唐的人。"

赵老大把苟腊八拉开了些,龙文章就势一枪把锁头打落,苟腊八在枪响的那一下又不安分了,冲上去把两扇沉重的大门一下推开,一股浓重的血腥味冲出来,让这些经历沙场的人都不由后退。苟腊八一跤坐倒在门前,由疯子变成了一个傻子。祠堂里已没有活口了。

龙文章不由看了看自己的妈妈。龙妈妈正全神贯注在他身上,即使周围这样的惨祸也没让她把目光从儿子身上的伤口移开,龙文章忽然有点气馁。

欧阳匆匆过来,"你们已经在包围圈上闯出了缺口,我想赶快突出去。"

龙文章看着老苟,心不在焉地点点头。

6

为了不误伤己方,村外的炮击早已停止。日军瞪着村口散去的硝烟,第三次攻击的日军没有一个活着出来。天并不热,但军官和士兵们忍不住一把把擦着汗。

身后蹄声如雷,伊达和他的骑兵队终于赶到,一名参谋迎了上去。伊达下马,"神崎队长呢?怎么没看到他?"

参谋看看旁边盖着白布的尸体,黯然道:"神崎队长已经……玉碎了。"

伊达吃了一惊,径直过去,他掀开白布,朋友额头上的那个弹孔触目惊心,他看了很久,"我不相信,他是真正的武士,武士的骄傲。"

"虽然我一直就在这里,我也不相信。"

"潮安的援兵什么时候到?"

"很快,他们会从反方向展开围剿。"

"不用了,是天意,让我为神崎君复仇。"

他一跃上马,举起了自己的战刀。他带来的骑兵齐齐把手上的刀枪举了起来,他们把马头调向通往村里的大路,看起来杀气逼人。

荀腊八一言不发地坐在地上,用刀杵着地,整个身子都在止不住地发抖,他无意识地看着欧阳他们迅速换上从日军身上扒下的军装。赵老大拍拍他,把一套刚扒下的军装给他,"荀村长,咱们走吧。"

"不走啦。"

"你要干吗?"

"我没打够,我掩护你们。"

海螃蟹走过来,"我也没打够。"

赵老大看看这些人,他立刻意识到,他根本无法说服这些人。

荀腊八又说:"你们走吧,我回头就来。"

"怎么来?回头就让鬼子围上了。"

"咱村有地道。"

赵老大有点惊喜了,"你们村的地道挖好了?"他转向欧阳,"你看,群众的创造力就是无穷的!"

欧阳看看四周,"得赶快了,缺口不会一直开着。"

赵老大又拍了拍荀腊八,和欧阳去集结幸存者。

龙文章内疚地看着荀腊八,他把自己的枪放在荀腊八身边,"老荀,我们……"

"拿走拿走,要枪我跟鬼子要去,就捡死人的也够全村使了,反正现在也就这几十人了。"

龙文章拿起枪站起来,只有他下意识地明白荀腊八要干什么。

炮火开始在村子里飞啸,日军似乎是打算先用炮火把这村子彻底摧毁。

四道风和老唐的两拨幸存者,加起来拖伤带残也就十几人。他们都穿着日军军服,借着火炮炸起的硝烟掩近扎在废墟里的那辆车,那车伤痕累累,但奇迹般地没有伤及要害。

欧阳看看龙文章,"你在军队待过的,会不会开车?"

"没有,我心比天高,不务实际,就没学这实在该学的东西。"

欧阳又转向何莫修,"小何……"

"我学开的那车,方向盘不在这一边……"何莫修为难地说。

四道风一把把他抓了起来,扔进了驾驶室,何莫修只好硬着头皮在车上摸索。

人们上车,炮弹在周围呼啸爆炸,何莫修艰难地把车倒出废墟,驶上大道。

路上坑洼不平,弹坑、尸体、塌倒的废墟,何莫修小心而笨拙地绕过。周围仍在爆炸,但对这些鏖战经日的人们来说已经不算什么。

海螃蟹拎着几支枪站在村子中心,茫然地看着这辆车远去。

赵老大无限感动,"又一支四道风诞生了。"

"他们叫炸雷。"龙文章轻声地说。

车仍驶行,那些曾被他蔑视的人被遮没在已成废墟的村舍后。

车终于驶上出村的路,每个人的脸上都露出一点轻松。龙文章想起为妈妈遮掩一下身上的伤口,四道风对着高昕不自在地背过身去,欧阳对思枫微笑了一下,满天星一言不发抱着重伤的弟弟八斤。

一个躺在车厢的重伤员呼出一口气,轻松地死去。

一长列日军的卡车迎面驶来,那是潮安援军。

欧阳他们远远地便扣上了防毒面具,欧阳将半个身子探出了驾驶室外,指着大荷村,对正要盘问他们的日军大呼:"毒气!毒气!"(日语)

日军陡然大乱,车队飞退,头车和二车撞上,车上的日军互相争抢着数量不够的防毒面具。

卡车迅速驰过了这个混乱不堪的车队。

第二十三章

1

海螃蟹把归置拢来的武器放在荀腊八身边,"村长,咱村的地道挖好啦?"

"屁的地道!不是赶农忙没挖吗?"

"那你说有地道?"

荀腊八看看他,"大荷村以后就没了,你们谁活出去了,每年来这块跟我们死人说一声,你们杀了多少鬼子。"

海螃蟹犹豫良久,点点头。

村外的炮终于停止了射击,伊达的骑兵队闯过未散的硝烟,冲进村中央的空地,马儿余势未作,被勒得威风凛凛地在空地上打旋。

伊达莫明其妙地看着在燃烧中坍塌的村落,空空荡荡,只有荀腊八十足老农样地蹲坐在祠堂的大门前,使劲挠着脖子上的泥,他立刻被几支枪对准了。

伊达看着荀腊八,"这里的人呢?"

"人?我不就是吗?"

"你的不是!我的是说……"他看着荀腊八超然而恬淡的神情忽然愣住,那种神情绝不该出现在这样一个老农脸上,那是伊达理想中武士就义的最佳神情。然后他听到一声熟悉的轻响,是手榴弹拉环的声音。

"撤退!……"

话音未落,荀腊八掀掉了披着的衣服,他的身上挂满了刚捡来的手榴弹,胸前的一个已经拉掉了环。

马匹惊蹿,伊达被掀翻在地上,眩晕中他看见四下舍命杀来的村民,然后荀腊八整个人在骑兵队中间炸开,把伊达的世界炸成了一片黑色。

2

潮声依稀,暮色降临。那辆千疮百孔的卡车被藏在树林里,队员们用树枝将它盖上。另外一些人在挖坑,将换下来的日军军服和防毒面具扔进去,然后用沙子埋上,另外一个坑里埋的是在车上死去的那名队员。

何莫修蹲坐在旁边,瞧着这些人沉默地忙碌。他看看高昕,高昕正给那个死者的墓上加上一把沙子。

海平线上浮起一个小小的黑影,那是接应何莫修的潜艇,四道风点点戳戳地说:"你看那东西可不像个缩头乌龟?为看到它我们死多少人?"

没人理他,人们都各自忙着,何莫修也捧起了一把沙子,恭恭敬敬地放在墓上。没人去管从潜艇上放下的那艘橡皮艇和艇上坐着的两个人,直到他们在沙滩上上岸,人们才止不住好奇地看着他们。

那是两名美军水兵,一官一兵,浑身披挂着用得上用不上的东西:救生衣、武器、弹药,像一座活动仓库一样显示着他们的富有,嘴里招牌似的嚼着口香糖。

军官操着英语问:"谁是何莫修?"

何莫修犹豫着举了举手,他觉得这个动作很耻辱。

"从现在开始你就在我们的保护下了。"

"谢谢。"何莫修机械地说。

那名军官终于想起看看其他人,顺便看看那座坟墓,"有人死了?你们打过仗?"

"是的。"

"多少人?会影响到我们的安全吗?"

何莫修向欧阳翻译,"他问我们和多少鬼子战斗过,会不会影响到他们的安全?"

"两个中队,林林总总的……上千人吧。"

何莫修向军官说着英语:"一千。"

那军官吹了声口哨,回头低声和同伴说了些什么,两人笑。

"他们说什么?"欧阳问。

"他们认为你在吹牛,他们认为你们只是被一发流弹打到,然后把树林当成了日本鬼子,他们只相信有随军记者跟着、还没开打就吹嘘得全世界都知道的战争,他们认为在这场战争中,中国没有价值……"

何莫修越说越愤怒,欧阳把他止住,"好了,你走吧。"

"我是站在你们这边的!"

"我知道。我是说,如果你到了那边还想着这个世界的事情,你在那里也找不到自己的家。"

何莫修愣了,面对这样的宽厚,他忽然很想痛哭。

四道风不耐烦地说:"走吧走吧,你家着火了你就跑路,等我们把火灭了再回来享福。走吧,你这鸟人!"

何莫修简直没有勇气去看四道风,他凝聚起所有的勇气也只敢走到高昕身边,高昕看他一眼,将头转开了一些。

何莫修苦笑,"是不是忽然觉得我离了很远?"

高昕犹豫一下,点了点头。

"我也是,好像不是我要离开你们,是你们把我扔在这儿。"

"快走吧,这里不安全。"

"连你都不知道该怎么对我,连我自己都不知道自己算是什么。"他向所有人深鞠一躬,掉头走向那艘橡皮艇,两个美军跟着他,也不说话,与其说护送不如说押送。

四道风忽然伸了个懒腰,使劲打了个哈欠,"痛快!总算甩掉这天字第一号大包袱!"他其实有点遗憾,这包袱好歹跟他同生共死地待了这么久。

橡皮艇向那潜艇划去。何莫修回头望望,海滩上的人已经快被初夜淹没,他只能看见海面上的波光,两名美军尽力地划着船,他们想尽快远离这个地方。

军官看着何莫修说:"你可以感谢上帝了,或者你信的随便什么神,我们会把你送到新西兰,你从那里搭乘军舰回国。"

"回国?"何莫修有点茫然。

"回美国。你是入籍美国的中国人。"

那士兵也忍不住插嘴,"中国人中最幸运的家伙!"

"这不叫幸运。"何莫修说。

"你要什么样的幸运?待在这里?除了发狂的日本鬼就是那些神经质的吹牛大王?和一千人作战?我的上帝,他们会数数吗?"士兵一脸的不可思议。

"除了潜艇里的铁皮你见过什么?你的大喊大叫不过是美国钢铁和机器的回声,你自己又真的面对过什么事情?"

"大副,我想把货物扔到海里,我相信他会跟着我们的船游到西海岸。"

军官阴着脸说:"只要把他送到新西兰就好啦。"

"我不是货物,为什么这么说呢?货物是不会自己跳海下船的。"何莫修很干脆地往海里一跳,吓得两名美军都从艇上蹦了起来。

何莫修从海面浮了上来,"告诉你们的头儿,等这里的仗打完了我再去参观你们的国家!"他舒展开身子向岸边游去。

众人正要离开,满天星忽然指着海上那个载沉载浮的人头嚷起来:"那废物鸡又回来啦!"

四道风吓了一跳,"糟了,准是美国佬也嫌他废物,扔到海里不要。咱们快走快走,他不要咱们也不要!"他是真要走,却瞅见高昕冲着海里一笑,暮色下高昕的笑容忽然让四道风惊艳,他就此呆呆地站住。

高昕看着渐渐游近的何莫修,"你回来干什么?"

何莫修在水里喘着气,"不走啦!我又不是什么工程里一个叫何莫修的部件!我是傻呵呵晕乎乎、又激动又发抖的何莫修!"他回身对追着他的橡皮艇挥手,"别再追啦!再追我大声把日本鬼子叫来!"

军官吓唬他,"我可以向你开枪!"

"那他们就会向你开枪！他们是我的朋友！同志！生死之交！"他指指岸上的欧阳一行说。

那艘橡皮艇终于停下,何莫修却开始大叫救命。

欧阳皱了皱眉,"小声点,别真把鬼子叫来！"

"水太凉,我脚抽筋啦！"

几个人跳下水,把何莫修拖上岸,那艘橡皮艇悻悻地掉头驶向远海。何莫修湿淋淋爬起来,第一件事就瘸着奔向四道风,"能不能……麻烦你们把我再送回去？"

四道风嘴里发出一种很奇怪的呼气和吸气声,看起来要吃人的样子,"送回哪儿？沽宁吗？妈的你小子,把沽宁送给我我也不干。"

欧阳过来,"你现在已经不可能回沽宁了。"

"那我可不可以……和你们在一起？"

欧阳看起来很为难,他自然记得面前是个宁杀自己不杀人的另类,"这个……你要问我们队长。"

"谁是队长？"

欧阳指指四道风,何莫修几乎绝望,他仍冲欧阳嚷嚷:"我真的会有用的,请你们相信我！"

"你当然是有用的,可是……我猜测……你在实验室里是很有用的。"

何莫修很受鼓舞地点头,"有些人叫我天才,那当然不是真的。"

"可你要知道,现在就算把中国找遍了,也未必能找到一间实验室。"

"我肯定有用的,我和朋友在阿尔卑斯山野过营,我知道不让枪生锈的办法！"

欧阳看四道风,四道风把头摇得像拨浪鼓,他又看赵老大,赵老大苦了脸,"总不能把他扔在这儿吧。"

四道风抢白一句,"怎么不能？当然能！"

"我会做炸弹！像今天那样的炸弹我还能做很多！"

四道风因此犹豫了一下,欧阳点头的时候也就没再发表议论,何莫修终于有了一个结果,高昕乐得把何莫修一把抱住,"你终于留下来了！我就知道你不会走的！"

四道风的脸上立刻阵阵阴翳。欧阳并没理会这几个人的小心思,他转向赵老大和思枫,"我们现在怎么办？"

赵老大看看这群筋疲力尽的幸存者说:"有件事必须马上就得做了。"

欧阳下意识地紧张起来,赵老大诡秘地笑了笑,说:"休息。休息一会儿。"

3

  大荷村的战斗早已结束,只是余烬未灭,日军终于占领了这片已成废墟的土地,但士兵仍是胆战心惊,一天的鏖战已经让他们尽失占领者的信心。
  大难不死的伊达被担架抬到电话边,缠着的绷带下仍露出血迹。
  "是的,我们全歼了他们……伤亡很大……长谷川君,我有很多事情不明白……"
  电话被挂断了,伊达愕然地又听了听。
  长谷川放下电话,机要室一片死寂。他不再烦躁了,剩下的只有深深的绝望。
  宇多田从外边进来,"长谷川君,将军请您去。将军的原话是这样的——如果他还有一点尊严,就请在门外剖腹吧。"
  长谷川愣一下,跟着宇多田出去,他根本没勇气接那个话茬,也没勇气看身后那些藐视的目光。
  饭田面无表情地坐在大厅里,听着舒缓的莫扎特小夜曲,他看见长谷川进来,脸上掠过一丝笑纹,"战况怎样?"
  "我军……全歼了敌军,一个也没有跑掉……但是……炮火过于猛烈,我们也无法找到何莫修的尸体……但是,我们全歼了在沽宁为祸已久的反抗者主力。"
  "这么说我们胜利了?"
  "我军……还是有所收获的。"
  饭田点点头,在桌前捣弄了一阵,播放的音乐换成了《命运交响曲》,然后饭田回身,一个耳光甩在长谷川脸上,"我要一具尸体做什么,长谷川?"
  长谷川低头,"敌军非常强大……相信是美军在幕后指挥,甚至直接……"
  "我会找更好的借口来让今天不那么丢脸,所以你沾光还能活着。但是长谷川君,我肯定你会一直在讨厌的沽宁待下去,升官进阶与你无缘,就算沽宁陆沉你也要跟着沉没!听见了吗?这是你的命运!"
  长谷川一言不发地俯首立正。饭田不再看他一眼,出门,宇多田跟在身后,"将军,他怎么办?"
  "在这里听他无常的命运,在我巡视回来前什么都不许做。宇多田,你说得对,他是个大愚若智,大俗若雅的废物。"
  宇多田微笑,带上门随饭田出去,临走前特意把音乐声开得震耳欲聋。长谷川被浸没在音乐中,尽管喜欢音乐,但这样地来听这个旋律实在是莫大的折磨。

4

破旧的码头上,有人急急踩着水跑过,那是曾和四道风在沙滩上吃鸡的一个,他径直跑向一艘翻扣的破船,敲打着船壳,"烁哥,烁哥!"

没动静,那名帮徒疑惑地四下张望,忽然想起什么很害怕地跑开。古烁从一旁闪出,把他拖进一个角落。那帮徒吓了一跳,但立刻变得很热情,"烁哥,这是钱,路上花的,船在那边泊着。"

"有吃的吗?"

"太急了,没准备。"

古烁点点头,他浑身透湿,又冷又饿,在晨风中簌簌发抖,帮徒同情地看着他,"烁哥,这是何苦来的?"

"做了就是做了,你废话什么?"

"没什么啦,你……快走吧。"

古烁就要走,临走时犯了嘀咕,他转身拿枪指着那名帮徒,"你骗我。"

帮徒很恼火地说:"你疯了?咱们是什么交情?"

古烁二话没说拉了枪栓,他那眼神是真要杀人。

"……你不敢开枪的,他们听见枪声就会过来。"

"我诓你的。"古烁失望之极,颓然靠在船上,如被抽去了全身筋骨。

"我有家小。"帮徒低下了头。

"我也有家小……来,来杀我,这颗头拿去,能让你家小过得更好。"

帮徒看着古烁递过来的枪,咬着牙,终于没有去接,"他们设的伏在那边。"他指了一个方向。

古烁看了看他,"现在杀我我不怪你,可要被你坑死了,我做鬼也来找你。"

帮徒指着胸口认真地盯着古烁道:"我这里还是有个秤砣子,叫良心。"

古烁点点头,走向另一个方向。

也不知走了多久,古烁从巷子里闪了出来,饥饿已经压倒了一切,本该扫视街头动静的目光却盯到街角的食摊,他往摊上扔了些钱,拿了几样点心掉头就走。

"找钱!"摊主喊他。

"不用了。"古烁头也不回。

"哎哟,古三爷!"

这一嗓子喊得所有人都对他注目,古烁只好站住,"认错人了。"

"哪能认错呢?您是沙门的三爷,您的主子昨天就递过话了,谁要给您一粒米一块布,那就玩完,这是你们窝里斗,可别把我们小民的头玩脱了。"

"可我杀了李六野。"

"我谢您吉言,可这么好的事是真没法信了。"

古烁看着几个沙门帮徒在街那头隐现,只好把食物扔在摊上快步离开。他再回头,帮徒正在向那摊主问什么,摊主向这边指了一指。古烁向巷子里飞跑。他突然在巷口猛然煞住,隐在墙角,外边的大街上又过去一队帮徒,用杠子挑着个人事不省的人,是早上放古烁跑路的那人。

一个帮徒冲街上看热闹的百姓嚷嚷:"街坊邻居瞧好,这是帮了古烁的下场,六爷让抬回去剁了手脚,再有下一个就连脑袋一块儿剁了!"

古烁蜷在墙角里一动不动,他真正明白什么叫穷途末路。

日军司令部外,廖金头一群帮徒正候着,李六野摇摇晃晃地出来,他现在看起来已经有些非人,浑身的重创不说,一只眼睛真瞎了,他出来的第一件事情是伸出双手,廖金头把他的枪递了上去,李六野一声不吭地卡在腰间。

长谷川和伊达匆匆赶出来。长谷川早晨才从潮安赶回来,脸上的掌印仍清晰可见,他问李六野:"李君,这样的伤势太冒失了吧?"

"我去杀人。"李六野被接上的声带发出的声音如同地狱的回声。

长谷川笑了,"杀谁呢?是我想要的人吗?"

"我会把尸首送给你。"

"李君狠字有余,如果在智谋上再用些工夫,复仇指日可待。"

李六野用那只独眼瞪了他一眼,转身走开,一群帮徒在身后簇拥着,那份杀气和声势足可止住小孩子夜泣。

伊达看着走远的人群,皱了皱眉,"我不相信他们能完成我们做不到的事情。"

长谷川不置可否地笑笑,全然没了昨天的狼狈。

古烁蜷缩在路边的阴沟里,他昏昏沉沉,身体不断地抽搐。沙门帮徒的人声近在咫尺,又渐渐远去。

巷子里静了下来,另一个细碎的脚步声向这边近来,古烁费力地摸了一下腰间的枪,一只手把他摸到枪的手拨开。"你是汉奸。"

古烁强睁开沉重的眼皮看了一眼,帮四道风收集情报的那小乞丐在旁边琢磨着他,他眼前一黑,晕了过去。

5

走过山弯,几间隐僻的小屋就出现在眼前,看起来宁静而祥和。

领路的是海螃蟹和另一名大荷村的村民,两人身上仍带着伤痕。海螃蟹指指眼前的小屋说:"就是这儿,我们村专为逃日盖的,现在也用不上了。"

赵老大感激道:"谢谢、谢谢,大荷村的乡亲真是雪中送炭,我都没想到还能有个遮风避雨的去处。"

"大荷村已经没了。"海螃蟹说。

赵老大愣了一下,那两个年轻人的脸深沉得让他看不出内容。

"大荷村没了你们跟我走,以后你们是四道风。"四道风一脸豪情。

"谁跟你走?以后我们是炸雷,这雷专劈鬼子。"

"还跟我抢饭碗怎么着?"四道风有些没趣儿。

赵老大强笑了笑,"人困马倦,大家就在老乡提供的地方休息几天,这里还很安全,就在这躲过这次扫荡也说不定。"

队员们立刻发出嘘气声和轻笑声,几个人已经扔了枪就地躺下,"休息"这个词确实把这帮人带进了天堂。

休息了好一会儿,龙妈妈就钻进厨房,厨房里有现成的锅灶柴火,她把那包在空闲时采摘的野菜拿出来,忙活一番,不一会儿,蒸汽和香气立刻笼罩了整个房间。

满天星把头探进来深吸了一口,"好了没?"

龙妈妈笑笑,"什么叫老火靓汤呢?没一天哪能叫老火?"

"尝一口行吗?"

"那就把原味都坏啦。"

龙文章阴着脸进来,二话不说,叉了满天星脖子扔出去,"您把门关上好吗?这是捣乱!我在练他们呢!"

龙妈妈好脾气地笑笑,带上门,香气仍从那破绽百出的小屋里透出去,龙文章往外走,趁着没人看见也深吸了口气。

小屋前的空地上站着四道风、老唐两家人马,那是支歪瓜裂枣的队伍,破衣烂衫,武器混杂,站无站姿坐无坐相。

"人怎么不齐?"龙文章转头,"六品你也得练。"

"我得劈柴。"六品正在屋边劈着柴,龙文章看看码了半人高的柴堆,"你以为我们要在这儿猫多久?"

"多久都得要劈柴。"

他继续,龙文章没辙,一转身队伍里出了逃兵,赵老大和四道风往树林里开溜。被发现后,四道风索性做出一副谁敢惹老子的德行,赵老大理亏地哈哈腰道:"上林子找点野物,全民生计,是个大事。"

欧阳从屋里出来,也要蹭边溜缝地走开。可龙文章还是看见了他,"你!过来带个头!我要教他们正规军的生存技能!"

欧阳嘿嘿一笑,"算了吧,我个共党分子跟着你唱三民主义歌,怪别扭的。"

"哎,我都已经放弃了党派成见。"

"我也是啊。"他忽然很严肃,"我有要紧事,真的很重要,你们好好练没错啦。"

再怎么说他是个军师，龙文章只好由得他去，回头瞧瞧他不成样的队伍，"打起精神！我是教你们活命的本事！打个鸡毛仗就死一大片，跟秋后蚂蚱一样！我把你们好有一比，比作老百姓后院存的过冬大白菜！蔫头巴脑，连帮带叶全烂掉，正经场合压根儿指望不上！"

"龙教官！"满天星喊他。

"有屁快放！"

"活命的本事是不是就鬼子打北来，你们往南撤？撤到连后院都没了，就剩我们这烂帮子大白菜恶心鬼子？"

龙文章甩甩手，叫住欧阳，"军师，你给他们解释一下什么叫全盘战略。"

欧阳瞪一眼满天星，"龙教官是龙教官，他们是他们，不许一竿子打死，我话讲完了，你们自便。"说完坏笑着走开。

剩下龙文章气急败坏地对那些一脸不服的队员挥舞着双手，"别笑！你们根本不知道，我军将士正在前线奋战，并且很快会光复这里！"

"你军在前线，那我军倒在后方？三年啦，龙教官你喊光复喊三年啦！"

龙文章气得快抓狂，"我龙某人以堂堂清白之躯保证！还我河山，哪怕是刀山火海，枪林弹雨，锉骨扬灰……"

欧阳又看看龙文章，突然有点鬼祟地钻进了林子——龙文章实在是在进行一场全无胜算的争论。

树林里，思枫正坐在林荫里等着。欧阳过去坐下，两个人的独处让他又有些不自在，对付不自在的办法是没话找话。

"龙乌鸦又往枪口上撞，他是好心，想大伙儿多掌握点东西就少些无谓的牺牲，可那乌鸦嘴总得罪人，大家就问他国军啥时光复，一说这老龙就口吐白沫……"

思枫看看他，那意思是你废话什么，欧阳笑笑，"老四跟高大小姐越来越有趣啦，鼻子不是鼻子眼不是眼，五十米安全距离，可一个说话另一个准打激灵，也不知道老四干了什么？那小子心理也就十二岁……"

"你心理贵庚哪，欧阳同志？"

欧阳讪笑，答非所问："小何缠着我非把这手枪改成老四那样的快梭子，我不干，改完了我要打人屁股准得瞄自个脚丫，这式的……"

"你什么时候去说呀，欧阳同志？"

"我去说？"欧阳挠了挠头。

"那我去说？"思枫娇笑。

"不不，我去说，我是一家之主……不不，其实大部分时候你做主，咱这个一家之主是对外的……"

思枫叹口气，"我知道你一定会把洗衣服煮饭这种事情派给我的。"

"有些时候我也会适当地做一些,保证。"

"现在派这个早了点。"思枫难以觉察地微笑。

"是啊,现在的关键问题是一定要说,解决方法是我去说,这个说的方式……这个方式……"他看看思枫,"我怎么说?"

思枫没好气地看着他,"你一定要生死临门的时候才有勇气吗?"

"不不,勇气是一定会有的,权当鬼子到了跟前,一排黑漆漆的枪口指着。"他又看看思枫,"我跟谁说?"

思枫瞪着他,咬着嘴唇,"你真烦人,我真爱你,欧阳同志。"

欧阳点点头,忽然撒腿跑开,思枫有点反应不过来,"干什么去?"

"赶快说去!我突然有了勇气!"欧阳没停下脚步。

林子的另一头,一只野兔正东张西望,四道风和赵老大钻在树丛里,四道风用短刀瞄着,赵老大腰上的绳结里仍是空空如也,"别再跑啦,还说能打香火呢,你都放跑俩啦!"

"老子……你不觉得它……怪好看的吗?"

赵老大莫明其妙看看四道风,"就是个野兔子,祸害庄稼的。"

"老子城里人,你是乡下人,知道了吗?"

"那你慢慢赏细细品,赏饱了晚上好喝西北风。"

四道风瞪他一眼,咬咬牙,就要放飞刀,欧阳气喘吁吁跑过来,刚好把野兔惊跑,他自己站在兔子原来的位置。

四道风恼火地站起来,"搞什么?老子正要一刀断魂呢!"

赵老大也气得不行,"飞他!就飞他!红烧军师,大补!"

欧阳喘了口气,定了定神,又运了运气,"你跟我来。你跟这等着,不许跟来。"

他紧张得不行,紧张到不敢看俩人中的任何一个,转身就走。俩人不明白他说的谁是谁,于是赵老大愣在原地,四道风很自觉地跟着。

欧阳在一棵树边站住,看着树皮,似乎树皮上有很多的内容,四道风干等。

"我要跟你说的是私事,可是大事,是从来没跟你提过的事。"欧阳说。

四道风受不了那严肃,挠了挠痒痒。

欧阳现在改瞧着地面,"是婚事,你明白我的意思。"

四道风吓一跳,"太猴急了吧?我举双手不赞成!"他立马想到的是自己和高昕。

欧阳也叫他吓了一跳,莫明其妙地看看他,"你跟来干什么?我找的是赵老大。"

"找谁也不成。这多大件事,能让你们说怎么就怎么?"

欧阳也有点无奈,"成成,凭咱们交情不告你也说不过去,可你干吗反对?

我一直以为你特别愿意听到。"

"谁愿意听到？反对反对！"

欧阳惊讶地看着他，"你到底什么意思？能不能实实在在说一下？"

四道风忽然有些忸怩，"其实呢，你们就不用管啦……其实我也细细想过……其实高家这小娘儿们吧，哈，还不错啦……哈，我也知道铁定走不到一起的啦……不过吧，哈，身家百万，嗯，还蛮漂亮，也拿得出手，唉，放过了怪可惜的。"

欧阳目瞪口呆地看着他，四道风终于觉得有点不对，"我说错了吗？先说清楚，别跟我讲大道理。"

欧阳忽然笑了，"你觉得我要跟你说这个？还是你这几天脑子里就转这个？"

"你要跟我说什么？"

"我要说……先不管啦，你真是这么想的？"

"是男人准这么想。"

"你怕不这么说话就被人不当男人？"

四道风警惕地看他，"别绕我，你好像又在绕我。"

欧阳心花怒放之余也觉得这家伙可爱之极，捧过那颗大头亲了个响，"你有得惦记我替你高兴！你也得替我高兴！老四，我要结婚！"

四道风张口结舌，恨不得找个洞钻进去，可突然发现某些地方不对，"结婚？你跟谁结婚？"他忽然暴烈起来，"跟谁？！"

"你干什么？"

"你老婆怎么办？"

"我结婚……跟我老婆……"

四道风摸摸欧阳的额头，欧阳没好气地推开，他忽然想起这一切的罪魁祸首就隔了一丛树，于是大叫："老赵！我要求你就一切事情向所有人做出解释！同时你必须批准我的结婚请求！"

6

队员们尽可能地打扮那间简陋的木屋，以便让这里像个新房。

一张和房子同样木质的桌子放在空地上，赵老大正对着一张纸绞尽脑汁，"两个喜字架一块儿怎么写？"

邮差笑道，"这都不会？这么写。"他写了一个，明显错误，于是他也陷入和赵老大一样的苦恼。

"龙乌鸦，你会写吗？"

龙文章没好气地说："乌鸦能写出喜字来吗？"

赵老大摇摇头,"实在太久没见过这字了,太久没什么喜事。"他看见思枫从远处走过,"思枫同志,双喜字怎么写?"

思枫摇摇头走开了,赵老大挠挠头,邮差咕哝着:"你跟新娘子问这个合适吗?"

四道风忽然有些不自在,因为高昕正过来,她一声不吭地写出那个字,离开。

几个人立刻轻松起来,"对,就是这么写。""好遥远的字啊。"

几个男人忽然都有些感伤。

小屋内,发报机在作业,欧阳观察着传送出来的纸条,他一点也不像个新郎。重伤的八斤躺在床上,他躺的那张床格格地轻响,欧阳停了手头的事情,走到八斤的床边,"很痛吗,八斤?"

八斤半张脸都被缠在绷带下,他摇了摇头,但咬牙忍痛的声音清晰可闻。欧阳正有点绝望,唐真进来,八斤的眼神突然有些发亮,欧阳赶紧让开。

唐真毫不避讳地看着八斤的脸,半边是十六岁少年的那种细嫩,半边被白磷烧炙过的地方用绷带包裹着,想象不出下边的样子。"好痛,真姐。"

唐真抚着他完好的半张脸,"我的小弟弟已经长大了,还保护了他的姐姐。"

欧阳识趣地回到电台边工作,温和地微笑了。

"我的样子一定像鬼。"

"你一下就成大人了,以后谁都会觉得你是可以依靠的男子汉,你不喜欢人叫你八斤对不对?以后你就叫半天云。"

八斤虚弱地微笑着,"我哥叫满天星,我叫半天云……"他又沉沉睡去。

欧阳在此时也译完了电码,他吓了一跳,匆匆地要出去,唐真从床边站了起来。

欧阳转身,"不,你陪他待着。"他笑了笑,"这样很好,除了机枪之外还有很多值得我们用心的事情。"

"老师。"

欧阳愣了一下,这个称呼对他来说恍如隔世。

"您要结婚了?"

"是的,和你师母……"他苦笑了一下,"你知道,在学校那次是假的,老赵也给大家解释过了。"

"您很爱师母吗?"

欧阳忽然从唐真的神情里明白无误地捕捉到一种信息,一种唐真独有的毫不避讳的热情,那让他顿时很想逃跑。

"……爱得死去活来。"他说。

"这么说话很酸吧?"

欧阳苦笑,"是的,酸得我很想捧住下巴。"

"我什么都没有,没东西送你们……只有祝你们幸福。"

"谢谢。"他走开的时候有点遗憾,是那种四十岁人遗憾自己为什么不是二十岁的遗憾。

厨房里,龙妈妈和高昕忙得不可开交,只不过一个井井有条一个手忙脚乱。

"大妈,这是大米,还有些面粉,还有些酒,红白喜事总得有酒。"海螃蟹和他的同伴把几袋东西搬进来,放在屋角,那两个人的阴郁与这格格不入。

"小海这回喝了喜酒再走吧。"龙妈妈说。

"不了,一村人的丧事还没办呢。"

龙妈妈因此而叹了口气,何莫修把一袋不知道是什么的玩意拖了进来,海螃蟹就手帮他拎了一把,出去了。

"谢谢谢谢,"他看着高昕,"有盆吗?"

高昕拿了个盆给他。

"太小。"

"你要多大?"

"有多大要多大。"

高昕指给他案下的一个盆,大得可以让十岁孩子在里边洗澡,那显然遂了何莫修的意,他开始把袋子里的东西往盆里折腾。

"那是什么?"

"工业废料,海螃蟹帮我弄来的。"何莫修有些自鸣得意。

"要这个干什么?"

"我思故我在,我要向这里所有人证明我的存在价值。"他专心地投入了他的工作,立刻把什么都忘了。

赵老大的双喜字终于写得,一帮鲁男人拿刺刀整个切了下来,张罗着往房上贴。

欧阳带着心事从屋里出来,立刻被赵老大揪住炫耀一天工作的成果,"看看!看看!有个婚事的意思吧?"

"很好。"

"很好不是意见,发表意见,晚上单给你们腾出一间房来,我这领导还可以吧?"

欧阳警惕起来,"晚上不许闹房。"

"我一定管住他们。"

"说的就是你跟老四!就你俩蹦得跟猢狲似的!晚上不闹就有鬼了!"

"自私啊!很久没这样的赏心乐事了。"

"我没法不自私!我晚上要端杆枪在门口守着?"

赵老大犹豫地点点头,欧阳怀疑地看着他,赵老大终于果断地点点头。

欧阳嘘了口气,"小何呢?"

"伙房呢,弄一大堆硝酸硫磺在那里蒸来晾去,怎么啦?"

"美国人愿意用一吨武器和药品交换他,上级让我们自己拿主意。"

赵老大吓了一跳,"多少?!"

"我也给吓一跳,伤员连药都没有,只好在那里苦熬……"

"如果是这个数的话……"

"可他是铁了心留这儿了,他是个有自主意志的人。"

"可是一吨哪……"赵老大忽然有点赧然,"哎,我是犯了功利主义的错误。"

"一吨就是十万发子弹,换成紧缺药品能把咱们整个省的伤员都治好了,"欧阳苦笑,"他们要的本来就不多。"

他看着赵老大,赵老大看着他,主意就在嘴边,但没人能说出来。

"让老四拿主意。"赵老大说。

欧阳愣了一下,"你知道他会怎么对小何?给挺机枪他都会说枪留下,人带走。"

赵老大难堪地咳嗽一声,"让他拿主意。"

欧阳终于心领神会,这种领会让他更加内疚。

7

古烁醒来,发现自己躺在一间破屋里,火堆在旁边毕毕剥剥地响着,他下意识地摸枪,腰里空空荡荡。

一个人走了进来,古烁装作昏沉未醒,在那人近身时一下跃起,他本想出手就置人于死地,却因重病乏力,反被人一把扶住,那是二胡艺人罗非烟的徒弟罗非雨。

"他醒来了。"罗非雨对外边喊着。

小乞丐抱着一些刚撅开的木柴进来,他看一眼古烁,"你病了,你在我家,在我家要守我家的规矩。"

"你家?"古烁看着这有墙没门只有半边房顶的地方,视线里的东西摇摆不定,他一松劲就坐了下来,小乞丐和罗非烟合力把他拖到火边,即使靠火堆这么近古烁仍在簌簌发抖。

"枪呢?"

小乞丐从破褥子下把枪拿出来给他,古烁抓救命稻草似的抓住。

"你拿了枪又不打鬼子,拿了枪又救不了你的命。"

古烁苦笑,"是啊,其实我最讨厌的就是这个东西。"他仍然把枪在腰间放妥帖子,扶着墙想站起来。

"你干吗去?满城都在搜你。"

"该走了,古老三从来是独来独往的。"

"那四哥老说你们以前一块儿干什么干什么。"

古烁愣了一下,"那是和老四……那是很久以前的事情。"

他仍然想走,找了根棍子代步,罗非烟想拦他,但小乞丐没拦他也只好看着。

"你病得快死了,瞎跑什么?"

"死也死在外边,连累你小屁孩干什么?"

"神气什么? 你做汉奸的时候我就做杀头的事情了。"

古烁气往上撞,"我就是用不着你个叫化子来好心!你知道我得的什么病?是伤寒! 沾着就是死!"

"打摆子嘛,有什么了不起?"小乞丐一脸的不在乎。

古烁倒气出了一些力气来,挂着棍子就往外撞。

"马上就吃饭了。"

古烁站住了,那个字是不能提的,一提就让他胃里烧灸一样的痛苦,什么傲气都没了,只剩下必须满足的最低需求。

罗非雨和小乞丐将火上支的一口破锅拿下来,打开,锅里那些东拼西凑出的食物发着香味,让古烁几乎要晕倒。

罗非雨和小乞丐拿出三只碗,那让古烁再也迈不动道,他看着那两人把食物盛了出来。

小乞丐看看他,"你不饿呀?"

什么面子全顾不得了,古烁回头,回的路却比来时难走,他刚才那点力气纯是被气出来的。

小乞丐过来,把他挂的棍子一下抢了,远远地扔到一边,所有的依靠一下失去,古烁沿着墙根滑倒,他又惊又怒,小乞丐回到火边和罗非雨喷喷有声地吃着,他把一碗食物放在身边,拿筷子敲了敲,看着古烁。

古烁忽然觉得这小孩面目可憎之极,愤怒加上饥饿让他爬完了从屋外到屋里的距离,手将触到碗沿之际,小乞丐和罗非雨又把所有吃饭的家伙连锅一块儿端到屋子的另一头。

"我把你两个王八蛋……就算老子真是汉奸也犯不上这么治人!"他哆哆嗦嗦掏枪,尽管枪口抖得不像话,仍然算是对准了那两人,"端过来!"

小乞丐蹲在锅边,嘲弄地看着,那神情活脱一个小四道风。

罗非雨怯怯地说:"我们是想救你,多出汗你那病才能好。"

古烁愣了一下,"老子的死活自己操心!给我!"

小乞丐索性把锅放在身后,对着古烁的枪吃一口,咂巴嘴。

古烁的手指在扳机上抖动了半天,终于把枪扔在一边,他开始爬行,对现在的他那个距离遥不可及,每一寸都需要挤出每一个毛孔的力气。

汗水淋漓的视野里,小乞丐又把食物拿到了更远的地方。

"你们干什么……这条烂命要你们管……我杀了你……等我爬起来就掐死你……我不要欠你们的,听见没有……你们在哪儿?"

他用了所有的意志才能继续那蜗牛一样的爬行,他早已不知道自己嘴里在嘀咕什么。

李六野木立在河边,瞪着和月色搅在一起的河水,夜景并不能让他宁静,他回头看了看帮徒,廖金头壮胆走上前去,"六爷,据说小的们就在这儿发现您老的,当时杀气逼人,一瞅就是力战群豪。"

李六野点点头,拍拍廖金头的肩,廖金头受宠若惊,李六野忽然连着几拳灌在他肚子上,"老子被几个断头鬼绑着开剥,你那时死哪里去了?"

廖金头倒在地上哼都哼不出来,李六野端详着幽深的巷道,他想找出当时逃出来的路,但小巷分了一岔又一岔,以他当时的仓皇实在很难记住。

他忽然发现周围没人,有了廖金头前车之鉴,手下都避他远远的,李六野回头,一支枪指着一名手下,"站过来一点。"

被他指到的那名帮徒战战兢兢地过去。

"他从哪条巷子里跑出来的?"

"烁哥是……"他指一条巷子,"那条。"

李六野点点头,把枪柄狠狠砸在那帮徒的脸上,"烁哥?好亲热劲哪?很想我死?我死了你们好过得轻松?"

他往那条巷子里走了两步,回头看看噤若寒蝉的帮徒们,"躲着干什么?怕被看出心里有鬼?"

帮徒们连忙一窝蜂地向他靠近,手上的火把照得近处如同白昼,远处则仍一片漆黑,李六野眯缝着眼看着黑暗,"我不记得是哪条路……他们追我,要杀我……我伤得很重,什么都看不清……"他的声音粗糙而缓慢,每一个字都像钝刀子割肉。

帮徒们吓得大气都不敢喘,李六野突然扯掉身上缠着的绷带,根本没有愈合的伤口开始大出血,黑夜中看不见血色,但寂静中几乎能听见流血的声音。李六野伸手抓过一支火把,扔在地上踩灭,帮徒们现在学会了依样画葫芦,巷子里顿时漆黑一片。失血过多的李六野在黑暗中摇晃着走了两步,他迅速回到了那个遭受重创的夜晚,所有的感官全失去作用了,他只剩下最原始的直觉。

也许他骨子里就是头野兽,没费什么周折就在一处墙头发现一块干涸的血迹。李六野舔了一下,回头看看他的部下,露出心满意足的神情,"错不了,是我的血。"

第二十四章

1

山野的小屋外,所有人都聚集在空地上,欧阳和思枫的婚礼正在进行。

赵老大站了起来,"作为证婚人,我在敌人的扫荡圈里见证了这个革命的婚礼。欧阳山川同志和思枫同志……对不起,尽管不是真名,但他们真心地结为永远的革命伴侣……"

远处两发照明炮弹飞上天,几个人下意识地握紧了枪,赵老大笑笑,"鬼子真是凑趣,我正觉得为了这两位的持久论战总该有些礼花烟火。"他严肃下来,"扫荡仍在继续,日子也得过下去。我喜欢你们这样,在这样的条件下也没忘了正常的生活。我见过很多这样的人,我自己也曾这样,为了不被解雇赶去工作,工作时又匆匆忙忙想着回家,娶老婆不是因为需要老婆,是因为有一点点钱,这点点钱在人世短暂的一遭里有助于虚假的安全。好了,现在安全没了,被粉碎了,我看见这里有两个身体健康心地清白的人,他们很有勇气,知道自己需要什么,生活对他们来说是真实的,战争或者婚姻对他们来说都不是做做样子,他们真不愧是一对……"他想着措词,"一对夫妻,他们让我这老家伙忽然明白了夫妻的意思。"

也许是太长的话让四道风有些跑神,也许是他真有些感触,他转头看着高昕,高昕专注地听着,忽然发现他炽热的目光,有些慌乱地向小屋走去,四道风醒过神来,看看赵老大,"你咋那么多屁话?"

赵老大不好意思地笑笑,"话多自然是有感而发。"

"谢谢老赵!我没想过你能把证婚人当得这么称职。"欧阳真诚地说。

赵老大把他和思枫的手握在一起,看看天空,"他们结婚了。如果真有个老天,请保佑他们。"他又看看所有人,"我叨叨完了,你们可以乐一乐,千万小心轻放,鬼子就在山外。"

人们轻轻地碰杯,眉目间传染着婚礼的喜气。

四道风纠缠着欧阳和思枫,"那个什么证婚人,干吗不让我来?"

"因为你不是党员。"

"为什么我不是党员?"

"因为你没写入党申请。"

"为什么你不让我写?"

"因为你压根儿不会写字。"

"为什么你不替我写?"

"因为我不喜欢,因为这事没有替的,就算不识字,行动上也得亮那么个意思。"

"我没亮意思吗?我干的还少呀?"

"你干什么根本就是你喜欢那么干,并没什么对我党的特殊情感呀。"

"你小子又在绕我!"

"明明是你在绕我!"

思枫忽然在欧阳耳边说了一句什么,欧阳有些赧然地笑了笑。

"她说什么她说什么?"四道风又急了。

"她说——如果你急于入党的目的就是做证婚人,等我们有了孩子,你可以来做干爸爸。"

四道风顿时满足了,"真的?不准再找那个姓赵的啦!"

思枫笑着点点头,四道风乐开了怀,指着思枫的肚子说:"我要崽子!"

思枫闹个大红脸,欧阳气得迎头砸了他一下,"崽子丫头又关你屁事啦!"他忽然色变,一干队员鬼鬼祟祟靠了过来,他想退,四道风反应更快,一把把他抓住。

欧阳被一伙队员抓起来抛向空中,接住,又抛,他的自由落体运动终于以一次失败的降落告终,惨重地摔在地上,几个肇事者全傻了。

"不要再闹啦!我警告你们!"欧阳在地上痛得龇牙咧嘴。

四道风赶紧挥挥手,"别闹啦!闹得人圆不了房,你们担当得起吗?"

"罪魁祸首就是你!"

四道风一副很乖巧的样子,扶着欧阳蹭到树边坐下,欧阳看着那小屋,忽然笑了,"真没想过我这亡命徒还有今天,一间新房,一个妻子,一个真正的婚礼,一帮狐朋狗友。"他看看四道风,"忙你的去吧,摔一下也死不了。"

"没事,我陪你。"

欧阳苦笑,"不是啊,你是不是该给点时间?我陪老婆。"

四道风刚想起这茬来,汕汕地要走,欧阳却想起什么,叫他:"老四,有个事,老赵和我都想听听你的主意。"

四道风本来就不大想走,立刻坐下。

"美国人想用一吨武器和医药换小何……"

欧阳没往下说,实际上他用一种犹豫不决的态度来说这事已经觉得很内疚。

"不换啦!"四道风干脆地说。

"什么?"欧阳讶然。

"当然不换!我算看出来了,但凡大鼻子要换什么准是咱们吃亏!你聪明还是傻呀？还想从他们那儿得什么！"

欧阳羞愧无比，狠狠拍了一下自己的脑门，"你说得太对了！人自身的价值才真正无限！我是人穷志短利欲熏心！我看我简直是穷疯了，动这门子心思！"他拍拍四道风，"谢谢老四，这关键时刻能站稳脚跟的还就是你！"他想就此走开，在这个婚礼上他还没跟思枫单独处过。

"哎，一吨是多少呀？"

欧阳再次讶然，四道风那一头雾水的样儿简直让他要气晕过去。

"一吨……折成上足子弹的机枪大概就是一百挺，折成你那个所谓宝贝掌心雷就是两三千个……"

"不早说！听见个一字我还想没油水呢！"他对满天星喊道，"叫废物鸡……请小何来一下！"

厨房里，何莫修正捣弄着他那些没人能弄明白的玩意，他把厨房里能用上的容器都占了，总的成果是一大盆黏稠的油性液体。

高昕忧郁地进来，屋外的快乐似乎与她不相干，"你还在做这个？太难闻了。"她被那股呛人的化合味熏得眼都睁不开。

何莫修茫然回头，"你跟我说话？"

高昕看着那个似乎刚从外星神游回来的表情，忽然一阵委屈，哭了出来。

"你哭什么？"

"被你熏的！"

"只是一点硝酸硫酸还有甘油什么的，不至于啊？"

"你觉不觉得我们在这里一点用没有？什么都干不了，他们也什么都不跟我们说？他们高兴啊，他们不高兴啊，都跟你没什么关系？"

"我马上就快成了，我这就有用给他们看！"

她终于明白这个人在这个时候并不是一个可以倾诉的对象，气冲冲地掉头走开，"你当然是有用啦……我去睡啦！"

何莫修觉得有必要去关照一下她，但看看就要完成的造物，终于决定继续工作。

满天星探头进来，"小何，队长叫你过去。"

何莫修答应了一声，他终于完成了他的作品，一盆看不出任何内容的混浊油性液体。他极小心地用一个小瓶装上了一瓶，塞紧，向门外跑去。

一条山蛇从窗外游了进来。

四道风极热切地望着小屋，对欧阳没好气的眼光视若无睹。何莫修从屋里出来，迎上了满天星，向这边走来。

四道风热情地说："小何，跟你说件事……"

何莫修更加热情，"不不！我先给你们看一样东西！"他小心翼翼地亮出那小瓶液体，四道风莫明其妙地看着，"菜籽油？"

"您真幽默！"何莫修笑着拍拍他，"只要解决了它的稳定性，也就终结了你们炸药短缺的问题，这是一种类似硝化甘油的液态炸药。"何莫修得意地笑笑，"爆速更高的改良型，我的改良，威力是黄色炸药的几倍，与你们的土炸药更是云泥之别……"

四道风终于忍不住，"你在说什么？就是你拿洗脚盆盛的那恶心玩意？"

"英雄不问出处！即使装在尿壶里它也还叫烈性炸药。"

"你的洗脚水会炸，你的洗澡水是不是能发动汽车？"

何莫修友好而疑惑地说："我是想把命名权留给你们，可叫它洗脚水总是不太好……"四道风一把把那瓶子抢了过来就想往脚下摔，何莫修脸色煞白地抢住，"不要！稳定性还没解决，一摔就炸！"

"吓唬谁？老子见过会烧的油，就没见过会爆的洗脚水！"

那瓶子在争抢中脱手，向地上落去，欧阳接住，疑惑地看着。

厨房里，那蛇在案板上游动着，身子微微触碰到案边放着的一只碗。碗危险地一点点向案下倾斜，案下放着何莫修的那盆液体，碗终于向盆里掉去。

欧阳刚从小瓶上抬起视线，整座房子就从眼前瞬间被爆上了半空。何莫修的炸药确实出色，这样大的爆炸居然没什么烟尘，只是一个灿烂的闪光，一声巨响，整座房子就从眼前消失了。仍纠缠不清的何莫修和四道风一起摔在地上，欧阳也未能幸免，在巨大的震动中摔倒，手上的瓶子向树根滚了过去，欧阳昏昏然中一把抢住。

空地边的人们东倒西歪地摔了一地，费牛劲整出来的婚宴连桌子被掀翻了。

赵老大匍匐在地，"大伙儿小心！鬼子打炮！"

龙文章疑惑地说："没听见炮弹声！"

欧阳愕然地又看了看手上的瓶子，"你的……你的炸药？"

何莫修茫然地点了点头，赵老大几个已经向那堆废墟跑去。

"屋里有没有人？还有没有人？"

"都在外边，连八斤都出来了！"

"马克思保佑！"赵老大拍了下额头。

"谢天谢地！"何莫修也跟着嘘了口长气。

四道风忽然把何莫修掀在地上，狂怒地跳起来，"没有人？她在里边！"他疯了似的向那堆废墟跑去，用一种发狂的速度在焦木里边扒着。

欧阳莫明其妙，"都在这儿呀？"

何莫修从地上爬起来，忽然之间恍然大悟，猛捶了一下脑袋，跟着四道风开始在废墟里狂扒，他边扒边哭，"她在里边！小昕在里边！"

所有人都傻了，那样猛烈的爆炸，根本没有生还的希望。

高昕出现在唏嘘的人们身后，端着一个盆，头发湿漉漉的，身上的衣服也还没干透，她诧异地瞧着这一切，"刚才是怎么啦？"

被她问话的人莫明其妙地回身看着她,何莫修回头,四道风也回头。四道风脸上红一阵白一阵,手上仍抓着半个窗框,"你……你不在里边?"

"我去河边了。"高昕因为问话的人而脸微红了一下。

四道风松了口气,"没事……没事啦,大伙都该忙啥忙啥吧。"

何莫修抹了一把黑白相间的脸,忽然欢笑起来,狠狠把高昕抱住,"太好啦!你没死!你怎么会死呢!"

"到底怎么回事?"高昕并不避讳他的拥抱。

"管他怎么回事呢!我再不做太前卫的试验了!"

四道风面沉如铁地走开。欧阳在人圈外看着四道风过来,他的面色比四道风绝好看不到哪里去,手上还捏着那个瓶子,他现在进退两难,不知拿那东西怎么办。

四道风沉着脸,"我要揍死他,逮空我就揍死他!"

"你为什么揍死他?为他炸了营地还是为他的拥抱?"

"揍死他还要理由吗?!"

欧阳瞪着他,又看看身边的思枫,思枫苦笑,欧阳也苦笑,"我也很想揍死他。"他提高了嗓门,"收拾一下还能用的东西!立刻撤退!我就不信方圆十里地的鬼子还有没被我们吵醒的。"

一行人仓促地收拾着,经过这一轮爆炸,也没什么可收拾的了。简单地整理一下,这行没了安身之处的人们惶惶然奔进深夜的山道之中。

思枫看着前边满天星背着的包袱里露出电台一角,只是形状已经不像电台。

欧阳苦笑,"炸成四块,我简直怀疑他是蓄意为之,现在跟谁都联系不上,更别提拿他换东西了。"

思枫看了看队尾,何莫修恓惶而吃力地跟着队伍,如同没脸见人的罪犯,她再看看欧阳,"咱们难夫难妻该上哪儿呢?"

欧阳看了看黑沉沉的山脉,道:"沽宁。除了沽宁我想不起别的地方。"

2

古烁大汗淋漓地醒来,屋里的火堆已经烧得只剩余烬,所有的破絮和衣服都围在自己身上,小乞丐和罗非雨蜷缩着把他抱在中间,这是像这样什么都没有的人能想到的治病方式。古烁愣了很久,看着蜷在身边的小乞丐,他从破絮里一点点挣出来,唯恐惊醒了那两个人,全身仍然酸痛,走路有点打晃,但昨天几乎要了命的恶疾今天已经奇迹般地痊愈。

初晨的阳光已经很媚,今天看来天气不错。

"你又要走啊?"小乞丐半睡半醒地说。

"不是,就算要走也一定会跟你们打个招呼。"他的声音很温和,这是他从前没有的声调,"干什么要救一只过街老鼠?"

小乞丐睡眼惺忪地看看他,"你又不是老鼠,你是四哥的汉奸朋友。"

"我告诉你,我不是汉奸了,你信不信?"

"信哪。"

"我说不是你就信?"

"四哥说做汉奸的人笑不出来的,笑也是假笑。"

"我在笑吗?"古烁诧然。

他确实在笑,嘴角有道下意识的笑纹,那是真有开心事才会有的微笑。

小乞丐一骨碌爬起来,"吵死了,有得睡不好好睡,不睡了!"他收拾收拾要出去。

"你干吗去?"

"鬼子扫荡也快完了,四哥和军师他们说不定这两天就回来,我去收拾一下,攒点情报,好等他们回来。"

古烁莞尔,"你还真忙,小毛孩能管多少?"

"毛孩?我是情报员哪!军师说我是四道风在沽宁的眼睛!跟你说也不懂啦,这趟我就跟四哥走了,他说够枪高就行了。"

"说不定这趟我也跟你们走了。"

小乞丐严肃地说:"我们还是欢迎你弃暗投明的,我走啦!"

他说走就走,古烁怪有趣地看着:"哎,你叫什么名字?"

"小……难听死了,等我进四道风就有真正的名字啦!"

他一溜烟儿出去,罗非雨仍在沉睡。

古烁坐在火边拨燃火堆,多少天甚至多少年来他第一次感觉到生的趣味。

小乞丐在街头巷尾穿梭,他跑过河边,穿过那片废弃杂院迷宫一样的门,来到地道所在的小院。四下无人,小乞丐仍仔细地看了看,然后奔向隐蔽在柴房里的地道口。他掀开地道盖,进去。

地下室里空空荡荡,十几天没人呆过,已经一片积尘。小乞丐熟练地开始打扫,他忽然发现积尘中有一个浅浅的脚印,他愣了一下,然后听见空屋里有一个很古怪的呼吸声,似乎嗓子漏了气,那叫人心里发毛。小乞丐四顾一看,小隔间里纹丝不动坐着一个恐怖的影子,那是李六野。

"鬼呀!"小乞丐掉头就往地道口跑,刚掀开盖子,十几支黑漆漆的短枪居高临下地对准了他。

任谁都没有想到,小乞丐会这样一去不返。

傍晚将近,畏畏缩缩的罗非雨又在忙活东拼西凑而来的晚饭。

古烁无所事事地坐着,他有些心绪不宁,"这都晚饭了,怎么还没回来?"

"多了一张嘴,他想多要点吧。"

古烁从怀里掏出些钱,"这点钱拿去,比我儿子都大不了多少,老要饭也不是回事。"他仍是不安心,走到门边看了看,一个急促的脚步声跑了过来,古烁闪身在门后掏出了枪。

一个叫化子急急地跑进来,"非雨呀,你小兄弟闯了什么了不得的祸啦?"

"没干什么呀。"

"刚才几十号沙门的人把他从街上拖过去了,李独眼亲自带的队,说抓什么特要紧的人着落在他身上!"

罗非雨抱着的柴火全落在地上,他慌乱地看门边藏着的古烁,古烁持枪而立,表情和姿势都像是已经凝固。

"我再去帮你打听一下……好好的一个孩子……"那叫化子摇头叹气地去了。

古烁愣了一会儿,合上枪机,把枪插回了腰间,"我走了。"他头也不回地离开。

罗非雨呆呆地看着古烁走远。

南方人有把晚饭放在屋外来吃的习惯,巷子里刚摆好的小桌纷纷翻倒,一个主妇惊得把手上的菜摔在地上。人们惊惧地看着古烁从他们面前走过,"古三,古老三"的声音在人们的窃窃私语中传得越来越响。

古烁对这些骚动视若无睹,他在一家杂货店门前站住,"要礼帖,要最好的。"

掌柜把一张大红烫金的礼帖递了过来,像躲瘟疫一样地离着很远。

"我不会写字,你帮我写:沙门老祖大阿爷名讳观止敬启,逆徒古烁拜上……"

掌柜哆哆嗦嗦地写好帖子,古烁接过来,留下钱,转身往沙门的方向走去。

古烁来到沙门会门前。他在院门外开始磕头,沙门的帮徒错愕地从院里拥出来,古烁还没进院已经形同被包围,他将帖子顶在头上,一个帮徒把他的帖子接了过去。

良久,接过帖子的帮徒跑了出来,"大阿爷叫你进去。"

沙观止表情漠然地坐在天井里,李六野也坐在旁边,看着古烁进来,他的独眼里交织着难以言喻的仇恨和惊喜。古烁严格地照着沙门的程式,向沙观止行了大礼,"大阿爷,古烁有好多忍了很久的话想跟您说。"

沙观止淡漠地看着他,"既然忍了很久,就继续忍着吧。"

古烁绝望地看着沙观止的神情道:"大阿爷,您以前不是这样的,那时候沙门没这份排场,您老跟我们有说有笑,逢端午节还一起包个粽子,"他看李六野一眼,"连他都还像个人样……"

李六野哼了一声,一柄刀从手上飞出,扎进了古烁的膝盖。古烁看看膝盖又看看那刀,"我知道说什么也都白搭,我是拿命换命。大阿爷您也说江湖人的狠只对江湖人,我这百多斤全搁在这儿,烦请大阿爷高抬贵手,放那孩子一马。"

"什么孩子?"

古烁看着沙观止,很快确定这老头子只是在睁眼充愣,"那我是白来了?我是指着大阿爷的良心才送上门的。"

沙观止恼羞成怒,"我瞧你是上门来撒野的!"

"大阿爷,您睁眼看看好吗?朗朗乾坤,呆这院子里可分不出青红皂白。"

沙观止脸上红一阵白一阵,猛地把一只杯子摔在地上,他退入了后堂,李六野也跟了进去。听着大门在身后关上的声音,古烁苦笑,他握住了枪柄。

枪手是老早就伏下的,从四面八方掩杀出来向古烁开火,古烁在院中央的一片空旷中根本避无可避,靠着桌子挡了一阵排枪,可那竹桌根本挡不住子弹,他从桌子后翻滚出来时已经挂了几处彩。

枪林弹雨把他藏身的树打出了几十个弹洞,古烁还击,几个帮徒从藏身处倒了下来,却没一个伤在致命处,古烁全打的是他们的腿。古烁靠在树后装上最后两匣子弹,一处几乎命中心脏的伤口已经将血浸透了半边衣裳。

"窝心!这仗打得窝心!自己兄弟打自己兄弟!李独眼,你不跟鬼子有交情吗?干吗不弄帮鬼子来给三爷喂枪?"

李六野阴沉地在后堂坐着,身边的手下迟疑地看他,李六野一声不吭地举枪把他们逼了出去。

一通快射,刚冲出去的帮徒滚了一地。

李六野只是默默地数着枪声,在枪声将歇时猛然冲出,已经打光了子弹的古烁正冲向紧闭的大门,李六野双枪齐发命中了他的双膝,古烁被冲击力撞得摔在门边。他已经没什么反抗能力了,索性往门上一靠,对四下隐隐藏藏的帮徒们打着哈哈,"沙门的门从来不关哪!说啥来着?光明磊落!这些年怎么老关哪?我说爷们儿,见不得天日吗?我今儿听见一句特有道理的话,做汉奸的人笑不出来!你们关着门做恶事,能笑出来吗?能像我这样笑吗?"

帮徒们已经不再藏了,散落在四周沉默地看着。

李六野从后堂闪出来,"我知道你想啥,骂个痛快再一枪把自个儿崩了。我知道你还留了发子弹,你是坐地鼎古烁嘛,做事把稳。"

古烁笑了笑,毫不否认地拿枪对准自己的头。

李六野一步步向他走去,一直走到一个以古烁的枪法铁定命中的距离,"不是想我死吗?来,拿那发子弹打我!打死我!我可舍不得让你死,我这些天每一分钟都想着你,你身上的每一寸皮,每一块肉,每一滴血我都要派上用场。"

古烁看着他,毫不犹豫地开枪,李六野闪了一下,然后看看自己肩上刚添的弹孔,发出一种毛骨悚然的笑声,"我还是没死啊!我是打不死的李六野!可你怎么办哪?你知道什么叫生不如死?什么叫受活罪吗?"

古烁毫不退缩地瞪着他,身上的血已经流淌进院门前的石缝里。
李六野一步步向他走去。

3

沽宁城外的山脚,欧阳伸手在树洞里掏摸,但并没找到他以为会有的情报,他看看身边的四道风和龙文章,面有忧色。

"可能封锁得太严,小孩子出不来城。"龙文章说。

四道风摇摇头,"才怪!我们家小汤包从来没误过这种事情。"

欧阳皱着眉,"封锁不会太紧,大荷村那仗鬼子元气大伤,神崎队半月前就拉走休整,就剩下沽宁这点兵在苦撑。"

龙文章忽然紧盯着草丛里的某处,下意识地摸枪,直到一个人跌跌撞撞气喘吁吁地从那里出来,那是罗非雨。

"你们来晚啦!他让沙门的人抓了!古三爷去救他,打进了沙门就再没出来!周围人说枪声响炸了窝!两天前的事了……"

罗非雨身体本来羸弱,一阵急跑加上这阵急说,一口气上不来晕了过去。

"他是谁?"欧阳把着他的脉搏问。

"小汤包的朋友。"四道风沉着脸。

"就是说小汤包……"

"还有古烁。"

几人沉默下来,心里都隐隐有个不祥的感觉。

暮色渐浓,趁着暮色,几人悄悄溜进沽宁城。

化过装的四道风和欧阳走在沽宁街头,其他成员三三两两散落在他们周围。

沽宁与他们走的时候比并没有什么改变,仍是很多的沙门帮徒,甚至比他们走的时候更多,因为扫荡,城内的日军兵力不足,沙门已经在街头设上了卡子,实际接手了城内的部分防务。

四道风仇视地看着。

"别惹他们。"欧阳拍拍四道风的头,强行让他把目光转向另一个方向。

那个方向是沽宁旧有的集会场所满江楼,相对宽阔的一片空地上会聚了大量的沙门帮徒,欧阳突然觉得不对,拖着四道风走向旁边的巷口,他的眼角扫见楼顶上挂着的什么,脸色变了一下,但没露出声色,他把四道风往巷口又挤了一下。

"你别老挤我!"四道风抗议着,他的眼神扫见地上一摊触目惊心的血迹,新的血液又从上方滴了下来。四道风抬头,楼顶上高悬着古烁被斫下的头颅,四道风愣住,他很难相信看到的事情。

在欧阳的暗示下，其他几个队员已经靠过来，他们将四道风拥进巷子。四道风一拳把龙文章打得撞到墙边，但六品把他拦腰抱住，欧阳抱住了他的另一只手，四道风狂怒地挣扎着，同伴沉默而竭力地把他拖进巷子。

楼前的帮徒将目光转了过来，那几个扭成一团的人影在巷口一闪而没，那引起了几个帮徒的些许疑心，正要过去，李六野踌躇满志地从楼上下来，帮徒们赶紧回身躬腰，"六爷。"

李六野擦着手上的血，"放话出去，古烁的脑袋我就挂在这儿了，如果四道风没种来取，我就会一直挂到烂掉。"

帮徒们对他的残忍早已麻木，忍耐地点头。

"还要放话，古老三活了四个对时，眨巴眼工夫老子都没浪费，都让他受着活罪，最后是趁他还清醒，老子亲自把他的头砍下来的。要让小四知道他这哥们儿死得多惨，让他想熬都熬不住。"

"是。"帮徒们等李六野远去才敢恢复正常的活动，所有人都沉默着，尽量不去看那个悬在头顶上的熟人。

四道风仍和他的同伴们扭成一团，这会儿才把他往前拖动了几米。欧阳扫一眼巷口，掏出枪倒转了，对着四道风的后脑犹豫着想要砸下去，四道风挣扎的四肢却一下僵直，一口血喷出来，晕了过去。几人七手八脚将他架了，奔去另一条巷子。

黑夜已经降临，整个沽宁笼罩在一片漆黑中。

高家的门铃被摁响，全福开门，他一下愣住，高昕神情忧郁地站在门外。

全福转身，"老爷……"龙文章闪身过来，一下掩住他的嘴，全福惊恐地瞪大了眼，瞧着整队人从高昕身后出现，闪身进门。

高三宝愕然地从客厅站起身来，看着玄关处那支伤痕累累的队伍，四道风仍昏迷着，被六品背在背上。

高三宝不知该惊喜还是忧虑，他手足无措地安顿着这帮从天而降的人们。

队员们坐在桌边，沉默地吃着匆促准备的食物，高三宝同样沉默地陪坐着。

欧阳抱歉地说："实在是打扰了高会长，我们旧有的藏身之处现在也不大稳当，只想在这里借寓一晚。"

"打扰是绝没有的，我只是没承想一下能见到这么些义士，可得适应一下。"

全福过来，"四爷醒了。"

欧阳站起身来，"我去看他。"

"四爷说他谁也不要见，说他现在谁也不认识。"

欧阳苦笑，他注意到全福神情古怪，问道："还有什么？"

"他要酒，他说有多少酒要多少酒。"

欧阳点点头，拿着高家几瓶现成的酒上楼。房门紧闭，他敲了敲门。

"是酒就放下，是人就走开。"

"有酒又有人呢?"

屋里沉默了很长一会儿,四道风打开门,他一脸疲惫地看着欧阳,"我不是不见人,我说不见人,就为了不见你。"

"我知道。"

"大的死了,二的死了,三的也死了,你厉害,你能说,每回不知道怎么着就给你说好了,可这是生死患难。你太能说,你是够本事把活人心里说好受,可你不是神仙,不能把死人说活过来。"

"你说得对。"

"我不想听你说了,要被你一说就好,我觉得对不住他们,觉得好多事情都是假的。"

"不是假的,你从来也没忘了他们,我只是来给你送点酒,顺便看看你,行吗?"

"你看到了。"

欧阳点点头,把酒递到四道风手里,四道风就势想关门,欧阳一阵冲动,把门顶住了,"我是老哄你,可很多事要靠自己去明白的!再打开门的时候,你别让自己太难受了,行吗?"

四道风深沉地看了他一下,缓慢而坚决地把门关上了。

欧阳郁郁地回到客厅,大部分人已经倦极而眠,欧阳呆坐着,看着那尊已经指向午夜的时钟。

思枫在他身边坐下,握住他的手。

欧阳黯然,"我们用最讨厌的方式学会成熟,从同志和朋友的尸体中学会成熟,你以为你又活过来的时候,其实你的一部分已经永远死掉了,我们都是些追求永恒的短命鬼。"

思枫将他的手贴着自己面颊,"别这样好吗?一个老四已经让我们很担心了。"

欧阳苦笑,"我不会怎么样,我不过是个多愁善感的老油条,他才是要命的,我把他带进这场战争,可他不过是个误以为战争是游戏的孩子。"他难受得想哭,"我喜欢老四,他的活力像我们的信念一样坚强,可现在为了他能活下去,我却祈望他最可爱的那个部分在今晚死掉。"

时钟顿了一下,缓缓地敲出十二点。

四道风坐在窗台上,屋里黑着灯,他听着楼下传来的钟声,看看天上的月色,把一瓶酒结结实实全灌了下去。酒瓶滚在地上,四道风捂着脸,对着夜色笼罩下的沽宁低沉地呜咽。

何莫修是最没有忧愁的一个人,他正忙着对付四分五裂的电台和刚被拆散的几台收音机。

高昕进来,她看了看忙碌的何莫修,说:"跟他们一块儿你倒过得挺高兴的。"

电火花飞溅，何莫修飞退，摸了摸烧焦的一块眉毛道："没有啦，将功折罪，弥补过失，哈哈！"

"犯错都犯得这么高兴，老天爷一定很宠着做事专心的人。"

何莫修笑着摇头，开始忙活，"才不是呢，其实我一直连我在干什么都不知道。"

"你很成功地忘掉我了，是吧？"

何莫修手上的改锥忽然一下插错了地方，电得他狠狠痉挛了一下，他有点狼狈地回头，高昕正坦率地看着他，何莫修嘬了嘬被电到的手指头道："那又谈何容易？只是找到些能做的事情，也许会有用，忙起来会忘了别的……都不是啦，我觉得他很合适你，你注定会喜欢那么个无拘无束的家伙。"

"他真有那么好吗？"

"他是我想做的那种人，想要什么就说，想保护什么就能豁出命来。"

"你还真小看自己了，如果不打仗，你准是女孩理想的对象。"

"不是你理想的，那也没什么意义。"何莫修的口气有些酸酸的。

"也许是。"

"别开玩笑了，搅得电台修不好，回头他们真不要我了。"

"谁跟你开玩笑？"

"是开玩笑，你底气不足的时候就会把眼睛瞪很大。"

"我没瞪眼！"

何莫修摇摇头，"我干活了，说了四十八小时内修好。"

高昕很久没吱声，何莫修忙碌中回头看了一下，她抱着膝坐在地上，头埋在两膝之间，何莫修从没见她这样沮丧过，顿时慌神，"怎么了？到底出了什么事？"

"我不知道，好多事情出了岔子，我本该喜欢你的却偏想着他，真见到他了又觉得你好。我觉得我神经病，大家都不知道能活到哪天，偏我尽想这种无聊的事情。"

何莫修沉默地心痛着，他不知道说什么好，因为自己也身在局中。

"我搞不清，我要上去了。我到现在也搞不明白他是个什么人，也不知道对他是怎么想的，可他在那舔伤口，他完了大家就都完了，我得上去。"

何莫修如被针扎了一下，"去吧……去吧。"

"我只跟你说，我喜欢的人也许用不着顶天立地，可一定得是我真喜欢的。我看着你看了三年，可不知道是不是真喜欢你，我对他也是一样。"

何莫修苦笑，"是吗？"

"是这场仗打的，把什么都搅乱了……我要等等，等这场仗打完，一切都恢复正常，大家都冷静下来，英雄和懦夫不靠打杀来区别的时候，我才能知道我到底要什么,你和他,都不是我胡思乱想得出来的。"

何莫修愣着,高昕却沮丧得不行,"是不是死没出息?这几天就知道了,其实最婆婆妈妈的就是我了,什么时候啊想这些。"

"不是,我很佩服你,这种时候这么清醒,你和战场上的男人一样勇敢。"

高昕给了何莫修一拳,"得了吧,他们的战场上有女人,可都拿着机枪。"

她仍提不太起精神,没精打采地离去。何莫修茫然若失,他想回到工作,却再一次被狠狠地电到,久违多少天的烦乱再次来临。

高昕来到楼上,轻轻地敲了敲门。

四道风置若罔闻,他摇摇空了的酒瓶,"拿酒来!再没酒老子出去喝啦!"他坐在地上,屋里一团糟,空瓶、短枪和两只不知什么时候甩掉的鞋子到处瞎扔着。

高昕没说话,拿起钥匙就开门,四道风恼火地抓起一只鞋子扔过去,"不准进来!我不要听你嘴上说的!说了别进来,进来我拿刀扔你!"

门仍然开了,四道风一柄刀掷了过去,刀贴着高昕的耳钉在门框上。

四道风讪讪地看着她,"是你?……你走吧,我脾气不好,会伤人的。"

高昕费了点劲才把刀拔下来,她走到四道风身边。

"走吧,没见过男人难受吗?"

"见过。"

"那就更没啥好看了。"他越说越烦躁,"走啊!你扎过来干什么?我兄弟全死光了!一个比一个惨!你当你在有什么用?你当老子现在有心跟你谈那些叽叽歪歪的事情?"

"你以为你是谁?你当我要跟你做什么?"高昕终于有些恼火。

"滚啦!"

"我就是来告诉你,这是我的家!被你弄成猪窝一样的是小何的房间!你躺的是我家的地板!喝的是我爸的酒!你上次该死没死了,血管里还流着我的血!"

这大概是让四道风最难堪的一件事情,他直喘了几口大气才说出话来,"我早还啦!还你们两条小命!"

"这是沽宁!不是你一个人的地方!刚才死了的是你的兄弟,以后还会死的是你的乡亲!烂醉如泥要死要活都是你自己的事情,反正往下会死光的是你的四道风!"

四道风借着酒劲一个耳光甩了过去,高昕半点不示弱,顺手把手上的刀扔了过来,四道风伸手就操住了,他气急败坏地看着她。

高昕逼了上去,"等你们都死光了,最后就留下我们!没半点希望地活着!被人叫作亡国奴!"

"别过来!"那刀在四道风手上绝对是个障碍,他怕伤着对方,只好闪避。可这屋里并不大,高昕直逼上来,"好汉子!在战场上也不过这把劲头,拿来打女人!"

"你该打!"

高昕把几个空瓶子扔了过去,那对四道风的光脚是极大的苦处,高昕步步紧逼,他跳到窗台上,"再过来我跳下去!"

"以前还有个人也跟我说要跳楼,可他比你有出息多了!"

"别以为我不敢跳!"

他一抬脚就跳了下去,高昕怔住,楼下传来四道风沉重的落地声。

她冲过去往楼下看,什么也看不见。

欧阳和思枫正偎依着小睡,忽然被那阵异动一下惊醒,欧阳听听楼上又听听外边,同样被惊醒的赵老大几个正看着他。

欧阳掏出枪,警惕地扫视着门窗外,地处市井的高家实在不是好的藏身处。

"待这儿不是长久之计,得准备走人。"欧阳说。

赵老大看看楼上,"可老四怎么办?他现在等于废了……"

门猛地一下被撞开,四道风一瘸一拐走了进来,他让所有人愕然,因为所有人都以为他在楼上,他嚷嚷着:"别走!谁都不许走!就戳这儿!"

欧阳目瞪口呆,"不走怎么办?鬼子撒网我们还能躲漏,沙门下的可是绝户网。"

"我灭了他们。"他说得很平淡,但每一个人听着都觉得是真的。

欧阳除外,并非怀疑他的勇气,而是清楚四道风和沙门的纠缠不清。

"包括你师兄?"

四道风瞪他一眼,坐下,拔出了扎在脚心的一小块玻璃,他看了看,嫌恶地扔了,"灭的就是他,他早该睡了。"

他瘸着上楼去,留下同伴们瞠然目视着他的背影。

4

满江楼上,长谷川居高临下看着眼前杀气腾腾的阵仗。在周围民居和街巷里,明的暗的沙门帮徒已经围了里三层外三层,部分人还配上了长枪占领了制高处,那是像龙文章一样的冷枪手。

李六野得意地看着长谷川道:"我说过,一只苍蝇都得我点头它才能出去。"

"大阵仗,可是不是太大阵仗了?"

"把沽宁翻过来也是可以的。"

"李君确定他会来么?"

李六野阴鸷地扫视着楼下的沽宁,"一定会。我能感觉到他就在沽宁。"

"因为那颗头?"话有点奚落人,显然长谷川对这套江湖把戏是不大当真的。

李六野木然点头,"请你来是想谈笔生意。"

长谷川笑笑,"生意？以李君和我的交情？"

"有交情是因为一向的生意做得还不错。"

"不知道李君需要些什么？"

"我在清理门户,这是沙门自家的事,我想要南城在这两天干净一点。"

"什么叫干净？"

"就是没有你的军队。我不想被人叫作汉奸。"

旁边的伊达勃然生怒,长谷川止住,"这有些过分吧？我和李君是过命的交情,可沽宁毕竟是帝国占领的城市。"

"我知道你没人,为了扫荡你的兵全撒在城外,城里边你根本顾不过来,你不会白做,我给你一个四道风的活人,是专给他们递情报的。"

长谷川的眼睛一下瞪圆了,李六野笑笑,他知道自己已经大功告成。

果然,长谷川思忖片刻,点点头表示同意,"那就这么定了。李君,我会给你一个干净的沽宁。"

长谷川从满江楼出来,径直带走了所有的日军,李六野一直看着他们消失。

几个雨点砸在街面上,然后是更密的雨点。

李六野站在楼前,仰天瞪着从天降下的雨水。忽来的雨让街上的人多了些匆忙,有的行人撑开了雨伞,有的地方披上块油布,街边的黄包车支上了早有预备的顶篷,人人都是归心似箭。

一个炸雷从云层里劈了下来,廖金头打了个寒噤,"六爷,咱们进去吧。"

"你怕被雷劈？"

"不是,小的是瞧您伤口没好利索,怕叫雨淋坏了。"

李六野将就着听了这话,正打算进去,一只独眼忽然惊讶地瞪大了,一片一模一样的朱红色油纸雨伞几乎淹没了整条街道,正向这边漫了过来。

"点子来了！叫人操家伙！"

廖金头莫明其妙,"没见哪！"

"睁开你那狗眼！有满街人打一种伞的吗？"

一旦被提醒,廖金头也立刻觉得恐怖,树林一样压过来的红纸伞鬼气森森。

"娘的,比咱们人还多呀。"廖金头骂了一句,颤着腿吹响了尖厉的哨音。

沙门帮徒从匿藏的各处街巷里蹿了出来,在空地上会集成一片,他们护卫的中心是李六野和那颗人头。

那片雨伞越来越近,帮徒们越来越胆战,他们面面相觑着,看来只要有一个人拔足就会让这个群体落跑。

李六野拔出枪来,瞪着那片伞又扫一眼自己的帮徒,帮徒们也三三两两地拔出枪来。那片红雨伞停也不停从跟前跑过,伞后的内容叫帮徒们瞠目结舌,那不过是一些普通的市民。

廖金头偷眼看看李六野,李六野垂下了枪口,脸上的表情难看之极。

廖金头揪住一个,"喂,这伞哪里来的?"

"高老爷做善事,一瞧下雨就在前边派雨伞嘛。"

廖金头又生气又庆幸,"滚你妈的脚巴丫子!六爷,是姓高的老不死……"

李六野绷了一张冷脸走开,虚惊一场的帮徒讪讪散去。

满江楼前的空地上又空了,李六野把枪插回腰里上楼,他在楼道的小镜子前照着自己的尊容。一个声音突然传来,"李独眼,你一个人时是不是特爱照镜子?可那是人店里的照妖镜啊,你在里边照出个什么?"

李六野浑身一下都僵硬了,他慢慢地回身,四道风不知什么时候已坐在他的座位上,一只手拿着只鸡腿在嚼,另一只手里的枪指着他。

李六野恨恨地看着他,"你不敢杀我,大阿爷绝不会放过你……"

"小浑蛋别这样好不好?一打架就说要找大人,难怪从小就没人爱跟你玩儿。"

李六野面子上也有些挂不住,他转了话头,"你要的是古烁的头,来这干什么?"

"古烁给我托梦,他想要你那颗头。"

李六野猛地向窗棂撞去,四道风并非措手不及,但犹豫了一下没有开枪,李六野趁着这一下撞破窗棂,往街面上落去,他顾不得疼痛爬了起来,几辆黄包车立刻把他隔开了。

李六野一眼看见车上唐真的脸,连忙闪身往街角一避,"开枪!开枪!"他冲帮徒嚷嚷。被隔在空地那头的帮徒不分青红皂白地开枪,几辆黄包车调了过来,子弹打在上边竟然发出金属的声音。

唐真回扫了一梭子,子弹却是打在地上,混混们滚成了一团,几个反应迟钝的被反弹回来的跳弹击倒。

欧阳几个用枪指着那群不敢抬头的帮徒,"谁都不要开枪!我保你们一件事,李六野死了,你们不会有半点麻烦!"

阁楼里藏着的一名帮徒悄悄用步枪瞄着他,刚刚套住,一发子弹敲在他的枪机上,那枪成了废铁。

龙文章在远处的屋顶上笑着招了招手,继续他的场外监视。

李六野刚找准了个方向,四道风从楼上跳下来落在他的面前,李六野心胆俱丧,舍下保命的帮众往旁边的巷子里跑去,四道风毫不犹豫地紧追着,欧阳示意六品和邮差跟了上去。

纵横八达的巷子里出现了很奇怪的场面:李六野亡命地拔足狂奔,四道风紧追不舍,分散在巷子里的一些帮徒看见李六野跑、四道风追,于是也吓破了胆,跟着李六野一块儿狂奔,另一些却追在四道风身后想捞点什么便宜。六品和邮差又追在所有人身后,在这无头无尾无前无后的巷子里,已经不知道谁追谁。

欧阳看看天色,抹了把脸上的雨水,看着眼前近百号蠢蠢欲动的帮徒,"别动,不要动。到现在为止我们没杀过你们一个人,你们知道为什么,因为老四很重情义,你们知道我们为什么来的,还是那个情义,用你们的话说,别让我难做。"

他的话对那些惶惶然的帮徒多少起了些抚慰作用,他走向那些帮徒,帮徒们自动让开条缝,欧阳走到他们中间,看着那颗高悬的头颅。

雨幕下已经看不清古烁的脸了,欧阳抹去脸上的雨水,"哪位知道……"

一声重响,一架靠在民房边的梯子重重倒在地上,那东西放得隐蔽,如果没这一下的话谁也发现不了,旁边有几个帮徒,表情都很淡然,也不知道谁做的。

"不管谁做的,我谢谢他,今儿大家没再开枪,我也谢谢大家。"

那梯子有些架不稳,几个帮徒索性明目张胆地帮他扶住,欧阳感激地看了一眼,再没说什么,爬了上去,他用早准备好的布把那个木笼罩住,抱在怀里。

四道风在巷子里奔跑。跟着李六野逃跑的那些家伙让他头痛,他好容易找着空隙放出一枪,那一枪贴着李六野的耳边擦过,李六野已经连还手的勇气也没了,前面出现一条河,他纵身往河里一跳,一个猛子扎得再不露头。跟着他跑的人六七个跟着下了饺子,三四个沿着河边跑开。

四道风从巷里追出来,看一眼被自己逼得跳河的几个人,抱起街边的一块骑马石跟着跳了下去。

李六野刚打河那边露头,就看见四道风抱着石头从河里冒了出来,于是他又上岸开跑,跑向沙门的方向。

终于没了障碍,四道风扔掉石头拔枪要射,却发现枪管里往外流着水,他恼火地插回腰间,接着追。

沙门外的街面,李六野一马当先,四道风跟在后面,眼见李六野已经近了沙门的长阶,四道风甩手一柄刀飞了出去,李六野连滚带爬地跌进了沙门的大门。

"快关门!关上大门!"

四道风用一种恍若隔世的眼光看着那两扇门在自己眼前隆隆关上,他回头,一群帮徒追了上来,四道风漫不经心地紧了紧手上的刀,那帮帮徒轰然散去。

六品和邮差追了上来,四道风又回望了沙门一眼,沉默地潜入小巷,两人跟着。

除了不明就里仍在窥望的市民,方才的恶斗就像水溶入沙,什么也没发生过。

沙观止讶然地看着李六野如丧家之犬一样撞了进来,摔在地上。

"什么惊破天的事,六野?"

"四道风这狗杂种,他跟我玩阴的!"

沙观止顿时就不太乐意,"他是狗杂种,我又是什么?"

"师父对不起,我是真叫他气疯了。"

"算啦……可是你屁股上扎的是什么?"

李六野这才想起痛,咬着牙把屁股上那把飞刀拔了下来,沙观止皱着眉看了看,"是小四的刀没错。"

"当然是他的!那小子……"

"当然是他不对,可六野,这也不是个办法。"

"我有什么办法?他就听外人的,跟我就跟仇人似的!"

"师父老啦,前些日子打香火,居然三五枪才打灭一个。"

李六野顿时老实,"师父你说怎么办就怎么办吧。"

沙观止甚感欣慰地点点头,"就你是好孩子,可就又委屈你。"

"师父说吧,其实只要不为那些外人来跟我戗戗,我跟小四也没什么仇怨。"

"那我就不要这老脸,出来做个和事佬,以后大家还是退一步海阔天空,小四是一错再错,你看怎么罚好吧?"

"都是自家人,只要他当大伙的面认个错,任响头,什么事也就没了。"

"那这事成了,我在这世上跟他爸也差不多,我就替他这么定了。六野,叫人把风放出去,这种乱世,一家人就该关起门来过。"

李六野想想还是不甘心,"师父,我就让这最后一次啦。"

"那当然。他要再没分寸,不用你来了,师父亲自清理门户。"

李六野终于默不作声。

5

高三宝家的园子里多了一个小小的坟堆,四道风坐在旁边把一只烧鸡分成一块块的,欧阳和思枫过来,站在一旁没有打扰他。

"我现在知道老天爷想干什么了。"四道风说。

欧阳担心地看着他,"老四,别胡思乱想。"

四道风苦笑,那种苦涩的纹路还是第一次出现在他的嘴边,让欧阳和思枫心痛。

"当年我们四个拉车的叫四道风,大风三年前就死了,老二半月前死了,老三现在也死了,一二三四,现在该我了。"

"求你别这么想,你是四道风啊,四道风就是开开心心的。"

"我比不上你们,你们高兴难受都两个肩膀挑,我的哥们为了我全死光了。"

"还有我们。"

"你们跟他们是两回事。"

那是实情,欧阳也哑然。

思枫道:"还有喜欢你的女孩。"

四道风咧咧嘴,"管屁用,轻飘飘的。"

"还有你叔叔。"

欧阳嗔怪地看她一眼,但想想就由她说下去。

"叔叔跟我成仇人了。"

"沙老爷子刚在满沽宁递话,要认回你这侄子。我们正犹豫要不要告诉你,可你迟早会知道。"

"我真想见他,我一直想听叔叔唠叨家长里短,骂我也行,说些打鬼子之外的事情。"四道风忽然有些振作。

欧阳和思枫互相看了看,如果四道风在憧憬的话,他们则是在忧虑。

第二天一早,四道风就出了高家的门,他在一家杂货铺门前站住,"要礼帖,要最好的。"

老板把一份大红烫金的帖子放上柜台,几天前他拿过同样一份给古烁。

"我不会写字,你帮我写。"

连接两句一样的话,老板不由愕然抬头,"写什么?"

"叔叔安康,小四拜上。"

老板惶恐地写着,把写好的帖子递给四道风,四道风像古烁一样接过帖子,在柜台上留下钱,然后转身离开。

四道风在街上拦住一个帮徒,那帮徒抬眼一看,顿时吓得不行,"四……四哥,我没……没做坏事。"

四道风点点头,"我不杀你,没干坏事就更不杀你。"他把手上的帖子在帮徒眼前晃了晃,"你帮我办件事,帮我把这帖子给我叔叔送去。"

帮徒忙不迭地点头,拿着帖子一路狂跑去了,四道风跟在他身后,向沙门走去。

四道风站在沙门的长阶下,看着那两扇大开的门,他昨天站在这门前时以为自己永远再不会进去。

门里门外没一个人,沙门似乎放弃了警戒,周围也没有人,四道风一步步走上长阶,手上拎着糕点。

院子里也没几个人,沙观止和李六野坐在一桌很清淡的饭菜旁,那送帖的帮徒惶恐地站在一边,沙观止看看那措辞简洁的帖子,"他倒还知道祝我安康。"他多少有点欣慰。

李六野不知好坏地嗯了一声,眼睛忽然瞪得像个枪口,四道风正从外边进来。

四道风离了一段距离就跪下了,把手上拎的糕点放在一边,他十足像个来探长辈的,这让沙观止更加满意。"你可知道错啦?"

"小四是个永远不知道错的人,只是鬼子来前浑浑噩噩,鬼子来后就分出了黑白。"

"人也大了,嘴也利了,跟共党学的?"

"让鬼子逼的,不过叔叔,我就是来看您老人家,不想再提那帮丧门星。"

沙观止微笑,"知道就好,我也不想。"

四道风恭恭敬敬把糕点放在桌上,沙观止看着这久不见面的侄儿,目光里充满爱惜,这让李六野极不愉快。

"瘦了。"

"叔叔也瘦了。"

"是老了,老得不想跟你生气了。我瞧你懂事了,可也见外了,知道带东西了。"

"叔叔爱吃的东西也不贵,再说叔叔爱吃,小四哪还管什么贵贱?"

沙观止乐不可支,拍拍身边的李六野,"坐坐!都坐!"他转向四道风,"知道你吃不得清淡,还是老例!"他从桌下拿出只烧鸡,以为可让四道风开怀,四道风却只是忧郁地笑笑,"小时候穷,吃到只烧鸡就以为上了天堂,现在还是穷,可就不知道什么是个天堂。"

沙观止帮四道风撕着鸡,"愁什么?年纪轻轻有啥愁?坐,吃,两个字……"他忽然由李六野的表情想起什么,"慢来,还有个正事。"

"最好别说。"四道风苦笑。

"那得说!你上次呢,怎么说?也不怪你,怪那帮共党,把你师兄整得那叫九死一生,你师兄宽宏大量,也放话了,认个错,仨响头,一切皆过。我知道你面子薄,把人都赶开了……"

四道风似乎在笑,又有点像要哭,似乎在生气,又像是很平静,"别说这个好吗?我就是好久不见叔叔了,很想跟叔叔一块儿吃饭的味道。"

"我也想啊!你以为你磕头只是给你师兄面子?这样我们又是一家人了!什么都揭过了在一条道上才是一家人!你现在快当我们是仇人了!"

"叔叔,门关得太紧了。"

"开着呢。"沙观止看看大开的门。

"打鬼子来的那一天就关上了。"

沙观止担心地问:"你脑子让共党弄坏了?"

"叔叔真的不是想和我吃饭,那我也说吧,要磕头,没问题。"

沙观止高兴地说:"着啊!这就妥了!"

"两个条件。"他看看李六野,"一,他永远离开沽宁,算我看着叔叔面子放他条生路;二,沙门以后跟我一块儿打鬼子。俩条件,别说仨响头,三十个三百个我现在就磕。"

那两人由愕然到愤怒,沙观止一个耳光扇了过来。

"我求您了叔叔,我在世上就您这一个亲人。"

"你……你……你以为你有多大能耐?"

"根本不是谁有多大的能耐啊……"

沙观止又一个耳光扇了过来。

四道风站了起来,"我走了,这顿饭终于是指望不上了,您会放我走吧,叔叔?"

沙观止阴着脸,"你走了看看。"

四道风抬腿就走,走到院门前的时候,他看见一摊渗入石板缝里的血迹,四道风在血迹旁边站住,"这是古烁的血吧?"

沙观止一言不发地看着他,李六野已经杀气毕露。

"如果我走出这个门,您也会杀了我吗?"

"我打断你的腿。"沙观止恼怒地说。

四道风叹口气,"您知道我的,要打断我的腿只好等我死了以后。"

李六野狠狠地说:"那就去死!"

"这回我听你的。"他抬腿就跨到院门外。

方才空无一人的街巷突然拥出了众多全副武装的帮徒,如临大敌地把整个沙门围了起来。

四道风看看他们,转头对门里的沙观止苦笑,"叔叔,我真不想把你我的事跟打鬼子搅在一起。"他掏枪,往沙门冲了回去。

门外的帮徒愣了一下,两扇大门在眼前轰轰关上,身后突然响起了枪声,那是欧阳和他的队员。"大家都是老熟人了,还是昨天的规矩!"

帮徒们迅速地溃乱了,既然昨天已败过一次,今天又何苦挣扎。

四道风进门就径直朝李六野扑过去,身后的大门正被帮徒隆隆地关上,更多的帮徒从院里的藏匿处拥出。

沙观止站了起来。

"叔叔,您要瞧我怎么死就别走了!"

沙观止脸色铁青地避入后堂,留下四道风在一个八面埋伏的决斗场。

四道风和李六野几个在一通对射后滚倒在地,身上顿时多了一块殷红,他对着看不见的对手哈哈大笑,"小六子被打毛了吧?沙门八大金刚居然全部出动来保你条狗命?"他对着潜到身后的一个身影开枪,那人倒下,四道风怪叫着:"啊哟,没打着腿!看来你们也只好等我死了再打断我的腿!"

白帻飘飘,沙观止在后堂坐着,听着外边的枪声与四道风的笑骂。

六品用刀狠劈着大门,那门看起来简直不可撼动,赵老大气恼地说:"我就不知道他为什么不按计划出来!非要又冲进去!"

"他很听话了,只是不会全听话。"欧阳说,他小心翼翼地拿出一个层层包裹的布包,打开,里边是何莫修炸完营地还剩下的那小瓶液体炸药。

"用这个?"赵老大有些色变。

"我们等不起,沙门知道他的能耐。"

几个人退到一边,欧阳把那个小瓶冲门上甩了过去,自己也迅速卧倒。

又是一次没有烟尘的爆炸,两扇坚不可摧的大门似乎毫无损伤,少顷却轰然倒下——门扉已经被活活震脱了。

他们跳起来冲进去。

院子里静得让欧阳他们有些意外,如果不是那些翻倒的家具和崭新的弹孔,根本看不出发生过枪战。

四道风买的糕点和沙观止准备的烧鸡同样被践踏得不成模样,欧阳看着地上一摊新鲜的血液,向后堂冲去。

沙观止仍坐着,似乎未曾动过,欧阳一行冲进来也没能让他动一下。

"四道风呢?"

"受伤了,被六野几个追出去了,"他炯炯地看着欧阳,"你们到底要干什么?把我侄儿害死了,把我家也搅成这样?"

欧阳看看那个泥雕木塑般的老头,止住没好气的龙文章,他们一起退了出去。

四道风捂着肚子从巷子里一瘸一拐地跑过,一发子弹飞了过来,碎砖渣溅了他一脸。李六野和他的枪手们追过来,四道风的身影在院墙上一闪而没。

李六野几个跟着越墙,墙里一把刀飞了过来,一个枪手伤了腿摔下。

李六野挥着手,"他没子弹了!连刀都扔出来了!快上!"

又一个枪手越墙,墙里砰地响了一枪,他摔了下来。

"可惜了的,小六子,这个坑本来是给你挖的。"四道风大叫。

李六野气得不行,"小日本呢?怎么要用的时候就没了?"

"六爷,您让他们这两天不许来南城的。"

李六野叫着:"四道风,你就在这院里等死吧!"他又小声对帮徒说:"你们上那边,我上这边,两边一起上。"

四道风在院里笑,"八大金刚还剩几个?是不是让大伙一起上?告你们小六子坏透了根子,准是让你们给我喂枪,他好打我黑枪。"

"我要么想就天打雷劈!"

"什么时候他跟你们说话这么客气过?想想吧!"

几个枪手怀疑地看着李六野,但并不敢看多久。

四道风无遮无掩地躺在地上,身上已经挂了好几处枪伤,他不抱什么希望地掏着自己的口袋,居然找出了最后一发子弹,他简直有些惊喜,把这发子弹填进了弹膛,另一支就让它那么空着,两支枪仍指着小院的两边。

一个枪手冒冒失失地爬上墙,露头就看见四道风的空枪,四道风冲那颗脑袋笑笑,"相好的,我够留面子啦。"

那枪手自觉地摔了下去。

第二个探头,看着四道风,先举手再跳墙,那已经不像生死相搏了。

墙那边立刻传来李六野打人的声音,"你们都想死了?给我上哪!他没子弹了!他要有子弹还不打死一个少一个!"

"打死一个少一个是你小六子的办法,四道风是打死你一个就能活很多。"

"你,给我上!快!"

四道风微笑,现在他用那支有子弹的枪瞄准。

露头的是李六野,四道风迎头就是一枪,李六野摔了下去,传来沉重的落地声和气急败坏的骂声,"四道风,我要把你扒皮抽筋再送去陪古烁!"

"得了吧,小六子,跟我玩儿诈?就想想你哪次斗嘴能赢了我吧?"他恨得拿枪把敲自己的头,因为最后一发子弹也没能把李六野打死。

李六野痛得拿脑袋在撞墙,四道风那枪打掉了他的一只耳朵。几个被他揍得鼻青脸肿的帮徒在一旁淡漠地看着他,眼神中有止不住的怨恨。

院里与院外陷入了僵峙,帮徒们墙里墙外两头怕,所差的只是院里两支空枪对墙外十多支弹药足足的枪。

李六野仍在叫嚣:"四道风,你完了,流血都把你流死了。"

"我已经死了好不好?我说你干吗不冲进来?咱俩一块儿给大家个清净?"

"我还有六个人。"李六野悻悻地说。

"五个人,一条狗。"

"你小子等着。"

"我当然在等着,要不把你们逗这儿来干什么?"

"你是逃命逃到这儿来的。"

"逃?我逗狗玩儿呢,不逗这儿来,怕你这没出息的狗被打惨了去找鬼子。"

"别给我狗长狗短的,老子是沽宁王,要你死你就别想好活。"

"沽宁疯狗王。"

李六野快气炸了肺,看看身边的人,"你那什么眼神?"

"六爷,我压根儿没看您。"

"你们眼神全不对,就没一个信得过的!"

帮徒默然地将头转开。

四道风说:"我说哥几个,跟着条疯狗不受气吗?干吗不趁兵精弹足把他做了?"

帮徒们仍沉默着。

李六野抢着枪柄冲一个帮徒砸了过去,"干吗不回话?干吗不回?你们还真想反了不成?"

"怎么回?"

"骂他!越狠越好!"

帮徒没精打采地喊:"四哥,你安静会儿吧,会把我们害死的。"

墙里头真沉默了。

李六野越想越不对,他现在已接近疯狂,"他怎么不回话?怎么说闭嘴就闭嘴?"

帮徒苦笑,"四哥,你怎么真不说话了?"

四道风说:"他现在总觉得谁都要杀他谁都要害他,我不想害死你们。"

墙外的几外帮徒愣住,神情开始有些恻然。

李六野冲那帮徒又是一枪柄,"你们还记他的好!当我没听见,还叫他四哥!"

那帮徒终于愤然挣了起来,他看看李六野,又看看那几个同伴,"沙门的事越来越难做了,哥几个,好自为之吧!"他掉头就走,李六野瞄着他就要扣动扳机,却突然被一名帮徒撞了一下,子弹打在墙上,李六野一脚把撞他的人踢开,瞄准,他已经抓狂,"你也反我!你们都反我……"

转身走掉的那名帮徒回身开枪,李六野的枪口也向他转过来,两人在极近距离的对射中都倒在地上。帮徒们去扶倒地的同伴,同伴挣扎起来,"哥几个醒醒吧,他要活着回去了大伙儿都死定了。"

李六野又爬了起来,那几个人的眼神令他明白有些变故已经发生,他闪身飞退,几支枪打得身后砖屑乱飞,比打四道风时专心得多。

四道风瞠目结舌听着外边的枪声,他以为是使诈,但那种声音是使诈装不出来的。四道风终于决定出去,他缓慢而谨慎地打开院门。

李六野正缩在墙外和那几个枪手对射,四道风从门洞里出来,正好出现在他身后,李六野回身,被四道风的一支空枪对着。

李六野想也不想就翻墙逃跑,四道风一支空枪掷出去砸在他后脑上,李六野在那边扑通落地,传来狂怒的大骂声:"他妈的!就知道你没子弹!"

四道风惨笑着靠在墙上,几个帮徒扶他,四道风挣开,"追呀!你们想做古烁?"他第一个追了上去。李六野被包抄得没了去路,只好使出攀墙的功夫,几个枪手被他落在身后,但同样擅于此道的四道风仍在身后追着。

两人在屋顶上追逐,都受了伤,谁也快不过谁。

屋顶下方的路面上,日军的军乐队正在奏乐,扫荡的日军正在归城。

李六野在屋顶尽头站住了,这是分开南北城的主路,街那边屋顶的距离宽到他不敢跳越,本来往街上一跳并不会摔死,但四道风已从屋脊上直起身来,另一支空枪仍握在手上,枪口正对着他,他吃不准那枪里是不是真没了子弹。

"你拿支空枪对着我干什么?"

"那你转过身来干什么?往下跳啊?这么高可摔不死你李六野。"

李六野不说话了,索性抬起手上两支枪对着四道风,四道风嬉皮笑脸从衣服里掏出他身上唯一还可称作武器的东西,那枚一直没舍得用的手榴弹,"我就不喜欢吃亏,现在两对二。"

"你肯定没子弹了。"

"你比我认识的一个女人还会叽叽歪歪。"

两人又僵持上了,军乐队的声音越来越近,李六野回头看看街上的日军,本来绝望而疯狂的眼神里又燃起了希望,他说:"你一开枪,日本人就全上来。"

"我是不敢开枪。"四道风笑笑,他一只手指绷了一下,拉开了手榴弹的拉环。

"你疯了!"

"你抓走那个小叫化子,他在哪里?"

李六野忽然幸灾乐祸地笑了,"古烁死那天我就把他送给小日本啦!他是不是你特要紧的人?"

四道风忽然显得有点忧伤,他点了点头,"那就万事都妥了。"他举枪,李六野也举枪,并抠下扳机,两枪全打在四道风身上,四道风把那支枪扔了出去,砸中李六野的额头。

李六野在头破血流中狂喜,"我就知道你没子弹!"

可他忘了四道风还有个手榴弹,多余的举枪也只是为了耗掉延时引爆的时间。四道风把手榴弹甩出去,李六野的额头又着了第二下,那个手榴弹弹开,几乎在他身边炸开了,李六野被气浪和碎片冲得飞上了天,划了个弧线,重重摔在街面上日军的队前,整齐的日军队形顿时乱成一锅粥。

四道风也同样被气浪波及,他倒在屋顶上翻了个身,顺着屋脊滑落,院里传来重重的落地声。

长谷川匆匆过来,看着在军医救治下翻滚挣扎的李六野,周围的日军狂乱地展开搜捕。

军医转过身来,对长谷川摇了摇头。

"送回去吧,他已经没用了。"长谷川面色铁青地走开。

搜捕了半天,日军一无所获,终于收队归去。

暮色渐临,欧阳出现在街头,他看看街对面的邮差,邮差摇了摇头,欧阳的脸上有了绝望的神情,他向另一条巷子走去。

欧阳终于在一处发现了血迹,那是四道风和李六野隔墙对峙的地方,欧阳无力地坐了下来。

巷子里传来小心的脚步声,欧阳站起来,一个人在巷子那头出现,那是最后倒戈的沙门帮徒之一,他看看欧阳,手上比了四个指头。

欧阳点点头。

"请跟我来。"

曲里拐弯的小巷已经提前让此处进入了黑夜,欧阳跟着那个人穿过一段堆满杂物的甬道,然后进入一间与黑暗同体的小屋,那帮徒闪在一边,点燃了一支蜡烛,于是欧阳看见了四道风,他躺在杂物间的一张小床上,人事不省,被包扎得木乃伊一般。欧阳走上前去探探他的鼻息,然后开心地笑了。

沙门。李六野被抬进内堂时仍在狂嘶挣扎,两手在胸口抓挠着似乎要撕下自己的皮肉,几个帮徒只好强制着把他绑在床上。

沙观止脸色苍白看着一位中医给他把脉,中医摇头叹气让他知道大势已去,"令徒血气太旺,又打小练的硬气功,所以现在还能活着,实在也是令人惊讶的奇事。"

"怎么能治好呢?"

"治是没得治啦,这么挣死挣活过个三五天总会断气的,我想那味道跟下油锅一样吧?"

沙观止愣了一下,排开帮徒,掏出自己的枪顶着李六野的头,他看着李六野,再没了一点杀气。轰然枪响,李六野的痛苦结束了,连同他为非作歹的半生。

6

那间地下室又恢复了生气。欧阳他们已经从高家转移到了这里,随着李六野的离去,这又成了他们避风避难的地方。

唐真旁若无人地在自来水管前洗她的头发,八斤也不顾别人的鬼脸在一旁帮着倒水。

何莫修在跟欧阳唠叨:"我修好了你们的电台,又给你们改造了带装甲的黄包车,现在又修好了你们泥沙淤积的水管,我可以留下来了吧?"

"你还发明了一种崩掉我们整个营地的炸药。"欧阳说。

何莫修不大好意思,"把你的新房从潮安崩到沽宁来了,这就不用提了吧?"

欧阳笑着看思枫,思枫正在小间里收拾,那个小空间现在被她布置得很像一个家,而且还有一扇严丝合缝的门,上面贴了一个明显属于赵老大手笔的双喜字。

欧阳笑,"你还为我的新房发明了房门这种东西,确实比布帘子人道,谢谢。"

"我一直在将我的功折我的罪。"

龙文章很不满意地拿着步枪过来,枪上怪模怪样地土造了一个瞄准镜,"他还给我的枪上装了个瞄准镜,让我现在一举枪就晕菜,顺便告你们一声,千万别让他碰你们的家伙。"

何莫修认真地看着他,"我用的是蔡司镜的原理,只是你需要适应。"

欧阳又笑,"日本人以为你死了,美国你又不去,现在你是想去哪就去哪的自由战士,不过以后别再把我们叫成你们。"

何莫修在他的话里绕着,终于绕明白时,欧阳和思枫已经手拉着手出去了。两人偎依着坐在院子里,已经不再是那种碰碰手指头就脸红的恋人。

思枫看看院子,"你觉得这里安全吗?"

"既然李六野没把这地方告诉长谷川,既然沙门现在都养成了瞒上不瞒下的习惯,既然老四现在都在他们找的好地方休养,我得说,安全。"

"我倒觉得你是急于找个家。"

"当然,这是这场战争的目的,从没家到有家。"

"我们会有孩子吗?"

欧阳神情捉摸不定地看着她,思枫也因为这个问题有些赧然。

"没结婚想要结婚,结婚了就想要孩子,有了孩子盼他长大,他长大了就盼他结婚,他结婚了又盼他生孙子,这种生活……"

"不挺好的吗?"思枫接道。

"子子孙孙无穷尽也挺不错,老实说……所以……"他看着思枫,"明天你们就回潮安了,不知道什么时候再见。千万不要死,你死了我也没法活了。"那不再是开玩笑了,显得认真之极。

"最后这句不像你说的话。"

"是我说的,生生死死十多年,我比谁都明白这话的意思,所以一定好好活着。"

"我会……为你的子子孙孙无穷尽好好活着,不,为你为我好好活着。"

欧阳深情地看着思枫,将她的手紧紧握住。

7

四道风住的地方是一处临海的小屋,这是沙门帮徒给他找的休养之处。

他坐在沙滩上,身上的绷带已经明显少了,正怔怔地看着某一个方向。高昕在那里游泳,她从栈头上跳水,一次又一次,四道风也就一直看着。

欧阳踩着沙,深一脚浅一脚地过来。

四道风回头看看他,又看看高昕,说:"我又用了她不少血。"

"你不用太大的负担。她跟我说过,她不能打仗,可她的血在打仗。"

"我爱她。"

欧阳忽然绊了一跤,"你说什么?"

"说真的,我爱她。"

欧阳莫明其妙地瞪着他,他并非不明白四道风的心情,只是这种字从四道风嘴里吐出来真像狗嘴里吐出的象牙。

"你……说真的,明白那个字是什么意思吗?"

四道风看起来苍白而疲倦,也许那算一种成熟,"我明白。我以前的日子都成了空的,我要有个人在心里想着。我爱她。"他看着远处,高昕再次跳进水里,波光潋滟。

欧阳不忍心地拍拍他的肩打断他的憧憬,"老四,刚刚得到消息,我们的小汤包……没了。"

四道风一怔,低下头察看身上的伤疤,他抬起头时,眼里已装满泪水,"他是我的小兄弟,叫作五道风。"

欧阳默默地点了点头。

两人沉默着,四道风忽然叹了口气,"李六野死了,也不知道我叔叔怎样了。"

"对不起,老四。"

"你不用跟我说对不起。这些天我想了许多,也明白了许多。我不像你,什么事都能明明白白地说出来,叫人听着心里高兴;可老多事情,就算我不说出来,我也很明白。"他看看欧阳,"我真想去看看他,你陪我去看看他。"

欧阳看着他,这样的四道风是他所没见过的,成熟了很多,却也忧郁了很多。他迎着四道风有些无助有些伤感的目光,轻轻地点了点头。

日出日落,日军占领下的沽宁人茫然而不抱希望地继续生活。

沙门已经破败了,看上去萧条而冷落。沙观止阴着脸从沙门里出来。他戴着黑袖圈,走向不远处的药铺。

照例是那几服中药,这已差不多成了沙观止生活的全部。他拿起包好的药正要走开,忽然被一左一右两个人夹住了。

"沙老爷子,借一步说话。"

沙观止像料到有此一着似的,冷笑,"你们能知道我出门的时间,又敢在沙门百步开外对我来这手,自然连我的一多半手下都跟了你们,又还要借一步到哪里说话?沽宁已经是你们的了。"

那两人摘掉了帽子,一个是欧阳,一个是六品,龙文章在旁边监视。

欧阳道:"实在对不住,沙老爷子,只是令侄有些事情很想跟老爷子说开……"

"四道风,穿着长衫我就不认得你了吗?你何不把自己烧成灰试试呢?"

他说的是站在柜台另一端的一个人,那是四道风,四道风摘下帽子,内疚得抬不起头来,"叔叔,我只是惦记你,没别的办法……"

"你现在看好。"他伸手掏枪,欧阳和六品下意识地要有所动作,四道风止住。

沙观止并不是开枪,而是把那支大号左轮的子弹一发发排出来放在柜台上,每一发上边都有十字切口,封了铅,"瞧好了吗?每一发都开了切口,灌了水银,这种子弹可以在肚子上开碗大个洞,可以把一条胳膊撕下来,每一发都是给你预备的。"

几个人沉默着,沙观止又小心翼翼把子弹收好。四道风叹口气,"叔叔你走吧。"

"你放了我,我仍会杀了你。"

"叔叔好走。"

沙观止把枪插回腰间,拎着他的药出去了。

欧阳终于想起离开,他拍拍四道风,几个人出去。四道风闷头走着,欧阳把刚买的一只烧鸡递给他,四道风苦笑,"以前四个人吃一只鸡,现在一个人吃一只鸡。"

"我跟你吃一只鸡。"欧阳安慰地说。

六品说:"我也跟你吃一只鸡。"

龙文章笑笑,"我凑凑合合吃你一口鸡。"

四道风笑了笑,那种忧郁和伤感大概从此就印在他身上了,他确实在死亡中学会了长大。

下部　救赎

一九四五年八月十五日
及之前的六十天

第二十五章

1

一九四五年六月。

长谷川今天穿得光鲜之极,一身燕尾服,整个人喜气洋洋。他翻开他的相册,首页四道风的名字上方贴着一张面目不详的尸体照片,他一脸欣慰,"四道风已经死了,和他一起的人,和他有关的一切,在沽宁已经消亡。"

曾狠狠虐待过他的饭田将军亲热地拍着他的肩膀道:"这是全日本都知道的大事!长谷川君,我们想请您去外务省任职。"

长谷川倨傲地看看他,"我比较适合内务省。"

"那就内务省!您可以去任何您想去的地方!"

"我最后再看一眼这该死的城市……"

伊达在身后拼命地拉他,长谷川甩开他的手,"讨厌!我受够了你这舞刀弄剑的家伙……"

伊达张了张嘴,没说话。

"到底有什么事?"

"醒来!你不知道你在做梦吗?"

天热难当,长谷川是睡在一张躺椅上的。他睁开眼,军营里狼奔豕突,乱成一团,伊达正在旁边拼命地拉他。

"他们又来袭击了?"长谷川惊慌地坐起来。他们是指四道风,这已经是他和伊达之间的惯语。

"不是!是美国飞机!"

长谷川抬头,正好看见几架战斗机从云层里扑了下来,他的士兵竭力逃避着机翼下喷吐的火舌。长谷川被伊达一把拖开,一个小型炸弹凌空落下,炸得他灰土满脸,与梦境中的挥洒如意是天壤之别。

又是四年过去,长谷川丝毫没有伤害到四道风和他的组织,倒是四道风一伙在欧阳的领导下,给了占领沽宁的日军狠狠的打击。以至于长谷川整日惶恐不安,焦头烂额,做梦都想抓住四道风。

爆炸在远处响着,一辆黄包车堵在巷子里,欧阳用藏在车隔板里的电台在发报,何莫修用一个像是耳机加上天线的混合体在谛听什么。

"他们来了。"何莫修焦急地说。

不远处,一辆封闭式的厢车从街上慢慢驶过来,车顶上的天线加快了转动。一整队全副武装的日军跟在后边。

欧阳仍在发报,何莫修看着他,汗水淙淙而下,"他们很近了。"

"还有一会儿。"

何莫修听着飞机掠过的呼啸声,看着欧阳的手指在键上快速地敲击,他整个人都在簌簌发抖,欧阳扫他一眼,用空着的一只手轻轻拍了拍他。

他终于发完报,几个人很默契地合上盖板,铺上坐垫,让那辆车成为一辆普普通通的黄包车。车夫拖着车向巷子深处跑去。车夫已不再是小馒头,而是沽兴行的人。战争让很多人过早地死去,也让很多人坚定了赶走日本鬼子的决心。

欧阳和何莫修走向巷口,刚到巷口就碰到赶来的日军,日军开始搜查这整片房舍,欧阳他们这些身无长物的人并非他们追查的对象。

他们走过街道,城里冒着稀疏的烟柱,袭击的机群已经远去了。

欧阳他们回到杂院的时候,那辆黄包车早已停在院门外。欧阳看了一眼,敲门。开门的是满天星,那一身泥水和一脸委屈让欧阳莫明其妙。他赶紧进院,院子里有一个让人瞠目的弹坑,柴房和地道入口已经不翼而飞,炸裂的水管喷出的水有一人高,六品几个正徒劳地想把它堵上。四道风在一旁骂骂咧咧,"天上飞着就真当自己老天爷啦?这活怎么干的?准保吃到炸弹的中国人比鬼子还多!"

龙文章安慰地笑笑,"往好处想想,轰炸沽宁,也就是说我军即将光复。"

"对了龙长官,你军也跑了七八年啦,总算要回来捡便宜啦?"

龙文章瞪他,四道风回瞪,何莫修不大知趣地跑去拉架,"是误炸嘛。沽宁建筑密集,速度、高度、可见度的限制……"

四道风看他一眼,讥笑道:"二鬼子驾到! 快帮你美国主子说话!"

"你得收回刚才的话!"何莫修气得脸色煞白。

"一个字叫孱,两个字叫废物,三个字叫二鬼子,四个字叫不三不四。"

何莫修看起来像要杀人,最后却跺了跺脚,软绵绵地嚷一句:"你……你不过是个好勇斗狠的浑蛋!"

四道风瞪着他,何莫修打个寒噤赶紧撤退,欧阳有些悲悯的目光终于让四道风安静下来。他使使眼色,四道风乖觉地跟了出去。

沽宁河边,河水东逝,两岸萧条,大部分店铺都关门了,白天被炸的房屋冒着烟柱,被日军占领七年的沽宁如此破败。

四道风躺在船舱里,透过破船篷看着暮色。

欧阳看看他,"你心里不顺,大家心里都不顺。仗打了七年,我天天跟大家说就要胜利了,说起来都脸红。现在德国投降,日本苦撑,国共都开始反攻,可在沽宁看不着一点希望,鱼米之乡闹上了饥荒,吃大米居然是杀头的罪名。鬼子现在不再喊东亚共荣圈了,什么都要抢,他们本来就是强盗。"

他目光所及,一队日兵正把市民家的一切铁器装进卡车,包括铁的窗户框到煎饭的锅、门上的扣。四道风呸了一声,把嘴里的枣核从船篷的破洞里吐了出去。

欧阳苦笑,"你问我什么是胜利,我说这就是胜利,他们已经打不起这场战争,沽宁的混乱是因为占领者已经发疯了。这种胜利不甜,因为我们等得太久了,一天天拿人命在换,它有点发苦发涩。"

"这种话你说过八百遍了。"

"七年前我就跟你说过呀!你说你要打鬼子,就在这里。"

"我兄弟都死了快四年了,我天天就告诉他们,快好了,就完了。"

"老四,你再信我这一次,大家加把劲,彻彻底底把鬼子赶出去。"

四道风并不是太信,他瞪着天空,眼里一片茫然。

2

杂院内,因为入口被炸,所有人被迫在地上生活。欧阳和龙文章、何莫修几个在桌上摊开一张草绘的地图,小声地商议,四道风坐在旁边一脸没兴趣的样子。

欧阳说:"鬼子现在调来了电波侦察车,可小何也帮了大忙,他把咱们的电台改成了可移动的,至少再不用担心一发报就被端了老窝。"

何莫修拿着他那怪模怪样的耳机说:"其实我比较得意的是这个,侦察车一来就能知道。"

欧阳伸手拿开,"都很不错。明天还是你和我出去,很快就要对码头区进行大规模轰炸了,我们必须提供更准确的情报……"

四道风重重地拍了一下桌子,"还炸?嫌今天沽宁人死得太少?"

"所以必须联系。老四,你以为被满城鬼子追着,再跟那帮油盐不进的美国佬吵架很好玩吗?能杀一个鬼子就杀一个鬼子,能救一个中国人就多救一个中国人!"

"你保证不死一个沽宁人?"四道风瞪着他。

欧阳苦笑,"我……我尽力……尽全力,就算到最后……"

"行了,闭上你的乌鸦嘴。"他在屋里走了几步,"死了那么多人,可我没办法不信你。"他斜了何莫修一眼,"这小子靠不住,明天我陪你去。"

"不,明天你集合所有人,大家做好准备。等轰炸的时候得保证没有一个中国人走近炸弹落下的地方。"

"没有一个?"

"你让我保证不死一个,"他苦笑,"大家都会很忙。"

龙妈妈进来,把手里的饭菜重重往桌上一蹾,"都不吃饭啦?"

几个人立刻没了运筹帷幄的架子,忙着帮龙妈妈把桌子收拾出来。

龙妈妈忿忿地出去,"这日子没法过了,真没法过了。"

"她怎么也这么大火气?"欧阳直纳闷。

龙文章摇头,六品说:"现在一只小鸡仔卖到羊的价钱,她不知怎么喂饱我们。"

欧阳愕然看看桌上好容易凑出来的清汤寡水,他第一次意识到这个问题。

沽宁日军司令部。

那辆侦测车从外开进来,停下。伊达下来,长谷川看着他,"又扑空了?"

"对不起。"伊达说。

"我不需要道歉。我们今天刚遭到轰炸,我相信反抗组织在为他们指示目标,而且下一次轰炸会更加猛烈。"

"可是……他们好像一直在移动……而且他们好像知道我靠近……"

长谷川气极反笑,"我们在对付什么人?难道美国人在给他们提供技术吗?伊达,那是共产党,是美国最戒备的一股力量。"

"我莫明其妙。"

"总部的人就要来了,在沽宁将会有很大的动作。如果还被他们看见我们的狼狈,我们将在这片泥潭里待到最后的时光了。"

"在下伊达雪之丞,能和我们的宿敌决战,是我梦寐以求的事情!"

长谷川看了他很久,几乎掩饰不住目光里的轻蔑,"这场战争是没有胜者的,你们这么喜欢无意义的战争吗?"

3

一大早,杂院里的人就开始行动。何莫修在屋里穿上了一件样子跟夹袄无异的难看衣服,欧阳和四道风进来不由愣住,欧阳说:"大夏天,你老兄穿棉袄干什么?"

"我用各种织物做的,也许能挡住子弹。"何莫修说着,拿剪刀试验地扎了扎。

欧阳笑了,"嗯,我相信它能把弹头擦干净了再钻进人的身体,便于消毒。"

"你不要开这种玩笑,我本来就没信心。"何莫修有点发急。

"让我射一枪,你就很把稳了。"四道风跃跃欲试。何莫修翻他一眼,欧阳笑着拥了他往外走,"走吧走吧,我保证子弹打不到你,他和鬼子都打不到。"

四道风仍在吓唬他,"被满城鬼子追着打呢,你要不要戴个护脑袋的帽子?"

两人没理他,径直来到院里,欧阳将电台放进车座下的暗箱。何莫修脸色越来越白,四道风看着他越来越没好气。

门被擂响,是照暗号,但又很沉不住气地嚷上一声:"我是高昕!"

四道风的动作顿时轻了。

"大小姐又来啦!"八斤去应门。

高昕瞪他一眼,"见鬼的大小姐,就是你们的老妈子。这是我爸在黑市换的,吃货一堆!"车夫是沽兴车行的旧人,不等招呼早已将带来的两袋粮食卸下来,居然还有一只鸡。

八斤存心作弄她,"大小姐,你看我俊不俊?"

高昕漫不经心看看他那重伤的半张脸,"你那一百多斤加一块儿也没什么了不起的,半张脸能吓到鬼去?"

"你隔三岔五的来,是看上我们谁啦?"

"看上小何啦,你有问题吗?——小何,你们要出去?"

何莫修是个提前预支压力的人,他要死不活地哼了一声。四道风的脸则一下就阴了下来,重重把箱盖一合,对了八斤发火,"斗嘴斗舌地干吗?滚屋里去!这女人嘴利得狠!"

高昕瞟他一眼,脸色也阴郁下来,"我要走了。小何,老师,我跟你们一起走。"

何莫修苦着脸,"你不能跟我们走,我们要去做很危险的事情。"

"得了吧,你能做什么危险的事情?"

"真的,很危险很危险……再见了。"

他简直有点诀别的架势。高昕瞠然地看着他和欧阳出去,回头看看四道风,四道风一脸鄙薄的神情。高昕悻悻地转身,正好看到那个毁掉了地道口的弹坑,她凑了上去,"这么大坑?"其实那没什么好看,她只是找个借口留下来。

龙文章看她一眼,"小玩闹。如果是真正的轰炸机,我们已经全体翘了。"

高昕皱了眉看他,"你好像很得意的样子?"

"被寒碜死人的小手炮炸了七八年,可算摊上轮真正的空袭。"

"可现在你们下不去地道了。"

"我军即将光复,在金戈铁马的决战中地道没有意义。"

"趁你军没来前老子赶紧把鸡杀了,要不只得鸡毛吃了。"四道风拎着鸡走过来,因为唯一的水源在这边。

龙文章青着脸走开。四道风一刀就把鸡头剁了下来,惊得高昕身子弹了一下。

"看不得就走开吧。"

"你干吗这么杀鸡?"

"就是这么杀,我就是这么个粗人。"

423

"我是说,万一有人就爱吃鸡头呢?"

四道风愣住,现在院里没别人,他俩人都可以不用穷装。

"我来吧,这点事情我做好了。"

四道风没吭气,由得高昕动手。他觉得自己应该离开,却又舍不得走。

"四道风?"

"嗯?"

"我们不这样好吗?"

"我没怎么呀?我怎么啦?是你一见我就没好脸。"

"什么好脸?让你够有面子的好脸吗?"

四道风噎住,"拜托你,大小姐,别拿我们穷人寻开心了。"

"现在哪还有什么穷人富人呢?我家已经破产了,我家的钱一半让鬼子榨走了,另一半变成你们吃的喝的、武器医药吃下去了、打出去了。"

四道风又噎住,"行行,你家了不起,这行了吧?"

"现在也没什么了得起了不起的。我爸说大家上了一条破船,就都拿给你们堵漏吧。"

"……嘿……嗯,你到底要说什么?"

"你现在喜欢我了,对吧?"

"哼,……奶奶的,你管不着。"他也许能跟欧阳说爱上某人,可真面对此人却艰难而生涩。

"我管不着?"高昕看起来有点茫然。

"对啦,就是这个意思,你管不着。"

"你觉得你喜欢谁就是你自己的事情?"

"就这意思。"

"你是大英雄,你要什么就是什么?你看上谁就是给足她面子?你哼一声她就该兴高采烈飞跑过来?"

"就算是这意思。"四道风又哼了一声。

高昕几乎有些绝望,"我一直想跟你说话,可你的样子好像永远不要听人说话。我每星期能见你一次,可你好像觉得这一次都是多余。我知道你怕伤了面子,可四年都过去了,这是两个人的事情,你就只想着你的面子?"

"那你去找你看上的人好了!"四道风还为她刚才那句玩笑气恼。

"你根本比不上小何!我也不再指望你为别人着想了!那是个做了四年的美梦!"高昕绝望地转身离开。四道风看着她的背影,突然发现队友在屋里探头探脑,他恼火地向他们走去,"赶快准备知道吗?明天不准死一个沽宁人!"

4

六品拉着欧阳和何莫修,黄包车在街头缓行。

欧阳坐在车上左顾右盼,像个没心没肺的看景闲人,身边的何莫修让他挠头,大夏天穿着厚厚的夹袄也就罢了,帽子还压得极低,身子也弯得极下,如一只鸵鸟。

欧阳看看他,"小何,教你个活下来的诀窍,千万别觉得有人在看你,你平常那股好奇的劲头大可以拿出来,心里没事的人只会去看别人。"

"那是理论,我就觉得满街人都在看我。"

确实很多人在看他,那是被他自己惹的,欧阳苦笑,"你们现在谁赢啦?"

"什么?"

"你和老四,还有高昕。我知道这事没法用输赢来说,所以,你们谁跟她更近?"

"现在说这个?"何莫修愕然。

"现在就说这个。"

"没我的事。"何莫修有点沮丧。

"怎么没你的事?"

"在你们的世界里,我什么也不是。"

"你在外国吗?"欧阳笑了笑,那辆无线侦察车正与他们错肩而过,而方才还噤若寒蝉的何莫修因为分心没有看见。他恼火地说:"你明白我的意思。在这个世界里最需要坚强,我很脆弱,不如你们每一个人,没有他的勇气,没有你的智慧……"

"你有什么呢?"

"什么都没有,只有不切实际、空谈、空想。"

"你是要说理想吧?你当然是我们中间最理想化的一个。"

何莫修沮丧之极,"你知道你要什么,你有理想。我不知道要什么,我只有空想。"

欧阳笑了笑,"等你回首前尘的时候,你会发现你太有理想了,而且绝不缺勇气和智慧。"他对六品说:"好了,我看这里就行。"

何莫修愣了一下,发现在聊天的时候车已经转入一段静僻的巷道,欧阳下车,笑着拍拍他,"谈得很愉快,不过该干正事了。"

"你跟我聊是为了让我不紧张?"

"跟你聊是因为想跟你聊,你很有用也很有趣,说真的,没了你我们简直寸步难行,千万别再看轻了自己。"他笑嘻嘻地看着何莫修,直到何莫修眼里流露出的不是感激而是欣慰。

"干活。"他打开暗箱,开始和欧阳一起操作电台。

另一条街上,侦察车停在路边,上边的天线开始急速地转动起来。车边的伊达一跃上车,挥了一下手,成群的日军从他们藏身的巷子里拥出来。

欧阳的手指在按键上急速地敲击,六品警戒着巷口,何莫修戴着他那能侦测侦察车的古怪玩意,提心吊胆地倾听。"好了没有?"

"刚联系上。"欧阳苦笑,"重点的轰炸目标是沽宁的码头,我希望他们能在工人没上工的时候轰炸,他们说,计划已定,不能变更。"

"他们就这样,盖世界第一,吃完早点,喝完咖啡,嚼着口香糖在他们选定的时间轰炸他们选定的地方。"

"就算真是天王老子我也要说服他们。"他用一种快得让人目眩的速度发报。何莫修一把把地擦着汗,"告诉他们,你在什么样的情况下发报。"

"没有这个时间。"

侦察车离他们越来越近。

那队荷枪实弹的日军跟在侦测车之后,所过之处如毒气蔓延,一条街顿时变得空空荡荡。欧阳仍在发报,何莫修忽然惊呼出声:"他们来了!"

"多远?"

"很近!"

"我还在吵架,说客气一点,讨价还价。"欧阳并没停止发报。

"没有时间了!"

"他们骂我,不知轻重的胆小鬼。"

一名日军从侦测车里探出头来,"目标确实!"他的手指向一个方向,伊达挥了一下手,日军从两面包抄过去。

何莫修脸上的汗都流成河了,他犹豫一下,脱下那件难看的夹袄罩在欧阳身上。

"谢谢,不过我真的很怕热。"欧阳仍敲着键。

"你比我要紧。"

欧阳微笑,"你看,你根本不缺勇气和智慧,你还很关心人。"

何莫修绝望地叹了口气,把那个侦测器从耳朵上摘了下来。

"怎么?他们走了吗?"

"用不上了,你该能听到汽车的引擎声。"

欧阳仔细听了一下,那声音确实隐约可闻。日军已经到了巷子外,与他们只差一个转角。欧阳终于放弃了击键,拉着何莫修跟他上车,但并没有盖上暗箱的盖子。

"终于好了?"

欧阳摇摇头,他坐在车上,一只手指仍在击键。

"这样他们还是可以追踪我们。"

欧阳没说话,黄包车拐过一个急弯,即使这样也没让他停了手上的动作。

日军在巷子的一端出现,巷子里空空如也。那名技术人员再次从车里探出头来,"他们又移动了!在那个方向!"他指着巷子的纵深处。

车进不去巷子,日军只好撇下车子向着纵深追去。

六品对巷道也很熟悉,间不容发地又拐过一个弯。

何莫修脸色发白,"马上关机!我们会被害死的!"

"关机就未必联系得上了,明天一早就要轰炸。"他问六品,"六品,能行吗?"

"走着瞧。"六品擦把汗加快了步子。

"求求你不要再发了。"何莫修已听到身后传来的日语喧哗。

六品正要拐过下一个弯的时候,两名日军从那里冲了出来,他们疑惑地看着这辆黄包车。欧阳立刻变得醉态可掬,很不恭敬地搂着何莫修的脖子,"君不见高堂明镜悲白发,朝如青丝暮成雪。"两名日本兵有点嫌恶地让开了,欧阳仍搂着何莫修的脖子,另一只手居然还在摁着身子下的电台。他小声地说:"六品,慢一点,你拉的是两个醉生梦死的酒鬼。"六品犹豫一下,步子放慢了,他的腿有点发抖。

被欧阳搂着的何莫修也在发抖,"关机吧,求求你。"

"现在关也来不及了。"

六品拖着车出了巷子,眼前豁然是无线侦测车和正在旁边待命的日军预备队。何莫修彻底瘫了,欧阳在他身上胡乱地拍打,"战城南,死郭北,野死不葬乌可食……"那倒真像足了两名醉鬼。

六品的腿都硬了,下意识地要转向与那侦测车相反的方向。

"别掉头,照直走。"欧阳小声地说。

六品又下意识地照着那里走了过去。

日军瞪着这辆不知死活的车,何莫修轻轻呻吟一声,已经连抗议的力气都没了。

侦察车顶上的天线转得如同发了狂一样。侦测车上的技术人员跳下车,莫明其妙地看看发疯一样的天线,又茫然地看看周围,甚至自己脚下,然后爬上车顶试图修理。

几名日军持着上了刺刀的步枪向他们走了过来。黄包车在侦测车的旁边被截住,一个日军阴着脸把枪抬了起来,"那边的!"六品僵直地转身,顺从地向着街的另一边走去。当日军不再瞪着他们时,欧阳轻轻吐了口气,"六品,拐弯后快跑。"

六品一步一滴汗地拐过巷弯,从日军的视野里消失。

又一名日军从侦测车里钻了出来,对正在车上修理的技术人员嚷嚷:"它又恢复正常了。"

车顶的日军莫明其妙,"它现在指着哪个方向?"那日军指着黄包车消失的方向,车上的家伙忽然明白过来,"快追!就是他们!"

六品从进了巷子就开始飞奔,欧阳半点没有耽误,继续刚才未完的发报。何莫修惊讶地问:"你怎么知道那是他们的盲区?"

"我不知道。"欧阳头也没抬。

巷外脚步纷沓,何莫修为之变色,"他们发现了!"

欧阳已经无暇顾他了,快速地完成了最后几个击键,合上箱盖,"走!快走!"

六品在巷子里迅速地拐弯,几发子弹打在身后的墙上,淹没了半条巷道的日军向他们追了过来。

六品低头亡命奔跑,日军从各条巷道里追出来。迎头冲来一名日军,六品一脚踢开对方刚抬起的枪,欧阳把何莫修推在一边,迎头给了一枪,日军倒下。

六品掉了个方向。更多的日军追了过来,子弹在身后呼啸着,打在改装过的黄包车上发出金属的响声。

"让我们下车!"欧阳冲六品喊。

"我应承四哥了,平安把你们拉回去!"

"把电台送走!这是命令!"

车在下一个拐弯时稍停了一下,欧阳拉着何莫修跳下车,六品立刻拖着车撞进另一条巷道。欧阳回头开了一枪,他要把日军引离六品的方向。

"你翻墙!"欧阳托起何莫修往墙上爬,何莫修笨手笨脚地刚抓到墙头就摔了下来,欧阳无奈地拖了他顺巷道跑开。

第一名日军冲到这个巷角,他对着两人的背影开了一枪。欧阳打了个趔趄,撞在何莫修身上,但他立刻拖着何莫修跑开了。

更多的日军向他们追去。

从巷子里冲出来就是河,日军看见一条小船正顺水漂去,毫不犹豫地一路射击着追了过去。他们脚下的河堤边,水里正泛着一丝淡淡的红。

日军纷沓而过,欧阳挣扎着把何莫修推上岸,"快找个地方躲起来,马上就该全城搜捕了。"何莫修爬起来向岸上跑了两步,然后大梦方觉地想起来该等等欧阳。

欧阳艰难地从水里爬了上来,挥挥手让他接着走。

"你没伤着吧?"何莫修转身向他走来。

"你的夹袄真的管用。"

何莫修开心地笑了,欧阳却忽然软倒,何莫修一把将他抱住。

欧阳苦笑,"那一枪本该把我们两个都打穿的。"何莫修又傻了眼,那个开心的表情立刻变成了一脸哭相,他架着欧阳,艰难地钻进一条巷子。

暮色西沉,收队的日军刚在街角消失,四道风就从巷子里钻了出来,他神情吓人,看起来已经急红了眼。六品在他身边跟着,"肯定没抓着他们。小何跟他在一块儿,不会有事的……"

"就是他在我才不放心!"

他往前刚走了几步,一个微弱的声音从巷角传来,"你们来了……"四道风转身,身后的垃圾堆翻开,何莫修脏得不像样子,抱着昏迷的欧阳躺在那里,"他受了重伤……"四道风看了看欧阳,然后一拳对着何莫修轰了过去,"他快死了!你这王八!"他架起欧阳,六品把背伸了过来,两人匆匆护着欧阳就走,何莫修又委屈又狼狈地跟在后面,一对眼睛被四道风揍出了黑眼圈。

几人小心翼翼地穿过街道和巷子,好容易才回到杂院。

欧阳醒来的时候,何莫修黑着眼圈蜷在一边,龙文章几个正在检查他的伤势。欧阳平静地看着他们,脸白得吓人。

龙文章皱皱眉,"子弹还在胸腔里边,能不能找个大夫给弄出来?"

四道风摇头,"没戏。高老头家认识的那位自个闹疟疾翘了,这城里现在疫病横行的。"

"这样下去会给拖死。"

四道风犹豫着,"我去找。"他拔腿想走,欧阳叫他,"老四,别去,我有话跟你说。"

"你就睡你的好啦!痛睡不着啦?没出息劲的!"

"我今儿跟那边谈判成了……"

"别说那帮土八蛋!在跟前我剁死他们!"

"不死一个沽宁人,我答应你的。"

"对对,你不是沽宁人!你个死外地佬!"

"听着……"

"我不听,你好像要交代后事的样子。"

欧阳笑笑,"那边答应了,明天早上六点轰炸码头,是工人上工之前。交换条件,我们在地面点火给他们指示目标……"

"点吧点吧,这帮死不去的。"

"码头是全沽宁防守最严的地方,在鬼子眼皮下点火,你现在就该准备,所以,先别管我……"

四道风重重一跺脚,"瞎闹了!"

"瞎操心,我哪次不是靠自己就活过来了。"

四道风怀疑地看看他,欧阳笑着,四道风挠挠头,"那倒也是,你小子一向是祸害遗千年的。"

"你知道就好。"

"那我就去,等忙活完明早给你找大夫……你可不许死!"

"快滚吧你,我死了你怎么办?"

"你滚吧!"四道风笑骂着。他在门口回头,又看看欧阳的笑脸,终于觉得妥帖,和龙文章几个一起离开。

欧阳叹了口气,忽然显得疲劳之极,他沉沉地闭上眼睛。

何莫修看着那张死人一样的脸,伸手探探他的鼻息。欧阳什么反应也没有。

5

天色未明,通往码头的铁丝网大门紧闭着,岗楼上的探照灯照射着空旷的路口,灯光后闪烁着日军机枪手影影绰绰的人影。

四道风从巷口扑了出来,利用强光照射下的那点阴暗向大门接近。

大门外陈放着一堆未及搬走的货箱,四道风掀开一张罩布蒙在身上,很快与那堆货箱融为一体。六品等几人依样画葫芦地一个个到达目标处。

天渐渐亮了。何莫修忧郁地坐在欧阳的门口,看着天边的晨曦,他一夜没睡。

"他醒了。"龙妈妈拿着一碗凉透的水从屋里出来。

"他没事啦?"何莫修惊喜地问。

龙妈妈满是皱纹的脸上露出一丝苦涩,"我去给他做饭,血都快流光了,还要靠喝水活着吗?"她转身走开。

何莫修怯怯地进屋。屋里还很黑,他瞪着黑暗里欧阳的脸,那张脸一夜间从惨白变成了死白,给人的感觉真像血已经流光。他醒着,但已经没力气睁开眼睛,身子在剧痛里抽动了一下。

"我能……能帮你做什么?"何莫修怯怯地问。

"他们都去了?"

"都去了。龙妈妈还在,还有满天星,他闹疟疾,嘿嘿,这个时候真倒威风……"他住嘴了,不知道自己这种毫无意义的碎语对欧阳能有什么帮助。

"接着说。"

"说什么?"

"你刚说的事,好笑又有趣的事。"

"只是些琐事。"

"琐事就很好,我想听琐事。龙乌鸦又下不来台,老四出了洋相什么的……"

"你不用逗我笑,我也笑不出来。"

欧阳看着他,"你说这些事,我才知道自己还活着呀。"

何莫修愣住,瞧着昏暗光线下那死白的脸,他第一次意识到欧阳也许真的会死。

"我要当爸爸了,小何。"欧阳脸上浮出些笑容,看起来很惨淡。

"什么?"何莫修吃了一惊,"你等等,我正在想有趣的事。"

"我要当爸爸了,这事不有趣吗?我,欧阳山川,年近不惑的亡命之徒,要当爸爸了。我觉得很有趣,不,是很奇妙,我看了很多很多的死,可从来没见过生,第一次看到居然就是我自己的儿子……"

"你要不要喝点水?"何莫修愈发不安起来。

"你当我在说胡话吗?我是说真的。"他笑得有点孩子气,"这是本人最了不起的私人秘密,谁都不说,老四都不知道,我留着等儿子出世了吓你们一跳。"

何莫修渐渐开始相信,"我应该恭喜你……不,我衷心为你高兴……我要为他准备一份礼物!"

"把你的知识教给他吧,等他长大……我要的礼物是不是太重了?"

"不不!你如果看得起我……"

"你是我见过的最好的发明家。你知不知道,现在美国人对你的开价已经是五吨武器和药品了?"

何莫修难堪地咳了一声,这显然不是他喜欢的话题。

"对不起。我瞒着老四没说,我也不喜欢对着一个活人开价。"

"谢谢。"

"我的儿子就要出世了,他不姓欧阳,会用他爸爸本来的姓,无牵无挂地在一个好一点的世界里生活。可我一点准备也没有……你想过做爸爸吗?"

何莫修忙不迭地摇头。

"我也是,比一百个鬼子打上门来还突然……不不,这么说不好,我是说,不知道怎么对他才好,不知道见他时是不是该刮刮胡子洗个澡……我不知道,什么都不知道,甚至不知道他现在出生了没有……"

欧阳的话已经成了神志不清的呓语。何莫修巴巴地看着,他怕一打断欧阳就此一睡不醒,但他的话音还是一点点小了下去。

"你别睡,说下去呀!你明知道是我害你的,你不穿那件衣服,子弹就不会留在身体里拿不出来!"

欧阳苦笑,"那咱们俩就都惨了。"

"我死就死好了,我本来就是个废物。"

欧阳想说什么没能说出来,就此昏过去了。

何莫修擦了擦不知什么时候流出来的眼泪,掉头跑了出去。

6

清晨的薄雾中,紧闭的大门外已经站满了等待进入码头的劳工,日军的盘查极为森严,在门外摆了张桌子,查过证件才放进大门,门后又站了一队日军,看来进门还要再查一次证件。四道风几个已经从藏身处混进了劳工群中,他焦急地望着一晴如洗的天穹,"已经到点了,大鼻子怎么还不来?"

龙文章也仰头看了看,"一定会来的。——军中无戏言。"

四道风想想也是,转身向了身边的一个劳工,小声地说:"我是四道风。"

"哦。"劳工淡淡地应了一声,这反应让四道风有点惊讶,他撩开衣服让他看怀里的双枪,"我真的是四道风!"

"我没有不信。"

"我要进码头办事,把你的证件给我。"

"不行。"劳工毫不犹豫地说。

"我是去打鬼子!"

"你把鬼子杀光了才好呢,可我得上工。"

"一天不上工而已,你亏几个钱?"四道风气得没辙。

劳工苦笑,"现在的沽宁,钱有什么用?什么也买不着。他们现在不给钱,一天工一份口粮,我一家三口一天的粮……原来是四口,小的饿死了。"

四道风看看对方面黄肌瘦的脸,周围的人也是这样摇摇欲坠,六品正从另一个劳工耳边抬起头来,焦急地向他摇摇头。他看看大门,大门已经开了条缝,第一个劳工正被日军检查搜身,放进。四道风忍不住对刚才的劳工急了起来,"你们不能进去!飞机今天要轰炸码头!"

"天上的事,你地上的怎么知道?"

"飞机是老子带来的,你懂了吧?"

"明天的事,明天再说吧。"

"不是明天,是今天,待会儿,马上!"

"四爷,您没瞧见大家现在都是活一分钟算一分钟吗?"

四道风愣住,那个劳工从他身边走开,汇入进去的人群。几个队友像四道风一样手足无措,他们根本无法说服这些只剩下生存本能的人。四道风光火地看着龙文章,"龙长官,人都进门了,你能告诉我天上的爷爷啥时候光复吗?"

"他们是空军,我是陆军,我怎么知道?"龙文章有点难堪。

"你军不是同心同德的吗?"

龙文章只好岔开话题,"这样愚昧的人群真让我觉得悲哀……"他忽然发现队友们看他的眼神像在看一个异类,冷漠又带点气愤。云层里隐隐传来的低沉声音算是把他给救了。"他们来了。"龙文章宽慰地说。

"他们来了,可人也进去了。"四道风懊恼地看看门外的劳工,向那里挤了过去。

巷子里,何莫修笨拙地把黄包车停下,他开始急速地发报,不时擦去汗水和泪水,显得冲动而无畏。

空中传来一阵低沉的声音,何莫修看了看表,他惊了一会儿,接着加快了发报的速度。

沽宁日军司令部,一队日军列成了仪仗队形站在空地上接受长谷川的检查,长谷川军装笔挺,佩着全套的勋章和军刀。

停在空地边的那辆侦测车的天线忽然开始转动,同样穿着军礼服的伊达向这边跑了过来,"他们又在发报!"

长谷川皱皱眉,"可是总部的人马上就来了。"

"我不懂!他们这次用了普通的摩尔斯码!"

"说的什么?"

"孩子出生了吗……这是什么意思?"

长谷川也莫明其妙,但他听见了来自云层里的低沉声音,他嚷了起来:"这就是它的意思——空袭警报!"

日军顿时混乱起来。

码头上的人们还没意识到那个隐隐的声音代表着什么,半数的劳工已经进入大门,剩下的还在往里进。

四道风不顾别人的小声抗议,又往前挤了一步,他已经站在检查的日军跟前,日军不耐烦地瞪他,"你的!证件!"

四道风在身上四处摸索着,那名日军已经失去了耐心,举起了枪托,云层里的声音终于让他意识到什么,一抬头,正好看见机群从云层里露头。

四道风的手终于从衣服里伸出来,握着他的枪。他打倒了身前几个日军,向码头里冲去,一边开枪,一边制造着骚乱,"快跑!马上就来轰炸了!炸的就是这儿!"

人群混乱了,没人会在流弹横飞下傻站着,人们纷纷向大门拥去。六品和其他几个队友也向码头冲去。

码头终于空旷下来,空袭警报凄厉地响着,终于反应过来的日军向岗楼上的机枪哨位跑去。

一直原地未动的龙文章后退一步,从黎明时藏身的货箱里抽出他的枪,将刚就位的两名日军打倒在机枪边。

四道风和六品几个推翻了汽油桶,将油往堆积的货物上泼洒。一辆卡车从码头里驶出来,卡车上的机枪向他们倾泻弹雨,四道风几个开始向大门外拔足狂奔。卡车追着他们,从淋了油的货堆旁驶过,唐真向货堆扫射,那堆货物顿时燃烧起来,一个烧爆的油桶撞在卡车上,卡车停下,身上着火的日军跳了下来。

"快撤快撤!见好就收!"四道风嚷嚷着,他跑到警戒的龙文章身边,往身后扫了一眼,挟着黑烟的火柱已经烧得足够让天上的机群看见了。

第一枚炸弹落了下来,刚冲出杀伤范围的四道风几个如遭遇地震一样被震翻在地。

高三宝兴高采烈地站在自家院子里对天上嚷嚷:"解放者!空中堡垒!黑寡妇!炸!炸死他们!炸了码头!炸了工厂!我不要了!什么都不要了!快帮我炸死他们!我请喝酒!"他又老了许多,身上的衣服也像其他沽宁人一样破旧。

高昕和全福刚把他拖进屋,轰然的爆炸声中,窗玻璃被震得雪花般飞溅。

龙妈妈和满天星站在院子里,轰炸离这里很远,但听起来仍然惊天动地。

何莫修跌跌撞撞地把黄包车拖了进来,满天星一把抓住他,"怎么现在才炸?"

"我有更重要的事情!"何莫修挣开他,径直奔向欧阳的屋里。

轰炸声太大,欧阳也从昏沉中被惊醒了,他迷迷糊糊地向跑进来的人问:"他们来了?大家都平安吗?"

何莫修气喘吁吁地说:"我要告诉你,你已经生啦!不,是你老婆已经生啦!"

"我的儿子?"欧阳仍很昏沉。

"不!是个女儿!你……是不是不喜欢女儿?"

欧阳晕晕乎乎地想了想,忽然笑了,"其实女儿也不错,会比较像她妈妈。"

"当然!女儿更好!"

"那么我真的是个爸爸了?"

"何止!你是世界上最幸福的人!我告诉你妻子你受了重伤,她担心得要命,她请你一定要为她和孩子好好保重!你多幸福!我多想为一个这样的原因活着!"

欧阳一下清醒过来,"你怎么会跟她说话?"

"我……用了电台,你放心,我一直在移动,时间又很短,鬼子找不到……你可以罚我,怎么都行……"

欧阳苦笑,"我怎么罚你?你不算我们的人。"

何莫修小心翼翼地问:"你不会有事的,对吗?"

"我不会有事……刚才我已经快死了,可你给我找到一个最好的理由。"他嘘了口气,"是的,我会活下去的。"

第二十六章

1

轰炸仍在继续，日军的大本营已经被炸得七零八落，那支仪仗队也溃不成军。

一辆小车从爆炸的烟尘中冲了过来，一头撞上了营房。几个日军狼狈地从车上跳下，与长谷川死不对付的总部军官宇多田也在其中，他现在佩戴着大佐军衔。

长谷川灰头土脸地迎了过去，宇多田气恼地拍拍身上的尘土，"长谷川，这就是你的沽宁？"

"实在对不起啦，宇多田君！"

宇多田倨傲地扫视周围，"将军派我来沽宁，不光是视察，还要解决很多你不能解决的问题。"

一个炸弹落在他们旁边，掀得他们全都仆倒在地上。

四道风一帮人从巷子里狂奔而过，子弹在四面八方呼啸，天上的轰炸并未能缓解地面的战斗。被他们打急了的日军开着卡车在街上狂驶，整车的日军从车上跳下来，抄进了他们前边的巷子。四道风刚冲过一道巷弯就被对面的弹雨盖了回来，他一把将往前冲的六品拖住，"这里不通！成车的鬼子！"

几人正想往后折，但后面的追兵已经抄了上来。龙文章抱怨着，"你走的什么路？根本没照原定计划！"

四道风吐掉嘴里的沙土，"你的计划压根儿不管用！一大早所有事就乱套啦！"

唐真瞪两人一眼，"你们上鬼子跟前去吵！没被鬼子打死先被你们吵死！"

两人终于住嘴，四道风探头看看，前边堵截的日军从巷子里遮遮掩掩摸了过来，他摘下一枚手榴弹扔了过去。

龙文章讥笑，"你那玩意又能炸死几个？"

话音未落，巨大的爆炸中大块的瓦砾和梁木如雨落下，后边的追兵被震得摔成了一团。被日军堵住的巷子瞬间成了一片废墟，日军的卡车残骸在巷口熊熊燃烧。

四道风莫明其妙看看其他人,"我扔了个什么玩意?"

龙文章一脸惊喜,"是航空炸弹,拜托,天上的飞机把我们救了。"他有点骄傲,就像是他自己把大家救了一样。

其他人没空与龙文章争辩,趁着日军死伤狼藉的当儿,从打开的通道冲了出去,在最后掩护的四道风忽然大叫起来:"他妈的!这里不是码头!"

龙文章诧异地看着他,"你晕头啦?这里当然不是码头!"

"我们费多大劲就为让他们把炸弹扔在码头!现在全扔老百姓家里来了!"

龙文章也傻了,奔跑中回头看看刚才的废墟,那确实是些民宅。

"全白忙啦!军师为这快死啦!我们到底在图什么?"四道风脸上交织着沮丧、失望、愤怒。

龙文章竭力安慰他,"飞得太高了,他们靠高空轰炸来躲避地面的防空火力。"

"他们的命是命,沽宁人的命不是命吗?"他指着一个在刚才的战斗中重伤的队友,"他的命不是命吗?"

"在战争中,这个叫合理伤亡。"

四道风伸手去抢龙文章的步枪,龙文章下意识地抓住,"你干什么?"

"我把它打下来!我告诉它,这个也叫合理伤亡!"

"你又在胡闹!"他和四道风争抢着,"你打不下来!你看,它们已经走了!"

天空中,轰炸完毕的机群飞走,看起来优哉游哉,它们身下,半个沽宁熊熊燃烧。

四道风无力地坐倒,事情一再演变成他最不想见的样子,他看起来忧郁而痛苦。

2

龙妈妈把一碗热气腾腾的面条端到欧阳面前,和何莫修一块儿期待地看着他。

"鸡汤面?"欧阳乐了,"咱们还有鸡?"

"高会长送的。快吃吧,别又说留给别人,打沽宁闹饥荒你就光喝水了。"

"我喝水也能活的,不过我肯定吃。"他看着满天星进来,"轰炸完了?"

"完了,可算是完了。"满天星虽然因病而萎靡不振,却仍掩不住一脸火气。

何莫修偷偷操了他一把,满天星住嘴,但欧阳实在是个很细心的人,"把话说完,这样瞒着对我的伤没有好处。"

何莫修嗫嚅:"他们出动的全是高空轰炸机……沽宁城损失惨重。"

"有多惨重?"

"北城……已经剩不下什么像样的房子了。"

欧阳愣了一下,猛烈地咳起来,他挥挥手,"把面条拿开。"

何莫修刚把面条端在手里,欧阳拿毛巾紧捂了嘴,一口血咳了出来。

"就不该告诉你。"何莫修后悔莫及地说。

"淤在胸口的血,迟早都要吐的,扶我起来。"他看看何莫修,"我不会死的,可我一定得起来。"何莫修和满天星犹犹豫豫地把他扶了起来。

沽宁日军司令部,轰炸激起的烟尘和硝烟还在窗外飘荡,长谷川、伊达和刚到的宇多田正在听取一名军官的报告。

"码头区破坏严重,但经抢修后应有百分之六十以上的设施还可投入使用,着弹最多的是与码头相邻的北城区,有几条街道已经完全被从城市里抹去了……"

长谷川和伊达看着宇多田,因为现在他是这里最有发言权的人。宇多田阴晴不定的神色最后泛出了一脸笑意,"很好。没想到在这样的轰炸下码头还能保存。"

长谷川松了口气,"是的,敌军轰炸频繁,沽宁港已经是我们所剩不多还能运转的几个港口之一了。"

"我是为它来的。两位,我受命与你们合作,在沽宁紧急修建一个野战机场,我们的港口必须有防空保护。这是将军亲自签署的命令,请多关照。"

"我们会全力合作,并且已经在做相应准备了。"

"以您的预计,这座机场需要多久完工?将军让我转告,没有人员和物资,也没有工程机械,他们都调去对付南面中国军队的攻势了。"

"一个月。"长谷川说。

伊达吓了一跳,惶然地看着他。

"一个月?"宇多田也吓了一跳,"就算有最好的设备,最快也要三个月,这是一位行家告诉我的。"

"我不是行家,可是我有人。"长谷川一脸深不可测的样子。

"您有什么?"

"这里有整座城市,这座城市的中国人从来没为帝国做过什么。"

"我明白您的意思了,可是您有把握吗?"宇多田说。

"奇迹总是在高压之下产生的。"长谷川笑了笑。

宇多田也笑了,"我们可以尝试一下,这是个很有趣的想法。"

"我知道您会喜欢的,所以在您到达之前已经把抓夫队派出去了,虽然因为轰炸被耽误了一会儿,但是我想他们现在已经开始行动了。"

宇多田欣然地点了点头。

一片废墟中,六品从院墙里探出头来,他看向墙外将沽宁分为南北两界的大街,街头隔十几米就有一个武装的日军站着,这个长队一直排到不可见处。

六品从墙头跳下来,"过不去,我不知道鬼子在搞什么。"

龙文章皱眉,"还在围捕我们吧?"

"可能吧。"六品说,他看看四道风,"我们回不去了。"

四道风仍很沮丧,他瞪六品一眼,"回去干什么?回去有什么用?"

墙外边突然传来了汽车引擎声,一整队汽车开了过来,停在封锁线边。

"这里太危险……"龙文章有些不安,他看着四道风说,"我们走好吗?"

四道风无精打采地起身和大家一起离开,他像是行尸走肉。

刚下车的日军一列列进入了南城的巷子,他们用步枪和刺刀拉开了一道网,然后挨家挨户破门而入。家家户户响起哭喊声,对沽宁人,这是一场难逃的劫数。

何莫修和满天星架着欧阳走向院门口。他虚弱得不像样,两腿几乎是拖在地上。

满天星去开院门,刚开条缝就退了一步,猛地将院门关上,"鬼子!"

外边已经响起了脚步声,随即重重的枪托砸在门上,满天星将整个身子都抵在门上,向着何莫修嚷嚷:"上闩!门闩!"

何莫修扔下欧阳,拿起门闩拼命顶上,刺刀的刀锋已经从门缝里伸了进来,威胁地在他和满天星之间划动着。

"你们再挺一会儿!"欧阳说着转身跑开,他摔倒在地上,伤口立刻破了,鲜血泉涌。何莫修和满天星很想去帮他,但那扇门已经叫他们应接不暇。

欧阳爬起来,跌跌撞撞将黄包车上的暗箱盖盖上,他冲进屋里,拿着一些东西冲出来,扔进了地下埋着的一口暗箱,他勉力将箱盖盖上,血在旁边洒了一地。

满天星轻叫了一声,刺刀在他腰肋上划开了一道长长的口子。

两个日军翻墙跳进来,满天星扑上去抓住一个。"不要动手!"欧阳说。满天星犹豫了一下,立刻被日军用枪托痛殴。

何莫修一个人再也顶不住,门被撞开了。几个日军一拥而入,他们用枪逼着院里的这几个人,龙妈妈在厨房门口不知所措地看着。

欧阳摇摇晃晃站了起来,他失血过多,眼前的世界已经成了一片模糊的红色,跟前的日军狐疑地看着他,"血的?哪里的?"何莫修指指眼前的刺刀,又指指满天星腰肋上的伤口。日军哈哈大笑,又抽风似的忽然拉动枪栓,"出去!工作!工作!"

"什么工作?"何莫修问,他看见日军推搡欧阳,立刻去拦,"他不能去!他病了!"

日军明白了他的意思,抬起枪顶住了欧阳的头。何莫修一把抱住欧阳,"他没有病!他好了!"他背上挨了一枪托,晕头转向地把欧阳扶起。

日军把龙妈妈也推了过来,四个人被推推搡搡赶出了院子。日军搜查了一下四处,发现再没其他人便离开,他们并没费心对这里做进一步的搜查。

刚经过轰炸的人们又从屋里被赶了出来,本来就狭窄的街巷被日军的机枪和刺刀逼得更为狭窄。一个被喇叭放大的生硬中文吵得人头晕:为帝国工作,这是你们的荣幸……为帝国工作,这是你们的荣幸……

何莫修和满天星两人架着昏昏沉沉的欧阳,何莫修另一只手扶着龙妈妈,满天星另一只手捂着腰上的伤口。

龙妈妈惶惑地问:"他们要干什么?"

"不知道,我不知道。"何莫修茫然地说。

烈日当空,蒸发着地面的水汽,这个庞大而芜杂的队伍被刺刀威胁着向城外缓缓移动。

3

曾经的长巷成了废墟,住民在上边挖掘着亲人的尸体和赖以为生的物品。四道风和他的队友沉着脸从旁边走过,他几乎没有抬头的勇气。

封锁了南北城区的那条散兵线终于撤离,龙文章从巷口缩回头来,"他们走了,也不知道在搞什么。"

六品如释重负,"可以回家了。"他轻轻碰碰四道风,"你听见了吗?"

四道风没好气,"乱碰什么?我又没聋又没傻!"他跳起来走过南北分界的街道,即使在这种时候他仍走得大摇大摆,因为他从心里认定这是沽宁人自己的城市。

被日军押送的人群在挪动,天热得让人喘不过气来。人群身后跟着押送的卡车,卡车顶上架着机枪。

沽宁城已经被远远甩在身后,欧阳眼里模糊一片,除了身边的人他看不清更远的地方。

又伤又病,满天星终于架不住,昏昏沉沉倒下,他拖得欧阳也一起倒下,何莫修放开龙妈妈想把他们拉起来,可他没法架着两个人前进。他看看身后,日军正把走不动道的人拖到路边行刑。

"起来,我求求你们。"何莫修急得想哭。

满天星仍人事不省,欧阳却挣扎着爬了起来,他搀起满天星,何莫修愣住,"我不是说你。"

"说谁都一样,走吧。"

何莫修瞧着生命垂危的欧阳扶着重病在身的满天星,他架着满天星的另半边身子,手上搀着龙妈妈,龙妈妈也已经摇摇晃晃了。

要去的地方根本不知道在哪里,烈日当空下只有漫长的地平线。

街上已没了日本兵。

四道风一行异常顺利地来到杂院,地上的血迹触目惊心,四道风顿时直了眼,血迹一直往屋里延伸,那是欧阳爬过的痕迹。他冲向屋里,屋里也是血迹,他又冲了出来,与同样慌张的龙文章撞个满怀,四道风狂怒地把龙文章推开,他看着院子里那摊血迹,欧阳曾经停在那里把东西藏起来。四道风跪下,打开埋在地里的暗箱,里边是几支枪、一点药、密码本,欧阳在里边放了他们生存的必需品。他茫然地看了看其他人,龙文章的状况比他好不了多少,"我妈没啦!"他几乎哭出来。

四道风两只脚蜷在身下,用一种极难受的姿势向后躺倒。他没什么表情,但已经完全垮了。

4

沽宁的南边是片相对荒凉的郊野,虽然伴着山,但植被和水源都相对较少。日军抓来的人都集中在这里,被刺刀和机枪威胁着,暴晒于炎炎烈日之下。

暑气蒸腾,不断有人失去知觉倒下。

满天星早就人事不省了,被何莫修和欧阳一左一右地强架着,身边的龙妈妈也垮了下来。欧阳一手架住一个,他的伤口早已破裂,血压根儿就没有止住过,这是一个早该倒下甚至死去的人,可他仍顽强地坚持着。

长谷川的坐车从远处驶来,他和宇多田坐在车里,两人谈笑风生,似乎从未有过龃龉一样。

长谷川说:"我向总部要求的时间是三个月,但机场将在一个月内完成,当然,这都是在宇多田阁下的带领下实现的。"

宇多田看着车外的人道:"长谷川君,很多年前我就知道您是个有办法的人。"

"作为开工的仪式,想请您说几句话。"

"我不知道说什么。"

长谷川笑了笑,"我已经让他们暴晒了两个小时,说什么都会听的。"

车在人群前边停下来,宇多田和长谷川下车,一排日军上前护卫着,并架了两挺机枪,这让晒得昏昏沉沉的人们抬起了头。

何莫修慌不迭地往后躲着,长谷川是认识他的。

宇多田刚才的笑脸全没了,他凶神恶煞地运了运气,说:"帝国已经到了生死存亡的关头!之前你们一直在坐享其成,现在到你们出力的时候了!"

那些面黄肌瘦形销骨立的人看着他,压根儿不知道他在说什么疯话。

"这座机场是为了保护你们的安全,用皇军高贵的生命保卫你们的土地不被白种人占领!"

欧阳身边的一位市民直挺挺地倒了下去,那稍微打断了宇多田的说话,他被拖出去用枪托重重地殴击。

"我们日本人是很有秩序和纪律的!现在要教你们也懂得秩序和纪律……"

宇多田的讲话已经进入一种半疯狂的状态,那是因为日本在整个亚洲的失败以及惨重的伤亡给了他一次又一次的打击。

"……就是这样吧!你们一辈子都会记得这些日子,因为你们荣幸地为东亚共荣服务过!——解散!滚回你们的劳工营吧!"

就在他转身上车的同时,许多体力衰竭的人猝然摔倒,清醒的人脸上多少有些轻松,至少不用再暴晒在烈日之下了。

何莫修小声地对欧阳说:"谢天谢地,他说完了。"

欧阳仍站着,似乎已经听不见声音了。

何莫修怯怯地看着他,"你听得见我吗?"

欧阳仍不动。

"可以休息了……你听见了吗?"

大概是听见了,欧阳忽然如坍塌的沙堆一样倒了下来。

另一厢的人们在空地边站住了,眼前只是一片荒凉的空地,他们根本看不见宇多田所说的劳工营。

几辆卡车停在他们眼前,日军从车上卸下简陋的工具。一个便装日本人下车,他是这个工程的设计师之一,叫渡边淳良。他看着眼前困惫的人群恶意地笑着,"要劳工营吗?现在开始自己盖吧。"他看着人们绝望的神情,满意地离开。

夕阳西下,经过一个凄惨的白天之后,黑夜终于来临。

车灯、电筒光和探照灯交织监视着这片尘土满天的工地。欧阳躺在黄土上,在尘土飞扬中艰难地喘着气,每一次呼吸对他来说都成了一次艰难的挣扎。

其他的人正在挖地基,何莫修用发狂的速度在挖好的地基沟上横向刨出了刚刚能容得下一人的凹槽,他回身去拖欧阳,"你休息吧,什么也不要管了,伤得这么重,鬼子发现一定会打死你的。"

欧阳已经无力回答,何莫修刚把他塞进那凹槽,渡边和几个日军监工过来,他们几乎就站在欧阳的头上。

"他为什么不工作?"

渡边指的是何莫修还无暇顾及的满天星,满天星正昏昏沉沉靠在沟沿上。

"他病了!"何莫修说。

"不能让一个病人浪费我们宝贵的口粮!"渡边挥了挥手,两个日军打算下沟把满天星拖上来。

"可你们没给任何称得上口粮的东西!"何莫修扑上去死挡,他不光知道被拖走是什么下场,还知道如果日军下沟,那欧阳就会被发现。

旁边的日军哈哈大笑,渡边一鞭抽在何莫修脸上,"我碰上一个很讲道理的人!"

何莫修白净的脸上现出一道血痕,他仍然护着满天星,那种勇气源于垂危的欧阳,"至少你们给点水!你们不会损失什么,而他这样的人就可以起来工作!"

渡边想了想,"你好像有点道理。"他走开,并对几个日军示意,"教会他服从。"

何莫修还没明白怎么回事,几个日军的枪托和拳头已落到他身上。何莫修抱住头死扛着,直到被人一脚从沟上踢了下来,摔在欧阳身边。

几个日军扬长而去。龙妈妈把何莫修扶起来,他擦擦嘴角的血渍,看看欧阳,欧阳无力地看着他,何莫修苦笑,"我知道跟他们说什么都没用,可是我笨嘛,想不出别的办法。"

"你已经尽力了。"龙妈妈心疼地安慰他。

何莫修的提议还是通过了,一辆卡车驶过来,卸下几口水桶。人们难以置信地看着,在经过那样暴晒的一天后,水早就成了遥不可及的梦想。

日军恶意地笑了笑,退开。

人们从地沟里跳出来,开始哄抢,水很快被打翻了。

何莫修脱下外套,扑了过去,他从人群下挣扎出来时,手里拿着一件浸湿了的衣服。他回到欧阳身边,把水小心地挤在欧阳的嘴唇上,第一滴水沾唇,欧阳就醒了,"有水了?"

"有了。"

"去给他们。"

"都有,龙妈妈有,满天星也有,我也有。"

"被抓来的不止我们四个呀,小何。"

"我管不了他们。"

"这样不行,得抱团,得互相照顾,别因为没粮没水就不信别人,人不是活一天算一天的,得有个信念。"

"我做不来的,我没你的能耐也没你的信念,只能做到这样了。"

欧阳苦笑,他也知道眼下这样对何莫修来说已经是勉为其难。

"逃吧,小何。"

"什么?"何莫修愣住。

"你不能落在鬼子手里,逃吧,不要管我。不过能照顾别人的时候,记得照顾别人。"

"求求你告诉我,该怎么做……"

欧阳又晕厥过去了,何莫修刚想把他扶起来,一滴雨水忽然落在手上。他怔怔地看着黑漆漆的天穹,"下雨了。"何莫修脸上忽然浮现出一种如临末日的表情,"龙妈妈,把你们的衣服给我,要干的!"

"怎么了?"龙妈妈疑惑地问。

"他的伤绝不能进水啊!"

龙妈妈醒悟过来,赶紧脱了衣服丢过去。

这场突如其来的暴雨迅速把工地浇成了泥水奔流的沼泽,刚还受着干渴之苦的人们现在又面临着雨水之患。

刚挖好的地基都快被冲塌了,何莫修在泥水里竭力挣扎着,想把欧阳从泥水里拖出来,但那是徒劳,因为日本人把刚爬出沟的人们又踢了回去,"工作工作!你们要爱惜自己的劳动成果!"

抱着欧阳的何莫修看着欧阳在泥浆里浸泡,真是绝望之极。他再一次爬了起来,把欧阳交给龙妈妈,"别让他沾到水!"他抢了把镐向沟沿跑去,狂乱地在那里挖着,他的行动和那些竭力护住沟沿不塌掉的人们截然不同,立刻引起了日本人的注意。

渡边大喊呵斥:"你!干什么?"

"泄洪沟!开条泄洪沟!"

渡边看了看,发现何莫修的行动是正确的,他有些吃惊,"你懂土木工程?"

"是选修专业!"

"什么?"

"懂一点!我家种地的!"

渡边点点头,冲几个劳工吆喝:"你们过来帮他!"

几个劳工被赶了过来,何莫修的工作进度顿时快了很多。

5

六品几人心事重重地在收拾院子,四道风腋下卡着廖金头的脖子拖了进来。他在院子里撒开手,廖金头抬起一张油滑之极的脸,揉着生痛的脖子说:"四哥真是好大的力气。"

四道风瞪着他,"我今儿脾气不顺,谁要油腔滑调我真会杀人。"

廖金头立刻不惹他了,转对龙文章巴结地笑笑,"龙长官,气色蛮好的。"

龙文章皱皱眉,问四道风:"你把这东西弄来干什么?"

四道风不理他,又瞪了廖金头一眼,"鬼子在干什么?你知道什么我们不知道的?别说一个废字。"

廖金头苦着脸,"四爷,小的一向洁身自好……"他看见四道风把枪摸了出来,"哎呀四爷,我是被鬼子逼着做点小事,可也一直在给军师提供情报啊!"

四道风怀疑地看看龙文章,龙文章点点头。

"军师没告诉过我。"

"他不让跟您说嘛,您看大阿爷多少次想找您驳火,都让我给压住……"

四道风愣了一下,"叔叔还在找我?"

"那可不!大阿爷现在跟邪火攻心似的,睡觉都揣两支灌满弹的枪,上次走火把脚掌都打穿了,躺足一月,我们都说他快疯了……"

四道风的表情越来越痛苦,龙文章一把把廖金头从地上提溜起来,"说些我们不知道的,鬼子在干什么?"

"修机场!他们要修机场!别的我都不知道了,姓长的鬼子让你们打疯了,他现在再也不信中国人!"

所有人都愣住,随之而来的是沉默。修机场对于他们来说是不可想象的事。队员们停下手中的活,无精打采或坐或躺或发呆。廖金头看看四道风,又看看龙文章,龙文章冲他挥挥手,他一溜烟儿地去了。

四道风突然喃喃道:"什么事情他都瞒着我,什么事情他都担着,连我叔叔找碴他也全给顶了……"

龙文章看着他,"你要面对现实,他已经死了,现在是要你拿一个主意。"

"他才死不了!"四道风如被针刺到了一般叫了起来。

"我们都会怎么死呢?从来就是地上一摊血,人就此无影无踪,他不是例外。诚实一点说吧,无医无药,心脏部位被打进一发取不出来的子弹,他没被抓走也死定了……"

"我用不着!用不着你那什么什么!"四道风一拳捶在桌上。

"死人一样的冷静,在战场上没有你那些婆婆妈妈的七情六欲。"

"我用不着!你不是他兄弟,你是死丘八,死国民党!你就想他这共党死了才好!"

龙文章气不打一处来,"我要你冷静你就胡言怪语!我是国民党,可我怎么不是他兄弟?"

"你从来不当你是我们一伙的,你只是路过……你脸上写着我委屈自个,跟你们混混吧。你知道我干吗非得跟他一块儿吗?不图他聪明!就因为他回绝你的时候,眼睛里也这么说:兄弟,我能帮你什么?我是你兄弟!"

龙文章想说什么,可他有点哑然,摊摊手坐了下来。

四道风抱着自己的头,狂乱地扯着自己的头发,所有人都哀怜地看着他。他就这么狂乱着,悲伤着,折腾了许久才渐渐平静下来,他缩到屋檐下呆呆地坐着,从黄昏,到清晨,就连夜间的那场大雨,也没能让他动撼过。

一滴檐上的积水落在水坑里,四道风蹲在旁边呆呆地看着水波泛开。

龙文章走到他身后,"你到底要怎么办?"

四道风转头看着,龙文章和其他人都武装好了,等着他,那种等待像是挑衅。

"你们想干什么?"四道风木然地问。

"说一声,死也跟你去。"

"如果我不想你们一块儿死呢?"

"这不是四道风说的话,沽宁人都说四道风是刀枪不入,九命奇侠,真英雄真豪杰,视钱财如粪土,视人命如草芥。"

"我现在就戳这儿了,你看我是什么?"

龙文章气急败坏地说:"再戳下去的话,什么也不是。"

四道风仍戳着,过了一会儿,露出一丝欧阳惯有的苦笑,他撩起衣襟,让龙文章看他腰上早插着的枪。龙文章看看,笑了笑,抡起拳头,轻轻砸在四道风的胸前。

6

在一整夜的强制劳作后,南郊现在可以叫作工地了,因为它已经初具一个工地的雏形。空地周围围上了铁丝网,有了机枪岗楼和高射炮位,戒备森严的日军牵着狼狗在旁边巡逻。

长谷川和宇多田坐在车上,宇多田显得心情很好,他环顾四周说:"真难以相信这是一个晚上干出来的。"

"据说中国皇帝杀死任何不听话的工匠,盖出来的宫殿可保千年。"长谷川一脸得意。

"您有做皇帝的快乐吗?"

长谷川笑而不答,"已经休息了两个小时,他们该工作了。"

旁边的军官应声而去。

人们精疲力竭地躺在泥浆里,积水顺着何莫修开出的泄洪沟流了出去。

欧阳身上的血渍已经被洗得干干净净了,他被龙妈妈抱着,一张脸白得吓人,何莫修摸了摸,他烫得吓人。

何莫修鼓足勇气撕开他的胸襟,就着晨光看看他的伤口,看到的景象超过他能承受的极限,他掩着脸哭了起来,"您说……您说一个人的胸口都烂掉了,他还能活下去吗?"

"哭有什么用?"满天星有点不屑,他虽然仍乏力,但已经坐了起来。

龙妈妈腾出只手来拍拍他,"别哭了,你做得很好,他要醒着一定会夸你。"

工地上突然回响着凄厉的哨音,何莫修擦擦眼泪,放置好欧阳,然后搀扶着龙妈妈和满天星,向哨音传来的地方走去。

劳工们被枪、刺刀和狼狗逼着在空地上集合,一群人已摇摇欲坠形同骷髅,不过这在渡边的眼里仍叫劳动力,他麻木地看着眼前的人,煞有介事地训着话:"今天也要好好工作!并且对你们中间工作得最出色的几个人,我们要给予奖赏!——你,出来!"

被叫到的是何莫修,他摇摇晃晃站到渡边面前,纯粹是要死也就一刀的心态。

"你现在懂得服从了吗?"

"懂了。"

渡边拍拍他的肩膀,转向人群,"他是被我们大日本国教化过来的第一个愚民!你们看着,我们是赏罚分明的!从现在起,他是你们这群人的工头!"

这种奖赏立刻让何莫修成为众矢之的,人们的憎恶立刻从日军身上扩散到他身上。

"你要监督他们的工作,严惩怠工者,在我很忙的时候给他们安排工作,你是比苦力高级的,"他指指那些日军,"仅仅在他们之下。等级分明是我们优良的民族传统,也是我们最直接的赏罚标准。"

何莫修看看他的同胞,苦笑,"可我不觉得人有三六九等,我拒绝。"

渡边不怀好意地看着他,"你似乎是读过一点书的。这么说你明白吗?不服从的代价?"

何莫修犹豫了一下,"那么我能不能让他们替换着工作?这样可以保证效率。"

"我只关心进度,而且你这样说话是很危险的。"

"我保证进度。"

渡边看了看他,何莫修瘦高而他矮胖,所以他对何莫修说话时一直仰着头。"我不喜欢你比我高。"

何莫修立刻低了下来,因为对方实在太矮,那简直是一个点头哈腰的姿势。

"以后也要这样……我会考虑一下。"

"大家从昨天到今天还没吃过任何东西。"

"先工作才有吃的!我的耐心是有限度的!——拿着这个!"

他把手上的鞭子交给何莫修,何莫修犹豫一下,接了过来。

渡边和日军离开。何莫修转身看着他的同胞,他发现大家看他的眼光像在看一个另类。"我必须这样做,我这样才能帮到你们……"

"你真是这么想的?你一向是个见了刺刀恨不得跪下的家伙。"满天星说,"我告诉你排在鬼子兵下边的是什么,是他们的狗,是帮着他们咬中国人的狼狗。"

何莫修愣住,他盯着满天星,满天星正挑衅地看着自己。他叹口气,拿着那杆惹眼的鞭子走开。他开始在工地上给人安排工作。一只瞄准镜的镜头套在他身上。

工地一侧的山野上,四道风把何莫修为龙文章特制的瞄准镜抢走了,"你看见什么了?"他一边寻找目标一边急不可耐地问。

"看见……"龙文章一脸恶心的样子,"我都不想说了,把镜子给我。"

四道风置若罔闻地在工地上瞄着,那份专注只能是寻找欧阳。龙文章很想发火,六品把望远镜递给他。龙文章很快在工地上找着了妈妈,她坐在一块石头边,拿一把小锤一下一下地敲着,那恐怕还是何莫修争来的轻活。龙文章有些慌乱地调整着距离,把镜头调至不可再近,几乎能看见妈妈额上飘拂的白发,他的喉头剧烈地哽咽着。

一个日军对龙妈妈大声呵斥着什么,何莫修赶过来,把龙妈妈领向一块比她本人更大的石头。龙文章把望远镜扔开了,躺在枝丛里,他不忍心再看下去。

"我要杀了姓何的,我要杀了他。"

六品从望远镜里看了看,静静地看着他。

龙文章已经忍不住哭了出来,"我从不知道我妈已经这么老了,从不知道!"

"你们谁瞧见军师了?"四道风期待地看着所有人,但所有人都沉默着。

八斤吞吞吐吐地说:"其实……龙乌鸦说得也对,军师就算没被鬼子抓来,也活不了了。"

四道风一个耳光甩了过去。

工地上的人群忽然骚乱起来。人们从土里挖出了几具森森的白骨,而且往下层层叠叠,还不知道有多少,周围的人们惊呆了,直到有人开始嚷嚷:"这是万人坑!""快跑!鬼子要活埋咱们!"

一下炸了窝,人群全无目的地向铁丝网跑去,日军对空鸣了一枪,毫不犹豫地转向人群射击,有人倒下,这更加扩散了他们的恐慌。

几挺机枪已经调了过来,何莫修全力地阻挡人们向枪口奔窜,"别跑!逃不出去!我告诉你们那是什么……"他突然挨了一拳,栽倒在地上。

一个日军对着一个爬到了铁丝网上的人开枪,那人立刻成为一具尸体挂在铁丝网上,逃跑的人流终于停了下来。

龙文章的枪口在铁丝网边的日军身上移来移去,"我开枪吗?我打哪一个?"

四道风伸手把他的枪口压下来,龙文章瞪着他,"我开一枪他们就跑出来啦!"

"跑不出来。"他有点郁郁,"机枪扫射,一百个人得死九十个。"

"那也好过这样!"

"如果军师还活着的话,他会说不行,可我不知道他往下会说什么。"

龙文章愣住,"你说什么?"

"我说我没他那么聪明。"

"你说军师还活着的话?你终于认可他死啦?"

"他死了。"四道风看着工地里的人们被从刚打死的同伴身边赶开,"这种时候,如果他活着就一定会出来。"他痛苦地把头埋进草地里,无声地啜泣。

劳工们已经被弹压,长谷川的车停在尸坑边,他看了看设计图,对身后的日军示意,日军劈头盖脸就给了渡边几记耳光。

"你们弄错了,该挖那边。"长谷川指了一个方向。

"是是,实在对不起啦。"渡边淌着鼻血点头哈腰。

宇多田嫌恶地掩着鼻子问:"这是什么?"

"对不起,一个小小的错误。"长谷川说,"历年来清剿抵抗分子留下的尸体,因为沽宁对外是一直声称没有军事行动的,所以埋在这里。"

"帝国正在尽量争取过得去的和谈,别让这种东西留下来。"

"当然我会处理的。"他看着渡边,"建一个焚化炉,烧了它们。"

"我不会建锅炉。"渡边为难地说。

长谷川瞪着他,"我该从本土给你调一个锅炉师来吗?"

他请宇多田上车,渡边看着那车驶走,一声也不敢吭。

7

劳工们又被枪支驱回自己工作的地方,作为工头,何莫修有相对的自由,他立刻跑去看欧阳。欧阳躺在一堆建筑材料后边,何莫修的理科头脑再次发挥了用处,他在这里给欧阳搭出了一个隐蔽的空间。

何莫修先摸了摸他的额头,再探了探他的鼻息,至于伤口他已经没信心也没勇气去看了。

"刚才响枪是怎么回事?"欧阳虚弱地问。

"你没有睡觉?"何莫修这才发现欧阳是清醒的。

"只是没有睁眼睛的力气。"

"你应该睡觉。"

"刚才的枪声是老四来了吗?"

"不是。"

"幸亏不是。我就怕这小子胡来,这不是十几号人十来杆枪能有所作为的地方。"

何莫修绝望地苦笑,"可是这样,你就没救了……对不起,我不是说……"

"如果我死了,不是因为你说了什么。"

"你还有心开玩笑。"

"现在我还活着,因为你说,我做了爸爸,我有了个女儿。"

"是的,你做了爸爸,你还该给你的女儿起个好名字。"

"是啊,我要起个好名字,让人一听就知道她是个漂亮女孩。"

"漂亮不是最重要的。"

欧阳微笑着,"是啊是啊,你说得对,我得跟你学才能做个好爸爸。"

"跟你说话真开心,好像什么事情都很有希望的样子。"

"你帮我承担了多少呢,小何?"

"没有,太太平平,什么事都没有。"他看了看欧阳,发现他又睡着了,其实把那种睡眠叫作晕厥更加合适,何莫修明白这个后就开始哭泣,他实在受了太多委屈。

"我跟你说,我不知道怎么办,我听你的,我帮所有人,他们不明白。咱们死了的人被挖出来了,我真想像他们那样死了算了。我不知道你怎么才能活下去,我也不知道能把你藏到哪一天……"

他停住了,外边有人叫他,是渡边,在嚷嚷着"工头,工头"。

"那个势利眼的小日本又在叫我了,我从来不想揍人,可我真想揍他。"他抹了抹自己脸上的泪水,悲悲切切地出去。

渡边这回看见何莫修时显得分外亲热,尽管何莫修仍然需要对他低着头。

"我忘了问,你贵姓?"

何莫修愣了愣,"姓高。"

"好极了,高君,我叫渡边淳良,很淳朴很善良的意思!我知道你们不喜欢军人,我不是军人,是一个和平的设计师!"

尽管他看起来一点也不淳朴不善良,何莫修仍点了点头。

"我很熟悉中国,你和我认识的中国人不太一样,所以……你明白锅炉这种东西吗?"

"要锅炉干什么?"

"你不用管,会吗?用现有的器材?"

"今天逃跑的那些劳工,不许惩罚他们。"

渡边愣了一下,才意识到何莫修在跟他提条件。

"把你的鞭子给我。"

"我没带,讨厌那东西。你用什么都可以打我,可看起来,你好像完全不懂锅炉。"

"我们日本人当然是什么都懂的……"他终于意识到何莫修不大可能屈服,"我不保证,但我可以说,要保证进度。"

"要给我们吃饭。"

"不是我的职权范围,不过我还是可以说,保证进度。"

"我要挑选一些劳工,工作和休息自己安排,这工作很累,我今天就要盖好他们休息的地方。"

"这个我现在就可以决定。"他有点不耐烦,"还有什么?"

"我绝不会带那杆鞭子。没了。"

渡边伸出一只手想要和何莫修击掌,忽然又停住了,"是我设计的。"渡边诡秘地笑笑。

"当然是你设计的。"何莫修松了口气。

渡边心花怒放地和他击掌。

何莫修的努力没有白费,傍晚,一辆卡车在工地上卸下了一些食桶。这是工地开工二十四小时来给劳工分发的第一顿饭。桶里边是不知道用什么煮出来的菜粥,人们下意识地嗅着,那东西多半让人作呕,但吃了可以饱肚。

何莫修和渡边一起过来,身后跟着几个日军。何莫修低声对龙妈妈说:"您去给大家分好吗?要每个人都能分到。"

龙妈妈拍拍他的手,起身去了。

何莫修看着其他人,说:"你们谁愿意和我一起工作?会比较轻松一些。"他小声对满天星说,"我需要你。"

"你敢要我,鬼子转身我就杀了你。"满天星小声地表明自己的态度。

渡边过来,"怎么啦?"

何莫修苦笑,"没什么,他不合适。"他鼓足勇气转身去面对那些嫌恶他的人们。

总有愿意少受罪的人,所以何莫修还是聚起了一些人跟他干活。

黑夜很快就笼罩了整个工地,日本人打开灯光照射着,何莫修带了那些人在建筑渡边答应的工棚。那并不是什么复杂的工程,很浅的地基,再加上一些打好构架的薄木板就宣告完成。

何莫修和龙妈妈把欧阳连背带抬地弄进了新盖好的工棚,他给欧阳安排的是最里边的静僻空间,这里比周围那些寒碜的地铺占得更大,还用油布隔开了。

欧阳因为震动而呻吟了一声,他被弄醒了,迷迷糊糊地问:"怎么……又要换地方了?"

"不用再换了。就是这儿了,你看看怎么样?"

欧阳强打精神看了看,"真像……真像一个家。"

何莫修苦笑,"是一个工头的特权。鬼子也认为听他们话的人该有点特权。"

"什么工头?"

何莫修愣了一下,这是他不打算告诉欧阳的事情。

"你女儿的名字起得怎么样了?"

"名字……名字……我现在脑子也不好用了。"

何莫修给他盖上自己的衣服,呆呆地看着他沉沉睡去。

龙妈妈慈祥地看着何莫修,"傻孩子,你这么做有什么用呢?"

何莫修黯然,"至少,在他活着的时候总能看见希望。"

第二十七章

1

　　四道风几个在狂奔,身后日军在追赶,他们避进了一家空荡荡的院子,日军的脚步声远去。
　　龙文章瞪着四道风,"为什么不打?他们没几个人。"
　　四道风喘着气,"我一个人知道怎么打,带着这么些人,不会打。"
　　"你明明是厌战!"
　　"我是厌战,等你们光复等烦了,你的军队呢?"
　　龙文章让他呛得没话说,看了看其他人,"南城都空了,咱们在这出没就像冲到沙滩上的鱼,这里没法待了。"
　　其他人都沉默着。他们现在能想到的唯一去处,是高家。
　　高家的门在夜里被叩响,高昕开门,门外四道风一行人让她愕然,"你们……"
　　龙文章一脸歉疚,"我们没有安身之处了,能不能……"
　　四道风绷着脸,"不能就说一声,立马走人。"
　　"能。"高昕干脆地说,她看着四道风,"需要帮忙不是丢人的事,有些人能不能别护着他大过天的面子?"
　　四道风居然没回嘴,没精打采地进屋。
　　"小何呢?老师呢?还有龙妈妈?你们不是全部都来吗?"
　　"闭嘴啦!絮了巴叨的女人!"
　　高昕气得忍无可忍,"四道风,我是喜欢过你!可不是说我见你就得跪在你脚下!两个人不是这样的!而且你听好了,我说的是喜欢过!"
　　四道风脸上红一阵白一阵,肌肉抽搐着,他看着高昕,高昕显然有点后悔。
　　"你说什么呢?我又不在乎,我在乎的人都死光了,你们说什么我都不在乎。"他打了个比哭还难听的哈哈,掉头走开。
　　龙文章把高昕拉到一边,简单地说明事情的经过,高昕一脸愕然,泪水立刻充满眼眶。她看看其他人,人人都低着头,一副没精打采的样子。
　　四道风悄悄地走了出去。他来到花园,古烁的墓仍是那么小小一堆土,他在那小土堆前驻足。

高三宝默默地走来,他递给四道风一把香。四道风拿过一束,点燃了望空揖了几揖,放在古烁的墓前。他又把高三宝手里剩余的全拿了过来,点燃后又是揖了几揖,插在地上。

"我家的香快让你烧完了。"高三宝说。

"你家的钱都快让我们败光了,都换了枪啦。"

高三宝苦笑,"那倒是得其所哉。你这给谁烧呀?哪有这么个烧法?"

"我不信神佛,自然是烧给死了的哥们儿。烧这么多是欠得太多,不知道我哪天死,索性一次烧得足足的。"

高三宝担心地看着他,"小四,你没事吧?"

"我没事,谁都有事就我没事。高老爷,你原本是个阔老爷,可跟日本干起来,你就倾家荡产给我们换了枪,那你图什么呢?"

"这什么话?国家兴亡……"他忽然有些赧然,"我烧昏了头呢,跟四道风讲抗日。我这么跟你说吧,不讲大道理我也不知道图什么,就知道我没别的路好走。"

"我也是,一开始就为给大风报仇,结果搭上了老二,结果又搭上了老三,现在我什么都搭上了。仗打了八年,鬼子不见少,那天我一算,死去活来,两千多天。"

"高某人的房子太小啊,就是个缩头过活的蜗牛壳子,高某人一直想这房子大一点,那就叫个国家,巍巍乎东方,没人敢欺侮,屋子里的人都很体贴,迎四方宾客,遮八方风雨……唉,这种事情该问你那军师,他是很有一套的。"

四道风惘然看了看那束香,"我真的很想问他。"他的声音小到只有自己听见。

八斤跑过来:"队长,龙乌鸦找你!"

"他找我干吗不自己过来?"

"他找你。"八斤这是在犟,而以前每一个人对四道风都是言听计从。

四道风终于决定过去,临行前又看了一眼古烁的墓,墓前是汉白玉的小小墓碑,擦得干干净净,摆着一枝新搞的鲜花。

"一直忘了谢谢高老爷,我兄弟活着时都没住得这么舒服。"

"不是我,是昕儿弄的。"高三宝叹了口气。

四道风怔了一会儿,转身进屋。

屋里,六品在发呆,唐真在捣鼓从欧阳失踪就再没人碰的电台,八斤在帮她,每一个人都显得无所事事。看见四道风进来,龙文章站了起来,这一个简单的动作引得人人都看着他,他们实在太渴望一次行动。他看看众人,再看看四道风,"老四,我们得管你要个主意。"

"要一个主意?要什么主意?"

"行动的主意。"

"没有行动。"

"如果军师在的话,一定会有行动!"

"如果军师在的话,绝不会去碰那里,几百个鬼子,几十挺机枪,几十条狼狗,还有炮,根本是往枪口上撞。"

"再这样下去,没人会相信你,我们会觉得没了军师你什么都不是。"

四道风冷笑,"沽宁城的大英雄四道风本来就是个拉黄包车的!这还要你来说吗?"他转身离开。

龙文章看着离开的四道风,他已经快绝望了。

2

何莫修做的那口锅炉已经初见形状,渡边在一旁满意地看着。何莫修一边拧着最后一颗螺钉一边说:"通过耐温测试,应该很快就可以实用。"

渡边乐得不行,"高君的学问在中国太浪费,战争结束我介绍你到日本去吧?"

何莫修不愿意回答这话,答非所问地说:"图纸还要改一下,晚上不要打扰我。"

渡边点头不迭,何莫修拿了图纸走开,渡边把什么东西扔了过来,何莫修接住。

"日本糖果!给你的奖赏!"奖赏那个词让何莫修反胃,但他没说什么,抓在手里走开。

何莫修走进工棚,他发现满天星正看着昏迷的欧阳发呆,不知道已来了多久。

"你过得不错,人人都是黑灯瞎火,你还有灯。"满天星说。

何莫修看看手上的图纸,"我得干活……还得时常看看他。"

"我现在有点信你的话了,你真的一直在照顾他。"

何莫修感激道:"谢谢,我就知道你会明白的。"

满天星看着他,"你还是自己人吗?"

"当然是!"

"想逃出去吗?"

何莫修愣了,欧阳生死悬于一线,他还从来没时间想过这样振奋人心的事情。

"当然想!"他说。

"那就一起,不是你我两个,是很多人。我有很好的办法。"

"我……我……"

"如果现在就吓到,你还是算了。"满天星有些不屑。

"不是啊！我是太高兴了！我真想拥抱你一下！可以吗？"

"不可以。"

"没关系，我还是很高兴的！你真行，不像我这样没用！这样他就有救了，在这我什么也做不了！"

"我跟你说，不能带他……带他不可能跑出去……我刚才看了他的伤势，你也知道，出去他也活不了。"满天星脸上忽然有些难堪的神情，也没了一直的倨傲。

何莫修顿时愣了，"……是的，我知道。"

"所以……"他摊了摊手，没说下去。

何莫修倒了杯水，把渡边给他的糖放在水里，他等着糖溶化，看着死气沉沉的欧阳，一脸茫然。

"你很仗义，回去我会跟他们说的，可军师活着的时候也说，活下来是第一位的，鬼子怕的就是我们活着……"

"可他没死呀，我也不是仗义，是因为他没死呀。"他端着水去喂欧阳，欧阳根本连喝水的能力都没有，水顺着他的唇角流出来。

"你在发傻。他半边身子都烂掉了，明天也许就烂到心脏。你做什么能让他活下来？靠这点鬼子扔给你的糖块？你根本不该让他受这种活罪！"

"我能不能想想？"

"不能。"

何莫修咬了咬牙，"我……能不能不去？"

满天星狠狠瞪了他一眼，有点惊讶，有些佩服，有些自惭，更多的是因自惭而引发的恼火，"可以。别人其实并不想带你，我也不想。"

满天星离开。

何莫修又往欧阳嘴里喂了一勺水，看着水几乎一滴不落地从欧阳嘴里流了出来，何莫修也濒临崩溃，他放下碗在旁边坐倒，"我求求你，我求求你……"

他甚至不知道自己在祈求什么。

休息的时间总是很短，也就是天刚有三四分亮的样子，尖厉的哨声就开始响起，新安装的喇叭里播放着长谷川爱听的交响乐。日本兵端着枪把人从工棚里推出来，困顿的人们又开始他们被压榨的一天。何莫修这个工头也不能例外。

做好的锅炉架起来了，炉膛里的火已经烧成了白热。何莫修看着火苗眼皮直打架，连接几天的心力交瘁已经让他困顿不堪了。

渡边看着他，"你不是说你昨天睡得很早吗？"

何莫修根本没闲话的心思，"我想是没什么问题了……我想回去休息。"

"去吧去吧，有事我会叫你的。"

何莫修觉得他笑得有点诡异，但他没说什么，摇摇晃晃向工棚走去。

满天星和几个人停下工作,警惕地看着他,何莫修低着头从他们身边走过。

因为锅炉完工,一些劳工们也回来了,尽管正在享受何莫修给他们争来的休息时间,但他们看何莫修仍是一种憎恨的眼神。

何莫修无暇去理会那些,直奔隔出来的空间去看欧阳。

欧阳仍昏睡着,看起来是种冰冷的惨绿色,摸上去却烫得吓人,伤口又破了,身上盖着的油布沾染着血迹。何莫修苦笑,扶着墙壁坐了下来,他必须打个盹了,外边却传来日语的喧哗声。何莫修一跃而起,这工棚是他自己设计的,他的铺下边还挖了个暗格,他把欧阳推进暗格,又抽出一块隔板盖上,他自己躺在铺板上。

渡边和几个日军进来,把休息的劳工往外赶,渡边笑嘻嘻地过来,"该工作啦。"

"锅炉已经给你造好了。"

"可是下边的工作还没有完成。"

"什么工作?你事先没有说过。"

渡边的鞭子被何莫修扔在一边,渡边拿起来照何莫修劈头盖脑抽了过去,"你很骄傲,你总是忘了谁才是主人!你很有才华,可你也得学会服从!"

何莫修闪避着,他愤怒而惊诧,这样的背信是他难以想象的事情。

锅炉燃着,从地底挖出的骸骨正被送进去焚烧。

何莫修被日军押了出来,脸上又多了两道鞭痕,他看了看他造的锅炉,又看看渡边,这样的事情已经超过他的理解范畴了。

渡边笑笑,"这些人的骨灰会被和在沙土里,铺在机场的跑道上。你恨我吗?这是指挥官的主意,不是我想出来的!不过你可以恨我,仇恨但是服从。"

何莫修茫然而悲怆地看着锅炉上飘着的黑烟,那也许属于他认识的某个人。

渡边又一鞭子抽在他身上,"你也得工作!"

何莫修摔在一具骸骨旁边,他把它抱了起来。那具骸骨在他臂弯里轻飘飘的,一手长而一手短,那是皮小爪在这个世界上留下的最后一点痕迹。

"我认识你吗?"何莫修一瞬间有些发愣,鞭子抽在他身上,他无知无觉,直到火焰快炙到手时才把那具骸骨送入炉膛。

皮小爪曾存于此世的最后痕迹被烈火吞噬。

何莫修呆呆地看着,一种从未有过的神情在日军入侵的第八年开始出现在他的脸上,那种东西叫作仇恨。

工地上空升腾着黑烟,那烟越聚越浓,仿佛死者凝聚不散的怒气。

终于熬到天色断黑,劳工们的活总算告一段落。人人被熏得一身焦黑,而身上沾着的骨灰让他们觉得生不如死。何莫修进来,他是状况最惨的一个,但是没有人同情,人们不当他帮凶也认为他咎由自取。

何莫修似乎已经丧失所有的感觉了,他直奔自己的铺板,拉上油布,拉开暗格,现出下边的欧阳。

欧阳还是看不出一点生机,何莫修看着他,那神情与以前不太一样,多了一种叫勇敢的东西,他对欧阳喃喃说:"你不会死的。那些被屠杀了的人,他们的勇气,他们的愤怒,他们的心愿全都飘散在空气中被我们呼吸,你是他们的身体,他们的喉咙,他们复仇的手臂。你看看,连我这样怯懦的人都有了勇气。"他从衣袖里拿出一块锈铁片,他用那铁片割开了自己的手,然后用布条死死地把那只受伤的手缚起来。

3

高昕在准备明天给大家吃的杂粮饽饽,猛地回身,才发现四道风站在门口,不知道已经站了多久。

"你吓着我了。"高昕一副受到惊吓的样子。

"我难受。"四道风郁郁地说。

高昕摸摸他的额头,"我忙完这想办法弄点药,说真的,现在药很难弄得到了。"

四道风瞪着她忙碌,四年苦下来居然把这大小姐锻炼得手脚利索之极。四道风呻吟了一声,那不是做作,他哽在心里的痛苦几乎是有形的。

"你真的很糟糕。"高昕有些愕然。

"是心里头难受。"

高昕明白了些,"你是……想找我说话?"

"我不是想找你说话。"

"你到底怎么啦?"

"我不知道怎么啦,我就是难受。一闭上眼就看见我亲近的人,一个个在我眼前死,好像死一次还不够,他们还要死几百次——我受不了!"四道风痛苦不堪,那是郁积了多年的压力一下爆发。

高昕苦笑,"你平常有多专横,现在就有多可怜。"

"我不知道怎么办。什么事情都有军师告诉我,现在他把答案都带走了,我什么都不敢做。他们讨厌我这样,可我怕他们死,哪一个都是,死了就见不着他们了……我受够了。"

"我能帮你做什么?"

"抱着我。"

高昕毫不犹豫就把那颗倔强的大头抱在怀里,"好一些了吗?"

四道风抽抽噎噎地哭了出来,"平常死了人我跟他哭,现在他死了,我根本没地方哭。"

"你可以跟我哭。"

"我不要跟你哭!"

"其实你平常有一点点软弱的时候也好啊,那你就是世界上最好的人了。"高昕轻轻抚摩着他刷子一样坚硬的头发,陪着他一起叹气,伤感,苦笑。她忽然觉得有点不对,四道风把她越抱越紧,然后粗鲁地亲了过来。

"这不行……"高昕试图把他推开。

"我不要再想着死人!"四道风却将她抱得更紧,高昕开始挣扎,可四道风却没有停止的意思。

"你弄痛我了!"

这没用。

"我叫人啦!"

四道风置若罔闻,"你喜欢我,我也喜欢你,天王老子来了也不怕!"

"这不是喜欢,这只是你需要!"

全福听着这异声过来,惊得瞠目结舌,"四爷,这可不行……"

四道风瞪着他,"说来你还真来!我们俩谈心哪!"

"谁跟你谈心?!"高昕因为第三个人的到来又气又窘,使尽气力挣扎,可四道风力气赛活牛,即使加上全福的拉扯也无济于事,高昕气急之下把一个搪瓷罐子砸碎在他头上了。

全福吓一跳,眼见得没法收拾,匆匆跑出去了。

"你来真的?"四道风摸摸脑袋。

"你又不是来假的!"

恼火、失望、沮丧、哀伤,四道风挟着所有的失败情绪又向着高昕扑了过去,他立刻被跑来的六品抱住了,全福、龙文章和几乎所有还未睡的队友们都站在后边。

"你在干什么?"龙文章脸上的失望和伤心看起来与四道风可有一拼。

"你们来干什么?"

"我们的队长,我们的英雄,我们的主心骨,所有人都在等着你一个扭转乾坤的主意,可你,在惦记这事?"

"我惦记什么?我们除了死就只有死吗?"他瞪着他的队友,发现即使是刚入队的新丁对他也伤心而失望,他推开龙文章愤愤走开。

高昕看着四道风离开,当他狼狈不堪时,她就已经不再生气。

龙文章气冲冲地回到屋里,把私藏的所有步枪弹倒在床上,开始数个,何莫修为他制造的瞄准镜也被他拿出来,装在枪上校准。

六品匆匆进来,"你真要一个人去劫营?"

"他没希望了,蒋司令说人打仗会打倦,倦到人对你开枪都懒得还手。我当他胡说,今儿我算见着啦。"

"他其实比谁都难受。"

"你要我体谅他?他把我妈扔在里边任鬼子作践!你看见我妈了吗?你看没看见她头发都白啦!你知道她多大年纪啦?"

"六十四。跟我妈同一年。"

龙文章愣了一下,"你知道又怎么样?我不要人说什么,我是要做什么。"

"这样不太好。队长现在乱了套,就剩你拿主意了。"

"老子管不着了,老子很高兴摆脱这帮拿着枪满城乱跑的叫化子!我不是说你啦,你很好,你恐怕是能忍受我这张乌鸦嘴的唯一一个。"

六品再不说话了,看着龙文章收拾自己的步枪,把子弹一发发压进弹膛。

4

龙文章军人身上标准的生物钟让他在第一线晨光初照时就翻身坐起了,他去摸放在铺边的枪,摸了个空。"六品,我的枪呢?"

屋里黑沉沉的。六品没回应,龙文章向六品睡的地方摸去,随手拉开了窗帘,就着晨光,他看到六品的铺是空的,掀开被子,床上放着六品形影不离的砍刀。他探头向窗外看去,巷子里空空落落。龙文章终于意识到什么,转身冲了出去。

此时的南郊,日军的机场却已经开工有一会儿了,跑道已经见了点雏形,那都是用镐头和石碌一点点碾压出来的,人群向远方延伸,如忙碌的蚂蚁。

渡边又在嚷着他的口头禅:"工作工作,新的一天也要好好工作!"

何莫修过来,渡边老远就饶有兴致地看着他,可以欺压何莫修这样学问远在自己之上的人,对他已经是花钱买不来的享受。

"高君,真高兴看见你!过来过来!"

何莫修过去,渡边自得其乐地在手上敲打着从何莫修处拿回来的鞭子,何莫修冷眼看着,没把那玩意毁了是他最遗憾的事情。

"你又比我高了。"

何莫修把腰弯下了一些,他显然极度缺乏睡眠,整个人形销骨立。渡边满意地看着,"你休息得不错,看来心情也不错!"

"谢谢。"

"你现在学会服从了吗?"

"是的,我学会了。"

"那么你也许能在不挨揍的情况下度过今天,新的愉快的一天,今天你的工作是拆掉那座难看的炉子。我不知道你为什么把它造得这么难看?"渡边脸上充满了小人得志的愉快。

"拆掉?"

"是的,要烧的东西已经烧完了。"他恶意地笑笑,"中国人的恶劣工艺和我设计的机场是格格不入的,我们很讲究完美。"

"你没想过……它也许能派一些别的用途吗?"

"什么用途?烧一些你这样的人吗?"

"比如说……烧一些热水。"

"你们想喝热水?我们可是每天都在供应你们宝贵的粮食!"他跃跃欲试地挥挥鞭子,"你很贪心啊,高君。"

"不是给我们喝,是给你们洗澡。"

渡边手上的鞭子停止了挥动,他有点疑惑,这家伙脑子反应实在不快。

"你们不是很喜欢洗澡吗?叫什么?风吕对不对?"

"你居然还了解一点我们的习惯。"

"它不会影响您的设计,我会建一座房子遮住它的外观,反正有很多劳力……照您的设计。"

"这不太像你。你一直很恨我们,别否认,我看得出来。"渡边有些疑惑,建议对他是有吸引力的,可他搞不清何莫修的动机。

何莫修苦笑,"怎么说呢?没有人愿意天天挨揍的。"

渡边恍然大悟,"看来你终于学会了服从——是个不错的主意,可得有司令官的同意!你可以走了。"

"也许……您能给我一点磺胺?"

渡边皱皱眉,"那是军队专用的强效消炎药,你要它干什么?"

何莫修抬起他昨天割破的右手,炎热的天气、整夜的不过血、锈铁片的感染,他的伤口已经溃烂。

渡边看了看,问:"很严重,怎么弄的?"

"干活伤到了。"

"工作是不会伤成这样的,我的鞭子也不会,你撒谎,这是你自己干的。"

何莫修不再说话了。

"你这个懦夫,你是想自杀,对不对?可你又没有自杀的勇气。"

何莫修吁了口气:"是的,我做不到,我怕这样下去我的手会残废。"

"好好的服从,心情好的时候也许会帮你想想办法。"渡边终于释然,负着手走开,他现在觉得自己比何莫修高出一大截来,而且靠的不是鞭子。

渡边径直来到指挥官的临时休憩之处,长谷川几个搬了桌椅在天棚下休息,渡边凑了上去,跟长谷川附耳说着什么。

"他要干什么?"宇多田皱着眉,他不喜欢有事光告诉长谷川。

长谷川说:"他想用那焚尸炉帮我们改造浴室。"

"在这种地方还能泡在热水里?不错的主意!"

"听见了吗?宇多田长官已经答应你了。"

渡边点头哈腰,"谢谢!谢谢。"

那两位指挥官连点头都懒得点,渡边捡了多大便宜似的走开。

工地的大门边,守卫大门的日军突然惊讶地瞪大了眼睛,他从望远镜里看着,镜头里的地平线上,走过来的分明是一个中国人。那是六品。

"一个中国人!"

"他以为这里会赈粥吗?开枪射他!"

日军开了一枪,子弹贴着六品头上飞过,六品抬头看了看,仍然在往前走,又一发子弹打在他脚下,六品站住,慢慢举起了双手。

"把他抓过来!我们需要劳力!"

几个日军打开铁丝网的大门向那里冲去。

龙文章气喘吁吁地翻过山野,他往山下看去,日军已经冲到六品身边,一枪托撞在他的腹部。

龙文章急得不行,他身无长物,岗楼上的一名日军向这边看了过来,龙文章只好卧倒,他搞不清楚六品到底要干什么。

六品没有动手,正任几名日军搜身。

"他什么也没有。"搜完身上的日军说。

另一个日军捏着六品的肌肉,"他很结实,是很好的劳力。像牛,像马,给他一点草,让他干活。"

六品木然地被押进工地的大门,门关上。

龙文章莫明其妙,在他的心思中,六品应当像他一样与日军拼个你死我活。

六品手里被日军塞上了一把镐。他在一群敲碎石的人群中已经看见了龙妈妈,六品指指一边的大锤又指指那群人对日军说:"我干那个。"

日军笑了,把锤塞给他,顺便又给了一枪托,"这个傻瓜以为干得多就挣得多!"

六品看也没看他们,他径直朝龙妈妈走去,一锤子下去,龙妈妈敲了这半天才下来个边角的石头粉碎。

龙妈妈转头看到了他,"六品?你怎么来了?"她已经累得茫茫然了。

六品把龙妈妈搀开,"龙文章托我来照顾您。"

龙妈妈回头在人群里寻觅着,"脏仔呢?"

六品信口胡说:"在山上呢,他这些天一直都看着您,他让您好好地撑下去。"

龙妈妈茫然地点头,"撑下去撑下去,你们都说仗快打完了,我可得撑下去。"

监工瞧着龙妈妈没干活,一鞭子抽了下来,六品拿胳膊挡住,手上多了条血痕。六品一锤子敲在身边的大石头上,要几个人对付半天的石头上现出条裂缝。

监工吓住。

六品开始干活,一锤锤地下去让旁边的日军都瞠目结舌——他一个人完成的比五个人还多。

监工指着龙妈妈问六品:"你的不错!她的,你什么人?"

"我妈妈。"

"孝子!孝子!"他伸了伸拇指,就此给自己找了个台阶走开。

龙妈妈在六品的保护下终于可以休息,她向山上张望着。

龙文章呆呆地看着人群中的母亲,他知道凭老年人的目力是绝对看不见他的。他终于放弃了无希望的眺望,浑身乏力地瘫软下来。

5

龙文章阴着脸走进高家,八斤看见他分外高兴,"你上哪去了?你还在找枪吗?你急坏了吧?"

"枪呢?"

八斤把枪给他,"六品昨晚上给我的,他说跟你开个玩笑……"

龙文章一把抢了过来,怒气冲天地朝里面走去。八斤终于觉得不像是玩笑,怯怯地跟在后边。

饭桌前只坐着两个人,高三宝和四道风正在吃那种粗糙到割嗓子的杂面饽饽。四道风吃东西的样子像对食物充满了仇恨,高三宝一边把吃的掰成小块小块,一边偷眼看他,"小四,这个……昨儿晚上是怎么回事呀?"

"没怎么回事,我正琢磨为了认错一枪把自个儿崩了。"

高三宝吓了一跳,"这是怎么说的?我……就是问问。"

龙文章连急带怒地冲了进来,二话没说,抬起枪口就对着四道风,"这样下去所有人会被你害死!你必须拿个主意!"

四道风瞧瞧枪口,"真要开刀问斩?照这打。"

他指指胸口,龙文章不可能对他开枪,把枪托掉转过来想给他一下,四道风抓住枪托,一拳把龙文章放翻,他也许厌战,可打架永远是从生理到心理的需要。他把枪拍在桌上,高三宝连忙捧起桌上的食物退到一边。

龙文章又扑了过来,两人搅作一团。其他队友冲进来把两人拉扯开,龙文章已经吃了大亏,他选择了一个并不适合自己的方式,脸上青肿了一块,鼻子正流着血。

"仰着、仰着。"八斤拍拍龙文章背。

龙文章仰了两秒钟就气不过,把八斤甩开,瞪着四道风说:"我告诉你,六品走啦,他是对你不抱希望了,干脆自己进鬼子营去啦!军师也死啦,这队人没指望啦!"

四道风没心没肺地说:"这不合你的心愿吗?你不一直就想树倒猢狲散,好显摆你万事都对吗?"

龙文章气得没话，"我也走啦！我一个人一杆枪，找自己人去！跟你们白瞎八年！"

"啊哈哈！"

"你那个哈哈是什么意思？"

"自个琢磨去吧！"他推开几个人，趾高气扬地出去。尽管吵和打都赢了，可他真像是落荒而逃。

龙文章气得肺都快炸了，他捂着鼻子，冲进他的屋子，开始收拾自己的细软。

"你上哪儿？"八斤一步不离地跟着他，后面跟着那一帮队员。

"我又不是沽宁人，还非得死在沽宁？哪都可以去，哪都有鬼子可以杀！"他拿着他的枪和一个轻飘飘的小包，气冲冲往门口走去。

"龙教官。"八斤喊他。

龙文章回头，八斤和一帮队友都瞪着他。"你们瞪我干吗？瞪我也走。"

"不是，龙教官我们商量过了，我们跟你一块儿走。"

"你说什么？"龙文章有些发傻，他只是想发泄发泄，却没想过这种后果。

"跟你一块儿走。我们特懂你的苦衷，我们可以跟鬼子拼死，可不想这么耗死。"

"我得把话说明白，我走，是我自个的事，我不想挖四道风的墙脚，也不想拆四道风的招牌。"

"不是啦。四道风已经完啦，你跟他吵吵，其实每一句都吵到我们心里去了。"

"我再跟你们把话说明白，其实我不知道去哪儿，其实我没地方可去。"

"总有地方，大不了去山里打游击，我们打仗的本事都是龙教官你教的。"

"那就再说明白一点吧，其实你们就是散兵游勇，根本不会打仗，其实……我那套，打这种仗也用不上。"

"你是爱惜我们吗？能多救一个中国人多救一个中国人，能多杀一个鬼子多杀一个鬼子，你和军师想的是一样的。"

"少跟我叽叽歪歪！我非得说明白了吗？我根本就没想走！我妈在这儿我能走哪？我就是心情不好嚷了玩的！"他把枪一放，包一放，拍拍手，自觉万事大吉。

那几个人面面相觑，可并没有放松的意思，八斤盯着他，"这么说吧，你不走我们也走，这么活着不如拼死。"

龙文章呆呆地看着那些人跟着八斤走了。他很想拦，可自尊心放不下来，最后他只好对着门外的背影嚷嚷："必生者可俘，必死者可杀！打仗拼死是为了活着！"

八斤的声音从门外传来，"我们受教了，谢谢龙教官！"

"我不是要教你们，我是让你们别走！"龙文章已经顾不得面子了，他冲到门边,那些人影已经消失在迷宫一样的巷道里。

龙文章茫然回头,玄关外有镜子,他看着镜子里的自己,衣衫破烂,胡子拉碴,他实在和他一向针砭的武装叫化子没什么两样了,他一下子沮丧起来。

屋里空得让人难以忍受。

高昕焦急地下楼来,她在楼梯口拦住全福,"四道风呢?"

"没见着呀。"全福说。

高昕急得直跺脚,"他的人都散啦!"她匆匆下楼,忽然听见脚下传来一个喷嚏,高昕没在意,又下了几步。她站住了,看着自己脚下,然后飞跑着下楼。

高昕小心地拉开楼梯间的门,四道风蜷在一堆笤帚和杂物中间,门外射进的光线使他遮住了眼睛,退缩了一下,却没停住自己的喃喃细语:"越来越窄,越来越窄,透不过气。杀人不用子弹,你没死,可给撕成两半……第一个人死好像就在昨天,我一直等着哪个鬼子把我做了,可欧阳病鬼抢了先,他是个打不死的药葫芦呀!我一直夸他,祸害遗千年……"他那双眼里全是空虚,高昕的心也一下被撕裂了,她紧紧把四道风抱住。

"不要了,我不想再拖上任何人。病鬼给我讲故事,讲从混混做了好人的周处,讲被关在瓶子里的妖怪,他说妖怪被老天爷关在瓶子里,第一个一千年他想如果能出来就改做好事,第二个一千年他还想做好事,第三个一千年他想算了,我还做坏事。病鬼说所以人和妖怪都要看见希望……我看不见希望……"

高昕心疼地说:"你要说,你要跟他们说呀!"

"已经说不出来了,越说越痛。等人都散光了,我就出去杀掉我看见的第一个鬼子,然后第二个,第三个……越来越多,没个盼头,打八年了,最后我死了,我累了。"

高昕想不出别的办法,她拉起他的手想让他抱住自己,可四道风的手像木棍子一样滑下来,高昕安慰着说:"你喜欢的人死了,可你还会喜欢别的人。你看,这样你就有希望了,有希望才有目标,有目标才有满意,满意了,你就不难受了。"她又把四道风的手放在自己身上,"你看。"

"病鬼跟我说过你,他说我们没可能,跟钱跟学问没相干,我要一个,我就知道我要,你是两个,你要一块儿。我说二加一等于三,我赚,哇哈哈……他说一块儿还是两人,三除二得一点五,怎么都缺,他跟他老婆才是四除二,互通有无,你中有我。"

"他胡说!我们也可以四除二的,大不了一加一!"

"别再逗我玩了。你是我发的梦,可不是希望。"

"就是的!我可以为你做随便什么事情!"

"我也可以为你做随便什么事情,那又怎么样呢?"

"我为小何做不来的!你要怎么样呢?这仗打不完了,我们不等了,我们在一块儿吧,你以为两个人在一块儿就是结果了吗?两个人的希望比你一个人熬好,我们一起,一起长大,等着战争结束。"

四道风靠在板壁上,头撞出一声重响,这干扰不了他的苦思。

"跟我私奔吧。"他说。

"什么?"高昕吓了一跳。

"跟我私奔。我会死在沽宁,在沽宁就会。"

"好的。"高昕说,她是那种冒失而绝不反悔的人。

四道风苦笑,"你疯了。小姐跟穷书生私奔,小姐秋千荡过墙,砸在穷书生头上。"

高昕微笑,"你的军师这么跟你讲这故事吗?"

"我在茶馆听来的,听忘了。"

"你是个又穷又爱打架的家伙,我一荡荡过墙,砸在你的大笨脑袋上。"

"我是个烂命一条的浑人,我说私奔是闹着玩的。"

"我不是闹着玩的,我说真的,因为你说死不是闹着玩的。你看,我真的乐意为你做一切事情。"

四道风愕然地看着高昕,高昕的脸上是他从未见过的坚毅。

6

工地上,日本人吹响了哨子,那是放饭。六品把一碗刚盖底的也不知什么玩意端给龙妈妈,那里边的内容让他犯愣。

头顶一个声音传来,"你是自己进来的,就为吃鬼子赏的这口食吗?"

六品抬头看看,是满天星,身后还有几个和他差不多年龄的愣头青,很有些呼朋唤党的意思。

"满天星,你还好吗?"六品有些惊喜。

"是四道风派你来救我们?"

六品愣了一下,因为满天星现在看起来比四道风更傲慢。

"不是,可是……"他看看周围的人,"这种话不要在这里说。"

满天星漫不经心地说:"他们都知道,都不是外人。"

六品吓了一跳,"都……? 你在说什么呀?"

"我说我是四道风的人,四道风会来救他们,他们相信我。"

"你疯了吗? 在这种地方让人知道你是四道风?"

"你不要管这些,我只问你,你想逃出去吗?"他又摆出一副对何莫修的样子,可六品不是何莫修,他气呼呼地说:"要逃大家一起逃,你可记住我是自己进来的。"

"我就说你有病。外边的人怎么样了?"

"换个地方我再跟你说这件事情。"

满天星似乎受到了伤害,他有点恼火地看看别人,正好看见何莫修过来,他说:"我一定会逃出去,你不要碍我的事。还有,何莫修现在跟鬼子站一边了,你不要信他。"他悻悻地走开。

何莫修过来,满天星说的什么他已听见,他看着六品说:"我没有解释的力气。你相信我吗?"

"你的样子真惨。"六品仔细看着对方满是鞭痕的脸,那是个早该倒下却仍在挣扎的人。

"我看不到我的样子,只知道每个人看我都像看贼。"

"我是粗人,只知道对好人要好,对坏人要提防,你——不是坏人。"

何莫修忽然间热泪盈眶,"谢谢……跟我来,我要让你看一个人。"

六品狐疑着,简单如他,他还没想到他将要见到的是欧阳。

天色渐渐落黑。

满天星和他的同伴在挖一条地沟,这条地沟靠近铁丝网的边沿,几个日军形影不离地监视着。又一批劳工被驱赶进了这条地沟,也带来了几桶水,日本人对进度的贪婪是永无止境的。

一个年轻的劳工靠近满天星,"大个子傻瓜跟汉奸住一块儿了,他们做一伙了。"

满天星恨恨地看着远处的工棚,"不管他们了,没他们更好。"

"水来了。"另一个劳工说。

满天星点点头,大口地喝水,他其实不是在喝水,而是把水往身上浇,其他人也都这么做着。他在日军转身的当头躺下,几个劳工快手快脚地把土盖在他身上。

借着夜色,借着日军的疏忽,这群劳工都在做这样的事情,几个人埋上一个,日军一直没有发现。

何莫修和六品郁郁地坐在欧阳身边。欧阳仍昏昏沉沉。何莫修叹了口气,"我觉得很孤独,其实一直都是,我的同事说我的家在火星上,我走了半个地球,高伯伯和小昕是地球上离我最近的人,也许还有欧阳。我的天真是我的装甲,现在装甲被粉碎了,满地都是我的碎片。"他看看六品,"你懂我说的吗?"

"一开仗我们全村就被杀光了,是那个长谷川鬼子干的。"他显然是理解了何莫修的某一部分,"不过能像你这样说话真好,有学问真好。"

何莫修苦笑,"我只有技能,没有做人的学问。我做事情不知道为什么要做,除了这次。谢谢鬼子,现在我终于觉得很痛,痛得很真实。"

六品没说话,看看伤痕累累的何莫修,他手上包着的破布渗着脓血。

"你想逃走吗?"何莫修问。

六品瞪着他,因为满天星问过同样的问题而被他回绝了。

何莫修笑笑,"我说的逃,是所有人一起逃,带着欧阳,带着龙妈妈,所有人。欧阳说要顾所有人,这种地方生不如死,拉帮结伙可能有个凭依,可那是假的,你要记得所有人,要不就像我以前一样,一片空虚。"

六品讶然,"所有人?怎么逃?"

"你来了,这事就成了。那天他们烧掉了所有的死者,死人的骨灰铺在跑道上,那天我就想,我们要逃,而且我会杀了他们,真的会杀,没有人可以这样作践别人。"

六品沉默下来,这样的何莫修是他所没有见过的。他现在对何莫修有了另一种感觉,那种感觉是他对欧阳、对四道风才有的。

夜渐渐深了。地沟里有影子在蠕动着,满天星从土里钻了出来,水和着泥粘在他的身上,他看起来像个土偶。

他轻轻拍打着地面,他的同伴们也钻了出来。

"跟我走。"满天星把沾满泥土的衣服蒙在头上,在小跑和匍匐中避过探照灯光,其他人有样学样地跟在他身后。

他们有惊无险地爬到了铁丝网边,只要越过那双层T字铁丝网就可以自由了。

满天星把衣服缠绕在手上,开始爬那铁丝网。几个劳工使劲拉住那铁丝网,好让同伴们爬过的时候不发出声音。

一切很顺利,一小半人已经翻过两道铁丝网,正帮着另一些人逃出来。

一劳工佩服地说:"星哥,你真行!"

满天星得意地笑笑,"快走。山上会合,咱们去找四道风。"

那劳工转身开跑,脚危险地从草丛里露着的引信头上擦过。他终于踩上了一个,脚下轰然炸开。

警报尖厉地鸣响起来。

劳工们开始不辨东西地溃逃,地雷在他们脚下炸响,不断有人被掀翻。日军从空地上漫了过来。

第二十八章

1

成排的尸体列在地上。满天星和几个劳工仍然活着,被五花大绑扔在一边。

不远处,劳工们被强迫站成了队列,几名日军在枪支的保护下拿着箩筐过来,"鞋的!脱下来!"

劳工们无言地脱下鞋,扔进箩筐里。

何莫修和六品站一块儿,他们把鞋丢进箩筐,一边看着不远处的满天星。

"他太冒失了。"六品说。

"他不知道外边有地雷,没人知道。"何莫修同情而难过。

铁丝网边的日军拉来了整车的空玻璃瓶子,他们嘻嘻哈哈地把它们砸碎在铁丝网边,也砸碎在劳工们工作的场地上。

日军拿着喇叭冲脱了鞋的劳工们喊:"现在去刷编号!刷好了立刻去工作!从今以后,你们的工作时间由十六小时改为十八小时,并且每发生一次逃跑事件再加两小时!还有,每逃跑一个,与他相连的前五个号和后五个号将被处以极刑!"

人们沉默地从拿着漆桶的日军身边走过,身上被刷上红色的油漆编号,不断有人停下,从脚上拔出刚踩上的玻璃碴子,地上充斥着带血的玻璃碎片。

一名逃跑者在人们面前被砍下头颅,满天星和其他几个被塞进木箱,箱子半埋进土里。

六品挡在龙妈妈和何莫修旁边,他不想让他们看见这些。他的眼神忽然凌厉起来,长谷川和宇多田开着车缓缓驶过,谈笑风生地看着自己制造出来的地狱。

何莫修紧张地说:"挡着我!那鬼子认得我!"

六品恨恨地看着长谷川,"我认识他,我们村就是被他屠了,一个时辰的工夫,什么都没了。"如果不是顾及何莫修和龙妈妈,他早已扑上去了。

车慢慢驶走,在他们的视线里远去了。

人们又被枪逼着开始干活。

何莫修提议的浴室终于开工,那是以炉台为基础的简单木质建筑。渡边在旁边支了张桌子,铺满了文具,煞有介事地画着图纸。"高君,过来看看我的设计!"

何莫修过去看了看,"真的很好,很有巧思。"

渡边高兴地说:"要挑毛病!挑毛病!"

何莫修用铅笔改了一下,"排水系统这样就能少一个迂回,减少淤塞的可能,"他扫一眼渡边的神色,"很完美,这是我唯一能挑出的毛病了。"

渡边因为后一句找补又高兴起来,何莫修却用力过猛把铅笔头写断了,他立刻拿起铅笔刀削着。渡边拿起另一支笔修改,他有些恶心,因为图上沾了何莫修的血迹。何莫修削完铅笔,把刀往身后一扔,六品接住,藏在身上。

渡边也终于改完了他的图。"你为什么不把你的手剁掉?"他问。

何莫修苦笑,"您知道,我没有您那样的勇气。"

"你碰过的东西我都不想再碰了,你还是得破伤风死掉好一些。"

何莫修索性不说话了,只是把身子又弯低了一些。渡边从口袋里掏出一个药瓶,摇了摇,半空的药瓶发出轻响,他存心作践人,把里边的药片慢慢倒在地上。

"磺胺?"何莫修瞪眼看着,那是他几乎不再敢奢望的东西。

"感谢帝国吧,因为我们占领了东南亚,才有足够的原料制造药物,甚至可以多出一点来给你这样的人。"

何莫修扑到地上去捡,他唯恐漏掉一颗。

渡边鄙夷地笑笑,"你真是我见过的最怯懦的人,只是一只手而已。"

何莫修站了起来,"谢谢,真的,是感激!"

渡边居然有点不好意思,"我是很有人性的,你看我一直叫你高君而不是十六号……工作工作,为了报答我你要好好工作!"

"我会尽我的全力工作!"他看一眼自己衣服上的十六号,匆匆走向正打的地基。

六品莫明其妙地看了看他,何莫修的神情简直是阳光灿烂。

2

高昕把一口大皮箱从楼上搬到客厅,客厅里没人,她把皮箱藏在玄关处,紧张地等待着。

四道风鬼鬼祟祟地在楼梯处露头,他向高昕走来,偏偏全福一向早起,进了客厅,四道风立刻转向,装出对家具有莫大兴趣的样子。

高昕恼火地说:"你磨蹭什么?"她也假装陪四道风一块儿看家具。

"他盯我呢!"四道风说。

高昕回头一看,全福正没完没了地擦着桌子,警惕地看着四道风。

"你跟我一起走不就好了吗?"

四道风苦着脸,"我没脸待在沽宁才要走!他贼兮兮地盯着,我有脸走吗?"

高昕实在拿他没辙,又去磨全福,"全叔你大早擦什么桌子?"

全福神秘地说:"我不是擦桌子。"他开始转去擦椅子。

"你去看看饭做好了没有。"

"我得盯死那小子,你看他贼兮兮在瞧你,又冒坏水了。"

高昕没辙,又去找四道风,四道风向她挤挤眼,"改章程了,我上去,跳楼下来,我往窗户上扔个石头,你听见就出来。"

"用得着吗?是不是我家的楼跳起来很好玩?"高昕又好气又好笑。

"一分钟!半分钟!"他噔噔地就上去了,全福狐疑地又看一眼,改擦楼梯。

高昕苦笑,在玄关等着,她从镜子里看看自己,镜子里的人有点瘦削,眼角有了道难辨的皱纹,她再也不是那个欢蹦乱跳不知言愁的女孩了。高昕有些茫然地看着自己,像看着未知。

突然响起敲门声,高昕有些诧异,以四道风现在的胆气他绝不敢来敲大门。她开门,门外是几个农村人,打头的女人眼窝深陷,脸色青白,那种愁容已经是刻在骨子里而不是写在脸上。她对高昕笑了笑,高昕莫明其妙地看着她,"您是……"

"高小姐,我们好容易才找到这儿。"她虚弱得几乎扑倒在高昕身上,高昕惊呆了,她这才发现这个憔悴到让她陌生的女人是思枫,而她身后是赵老大和邮差。

赵老大他们把思枫扶住,全福匆匆过来,一块石子突然从窗外甩进来,高家的玻璃上次轰炸时已全部报销,石子正打在全福的头上。"哎哟喂!这谁家坏小子……"

四道风有点难堪地进来,突然看见眼前的思枫,他愣住了。思枫笑了笑,"四哥,我们来救欧阳。"她的笑让人觉得愁惨。

"嫂……嫂子,你怎么……怎么……"

"他还活着,我们在劳工营的人送来了消息。"

四道风瞪大了眼睛,猛地拍了一下巴掌,那巴掌让邮差怀里传出了哭声,四道风吓了一跳,"谁……谁家小子?"

"是我和他的,我和欧阳的孩子。"思枫迅速从眼角擦去什么。

四道风被两个天大的消息砸晕了,他又恢复了反客为主的习惯,满屋子转着嚷嚷:"弄吃的弄吃的!不知道他们几天没吃了吗?我侄子要奶水的呀!妈吃了东西侄子才有奶水!是不是这么回事?嫂子?"

思枫坐在椅子上,她形销骨立,脸色差得吓人,冲四道风疲倦地点点头,赵老大和邮差比她也强不到哪里去。

"哎呀,你脸色差得,好像死过一次一样。"

"没事……是饿的。"

"喂,你怎么还不去?"四道风说的是全福,全福戳旁边,生气地盯着他,"去是一定要去。不过话要讲清楚,四爷你谋划一早上,就为砸我一石子?你看这大个青疙瘩。"

"我哪知道它没玻璃呀!"

"上回轰炸全碎碎平安了!有玻璃你就要砸吗?"

四道风有点没话,他打着哈哈,"快去快去!回头你砸我!"

全福总算去了,四道风的注意力立刻又转移到思枫身上,"嫂子你一说我就有数了!病鬼老跟我吹你跟他心里都装电台的,他准活得好好的!"

思枫已经没力气说话了。

赵老大说:"是你们发的电报。"

"会使电台的那两个都进去了。"

"我发的。"唐真说,她和龙文章走进客厅,他们是四道风仅剩的两个人。

四道风看她一眼,"发机枪吧你!"

"军师把密码本留下来了,军师说电台比机枪好用。他说什么你都当废话。"

四道风被抢白得没话,他想表示亲热,一巴掌对着唐真肩上拍了过去,唐真却不给脸地闪开。四道风讪讪地收回手,他终于注意到高昕,她站在一口箱子面前,一直被冷落着,也一直在看着他。

"你拿口箱子干什么?"他问。

高昕看起来想哭,但终于笑了笑,提着箱子走开。

"喂?"

高昕站住了,四道风好像刚恢复记忆的样子,"你看……我那个,对不起啦。"

高昕笑了笑,"我永远会记得咱俩没干成的这件傻事。"

四道风看着高昕拎着箱子上楼,不堪重负的样子,虽然他说不出来,可他明白一种心情叫我见犹怜。

高三宝从楼上下来,看见高昕提着个大箱子,还没来得及发问,又看见客厅里的思枫几人,他愣了一愣,撇下高昕,急急下楼,"几位,这是怎么了?瞧都成了这副模样,全福,"他满屋子地叫全福,"全福你给弄点吃的喝的过来,全福。"

思枫笑笑,"高会长,全福叔去准备了。你看,这又来打扰你了。"

"这说的什么话,瞧见你们都好好的,这比什么都高兴,这些天听了太多让人难过的消息了。"

思枫苦笑,"高会长,我们就是为这些事来的……我想跟几个人说点事,方便找个地方吗?"

高三宝脸上不由有了些期冀,"当然方便当然方便,只是……你们应该吃点东西啊。"他看着全福端了食物过来,"先吃点东西,我去准备准备。"

"谢谢会长。"

高三宝摆摆手,上楼去了。

几个人顾不得形象,狼吞虎咽地吃着。

四道风问:"不喂我侄子啦?"

思枫说:"我没奶水,给他做点别的。"

赵老大阴着脸,"请你不要口口声声说这件事好吗?"

思枫笑笑,"没事的,四哥高兴。"

四道风看看赵老大,"我不跟你生气,因为我这几天也跟抽风似的。你放宽心,人有时就这样,恨不得口吐白沫骂大街,骂完就好。"

邮差瞪他一眼,"你有完没完?"

"你怎么也这样?"

"好了,"思枫说,"我看我们还是说正事好吗?"

几个人住嘴,默默地来到高三宝安排的房间。

思枫看看眼前的人,说:"鬼子败势已定,八路军和国民党部队已经全面反攻,西边南边都在会战,预计战争两到三个月结束。鬼子发了狂,沦陷区的日子就很难过,潮安一带饿殍遍野,到处是无人区,你们这边?"

"沽宁原本是十万人口,现在东拼西凑还有六万吧?"四道风有些黯然。

"潮安的全部队伍都在协同盟军作战,就来了我们仨,正面营救是不可能,但盟军不会任由鬼子在沽宁建立防空伞,所以五天后会有一次轰炸。"

"还炸?"四道风吓了一跳。

"是炸南郊机场不是炸沽宁,四哥放心。我们在路上商量过了,利用轰炸时的混乱进行营救是有可能的。"

"再要有一个炸弹扔沽宁人头上,我就真没脸见人了。"

龙文章看看他,"这是四万万人的决死一战,你有点将才好不好?"

"这里哪有什么将才?只有你看不顺眼的死老百姓。你喜欢的将才早跑到重庆去了,将手一挥说,炮灰向前冲!有个道理你打了八年也没懂,我们是在打自己的仗,不是做炮灰啊!"

龙文章眼里闪烁着很奇怪的光芒,破天荒第一次,他没有回嘴。

几人继续商量了好久,总算得出了一个结果。

高昕走进思枫的房间,她想着什么有趣的事情,以至忘了敲门,于是看见思枫正抱着孩子坐在床后哭泣,哭得那样哀恸,根本不像一个初生孩子的母亲。

思枫发现了她,迅速擦干眼泪给她一个笑容,那笑脸和欧阳有点夫妻相,总让人觉得很有希望。

"我……我想来抱抱……"高昕意识到自己不该闯进来。

"抱抱小宝宝?"

高昕越发窘迫,"对对!就是这个四道风,搅得大家心不在焉的,我进来都忘了敲门啦!"她提到四道风时有种与往常不同的骄傲表情,思枫也注意到了,她笑了笑,"抱吧。"

"我笨手笨脚,会抱痛了她。"高昕看着孩子又害怕了。

"孩子的腰软,扶着他的腰,想着让他舒服就好了。"

高昕试了试,立刻再舍不得撒手,"好像布娃娃一样呢!会像她妈妈一样漂亮!"

"是个男孩……会像他爸爸。"思枫的表情显得很苦涩。

高昕愣住,"可是、可是小真说是女孩,她说你们发报的时候说过的,我还跟四道风说不许乱叫,把女孩叫成侄子……"

"是个男孩,他没叫错。"

"怎么会呢?我喜欢女孩!"高昕很有些沮丧。

"……后来有点变化。"

"这种事情怎么会有变化呢?难道他出生时你们都不看的?"

思枫不再说话。

高昕终于注意到思枫的表情,意识到自己不该再问下去,她笑笑,"其实男孩也很好的,"她逗着孩子,"像你爸爸,不要像四道风哦。"

"高小姐以后一定会是个好妈妈,孩子让你抱得很舒服。"

高昕脸突然红了,她迅速岔话,"师母刚才在哭,师母担心老师吧?您放心啦,老师那种人只要没断气就能让鬼子把洗脚水都喝了,四道风说的。"

"这件事是我们错了,其实我们没有欧阳的任何消息。"她看着愕然的高昕,"是我多心,考虑到老四的脾气。"

高昕深有同感,"才不是呢,你算是帮他大忙了。"

"可是欧阳在的话绝不会这么做的。"

"那您根本不知道他是活着还是……"高昕总算没把那个字说出来。

思枫怔怔地看着高昕手上的孩子,叹了口气,"我们都相信他还活着,因为……人的苦难总有个极限。"

高昕点点头,她黯然地笑了笑。

3

欧阳在昏沉中睁开眼睛,六品和何莫修正在铺边看着他,六品手上拿着用衣服撕成的布条,何莫修手上拿着一个碗,碗里是捣成了糊状的草药,两人的表情像是要上刑场。"你们……要对我干什么?"欧阳问。

"你胸腔里的子弹必须拿出来。"何莫修说。

欧阳苦笑,"是吗?我还以为它会长在我身上呢……脑袋一发,胸口一发。"

何莫修苦着脸,"只有这些东西,一把铅笔刀,我偷的,草药是止血的,六品摘来的,十六片磺胺,消炎用的,一个自己做的针头,衣服上抽出来的线,缝伤口的。"

欧阳看看周围,"很不错了,这在劳工营里。"

六品也有些怵头,"得把你绑起来,嘴堵上,打晕了。"

欧阳苦笑,"这个……大可不必了。"

何莫修说:"会很痛的,我根本想象不出来的痛,你喊的话就会把鬼子招来,挣扎的话我没法下刀。"

"会很痛的,我会痛醒,人不清醒的时候没有自制力,那我真会喊出来……而且我是不是还经得住被你们打晕?"

六品和何莫修面面相觑,欧阳说的他们不是没想到过。

"让我清醒地挨这一刀吧,我这辈子就想保持个清醒……清醒的话我就会忍住的,我保证。"

六品有点拿不定主意,但何莫修已经点了点头,"我相信你。"

他拿起那把小刀,在灯焰上烧炙消毒,刀已经磨得尽可能锋利了,但很难想象用它切割一个人的胸膛。

何莫修开始擦汗,没完没了地擦汗,"我对人体构造只有理论上的了解,我不是学这个的。"

欧阳笑,"很荣幸成为何博士的实验品。"

"我出错你就死了。"

"要是还有别的希望你会扎我一刀吗?"

"不是扎呀!是切割!你半个胸腔都烂了,得挖掉腐肉,把子弹取出来!"

"好医生不该跟重病号说他的病情,不过你回头可以跟我形容一下我的胸腔构造……手术成功之后。"

何莫修又擦了擦汗,他浑身都在发抖。

欧阳苦笑,"来吧来吧,你已经快把我吓昏了。"

何莫修咬咬牙,看看欧阳又看看六品,似乎能从他们那里借到一些勇气,他一刀切了下去。欧阳的身子猛震了一下,"大夫您开工了吗?压根儿感觉不到呀,大概我的胸口已经烂得没感觉了。"

六品擦去欧阳额上痛出来的汗,他根本是在宽何莫修的心,何莫修也心知肚明,咬着牙干了下去。欧阳不再说话了,双手抓紧了铺板,两眼像要把天花板给瞪穿了。何莫修看起来想哭,但干咽了几下,终于镇定了自己,继续下去。血在他手上流淌,淌过铺板,淌到地上。

欧阳的脸白得如纸,汗水涌得像泉水,六品拿衣服一把把擦干,过一会儿,拧出整把的汗来。

"还……顺利吗?"欧阳的声音发颤。

"顺、顺利……我已经……已经找到弹头了……"

"恭喜。"

"卡在你的骨头上了……差一点就打到心脏。"

"我总是……这么走运。"

"我得把它撬出来……会很痛。"

"力气活六品干比较好……用撬棍。"

六品僵直地摇了摇头,泥雕木塑一样地举着灯,这时候他的神经并不比何莫修坚强,而何莫修也不可谓不坚强,他已经不敢再看欧阳的脸,低着头使劲。

地上的血越淌越多,欧阳的神情也越来越茫然。他似乎已经感觉不到疼痛了,嘴角带上了微笑,像看见另一个世界比这边要美好。

他看见自己很年轻,年轻得活蹦乱跳,年轻的头颅被一发子弹射中,他可以清晰地看见飞起的血珠和划破空气的子弹。

他看见初晨,阳光,沽宁城外绿色的郊野,看见他自己走在郊野上,天空像日本人没来时那样晴朗。草地上回荡着一个婴儿的哭声,那让他惶然、惊喜、不安。他终于在草丛中看见那个婴儿,坦然地赤裸着,在阳光下发出自己坚定的声音。欧阳小心地把她抱在怀里,像捧着清晨的一颗露珠。

婴儿哭喊和扭动,发出一个近似爸爸的音节,狂喜在欧阳脸上荡漾开来,"你都会叫爸爸了,爸爸还没给你起好名字。你的妈妈呢?"

回应他的是一声近在咫尺的尖厉枪声。他臆想的世界太美好也太脆弱,在这声枪响中一下粉碎。

那个笑容在欧阳的脸上凝聚,他晕了过去。

何莫修仍俯首在欧阳的胸腔里与那颗弹头较劲,一声金属的轻响,何莫修沮丧地轻叫起来:"刀断了!我做不来!"

他快疯了,六品一拳轰在他脸上,何莫修清醒了些,"别打脸!——我试试看!"

他终于把那颗弹头生拔了出来,弹头因为撞击已经变形,沾满了脓血。他呆呆看着欧阳的表情:平静,睁着眼睛,微笑。

"他死了。我把他杀了。"

六品听了听欧阳的心跳,呆呆地看看何莫修,"把刀口缝上!就算死也不能让他这么开膛破肚!"

何莫修又机械人一般忙活起来。

4

天刚亮,被闷在箱子里的满天星就开始骂街:"小鬼子们,小爷要把你们大头朝下,种在猪圈旁边!给千猪啃,给万猪刨!给……"

他开始猛烈地咳嗽。同一时间,日军的哨声响了,渡边的喇叭筒在快乐地吵吵:"工作工作!新的一天也要好好工作!"

　　远处山坡上,四道风思枫他们潜伏着,四道风神采奕奕,全然没了往日的颓废。

　　山下突然传来轰轰隆隆的声音,既熟悉又陌生。四道风拿着望远镜往公路上看去,顿时目瞪口呆,那是一辆坦克。

　　龙文章苦笑,"是七年前咱们掀下河的那辆坦克,四年前鬼子又修好了,现在王八壳子又开出来了。"

　　伊达耀武扬威站在坦克上,他喜欢这份差事。守军老早打开大门,坦克驶进,在那些连鞋都没有的劳工面前炫耀着装甲和大炮,以便让他们更没有反抗的希望。

　　渡边现在对那浴室的兴趣远大过机场,他又支了桌子在旁边指东画西。浴室已经将近完工,那是一间被分隔成两半的木屋,从锅炉房烧好的热水将直接传送到隔壁浴室的木盆里。何莫修和六品正带着些人在做最后的工作。

　　"早上他动了一下。"六品悄声对何莫修说。

　　"怎么动的?"

　　六品学了一下,那只能算一根手指的蠕动。何莫修苦笑,"我从他胸口挖掉拳头大的一块肉,我害死他了。"

　　"别想了。我没想到你这么强,真的,比我们谁都强。"

　　何莫修手扶着板壁,把头顶在板壁上,他真不是六品认为的那种很强的男人。

　　"别这样,我们一定会出去,他们一定会来救我们,说不定他们现在就在看着我们。我们一块儿这么久了,长得就像一辈子。"他使劲地给何莫修打气,"高兴一点,笑一下,想想他们看着你。"

　　何莫修强笑,对他认为同伴们可能在的地方比了个V字手势。

　　"见鬼了。"山坡上的四道风拿着望远镜看着。

　　"怎么?"赵老大回过头来。

　　"废物鸡瞧见我了,还比手势骂我。"

　　"他比的什么?"

　　四道风比出一个手势。

　　龙文章轻骂:"你睁眼瞎,他比的不是这个。"他正确地模仿了那个手势,"胜利。"

　　思枫脸上立刻露出一种异样的光彩,"他还活着!他是告诉我们欧阳还活着!"她的体质实在不适合过于激动,嚷了这么句话就软软晕倒。四道风一把抢住,他笑得合不拢嘴,"也不用高兴成这样吧,嘀嘀。"他像思枫一样坚信这个不确切的消息。

　　"她是营养不良。"赵老大忙着抢救思枫。

"怎么会营养不良呢？我吃糠都很壮。"

邮差忍无可忍，"我们两天吃一顿过了半年！潮安饿死上万人，连孩子都……"

"闭嘴！"赵老大呵斥。

几个人都被他呵得沉默下来，赵老大闭着眼使劲晃晃头，似乎要从脑子里赶走什么不好的想法。

龙文章说："比个手势不说明问题，那书呆子一向神经兮兮。"

赵老大看看思枫，又看看他，"他活着，不要怀疑。"龙文章立刻住嘴。

工棚里，欧阳从胸口的剧痛中醒来，眼前是一片漆黑，何莫修在日军眼皮下抢出来的空间与棺材没有区别。他看着这狭小而漆黑的空间，工地上的劳作声似乎从地底传来。

欧阳想了一会儿自己的处境，像排遣寂寞一样自言自语："那么这就叫死了？就这样？我有一口属于自己的棺材？我妻子我女儿呢？老天爷，我问你话……不不，她们都活着，是我死了……她们过得很好，胜利了，他们在阳光下幸福地生活……真的胜利了吗？外边是什么样子？我的墓碑上写的什么？我隔壁睡的是谁？"

他还是动弹不了，勉力抬起一只手敲敲板壁，"是你们吗？和我一块儿战死的同志？我是短命鬼欧阳，欧阳山川，享年三十九岁……"

头上的铺板忽然被猛地推开了，何莫修和六品站在外边，刺眼的强光下欧阳根本看不清他们的脸。

何莫修重重给了六品一拳，"他醒来了！醒来了！"

欧阳闭着眼睛，"别闹了，我死了。"

"你活着！哈哈！"

"那你们……还活着吗？"

"什么？你不要逗我了，真的，我已经很高兴很高兴了……你哭了？"

欧阳愣了一会儿，终于确定自己还在人世间，而且颊边和肩上都已经被泪水浸湿，他想了想，立刻又坠入梦中那种难以言喻的心痛，"我梦见他们都……我女儿，我妻子，老四……他们都……"

"都怎么啦？"

"都很好，那只是个梦。"他对何莫修强笑了笑，"可是真的很痛啊，妙手回春的何大夫。"

何莫修怔怔地笑了，欧阳终于又是他习惯的那个样子，诙谐睿智，似乎只有乐观和意志。

5

又是新的一天,那间浴室早已盖完了,从烟囱和板壁里冒着浓浓的水蒸气。刚洗完澡的长谷川和宇多田穿着衬衣从里边出来,渡边和门口几个警戒的日军拥过去帮他们穿上外套。

宇多田一脸满足地说:"很好的主意,在这样的早上洗澡真是神清气爽。"他掏着耳朵里的水,忽然听见什么,他看向工地边半埋的箱子,满天星还在里边骂,只是声音早已经微弱难辨了。

"那个逃跑的劳工还活着?"

长谷川说:"是啊,跟他一起进去的都死了,偏他像蟑螂一样强韧。"

"他骂得很讨厌。"宇多田掉头走开。

长谷川对身边的几个日军交代,"回头把他带过来。"

何莫修从锅炉房的门出来,他如同土猴一样,连头发上都是煤渣和土。渡边看着他说:"今天的水烧得很好,往下伊达大人要洗澡。"

"是、是。"何莫修答应着。他看着日军走开,六品从门里出来,他比何莫修更灰,像是刚从土里挖出来的。"怎么样了?"

六品苦着脸,"根本搞不清方向。"

何莫修示意六品看铁丝网边的坦克,伊达正开着它在炫耀武力及做一些简单的机动。"你一定能感觉到它的震动,就照那个方向。"

六品点点头,"屋里该腾一腾了。"

何莫修想了想,推起一辆配给浴室专用的手推车进了锅炉房。六品跟进去,不一会儿,两人从里面拉出一车满满的煤渣,向机场那边拉去,那是专倒废料的地方。他们把车里的内容倾倒出来,那上边只是盖了一层煤渣,下边全是土。

宇多田和长谷川回到凉棚下坐着喝茶,几个日本兵把奄奄一息的满天星拖来。

长谷川看着愕然的宇多田说:"为您准备了一点娱乐。看着自己讨厌的东西覆灭总是愉快的。"

宇多田笑了,"是的,像打苍蝇一样愉快。"

"由您处置,您讨厌他的舌头?"

"不不,可以先拔掉苍蝇的腿,再听他翅膀扇出痛苦的嗡嗡声。"

"伊达君,您有兴趣吗?"长谷川看着刚从屋里出来的伊达说。

"我正要去洗澡。"伊达有点索然。

"做完这件事正好洗澡,您精湛的刀法我们很久没见过了。"

"盛情难却,"伊达只好拔出须臾不离的刀,挥了个花,几个日军在旁边放了一条板凳,他们把满天星的胳膊拉开架在板凳上。

伊达举刀,满天星拼命地挣着,忽然把一口血吐在伊达身上,一脚又踢在他的鼠蹊,伊达顿时弯成了一团,满天星冲向他身后一个持枪的日军,把那支枪抢了过来,拉栓上弹,正要抬枪射击,却立刻被身后扑上的几个日军摁在地上。

伊达甩开扶他的手下,狂怒地拿起刀。

"等等!等一下!"长谷川快步冲了过去,他打量着满天星,"太熟练了,他用枪太熟练了,让我看他的右手。"

满天星挣扎着,但一只手被拽到长谷川面前,长谷川摸了摸,"全是枪茧。用枪比我还多啊,而且不久前还是有枪在手的。"他看着满天星,"先生是四道风的人吧?你们对这个机场有多大兴趣?"

满天星想一口唾在他脸上,可长谷川闪开,他用焦急的步态冲向伊达,"停止一切工作!鸣响警报!搜查所有的工棚!检查每一个人的手!有枪茧的统统抓起来!"

"怎么能停止工作?"宇多田诧异地说。

"你不知道什么是四道风!我跟他们斗了七年,这是我抓到的第二个活人!"他看看满天星,"叫医生来!治疗他!再拷打他!让他知道谁主宰他的命运,直到他说出我想知道的!"

身边的日本兵飞跑着去了。警报在工地上尖厉地响起,日军拉成一条线冲向劳工们居住的工棚。工棚里除了铺板什么也没有,日军能做的只是挑开一点可怜的杂物,翻开铺板。这种搜索从一个工棚向另一个工棚蔓延。

劳工被日军从工地和工棚驱赶到一起。何莫修和六品拉着半车煤过来,两人看着冲进工棚里的日军,顿时傻了。

六品立即用一种跑步的速度拖起了车,可他们被几个日军截住了,"你们,去那里集合!"

"不行!"何莫修焦急地说。

几支枪立刻对准了他们。

"你们的长官正在等热水洗澡!这是烧水的煤!"何莫修比画着。

日军根本不听他说,抡起枪托就要打。

"是他要洗澡!你可以去问!"何莫修指着十几米开外的伊达说。

那名日军终于住手,跑到伊达身边,"请问伊达队长,是您要洗澡吗?"

"你看我需要吗!"伊达恼火地吼,他被满天星吐在身上的血弄得恶心之极。

日军吓了一跳,向拦住何莫修的几个日军挥了挥手,日军立刻放行。何莫修和六品快速跑开,在他们身边,日军冲进又一个工棚。

两人趁乱来到所住的工棚窗口外,六品从窗口跳了进去,何莫修笨手笨脚地爬,他整个人刚摔进去,一队日军就堪堪地跑过。

日军的喧嚣声几乎就从隔壁工棚传来,六品翻开铺板盖,欧阳正在听着外边的动静,"怎么啦?"

没人回答他,何莫修焦急地对六品说:"藏在那个地方!只能藏在那个地方!"

六品一把把欧阳抱了起来,他想起什么,问:"这个暗格怎么办?"

"不知道!不管了,你快去!我在这顶一会儿!"

六品把欧阳扔进窗下的煤车里,然后跳出去,用煤块把欧阳劈头盖脸地盖上。

何莫修手足无措地看着六品拉着车跑开,在拐弯处被日军拦住,日军的刺刀对着煤堆扎了过去,刚被伊达呵斥的那日军跑过来,"伊达队长要洗澡!他很生气!"

六品被放过了,他推着车向锅炉房跑去。

何莫修嘘了口气,他开始把暗格里的铺盖都掏出来扔在一边,再把设计浴室时的废旧图纸扔了进去。暗格还没有盖上,日军就冲了进来。

进来的日军有点发愣,这里和他们搜查的前几间不一样,有单独隔出来的空间,有灯,而且还有一个已经成为明格的暗格。

"你的!什么的?"日军端着枪。

"我是……"

日军没等回答,一枪托砸得他靠在板壁上。

"你们又在打他,哈哈。"渡边背着双手慢条斯理地踱了进来,看见何莫修挨揍他并不惊讶,甚至觉得有趣。

一名日军说:"他和别人不一样,他住很大的地方,他有灯,他睡的地方也和别人不一样。"

"是你容许我的!"何莫修看向渡边辩解着。

渡边揉揉鼻子,看那暗格,"我没容许你有这个,你居然有一个私藏东西的地方。"

"你说过不能让人知道炉子是我设计的,我必须把图纸藏起来!渡边先生!"

渡边看看那几个日军,发现他们听不懂太复杂的中文,立刻放心了,"我听不懂你在说什么。"他冲何莫修笑笑。

何莫修愤怒地正想说什么,日军又重重地给了他一枪托,"带他去见指挥官!把那些图纸也带上!"

何莫修面如死灰,他不用想都知道见长谷川会是什么后果。正绝望着,他突然扫见了渡边脸上一扫而过的不自在。他大声地对渡边说:"他会知道锅炉不是你设计的!是的,这不是什么大不了的事情!"

渡边有些紧张,但仍在揉他的鼻子,何莫修不再抱指望了,被日军押着往外走。

"等等,这所有的东西都是我给他的,他是一个亲善人士,一直很合作。"

日军怀疑地看看他,"您刚才为什么不说,渡边先生?"

"因为我喜欢看他挨揍。"

何莫修被放开了。对日军来说,这是一个说得过去的理由。

工棚外,日军正把所有人集合在工棚外的空地上,按编号检查着手上的茧子,稍有怀疑的人就被押到一边。

搜查还没有完结,伊达站在浴室外边,他已经脱下了外衣,那上边沾的血让自命高洁的他快要疯了。他踢着浴室的门,"快一点!快一点!这里的人总是这么拖拖拉拉!"

"马上就好!"何莫修一路小跑过来。他对着伊达连头都不敢抬,其实就算他抬着头,伊达也绝不可能从这名鼻青脸肿的脏苦力身上想到那个阳春白雪的公子哥。

伊达蹙起了眉头,"我不是很早就放你们过去了吗?"

何莫修还没来得及解释,六品从锅炉房里钻出来,"已经好了。"他对伊达说。

一小队日军跑了过来,"伊达队长,我们必须也检查这里。"

伊达没好气地把脱下的衣服扔给他们,"查吧,别来烦我。"他进了浴室,重重地把门撞上。

何莫修和六品被日军押进锅炉房,里边除了炉子就只有煤堆,根本就没有什么可查的地方。

"手。"日军示意两人伸出手来。何莫修和六品伸出手,何莫修几乎没碰过枪,六品一向用刀,自然都不会有什么枪茧。

日军开始把注意力放在煤堆上,"挖开。"

何莫修紧张得快要窒息,六品木然地拿了铲就开挖,他把挖开的煤堆在炉前,何莫修立刻明白了,近乎踊跃地干了起来。

板壁边的煤堆已经悉数挪开,空空如也。日军又狐疑地四下看看,出去了。何莫修一屁股坐倒在煤堆上,"我的妈呀,幸亏今天把煤渣倒了。"

六品苦着脸,"我怕把他的伤口又摔裂了。"

何莫修又吓了一跳,"快挖!"

他们拿了铲子又开始挖那堆煤。

第二十九章

1

高昕抱着孩子坐在客厅里，拿一个奶瓶喂他，"你个小笨蛋！你妈妈没奶呀，你看你妈妈瘦成那样，你好意思吃她的奶吗？"她看看奶瓶，"你知道这是什么吗？这是……这是牛的奶呀！你以为我弄点牛奶容易吗？"

高三宝笑眯眯在旁边看着，"没承想我女儿也蛮贤良淑德的，就是拿着狗奶愣骗人家孩子是牛奶。"

"你让他听见更不吃啦！"高昕急得不行。

高三宝又想笑，四道风几个一边藏掖着身上的武器，一边从楼上下来。

"这就去啦？"高三宝问。

"一准儿把人带回来。"四道风说，他是几个人中兴头最高的。

思枫看着那孩子在吃东西，露出点宽慰的神情。

高昕站起来，"让妈妈抱抱再走。"思枫把孩子抱过去，孩子到了她手上就开始大哭，高昕不由愕然，"怎么不让妈妈抱呢？"

思枫把孩子交回给高昕，"他不喜欢我身上的枪药味。"

高昕瞧着思枫落落寡合的神情，她总觉得不像思枫说的那样简单。

几人离了高家，直奔南郊而去。

从他们潜伏的地方俯瞰下去，工地上早已开工，望远镜里何莫修和六品又进了那浴室，四道风抬起头来，"那两人进进出出搞什么？"

赵老大说："记清他们的位置，轰炸机一来你的任务就是接近他们，接近他们就是接近欧阳。"四道风不再说话了，闭上了眼睛喃喃念叨着什么。

"干什么？"赵老大有点发愣。

"求老天爷这回让飞机来准点。"

龙文章聆听着，说："不准点，这回来早了。"

果然，云层里开始隐约闪动着小小的黑点。四道风一跃而起，同一时间劳工营的防空警报也开始鸣响。"天上的家伙要玩死人哪！照原计划办！"四道风嚷嚷着，他已经向山下冲去，几个人跟在后边。

工地里的劳工和日军都在躲避即将来临的机群，高射和机枪手打高了枪架，伊达飞跑着奔向他的坦克。

四道风无视工地里的混乱,向着那道铁丝网狂奔,一个露在地面上的地雷引信从他脚下堪堪错过。

龙文章忽然把身边的邮差猛然推倒了,邮差在飞奔中摔得不轻,他撑起身子,赫然看见在自己脸边的地雷引信。

"都别动!跟我走!"龙文章喊着。

四道风已经冲过整片雷区,正全力对付铁丝网,他用一个抓钩勾住铁丝网的下部,抓钩上连着的绳索抛过铁丝网上部,这样一使劲就能在铁丝网下拉出一条可匍匐进入的缝隙。他一个人根本拉不动,回头看看,"你们在磨蹭什么?"

"地雷!"龙文章正小心翼翼在地雷中探出一条路,赵老大几个跟在他的后边。

"我怎么没踩上?"四道风一脸怀疑。

"你命贱,阎罗王不要!"

四道风没空管自己命贵命贱,把绳端抛给那几个人,大家一起使劲,铁丝网下终于出现能容他过身的缺口。他钻过去,第二道网他用铁钳对付,上百个日军就在一网之隔乱作一团,但人人的心思都在天上,没一个人注意他。

龙文章几个终于趟过雷阵,来到他的面前。

第一架领航机已经飞临机场上空,赵老大仰望着缓缓打开的弹舱,"炸弹就要扔下来了。"

四道风一急,猛一使劲,两根铁丝一齐钳断了,他从那个刚刚可以过人的缺口把自己硬塞了过去,身上立刻被拉出几道口子。

龙文章的步枪和唐真的机枪在铁丝网后警戒,其他人提枪向里边冲去。

四道风刚把第一个发现他们的日军一刀掷倒,第一枚炸弹就扔了下来,在空中划着弧线。又一个日军向思枫举枪,四道风终于开枪,这让更多的日军注意到了他们。

那枚炸弹轻飘飘地从他们头上飞过,四道风将思枫扑倒在地上。周围的日军也全都卧倒,炸弹炸开,没有想象中的轰然巨响,而是嘭的一声哑响,无烟无焰,满天雪花般的纸片散了下来。

四道风傻了,不管扔的是什么,没有爆炸他们的全部计划就算泡汤了。

近处的日军已经醒悟过来,一位日军奔向机枪哨位,被龙文章一枪射倒,但更多的子弹立刻向他们招呼过来。几人只好暂时撤退。

那辆坦克也掉过了炮塔,一炮打在附近,四道风吐着嘴里的土,从烟尘里跑出来,他们身后,几乎半个机场的日军都在向他们射击。

唐真的机枪轰鸣,总算让追赶的日军有些顾忌,几个人从刚钻进去的地方又逃了回来。四道风一刀把钩住铁丝网的绳索割断,他指望这样能把日军挡上一阵。

那辆坦克轰鸣着辗了过来,一下就把那铁丝网辗开了,唐真的机枪打在装甲上当当作响。

"让它碾地雷!"龙文章说。

人们向着雷区跑去,坦克追碾,地雷在履带下爆炸着,那些人员杀伤型的地雷并不能炸坏坦克的履带,但总算让它有了顾忌,只好停在原地用枪炮扫射。

卡车载着大批日军驶来,四道风他们计划好的行动因为没有轰炸的掩护全然成了一团混乱。他们开始往山上撤,可一旦拉开距离,那辆坦克就变得更难对付了,枪炮齐发地把他们封得动弹不得。

他们钻在草丛里,四道风看着四处冒头的日军,"完了完了,嫂子你自个走吧,你准还能见着病鬼的。"

思枫苦笑,"四哥能跑就跑吧,帮我照顾孩子,虽然他……"

"我做不来!你才是他妈妈!"

日军已经漫到山野上,四面八方都是枪声,他们已经完全被包围了。四道风忽然愣住,几米开外的一块草皮动弹着,他把思枫推到一边,拿枪对着。草皮又动了一下,一个灰头土脸的脑袋钻了出来,那是何莫修,"快进来!"他快速做了个手势。

没有思考的时间,人们跟着他钻进那条地道。那块草皮轻轻盖上,看起来跟周围没什么区别。

炮弹随即将这片区域覆盖了。

地道里一片漆黑,窄得让人透不过气。尽管何莫修提着灯,但那点微弱的光线根本照不到头,他匍匐爬行,这地道狭小得也只能让一个人这样爬行。

炮弹在地上响得敲鼓一样,四道风还是云里雾里的神情,后边的人已经顶了上来,他只好纳闷地跟着。

"你带我们上哪儿?"地道不知所终地向前延伸,很快就让四道风觉得气闷。

"走吧走吧,你很快就会高兴起来的。"何莫修简直有些快乐。

"这叫走?是爬!这是耗子洞。"

"这么说六品会伤心的,为这耗子洞他都快吐血了。"

"对啦,六品呢?你们明明在里边,怎么会打我们脚底冒出来?"

"我也觉得运气好,没想到出口就在你们脚下。"

四道风气往上撞,对着何莫修忙碌的屁股就是一记,"我让你说话不清不楚!"

何莫修被杵得趴在地上,灯灭了,地道里顿时一片漆黑。

"老四,我听见你又跟人动手动脚。"

四道风如一下被定身了,"病……病……"

"病鬼。我活活是让你咒的,弄得这成天半死不活的。"

"点灯!点灯!"四道风摸索着黑暗里的何莫修。

灯终于点燃,四道风发现地道在这里稍见宽敞,往旁边挖出了刚刚可躺下一个人的空间,紧随他身后的思枫已经和躺在那里的欧阳紧紧抱在一起。

"嘿!灭灯!灭灯!"

何莫修不明就里地把灯吹灭了。

地道里寂静下来,思枫的声音近似呢喃,"我以为你死了,我真的以为你死了。"

欧阳在黑暗中苦笑,"你怎么瘦成这样?你吓到我了。"

地面上,搜索的日军在地道口旁边走动着。长谷川的坐车驶来,远远停在路边,伊达一脸沮丧地停下坦克迎过去,他的坦克正好停在地道口之上。

"他们会从眼皮下消失吗?"长谷川怒气冲冲。

伊达摇了摇头,"只要再有一分钟,我就把他们碾成了肉酱。"

"可是我没有看见肉酱。他们就是在这里消失的吗?"他环视着这片空地,除了些杂草实在是没有藏身之处,日军用刺刀在草丛里劈刺。既然没人敢动伊达的坦克,那地道口也不太可能被发现。

2

劳工又被日军集结起来开始工作,何莫修从锅炉房出来。渡边也正从一段地沟里爬出来。"你在那里做什么?"渡边问。

"躲炸弹,我躲炸弹。"何莫修看起来心情很好,他当然有愉快的理由。

"在木屋里躲炸弹?你还真是愚蠢啊!"

"是啊,我的愚蠢让我自己都觉得可笑。"他真的笑了笑,渡边莫明其妙地望着。

工地上,一些日军正把那些传单做成了纸飞机在掷来掷去。长谷川的坐车从这些士兵身边驶开,宇多田看着掷飞机的士兵问长谷川:"你说了什么,让他们不再相信传单上说的?"

长谷川忧郁地说:"我告诉他们,我军在美国投下的传单声称已占领华盛顿郊区,当然,那是假的。"

宇多田哑然失笑,"用假话让真话也成为假的?"

"世事无常,无谓真假。我只知道飞机再来的时候就会扔下真正的炸弹。而这个机场不再平安,那个四道风比炸弹还要危险。"

"不要影响施工的进度。"

长谷川有点无奈,"别被眼前的平静骗了,他们在的地方总是这样平静,然后突然一下,天翻地覆。"

"我们现在每天要完成百分之三的进度,至于那个四道风,他是你的烦恼,不是我的。"宇多田看着车外的工地,那里一个累死的劳工正被拖走。

长谷川放弃了说服此人,他明白只能另想办法。

地道里的灯亮着,几个劫后余生的人窝在那里等着地面上的骚动过去,思枫尽可能靠得欧阳近一点,在这趟生离死别后,那已经成了无法抑制的冲动。

欧阳揽着思枫,眼睛盯着头上的土说:"我没死,因为一个软弱的家伙变得坚强,他也是挖这条地道的人,被我们的硬汉叫作废物鸡。"

四道风对赵老大指着自己的鼻子,"他是说我吗?"

"少说话就不是你。"赵老大说。

"等打完仗有的是时间回味,现在我要知道外边的消息,首先,"他笑着看思枫,"我的女儿?"

四道风有点纳闷,"女儿?我真叫你们搞糊涂了。"

他忽然被赵老大狠狠掐了一下,赵老大说:"那孩子很好,我看了都眼红。"他又狠瞪了四道风一眼。

思枫虚弱地说:"很漂亮,像你,也像我。"

邮差附和道:"是像你们两人的长处。说真的,多少年没见过这么漂亮的孩子了。"

欧阳快乐地笑了,他对四道风说:"这种事你当然糊涂。你跟前是个跟阎王爷做鬼脸的人,他没死,因为在人世间有人叫他爸爸呀。"他转向思枫,"她在哪?"

"在沽宁,高小姐特别喜欢他,天天抱着不撒手。"思枫看起来有些苦涩,但欧阳是那样的幸福,他没有觉察到,他继续着他的幸福,"我还没有给她起好名字,可我看见她了,在梦里边,她很白净,闭着眼的时候好像在想自己的心事,这个像你,哭起来很倔强,很有我党不屈不挠的作风,这个……嘿嘿,像我。"

"就像你说的那样……真的,我知道她一定会记得你的。"思枫已经泪流满面了。

"哭什么?"

"我觉得很幸福……等你养好了伤,我们一块儿去看她。"

"当然!我都等不及了!"

"你……现在就要回去吗?"赵老大看起来有点担心。

"现在?不行,这鬼伤口还是抬手就破,连动都不敢动,而且我想你们不光是为了救我来的吧?"

四道风急急道:"怎么不是?就是!"

赵老大说:"对不起,不全是。"

他被四道风瞪得有点赧然,只好冲他咧了咧嘴,"没跟你说,因为知道你对轰炸很大的恶感。盟军的情报显示,这个机场修建完毕后将调来一批新锐战斗机,据说有能力夺回周围战场上的制空权。"

四道风瞪着他,"所以你们也是来炸机场的?"

赵老大苦笑着扬了扬手上的传单,那是刚才他百忙之中在地上抢的,"你也看见了,天上的飞机对地上的百姓不是那么靠得住的,真要打鬼子又要少死中国人,还得靠我们自己。"

"那是什么?"欧阳问。

"险些害死我们的小纸片片,全日文的,我看不懂。"

欧阳从赵老大手里拿过传单,他看了看,有些疲惫地靠在土壁上:"冲绳、塞班、硫黄,日本所有的外围岛屿都被攻占了,这是在敦促他们无条件投降。"

四道风高兴地拊掌,"好极了,为这几句屁话我们刚才差点全军覆没。"

欧阳看看他,"老四,仗真的快打完了,兴许是咱们的最后一仗。你心里不痛快,我也不痛快,这场仗死了太多中国人,可世界从来不由死人多的说话。帮我们,等收拾了破碎河山,自己争气,有一天我们也能说话。"

"什么帮你?咱俩谁帮谁呀?"

欧阳笑了笑,没再说话。

3

天高云淡,流云飞逝。

一同逝去的不光是云彩,也有时间,机场的跑道成为衡量时间的一个尺度,它延伸向远方,在这片满目疮痍的青山绿水间,那像一道极难看的伤疤。

欧阳在一点暗淡的油灯下看着头上的土层,他目光炽热,似乎能看穿土层,看见上边的青空。思枫在给他的伤口换药,那仍是一个可以随时要他命的恶患。

欧阳说:"挖土的声音越来越远,跑道越来越长。我已让老四他们趁黑从地道口回去,换了劳工衣服再混进营,找机会狠狠啃下这块硬骨头。"

思枫没说话,只是尽量让自己的动作轻巧一些。

"我不让他们现在动手,因为现在毁了机场还得让老百姓修,所以要毁的不是机场是飞机,我们等飞机来了再动手。"

思枫的一滴眼泪落在他的伤口旁边,她赶紧拭擦干净。

"你最近很爱哭了,是做妈妈做得心软了吗?"

"应该是吧。"

"也许还因为我。对不起,每次受伤的时候都想我有多蠢,害得你担心。"

"我该说没关系?和你的好兄弟玩命好了,在这做你的地下诸葛亮。"

欧阳微笑,就他的逻辑而言,还有幽默感就是好事,他看着思枫说:"别跟我生气,我从来不想玩命,只想快打完仗好好陪我的女儿。"

"别说这个了。"

"怎么啦?"

"我想她了,我真的好想她。"

"她不是好好的吗?一个时辰的步程,你就可以看到她了。"

"是的,她好好的等着爸爸妈妈回家呢,是个安安静静的小天使。"

"你和以前不一样……为什么我清醒过来,每个人都变了?"

"因为做了妈妈,因为做妈妈的人知道甜蜜,所以她看见痛苦就想哭……什么都别说好吗?让我在你怀里痛痛快快地哭。"

欧阳默然,伸开了一只胳膊,思枫尽量轻柔地抱住他,她的哭泣让欧阳惊讶,那是种压抑到几近晕厥的哭泣,她狠狠一口咬在他的胳膊上。

"不用这样吧?"欧阳忍着痛说。

"因为我爱你,因为我爱你们!"

于是欧阳幸福地忍受着。

高昕抱着的孩子在大哭,高昕弄明白原因后就赶紧去找高三宝,还没说话就先脸红,她把孩子往高三宝怀里一塞,高三宝看看她,"他不是都黏在你手上了吗?"

"……他要尿尿!"

高三宝哑然失笑,"女儿,你不能让我总抱着别人家孩子解馋吧?"

打算抢白的高昕并没有勇气看一个异性尿尿,即使只是几个月的婴儿,她转过身,突然撞在四道风的胸膛上,她吓了一跳,"喂喂,像以前那样好不好?你这样会吓死人的!"

"我走了。"

高昕的眼圈忽然就有点发红,四道风撩起衣服逗她,"你瞧,我像不像劳工?"他里边又套了一件旧衣服,像劳工营里一样刷着编号。

高昕咬着嘴唇说:"你本来就是劳工。"

"带好我儿子。"四道风说。

高昕脸立刻就红了。

四道风又说:"哎,这话说得就好像你是孩子他妈似的。"

"你又不是他爸!"高昕看起来很想揍他。

"我跟嫂子说过了,我是他干爸。"他看起来很纳闷,"她说行,可在病鬼跟前只准说干女儿,这两口子是不是想女儿想疯啦?女儿有什么好的?"

"女儿不好?"

四道风看看高昕的表情,又说:"其实挺好的。"

高昕使了使眼色,四道风这才注意到高三宝耷拉着眼皮子在给孩子把尿。

四道风过去鞠躬,"高老爷,我走了。"

"喔。"

"是去杀鬼子和救沽宁人。"

"我说小四,这趟生意我可蚀大了。"

四道风腰弯得更低了些,"小四一定打醒精神,不让您老人家蚀得血本无归。"

"我是很想立个文书,找几位耆宿,让你签字画押的。"他看看厅里候着的龙文章那些人,"现在算了。"

"是了,高老爷子。"他又鞠个躬,起身要走。

"别说走了,不吉利,说去去就回。"

"高老爷子,我去去就回。"

高三宝点点头,老辈架子拿得十足。

四道风走向他的队友。一行人直奔南郊而去。

他们在南郊的山坡上潜伏下来,然后趁着暮色潜下地道,再从地道的另一端爬进工地。龙文章和四道风先爬出来,他们穿着劳工一样的号衣,推着一辆车走向工地,身后的锅炉房门开着,同样装束的赵老大和邮差看看外边的动静,闪身出来,混入劳作的人群中。

龙文章眼神忽然有些发直,六品和他的妈妈推着一车煤从对面过来,尽管六品根本没让龙妈妈使劲,但那个白发苍苍的影子还是让他眼发酸。

趁着两下交错的一瞬,龙文章轻轻地叫了声妈。龙妈妈也真是老了,有点茫然地找着声音的来处。

一个日军向这边看了过来,六品忙加快车速,四道风狠踢了龙文章一脚。四人背道而去。

天总算黑了,劳工们筋疲力尽地在棚里休息。何莫修和四道风几个进来,劳工们看看这几张陌生的脸,根本没有好奇的力气。

"我是四道风!"四道风撩起自己的号衣,让人看见腰里的两支枪,那种霸气又回到他的脸上。

那几个字在沽宁是有魔力的,连几个病重的人都扶着墙站了起来。

"我来杀鬼子,救沽宁人。跟我们几个号一样的人现在就可以回家了,不一样的人,我保证一个事,你们都能回去,还有一个,你们心里窝的气,我给你们出!"

他那种狂劲很有说服力,希望迅速在人们脸上燃烧。

被四道风几个换出来的劳工从欧阳面前川流而过,欧阳静静地看着。

"很顺利,现在我们的人都已经换进去了,鬼子认号不认脸,搞不清的。"何莫修显得很高兴。

欧阳看着思枫,"现在该你了。刚生完孩子的人不该留在这没天日的地方。"

"让我留在这儿。"

"回去吧,看看你的脸色,你留在这里会让我担心死的,那我就会成为第一个因为担心老婆而死的共产党人,"他笑了笑,"听起来怪没出息的。"

思枫没说话,只是怔怔地看着他。

"你怎么啦?"欧阳诧异地看着她。

"我怕你忽然没了。"

欧阳笑,"别傻了,快回去,为了我们的女儿。"

"我听你的。"

她跟着几个劳工,刚爬了两步,又回头,"好好活着,为你的老婆,为你的女儿。"

欧阳笑着挽起袖子让她看刚被咬出的伤痕,恩枫赧然,苍白的脸上也见了些红晕,她转身,手上的灯光立刻被遮没了。欧阳在黑暗中静静摸着自己的手臂。

4

晨光熹微,哨声吹响。劳工们出棚的时候发现阵势与往常大不一样,全副武装的日军已经把工棚团团围上。

长谷川正跟宇多田解释着:"只要一个小时。您要知道,据他招供,跟我们作对七年之久的共党首脑就在这群人中间。"

"不要多过一小时。"宇多田恼火而无奈。

长谷川的那辆坐车开了过来,车上窗帷低垂,宇多田皱眉,"这是干什么?"

长谷川微笑,"在还没有指认之前,照顾他愚蠢的面子。"他从背对劳工的一侧打开车门,看着坐在里边神情涣散的满天星说:"把他们的号码写在纸上,然后这辆车会把你送出机场,到任何你想去的地方。"他把纸和笔塞到满天星手上,"或者……回到刚为你洗干净的刑台。"

"他死了。"满天星无力地蜷缩了,他受的折磨是从精神到肉体的。

"那么我要尸体。"他对部下挥了一下手,部下跑到劳工们跟前喊着口令:"列队!从车前走过!"

劳工们沉默地从车前走过,满天星在长谷川阴鸷的注视下终于向窗帷外张望,第一眼就看到一个劳工炽烈仇恨的眼神,他缩了回来。

长谷川动了一下手指,几个日军立刻把那名劳工抓起来。

"他不是的!不是的!"

"我不在乎。继续。"

满天星被日军摁着向窗外看去。又有几个劳工被抓了起来。

"都搞错了!他们都不是!"

"他们都会死,要小心哦,你的眼睛现在能杀人。"长谷川并不指望满天星会老老实实地给他指认,他只是凭着满天星脸上的哪怕一丝异动来抓人。

四道风和几个劳工从车前走过,满天星突然惊讶而燃起希望,那种神情上的变化不可能不让长谷川看到,他一头向车后窗玻璃上撞了过去,玻璃粉碎,满天星后脑鲜血泉涌,"我不干了!不干了!"

"停止!先制住他!"

日军和车里的满天星撕扯,长谷川看着过来的几个人,四道风赫然其中,他略为犹豫了一下,弹动了他的手指,"抓。"

几乎在他弹动手指的同时,空袭警报尖厉地响了起来。云层之上,一队高空轰炸机阴森森地飞了过来,你不知道它装载着什么,是当笑话讲的传单或者要人命的炸弹。长谷川的手僵在空中,劳工们开始骚动,日军拼命压住,可他们也不知所措。

宇多田嘲笑地看看天空,"他们想用传单把这里埋掉吗?"

话音刚落,一个黑森森的影子从云层里落了下来,滑行,接触到地面后似乎静默了一下,然后轰然巨响,一整块平整的跑道从地上竖了起来。

"轰炸!"宇多田吓得拔足狂奔,他的逃跑导致了日军的溃散,劳工们也随之散向四方。"抓住他们!抓住他们!"长谷川徒劳地寻找着刚才的几个人影,一个近失弹在不远爆炸,他也随着宇多田开跑了。

满天星竭力和日军厮打着,因为对方的心不在焉,他终于挣脱。他向铁丝网狂奔,轰炸造成的混乱加上他的不顾死活让他成功地翻越了第一道铁丝网,翻越第二道时他被挂住了,头下脚上地挂在上边。追他的日军冲了过来。

满天星冲着天上的机群喊:"扔呀!把炸弹扔我头上!"他的喊叫自然是徒劳,几个日军竭力想把他从那里拉扯下来。满天星眼前忽然一亮,他看见土地里的一个地雷引信,他挥拳狠砸了过去,轰然爆炸。

轰炸来得快,去得也快,刚才的密集投弹在瞬间只剩下了尾机的零星投弹。一个炸弹炸开,六品从硝烟后站了起来,他看见硝烟里有一个摇摇晃晃的身影,那是被炸蒙了的长谷川。六品屏住了呼吸,地上有把镐,他捡起那把镐,借着硝烟的掩护向长谷川冲去。龙文章从硝烟里飞奔而来,狠狠把他撞倒,两人滚在弹坑里,六品狠狠给他一拳,"我要杀了他!"

"把你那农民脑子清醒一下!你会害死我们大家!"

六品仍挣扎,龙文章一个耳光狠甩了过去,六品蒙住,一丝血迹从嘴里淌了下来。龙文章顿时有点后悔,无论如何六品是他抱愧于心的一个人,但他嘴还硬着,"要有战略观。我们来这不是为了杀一个鬼子头儿,嗯,你懂吗?"

"我不是为你们杀的,为我自己。"六品有点茫然。

"那就更不应该。"

六品忽然伏在弹坑里恸哭,"我不光叫六品,我姓窦!姓窦的三百多口一晚上全让他杀光了,就为扒身上的衣服!——我等了七年!每天睡前都想一遍他的声音、他的脸！"

"那……也不行。"龙文章忽然有些气短,因为空泛的概念碰上一个踏踏实实的仇恨,"要保证别再这样莽撞了。"

"我保证……你要看着我,我怕忍不住。"六品呆呆地站起来,他是那种很为别人着想的人。

"我看着你。"

一个日本兵出现在弹坑之上,在浓烟和烈火中比画着让两人去干活。

长谷川向他大队的部下走去,宇多田指着烟火场一样的机场对他叫嚣着:"今天！整整的一天被你浪费了！看看机场成了什么样子！"

"是敌军的轰炸……"死里逃生的长谷川仍有点昏昏沉沉。

"是你的无理取闹！你抓到任何抵抗者了吗？"

"我还会……"

"你不会了！从现在开始机场的一切动作由我把握！从一开始我就有这个权力！"

宇多田气恼地拂袖而去。长谷川无奈地住嘴,他明白自己只能另想办法了。

5

沙门已经败落了。门口再没了那几个如狼似虎的帮徒。院里也像是很久没打扫过了,落叶遍地,香堂里的白帏也旧成了黄色。

沙观止坐在竹椅上打瞌睡,有一种疲倦的老态,他是老了,像被拔了牙的老虎。左边一只脚掌被绷带缠着,廖金头曾说过的那次意外走火显然让他伤得不轻。

"大阿爷！大阿爷！"廖金头惶惶恐恐从外边跑了进来,他拿着张拜帖。

"穷叫唤什么？"

廖金头把那帖送上去,"是姓长谷的鬼子。"

沙观止翻看了一下,脸上现出一种似气似恼的古怪神情,"从六野去了后这姓长的鬼子还是头遭登门呢。"沙观止运了运气,"传小的们！"

"小的都讨生活去了……"廖金头看着沙观止的神情道,"您知道的,现在拿着枪也讨不到吃的。"

"你站我身后吧……那以前是六野的位置。"沙观止忽有一种英雄末路的感觉。

廖金头点点头,站了过去。

长谷川在一队全副武装的日军护卫下进来,几个礼盒被放在一边。在萧条至此的沙观止看来,那有点炫耀。

"一直挂念沙老爷子得很,特备薄礼……"

"废话少说吧,你拿手活就是拿废话把人套晕。"

长谷川笑了笑,"薄礼是大米一百斤,猪半爿,就现在的沽宁这不算废话。"

廖金头喜出望外地说:"长谷先生真是客气……"

沙观止狠瞪他一眼,"你是没规矩还是饿晕头了?——小长,你以前的见面礼是两百条枪,现在是一百斤米加半爿猪,你还真会下药啊!"

"在下一向要么不送,要么雪中送炭。"

"然后人什么要紧你拿什么,对吧?"

"老爷子是不是已经找四道风很久了?"

沙观止的瞳孔一下缩小了,他下意识地看看自己的脚。廖金头不识趣地说:"老爷子的脚是走火伤的,那子弹就是为四道风预备……"

"那是家事!"沙观止一记耳光扇了过去。廖金头在沙观止面前远不如在四道风面前服帖,他有些恼火地揉揉面颊。

长谷川在眼前画了一个很大的圈子,"这是沽宁,很大,你找他就像在海里边找颗沙。"他又在眼前画了一个小圈,"我现在有这么一个圈,很小,你的仇人就在面前,你可以找到他,杀了他。"

"那个圈子是什么?"沙观止冷冷地问。

"劳工营。"

沙观止静静看着那个小圈,目光中尽是落寞和苍凉,"打六野过身,我这沙门被人当作笑话算客气的,照常都被叫作败类,我不知道沙门除了洁身自好还做过什么。两千七百门徒,现在满把抓也就一百来人,沙某人晚境凄凉,累了大半辈子竟然要过这样一个不堪的老年……你知道这笔账我都算在谁头上吗?"

长谷川强笑了笑,"自然是四道风。"

沙观止用尽全身力气甩出一个耳光,重重打在长谷川脸上,长谷川被打得头晕目眩摔了出去,沙观止自己也失去重心摔在地上,他立刻被满院的日军持枪对准。

长谷川惊怒交集地被部下扶起来,他定了定神,说不出话来。

沙观止向身后伸出一只手,希望廖金头扶一下,回头一看,廖金头已缩到十米开外。沙观止苦笑,自己扶着椅子站了起来,他狠狠地说:"有一半我是算在你姓长的头上了。"

长谷川眼里忽然凶光暴射,"所有沙门的人,全都杀了!"

沙观止冷笑,"还有一半是算在四道风头上的。送我进那个小圈子吧,六野是他杀的,他就比你多做这么一点。"

长谷川犹豫了一会儿,挥了挥手,"带走。"

"我要先给老伴买足够用的药,还得托付人照顾。"

"让她死去吧。"长谷川悻悻地说。

"我可以马上就死的,我现在就是个活着多余死了没趣的老头子。"

长谷川审度了一下,对一队人努努嘴,"你们盯着他。"他怒气冲天地出去,虽不如意,但目的总算达到了。

沙观止整了整衣衫,颤悠悠出门。他一瘸一拐地走着,几柄刺刀几乎就顶在身上。尽管沽宁人现在食不果腹,但被日军押着上街的沙观止仍是他们目光的焦点。

"怎么沙家的人也抗日了?"

"狗咬狗吧?"

"你们不知道,他家也有个大英雄。"这人比了四个手指头。

"瞎闹了!老鼠生不出麒麟种。"

"对啦,不是他儿子是他侄子。"

沙观止耳力不差,一句句听得明白,他耷拉着眼皮,根本看不出表情。

药店并不远,沙观止木然地走了进去。老板把几十包中药捆了两大摞递给沙观止,沙观止付钱,日军寸步不离地在后边盯着。

"沙老爷子一次买这么多药?"老板止不住好奇地问。

沙观止苦笑,"是啊,一直要吃到死啊。"他看了看老板,压不住心里的一个疑惑,"刘老,老主顾问你个事,你说实话好吗?"

"好、好。"

"沙门就没做过一件好事?"

老板的眼镜一下掉在柜上,他捡起来手忙脚乱地套上,"您老这是……"他看看日军,偷指柜上的狗皮膏药,"也跟这个干上了?"

"我不知道。"

"要是就好了,八年了,要是就是沙门做的第一件好事。"

沙观止深受打击地离开。他提着那两大摞药吃力地进了沙门,不一会儿,又走了出来,身后跟着几个帮徒。

沙观止对一个小帮徒交代,"那药有一味是外裹的,不懂的就问药铺刘老板。"

"是了,大阿爷。"

"照顾好你太师娘。我要什么没什么了,也没东西好给你的。"

廖金头哈哈腰上前去,"师恩当前,我们一定……"

"你跟我去啦!"他看看另外几个帮徒,"还有你们几个最靠不住的!"

那几个的脸顿时苦了,可身后有日本人的刺刀逼着,几人只好无奈地跟在沙观止身后。

长谷川坐在车里,帷帘低垂,那行人渐渐走远,他摸着自己的脸,脸上的指痕已经红肿。"现在去把沙门留下的人都杀了,用你们的刺刀。"他狠狠地说。

一队日军应声而去。

6

工棚区又多了一道铁丝网,那是机场上最难看也最简陋的一片建筑物,离铁丝网不远是那座军官浴室。

日军的卡车停在浴室门外开始放饭。今天的内容让劳工们惊讶,每个人居然有一个米饭团子,还有一碗能看见绿色菜叶的汤。

渡边使劲拍打着何莫修,"高兴起来吧!我说过我们是赏罚分明的,看看这皇帝一样的食物!"

四道风厌恶地看看手上的饭团,团巴团巴塞进怀里。那个饭团被放在欧阳的面前时,已经很硬了。

"上边伙食不错嘛,鬼子不怕你们把日本吃垮了?"欧阳笑着说。

"跑道修好了,被鬼子吹到神得不得了的飞机这两天就来。"

"原来是在庆祝,劳工会被释放吗?"

"不会。飞机三天两头来轰炸,总得抢修,所以不光不放,还架道铁丝网把大家圈在里边。"

"小心一点,鬼子要对付我们,恐怕不光会用铁丝网。"

四道风咧嘴一乐,"我这些天总在想,这真的是最后一仗吗?打完这仗沽宁人就好过了?现在的沽宁是一百年没有过的惨,可鬼子没来的时候,沽宁人稀里糊涂过一天算一天,那又好在哪了?"

"说真的,你把我问倒了。只能说赶走了鬼子,对很多人来说都只是开始,他们一定会带着振兴的希望把你想到的事做下去,否则中国在世界上真的只好过一天算一天了。"

"也就是说打跑了鬼子你就会走。"

欧阳愣了一下,"现在说这早了点。"

"是的,早几年你就要走的,说到头你我也不一样,你是做大事的人。"

"别激将我,你现在该知道去留不由我自己决定。你呢,你怎么办?"

"我不知道,仗好像真要打完了,现在想起来就有点糊涂……我不知道没一百个鬼子追着要杀我的日子怎么过,我干什么?还拉黄包车?"

"恐怕我的党会努力取消黄包车的。"欧阳苦笑。

"这也是你们说的不公平?"他有点为难的样子,"那就干别的好了,她也不会喜欢我拉黄包车的。"

"她?"

"她!"四道风十万个肯定地说。

欧阳笑了笑,其实说起这个话题他比四道风更伤感。

"老四,你想没想过……我们一块儿走?"

"一起?"

"是的。我们的革命不是在鬼子来时开始的,也不会因为鬼子走了而结束,它是一种需要,年轻的活力对腐朽的要求,你是个这么有活力的人,你会喜欢我的同志的,就是五六十岁的共党也像你一样活跃。"

"那我信,其实有时候你比我还能蹦跶。"

"那我们一块儿走?"欧阳简直有点迫不及待。

"我没想过……我不知道,我生在这里,是在这里长大的。"四道风很茫然。

欧阳的笑容慢慢淡了下来,他感觉得出分离在即。

工地上,日军在铁丝网不远的空地上点着了营火庆祝。何莫修和劳工们隔了铁丝网看着,自从知道他是四道风的人后,劳工们已不再给他白眼了。

渡边袒胸露腹酒意醺然地对何莫修挥舞着酒瓶,"高君,出来喝酒!"

"所有人一起吗?"

"你是个总忘记身份的奴隶!"渡边笑着走开。

何莫修有点忧伤地对着夜空笑笑,"你才是真正的奴隶,我原谅你。"

六品独自坐在铁丝网的旁边,呆呆地看着那些日军,一只手抓在铁丝网上,已经被刺得鲜血淋漓。龙文章过来,"你干什么?"他把六品的手拉下来。

"窦村的人都死了,明儿就是七年祭。"

龙文章顺着六品的目光看去,六品注视的人永远只有一个,那是默立在人群中的长谷川。

第三十章

1

机场刚刚又经历过一场轰炸,劳工们又开始被枪逼着收拾残局。

长谷川手上拿着沙观止的左轮,他把里边的子弹一颗颗放在桌上,远处的硝烟与忙碌似乎与他无关。他看看弹头上的切口,又看看旁边站着的廖金头,"这些子弹真的是沙老头儿为四道风准备的?"

廖金头点点头,"是的,一枪轰死头牛绝没问题。这老头失心疯了,上哪都掖着这两把枪,说是怕碰见四道风时没带枪。您知道他怎么瘸的吗?枪走火,打在自个儿脚趾头上,半个脚掌都没了……"

"你不用说了,我知道仇恨的力量,我只想知道这种仇恨值不值得信任。"

"哪怕这子弹要穿过他脑袋再打在四道风身上,他也会开枪的。"

长谷川看着那子弹笑笑,廖金头说的是他很愿意看到的情景。

"长谷太君,您放我回去吧。我就是到哪都不多不少的一个废人。"

"你很重要,现在能给我通风报信的人越来越少了,怎么样?把你知道的全告诉我需要什么代价?"

"我知道的已经全说了。"

"你知道的多过说出来的,只是你也知道帝国将败是明摆着的事情。真后悔以前没好好看重你,这样完全只考虑自己的动物才是我需要的。"

"哪里哪里。"廖金头赔着笑。

"滚吧,想想我的建议,你在为战后打算,可我能让你活不过这场战争。"

廖金头灰溜溜地出去。

沙观止和几个帮徒站在屋外的空地上,被日军荷枪实弹地看押着,廖金头悄然归入他们的行列。沙观止目不转瞬地盯着工棚,他脸色灰败,目光似乎要烧炽起来,"四道风,你不应该活得比我还长的。"

此时的四道风和几个劳工已被日军押到跑道之畔,燃烟未尽,日军远远指着跑道中央一枚半截扎在土里的臭弹嚷嚷:"挖出来!搬走!"

那枚航空炸弹足有半人高,四道风看看几个吓软了腿的劳工,又瞪一眼那帮不比劳工们胆大的日军,挑衅的目光立刻招来了几个日军的枪托,"你!第一个!"

四道风拿了把镐向那枚炸弹走去,方才还耀武扬威的日军立刻又往后退了一点,乖觉地卧倒在地上。

四道风在那炸弹前看了看,一镐对着弹尾上一个风帽式的玩意挖了过去。

"蠢货!"日军吓得惊叫。

"快跑!快跑开!"劳工们四散奔逃,跑了一气炸弹没炸,又莫明其妙地站住。

四道风站在炸弹边,看着那个风帽呜呜地旋转,直到停止。他把那个风帽拧下来,嘀咕:"你们才是蠢货!老子炸飞机缺的就是炸药,这不浪费吗?"他粗手粗脚地卸着炸弹引信,这对习惯从臭弹里找炸药的他来说不算什么,可足以让任何外行忧心。四道风把炸弹引信重重扔在地上,刚聚拢的日军又赶紧卧倒,他笑笑,抡镐在弹体上重重砸了一下以示无事,探起身的日军再次卧倒。

当确定此患已除时,日军开始互相拥抱,万岁声频频传来,这种兴奋立刻转成对劳工的粗暴,枪托又砸了下来,"你们!搬出来!"

劳工们开始挖开炸弹周围的土,这枚炸弹必须从跑道上搬离。

跑道尽头,一名日军正兴奋地向宇多田汇报,"英勇的武士们已经排除了跑道上的炸弹,我们的机群即将着陆!"

"笨蛋!为什么不让中国人排弹?"

"这个……我们担心他们粗手笨脚引爆了炸弹,损坏跑道。"

宇多田对这个回答还满意,点点头看着天上的云层,他已经看见头几架飞机的影子,"长谷川君呢?这样的场合他应该在的。"

伊达说:"抓来了几个劳工,他要亲自把他们送进劳工营。"

"不知轻重!一百个中国劳工也比不上一个精锐的飞行员,不,一万个!"

伊达无奈地耸了耸肩。

四道风几个已经将那枚炸弹拖到跑道之畔,砸出的土坑也已经填好。

飞机越来越近了,那飞机飞得飘摇不定如同醉酒,劣质的燃油烧得引擎发出放屁打嗝一样的声音。"啊,这就是帝国神鹰啊!以后我们再也不会被盟军轰炸了。"四道风身边的几个日军硬着头皮称赞。

第一架飞机勉强将机头对准了跑道,从机轮着地它就偏离了正确方向,歪歪斜斜地努力了一气,照着跑道侧扎了过来,机头的方向不偏不倚对着刚挖出的炸弹。

日军们目瞪口呆,四道风猛推了身边的劳工一把,"快跑!"他和劳工拔腿狂奔,日军终于回过神来,跟着一起逃跑。身后,那架飞机准确地命中了那枚臭弹,爆炸,半副机翼飞上了半空。

爆炸的硝烟在跑道尽头看得一清二楚,一名日军跑过来,"撞、撞、撞撞……"伊达一记耳光扇了过去,他口齿利落起来,"第一架着陆的飞机撞上了炸弹!"

宇多田吃了一惊,"炸弹不是已经挖出来了吗?"

"是、是飞机歪了!"

"飞机呢?"

"和驾驶它的蠢货一起玉碎了!"

宇多田愣了半晌,拔腿朝跑道那边狂奔,一群人昏昏然跟着。飞机仍在燃烧,又有几架破破烂烂的飞机同样歪斜地着陆,停在离四道风他们不远的地方。

"下机!列队!"一个瘸子飞行员从机舱里蹦了出来,他怒发如狂,表情狞恶,那是飞行队长鸟山。几个飞行员茫茫然从飞机里跳了出来,在鸟山面前列队,待他们摘下飞行帽后,鸟山开始使足了力气抽他们耳光。

四道风瞠目结舌地看着,那帮所谓的飞行员根本就是一群中学生年龄的毛孩子,身边的日军同样的瞠目结舌。

鸟山打得手痛,终于向他们转过身来,"笨蛋!不要让中国人看见!"

日军醒过神来,推搡着劳工们,"回去的!你们回去的!"

"笨蛋!给我拿根棍子来!"

日军忙抢过四道风手上的铲子,颠颠跑去递给鸟山,然后押着四道风几个走开。

四道风走至半截回头看看,鸟山用倒转的铲子在痛殴这群半大孩子,打至酣处,半截铲柄断裂飞了出去。

四道风脸上写着深重的失望,那不是他这欺硬怕软之人喜欢的目标。因为太过失望,他没发现身后被长谷川等日军押送过来的沙观止,他们的目的地都是劳工营。

鸟山打得累了正在喘气,宇多田跑过来,"我是基地指挥官宇多田!"

"我是鸟山队长。"他喘口气又拿起半截棍子。

宇多田看着眼前孩子般的飞行员,又看看那些掉了漆,缺乏保养,弹孔在机体上清晰可见的飞机,疑惑地问:"不是最精锐的飞行员和最新式的战斗机吗?"

"不,是最最精锐的神风特攻战术!"他又过去揍人,"浑蛋!你们要撞击的是敌军的飞机和阵地!你们白白浪费了一架飞机!"

宇多田愣住,他无法掩饰自己的沮丧。

2

四道风走进劳工营,何莫修正要出去。"你要去烧水吗?"四道风问。

"飞行队来了,鬼子让准备热水。刚才那爆炸怎么回事?"

"告诉军师,咱们撤吧,这仗没法打了,除了破烂就是……"他发现何莫修盯着铁丝网的外边,他顺着转头,立刻闪到何莫修身后。

沙观止被看押着,就站在营门外,他看着长谷川过来,问:"我的条件你答应?"

"是的,如果你发现四道风,可以杀了他,但要把其他的人交给我。"

沙观止无可无不可,也懒得作答。

"如果沙老爷子能逮到那位共党的头脑,就可以安然无恙地回去。"

"打了几年交道,你先生何许人也?沙某若不清楚,也就不会赏你那记耳光了。"

长谷川笑笑,做了个请的手势,一名日军把沙观止的枪还给了他。

"子弹。"沙观止立刻发现弹膛是空的。

长谷川从口袋里伸出手来,十二发改装过的子弹落在沙观止手上,"我喜欢先生做的这种子弹,不过最好在我走后再装上。"

"要不是怕做了你会跑了四道风,这子弹有一半是为你准备的。"

长谷川又笑了笑,日军正打算把另外几支枪还给廖金头和几个沙门帮徒,沙观止阻止道:"他们的就不用给了,十二发子弹够把四道风打成酱了。"

长谷川想了想,点点头,于是日军把那几支枪又收了回去。

一名日军匆匆跑来,"宇多田指挥官请您去!"

"等一会儿。"

"他很愤怒,因为刚才的事故。"

长谷川淡淡地说:"如果真有一队无敌战斗机来倒奇怪了。"他转向沙观止,"那么祝沙老爷子好运,我明天会来看你。"

沙观止也不理他,低着头只管装弹,长谷川走开。

沙观止手脚实在不太利索了,一发子弹掉在地上,廖金头帮他捡起来。身后,何莫修推着一辆车通过,四道风隐在车后。

沙观止装好弹,把两支枪掖在腰里,走进劳工营,铁丝网大门在身后关上。

四道风从车后稍微直起点腰来,回头看看沙观止的背影,那个一瘸一拐的苍老身影让他惘然。"你跟我出来干什么?"何莫修疑惑地说。

"你管不着!"他拐进锅炉房,揭了地道盖就往里钻。

"你去找军师干什么?"

"我不是找军师,我是颠人!"

"这怎么行?"

"我就先颠了,你们也全撤出来,这仗没法打了!"

他已经在地道口消失了。何莫修急得有点茫然,迟疑一会儿也钻了进去。

四道风用一种与地老鼠媲美的速度钻进地道,那种前所未有的惶然让欧阳怔住,"喂,天塌下来啦?"

"仗没法打了,我扯呼,你跟着来,大家全撤,咱们换个地方打鬼子!"

"你能不能把话讲清楚?"

"飞机来了,全破烂货,开飞机的,全一色奶毛没褪的小孩鬼子!我叔叔也来了,手托两门这式的大炮,烧得不轻,就算我死他跟前也得照轰个三两炮的!"

说完,他又朝出口的方向爬去。

"请你说得再清楚些!"

"这还不明白!你要我去杀毛孩子吗?杀了毛孩子再被我叔叔一枪崩了?还是你要我杀毛孩子,为杀他们先把我叔叔做了?我这么跟你说吧,那票飞机咱们不用管啦,掉啊撞的自己就玩完啦!"

他话说完已经没入黑暗中了。欧阳瞠然看着,何莫修钻到他身边。

"沙观止来了?"

何莫修点点头。

"扶我起来。"

"你要干什么?"

"我得上去。老四这道伤从来就没好过,倒像我的伤一样越烂越深,该治了。"

"你要杀了沙观止?"

"不,我不会,那样老四只会觉得他在世界上的最后两个亲人,一下全没了。"

3

沙观止在劳工营里逡巡了几圈,他一无所得。劳工们都避着这几个沙门的人,目光里毫不掩饰憎恨与厌恶。

帮徒揪过来一个劳工想打,沙观止伸手止住,"算了,积点阴功吧。"他又苦笑,"积什么阴功?沙门做的最后一件事还是坏事。"他向着工棚走去。

棚里有近百号人,因为机场已近完工,如果没有轰炸导致的抢修,那大部分人是闲着的,龙文章、赵老大和邮差都在其中。沙观止的到来让这棚里的人都沉默了。

沙观止环视一圈,说:"我知道四道风在这儿,也知道你们中间有四道风的人。我不找四道风的人,单要四道风这个人。"他迎着那些冷漠而警惕的目光,"所以四道风的人现在请站出来吧,我要你们捎个话,我不想给鬼子办事,你们放心。"

人群没什么动静,廖金头嘴角露出一丝讥笑。

"再不出来就只有罚酒了。"

他又等了等,然后伸手把身边的廖金头揪过来,枪口对准了他的脑门,"说吧,谁是四道风的人?或者瞧瞧你自个儿的脑花。"

廖金头目瞪口呆,"老爷子您搞错了!我是廖金头!"

沙观止一声不吭地把左轮的机头打开。

赵老大莫明其妙看看龙文章,龙文章脸色阴沉,"他没搞错。那家伙跟谁都有一腿子,一个最会钻缝的老油条。"赵老大恍然大悟。

四道风已经跑到机场边的山上了。他一边扯下身上的号衣,一边往劳工营回望了一眼,这一眼正好看见何莫修和欧阳走进劳工营的大门,四道风目瞪口呆,他别无选择,又把号衣套在身上往回跑。

沙观止仍用枪指着廖金头,和所有人对峙。

廖金头苦着脸,"老爷子,我是一直陪着您的人呀!我是最忠心的……"

沙观止冷哼一声,"你没走,不过是沙门烂船还有两斤钉,钉子没偷光你舍不得。"

"可我真不知道四道风……"

"四年找不到四道风的影子,不是你姓廖的一直跟他通气又何至如此?沙某可以糊涂四年,可就要死了,这糊涂也不用装了。"

廖金头可怜巴巴地看了龙文章一眼,龙文章瞪得他又把头低了下来,他可怜兮兮地哀求着:"杀了我也不知道啊!"

"我干吗带四个吃里爬外的东西?"他看一眼那三个帮徒,那几个立刻后退,"就是杀了你,他们三个还能说出来。"

他手上又紧了一下,廖金头的坚持到此为止,"我说!"他看着龙文章,"他……"

身后一个人突然打断了他,那是六品,六品看着沙观止说:"你要带什么话?"

沙观止把廖金头推开,用枪指着六品的额头,但六品又被一个人推开了,欧阳出现在沙观止面前,苦笑,佝偻,忍着伤痛,"沙老爷子,老四不在,您要带什么话?"

"好极了,你也在这,我就怕子弹不够。"对于欧阳,沙观止无论如何是记得的。

"老爷子,您现在恨天恨地,扛挺机枪来也不够的。"

沙观止如获至宝地揪住欧阳,用枪死死顶着他,"这是我的私事,所有人出去。"

"一个个出去,跟平常一样,别让鬼子看出破绽来。"欧阳看看沙观止的枪口,"老爷子也不想让鬼子落着便宜的,是不是?"

沙观止阴沉地点了点头,"我只想你们跟姓长的鬼子一起死了。"

于是其他队员和劳工们一个个从工棚里散了出来。赵老大和龙文章扫视铁丝网外的日军,长谷川并不在,而那些人没想到沙观止一进营就能把人号出来,所以并未觉察。

赵老大说:"放两个人看着鬼子动静,其他人上别的工棚。"

廖金头几个缩手缩脚想开溜,被龙文章一手一个叉住,"你几位跟我来。"几个人苦着脸跟着来到一个工棚。赵老大冲邮差使眼色,邮差向外边张望,暂时没事。

赵老大皱皱眉,"这怎么讲?不能响枪,又不能让鬼子发现。"

龙文章笑笑,对廖金头说:"你们几个知道怎么做了?"

廖金头和几个帮徒摇了摇头。

"我这么说,他出去了你们没好日子过,打跑了鬼子,你们叫汉奸,还是没好日子过。"

廖金头迟疑着看看一个帮徒,那帮徒也在看他,两人用眼神迅速交换了意见。

工棚里,欧阳和沙观止仍在对峙。欧阳看了看枪口,又看看沙观止,"都坐下好吗?我是半死不活,老爷子腿脚也不方便。"

沙观止犹豫一下,枪口仍没离开欧阳,欧阳坐下他才坐下。

"老爷子这又是何苦来的?为一个执念跟整个沽宁作对。"

"你如果又想要你的如簧巧舌,那就大可不必了。"

"就算杀了我和老四,那股怨气也还会在老爷子胸口淤着。老爷子一世清修,不会不明白这个道理。"

"你知道什么叫万念俱灰吗?"

欧阳看看那张怨毒而苍老的脸,眼神充满了同情。沙观止被针扎着一样一枪把砸在欧阳头上,嚷嚷起来:"别那么看我!用不着你来可怜!"

"我只是打心里明白老爷子的苦处。"欧阳苦笑着坐直了。

"用不着明白!沙门完了,我老婆也快死了,我什么都不要了,去他的清修,去他的基业,老子就要站在你们的尸首旁边,让笑话我的人瞧一瞧,老子还是沽宁王!"

"只是乱世中抓来一根救命稻草而已,老爷子如果不是自尊太过,就会明白想要的其实只是一点亲情。"

"闭嘴!你再说我真杀了你……我本来没打算杀你,留着你跟姓长的鬼子作对,我只想杀了四道风,再把自个儿杀了!"

"其实您该恨的是我啊,为什么只惦着老四?鬼子没来时就是您叔侄相依为命,您没忘了,他也没忘……"

沙观止是没忘,而且记忆比欧阳想象的更为强烈,他再次把欧阳打得摔在地上。欧阳昏昏沉沉从地上爬起来,他发现自己的伤口又破了。

廖金头和几个帮徒一头扎了进来,"老爷子,四道风的人要杀了我们!"

"你们死活自己管去!"

廖金头扑地跪下,"老爷子指条生路吧!"

沙观止一脚踢了过去,手却被一个帮徒一把抓住。廖金头狠狠一拳砸在沙观止还缠着绷带的脚掌上,沙观止痛得顿时摔倒,一支枪被抢了过去,他想扣动另一支枪的扳机,可那支枪也被帮徒抓着。

廖金头凶相毕露,一脚踢中沙观止腹部,龙文章几个也从窗户里跳了进来,身后跟着十几个劳工。

大家对沙门积怨已久,几十双壮小伙子的拳头挥舞,沙观止连还手的余地也没有,剩下的那支枪也立刻被抢了下来。

出手最重的还数那几个沙门帮徒,一个帮徒一脚踢得沙观止险些晕去。廖金头后退了一步,从怀里掏出一根棍子瞄准了沙观止的后脑。

欧阳被何莫修扶了起来,眼前人足纷沓,"住手!"他发现自己喊不大声,转对何莫修说:"让他们住手!"

何莫修正要说话,只见廖金头一棍对沙观止狠狠敲下,他没轻没重地伸手去拦,一只手被打得几乎断折。廖金头一把将何莫修推开,第二次对着沙观止出手,忽然他整个人腾空飞了起来,脑袋险些把板壁给撞穿。

四道风仿佛从天而降,他没管廖金头的死活,拳脚交加地往人堆里砸去,一头扑在沙观止身上。

"住手!"欧阳的这一声总算被人们听见,殴斗停了下来,最后一个还想动手的帮徒被六品一把甩开。

日军狐疑地在铁丝网外瞧着,棚里的动静已经被他们注意到了。

邮差猛推了一个劳工一把,"跟我打架!"

那劳工会意,跟他假模假式地打起来,日军愉快地看了会儿,走开。

沙观止这一会儿被收拾得够呛,带着脸上身上的淤青,被四道风扶了起来,他已经被打得晕头转向,找不着他要找的人,甚至看不见眼前的四道风,"杀了他,杀了姓廖的……"他这会儿就是个无依无助的七旬老人。

四道风心痛得嘴唇打战,"好的,叔叔,跑不了他。"

廖金头从墙边爬起来,正对上四道风的眼神,他打个寒噤,话都不敢说。

"你可来了,小四。"四道风的声音让沙观止立刻想起自己魂萦梦绕的仇来。

"我来了,我再也不躲着您了,我不知道您找我找成这样。"

沙观止开始找他的枪,不在腰上也不在手上,他忘了他的枪刚被抢了。

"他的枪呢?"四道风问。

"老四……"龙文章知道他要做什么,想阻止。

"他的枪!"

两支左轮被人们递了过来,四道风把它们塞到沙观止手上,沙观止抓紧枪,如同抓住两个巨大的保证。"我不逃了,我不知道,叔叔,我不知道我活着就会把您害成这样。"他跪了下来,帮着沙观止把枪口对好了自己的额头。

沙观止茫然看着他,扳机上的手指紧了又松。

"开完枪您就知道您什么都没了!杀了他您就知道您恨的其实是鬼子!那时候笑的也只有鬼子!"欧阳一脸焦急。

沙观止似乎听了又似乎没听,身子一软倒了,四道风把他抱住。"你们出去!"

"老四……"

"你也出去,"他看着欧阳,样子看起来冷静了些,"这事不能再靠你挡着了,他是我叔叔,是我一直当爸爸一样的人。"

欧阳深深看他一眼,又看看几乎丢了半条老命的沙观止,很不放心地出去了。

4

一场喧闹后,夜晚的机场显得格外安静。几个想家的劳工坐在工棚外看着黑沉沉的夜色,远远的南边传来隐隐的轰炸声。几个四道风的人都在棚里,六品正埋头捣着草药,龙文章看得气不过,"给那老头子治伤的?"

"也给军师,伤口又破了。"

龙文章看看苦笑的欧阳,无奈的赵老大,茫然的何莫修,忿忿地说:"这事我做错了么?在这种地方,拿枪指着你的头,不是明摆着站鬼子一边吗?"

"没有对错,只是些人情之常。"欧阳说。

"国难当头,哪顾得那些鸡毛蒜皮?"

"龙文章,你哪都好,就是太瞧不起鸡毛蒜皮,自然也就瞧不起鸡毛蒜皮的升斗小民,你满心救国救民于水火,最后倒成了找个大道理就毙掉了一切人。要不要我告诉你共党生存至今的诀窍?不外乎听人说话,如果你真聪明就把自己放低一点,想想升斗小民,人之常情……"

"说说还是我不对。"

"不是说对错,只是说做人的平和……"

欧阳的话没说完,邮差一头冲了进来,"南边在轰炸!"

龙文章瞪他一眼,"不可能,南边都是山,他们炸山干什么?"

"你自己听!"

龙文章蹿到门口听了一会儿,转过头来,脸上露出古怪的神情,"不是飞机轰炸,是地炮开火。"他难以抑制地笑了,笑得流出了眼泪,他手忙脚乱地擦着。几个人莫明其妙地看着他,不知他忽然何来的喜欲狂与悲苍凉。

"鬼子炮我听熟了,不是鬼子炮,是地面开炮,从南向北打。知道我在说什么吗?我的共党同志?还有你这个傻六品!"他抱着六品狠亲一下,"是我军在开炮!我军就要光复!国军就要光复啦!"所有人呆呆地看着他,不知该悲该喜。

另一个工棚里,偌大间棚被四道风和沙观止独占。四道风正在给沙观止打理身上的伤口,他拿了个盆跪在地上给沙观止洗脚。现在的沙观止已经完全掩不住老态,他疲倦得都坐不直了,但看起来反而有些温顺。

"您这是枪走火打的?"

"嗯。"

"枪是为打我挂身上的?"

"哼!"

"您倒真够糊涂,您出门最远走到药铺,沙门方圆一里地我是说死不去,您掖这两门炮做鬼呀?难不成我还怕您要打人没了靶子?"

沙观止恼羞成怒,"你再说我现在就打!现在就打!"他拿了枪跟四道风比画,四道风看也没看去窗边倒水,"早跟您说,眼看七十的人了,要玩枪也换把靠得住的,非弄这么两把老古董,又沉又打不准,我那日本撸子一大堆,要不要给你拿两把?"

"打不准?我倒打给你瞧瞧!"他指了四道风,四道风低下头看他伤口,那等于把脑袋顶他枪口上,沙观止愣了一会儿,总没办法对着一个正给自己治伤的人开枪。

四道风心疼地看着,"这离着沽宁二十里地,就您算是出远门了。出远门也不带个药,沙门那么多人就没谁帮您记着?"

"你当我是来养病的?我是来跟你同归于尽的!带药干什么?"

四道风瞧着他叔叔苦笑一下,沙观止从没见过侄子笑得如此凄凉,不由愣住。

"您就那么想杀我?我不过杀了一个满沽宁都想杀的人。"

"那是你大师兄!"

"咱们不说这事好吗?您青筋都快爆了,我知道亲近的人死了是什么味道。"

沙观止重重地喘着粗气,慢慢地平静下来。

"我蹲这儿也不是等您来的,我有事,是打鬼子的事。我跟您打个商量好吗?"

"跟你没什么商量好打。"

"等出了这劳工营,我由您发落,三刀六洞还是三枪六洞随您便,可不是现在。"

"我不答应,那太便宜你了。"

"便宜我总比便宜鬼子好吧?"

沙观止看来有点同感,但立刻坚决地摇头。

"我要睡了,今天把我累的。"四道风说。

"不许睡!"沙观止用枪敲了敲床铺,"跟我把这事说清楚!"

"我一直好想跟您说话说个通宵,可现在您开口除了怎么杀我不说别的。

就算猪也不乐意跟操刀的谈油煎爆炒吧？睡了,您也睡吧。"

"我睡不着!"

四道风倒是倒头就着,他开始轻微地打呼,沙观止一脚踢过去,"起来陪我说话!"

"别碰了您伤脚。"四道风蒙蒙眬眬地说。

"这圈里也睡得着! 你是猪呀？"

可四道风就是睡着了。沙观止没辙,只好找块铺板倒下,他以为他睡不着,可立刻就睡着了。四道风爬了起来,找块东西给叔叔盖上,他呆呆地看着那张满是皱纹的脸,所有的漫不经心都是装的,他只能这样来回避沙观止的仇恨,他忽然很想伸手碰碰叔叔脸上的某条皱纹,他也这样做了。

"天一亮我就杀了你。"沙观止闭着眼说。四道风愣了,然后发现那只是梦呓。

"好的,天一亮您就杀了我。"他突然觉得苦涩,三十一岁的四道风已经有了五六十岁人的苦涩。

5

一大早,一架破烂的飞机就扶扶摇摇地从机场上空穿场而过,一枚炸弹从机腹下落了下来,目标是下边的工棚。

四道风睁开眼,他昨夜就睡在沙观止身边的铺板上,沙观止还在熟睡。他听了听头顶的呼啸声,一把把沙观止抱住,猛地滚到一边。

一枚黑漆漆的炸弹穿破屋顶砸下来,把沙观止刚躺的铺板砸成了碎片。

沙观止惊醒过来,"你小子要先下手为强哪?!"

四道风没说话,只管伏在叔叔身上,其实那么大一个炸弹要是炸开,他那点血肉根本挡不住。

赵老大和六品跑了进来。"老四你没事吧?"赵老大问。

"快走!"四道风头也不抬。

"是木头做的炸弹,鬼子飞机在训练。"

四道风讪讪看看那枚死气沉沉的炸弹,放开沙观止。沙观止的神情有点怪异,忽然猛给了四道风一下子,"死木头也把你吓成这样?!"

赵老大和六品看着这对怪异的叔侄,不知说什么,只好把那木头炸弹抬了出去。

欧阳坐在工棚边看着那些飞机训练,四道风过来,"我押中间那架今天会掉下来! 你押哪架？"

"你仔细看看,到现在投下来的炸弹就一个,是飞得最好的那架投的。他们练的不是投弹,是自杀式的撞击战术。"

"什么撞击?"

"我也不大清楚,看了这半天好像就是带一枚炸弹,开着飞机撞向目标,甭管军舰还是阵地,只要是值得一撞的目标。"

"疯了? 就这帮半大孩子?"

"是疯了,最后他们也许会在婴儿身上绑了炸弹扔向敌人,在帝国的要求下。你看轻了他们。"他看看四道风,"你叔叔怎么样? 很高兴看见你没被他拿炮炸了。"

"你猜猜看。"

"你小子总是一个混赖的办法,大概是赌咒发誓出了营由他怎么怎么吧?"

"哎,你怎么知道? 出了营我就撒腿,反正他追不上,等哪天气消了再去看他。"

"还用想吗? 你对他是哄,哄不过就跑,跑了又要想。"

四道风讪笑,"有水吗?"

"喝的水有,你要干什么吧?"

"他那人好洁净,早上要洗漱。"

"那就没有,这是劳工营。"

"通融通融。"四道风赔着笑。

"去跟赵老大要吧,给你攒出来了,几个人今天没水喝。"

"你怎么知道?"四道风惊得眼都瞪圆了。

"我们都希望马克思帮你渡过这一关呢。"

"你没死可真好!"

"什么?"欧阳瞪他一眼。

四道风如孩童般地吐了吐舌头,欢蹦乱跳地跑开。他从赵老大那里端来小半盆水,又找了块还算干净的破布,低眉顺眼地给沙观止端过去,"叔叔洗脸。"

沙观止看了一眼,"这哪条阴沟里淘出来的?"

"回叔叔的话,这是几个死共党省出来的,是我们喝的水。"

沙观止目瞪口呆,"就喝这个,你们真是……"

"是猪,在这种圈里都睡得着。"

"原来你小子装睡!"沙观止一掌挥了过去。

"回叔叔的话,连叔叔要杀我的梦话都听见了。"

沙观止愣了一下,他并不想去提这件事情,于是决定洗脸,他看看毛巾,"这又是谁的尿布?"

"回叔叔的话,沽宁人被赶到这来时能穿条裤衩子就不错了。"

沙观止忽然有些黯然,他从盆里倒了些水打湿那布,随便擦了一把,"端回去给他们,我不领死共党的情。"

四道风乐了,"端回去? 死共党会领叔叔的情!"

沙观止发了发狠,"出了营,三枪六洞,一下也少不了你的。"
"那不是便宜我了?"
"我先打断你一双腿子,再给你脑门上一枪!便宜你?哼!"
"能不能光废我一双腿子?我以后好陪着叔叔?"
"你不要得便宜卖乖!"
"其实外边有个女孩家在等着我。"四道风一脸沮丧,那当然也是装的。
沙观止愣了愣,忍不住又问:"谁家的女孩?"
"好人家的女孩。"
"有没有圆房?"
"叔叔没发话哪敢圆房,只是亲亲抱抱的两下。"
"那就还好。"沙观止很有些长辈架子地说。
"只是门不当户不对。"
"又是什么了不起的来头了?"
"是本城大富商高三宝的独生千金。"
"嗯,名声倒也还好,算他是白道老大吧,我是黑道第一,白配黑,红搭绿,鲜花就该插在狗屎上,又有什么不对了?"
"叔叔这么说就好,我出了营就跟她完婚。"
沙观止猛然醒悟过来,"你想得美!出了营就给我死!"
四道风叹了口气,"死之前能看见叔叔笑笑就好了。"
沙观止想想也叹了口气,"其实你本性也还不坏,就是让死共党给带坏的。"
"叔叔跟我在一块儿快不快活?"
"快个屁活!"
"我跟叔叔在一块儿倒蛮快活,就像跟死共党一块儿一样快活。"
沙观止想笑,想生气,想跺脚,又有些伤感,想了半晌都只化作一声叹息。

6

沙观止挂着棍子在劳工们的白眼下散步,他仍绷着脸,但瞧起来心情并不坏。他的表情忽然又变得阴郁起来,因为长谷川在铁丝门外看着他,并冲他招了招手,沙观止犹豫了一下,过去。"沙老爷子找到我们共同的仇人了吗?"
"几千人呢,有那么容易的?再过三五天吧。"
"老爷子的气色好了很多呢。"
沙观止打了个干哈哈,"复仇有望,自然就好一些。"
长谷川笑笑,"老爷子就说了吧,就算有些额外的要求也是可以答应的。"
"说了没有!"
"老爷子是何等傲气的人?要不是有事要瞒,又哪里忍得在下的废话?"

"就算要告诉你什么,那也得等四道风成了尸体。"

长谷川眼睛顿时发亮,"原来老爷子已经胸有成竹?那就好!需要什么只管开口!"

"那就把沙某的乡里乡亲都放了吧。"

"想想令徒死时的惨状,老爷子是不是还有心说笑?"

沙观止脸色一变,哼了一声走开,长谷川招手叫来几个士兵,"看紧他,注意所有跟他接触的人。"几个士兵点点头,若即若离地跟了上去。

沙观止回到工棚处,在棚外坐了下来,长谷川的挑拨仍让他气哼哼的,过了会儿忽然叹了口长气,"老了。"这样就放下了心里那块大石头,阳光晒得他很舒服,沙观止心无挂碍地望着太阳,直到被阳光刺出一个大喷嚏。

所有警惕他的人们都转过头来,沙观止因此而微笑。

欧阳和赵老大几个正躲在棚边用几块石头摆地形,策划下一步行动,欧阳忽然拍拍四道风,往他身后指了一下。四道风回头看见沙观止的笑脸,他也乐了。

龙文章说:"专心一点,鬼子飞机已经往南线开拔了,我们还没能拿出主意来。"

欧阳轻轻碰碰他,让他不要说话。

沙观止起身打算回工棚,廖金头和那几个帮徒正缩在工棚之间的犄角里嘀嘀咕咕,看他来了便住嘴,说的显然是他。

沙观止哼了一声走开,但廖金头跟了上来,"老爷子精神好健旺呢。"

"滚开。"

"滚开就没法给您老赔罪了,我们几个正商量怎么给您赔罪。"

"等你们能活了出去再说吧。"沙观止实在是烦这几人,烦到正眼都不愿意看,他刚转身,头上就着了一闷棍,他头晕脑涨地倒在地上,廖金头几个扑上来把他压住,一个人死死捂着他的嘴,一个人死掐着他咽喉。

廖金头又发起了狠,"您死了我们自然就活着出去了。除了您那傻侄儿,天底下没谁拿您当人,可您这就死了,他也不知道谁干的。"他在他身上搜枪,摸他惯常放枪的腰间却找不到什么。"妈的!这死老鬼没带枪!"

沙观止挣扎,昨天被打的地方让四道风缠上了绷带,枪被他藏在那了,他握住枪把对掐他喉咙的人就是一枪。他那种强装药的改造枪开起来跟放炮一样,那名帮徒被子弹冲撞得从他身上飞开,胸腹间爆开骇人的血花。

沙观止昏昏沉沉站了起来,剩下三个已作鸟兽散,沙观止盯死了他最恨的廖金头开枪,廖金头鞋底抹油地逃开了,沙观止那一枪轰在工棚上。他摇摇晃晃在后边接着追,本已忘却的恨意一下全被撩拨出来,只是这次全发在廖金头身上。

那一声震耳的枪声让劳工营炸了窝,劳工们惶然,日军在营外拿枪瞄着,但还不敢贸然冲进来。

已经离劳工营有一段距离的长谷川转身回望,他一脸惊喜,"他终于忍不住了!——跟我回去!"

他不顾仪表地朝劳工营跑去,整队形影不离的护卫跟在身后。

欧阳和四道风冲到转角,正碰上沙观止摇摇晃晃拿枪对着,四道风把欧阳往身后一拉,但沙观止要找的并不是他们。"帮我杀!杀了他!"

四道风问:"杀谁?"

话音未落,廖金头和两个帮徒从工棚的犄角旮旯里冲了出来,亡命奔逃。沙观止开枪,实在是眼神不济事了,又一枪落空。

"叔叔你干什么呀?"

日军已经找着枪声的源头,向这边瞄准,四道风拦腰抱住沙观止往工棚里躲。

"杀了他!"欧阳喊。

四道风愣住,"你怎么也……"

"他是跑去找鬼子!"欧阳着急地说。

四道风终于醒悟过来,廖金头几个人跑去的正是大门方向,所幸门外的日军还不知发生了什么事情,反而把大门关上了。

"拦住他们!"

现在的四道风在劳工营已是一呼百应了,廖金头几个顿时成为众矢之的,邮差斜刺里冲出来捞翻一个,拳头棍棒齐下,那帮徒立刻一命呜呼。廖金头和仅剩的一人吓得心胆俱裂,在营里左冲右突,那名帮徒终于挨了沙观止一枪,但廖金头逃跑的本事实在是与生俱来,一件衣服被四道风撕了下来,光着上身却跑得更为麻利。四道风跺了跺脚,跑向工棚,手忙脚乱从暗处翻出自己的双枪。

日军仍没能搞清营里的状况,只是莫明其妙地把枪口捅在铁丝网里瞄着。

长谷川终于跑了过来。就算没立刻明白里边的局势,他也看出有利可图,"不惜一切代价,把那个人抢出来!"

日军立刻打开大门,一排日军端着刺刀气势汹汹向里边冲去。

廖金头像动物一样嗅到了那线生机,疾奔中绕了个弯,把几个劳工甩下一截,亡命地向那队日军狂奔。

他终于被六品一把捞住,扑倒在地上,几个劳工扑了上去,但日军也冲了过来,枪托拳脚齐下地想把人分开。

劳工们压抑已久的愤怒在这个时候忽然爆发了,他们举着棍棒石头,甚至以自己的肉身一起向日军砸了过来,对廖金头的追赶演变成一场失去控制的暴动。

廖金头从人堆里挣扎出来,向着大门爬去,一发子弹从他头上飞过,沙观止自始至终也没打算放过他。

"老爷子,您能不能打准一点?"欧阳焦急地看着沙观止瞄准,他恨不得把枪抢过来自己打。

"废话！"沙观止又气又急，他终于放弃了那种甩手开枪的神气姿势，跪在地上，双手握枪，瞄准。这一枪打得一个正举起刺刀的日军仰天飞了出去。

四道风终于从工棚里冲了出来，他开枪，廖金头学了乖，拖过一个日军挡在身前做肉盾。

铁丝网外的日军向这边开枪，欧阳绝望地把沙观止和四道风推入拐角，"带上所有同志快走！"

"你呢？"

"先顾你叔叔！他年纪大啦！"

对四道风来说，这是个无法推诿的理由，他拖了沙观止向僻静处的铁丝网跑去。欧阳跑向他的反方向，一路推搡龙文章和赵老大几个，让他们跟上四道风离开。

劳工们仍在与冲进营的日军厮打，欧阳拖了六品跑开。日军开始齐射，当头的几个劳工倒了下来。

欧阳对六品说："你们先走！"他转身跑向那些仍在用拳头棍棒与枪械较量的劳工，教他们把双手放在板壁上，那是个不再抵抗的姿势。

"不行！"劳工狂怒地甩开他。

"听我的！马上就要胜利了！我们很快就会回来！——我发誓！"他的神情中自有一股说服力，劳工们终于照做。欧阳转头想跟上四道风他们，却发现六品一直在他身后等着。六品搀着欧阳跑开，刚才的剧烈运动让他这个重伤者几欲晕厥。

四道风已经在铁丝网上开出了一道口子，他先让叔叔钻了过去，然后是赵老大和邮差，四道风担心地回望，他看不见欧阳。

"他做事，你放心啦！"龙文章说。

四道风想想也是，钻过铁丝网搀住了叔叔。

廖金头被几个日军从营里拖了出来，他侥幸余生，但已经被恐惧烧晕了头。

"你现在会把一切告诉我吗？"长谷川走到他身前看着。

廖金头回头看了一下，六品正扶着欧阳跑过空地。

"就是他！他是共党的头目！"

长谷川瞳孔缩小了，眼里放出狂喜的光，"抓住他，我要他活着！"

一群日军向欧阳冲去。

第三十一章

1

四道风几个从劳工营里潜了出来,后面日军正冲进劳工营。他们跑向锅炉房,正在锅炉房的何莫修老远就把门打开了,"欧阳呢?"

"马上就来!"

他们一秒钟也耽误不起,打开地洞盖跳了进去。何莫修站在门口,看着铁丝网上还没被发现的那个破洞,欧阳还是没有出来。

六品躲在工棚后,举起一根横木向冲过来的日军砸去,然后推开欧阳,赤手空拳向日军扑了过去。

已经被日军制服的劳工又跳了起来,和日军扭成一团。欧阳从来就是个识大体的人,看六品一眼便跑开,身上的伤势让他很难快得起来,钻过铁丝网便一跤摔在地上。

何莫修飞奔过来,搀着欧阳跑。几个日军从混战的人群中挣出身子钻过铁丝网,六品不顾一切冲过来,一手一个把他们摁在铁丝上,枪托在他肩背上砸出闷响,六品沉默地忍耐着,他能听到手下那两个人颈骨碎裂的声音。

欧阳和何莫修向锅炉房跑去,劳工营里的日军被六品拿身子堵住了,机场上的日军却分出一队追向他们。

已经近得能看到四道风探出半截身子在锅炉房门口焦急地张望,欧阳却忽然转向,他跑向光秃秃的跑道。

"是那边!"何莫修以为欧阳晕了头。

"地道不能被发现。"欧阳说。

四道风瞪着他,在已经能听到日军的脚步声时钻回地道把口盖上。日军从锅炉房外冲过,欧阳向着跑道奔去,他想把日军引得更远。日军四面八方向这两人包抄过来,欧阳又跑了一段,体力也到了尽头,"好……好了,歇……歇会儿……"

"又破了,你的伤口。"何莫修低头打理欧阳胸口上的血迹。围拢过来的日军莫明其妙,他们从来没抓过这样的两个中国人,一个半死不活,却微笑着闭着眼睛调神养气;一个自己都喘不过气来,却把十几支枪当作乌有,去关心另一个人的呼吸。

地道里,龙文章迅速打开一个长条的油纸包,里边是他的步枪,他持枪警戒着,四道风从他身边经过。"鬼子没跟进来?"

四道风一声不吭,狠狠把脑袋往洞壁上撞去,"完蛋啦!被抓啦!死定了!"

"谁?欧阳?"

"还有六品!还有何莫修!"

龙文章也急了,"他们没进来?能进来为什么不进来?"

赵老大喟然,"他们不想地道被发现,对我们对营里的劳工这都是最后的希望。"

四道风揪住沙观止的衣襟,"好好的又要杀什么人?不说出了营我把脑袋摆在你面前吗?"

"老子要杀谁就是谁,你快趁早把我做了。"沙观止不屑于解释。

四道风气得没辙,又拿头乱撞,赵老大将他拦住,"廖金头还知道什么?"

四道风得了这个提醒,一下愣了,"我从来没把那只苍蝇瞧在眼里……"

"所以他什么都不知道?"赵老大略为放松了些。

"所以不该知道的他都知道。"他懊丧得嚷嚷起来,"我没想过他敢告密!"

赵老大刚刚放松的脸又紧张起来。

廖金头已经得到了日军的重重保护,逃过一劫的他有些垂头丧气。营里边死伤狼藉,欧阳和何莫修正被押过来,已被打得血肉模糊的六品也被拖了过来。

长谷川无动于衷地看了一眼,他眼里只有欧阳和何莫修两个,他向廖金头俯下身子,"谁是你说的共党?"

廖金头正对上欧阳的目光,慌乱地将头转开。长谷川也看出来了,只是他喜欢给人施加压力,"廖先生,你应该比我更清楚,在中国人中间,你已经没有活路。"

廖金头啜嚅了,望向欧阳,萎靡不振的欧阳在同一时间暴喝:"六品!动手!"

刚才还不省人事的六品猛地挥倒了拖他的日军,向廖金头扑过去。欧阳也从正面扑去,廖金头心胆俱丧地滚在地上,一脚把欧阳踢开,何莫修紧接其后扑了上来,廖金头刚把他挣开,喉咙一紧,六品的手已经摁在他喉结上。

一个反应快的日军一枪托捣在六品的臂骨上,骨骼传来碎裂的声音,六品的手顿时软了。

一群日军冲过来把这几个人分开,廖金头手忙脚乱地爬开,爬到一个尽可能远的距离,他已经吓得有点错乱,"欧阳大爷!欧阳爷爷!我再也不敢说了!"

他叫的欧阳已经被他踢晕了,何莫修扑在欧阳身上,沉默地挡住殴击的枪托。

长谷川看着廖金头,"把这个人带走,不要给他水和食物,让他觉得我们会杀了他,我相信他知道很多事情。"他又看看那三个人,欧阳和六品都已晕厥,何莫修瞪着他,再也不怕被认出来。实际上何莫修已变得太多,长谷川也无法把他认出来。

"好好照顾他,因为……"长谷川笑了笑,"被审讯需要非常健康的身体。"

"哪一个?"一名日军问。

长谷川想了想,说:"所有这三个。他们很团结,好像是活在一起的,这好极了,他们会感受到三倍的痛苦。"

营里的劳工呆呆地看着这三个人被押走,欧阳破裂的伤口还在流血,六品一只手软软地低垂着,唯一清醒的何莫修忽然把双手高举,做出个 V 字形的姿势,可显然没谁懂他的意思,反而引来一声呵斥:"把手放下!打死也不能投降!"

英雄做到这个地步也有些无趣,何莫修讪讪地把手放下了。

长谷川微笑,"好像越来越有趣了。"他跟在队列的最后,好整以暇地踏着欧阳流在地上的血迹。

2

思枫发报完毕,在镜子里怔怔地看着自己的脸。看起来她好像不认识那张脸了,苍白,全无血色,皮肤下泛着死人一样的乌青。

她咳嗽,咳得自己坐倒在地上喘不过气来。她终于止住的时候,就爬起来,仔仔细细擦去刚才咳在地上和电台上的血迹。

客厅里,高昕正对着孩子使劲做鬼脸,那几个月大的孩子也是当仁不让,一鼓嘴对着她使劲吹口水泡。

高昕吓了一跳,"爸爸你快来看!他病了,像金鱼一样吐泡泡!"

高三宝看了,不由苦笑,"他大概是在对你表示好感吧,毕竟你抱了他那么久。"他又非常严肃地说:"屎尿加口水,是初生孩子送给世界的三件礼物,你以后做了妈妈可要懂得珍惜。"

高昕吓了一跳,对那孩子说:"你找点别的东西来谢我行吗?"

高三宝大笑,得意之极,于是高昕知道又上一恶当,"你干吗把小可爱说得这么恶心巴巴的?爸,我觉得他妈妈不是个好妈妈。"

"哎哎,不要在他面前说这种话。"

"可是这些天你抱他的时候都要多一些……我觉得他妈好像有点怕他。"

高三宝挠挠头,显然他也意识到这个,"只能说各家自有各家经……哎,您早。"

思枫从厅里经过,她很萎靡,走路都扶着墙。

那孩子忽然开始哭泣,思枫看着他,她并非没有爱怜,但更多的是哀伤,她轻轻碰碰孩子的手,带着强烈的距离感,"别哭了,中国军队已经占领潮安,你很快就可以回家……可你的家在哪?"

"真的假的?"高三宝又惊又喜。

"我刚联络过。"

高昕问:"那四道风是不是也快回来了?"

"他们都快回来了……欧阳也快回来了。"

高昕乐得不行,"不哭了不哭了,你爸爸快回来了,我们吐个泡泡庆祝一下。"

孩子很不配合地哭得更加起劲,高昕终于向思枫求援,"他要妈妈。"

"是啊,他要妈妈。"思枫甚至不抬起自己的手,高昕嗔怪地看她一眼。

门响了,四道风几个闯了进来。

"胜利了?!"高昕兴奋地看着四道风。

四道风脸上掠过一丝阴沉,"收拾东西!准备撤退!鬼子要来了!"

"不是胜利了吗?"

四道风忍无可忍,"胜利!不是你们以为的那么简单的事情!"他不敢直对思枫的目光,一直逃避着,当两道目光终于相遇时,四道风颓然低下了头。

此时,伊达一马当先地从司令部里驰了出来,两卡车的日军随在后边,他们要去的地方很明显。

四道风他们并没有多少家当要打理,折回来一趟要带上的只是思枫和电台。四道风在屋里走来走去,他无法宣泄突如其来的全盘落败和挫折感。沙观止的目光也随着他转来转去,像是关心又像是怕他跑了。

"沙老先生,久仰久仰。"高三宝抱了抱拳,沽宁两大耆宿多年来第一次面对。

"久仰的是份恶名,那就不必了。"

"哪里话来?沙老先生能教出这么个贤侄,又哪里会是恶人?"

沙观止有些沉默,看看高三宝,也抱了抱拳。

高三宝一脸欣慰,"沽宁之幸啊,沙老先生终于也走上这条路了。"

"我是来杀他的。"沙观止忽然很不自然地看四道风,四道风正闪进一间屋子。

思枫在收拾与电台相关的一切,虽然有气无力,但做得有条不紊,连用来译码的纸张也被打入行装。四道风进来,问:"拿这干什么?"

思枫说话的力气都没了,拿起一张纸对着灯光,四道风看见白纸上被刻下了清晰的划痕,"嫂子和他真是天生一对……"他有点说不下去,"我一定把他救出来。"

"我知道。"

四道风有些嗫嚅,高昕抱着孩子风风火火闯进来,"你们要把宝宝也带走吗?"

思枫坚决地摇头,她的果断与她的虚弱格格不入,"城外连大人都很难活下去……高小姐能照顾他吗?"

"可我也要跟你们一起走啊!"

四道风愣了一下,"胡闹!"

"你是没有资格说任何人胡闹的!你们说要胜利了,让我看看胜利的样子,好吗?"

四道风挠挠头,他怕高昕软语相求的样子,"你别这样,求人有个求人样,像我,一瞪眼,爱答应不答应,爱谁谁……"

"我不知道你什么时候回来嘛。"高昕眼圈红了。

"嘿,哼,这个……嫂子你骂她吧……"

他那个说不出口的决定瞎子都看得出来,思枫靠在墙上苦笑。她示意四道风背起电台,几人匆匆离开高家。

天已经全黑了。日军的卡车在各个巷口停下,撒豆子似的撒下一批兵,这是他们为对付四道风们的巷道战而专用的撒网战术。

嘭一声,一个信号弹上天,所有人从各个方向向高家的小楼冲去。他们该入窗的走窗,该撞门的撞门,只是窗上并没有预想的玻璃,门也只是虚掩。

伊达一手摁刀,一手握枪,身先士卒地闯了进去。

几十支枪所指的是正在桌边吃晚饭的三个老人:高三宝、龙妈妈和全福。桌上清汤寡水,一人一个粗饽,高三宝其乐融融地正给孩子把尿,"小祖宗,你就尿一泡,看在我这花梨木地板的面子上尿一泡。"几人把对方当作了虚无。

伊达瞠然地站住,他挥了挥手,日军漫进了整栋房子开始搜索。

伊达还刀入鞘,在那几个人面前踱着;桌上的烛光昏黄,桌边的人儿苍老,晚餐清寒而神情平和,这一切都让善感的伊达感到一种暗流般不可征服的力量。

"他们在这里,你们这样也骗不到我。"

高三宝笑笑,"他们当然在这儿。他们没有一天离开过沽宁,这里是他们的家啊。年轻力壮的先生,你们真的占领过沽宁吗?现在想起来是不是就像南柯一梦?"

伊达沉默着,他有些茫然,就眼下的局势,高三宝的话像一个古老的预言。

3

龙文章从枝丛里监视着山野下死气沉沉的公路,"没有人,连岗哨也没有。我特奇怪,这里一向是鬼子出没频繁的地方。"

赵老大说:"不奇怪,南边吃紧,鬼子的主力都上潮安垫炮灰了。"

"这就算逃出来了?"高昕问。

"是的,往北边走,往西边走,都是活路。没有鬼子,没有战争,还有好些我们的同志,拥抱、握手,热汤热饭热炕头。"他看了看被邮差和唐真扶过来的思枫,"我们需要这些,思枫同志尤其需要。"

思枫置若罔闻,看了看南向,那是机场所在的方向。

"走吧。"邮差催促着。

思枫动了动,四道风也往那个方向看着,差点没哭出来,"病鬼,我走啦。"

几人就要开拔,龙文章却坐在枝丛里,动也没动。

"龙教官,起身啦。"邮差喊。

龙文章沉闷地说:"我想往南走。"他脸上是一种很奇怪的神情,像是担心,像是回忆,但更多是期待。

四道风看看他,"你算是懂讲义气了,我们没义气好吧?往南走大家死呀?"

"不是,诸位……"他重点看看赵老大几个,"诸位共党同志,我想问,你们对我军是什么看法?"

"国军?遭殃军啊!"四道风说。

龙文章恼火道:"我不是问你,你又不是共党!"

"是自己人。"赵老大说,"他们打鬼子,还我河山,是好样的。"

"南边在打仗,是大仗,那天我听见炮声……国军要光复了。"

四道风冷笑,"等他们光复了把病鬼放出来?你讲笑话吧?"

"不是呀!我们的力量不够,但可以去向他们求援!你们该记得我的身份!我是一个国军上尉!打了这么多年,说上校都快够了!相信我,凭我的六尺之躯,凭这支枪,凭这些年的厮杀,我一定能说动他们,也许就能有一支援军把欧阳救出来!"

人们都愣了,他说的主意是这些人想不到的,在这绝望的时候无疑是个希望。

"你怎么跟他们说?"赵老大问。

龙文章热切地说:"大家都是中国人!党派的成见在多少年前就该扔开了,现在是国家的耻辱,大家同仇敌忾……"

赵老大苦笑,摇摇头。

思枫喘了口气,"不要提我们是共产党,只说我们是敌占区的中国人,一直盼望着他们的归来。我们带来了关于机场的情报,而机场,大家都知道,一直是他们的心腹大患。"

龙文章点头不迭,"对对,就是这个说法。"

"希望太渺茫,我仍然不同意,"赵老大看看思枫,"你的身体……"

思枫说:"这是在沽宁,拿主意的人是老四。"

于是所有人都看着四道风,四道风看看这个又看看那个,看得最多的还是思枫,他很为难。

"我没事。"思枫说。

"可是……"

"你说过要救他出来。"

于是四道风又看了看南向,"其实往西往北都没路,东边是我家,南边是我兄弟。我们往南走吧。"希望就是他的忘忧草,他说完这句话又开始容光焕发。

四道风的决定让所有人又开始整理行装和枪械,邮差扶着思枫坐下,四道风凑过来,"嫂子你真没事吗?"

思枫笑着摇了摇头,笑对她来说已经成了很费力的一件事情。

邮差没好气地说:"往南不是人走的路,你都不知道你说了什么。"

"他们都在南边。"思枫眼里燃烧着一种病态的光芒,邮差再没说什么。

沙观止静静地坐在一边,把两支枪里的子弹倒进一支枪,把那支空枪扔了,他看着盯着自己的赵老大说:"太沉。"

"怪可惜了的。"

"一支枪也能杀人。"

赵老大没再说什么。

一行人拿定了主意,穿山越岭向南边赶去。

四道风走在最后,照顾着他那腿脚不灵光的叔叔,高昕跟在旁边。

"我就说叔叔您吧,在高家待着得了,腿脚不灵光非跟我扮穿山甲,好了不是?"

"我乐意!"

"就是,叔叔是舍不得你!"高昕有点阿谀奉承的意思,却根本不了解情况。

"对,我舍不得你,我怕一转身你小子再跑个七年,没几个七年好等了我。"

"你叔叔好得很,一点不恶呀?"高昕小声地说。

"他耳朵尖得很,他跟我是要杀我。"四道风更小声地说。

"对,我是要杀了他!"

高昕被吓得踩滑了石头险些滚下山去,四道风赶紧将她拉住。沙观止看得忽然叹了口气,"不过等打跑了鬼子再杀他,免得你们莽夫愚妇唠叨屁的大义。"

龙文章一直是风风火火地冲在最前面,他站住了,远山的那边映着些亮光,龙文章看着,"是开炮的闪光。"

"不是,"赵老大说,"听不见炮声。"

"当然是先看见,再听见!"

唐真说:"可我现在还是没有听见。"

"你们怎么回事?死硬死硬的就不进油盐?我说是的,它就是的!它一定是的!"龙文章忽然发现自己的暴躁有点没道理,懊悔地停下,从口袋里掏出一块白石灰,让几个人看了看,"我去前边探路,安全就画个箭头,有事就画叉。"

"可是……"

龙文章轻轻拍了拍赵老大,一溜烟儿地跑远了。

思枫被邮差搀扶着来到赵老大面前,"他要回家了,想跑想飞,归心似箭。"

"老天保佑,别让这家伙失望。"赵老大说。

飞奔的龙文章在树上画上第一个记号,他是那样快乐和焦急。

4

机场的刑房里,廖金头被绑在椅子上,手指拼命挣扎着想避开刺来的针头,"很痛!真的很痛啊!长谷太君,我真的什么都说了!"

长谷川无动于衷地坐在靠窗的椅子上,呼吸着窗外的新鲜空气,剔着指甲,"你什么都说了,但我们什么都没抓到,那里只有几个浪费粮食的老头子。"

"我知道的真都说了!"

"痛苦有助于回忆。"长谷川说。身后刺耳的尖叫声立刻响了起来,他站起来出去,"这是一只快被榨干汁的烂柠檬,那几个人恢复得怎么样了?"

"有两个人已经脱离了危险,但您最关心的那一个……我们的医生诧异他能活到现在。"

"告诉那位乱发感慨的医生,治不好那个人,他就只能感慨自己的人生。"

"是!"

长谷川站在门边,看着门外的夜色,地勤正以一种抓狂的状态在准备接应夜归的战机,但这一切都好像与长谷川无关,"欧阳先生,您才是最有趣的。"他微笑着走了出去。

机场上,一架被打得满是弹孔的战斗机在跑道上颠颠着陆,鸟山从飞机上跳下来,"我把炸弹扔在中国人的阵地中心!真想让你们看见那壮观的爆炸!"

他在一片万岁声中注意到了那些畏手畏脚的新飞行员,他大笑着拍打他们,"藤崎已经玉碎啦,他成功地撞上了敌人的城市!犬养是个笨蛋,他还没飞临目标就被打成了碎片!诸君好好干吧,明天就到你们啦!"

机场不远处,何莫修被关在大囚笼里,六品晕晕沉沉躺在旁边,他把六品的头垫在膝上,望着灯火通明的机场。

哭爹叫痛的廖金头被一队日军架了过来,扔进隔壁的笼子里,那队日军转向何莫修他们呵斥着:"出来的!"

何莫修吃力地想扶起六品,几个日军冲了进来,先把他摁在地上,再给他加上一副沉重的镣铐,六品也毫不例外地摊上了一副。

何莫修笑了,"你们怕我?居然怕我?"他动了一下手上的镣铐,日军退了一步,把枪刺顶在他脖子上,他们眼中一闪而逝的惧色让何莫修终于忍不住大笑起来。

两人被带到刑房。刑房里多了一张手术床,欧阳躺在上边,手被皮带固定在床上。床被摇高了,以方便长谷川看着他。

长谷川看看三人,"你们谁是头儿?"

六品昏昏沉沉往前一步,即使神志不清,他下意识里仍想担当所有的痛苦。

"六品别动,他知道我们谁是头,不过是试试怎么能操纵我们。"

长谷川笑,"欧阳先生真是滴水不漏啊。"

欧阳甚至没看他。他看着走到床边察看他伤势的何莫修,笑笑,"戴这个习惯吗?"

"中国话叫拍案惊奇,外国话就叫惊奇大观。"何莫修做了个苦脸,弄得链子响了一声。

"有趣吗?"

"慢慢地就觉得有趣了,这种东西居然会套在我的身上。"

"有趣就好。"

"可不是,有趣就好。可是……你看我的表情很奇怪呀。"

"你总让我想起自己的过去,以前也像你一样,觉得世界真好啊,能不能让它更好一些呢?正想入非非忘乎所以,叮当一声,这玩意套了下来。"

长谷川没趣地看着欧阳,"欧阳先生。"

两人充耳不闻。

"惊奇吗?"何莫修问。

欧阳笑了,"惊奇极了,然后就开始逃命,等终于能喘口气的时候看看自己,原来我已经是个死共党。"

"欧阳先生。"长谷川已经耐不住性子。

两人仍在交谈着,把长谷川的话当空气。

"欧阳先生,这就是你对付我的办法?装作没听见?有欠礼貌吧?"

"每个字都听见。不过长谷川先生,打断别人说话也是不礼貌的。"

"我主宰虚假的礼貌和真正的生死,所以请勿把我的客套当真。"

"其实我说话的时候一直在琢磨您呢,长谷川先生。"

长谷川又笑了,"琢磨出什么来了,我很有兴趣啊。"

"这个结果您会失望的,您什么也不是呀。"

"是吗?"长谷川笑。

"一个自以为中国通的蠢材,以为会拿中国话打机锋就是精谙了中国;一个觉得自己比所有人优越的笨蛋,就像有条狗以为咬到人一口就强过了人,所以就天天惦记咬人。您想做它吗?俗称疯狗。"他很惋惜地摇头,"最要命的,您是一个坚信自己能玩转人性自恋成狂的家伙,这就没得救了。您很瞧不起人类吧?您活得很辛苦吧?不知道做人的根本却充满了人类最低下的欲望,您呀您呀,怎么说您好呢,真是茅坑里的一块石头……"

"我也是这么评价您的,又臭又硬……"

"拾人牙慧又自以为是啊。您的上司和同僚有没有对您说过这样的话?一个自以为是、大愚若智的笨蛋?"

"欧阳先生!"长谷川恶狠狠地喊。

"是啊,还是点到为止吧,真话说多了要被讨厌的。"

何莫修绷着笑,六品已经哈哈大笑,他笑得从肺腔里咳出一口血来。

"我真的很失望啊。"欧阳说。

"失望什么?"何莫修仍绷着笑。

"我以为跟我们对峙了这么多年的是一个什么角色,结果一看,还不如追了我十一年的特务狗子,对这种货色只有一种方法对付,就是彻底藐视。他自以为是却什么都不是,他很虚弱,虚弱的人才会给你也带上这种二十七斤半的铐子,可你不能提醒他,您老不值一文,那他只会咬你个三五口来证明他值得两文……"欧阳笑,笑得咳嗽起来。

"把他解下来。"长谷川看起来已经愤怒了。

欧阳一边被解下来,一边笑,一边咳嗽,"你们看,我要被咬了,而且他一定会让你们在旁边看着,以显出他的威风。哦,您存在了,您强壮了,长谷川先生,打着小算盘,拉着脸皮,心比天高,命比纸薄,活蹦乱跳的一堆战争肥料。"

何莫修怔怔地笑着,擦了擦不知不觉中流淌的眼泪,往下要发生的事情是他最不愿看见的。

长谷川戴上手套,咔的一声掰断了欧阳的一根手指,他甚至没有指派旁边的行刑手,因为他从来没有过这样的愤怒。

欧阳笑得更响了。

5

黎明时分,四道风一行已经翻越曾为远山的山峰。箭头在树上一路直指了过去,而且被龙文章画得越来越刚劲。

忽然赵老大看见了一路上的第一个叉,他抬起一只手,"隐蔽!"

所有人钻进路边的枝丛里,掏出枪。高昕什么都没有,她立刻发现四道风有两支枪,她低声说:"给我!给我一个!"

四道风犹豫一下,居然给了她一支,高昕喜出望外,笨手笨脚地拿过来,毫无要领地握着。

"真笨。"四道风温柔地看着她。

"马上就到乞巧节了,到时候我求求老天爷让我手巧一点。"

"巧一丁点也还是笨,乞什么巧嘛。"

"巧一点好嫁得出去呀。"

她自己也有些不好意思,吐吐舌头不再说话。沙观止在俩人后面瞪着,他气得直摇头,"沙门的枪居然握在一个女人手上。"

前面一无异常,一行人继续行进。没多远,便看到一个村庄,村庄已经完全成为废墟,但仍在燃烧着。这便是龙文章昨晚看见的亮光来处。

龙文章一身黑烟灰土地从废墟里钻出来,沮丧地在村边坐下,抹去身边画的一个叉,将它改成箭头。

四道风一行从村边的林子里钻出来。苦难见得太多就会麻木,四道风对着烧光的村子和龙文章穷开心,"哇!国军光复啦!真是烧得够光啊!"

高昕揉了他一把,"幸亏龙上尉帮我们探路,才一直平安到这儿。"

龙文章感激地看看她,"我想给你们找点粮食,可是……"他扬扬一手黑灰。

"没有粮食,城外找不到任何粮食的,都让鬼子三光了。"邮差摇摇头,"这么个与世无争的村子也被烧了……真够疯的。"

他和唐真仍搀着思枫,思枫看了一下这片难以辨认的废墟,忽然露出一种茫然如在梦中的表情,"我们来过这儿?"

赵老大看着她,"是的,不久前。"

"是不是……?"

"是的,如果往正南走,就是往下要过的那座山头。"

"我们可不可以……"思枫用手堵住自己的嘴,如果不那样,她会大声啜泣出来。

赵老大犹豫了很久,摇摇头,"你会受不住……"

"求求你。"

赵老大犹豫着,一脸悲悯地说:"去吧,去告诉她,她的爸爸妈妈还在为她战斗。"

思枫抑制不住地捂着脸抽泣起来,一行人疑惑地看着她。她擦了把脸,努力地平静下来,"没事,我们走吧。"

一行人继续往南而去。

天已经大亮了,赵老大嘴里的山头已被他们踩在脚下,赶了一夜路的人正坐在山野里休息。

高昕把手上的粗饽掰成两块,把稍大的一块给了沙观止,稍小的给四道风。

"你的呢?"四道风问。

"你喜欢苗条女孩还是肥胖女孩?"

"我就喜欢猪一样的。"他一下跳了起来,"吃!"

"就不!"高昕尖叫了一声,她做好了拔足而逃的准备。

沙观止实在瞧不下去,把手里的半块再一掰两半,扔给四道风一块,"行了行了,我平日都吃不了这么多。现在的女人家也真没规矩,当人面就打情骂俏。"

四道风和高昕不约而同地做了个鬼脸。

"给嫂子留了吗?嫂子呢?"四道风捏着半块粗饽四处打量。

"留了。他们说去看什么人。"

"这林子里有什么人可以看的？"

高昕耸耸肩,"你们都神神秘秘的。"

四道风想了想,拿着那块干粮往林子深处走去。

林子里,赵老大红着双眼,用刀砍开眼前的枝条,脚下是一条依稀可辨的小路,赵老大往身后看了看,邮差扶着思枫在后边跟着,那种搀扶已接近拖拽,而虚弱的思枫眼里却放着炽热的光彩,"快到了吗？到了吗？"

"快了。"赵老大挥刀乱砍,让两人过去,他看着思枫的脚,脚是拖在地上的,思枫已经没了行走的力气,她的意识也开始有些模糊。

"她会死的。"邮差苦着脸,轻声地说。

"所以才要来。"赵老大猛吸了口气,听起来像是唏嘘,他抹了把汗水仰望苍穹,看上去充满了无奈。

邮差和思枫在前边停住了,思枫从邮差的臂弯里一点点地滑落,"她睡着了。我们小声一点,不要吵醒了她。"

眼前是一块幽深的林间空地,空地被人为地砍平了,中间有一个小小的坟墓,被树林映得带上了淡淡的绿色。墓碑是刻在一块刮平的竹片上的,上面写着：欧阳和思枫的女儿——妈妈爱你。

思枫看起来很安静。她在墓边坐下,一举一动都充满着母性,她轻轻地用手抚去墓上新生的青草,墓里的生命对她是永远活着的。

"你在这乖吗？妈妈来看你,妈妈一直都想来看你……妈妈就想在这儿陪你。"

赵老大和邮差目不转瞬地看着思枫,他们像两尊无奈沮丧的石像。

"爸爸也很好,爸爸比妈妈还想你……爸爸说他看见你了,你说怪不怪……爸爸说你长得好白净,闭着眼像想心事,哭起来很倔强……是啊,你就是这样子的……你说怪不怪？"她已经不是伤心了,而是种神志模糊的幸福和祥和。

"你们在里边吗？这什么地方？"四道风在空地边嚷嚷。

赵老大吓了一跳,"这家伙怎么来了？"

邮差也愣了,"这大嘴巴一说,欧阳的伤也永远不用再好了。"

四道风托着半块饽饽闯了进来,"干什么呢？这是什么？"

思枫根本意识不到外界的任何变化,微闭着眼睛,像在陪她的孩子同眠,赵老大和邮差一边一个挡住那墓碑。

"这埋的谁？怎么这么小墓？这不寒碜吗？"

"是个……小同志。"赵老大说。

四道风把邮差扒拉开,"我看看写的什么。"

赵老大和邮差恨不得把他打晕,但四道风已经凑到了墓碑前,"这写的什么？"

赵老大吁了口气。

"说吧说吧,别跟我卖关子。"

"她没名字。"

"哪能没名字呢?嫂子你告诉我。"

"因为她爸爸还没想好她的名字。"思枫微阖着眼,很安详,看不出一点悲伤。

"这不……这是……你们在耍我吧?"

赵老大恼火地看他一眼,"请自便好吗?你看不出她需要休息?"

四道风犹豫一下,放下那饽,没趣地离开。

良久,赵老大看看思枫,又看了看天色道:"我们也该走了。"

思枫很安静,看起来像是睡着了,那种疲态让赵老大痛心疾首。

"往南走根本是个错误,我们应该先顾活着的同志。"邮差一脸忿忿。

思枫晕晕沉沉地说:"他没死啊。"

赵老大忙示意邮差住嘴,"是的,他没事,可你从产期后就该休息了,这一路挨饿受累的。"

"是啊,我这就休息了。"

赵老大愣了一下,"这可不行,你再坚持一会儿。"

"妈妈和刚满月的女儿睡在一块儿,不是天经地义的事情吗?"

赵老大和邮差都哑然了,这句话对他们而言有些可怕。他们靠近了思枫,连话都不敢说。思枫静静地坐着,体温和活力一点点流失,血色已经完全看不见了。

"你……你、你别吓我们。"

"我见过了丈夫,又回到女儿身边,我真的很高兴。"她说话已经不看眼前的对象了,像是在跟自己交流。赵老大绝望地嚷嚷起来:"欧阳还在呀!欧阳被鬼子抓住了!我们要去救他!"

"我就是个小女人啊,就想着丈夫和女儿,其实他那么坚强,他一定会活下去,我们全家都活在他的身上……可我就是不想看见他伤心……不,他好伤心,可是他在笑……我看见他……"

"就要胜利啦!真的就要胜利啦!"邮差猛地跪了下来,"我求求你!"

思枫已经听不见了。他们喊她,却像在对另一个世界呼喊,看着思枫脸上凝固的苍白笑容,两人突然觉得颓惫至极……

四道风坐在高昕身边等了很久,他不耐烦地瞪着山道,赵老大和邮差终于从里边走出来,两人忧伤而疲惫。

"怎么这么久?"四道风问。

"我们……商量工作。"赵老大看看天,看看地,看看所有人,"该走了,就算希望渺茫。"

"我嫂子呢?"

"她……她去搬另一路救兵……对,另一路,这样把握更大一点。"

"那个身体你让她自己去呀?"

赵老大有点哑然。

邮差说:"她的身体不会再有问题了……她先找老乡,老乡送她去……就是这样。"

"你们还真有办法。"四道风释然了,"走吧。"

龙文章精神抖擞地去开路,四道风和高昕搀起了乖戾的沙观止,一行人跟着。

赵老大和邮差看看来时的树林,现在欧阳家的三分之二都埋葬在那里了。

6

欧阳仍被绑在刑台上,施刑者一边给他量着血压测着脉搏,一边给他上刑,刑台边放着成堆的急救药品。

欧阳微阖着眼,嘴角挂着丝笑纹,只有从那丝微微颤抖的笑纹上才能看出他醒着,并在忍受巨大的痛苦。

他的一只手被用各种方式折磨得失去了手的形状,另一只手被钉在刑台上,而每一根手指上都插着钉子,他从眼缝里看着臂上的一道伤疤,那来自一个女人的唇齿之间,来自他们最后的一次见面。

日军现在已经转向他的脚施刑。屋里静得可怕,被铐在架上的何莫修、六品和坐在椅子上的长谷川,每一个人都盯着欧阳。

欧阳忽然长吁了口气,军医紧张地看了看血压计,一名施刑者将氧气罩压在欧阳脸上,欧阳大口地呼吸,另一个人忙着给他打针。

军医看看长谷川,"我告诉您,如果还想让这个怪物活着,行刑必须马上停止。"

"至死方休。"长谷川一个字一个字地往外蹦。

"那么他的死与我无关。"

长谷川犹豫了很久,"是的,与你无关。"他看起来也很疲劳了。

军医点了点头,施刑者把一块烙铁向欧阳的脚上探去,欧阳的笑容猛地抽搐了一下,连早已失去知觉的手都在颤抖。

何莫修汗和泪与血水交织,他猛力地挣扎,"长谷川,换我上!你这个笨蛋快过来,我告诉你我是谁!"

长谷川猛地一脚把椅子踢开了,这种没有结果的刑讯让他愤怒,"我知道你是谁!何莫修先生!可我告诉你,你已经没有任何价值了!既然帝国连老式战斗机都已经造不起了!你那些天方夜谭一样的学问还有价值吗?"

何莫修愣了,欧阳开始大笑,"听见了吗?这家伙不小心把真话说出来了。"

"你气还足得很哪。"长谷川踱过去冷冷看着他,积压了七年的怨恨到此时成了欲食其骨寝其皮的恶火。

"人活一口气嘛,志气、阳刚之气……活成你这样叫个浊气怨气……"

长谷川脸上的肌肉动了动,"把他解下来。"他指指何莫修,"换他上。"

"老长,你怕我死了?折腾一晚上就是这些捏手捏脚的功夫?"

长谷川瞪着欧阳,他挑起烧红的一堆铁链,"是的,我怕你死得太快了。换他上。"

"老长你放心,你不想我死,我也不想死,这件事上我全力跟你合作。"他笑了笑,"仅此一件,下不为例。"

"解他下来。"长谷川咬牙切齿地看看他。

"老长啊老长,如此灰头土脸收场,连我的哼哼都没听到,这么下去还能从我嘴里撬出什么来吗?"

长谷川眼睛瞪得快射了出来,其实他要给何莫修上刑也不过是给自己找个台阶,现在这台阶又被欧阳拆了。

"你别再说啦!"何莫修急得不行。

"是的,你不用再说了。"长谷川转对日军说:"不要解他下来,绑得再紧点。"他捅捅那铁链,"把这个给他披上。"

何莫修打了个寒噤,看着几名日军用夹钳把铁链夹了出来,向欧阳凑去,他又恢复了意识,"我来!换我来!"

六品根本不说话,猛一下挣得刑架几欲破裂,日军一枪托把他打晕过去。

长谷川和欧阳现在都把这些喧嚣当了身外之物,长谷川瞪着欧阳,欧阳一边被人绑着,一边试着躺得稍舒服一点,他把头稍为抬起一点,好看见自己的手臂。臂上有明显的牙痕。他温馨地看着。

长谷川看着,"原来先生也有爱人。"

"有爱人,也有爱女。"

"原来先生一直靠这些美好的回忆来撑过我的刑罚。"

"也许是吧。"

"如果我把这只手砍了呢,先生是不是会觉得有点无依无靠?"

欧阳笑,"那她们还是好好地在世界上,活得很幸福,而且我会记得有个笨蛋为此砍掉了这只手,于是我更想她们。如果不让我想就把头砍了,人没了头就没了思想。"

长谷川无奈地冲旁边的日军点了点头,日军把那铁链贴到欧阳的身上。陡然间白烟冒起,欧阳所看着的天花板不再真切。他微笑着,神情恍惚,那段烧红的铁链一点点放在他身上,烧炙皮肉的哧哧声和烟雾弥漫了整间屋子。

六品死死地低着头,何莫修茫然地将头一下下在刑架上撞击。

长谷川目不转睛地看着,他早已歇斯底里,纯粹是在宣泄仇恨。

军医紧张地说:"一分钟之内他就会……"

"不准停下!"

铁链继续下落,欧阳在酷刑中忽然大叫起来,那不是因为肉体上的痛苦,那是从心底里挣扎出来的无法言喻也无法愈合的伤痛。这种哀伤的号叫如此响亮又如此漫长,似乎把他人生中积聚了几十年的痛苦全喊了出来。

何莫修停止了撞击他的头颅。

六品抬起了头。

军医手上的听诊器掉在地上。

长谷川惊喜地瞪大了眼睛,"停止!立刻停止!"他瞪着欧阳,欧阳在人事不省中哭泣,泪水从眼眶里淌到了刑床上,眼泪在那里就变成了血色。

"抢救他!快抢救他!"长谷川自以为是地认为这是他奢望的那种结果。

日军开始忙乱。

许久,欧阳终于睁开眼,第一眼就看见长谷川满是血丝的眼睛,他毫不掩饰自己的厌恶,将头转开了些。

"原来先生还是知道痛苦的。"长谷川脸上洋溢着得意与希望。

"是的,我知道。"欧阳虚弱之极。

"先生哭了,先生知道吗?"

"我梦见一些美得让人心碎的事物,所以哭了。这个以阁下的心性不会了解,所以不多说了。"

长谷川脸沉了下来,"先生想再来一次吗?"

欧阳笑着看看他,"老长老长,你的医生有没有告诉你我早该死了?"

长谷川看看他的军医,不说话。

"有一粒弹头卡在胸腔里,我的同志用铅笔刀挖出了弹头和半斤肉,所以我才能活着让你发疯,还有什么刑罚要试验的吗?"

长谷川死死地看了他一眼,出去。他呆呆看着外边的暮色,他的日子并不好过,从昨晚到现在都没合过眼。

一名日军军官过来,"队长,我们把他……"

"我不会让他就此死去。"他疲倦地走开,背影出卖了他灰头土脸的处境。

第三十二章

1

四道风一行潜伏在山脊上。山下是一条公路,公路上是两队相向行走的日军,一队是上战场,一队是刚从战场上撤下。上战场的都是一脸做炮灰的神情,下战场的则都是伤兵和尸体。那已经不是在作战而是挣扎了,明显到高昕都看得出来。

"他们败了,这是想撤到沽宁上船,好逃出中国。"赵老大说。

四道风快意地看着,"逃不了的,我跟老天爷这么说。"他狠狠拍了龙文章一下,"龙长官,你军还是蛮不错的!"

龙文章只是恨恨地看着公路旁的村庄,"还在烧,还在抢。我开一枪好吗?他们顾不了我们。"

赵老大犹豫一下,"找个最该死的。"

一个日军拎着箱笼从一间燃烧的民宅里出来,他立刻成为龙文章选择的目标,一声枪响,那日军一头栽倒。

似乎回应一样,从近处的山峦到远处的山峦也响起了各种各样的枪声,日军的死伤不断增多,却无心追赶,只对枪声响处胡乱开枪。

四道风看着赵老大乐了,"是你们的人吗?"

赵老大纠正道:"是咱们的人。走吧,跑到这里不是为了捞几响冷枪。"

四道风也想起该干的事情,一队人从山脊上撤走。

日军在无处不在的枪声中已经无心抵抗,一个军官发了声命令,撤退和前进的行列都加快了运行速度,那已经是不折不扣的逃跑。

天完全黑了。夜晚的公路空寂下来,龙文章毛了胆子从山上下来,他站在公路上,有点挑衅地看着他的队友,"看看,没事。"那几个人责备地看着他。

"本来就是中国的路,就该中国人走。"

赵老大说:"你的心情我理解,可这种鲁莽的勇敢……"

"我是军人哪。中国的路被鬼子踩着,我自个走在山上……刚才你们都看见了,胜利了,胜利了不是吗?"他说得自己都有些哽咽,于是四道风几个也不吭不哈地陪他踏上了路面。"被你一说,这味道真好。"四道风说。

赵老大叹口气让步,"就走一里地。"

他们刚开步,就听见一种奇怪的声音,像喇叭又像唢呐,吹着一个简单的节奏。

四道风愣住,"达达滴?"

"趴下!"久在乡间游击的赵老大算是经验丰富。他们刚刚趴下,前边的一段路面在眼前被炸掀了起来,泥土沙石打在四道风他们脸上身上,那个达达滴的节奏响得更为急促,人影和脚步纷沓,他们已经被人数不明的武装者包围。

赵老大爬起来,"自己人!我们是老唐的人!"

黑暗里一个声音说:"我们才是老唐的人!"

"胡说!老子是沽宁的四道风!"

"四道风我们也认识。"

"我可不认识你。"

说话的人从黑暗里走出来,那活脱又一个四道风,掂着双枪,一脸的杀气腾腾和倔强。四道风看着他们,他确实不认识。

"你这小浑蛋,看闹我这身土!"赵老大气得不行。

龙文章轻声对四道风说:"是海螃蟹,炸雷。"

四道风终于想起来,四年前大荷村的血战,有一个叫海螃蟹的家伙拒绝了他,他要自己成立一支叫炸雷的游击队。

现在的海螃蟹已经十足一个战场老手,举手投足都是历经生死带来的成熟,这个战场老手现在正跟赵老大暴跳如雷,"还跟我嚷?你也算老同志了,还会不会打仗?明摆是中国人偏走大道,白瞎我十斤炸药!"

"胡喷!你哪来十斤炸药!"

"天上掉下来的行不行?捡个大炸弹,也不知道哪国的。"

龙文章有些讪讪,因为是他死活要走大路的。高昕安慰着他,"胜利了,中国人当然走大路,我支持你。"龙文章感激地摇摇头,但绝非不难受,对穷了七年的龙文章来说,十斤炸药也是个了不得的天文数字。

海螃蟹看着赵老大,"你们去哪?"

赵老大苦笑,"去找国字头的人。"

海螃蟹撇撇嘴,盯着四道风一行寥寥几人问:"老唐呢?"

赵老大顿时就哽在那里,"她、她……她……"

四道风说:"她去码人去了!码多多的人!比你们的人多得多!然后、然后我们要一场大战,吃下沽宁!"

海螃蟹问:"她身体好些了吗?"

"好了,已经好了。"赵老大说。

"好啦,我现在告你们往哪儿走。要去找穿洋皮的家伙不是吗?那边走,出了山就是了,正跟鬼子磨洋工呢……"

"穿洋皮的家伙?"

"国字头呀！我见过啦！阔得像大少爷,衣服倒舍不得费布,屁股紧绷绷地露在外边,手里拿的枪不枪炮不炮！见你面先比着,嘴里也不知喊些什么,能听明白一句,哪部分的。"

赵老大苦笑,"这句口头禅千年不变。"

"我说中国人,八路。顺便说一声,听说咱们打得最好的那拨人叫八路,我的炸雷已经改叫八路了。这可好了,当时差点搂火,给扣起来了。"

"扣起来了?"邮差一脸惊讶。

海螃蟹委屈地一拍大腿,"连顿饭都不管。先问是不是汉奸,我说放屁;后问是不是共党,我说那是;最后说你们算屁的八路,就被赶出来了。老赵,你说我算不算八路?"

赵老大安抚地说:"你们是共产党领导的游击队,可暂时还不是八路。"

四道风忍不住插嘴,"对,我们这样猛打狠打的才叫八路,你们炸公路的不算。"

龙文章也不甘寂寞地说:"千军万马的征战中顾不得你这些个人情绪,真正的大部队就是这样。"

海螃蟹怪眼圆睁地噎住。赵老大好好一句安慰的话被他俩解释成这样,他只好对海螃蟹又拍又打地安抚,"我们这就得走了,你怎么办?"

"我立马带大伙去投八路,看你们叫不叫我八路!"海螃蟹不服气地说,他带着他的队伍转身离去。

"我也立马去投八路……"赵老大眼疾手快地把四道风的嘴给掩住了,身后的尘土飞扬中,海螃蟹已经怒发冲冠。他回头瞪了四道风一眼,继续他们的行进。公路上的喧嚣渐渐也只剩一团蒙蒙眬眬的余尘。

2

山脉在此处已经终结,四道风几个匍匐在地看着眼前陡然展开的平野,平野上除了偶尔炸起的炮弹烟尘,根本看不见一丝人的活气。

赵老大心里放下块石头似的吁了口气,"走吧,照那个方向就没错啦……龙文章?"

草丛的另一端传来一阵絮动,龙文章有些慌乱的声音从那里传来,"你们先走……我小便。"

邮差笑,"你还小便?都当你不食人间烟火呢。"

"马上就来!"

赵老大摇摇头,领着几个人走开。

暮色昏黄,几个人拨拂着茂密的草丛前进,身后传来絮絮的脚步声,"我回来了。"龙文章喊了一声。

押尾的是四道风,龙文章跟上去,"我说个事,见了国军你别嚷嚷什么共党。"

"可我就是共党。"四道风连头都懒得回。

"你压根儿不是共党,你这共党跟炸雷那八路一样,都自封的。"

"那我还是。"

"求你了四爷,为了欧阳别再大嘴巴。"一向道理大过天的龙文章说话的声音居然有些怯怯。四道风有些恼火,又觉得蹊跷,终于忍不住回望了一眼,暮色下他吓得跳开了一步,哇的一声叫了出来。赵老大几个枪上膛刀出鞘地转过了身,瞬间便把四下的荒野扫视了一遍,可什么异动也没有。

"怎么啦?"

龙文章吞吞吐吐地说:"没什么……他只是……觉得我……有点怪。"

人们终于注意到龙文章,他已经换上了整套守备团时代的上尉制服,衣裳早旧了,但浆洗得干净,整套的军衔和肩章端端正正地配在他的旧军装上。

龙文章挑衅地瞪着所有人,"没什么。我把它留下来了,就是这样。你们觉得好笑?我管不着,这是我该穿的衣服,是我的心愿。我是国军的一员,我的同袍都和鬼子拼死了,现在我把他们等了回来……你们不会了解,可就是这样。"

四道风挠挠头,"你……"

"你管不着。"龙文章警惕地说。

赵老大看着,"真好看。"

四道风咧咧嘴,"对了,真他妈的好看。"

龙文章忽然有种一拳打空的失落,他惊讶地瞪着他的队友。

"不止是好看,旧了,可是真……"高昕正想着词,唐真接道,"帅气。"

高昕笑了笑,"对,帅气,龙上尉总是那么风流倜傥。"

邮差也说:"让我想起一群我们尊敬的人,别以为共党就不记得他们。"

龙文章还在那里愣着,心里涌出来阵阵的酸楚和感动,"谢谢,谢谢,谢谢。"龙文章开始用袖子抹自己的眼睛,这一抹就不可收拾,"对不起,我不知道是怎么啦,这些天……这些天……"

四道风大力地拍着他的肩膀,"死乌鸦废话了,咱们是怎么炼出来的交情?这么帅的衣服哪天也搞一身给我穿穿?"

"那当然!当然当然!这里所有人,还有欧阳还有六品,还有小何!我给你们每人都搞一身,你们绝对当得起这个荣耀!只要你们瞧得起,只要你们愿意……"

赵老大吓了一跳,"我就算了!我受之有愧……"

忽然草丛里传来枪机的一声轻响,几人转过身来。草丛里悄没声地站起许多人,钢盔铮亮,卡其布的美式军装正像海螃蟹形容的一样,下摆吊到腰上,手上端着四道风他们见所未见的汤姆森冲锋枪和 M1 卡宾枪,那是被海螃蟹形容为枪不像枪炮不像炮的家伙。对方满怀敌意,这是一件很确切的事情,他们被包围了。

以龙文章为首的四道风几个被推搡踢打着押了过来,一九三七年的国民党制服在一九四五年的美式装备前实在如同异类,龙文章也就此成为所有国民党士兵的取笑对象。

"哥们来瞧来看!这块有个披了破布的家伙自称是咱们上头!"

"他干吗不留条前清国的辫子?"

"哥们,你到底有没有辫子?亮出来瞧瞧咱赏你块美国饼干!"

龙文章的帽子被人抢掉了,他狂怒地扑过去,被人一枪托砸了回来。另一个兵的手也摸上了高昕的脸,四道风一脚把那家伙踢翻了,他立刻被十几支枪指住。龙文章使劲拦在四道风之前,"我是你们的弟兄!是你们的同袍!在这里孤军奋战,想你们盼你们,两千多个昼夜!"

一士兵讥笑道:"跟我们称兄道弟?你吃过军粮吗?会操队列吗?"

"当然会!"

"操给我们瞧瞧!操好了就信你们!"

龙文章看着眼前这帮粗野而充满优越感的家伙,他觉得莫大的污辱,但仍站好了一个立正的姿势。

那士兵接着戏嘲,"先行个礼瞧瞧,最近扮国军来骗吃喝的家伙越来越多啦。"

"我自三六年就提升上尉,军官不能先行向士兵致礼……"

一记耳光甩在他脸上,龙文章看看被枪逼着的四道风几个,他强忍怒火敬礼。

一片哄笑,口令也喊乱了套。

"趴下!"

"学个匍匐!"

"屁股撅这么高?你师娘教出来的?"

"打个滚儿!"

"知道丘八大爷怎么撒尿吗?学一个!"

龙文章麻木地做着,对那些条例里没有的动作就只好置若罔闻,他被人踢着打着,在人丛里翻滚,直到两滴热乎乎的水滴落在他的手上。

周围忽然安静下来,有人呼喝了一声英语的口令,闹得正欢的浑蛋们齐齐敬礼。

龙文章略为抬起了头,看见一双锃亮的皮靴,再往上是一套质地优良的毛哔叽校官服装,再往上,一张丑陋瘦削的脸正看着他,一条刀痕横向地扭曲了那张脸,显然是出自某柄日本军刀的杰作。

那名校官根本没去理睬他的部下,只是死死盯着龙文章,一张脸看不出表情,龙文章甚至不能确定落在自己手上的东西是不是眼泪。

一士兵上前两步,"团座,他是俘虏……"

军官置若罔闻,慢慢将一只戴着手套的手伸向龙文章。

龙文章没动。

那军官终于开口,"龙乌鸦,我天天都想你,你这死乌鸦。"

他的声音温柔得不像是出自那张丑怪的脸,龙文章忽然很想哭,但他真想不起这人是谁。

军官拉掉了另一只手上精制的皮手套,于是龙文章看见那只手,四只手指都齐齐被一刀削去了,他终于想起一个自己也从未忘却的人。

"华盛顿吴!"他一跃而起抱住了这个曾经生死与共的伙伴,以致把华盛顿吴撞倒在地,一个三七年的守备团上尉和一个四五年的国民党美装部队团长滚倒在尘埃之中,两人使尽了全身力气捶击和拍打,欢笑和哭泣。千言万语,尽在此中。

人们静静看着,刚才的肇事者都成了傻子。

3

帐篷林立,两个哨兵站在华盛顿吴的帐篷外边,刚才整龙文章整得最狠的几个兵也戳在外边,他们都犯着嘀咕,不知道会受到什么样的惩罚。

一名副官从帐篷里出来,冲他们努了努嘴,示意进去。

"指条活路,马副官。"一士兵说。

副官道:"算你们倒霉,那家伙跟团座是生死的交情,连团座开的第一枪都是他教的。"正要进帐的士兵你推我搡,又挤成了一团。

帐篷里,华盛顿吴的手放在桌上,手套已经戴上,但前边一截全是空的。

两个人都呆呆看着那只手,那是一个共同的记忆。

"我说了,把我的血肉埋在沽宁,总有一天我会回来,现在我回来了。"

"我偷偷去过埋你手指的地方。好多次想一走了之,可我想蒋司令在这儿,我兄弟的血肉在这儿,我没别的地方可去。"

"我第一眼就认出了你,你还是那样,一点没变。"

"不看见这手我就认不出你,你变得太多。"

"我说了,亏欠一人自断一指,丢失一人自断一指。我把守备团的弟兄都带出了包围,没死一人。后来重庆西南一指,咱们的后娘团编进了第一批换美装的部队,飞越驼峰去换装,好些弟兄冻死了,没死的就穿上了这身。"他苦笑着看看自己。

龙文章笑,"绝对头牌?"

"中央军直系,头批美装师。在这里我是老大,我的兵就是我的弟兄,打仗我冲头里,所以重庆一直看重。"他的脸色忽然阴郁下来,因为那些肇事的士兵正列了队进来。"交你处置。"华盛顿吴背转了身子。

领头的兵把龙文章的枪递了过来。龙文章看看那士兵,"什么意思?给你一枪?"

那兵不说话,只是撕开了衣服,他身上已经有了几处伤痕,龙文章拿起自己的枪,静静地看着,"转过去,我不想在鬼子打出来的痕上再添一个。"那兵毫不犹豫地转身,他们属于那种人——粗野,但不惧死。龙文章笑着一脚轻踢在他屁股上,"滚吧,老子穷惯了,舍不得为不是鬼子的人浪费子弹。"

士兵们哄笑,紧悬的心放了下来。

一士兵道:"龙老大,团座总念叨你,他说这地方你才是老大。我们说哪有比团座还牛的人,今儿一瞧,真是天生老大!"

龙文章讶然地看看他的朋友,华盛顿吴正笑着。

"留你狗命,多杀鬼子。出去吧,我要和你们团座说话。"

那些兵欢天喜地地去了,龙文章看着他的朋友,"华盛顿,你……"

"这里还是守备团,他们还是你的人马,可我现在不叫华盛顿吴了,叫吴盛华。"

"我可喜欢你叫华盛顿。"

华盛顿吴苦笑,"年少轻狂罢了,我不能像华盛顿那样改变一个国家。"

这种感慨让龙文章沉默了少顷,然后他想起一个至关紧要的问题,"你们来这里干吗?收复沽宁吗?"

"那是次要任务。我们是要占领沽宁附近的一个机场,那里的自杀式飞机已经给我方造成很大损失,可遇上了鬼子拼死狙击,现在是骑虎难下……"

龙文章忽然哈哈大笑,以致华盛顿愠怒地看他一眼,"有什么好笑?我是带兵无方,何不换你试试?"

"我只是想说,如果你们不动辄轰人,又舍得扔下重装备,现在早到了机场——任哪支叫化子游击队都知道七八条绕开鬼子的小道!"

华盛顿吴饶有兴趣地看着龙文章,龙文章索性把此行目的一二三讲了开来。

另一个帐篷里,高昕趴在铺上看着帐外那些国民党士兵的影子,华盛顿吴显然已尽了最大限度优待他们,这帐篷里只有她和唐真两人居住。

"小真,你觉得真要胜利了吗?他们人那么多,武器那么好,今天咱们也看见了,他们打得鬼子还不了手。"

唐真看着帐篷顶不语。

"胜利了你做什么?你家里都没人了。"

唐真继续沉默。

"跟我们一起好吗?你也会喜欢上谁的,你不知道喜欢一个人多好,原来的世界是黑白的,没声的,一下成了彩色的,很多东西很多事,跟你说很多想不到的话。"

唐真仍然干瞪着眼,高昕的碎话让她想起很多。

"我出去好了,我总忍不住说话,又惹你烦。"她轻手轻脚下了床,出去。

唐真翻了个身,轻轻叹了口气,下意识地抚摸着放在床头的机枪。

高昕向着四道风和沙观止的帐篷走去。

四道风正小心地给沙观止洗脚,以便换上部队提供的伤药和绷带,他看着伤口挠着头,"怎么伤口还没长好?"

"老不死的家伙,伤口自然是不好长,你当是你吗?"

四道风讪笑,"我就是瞧着心痛。"

沙观止一脚踢了过去,"谁又要你心痛?"

四道风挨了那一脚,也不做声,一声不吭地开始包扎。

帐篷外那俏生生的身影吸引了他的注意力,分神碰到沙观止的伤口,沙观止吸口凉气,"你干吗不滚出去?"

高昕在外边喊:"你不要出来,我只是看你们睡没睡。"

"睡了。"沙观止说。

"没有!"四道风说。

"那我能不能进来?"

"不能!""进来。"

高昕进来,沙观止气得想往铺上倒,结果却把自己的脚碰痛,他又踢了四道风一脚。只是那一脚对四道风无关痛痒,甚至不妨碍他向高昕微笑,"我也想去找你。"

高昕吐了吐舌头,"你把叔叔弄痛了。"她拿过四道风手上的药给沙观止包扎,动作自然比四道风轻柔得多,沙观止愣了一会儿,再没说什么。

包扎好伤口,高昕又给沙观止收拾床铺,四道风笨手笨脚地帮着沙观止慢慢躺倒,那支大号左轮甚是碍事,高昕伸手想给他拿下来,沙观止触电一样一把摁住,但又看了高昕一眼,终于放开,高昕帮他把枪放在枕头下边。

"放在这里了,叔叔。"

沙观止闷闷地点点头,翻了身把脊背冲着俩人。

"您要拿这样大的枪打小四?"

"滚开。"

四道风轻轻拉了高昕一把,两人悄悄地想要出去。

"你不准出去。"

"您刚才还让我滚出去。"四道风翻翻眼。

"那是刚才。"

四道风无奈地看看高昕,高昕浑不在意地笑了笑,在四道风的铺上坐下,她拍了拍枕头,四道风乐了,乖乖躺下,高昕很自然地靠在他身上。

"没羞没臊的狗男女。"

"话不能这么说,我是转眼就要被叔叔打死的人。"

"我该现在就杀了你。"

"我才不会奇怪呢。"

"我会奇怪的。"高昕说。

沙观止噎了噎,"这种快意恩仇的大事,你小女人又懂什么?"

高昕说:"叔叔不乐意看见我,因为叔叔也觉得我跟小四一块儿会很幸福,叔叔怕看多了就会把那支大枪扔了。"

沙观止愣了一会儿,尽全力哼了一声。

四道风对高昕做了个鬼脸,微笑。高昕接着道:"我是不懂什么快意恩仇的大事啦,就是在那里待着,觉得好像真的要胜利了,又不敢相信这样就胜利了,就想跟小四一块儿待着,"她顿了顿,"叔叔您想过打完仗怎么过吗?"

"杀了他……"

"叔叔您想过这样吗?我和小四,我们俩干活侍奉你们二老,您和我爸,你们可以一块儿喝喝茶,下下棋,我们回来可以陪你们……肯定还有个小小孩,叔叔您喜欢男孩还是女孩?"

沙观止愣着,那是种他从来没有想过的生活,他禁不住开始胡思乱想,直到忍不住脱口而出:"女孩。"

他做贼心虚地转头看看,他想的时间太长太久,而那两个年轻人鼻息平稳,在一天的劳累后早已安详地睡着了。

4

晨雾茫茫,装备精良的美装军人在空地上列队,赵老大几个一早已经在那里了。

龙文章拉着四道风和高昕过来,沙观止形影不离地跟着。

赵老大看着龙文章,他胡子刮了,头发也剃了,一套崭新的尉官服套在身上,说不尽的春风满面与风流倜傥,唯一搞怪的是他背后的两支长枪,一支崭新的卡宾,一支是被何莫修改装过的破烂三八枪。

"我是不是……怪兮兮的?"龙文章有些赧然。

"很好看呀,"赵老大看看那两支枪,"你也玩双枪啦?"

"我忘不了你们,也忘不了他们,我当然不会扔掉小何帮我改的枪……它毙掉的鬼子可比这里哪支枪都多。"

赵老大笑笑,突然想起正事,他看看空地上的军人,问:"这是去救欧阳的人?"

龙文章点点头,"小吴为这事调动了全团的三分之一。"

"三分之一是多少?"

"一千多号吧。"

"一千多?!"四道风吓了一跳。

龙文章笑得有些骄傲,"大军作战就是拔山填海,这只算是小规模的袭击。"

赵老大犹豫地问:"他有没有问……比如说,关于共党?"

"没有! 没有! 比顺利还顺利! 他只想光复沽宁! 那是我辈的血誓!"

他那样开朗,以至赵老大为自己的谨慎有些赧然。

华盛顿吴拿着冲锋枪挂着手榴弹,在几个军官护卫下大踏步过来,他精神抖擞地看着眼前的队列,"弟兄们好! 文章你过来!"

龙文章过去。

"这是龙文章! 你们该听我说过这个名字! 他在沦陷区孤身奋战了整整七年!"

龙文章小声地说:"不是孤身。"

华盛顿吴拍拍他,"现在他回来了! 他会带我们绕过鬼子的战线,摧毁那个该死的机场! 我说说,这个团是他和我共有的! 在这里我是团座,他是我的兄长! ——你们要听他的! 可以不听我的,但一定要听他的! 因为……因为他在这个地方度过了七年! 我们甚至活不了一天!"

对着那些粗鲁但绝不缺乏决心的军人,龙文章突然羞涩忸怩得像个孩子。

5

破烂的零式飞机在跑道上降落,今天只有一架归来。

鸟山从飞机上跳下来,硝烟与血污把他搞得如同活鬼,他冲着跑道边候着的救护车挥着手,"不需要,用不上! 今天非常成功,他们全都成功地玉碎了!"他举手投足都有神经失常的征候。

宇多田追着他,"鸟山队长,我们已经没有飞机,也没有飞行员了!"

"破烂飞机和破烂飞行员我们有的是! 一个电话就能调过来! 我要说,这是帝国最伟大的发明!"

在他身后,黑漆漆的五百公斤航空炸弹正被运进弹药库。这炸弹加上一架破烂飞机和菜鸟飞行员,就是他所谓的伟大发明。

长谷川向刑房走去,脸色像死人一样难看。伊达匆匆过来,"我军在潮安损失惨重,公路沿线的抵抗组织也越闹越凶了,又有两艘运兵船在离开沽宁后被击沉……"

"恭喜伊达君,很快你就可以驾驶菊一号和敌军一决雌雄了。"

伊达迅速振作起来,"是的,我已经盼了很多年。"

长谷川默默地读出一个"蠢货"的唇形。

"您又要去见那个共产党吗？我们没有时间浪费在他身上了。"

"是私人的恩怨。你想和四道风比剑，而我要看到他屈服，你懂吗？"

"我明白。"

长谷川点点头，继续走向刑房。

刑房现在像个急救间，刑台的位置现在放着手术床。欧阳几乎被绷带缠满了，露在被单外的手指几近残废。军医正给他换一个输液瓶，长谷川进来，"他醒着吗？"

军医翻开欧阳的眼睑，看见了无知觉的瞳孔，"我不知道，这个怪物似乎在昏迷中都能控制自己。"

"那么……他活着吗？"

"是的，他活着，可我不知道他会怎么活。"

"什么意思？"

"我们的刑罚，大面积烧伤，内脏相当程度的损坏。他已经脱离了危险期，可以后的生活对他来说只剩下痛苦。"

长谷川满意地微笑，他凑近欧阳，仔细端详着那张安详的脸，在他耳边说话，第一次，他和欧阳说日语："我不让您死，让您活着。我正在想象您和您的妻女劫后重逢，您和您的妻子做爱，在拥抱中您的皮肤裂开，您的内脏像落叶一样散开，您甚至丧失了男人应有的功能，没关系，您不在乎您的肉体。您想抱您的女儿，可您的手对她是恶鬼的爪子，对您是没有知觉的枯枝。是的，我毁了你，我真的毁了你。"

他仔细看着欧阳，那张脸仍是那样安详，长谷川转身离开。

在长谷川和军医离开之后，欧阳倏然睁开了他的眼睛，清醒而痛苦。

天已经黑了，月光清澈，欧阳躺在床上，周围都是冰冷的金属和刑具，他所有的力气甚至不够转动自己的脖颈。他看着皎洁的月光，耳边回响着一个声音，是一个年轻的母亲在低低地哼唱着摇篮曲，间夹着一个孩子咿咿呀呀的语音。泪水模糊了他的眼眶，在泪水中，月亮上的蚀影也依稀成了一位母亲抱着一个孩子，那一个依稀相似的剪影成了欧阳今夜的全部寄托。

同样皎洁的月光下，几个日军正在挖坑，他们把一个被捆绑的人埋了进去。

山野上，钢盔在月光下闪着微光，华盛顿吴和他的士兵穿行在山道上，大皮靴和正规军过多的负重都不太适合这难辨的山道，不断有人摔倒。

四道风看着这支从没敢想象过的庞大队伍，他焦灼地看看身边的高昕和沙观止，"太慢了！"

高昕说："你快去吧，我照顾叔叔。"

"照顾好叔叔！"他看了高昕一眼，径直追上队首的龙文章，"能不能再快点？"

龙文章耸耸肩，"你也看见了，又不能亮火把。"

"你知道咱们在赶什么吧?"

龙文章再没说什么,擦了擦汗,他开始奔跑。

这支队伍被拉得更长了,从这一座山到那一座山,传令声单调地在队列中回响:"扔掉东西!扔掉所有打鬼子用不上的东西!"

高昕和沙观止很快就被甩到了最后,沙观止仍不服老地赶了两步,几欲跌倒,高昕一把扶住,笑,"叔叔,我都赶不上您了。"

沙观止看着这已经与侄子绑在一起的女孩,眼神终于温柔下来,"别让男人跑太远。我媳妇年轻时放我跑路,回来就成了漂不白的黑道。"

高昕不语,她微笑着看着四道风奔跑的背影,她有绝对的信心。

天,终于亮了。

机场边,廖金头阿谀地叫着隔壁笼子里的何莫修,"何少爷?何大爷?何老爷?"

何莫修没理他,他正看着晨光下的机场,又有一批破烂飞机和破烂飞行员来到了。这批飞机比上一批更加破烂,以至于飞机一着地,地勤就拿着灭火器冲上去,给其中一架着火的引擎灭火。

鸟山又在对着新炮灰们嚷嚷,更加疯狂,更加歇斯底里。

何莫修对这些已经司空见惯无动于衷了,他嘴里漠然地数着数:"十、九、八、七、噼里啪啦。"

真如他所说,鸟山噼里啪啦地开始他的车轮耳光。

"六、五、四,阴脸子白眼狼路过。"

长谷川阴着脸从跑道边走过,目标向着欧阳所在的刑房。

"三、二、一,轰轰隆隆。"

何莫修听了会儿,忽然间热泪盈眶,"又近一些啦,六品你听见了吗?"

他叫的六品已经不在了,原来锁六品的地方只有一堆空空的铁链。

长谷川踏上刑房的台阶,他的眼神偏执而狂热,给欧阳带来更多的痛苦似乎已成为他的宿命。

欧阳睁着眼睛躺着,长谷川进来,并把一张微笑的脸凑了过来,"早上好,真高兴您睁着眼睛。"

"早上好,您一定没少来看我。"

"当然,我一直想着您,我很关心您的身体,您知道您的身体怎么样了吗?"他目光闪烁,想从欧阳脸上看出哪怕一丝异样的痕迹。

"不外乎没死而已。"

长谷川笑了,"欧阳先生今天真是温柔多了。"

"不要失望,我正攒足力气要给您一点惊喜。"

"我倒为您准备了一点惊喜。"

"哦,您的热情不小心烧秃了您的头。"

长谷川挠了挠自己半谢的头顶,"哈哈,这样一个阳光明媚的早晨欧阳先生不想出去走走吗?"

"想极了,真是想得要命。"

长谷川做了个手势,几个日军过来把那架活动的手术床推到了外面。

欧阳躺在床上,贪婪地呼吸着清晨的空气。长谷川在一边跟着,指手画脚,口若悬河,竭力扮演一个在心理上占压倒优势的人物,"您听到了来自远方的炮声了吗?是你们的人,或者说是你们的敌人,国民党的军队要来了,我不知道对您这样狂热的共产主义者来说,这是件好事抑或坏事。"

"好事。"

"您喜欢短暂吗?像飞蛾扑火一样?"

"我喜欢永恒啊,就算短也短不过你们占领这块土地的妄想。"

长谷川忽然使劲拍了拍自己的巴掌,"好,看来您认为自己赢定了,其实就算我们走了,你们的理想也好像在这块土地上不曾存在过一样。"

欧阳叹口气,"说老实话,这确实是不劳俗称小鬼子的人操心。"

"好吧好吧,其实我是个很细腻的人,昨天想到即将离开这块土地,就忍不住想留下点纪念。"

"您真的觉得自己还能离开?"

长谷川耸耸肩,"谁知道呢?您不想知道我留下些什么?"

"给个提示。"

"我喜欢你这样生机盎然的人,既然这场战争是为了这片土地,我把生命种进土地。"

"小何还是六品?"欧阳看上去忽然有些伤感。

长谷川笑嘻嘻地做了个手势,日军将手术床转个向,又将床头抬高。

欧阳静静地看着跑道那边露在地上的一颗头颅,那是六品,他的脸肿胀得吓人,已经奄奄一息。

欧阳回头看着长谷川,"您觉得这样会让我痛苦?"

"往您的伤口上不断撒盐,让您的痛苦永远新鲜。"长谷川满意地看着欧阳脸上颤动的肌肉。

"是的,您做得不坏。"他又看看六品,那张脸已经灰败得吓人,"你想要什么?四道风的行踪?"

"我已经不指望从您这得到什么了,杀死四道风又怎么样呢?这种人杀不光的,我只恨您,您是他的大脑,您让他这昙花一现的狂徒和我对抗了八年。现在我把这个脑挖了出来,用针刺,用火烤,这样我得到了你们两个人的痛苦。"

"明白了。您是个真正的毒疮,既然被弄破了,就要拼命地挤出毒汁。"欧阳已经不再看他了,他目不转睛地看着六品。

"也许我们真要败了,可您的地狱没有穷尽,从一层掉下一层,绝对不止十八层。"

"我可以去看看他吗?"

长谷川微笑,"有什么关系呢?既然这可以让您难受。"

他摊摊手,日军打开了铐在床上的镣铐,他们把床竖了起来,让欧阳站在地上。欧阳的脚一触地便是一阵钻心的刺痛,他竭力站稳了。

长谷川示意旁边的日军不要扶,他很有兴趣观赏这种痛苦。

欧阳克服了第一阵天旋地转,他开始一寸寸向六品挪动。那区区的二十几米对欧阳来说也许成了一生中最长的路程。遍布身躯的伤口也不知哪处破了,欧阳每次接地就留下一个红色的脚印。他蹒跚着向六品走去。

6

华盛顿吴的士兵已经越过山脊,机场顿时在眼前一展无遗。

四道风跑在第一个,紧随他之后的龙文章猛地跪倒在地上,他背着两支枪,已经喘得气都接不上来。龙文章犹豫一下,他扔掉了那支新拿到的卡宾枪,他爬起来,继续向机场的方向跑去。

欧阳将将接近六品身边,筋疲力尽地跪了下来。他用那双重伤的手帮六品抚开脸上的落叶,然后撑在地上支住同样残破的身体,他将脸贴在六品的额头上,"活下去,我也会活下去。"他不知道六品是否听见,但觉得那张肿胀的脸上依稀露出一丝笑容。

"长谷川君!长谷川君!"伊达用一种绝不适合他身份和仪表的惊怖腔调大叫着,向这边飞跑过来,他几乎撞到了长谷川身上,那表情如见了活鬼,"长谷川君,在广岛……"

长谷川意识到什么,他伸手止住伊达,又冲着周围的士兵,指指远处,"离开!"

伊达也意识到自己的冒失,他看着欧阳,欧阳仍跪在地上,贴着六品的头纹丝不动,像凝在一起的雕像。

"说吧,他不懂日语。"

伊达说:"广岛被轰炸了!"

"东京都天天在被轰炸!"

"不是那种轰炸!只扔下了一颗炸弹!它爆炸时像太阳一样!一颗就抹平了整座城市!广岛已经不存在了!"

长谷川讶异地瞪着伊达,直到确定伊达并没发疯,"是你的高层朋友告诉你的?"

"是的,我们的士兵多半来自广岛!"

"封锁消息。"

"可是……"

"不要再告诉任何人!包括宇多田,你还想活着离开中国吗?"

伊达茫然地点了点头。长谷川开始向退到远处的部下挥手,"把他带走!"他看一眼六品,"杀死这个人!"

日军手忙脚乱地把欧阳架上手术床,一个日军拔刀走向六品。

机场边的山野上,四道风猛地扑在地上,龙文章紧接其后,其他的人还没有跟上来,龙文章用他的步枪瞄准镜向机场远眺,镜头在喘息中剧烈地颤动。

"开枪!开枪!"四道风看着机场上拔刀的日军冲龙文章焦急地喊。

"现在开枪会贻误战机!"龙文章焦躁地往旁边扫了一眼,大队人马还未就位。他的手指在扳机上抖动着,瞄准镜里的日军已经用刀对准了六品的头颅。

"你是丘八还是我兄弟?!"

"我是军人!"他嚷了一声,开枪,枪声在寂静的早晨显得极为突兀。

那名持刀的日军一头栽倒,长谷川指着欧阳,惊惧地冲手下喊:"把他送回去。"

几名日军推着手术床向刑房狂奔,他紧随其后。伊达掏枪,他忽然瞪大了眼睛,那支星夜奔袭的美装部队拉成一条散兵线,终于在山脊上出现。

"警报!"他向一个方向跑了两步,又转向他那辆坦克跑去。

华盛顿吴的士兵开始开火,他们的自动火器比日军强劲得多,但匆促就战,又没有重武器支援,于是正像龙文章担心的一样,先机尽失。

几个士兵就在龙文章身边被日军的高炮扫倒。华盛顿吴恼火地大叫:"谁先开的枪?!"龙文章只是看他一眼,一枪把日军的炮手从高炮上撂了下来。

何莫修神情炽热地望着枪声来处,日军在周围狼奔豕突,连几个看守牢笼的日军也忙着去应付攻击。

廖金头开始竭尽全力地嚷嚷:"国军万岁!打倒日本鬼子!"何莫修猛然回头瞪着他,"你又换了身皮?"

一声爆炸,一名日军被炸得撞在牢笼上又撞开,何莫修从牢笼里伸手去够他的枪。廖金头忽然意识到何莫修要做什么,他大叫起来:"太君!太君救命!他要杀我!他要逃跑!"可何莫修始终够不到那支枪,他只是把那家伙的刀够了过来,仅凭这柄刀他绝伤不到廖金头的毫毛,他也没有四道风那样的飞刀本事。廖金头擦了擦额上的汗,坐下,甚至恬不知耻地笑了笑。

笼里铺了许多稻草,何莫修坐下,用刀刃将阳光聚射到稻草上。廖金头莫明其妙地看着。

日军手忙脚乱地把欧阳推进了刑房。长谷川缩在门边,观望着山野与机场上的激战,在真正战斗的时候他绝对是缺乏勇气的,他惊恐地嚷嚷着:"升空!让所有的飞机升空作战!"

一排机枪弹把这间木屋洞穿,长谷川缩了一下,他发现这孤立一隅的地方并不安全。"我去指挥他们升空!"他留句场面话就逃之夭夭了,几个日军以这房屋为掩体,向从山上漫下来的国民党士兵射击。

欧阳在床上挣动,一发子弹从窗外射进,危险地在屋里弹射,最后贴着他的身子把床洞穿。欧阳从床上摔了下来,他用胳膊支起了身子,衣服里浸出的血在地上浸出了一个印痕。他紧张地打量着这间刑室,在中间寻找一些可以利用的东西。

华盛顿吴的士兵已接近铁丝网的边沿。一个士兵踩响了地雷,另一个又扑上来。第一个冲到铁丝网边的士兵抽出了背上的砍刀猛力挥砍,金属与引擎的巨响中,伊达的坦克喷吐着烟气从跑道上驶过,机枪与火炮交射,那个挥刀的士兵倒在铁丝网上。

国民党士兵用绰号巴祖卡的火箭筒开火,铁丝网把火箭弹过早地引爆了,那反而提醒了那辆坦克,它远远退到火箭筒的射程之外,反正那照样在它的火炮和机枪射程之内,而且铁丝网边的敌军一无遮蔽。

华盛顿吴眉头紧蹙,望远镜里,铁丝网边的伤亡逐渐增多,而那道铁丝网仍没能拿下来。"仗不是这么打的。"他对自己的副官做了个撤退的手势。

命令传达下来,铁丝网边的士兵撤向山野里的隐蔽之处,他们的第一次攻击以未果而终。华盛顿吴恼火地在空地上走着,对他的军官们大发雷霆,"现在已经先机尽失!我需要战壕、计划、巩固的阵地和重炮火力!如果可能的话,空军……"

他停住了,因为龙文章和四道风几个站在旁边,讪讪地有话要说的样子。

"什么事?"

龙文章张张嘴却没出声。四道风说:"给几个不怕死的,帮你把机场拿下来。"

"这里没有怕死的,跑了大半个中国就为打鬼子,可你凭什么说这话?"

四道风帮着华盛顿吴把望远镜扳到一个位置,对着劳工营那间孤零零的浴室说:"我们会从那里钻出来。"华盛顿吴惊讶地看向龙文章,龙文章坚定地点了点头。

第三十三章

1

高昕搀着沙观止,这对老弱残兵已经快跑得脱了气。他们正撞上从前沿撤下来的伤兵,血淋淋的惨况让高昕惊退了,沙观止却堵了上去,"四道风呢?四道风呢?"

国民党士兵显然并不知四道风的大名,又正逢不顺,一手将他推开,沙观止瞪眼就要与伤兵厮拼,高昕死死拽住,摁着他坐下,"叔叔,小四跟您说好了就不会跑的!您在这歇会儿!歇会儿!"

"我不是怕他跑!"

高昕忽然瞧出了什么,惊喜地看着他。沙观止有些赧然地将头转开,高昕却歪了头仍看着他。

"蠢女人看什么?"

"您怕他受伤是不是,叔叔?"

"我恨不得他死了,我……"他忽然叹了口气,"你这丫头古灵精怪。"

"我保证不跟四道风说,说说看呗,叔叔。"

"说什么?"

"您以后跟我们一块儿过吗?我不跟别人说,一言既出,那什么什么的。"

"才不……你们准嫌我。"沙观止拿那只没伤的脚划着土面,叱咤风云的黑道大佬早已完了,现在只有一个与四道风一样驴子脾气孩子性格的小老头。

"您嫌我吗,叔叔?"

"我、我嫌你什么?你跟他,鲜花插牛粪,我沙家要还有权势,捧着还来不及呢。"

"花儿就要牛粪养的,小四就是最牛的粪啊!"高昕笑得心花怒放。

沙观止乐了,但立刻绷住了,"沙家的媳妇是要守妇道的,可不兴这么说话。"

高昕立刻板正起来,"三从四德是我未婚的夫君一早就讲过的,定当恪守啦!"

"真的?那小子还晓得什么三从四德?共党教的?"

高昕笑得打战,"不是啦,叔叔您这么有趣,我们哪舍得不跟您一块儿过日子?"

"我？有趣?"他很不甘心这一世豪雄换来这样一个评语。

"是啊,您跟小四就照一个模子雕出来的,我都不知道沽宁河怎么养出你们这样两个怪……英雄豪杰来。"

沙观止居然有些满意,"是他照我的模子,我跟他？哼!"

"对啊对啊,是他像您。我就想以后有个孩子也像他……像您,三个四道风,一辈子都热闹。"

"丫头。"沙观止一脸认真。

"丫头?"高昕愣住。

"像你一样的丫头,小子伤人心。"

高昕想了想,不太甘心,"两个,小子和丫头。"

"那就三个,两个丫头一个小子。"

"小四养家糊口要累死的。"

"我还有点钱……不白吃白住你们。"

高昕瞪大了眼睛,做出一个夸张的询问表情。沙观止吁口气,终于点点头,并且立刻有一种溺水者踏到实地的松快。他立刻被高昕抱住了,狠狠地摇晃了两下,沙观止老脸绯红,一味大叫："脚! 脚脚……"他忽然沉下了脸,"牛粪来了。"

四道风咋咋呼呼地过来,肩上挂了支汤姆森,身上挂满了手榴弹。他身后跟着华盛顿吴刚调拨给他的数十个国民党士兵和他的几个队友,四道风一边走一边给这从未有过的豪华阵容训话："你们跟我去救人,我这人简单,就一条,冲得起,杨六郎;冲不起,喝米汤……"他终于看见沙观止和高昕,"你们来啦？歇着歇着。"

"小四!"沙观止沉着脸。

"知道了。但凡没死这脑袋就还是您的,跑不了啦。"

沙观止气得死瞪了他一眼,气哼哼看了别的方向。

"小四!"高昕红光满面。

"忙呢忙呢,回头再跟你叽歪。"

"小四!"

四道风总算回了头,高昕的喜形于色让他愣了一下。

"叔叔答应跟我们一块儿住了——等打跑鬼子!"

沙观止瞪了眼高昕,"你说了不说的……"他看见四道风脸上绽放的笑容,像个终于抢到糖果的孩子,他忽然意识到自己坚挺的自尊和仇恨有多可笑,他闭嘴,叹了口气,"傻小子……傻小子傻小子。"

四道风终于找到了他快乐的源头,高昕刚看见那双肆无忌惮张开的胳膊就被他逮住了,她无关痛痒地给了四道风两下,然后由对方粗鲁地亲了下来。

沙观止叹了口气，"没羞没臊的……"他没说下去，转开了头微笑，士兵和队友们也在微笑，久经战乱的人都学会珍惜，但没人笑得像老沙这样心醉。

四道风终于抬起头来，旁若无人地看看周围，又看看怀里的高昕，"赏给你的。"

"还有什么？"高昕微笑着。

"活着回来，跟你成亲。"

"还有什么？"

"就算死了，在阎罗王的名册上咱夫妻的名字也是排一块儿的，要不我大耳刮子抽他……"

高昕把他的嘴掩住了，两个旁若无人的家伙仍这么紧抱着。

赵老大终于内疚无比地向他举了举手上的枪。

临时指挥处，龙文章最后看了一眼地图，他拿起枪，想要追上已经先行一步的四道风他们，华盛顿吴把他拉住了，"你不要去。"

"他们用得上我这支枪。"龙文章回头看着他。

"在指挥所待着，你是军官。"

龙文章错愕了少顷，他仍想去。

"你忘了自己的身份。从见到我的时候，你就是国军上尉龙文章。"

龙文章犹豫着站住了，对他来说那并不好受，但华盛顿吴说出的正是他心里一直的矛盾。

2

机场边，日军的沙袋工事和战壕正以发狂的速度修筑起来。有人在给伊达的坦克加注着燃料和弹药，跑道边的日军把刚到达的飞机牵引出来，靠手工往机腹下加挂着炸弹。

笼子里，廖金头早已缩成了一团。隔笼的何莫修仍在用聚光照射着手下的稻草，他手下的草堆终于冒起一缕青烟，在他小心的呵护下，草堆里燃起了火苗。

没人注意这里的动静，何莫修把燃烧的草堆堆在木笼的榫头上，让它们集中燃烧。笼子并不大，火焰同样也在炽烤着他。

望远镜的视野里，树丛掩映下的地道口已被掀开，四道风做个手势钻了进去。华盛顿吴放下望远镜，一只抬起的手挥了下去，六十毫米的迫击炮早已装填完毕，炮弹齐射，第二波攻势开始。

第一架准备完毕的飞机正在起飞，一发迫击炮弹飞了过来，不偏不倚在飞机前方炸出个弹坑，那架飞机一头扎了进去，被引爆的炸弹把飞机炸了半天高，残骸散得跑道上到处都是。

余爆未息,地勤向着那堆冒烟吐火的残骸跑去。

炮弹在机场一侧掀动着烟尘、火柱和碎片,小型火炮在这样的开阔地并没有太大杀伤力,那只是华盛顿吴吸引敌方注意力的一个努力。

欧阳虚弱地靠在门后,门外传来爆炸声和日军的惨叫声。眼前悬垂着铁链和绳索,他抓住其中的一根以保持平衡。周围拥挤着众多的火炉、锐器和稀奇古怪的刑具,欧阳在这中间寻找着一条活路。

浴室里,四道风灰头土脸地从地下钻出来,他窥视着室外的狼奔豕突,露出满脸希望的笑容。赵老大紧随其后,他小声地叮嘱:"别为了救欧阳啥也不顾。"

"我先不奔他,先把劳工营的哥们儿放出来,搅他的鸡蛋黄,又叫杀猪杀屁股。"

"你学得还真快。"赵老大鼓励地拍了他一记,四道风把长枪交给老赵,从浴室里闪了出来,向劳工营奔去。

劳工营的门锁被四道风砸开,劳工们从里边拥了出来,他们操起能找到的任何武器冲向阵地。

坦克里的伊达从瞄准孔里向山野上的阵地开炮。长谷川和宇多田蜷缩在工事后边。山野上的敌军伤亡惨重但决不退缩,工事外的部属不断减少仍寸土必争。

传令兵在枪林弹雨中来往,"跑道上有障碍。"

"清理。"宇多田用望远镜张望着敌军的动静。

"鸟山队长保证十五分钟内可以升空支援我们。"

"如果他在升空后还想有个着陆的地方,好好努力吧。"

"机场西翼失去联系。"

长谷川担心地说:"那里是劳工营的所在。"

宇多田嘲笑地耸耸肩,"苦力们造反了吗?我怕我们没有足够的子弹。"

一发子弹从后方洞穿了那名传令兵的头颅。长谷川瞠然看见穿美式军装的人影在硝烟中一闪而没,那正是西方。

"我们腹背受敌!"长谷川话音刚落,几个位置太明显的日军顿时做了滚地葫芦。

"后边!后边!"宇多田大喊,听见他叫喊的日军都把枪口掉了过来。

"怎么会是后边?!"宇多田揉了揉眼睛,从射孔里看着方才还安全的后方,硝烟中人影在匍匐跃动,那种老练而肃杀的逼近让他喘不过气来。

跑道上的日军正尽一切力量在拖开跑道上四散的曾为飞机的零件。

廖金头在笼子里,任一丝异动都让他张皇四顾。何莫修扒去他燃起的火堆,木笼的一个榫头已经被烧成了焦炭。他用力去撼,无济于事,榫头中间未被烧及的部分仍坚硬,何莫修将手镣的链子绕在那榫头上,用尽全身力气猛拽。那不是个轻松事,第一下时,腕上的血已经滴在地上,何莫修现在似乎不知何谓痛苦,一下接着一下,当伤口已经深及见骨的时候,那该死的榫头终于开了。

廖金头在惊诧后终于开始嚷嚷:"太君!太君!他要跑!"

一片混乱,没人听见他的声音。

何莫修把自己从那条缝隙里硬挤出去,他捡起那支枪,廖金头立刻不再吭气,很乖顺地硬撑出个笑脸。

何莫修笨拙地拉栓上弹,廖金头狠狠缩了缩,何莫修看起来有些茫然,他的目光从廖金头脸上移开。日军或远或近地四处奔突,没人来理会他,何莫修颇为无措,他的仇恨是对某种庞大无形的东西,他无法具体到人。这个善良的家伙站在硝烟、弹坑和残骸之间,他终于想起自己可以干什么,跌跌撞撞地跑开。

一块被炸了半天高的波纹铁片落下来,重重砍在六品的脑袋旁边,他仍然被埋着,晕晕沉沉无人搭理。

何莫修穿破硝烟闯了过来,日军埋人用的铲镐就扔在旁边,何莫修抓过来玩命地挖着,直到把六品胸口的土都挖松了。何莫修扒开浮土,拼命给他搓揉,"六品!六品!你听见我吗?"

良久,六品将一口血咳在眼前的土地上,他晕晕沉沉地说:"我听见军师来过……他说,活下去……"

"是的!活下去活下去!"

"小何,你好吗?"

何莫修看看自己,他的狼狈和惨状似乎没有尽头,"从没这么好过。"他说。

"挖出两只手……我能自己出来。"

何莫修又开始奋力挖开六品手边的土。

3

山那边的枪炮声让沙观止下意识地转动着左轮枪的弹鼓,并不是要做什么,纯是消遣。老头子的脸上溢着温和的笑意,那是有了归宿的人才有的表情。他有时候看看枪,有时看看远处的高昕。

高昕已经成了整道后山脊上最忙碌的人,她在照顾伤员,从前线抬下来的国民党伤兵越来越多,高昕也绝不吝惜对抗战士兵付出自己的热情。她使尽全力用橡胶带绑扎着一个伤员伤残的肢体,在喷涌鲜血的伤口上堵上十字绷带,对溅在脸上的血渍不以为意。高昕也许永远无法学会杀人,但救人的时候并不会缺乏勇气。

又一个伤员从前沿抬下来,高昕想赶过去,她的腿被刚救治的那名伤员抱住了。

"哎!大胆狂徒!"沙观止蹿起,虚张声势地挥着枪,在保护高昕之事上他比侄子更加上劲。

"什么事?"高昕微笑着拍拍那只血迹斑斑的手。

"对不住。"

"为什么?"

伤员粗野的脸呆呆看着她,高昕下意识摸摸脸上的血渍,"为这个吗？我见多了。"

"昨天我摸你脸。"

高昕愣住,认真看了一下,果真是昨天在军营里使坏的那位,她笑了,"对不起,我老公踢了你。"

"你老公?"

"对。如果你把你干的叫坏事,他就比你坏多了。"

她笑得很甜蜜,让那浑小子看得茫然若失。

"我二十了。"

"叫姐姐吧,鬼子来的时候我就二十了。"

她像对孩子一样摸了摸那个兵的头发,又看看仍警戒着的沙观止,那老头终于放松下来,悻悻然地走开。

临时指挥所。华盛顿吴从望远镜里看着山下胶着的战势,己方前仆后继,敌方有重武器之利,日军无法控制全部机场,他的部队也无法把敌人赶出机场。

龙文章蹽了过来,一只手焦躁不安地扳动着枪机,"我必须下去。"

"文章,现在不是患得患失的时候。"

"我知道,可是……"

"天黑前还拿不下机场,四面八方的鬼子就会集结围歼我们这支孤军,就算现在,敌方的飞机也可以来轰炸我们。"

龙文章无语。

"半小时内拿不下机场,我会下令撤退。"

"老四怎么办?"龙文章有些张皇。

"我也很喜欢他。"他看着自己手指上空荡荡的四截,龙文章因此而惊悚,"像你被砍断的手指?"

华盛顿吴斩钉截铁地点了点头,"我是军人,这是战争。"

龙文章愣住。

机场上,跑道已经被清理干净,鸟山的飞机领头,一个机群正要起飞,机腹下挂着黑沉沉的炸弹。

一只手从屋后伸出来,掐住了一个日军的脖颈,刀立刻刺入他的心脏。那是六品,尽管还摇摇欲坠,但眼里喷射着复仇的怒火。何莫修从他身边钻了出来,拿着枪,那对他更像是一个心理安慰。

三八枪的子弹尖啸着从两人身边飞过,硝烟里的日军在向他们射击,这两个人已经威胁到跑道上正在起飞的战机。

"开枪！"六品冲何莫修大喊。

何莫修向硝烟里一闪而逝的日军瞄准，他抠不下扳机，他并不缺勇气也不缺仇恨，但那只对一种庞大无形的东西，他无法对具体的人开枪。

一个地勤挥着扳手砸了过来，六品吃了那一扳子，也把刀扎进了他的腹部，几发日军的子弹立刻射在那具躯体的背上。

"开枪啊！"

何莫修终于开枪，日军愣了一下，反而从藏身处站了起来，因为那一枪的方向实在偏得有些离谱。何莫修不闪不避地站着，他拉栓上弹，看起来沮丧又疯狂，"别过来！别逼我！别逼我对人开枪！"

他又开了一枪，这一枪射进了土里，但那些日军忽然明白过来，几米开外是正驶开的飞机，他在射飞机下悬挂的炸弹。

飞机近处的人亡命飞奔，何莫修近处的人举着枪刺向他冲来，何莫修再次开枪，这一枪准确地钻进了炸弹弹体。

那架飞机仍安然无恙地往前滑行了一段，然后似乎静止了一下，被从机腹下腾起的瞬爆吞没，五百公斤炸弹的爆炸足以波及它旁边的那架飞机，两架飞机的爆炸又波及了旁边堆着的燃料和炸弹。

何莫修呆看着自己造成的这一切，这样惊世骇俗的爆炸把冲击波所及的一切都送上了天空。眼前的房子忽然成了向他飞旋而来的碎片，那名向他冲来的日军也向他飞来，炫光中何莫修也飞了起来……

机场那边的爆炸让坦克这边激战的枪声戛然而止，那几乎是超自然的力量。宇多田和长谷川呆呆看着那处越升越高的焰柱，一个影子从那里升空而起，那是从爆炸中逃生的唯一一架飞机：冲在机群之前的鸟山。

世界如同被定格了，跟那边的爆炸比起来，这边的激战如同蚂蚁在巨人脚下的角力。

长谷川脸上的肌肉剧烈抽搐着，他看看宇多田，宇多田的嘴张到露出牙龈，"机、机、机场……"

"机场完了！撤退！"

"撤、撤哪儿？"宇多田现在十足是一个在官僚机构熏陶出来的废物。

"沽宁！往沽宁！"长谷川踢打着眼前的传令兵，"带上他！带上那个该死的共产党人！"

几个日军向刑房冲去，当头的日军一脚踢开门，也不知触动了哪处机关，一个火盆迎空荡了过来，他下意识去抓，却不曾想吊着火盆的铁链也已经烧红，一声惨叫，炽红的火炭满天星斗地对后边的日军洒了过去。

日军现在已成了惊弓之鸟，立刻在屋外卧倒了一地，那扇门又缓缓关上了，让他们更觉高深莫测。

欧阳躺在地上，脑后枕着一个氧气筒，手上抓着一个铁锤。枪炮在远处响，近处一片寂静,静得能听到又一个日军走上台阶、重量压着木阶的轻响。

门又被踢开了。欧阳用尽全力,对已经被拧松的氧气筒气阀砸了下去。

气流冲得氧气筒如火箭一样滑飞,那个踢门的倒霉蛋从门里倒飞了出去,摔倒在阶下人事不省。

装着松紧簧的门又缓缓关上了。

无论是周围的爆炸还是屋里的玄虚都让日军惊惶,一个家伙掏出了手榴弹拧松,另一位向他使了个眼色,悄悄向虚掩的窗口潜近。

欧阳手足并用地爬向屋里林立的刑具和医具,躲藏在后边。

窗户被枪托猛然砸开,那个很有脑子的日军从窗外跳了进来,突然传来他令人发瘆的惨叫和嘶吼——他结结实实落在窗下放着的一块钉板上。

隔着一个刑台,欧阳手足瘫软地躺在地上,外边是再没人敢进来了,但开始射击,子弹洞穿了薄木板,穿透了对面的板壁。

不断增多的枪洞里透进阳光,欧阳看着它们苦笑,是不屈,也是无奈。

门终于被砸得翻倒了下来,欧阳看着一个气得发疯的日军冲了过来,向他举起枪托。

一柄刀忽然从对面的窗外飞了进来,钉在那家伙的动脉上,然后一个手榴弹穿越了整个房间,飞进了屋外的日军群中。

爆炸,木筑的刑房快塌了一样。欧阳动弹不得,只看见一对自来得握在一双手上,那个身子都被刑台遮没了,枪在猛烈地射击,炽热的弹壳落在欧阳身上。屋外唐真的机枪轰响,赵老大虚张声势地嚷嚷:"一排照左!二排朝右!杀他个片甲不留!"

欧阳微笑,"老四,你小子好大动静……"

他晕了过去。

4

何莫修睁开眼,第一个映入眼帘的是昏迷前日军对他扎来的枪刺,贴着他的耳根深扎在土里,要杀他的人倒在他身上。那日军倒救了他的命,在爆炸中为他担当了大部分迎面直冲的气浪。

六品在不远处翻寻着。何莫修轻轻挣动了一下难以动弹的肢体,"哎,这儿。"

六品跌跌撞撞冲了过来,什么都没顾得做,先把他紧紧抱住。

"哎,能不能……请先让我出来,谢谢。"他劫后余生地笑了一笑,并且立刻恢复了他的礼貌。

远处日军在溃退,不成队形地漫过了机场,对背后追射的子弹甚至无心还击。

长谷川的坐车猛烈地颠簸着,轮子辗进了弹坑里,差点翻转。长谷川和宇多田从里边挣扎出来,奔向伊达的坦克。

　　"伊达,带上我!带上我!"长谷川狂乱地敲打着坦克的铁甲。

　　坦克停下来,长谷川和宇多田爬上去,副驾驶和装弹手很不幸地被赶了下来。

　　那辆坦克成了这个溃逃队形的前锋,炮塔往后倒着,因为缺了两名固定乘员而不能发出一炮,它辗着滚滚的尘土,一路上溃逃的日军不断往上攀爬,一个日军从坦克上掉了下来,在烟尘中被履带碾过,非人的惨叫声似乎给这次溃逃打上了一个惊叹号。

　　山野上,华盛顿吴擦擦额上的汗对龙文章说:"你的朋友们真是一个奇迹……"

　　"何止!他们每一个人都是一个奇迹!"龙文章容光焕发,从这场仗开始后露出了第一个笑容。

　　一排机枪弹溅射的弹线从山脊上一路划了过来,那是战场上最后一个在抵抗的日军:唯一成功升空的鸟山。

　　飞机尖啸着从山脊上方掠过,几个国民党兵在扫射中摔倒,那条弹线向华盛顿吴和龙文章扫了过来,龙文章推倒了朋友,自己也跳入草窝。

　　那架发狂的飞机招来了所有的国民党军队向它射击。它迅速地开始冒烟,摇摇欲坠,但仍坚持了一个盘旋,调整了一下航向,带着那枚五百公斤的炸弹,向山脊上的指挥所撞来。

　　整个山野都用子弹在空中交织一场死亡之雨,那架飞机飘摇翻飞,带着垂死的尖啸。

　　龙文章跃上了山脊的最高处,不闪不避地对那架飞机开火,从何莫修所制的瞄准镜里,他能清晰地看见鸟山在机舱里痉挛抽搐。

　　射击!射击!射击!打光了所有的子弹,龙文章瞪着那架飞机径直向自己撞来,飞机掠过的狂风刮飞了他的帽子,那架飞机擦过山脊,落向后山。

　　爆炸和烟尘,这是这场战争中最后一次剧烈爆炸。

　　龙文章闭上眼,长长地呼吸了一口山脊上的烈风。

　　四道风意气风发地背着欧阳走在山道上,欧阳心安理得地由他背着。

　　"这就去给你找大夫!国字头的大夫,听说挺好使!至少人家不缺药,不使白不使!哎,病鬼你见没见过换了皮的龙乌鸦?挺括括的皮,屁股像婆娘一样拧来拧去……哎,你们几个怎么不说话?"

　　他说的是赵老大几个,赵老大苦笑,"话都让你说完了。"

　　"你就是那种会让屁闷死的人……哎,医院呢?"

　　他这又问的是山道边坐着的一个伤员,那伤员悻悻地看他一眼,将头低下。

四道风找上了另一个,"医院呢?哥们给句话。"
这名伤员往一个大略的方向指了指,仍不说话。

四道风狐疑着转过一道小弯,眼前的枝丛已经被彻底地翻卷过来,露出下边深深的土壤,半副机翼和着植被在旁边毕毕剥剥地燃烧着。后山的医院已经完全被抹平了,一地残骸、扯碎的担架和灌木残枝。

四道风往一个方向急急奔去,甚至不及放下欧阳,那是一道山壁,高昕静静地靠坐在山壁上,身边倒伏着那位二十岁士兵的尸体。沙观止垂头坐在旁边,苍老而沮丧,似乎又老去了十岁。

四道风屏住了呼吸静静看着,高昕微阖着眼帘,美得出尘,平静而安详,这份平静安详都不该属于他认识的高昕。他看了很久,他背上的人似乎和他一起凝住了。

沙观止终于抬起头来,他呆滞地看看四道风,"……一架鬼子飞机,王八蛋的,贴着山撞过来……她要救人,"他几乎是怨恨地看看那具士兵的尸体,"……人没救着……炸了……让推得撞在这山石上……我没动她……她当时就……"

四道风慢慢跪了下来,附带着放下了背上的欧阳,他轻手轻脚向那个女孩爬去。那个女孩在这暮色的阳光下似乎恢复了她二十岁时全部的灿烂和光彩。

四道风环抱了她的腰,失去生命的肢体仍然柔软,他将脸颊贴上了高昕的脸颊,对方的脸颊似乎还带一丝绯红,仍然温热。四道风就这么静静贴着,似乎希望自己的体温能唤醒这个曾和他一起炽热的生命。

"第四。"欧阳轻轻叫道。
四道风不动。
"老四!"
四道风闭上了眼睛,他呼吸着高昕的气味,这样的世界怎能被人干扰。
"老四!"
四道风纹丝不动,欧阳支撑起了半个身子,他有一种错觉,四道风、高昕似乎就要和那块山石化为一体了。

5

溃逃的坦克驶过了沽宁入城处的牌坊,身后是蝗虫一样的日军。

借着城市建筑的掩护和原有的哨卡工事,日军开始组织起有效的狙击。求胜心切的国民党军队被压在入城必经的长街之上,在那段光秃秃的街面上,国民党士兵的尸体不断增多。

僵局从白天一直持续到晚上。华盛顿吴静静地看着弹道的光亮在入城口交织,他的应急指挥所就设在这儿。他微微吁了口气,问龙文章:"还记得我们当年在这里被鬼子屠杀吗?"

"我永远记得流在这里的血。"

"所以我尤其受不了我们在这里还要死人!"他一拳对他的地图砸了下去,那种平静实在是一种强忍的愠怒。

"忍耐一下好吗?真的,我们在这里这些年,每天都是绝境。"

"你们,你的朋友,有没有办法?"

"几年来和我一块儿打鬼子的有六七百人,我叫他们叫化子、烂白菜、草头军……"他苦笑,"我很激动,不是为这场正规军的大战,不是为光复,我为他们激动。"

"你们在城里还有好几百人?"

"不,我是说这些年我经历了好几百人,每一个都死了,活着的你都见到了。"

"我不要激动,我要方法!"

龙文章叹了口气,拍拍华盛顿吴的肩,转身出去。

龙文章和华盛顿吴从指挥所出来,入城处集结着双方所有的火力,伤兵正从那里撤下来。龙文章眼里忽然射出狂喜的光芒,他瞪着担架上那个苍白瘦弱不成人形的人,狂喜得说不出话来。他呆呆地站着,对着过来的担架伸出一只手,欧阳伸出手简单地和他握了一下。他的目标并非龙文章,而是华盛顿吴,"是不是攻不进沽宁?"

华盛顿吴恼火地问:"你又是谁?不不,我认得你。"

"我也认得你,年轻人。"

"不再年轻了。"华盛顿吴苦笑了一下,在昔日的救命恩人面前,他就算放不下架子至少也可以不那么紧绷。

"找一些士兵,向前线的鬼子喊这句话。"他流畅地说了一遍日语。

"什么意思?"华盛顿吴皱着眉。

"美国人在广岛扔下一颗超级炸弹,广岛这座城市已经消失了。"

"怎么讲?"华盛顿吴更加不明白了。

欧阳苦笑,"就是这么讲。是事实……是他们的高层竭力掩盖的事实。"

"乱其军心?"

"您对付的敌军到过南京,他们大部分是广岛人,而现在广岛……"他叹了口气,那并非高兴。

"共党也信因果?"

"我只信生也有时,死也有日。何时播种,何时收获,万物各有时节。"

华盛顿吴蹙眉看了欧阳良久,终于点了点头,匆匆去了。欧阳这才吁了口气,看着身边的邮差,"终于可以问了,思枫同志呢?"

"……思枫同志?"

"我的妻子和女儿,她们还好吗?"

邮差怔怔地看着欧阳——一副摧毁殆尽的身躯,似乎连一口气都可以吹倒。

"思枫同志……她去寻找更多的援助,孩子在城里,会长和龙妈妈照顾他。"

欧阳宽慰地点点头,"我真该睡个觉了,真想睡醒就能看见她们。"邮差扶着他慢慢躺倒下来。他几乎立刻就睡着了。

邮差看着掠过夜空的弹道,一脸悲伤。

6

日军的工事已经尽可能地加固,淅沥的雨水浇淋着工事后钢盔的闪光。

一个粗豪的喉咙在黑夜里喊着欧阳教的那句日语,远处是另一个,再远处又是一个,此起彼伏中重复着同一句话,在雨夜和战场中听起来颇为诡异。

日军开始骚动,但军官仍压制着,"不要相信,他们疯了。"

"是的是的。"士兵们附和着,尽管他们自己的眼里就闪着疯狂的光芒。

两个士兵忽然在工事边亡命厮打,军官拳打脚踢地把他们分开,"你们疯啦!"

打架的人仍彼此挥动着拳脚以示威胁。

"他说炸弹总落在城里,而他家住在乡下!"

"他说我家也被炸了,整个广岛都被炸了!"

军官一耳光对那乡下兵挥了过去,"没有炸弹!根本没有什么炸弹!"他在颤抖,脸上的表情在抽搐。旁边的人面面相觑,一场混乱在即,他们全无信心。

城外的阵地上,雨水和泥水和在一起,水光下闪烁着军民混杂的散兵线,华盛顿吴的部队和百姓搅在一起,百姓为了回到被占领的家,战斗的心思比军人更甚。

到处都是他们这样准备作战的人们。

四道风坐在污泥里,他远离人群,他已经失去了任何期盼。

沙观止摇着他,"我要个丫头!听见没有,要个丫头!"

"你要什么?"四道风一脸茫然。

"要个丫头!你们说过给我生个丫头!说过全家一块儿过!我知道生孩子的人死了!可天底下女人多的是,再娶一个!我四十岁上才遇见你婶子,各色娘儿们见了万千,可还不是好好活!"

那算是沙观止式的安慰,四道风笑得惨然而不抱希望。沙观止号啕大哭,高昕对他来说绝非万千娘儿们中的一个,他很清楚不太可能有人那样对他这怪老头子。

"你要听话嘛,你要孝顺!我叫你好好活,你就得好好活!"

四道风轻轻把沙观止推开了,他走开,那对他是舔不好的致命伤,沙观止在泥坑里呆坐,这是打仗,人人生离死别,叔侄俩的肝肠寸断并无人挂怀。

人群里的何莫修又在做一个古怪玩意,像是在手推车把里加装了一个木桶,他停了手,叫住了从身边走过的四道风。四道风停下,何莫修哀恸地看着他,"我想跟你说,伤心的不止你一个,别太伤心……我是说,别一个人伤心,我可以陪你……"

没等他话说完,四道风就一把揪住他的衣领,看起来像要揍人,何莫修生挺着,四道风却改了主意,把何莫修放开,找个人少的角落去了。

何莫修擦擦脸上的雨水,发着愣,直到一副担架在身边停下,欧阳在担架上拍了拍他,"老四呢?"

何莫修木然指个方向,欧阳向抬担架的人示意跟过去。

"他大概想一个人待着。"

欧阳犹豫,终于让担架在何莫修身边放下,他注意到何莫修的手工,"这是什么?"

"炸药,点上,推着,送到鬼子跟前,爆炸。"

"太险了。"欧阳立刻明白他话里蕴含的意思。

"没办法,没有重武器,援军还没来。今晚不攻进城里,天一亮大伙全玩完。"

"谁去送?"

"总会有人去的。"他摸索着桶沿上的导火索。

欧阳观察着何莫修了无生趣的神情,他忽然明白高昕之死打击的不止四道风一个,他用一只伤痕累累的手摸索着何莫修的肩膀,叹了口气,"小何……"

"她死了,我可能都没资格伤心。可我曾经是为她留在这里的,后来我告诉自己是为这片土地、为了你们,可你会忘记一个七年里天天出现在你梦里的人吗?我想过,没有她也能生活,看她的哀愁,看她的欢乐,可我现在看见一片漆黑,和四道风一样,我不想看这个。"何莫修快哭了出来。

"我只求你,不要自己来……这么说可能不对,可你跟我们不一样。"

"我今天开了枪,几年来的第一枪,可杀的人比你们谁都多。"他不是夸耀而是自责,一个宁可自杀也不杀人的人不会炫耀这个的。

"你救的人也比我们谁都多。小何,求求你,快到头了,你能把你的才能用在该用的地方。"他揉着何莫修的肩膀,几近恳求。

那只扭曲残破的手让何莫修点点头。

"保证?"

"保证。"何莫修脸上掠过一丝讥诮的表情,他并不保证。

沽宁日军司令部。

这里早已乱成了一团,宇多田冲着话筒在叫嚷,伊达抓着马鞭进来,"骑兵队人太少,无法控制骚乱,而且……"

长谷川气极反笑,"而且他们自己也是广岛人。"

伊达点头,"滞留本城的还有几个大队等待登船的残兵,他们现在不顾一切地想要登船,成了最大的骚乱之源。"

"他们不知道港口已经被美军潜艇封锁吗？一启航就成了活靶子？"

"知道,所以骚乱。"

宇多田扔下电话,气急败坏地冲了过来,"有一个高层军官向广岛拨了电话,我要知道是哪个浑蛋！"

"所有的高层军官都在这里。"伊达说。

长谷川讥诮地看着宇多田,"宇多田君,现在要指挥军队只需要编造一个谣言,我们是一只被谣言指挥的军队。"他已经意识到完全失控的局势了,讥诮嘲讽都意味着放弃。

宇多田气恼地看着他,沮丧得说不出话来。

城外,华盛顿吴望着黑沉沉的天幕,雨已经停了,正是天亮前最黑暗的时候,是攻击的好时候。

"时候到了。"他拿着冲锋枪走向他的部队。

他被龙文章拦住,"这次我得参战,你不能再把我搁后边护着。"龙文章全副武装,脸上要多迫切有多迫切。

华盛顿吴微笑,"此战必胜,你不参战我都要逼你参战。"

龙文章并不计较他话里的意思,振作地摘下了枪。

新一轮攻击即将开始。

第三十四章

1

一阵如雨般扔出的手榴弹揭开了战斗的序幕。

守卫的日军明显士气不足,很快就撤向城里。华盛顿吴的军队顺利冲过了牌坊后的整条长街,但街口的日军靠着封闭的工事用密集的机枪火力又把他们拦住。

双方的火力成了胶着状态。眼看着从火线上撤下来的伤亡越来越大,而炮兵又还未能及时来到,龙文章和华盛顿吴都急红了眼。

在他们身后,是已经被占领的长街,街上拥挤着士兵和劳工。人群里忽然传来一个"让让,让让"的声音。六品推着何莫修制造的那东西过来,那像辆独轮车,但取代车体的是一个木桶,桶体上缠绕着导火索,何莫修拿着一支火把在后边跟着呼喝,大家都奇怪地瞧着他。

"这什么玩意?"

"像俺老家装大酱的桶。"

何莫修无暇顾及,他拍拍六品,六品停下,他将火把递给六品,"六品,你得把住点火的时候,这家伙燃太快。"

"说好了你点火,我上。"

"是你上,你拿着,我看看引火线别潮了。"

六品总是很容易上当,接了火把,何莫修装模作样看了看,把他的手工制品挪到一个便于冲刺的位置,他视死如归,但仍有些伤感,"六品,你是我认识的最好打交道的人,你告诉欧阳,如果这辈子就让我说一次谢谢,我就谢谢他,告诉四道风,以后世界上只有他一个为小昕伤心了,可是别太伤心了……"

何莫修还没说完,肩上就被人重拍了一记,他回头,四道风一脸煞气地瞪着他。何莫修愣了愣,四道风一副要惹事的样子,"你看我干什么?"

"我没看你……不,是你拍我我才看你。"

"你他妈还看。"他迈上一步,何莫修吓得从木桶边让开,四道风站在旁边,伸手把六品的火把抢了过来。

何莫修惨叫:"小心!要炸!"

四道风浑然不理地拿着火把在手上耍着花,何莫修想逃又想往上冲,四道风看着他,眼神里忽然有了些温柔和同情,"傻小子,人死了要真有个去处,她问你小四怎么还不来,你让我怎么说吧?"他就手把引火索给点上了,呲呲乱冒的火星让何莫修又一次惨叫:"太早了!你这个浑人!"

"别总想我老婆,不然我做鬼也跟你急。"他推着那玩意向日军的工事冲去,木桶生涩地碾过石板路面,滚动时从轴上摊下的火索就在脚下冒着火星。

"开路开路!滚开的开水!"四道风大声叫喊,似乎是得意之极。

人们迅速让开一条道路,何莫修望尘莫及,只留下一股子悲愤,"你这个什么都抢的王八蛋!那是我给我准备的!"

四道风已经跑远了。他从最前沿的龙文章几人身边冲过,径直辗入日军的火力封锁线。弹道几乎就从眼前划过,四道风可以看见工事后日军恐慌之极的神情,几个离得最近的日军已经吓得忘了瞄准,更多的开始逃窜,一挺重机枪向他调了过来,龙文章速射着,他看着那条要命的火线毒蛇一样追上了四道风的步子,本该恼火大骂却忽然热泪盈眶,"老四!"他开枪,但泪水妨碍了瞄准,一枪射失,那挺重机枪已经对准了四道风的胸腹。

木桶撞上了日军的工事,四道风因为惯力跟着一并撞上,他很不甘心地看着自己身前的日军和那个黑洞洞的枪口,竭力把那个靠推滚才能移动的木桶举了起来,连同上边冒着的火星,一并砸在日军机枪手的头上。

日军开枪,一梭子弹结结实实印在四道风胸腹间,强大的冲力让他倒飞了出去。

爆炸。瓦砾和人的肢体在夜空飞舞,一整堵民居的墙倒了下来,压在日军的工事上。龙文章目瞪口呆看着,六品和何莫修赶到他的身边,三个人面面相觑。

华盛顿吴是第一个想起机不可失的人,他跳起来挥舞了一下手臂,"冲锋!"

他的部队漫过了街面,街上再无抵抗的日军,他们径直冲进了沽宁。

"找到他!"龙文章擦了擦眼泪,他不得不跟上进攻的部队,他的枪还能杀更多敌人救更多自己人。六品也拔出刀跟上,他重重搡何莫修一下,"变成灰也找到他!"

军队铁流般漫过街道,只留下废墟和燃烧的火焰。何莫修苦涩地看着那片废墟,几分钟内那里一片死寂,自己造的东西自己清楚,他不抱希望地向那里走去。

黎明已经来临,日军被打得毫无还手之力。他们慌乱地从各处巷道里逃出来,逃过沽宁河上的小桥。现在他们只能收缩兵力据守河边的几座小桥,被河水中分的沽宁现在又因为几座小桥被划成了两半。

何莫修仍在废墟里寻找着,直到看见欧阳拄着拐杖,被邮差搀扶着到来,何莫修做了个欲哭无泪的表情,"要我找到他!我怎么找得到他?什么都没有了!"

欧阳一言不发地在废墟里翻找,他的身体濒临崩溃,动作摇摇欲坠,何莫修把他架住,"我这就找!就去找!怎么也能找到一点!我把他们埋在一起,小昕会高兴的,他们会高兴的。"

欧阳忽然从他的絮语之外听到什么,他粗鲁地推开何莫修。何莫修身后是一栋民宅的废墟,门窗洞开,只剩个空架子。欧阳靠近了一点,又听见一声呻吟,他摇摇晃晃地进去,四道风躺在地上,奇迹般地还活着。

四道风挪动了一下几乎散架的身子,"妈的,谁说死人不知道痛。"

欧阳把他一把抱住,进来的几个人也惊喜地捶打和摇晃着他,四道风昏昏然地挣开,"别闹,你们把我搬进来的?"

欧阳擦去了笑出的眼泪,"我猜猜,是爆炸的气浪把你甩进来的。"

何莫修说:"可我看着他至少挨了十几发子弹……"

四道风定了定神,从腰间拔出他的枪,那两支大号盒子炮已经被子弹撞击得完全变形,散碎的零件掉在地上。

欧阳笑,"成了,你是今年命最大的人!"

"敢情我还在沽宁。"四道风茫然着。

"你想在哪儿,老弟?"

"阴曹地府。"

欧阳神情古怪地看着他,四道风打了个干哈哈,挣起身子咳出一口胸腔里的淤血。他摇摇晃晃走开,头也不回地照着枪声最密集的地方走去。

2

天色已大亮。

沽宁日军司令部空地上杂乱地焚烧着文件,堆着军火和伤兵,像个垃圾场。

伊达身上满是灰烬和射击的硝烟痕迹,他又气又累地跟长谷川几个指手画脚:"一切发生得太快!敌人炸掉了城门的工事,一下就占领了半座沽宁!加上各部残兵,我军兵力比敌军多一倍以上,可是过半集结在港口,他们无心作战!"

宇多田喃喃地骂了一句,烦乱地踱着步说:"送我回潮安总部,我不想和你愚蠢的三流部队待在一起。"

长谷川冷笑,"潮安失去了联系,您那一流的精英也许已经失守。"

两人一脸怨憎,宇多田用刀鞘向长谷川打去,这个疯狂的举动被伊达止住,"请同心矢力,我军需要两位大人的团结。"

长谷川哼了一声,朝自己的住处走去,宇多田仇恨地看着他。

长谷川的屋里相对寂静,他在精致的古董椅上坐下,看着这住了七年的地方,这里的奢华是任何行伍之人不敢想象的,各种各样的奢侈品堆满了偌大的空间。长谷川起身,打开一座不知从谁家掠来的红木柜,柜子里是分门别类的精致箱子,珠光宝气地放着掠来的首饰金表、古玩字画。长谷川把玩着,显得炽热而宽慰。

伊达敲了敲门,进来。长谷川从柜里拿出一份文件,锁上柜子,而后煞有介事地看着,似乎在为所有人苦思一条出路。伊达沉痛地在他桌边坐了下来,半响,他说:"长谷川君,我心里有一个耻辱的想法。"

"说,说出来。"

"我军将败了!"他号啕大哭,长谷川像在看一个缺心少眼的傻瓜,语气却十足的温和谅解,"为什么这么说呢?"

"一切!所有的征兆!塞班的玉碎,冲绳的玉碎,广岛的爆炸,我们身边的失控,我是很有理性的……"

长谷川起身踱着,似乎在苦思,其实在使劲抹平脸上的笑纹,"我决定相信你,可我又能做什么呢?"

伊达号啕着一躬到底,"我不知道,拜托您了,用您的智慧让我们脱出困境!"

答案其实早在长谷川心里,但他仍佯作苦思才做出毅然决断,"你要坚守,并且为我准备好一辆车,当守不住的时候,我将冲出沽宁向总部求援!"

伊达惊呆了,"可是我们被包围了,而且总部顾不上我们……"

"我不会因此缺少勇气,去吧。"

伊达崇拜地看着长谷川,长谷川谦和地挥了挥手,看看自己这为数不少的家私,又转了个主意,"一辆不够,得两辆车。"

"车辆战斗损毁严重……"伊达有些为难。

"这关系我能不能请来援兵。"

"好的,没有问题。"长谷川瞧着伊达出去,脸上是种万事落定的祥和。

河畔的枪声已经稀疏很多,偶尔一发小炮弹炸在水里,将水柱炸起半天高。

下落的水柱溅在四道风身上,他正和一帮军民倚在河岸边的残垣后休息,一只被爆炸波及的河龟落在他身上,他捡起那只重伤的龟看了看,旁边的兵立刻来了神,"吃了它!钢盔做锅,一炖就是上好的汤!"

四道风不搭不理地起身,他走向一览无余的河边,那兵本来有点生气,但看他去的方向顿时吓住,"站住!你回来!"

日军的子弹立刻呼啸着从四道风身边飞过,这边也立刻还击,引发了双方新的一轮枪战。

弹雨中的四道风径直走向河边,那么明显的目标没被击中实属造化,他慢慢把那只龟浸进水里。龟动了一下,四道风看起来安静而温和,从高昕死后他再没有过这样的神情。四道风放开手,看着那只龟向水里沉去,一发炮弹在沽宁河里炸开了,四道风浑身透湿地站着,河里开了锅一样飘着一层死鱼,他刚救出来的生物不可能还有活路。

他愤怒而失落地看着,第二发炮弹划过沽宁河落在对岸的民居,然后是猛烈的速射和日军阵地里传出的惨叫,国民党军队的阵地停止了开枪,并传来欢呼声:"炮兵!我们的炮兵!可算来了!"

四道风仍呆呆瞪着对岸,生养他的地方在爆裂坍塌,无论谁胜谁负,他的家乡将被血与火洗礼。

龙文章狂乱地奔过出城口的瓦砾场,城外来援的炮兵正在排列射击,更远是源源不断的增援部队,伴着他们盼望的诸多重型装备和车辆。

华盛顿吴正在炮兵阵地前定坐标,龙文章冲了过来,"停火!你们在干什么?"

"你在说什么?"华盛顿吴莫明其妙地看着他。

"城里多的是老百姓!"

"我们所到之处,鬼子向来把老百姓当盾牌!如果这样就停,过一百年再来讲光复的事情!"龙文章愣住,现在他面对的不再是自己好友,而是个铁板钉钉的军人。

"停下……我求求你,沽宁人不该挨自己人的炮弹。"

华盛顿吴叹了口气,"你现在总忘了自己身份,跟老百姓混太久就有这个坏处。"

龙文章苦笑,"给我时间,慢慢来,现在先停火。"

"让我的将士去搏命?你倒给我个说得过去的理由。"

"内疚。"龙文章很没信心地说。

"内疚就是犹豫,军人最忌内疚。"

"我……我妈妈在里边。"龙文章给逼得没辙。

华盛顿吴愣了一下,"真的?"

"我拿这事骗你?"龙文章又气又急。

"这就另当别论,治军一定要严,但不能不顾亲情。总不好炸了没见过面的伯母。"他对下属说,"暂停炮击,围城,一粒米都不能流进沽宁。"他看着龙文章道,"我怎样都可以,可是文章,胜利必有代价,这样并不能减少沽宁的损失。"

龙文章生硬地笑笑,"我知道,可是……"

华盛顿吴看着他,"扔掉那些婆婆妈妈,快回来跟我做一个军人。"

龙文章所有的笑容登时僵在脸上。

3

新补充的生力军进入了河畔阵地,已经鏖战几天几夜的人们撤了下来。

欧阳看着断垣中的四道风,他就像废墟一样,破败、灰烬、创伤累累,三魂六魄似乎都飘离了人间。

欧阳只觉得喉头发紧,"走啦,老四,该歇会儿啦,咱们都该……"

四道风忽然起身走开,速度快得让欧阳根本不可能赶上。

沙观止过来,一脸火气地对欧阳说:"你得陪着他!"

欧阳苦笑,"他不想跟我说话。"

"他是不是你的人?"

"他当然是……我们的人。"

"他跟我说,找个没人的地方,把他那条命拿走。我气得真想一枪把他崩了,话给你说在前头!"

"您不是一直都想这么干吗?"

沙观止愣了愣,有些难堪地说:"那是自然!可我不能遂了他的心愿!为别的还好,为个女人!"他的眼圈红了,"你得让他哭出来!哭出来他才知道人已经死了……"

他自己先哭了出来,欧阳体谅地拍着那老头瘦骨嶙峋的肩膀,沙观止委屈得缩成了一团。"我知道了,大阿爷……"

"屁的大阿爷!"

欧阳愣住,沙观止神情古怪,但过去至高无上的称呼现在确实让他生气,欧阳暗叹口气,他不得不想高昕还活着的话能让这老头子改变多少。

"对不起,老伯。"沙观止点点头,接受了那个家常的称呼。

漆黑的夜色下,唯一照亮对岸的是被点燃的房屋,龙文章缩在断垣之后据枪观望,六品帮他做了一个诱饵,蹲在断墙下,用树枝黏着个点燃的烟头在头上晃动。

龙文章纹丝不动地等着对岸哪个倒霉蛋开枪,低踞其下的六品无聊地对龙文章说:"我一直忘了说,你穿这身真好看。"

"给你弄一身怎么样?"

"不要。"六品毫不犹豫地说。

"我的意思是说你做我的副官,一月饷银顶你在地里刨一年,还得收成好。"

"还是不去。"

龙文章忽然有些恼火,"你们都他妈怎么回事?一说起我军来倒像咬了泡屎!国军哎!跟鬼子鏖战多年!又北伐又抗战,打出一个大好河山!"

"我妈说,国军打出来的江山跟我们乡下人也没什么相干。"

龙文章气急,"绝对愚民!我郑重地送你俩字:去死!"

六品吃他一吓,从墙根后站起来,隔岸的日军冷枪手开枪,六品栽倒。

龙文章对着枪焰亮处开火,击毙了那名日军,他又气又悔地扑在六品身上,"六品你别死,我乌鸦嘴跟你开玩笑!……"

六品忽然抬身一笑,满脸老实人的得意,"哈哈,骗到你了!"

龙文章迎头就是一下,这才发现自己把眼泪都急了出来,忙讪讪地闪开,六品立刻有些过意不去,"对不住,我没寻思能把你吓得……"他做个抹眼泪的姿势。

"放你的清秋大屁,老子是被夜露眯了眼睛!"

"夜露会眯眼睛?"六品诧异得不行。

龙文章瞪着他,一脚踢他屁股上,"弯腰!被打死了我没空替你收尸!匍匐!死老百姓会不会匍匐?"他现在的轻松是在华盛顿吴和国军同僚面前绝不会有的。

4

沽宁城外的郊野上,一口很薄的棺材停着,高昕静静地躺在里边,四道风安静地看着她。

"盖上吧,盖上。"邮差试图盖上合了一半的棺盖。

四道风纹丝不动,人们也随之沉默下来。只有沙观止在不安分地走动,老头儿红着眼圈道:"板太薄了。"

"这还是国军的弟兄拿弹药箱凑的。"赵老大说。

沙观止顿足,"老天爷从来就没长过眼睛。"

又是沉默。

四道风的一只手仍把着棺盖。

欧阳终觉得不是个事,他说:"老四?天太热,入土为安。"

"我不在乎。"四道风的身子剧烈地颤抖起来。

"她在乎。你相信我,如果真在天有灵,她一定想把她最好的样子留给你看。"

"我还会怕她丑吗?"

"老四,她怕。一直是她在宠着你的,这回你就宠她一次吧。"

四道风如被雷劈了,他怔了很久,然后开始大声吼叫,那叫声是从胸腔里逼出来的,带着难以言喻的伤痛。他在吼声中重重合上了棺盖,然后从邮差手里抢过了工具,用一个个钉子钉上棺盖,他干得缜密而利落。

棺材虽然很薄,但人们尽可能挖了深坑,为了避开雨后的污泥,坑底铺了厚厚一层青草,尽可能地整洁一点。

棺柩慢慢落进坑里,四道风像是自己也被埋了,他安静得让人害怕。

"对不起,请让我过去。"何莫修拿着束野花挤过人群,难为他在战场上搜罗出这束花,插得错落有致,洗得纤尘不染。他向四道风点点头,四道风几乎有些感激,这时是该有束花,可他一如既往地忘了。

何莫修把花放上了棺柩,温柔地轻言细语:"你记不记得?最低落的时候,我就到这里帮你采一束野花,告诉你花开花谢,最糟糕的日子又过去一年。你说我是傻瓜,我就比傻瓜更像傻瓜,做个小丑,好像你的笑声是我的发明,最伟大的发明……"

四道风神情古怪地瞪着他,可何莫修仍旁若无人地一脸轻怜蜜爱,"你死了,死不是忘记。我跟你说,我爱你。我可能还得活个三五十年,会常常想起你,想起你的时候我就会一心一意地想,我有多爱你……"

"大胆狂徒!"沙观止吼了起来,手向他的枪摸去。

赵老大赶紧抱着沙观止,邮差竭力抢回他刚拔出来的枪,可棺柩边四道风已经夹住了何莫修的脖子,一心找个坚硬的东西撞上去。

欧阳去拉他,四道风绝不放开,何莫修气往上撞,一脸书呆子的宁折不弯,"我羡慕你体壮如牛,羡慕你无拘无束,可从来不羡慕你是个浑蛋!"

这无疑是火上浇油,四道风夹着何莫修的脑袋对准了树干,何莫修却仍说个不停:"我最羡慕的是她居然喜欢你!你这好狗运的浑蛋!"

"好狗运的浑蛋?!"四道风吼着。

"你觉得全世界你最不幸?我跟你换!拿这肚子里用不上的学识换她给你的一个笑脸!拿我活过的三十一年换她为你流的一滴眼泪!拿将来要活的时间换!换在这里哭的权利!哪怕哭完了就死在这儿,只要你别来捣乱!"

"你跟谁说死说活,跟我?"

何莫修看着这个心力交瘁的人,愤怒也渐渐成了同情,四道风的神情越来越柔和,一只揪着何莫修的手慢慢放松,另一只手却伸到了腰间,"我跟你说过,她要问起我在哪里,我不好说。"

别人不知道他在说什么,何莫修却忽然大叫起来:"不要!"

欧阳也立刻明白了,他扑过来,却摔在地上,四道风看着他惨然一笑,从衣服下抽出的手握着枪,他将枪口顶住了自己的脑门。

欧阳绝望地看着他,"老四,再挺过这次!我求求你!"

"我就怕一件事,等到了那边,又会想你这个死不去的。"他干脆利落地扣动了扳机,所有人都惊得一颤,枪机重重地撞上,但没有子弹射出来,四道风面若死灰,难以置信地看看那把枪。

人们屏息静气地看着他,似乎一点动静就能让那枪里再射出子弹。

四道风挤了个比哭还难看的笑脸,"没子弹,跟你们闹着玩的,吓到了吧?"他把枪往回收,欧阳伸手夺了过来,他退出了一发臭弹,开枪,子弹射入土里。欧阳苦涩地看看那支枪,又看看四道风,他把枪柄递回四道风手上,四道风机械地握住,但欧阳并没松手,他盯着四道风说:"别再这样用你的枪了,你不如把子弹打在我身上。"

四道风似哭似笑,把枪拿了回去,摇摇晃晃地走进黑暗。

沙观止心疼地说:"瞧见没,他还是没哭。他那心上人不叫死了,他那心里,觉得人在哪等着他呢。"

欧阳看着吞没四道风的那团黑暗,他的苦涩比夜色还要深沉。

5

沽宁河畔,伴着晨雾飘过来的不仅是硝烟,还有模糊不清的呼喊和哭叫。

"在烧杀抢劫。"龙文章铁青着脸从望远镜里看着。

华盛顿吴道:"我说过无法减少沽宁的损失。"

"进攻啊!为什么还不进攻?"

"弟兄们都是千里迢迢带过来的,我要等一个减少损失的最佳时机。"

"城里的不是中国人?"

"如果每一仗都照你这么想,我的军队没到沽宁就死光了。"

"因为每支军队都照你这么想,我们才在沽宁苦等了七年!"

华盛顿吴苦笑,"我区区一个上校团长,你也太高看我了。如果我不想着自保,就是大人物随手可扔的一个棋子。"

一名士兵匆匆跑过来,"团座,又有军队过来!"

华盛顿吴点点头,两人沉默着,向沽宁郊外走去。

来的并非军队而是一些衣衫褴褛的人们,少数有武装,更多随便拿着就手的家伙甚至赤手空拳。海螃蟹走在头里,身后跟着他那支大号炸雷的游击队,比上次显然又扩充了许多。

赵老大和邮差几个分开人群和他们握手拥抱。

海螃蟹捶着赵老大的肩膀道:"三山五岳,但凡打鬼子的各路人马,能拢来多少我给你拉来多少!这只是第一拨,对了,老唐呢?怎么不见人?"

赵老大艰难地笑笑,"她有别的任务。"他回头看了看路边,刚能离开担架的欧阳撑着两支粗制的拐杖望穿秋水。

龙文章和华盛顿吴赶来,龙文章忽然被人一把抱住,"我们回来了!你怎么穿成这样?"

那是八斤和几个离开的队员。龙文章热情地回应着这个意外,直到想起华盛顿吴就在旁边,他有些赧然地放开八斤,华盛顿吴颇为不屑地摇摇头,走开,他走到一边站住,皱眉看着在整齐划一的制式色里夹进那些脏乎乎的色彩,他不太满意。

龙文章则很振作地过来,"现在我军实力倍增,可以提前攻击了。"

"他们?只会给我军徒添混乱。"

远处扬尘而来的骑兵吸引了他们的注意力,当头的在马上高呼:"吴团座在哪?军部急令!"

华盛顿吴接过那纸命令,刚展开看了一眼已经变色,他匆匆离开,龙文章习惯地跟着,华盛顿吴转身,"你先不要来。"龙文章愣住,他看得见朋友脸上的阴云。

海螃蟹的各路人马稀稀落落,还夹着难民,拉了很长很长,一直到暮色西沉还络绎地有人到来。欧阳也就一直待在路边,充满期待地看着,何莫修陪着他,不时上去冲新来的人问一声:"是老唐的人吗?"

来人都说:"是老唐的人!"

"老唐来了吗?"

那边就摇头,何莫修回头遗憾地耸肩,欧阳谅解地笑笑,"当然。一直有人来嘛,她总会把自个放最后一拨的。"

"那你就去休息吧。"邮差说。

"不过说不定下一拨也就有了。沽宁就要攻下来了,妈妈爸爸一起去看他们的女儿。"祥和而伤感的笑意在他脸上泛开,邮差看不下去走开,边走边抹抹眼睛。

何莫修则不知疲倦地迎向下一拨。

6

高三宝精心布设的家已经完全不像个家了,家具基本被搬空,一扇门已经倒了,关和不关也没什么区别,外边的花园里飘着燃烧木材的烟。

几个老的抱着一个小的,他们坐在屋角的角落,战争的疮痍不用费心去看。全福纳闷地问:"都好些天了,光听着枪炮响,怎么还没打进来呀?"

龙妈妈道:"快了快了,我就发愁他们回家时给预备点什么吃的。"

门外有些动静,又来了一拨抢劫的日军,这已经不知道第几拨了,高三宝挥挥手示意,"你们楼上请,楼上大概还没搬光,是门都没上锁,省了砸,你们请。"

他们实在是老的太老,小的太小,引不起什么兴趣,日军纷沓走过。

郊野上,炮兵正在收队,一队衣衫褴褛的百姓与他们擦肩而过,何莫修不知疲倦地迎上去问:"是老唐的人吗?"

百姓反问:"老唐是谁呀?"

何莫修有点灰心地向路边的欧阳摇摇头,欧阳和他的拐杖坐在那里,他随着何莫修一起苦笑。

百姓说:"听说这里在打鬼子,我们来帮忙。"

"鬼子在那边。"何莫修做个请的手势,他同情地回到欧阳身边,欧阳挤出个鼓励的笑容,"没关系没关系,随便问问就好。"

"我都有点担心了。"

欧阳终于叹了口气,"思枫同志,你到底要码来多少人?来看看你老公好吗?"

不远处,赵老大狠狠地将土装筐,好送进城里构筑工事,他简直不敢抬头,邮差在他身边驻锄,"我们是不是……该告诉他?"

"你觉得很难受,对吧?"

邮差露出个苦涩表情。

"你瞧瞧他那身板,压根儿为个希望撑着活,就像老四没了希望不想再活……你要告诉他?人总得有个希望,撑过这场战争的人最明白这点。"

"那什么时候告诉他?"

"胜利的时候。"

"你的胜利是什么?你知道欧阳的胜利是什么?有个家,跟他的妻子女儿在一块儿……"

人影一掠,两个密议的家伙转过身来,龙文章正匆匆从他们身边走过,邮差一把抓住他,"你听到什么?"

"你没看见吗?"龙文章一脸急色。

"看见什么?"

龙文章指指已经上路的炮队,"炮兵走了!"

"又不用炮击,留这儿干什么?"

龙文章暴躁起来,"对牛弹琴!你们不懂!"他径直走向城里,华盛顿吴的新指挥所在城里。

龙文章走过街道,很多士兵在打理装备,他疾行的步子开始成了小跑。

一间还算完整的民房就是华盛顿吴的简易指挥所,他正站在院里看着日军占据的那半个沽宁在想什么,龙文章跑了进来,"发生什么大事了?"

华盛顿吴露出一丝古怪的神情,"大事?没什么大事,我军势如破竹,敌军一溃千里,就这个大事。"

"为什么撤走炮兵?"

"又不能炮击,当然就……"

龙文章恼火地看着他,"别跟我开玩笑,你知道我最讨厌什么。"

"你最讨厌别人有事瞒着你。"华盛顿吴苦笑。

"尤其是我当朋友的人。"龙文章补充道。

华盛顿吴想了想,"你进来,我告诉你,我不可能不告诉你。"

龙文章进指挥所,华盛顿吴向一名军官挥手,"拿进来。"那军官会意地去了。

指挥所里没别的人,龙文章焦躁地坐下,华盛顿吴亲自给他端过来一杯水。

"有什么说什么好吗?"龙文章说。

"好事情总是要留在最后的。"华盛顿吴很有感染力地笑着,尽管那种笑饱含了权术的成分。

龙文章愕然,"有什么好事情?"

军官郑重地端着一个托盘进来,托盘上盖着锦缎,华盛顿吴笑得更加开心,"快穿上试试。"龙文章没好气地揭开布,下边是一套崭新的国民党军官制服,"又换?这套还是新的呢。"

"这套不太一样,"他拿起上衣展开,"我的中校先生。"

龙文章瞠目结舌地看着,这套军装上佩着中校军衔,而他现在只是区区一个上尉,这意外的荣宠让龙文章几近晕眩。

"这是我最近一直在忙的大事!你是什么?你是在沦陷区孤身奋战两千多个日夜的国军上尉,一个英雄!后方需要什么?不想看伤亡战报,只想听胜利的消息,他们需要一个超出想象的英雄。"他笑了笑,"当然,你就是这个人。"

龙文章有点赧然,"我……我不是孤身奋战,孤身的话一百条命也死了……我算哪门子英雄,他们——欧阳、老四他们才是英雄。"

"我看得见,可是现在只需要一个,不是一群。"他很有魅力地笑笑,"你不会如此食古不化吧?党国怎会把如此荣誉授予共党?共党又怎会在乎来自党国的荣誉?"

龙文章无从辩驳地点点头,他想了想,又说:"可老四并不是共党。"

"坦白说吧,你觉得他现在还有在乎的事情?他还有兴趣接受鲜花与荣耀?"

龙文章苦笑,"他现在大概觉得吃饭和呼吸都很多余。"

"你没从他们那抢什么,我是把他们不要的给了你……或者我搞错了,你也没有兴趣?"

"不不,我有兴趣,有自己的军队,我们的梦想。"

"那就结了,"他看着龙文章终于爱惜地拿起那套军装,"这只是现在能给你的,我保证不止这些,你也不该就得这些。"

"不不,足够了。"

"那就打理一下,准备跟我开拔。"

"开拔?去哪儿?"龙文章愕然。

"西北面。"华盛顿吴闪烁其词。

"沽宁怎么办?"

"敌军败局已定,上峰不想优势兵力被牵制在这里。"

"可差一步就能完成多年的心愿!"

"会有友军来接手!我不比你好受!可什么叫令出如山?你现在是他妈老百姓还是党国军人?!"

龙文章怔了一会儿,他点点头,"你是对的,因为我妈在城里,所以我有点……不清醒。"

"城破之日,我们会派专人来接她!"

龙文章苦笑,"是的是的,这么说要跟死共党分手了?混了七八年,这帮叫化子。"

他说得亲切而伤感,华盛顿吴不安地看着。

"去哪里呢?往西北面走还有鬼子吗?鬼子的主力不就在这儿吗?"他好奇地揣测,华盛顿吴则愈显不安,在屋里烦躁地踱着。

"我们去干什么?"龙文章又问了一句。

"机密。"华盛顿吴生硬地说。

"是去打仗吗?跟谁打?"

"也是机密。我只能告诉你,你靠他们太近,以后离得远点。"

"他们是谁?"

华盛顿吴含混地摇摇头,苦笑。

"共党?"龙文章瞪着华盛顿吴冰冷的眼睛,声音有些发抖,"打共党?"

华盛顿吴不说是也不说不是,龙文章忽然强笑,"开、开玩笑,你可真能唬人。"

"你越来越弱了,听真话的勇气都没了,以前那个勇往直前的龙文章呢?"

龙文章苦笑着低下头,"勇往直前?勇什么?杀自己兄弟?我宁可做缩头乌龟。"

"你被共党洗脑了吗?除了我你没有别的兄弟!"

龙文章抬起头来,"你恨他们,你总跟他们过不去,他们可一直在帮你。"

"你大错特错!是党国要对付他们!我一直暗加维护,对上说沽宁没有共党踪迹,对他们也给足交情!我尽所能,问心无愧!"

"你那叫世故,我说的是良心!"

"你这是什么话?!"

"你见过他们死吗?我这些年见多了,粉身碎骨四分五裂,烈火焚身成了焦炭,各种各样,可我真的……真的还没见过被自己兄弟杀死的……"

"你这又是什么话?"

龙文章沿着墙根慢慢坐倒下来,他濒临崩溃,"求求你,别让我开这个眼,我们不习惯被自己兄弟杀。"

华盛顿吴揪着他,"起来!像什么样子!是他们!你不是他们!"

"如果我不是他们,这些年我在哪里?"

"你是国军精锐的新进中校!即将前往总部参加授勋的抗战英雄!"

"他们很天真,你知道吗?天真得随时准备去死,每一个人都把自己当短命鬼,求求你好吗?我都不明白他们怎么就从鬼子手下活到今天,我求求你别害他们!"

"你搞清楚好吗?我们在这里没有任何行动,我们去西北!"

"没有任何行动?只是撤军?"

"对！你现在才搞明白？"

"这里每一个鬼子都够格下地狱,可我们管他娘的,先去把共党送进天堂？"

华盛顿吴难堪而恼火,"这种话以后少说,免得在军界混不下去。"

"混军界？当年说的是马革裹尸,为国捐躯！什么时候有了混军界？"

"我正是为了国家……"

"你的国家在这里,这片尸横狼藉的废墟,不在大人物的酒桌上！我求求你,别这么世故,记得当年敢叫自己华盛顿的傻小子,他把自己的手指埋在沽宁……记得吗,傻小子？"

华盛顿吴脸涨得通红,他当然记得,也有些心动,但七年前的华盛顿吴只是一闪而逝,现在的华盛顿吴又恢复成那个老练世故的高层军官,"你真不够格穿这身了,你现在有点夹缠不清。"

龙文章悲哀地叹了口气,"你来了,你又走了。"

"我只问一句,你会跟我走吗？"

"我只求你一件事,留下,别走。"

华盛顿吴伸手抓住了门柄。

"小吴！"华盛顿吴回头,龙文章重重跪了下来,一个头磕在他面前。

"你这算什么？恩断情绝？"华盛顿吴脸红一阵白一阵,这比什么都让他难堪。

"断得了吗？我在求你,别走,别把沽宁人扔给一头狼。"

华盛顿吴再度犹豫,但老练世故的答案早已了然于胸。一个军官推门进来,为跪在地上的龙文章而讶然,"……团座,第一编队已经全部离城。"

华盛顿吴点点头,"如果不跟我走,你会加入他们吗？"

"我……不知道。"龙文章知道这件事情已经无法挽回,他硝烟熏染的脸上被眼泪洗出了两条肤色。

华盛顿吴看着门板,"你会对我开枪吗？"

"我不知道。"

"我明天凌晨出发,最后一拨,我等你,到日出时为止。"

华盛顿吴和那军官出去,门轻轻地合上。龙文章跪在空屋里无声地恸哭。

第三十五章

1

虽然前沿还有军队警戒,但后方大批撤走的军队已经让百姓恐慌,人们默不作声站在街边,看着那些撤走的士兵,士兵们甚至都不敢抬头。

六品看了一会儿,从街边飞奔而过。对街的断墙边坐着一名军官,竖起了衣领,将钢盔尽量地拉低,不像军官倒像乞丐。

"龙乌鸦!出大事啦!"六品跑过去敲敲钢盔,"你的人都走啦!"

"滚开!"

"你别生气,我只是想知道……"

"滚开!我求你他妈的滚开!"他抬起头来,一双红肿的眼睛把六品吓了一跳。

一声尖厉的枪响,街心的一个国民党士兵受伤倒地,那是日军的冷枪手。

人群惊窜,街上顿时空了下来,六品不顾死活地把那名伤兵拖到龙文章身边,"龙乌鸦,快躲!"

龙文章不动。六品只好扑到龙文章身边,笨手笨脚地抓起他的枪,可他没有用枪的天赋,连射手在哪里都找不着,纯粹是在给龙文章当一座肉屏风。

又一发子弹从对岸的高处射来,六品的腿被崩飞的砖屑打得泛出了血迹,而他仍笨拙地寻找着开枪的人,拿枪如拿棍子。

龙文章忍无可忍地一跃而起,他抢过枪,眼里泪水未干,视线一片模糊,他擦眼泪时一发子弹洞穿了肩膀,而那名该死的射手仍未找到。龙文章索性放弃了瞄准姿势,拖着枪向着子弹来的方向走去,"来啊!再打准一点!这枪再打不中老子毙了你!"

对岸的枪手被这自杀行为弄得有点发毛,迟疑了一会儿才瞄准,龙文章一抬枪,一个人影从对岸的瓦檐后滚落下来。他默然了一会儿,向街边的巷道里走去,他贴着长巷里的墙,走得摇摇晃晃,身子在墙上擦出了一溜血迹。

"龙乌鸦!"六品惶然地追了上来。

龙文章回头看着他,惨然笑了笑,轰然倒下。

六品抢上去,将他托住。他茫然四顾,想了想,背起龙文章向巷子另一头跑去。

是夜。一间烧得没顶的房子里生着火,六品正蹲在火边折腾草药,龙文章背着火光,他不想和六品说话,一副熟睡的样子,却瞪了眼看着墙根。

欧阳和赵老大进来,欧阳仍离不开他的拐杖,他问六品:"他怎么样了?"

"一只手差点废掉,算是捡回条命。"六品说。

"龙文章?"赵老大俯身看了看,龙文章赶紧闭上眼睛。

"别叫醒他。"欧阳轻轻拉开赵老大。

"我得问他,国字头已经撤走了大半,边区几个地方已经零星驳火,我们这儿还一头雾水。"

"别去问他,你知道他比我们还难受。"

"可是太凶险了。我不怕被国字头打,挨惯了,可现在方圆百里的苦哈哈都卷到了沽宁,国字头一走鬼子能放过他们?"

"据说会有援兵到来。"

"据说!?"

一阵密集之极的枪声忽然传来,来自河边对峙的防线。龙文章一跃而起,忘了自己在装睡或者装病,他狂热且激动地抓起了枪,"打起来了打起来了!我就知道他们干不出来!不会放着鬼子不打打中国人!"他就要往外冲,回头看看,那几个人正静静地看着他,龙文章奇怪地问:"你们还愣着干什么?明天一早沽宁就拿下啦!"

赵老大说:"你是我们中间最有军事头脑的人,应该知道……任哪支军队撤退前都会猛放一阵枪的,避免敌军追击。"

龙文章听了听,的确只有虚应故事的枪声,没有进攻的号令,也没有冲锋,他呆呆听着,像被封冻了一般。

欧阳艰难地笑笑,向龙文章伸过一只手,"龙长官,再见。"

"你……什么意思?"他狂怒起来,"你他妈的什么意思?谁他妈的是狗屁长官!"

"对不起,龙乌鸦,再见。"

"再见是什么意思?!"

"真的,很承你的情,至少在沽宁我们不用自相残杀,不不,我们跟你小子不用见外,该说承你朋友的情,他已经很尽力了……"

"去他妈的!我说什么叫再见?!"龙文章简直有些歇斯底里。

"没什么。你等这支军队等了七年,我们也都在等,知道等是什么滋味……跟他们去吧,再见面时还是朋友,甭说你姓国我姓共。"

"你们以为你们还活得下来吗?!"龙文章欲哭无泪。

"也许吧。"欧阳说。

赵老大笑笑,"多多保重。我会记得国军里边我认识个特别有趣的人。"

龙文章低着头,看着欧阳伸在眼前的那只伤痕累累到了畸形程度的手,他终于轻轻地碰了碰指尖,以示握别。

2

清晨,华盛顿吴和最后一支撤出沽宁的队伍通过城口的牌坊。

对最后一支撤退的军队来说,撤退是极难受的经历,因为他们的撤退已经成了公开的秘密,就要承受加倍的鄙薄,而且来自最近一直和他们并肩战斗的人们。

华盛顿吴僵硬地坐在马上生挺,像尊石像,他很清楚,对他身后那支蔫头耷脑的军队来说,他的强作自信已经成了大家的信心。

夹道的人群绝对不像欢送,没人说话,也没谁起哄,只是用极其冷淡极其生分的目光看着,如同剃刀,剔割这支精锐部队所剩无几的自信。

华盛顿吴在出城之路的分野处勒住了马头,身后的队伍随之窝窝囊囊地停住。

一军官催促道:"团座,快走吧,迟恐有变。"

"我要等人。我的部属不会有变。"

他回望,但他没看见他要等的人,倒是看见四道风很不友好地用枪把敲掉鞋底的土。对这个勇冠三军的家伙华盛顿吴印象深刻,他下意识地点点头。

四道风冲他嚷了一声:"脖子错筋了找大夫看去,点头哈腰留给你的狗上司!"

他的话引发了一片赞同的声音,华盛顿吴身边的军官怒气上脸,枪立刻拔了出来,几个士兵并不热情附和着这个动作。

四道风哈哈一乐,笑得有些怆然,他撕开了衣服迎接枪口,赤裸的身上伤疤累累,士兵的枪口立刻低垂了下来,他们清楚记得有些伤就是这几天并肩作战的结果。军官的枪仍勉强地指着,华盛顿吴伸手压了下来,他看着和他对峙的人们说:"军令如山,我吴某无愧于心!"

四道风尖酸地嚷:"我的小亲亲哎,你真了不得!一句话救了一窝鬼子,害死一城中国人!我看鬼子该叫你一声亲爸爸!"

哄堂大笑,人们已经不再限于旁观,一只鞋砸在华盛顿吴的身上,他的军队再也无心还击,沉默地忍受,并把这当作自己该受的。

四道风翻了一个难度极高的筋斗,打算跟对方好好拍拍自己的屁股,额头上却被人猛拍了一记,"干什么打我?"他发不出火来,因为拍他的人是欧阳。

"你活过来啦?"欧阳说。

"反正马上就要死了。"

"我看你还是遂不了心愿,"他径直走向华盛顿吴,"我来送行。"

人们安静下来。华盛顿吴眼里掠过一丝慌乱,那也许意味着更多的羞辱。

"几天打下来,这里没人怀疑你们的勇敢,身在沽宁,我们都知道你们的英勇奋战,不管多难,你们的牺牲都让我们觉得还有希望,"他顿了顿,"再见,一路珍重。"

"就这样?"

"简而言之,就这样。"

"你不建议我弃暗投明放下屠刀什么的?"

"明暗不是我说了算,团座也不是浑浑噩噩的人,真觉得太暗用不着我来废话。"

"他没告诉你们吗?我是去剿共的,剿你们的!你来跟我说一路珍重!"

"这已经是公开的秘密了,可您说的他是谁?"

"龙文章!他死心塌地跟上你们了,跟我——他最好的朋友,倒成了仇人!"他很恼火,因为在临行之际这是他唯一挂怀的事情。

欧阳疑惑地说:"他一大早就走了,我以为他跟你们一块儿走了。"

他和华盛顿吴一块儿扫视周围的人群,并没有龙文章的踪迹。

距他们仅一座小丘之隔的地方,龙文章在刚挖好的坟坑里躺了下来,他闭上眼睛,心情平静地体会死亡的味道。

"叫你看看合不合适,干吗自己躺进去?"六品在旁边忙碌着,他们在掩埋一部分战场上的尸骸,士兵的尸骸早有同僚操办了,他们忙的是那些没人管的百姓。

"这样最快。"

"多不吉利,真是只乌鸦。"

龙文章看着天空微笑,"我妈总说对人要宽厚,日行一善,不要恶言相向。我可好,哇啦哇啦,一只乌鸦,打出生直吵到现在,好像普天下全错了,就我一人对头。"

"你说了来干活的,要睡也不用来这里睡。"

"你瞧我哪里对了?三十好几的人了,好像连鼻子嘴巴都长错了地方。"

"敢情你今天出来是要我听牢骚的。"

龙文章立刻不好意思再发牢骚,他呆呆地听着土丘那边人喊马嘶,说:"畜生们都走啦,落得个清静。"

"你又恶言相向了。"六品刨着土说。

"你这个猪头,他们出卖了我们,我恶言又怎么着!"他咆哮着从坟坑里跳了起来。六品放了锄头,几乎有些同情地看着他。龙文章泄气地坐了下去,"你说得对,我总觉得比别人高明才会骂人,其实这是最没要紧的事,我自以为高明就是我有够蠢。"

"我什么也没说。"

龙文章悲哀地苦笑,"六品,其实我好想去送送他们。"

六品看着他，不说话。

华盛顿吴又看了一次表，终于挥动了手臂，他已经不指望能看见龙文章了，他的朋友甚至不屑于再看他一眼，华盛顿吴因此而沮丧莫名。

人们夹道而立，队伍前边更围得水泄不通，骂归骂，绝大多数人并不希望这队人马一走了之，他们实际上是所有人的指靠。欧阳无言地走在前边，他所到之处，人们让开了一条过道。

"我们去剿共，居然要共党开道。"华盛顿吴苦笑。

他身边的军官紧咬着嘴唇，士兵们颓丧，但竭力维持着脆弱的自尊。

站在小丘上的人群中忽然起了一阵小骚动，华盛顿吴往那里看去，一瞬间，讶异、羞惭、夹着些许的惊喜和振奋，这种种复杂的感情席卷了他，龙文章排开几个人站在那里。让所有人瞠目的是，他没穿那身大家已经眼熟能详的美式尉官服，他穿着曾经被同僚们取笑的旧军装，三十年代土得开花的款式，洗得发了白，所有的关节处都起了窝，受伤的肩上乱包着血污的绷带，一支经何莫修七拼八凑改装的三八大盖挂在肩上，整个人土得掉渣。

这个土得掉渣的家伙让他武装到牙齿的同僚们抬头不是、低头不是。华盛顿吴呆呆瞪着龙文章的眼睛，朋友的眼睛里没有敌意，没有责备，甚至带着微笑，朋友眼里泛开的笑意让华盛顿吴如被针刺，他猛地将头转开。

"我是龙文章，我是你的朋友！姓吴的小子，你是我的朋友吗？"

声音坦坦荡荡传入华盛顿吴的耳朵，华盛顿吴想哭，但他是个很擅长吞掉眼泪的人，他轻轻踢了一下马镫，马掉头向前缓行了几步。

龙文章眼里的笑意越来越浓，原来真是退一步海阔天空，一个执念这么容易就可以跨越。

华盛顿吴在队首忽然停住了，他看了看沽宁城外的青空，吁了口气，从枪套里掏出自己的手枪，这个动作让所有人迷惑。"军需！"

被他叫到的军官莫明其妙地过来，"团座……"

"我这支枪用了多久啦？"

军官想了想，"小一年吧。"

"不好使啦，列入战损物资。"他放手让那支枪落在地上，又把身上的带扣一解，披挂了一身的武器全掉在马下。

百姓和他的部属都惶然看着，几个反应过来的已经露出了笑意。

"一路征战至此，物资损耗严重。谁的家伙不好使了，无论大小，就地向军需报个战损吧。"

这个鬼花招引发了部属的怪笑和欢呼，枪械弹药瞬时间落地如雨，堆得一条平坦大道几乎插不下脚。

"这也行啊？"欧阳愕然，这类瞒上不瞒下的两全花招在他的生活中相当罕见。

"就算是为沽宁的百姓稍尽人事吧,损耗的物资随时可以找上峰补足,"他自嘲地说,"我们可是嫡系,有靠山。"

"你们可是去缴我们的械的。"

"吴某兵马未动时已经先被你们缴了械。"他看看土丘上的龙文章,"转告文章,他用不着太担心,看这情形吴某此去多半要吃败仗。"

欧阳苦笑,"你不明白他的心思吗?他是被割成两半的,你胜他焦心,你败他一样焦心。"

华盛顿吴怔了怔,叹了口气,但向龙文章转过头去时,已经成了一张欢快的笑脸,他向龙文章做了个鬼脸。龙文章安静地看着。华盛顿吴向他的部下勒过了马头,"你是我的朋友,姓龙的小子,我不朝你开枪。"

他轻声的嘟囔只有欧阳能听得见。

那支队伍渐渐只剩一个远影了,龙文章的眼里终于蒙上了一层湿湿的雾。

3

两辆卡车停在长谷川的门前,长谷川正监视着部下将一些箱笼往车上运。

宇多田远远地逡巡,他无法不对这里产生好奇,长谷川故意视而不见,直到那家伙迂回着踱了过来,"长谷川君,您在干什么?"

"一些烦人的日常杂务。"

宇多田死盯着他,"您要走吗?"

"不,我会与全军玉碎。"

"不要骗我,您一定有办法。"

长谷川不理他,但宇多田穷追不舍,"如果您的车上有我一个座位,我会向总部解释您的擅离职守。"

"连潮安的总部都已经失陷,又何来的擅离职守?"

"但是最后的胜利必将属于我们!"

"得了。我承认这场战争已经输定了,连帝国都将崩溃,这是我比你明智的地方。"

宇多田横眉立目,但伊达飞马从外边驰来,打断了他的发作,"长谷川君,宇多田君,防线上发生了很奇怪的事情!"

"什么事?"两人异口同声地问。

伊达下马,"敌军失踪了,你们还是亲自去看看吧。"

三人匆匆来到河边,隔河的防线一片死寂,充满着叵测。长谷川、宇多田、伊达三副望远镜不间歇地看着。

伊达说:"昨晚敌军发动猛烈攻袭,进攻忽然停止,敌军开始粗鲁地咒骂。我方监听到敌军阵地上有大规模调动,但是天亮后再也无法在明显位置上发现敌军。"

三人脸上都或多或少露出了恐惧,对兵临绝境的人来说,可怕之事莫过于敌军的异动。隔河的防线死气沉沉,看上去越发像一片鬼蜮了。

"敌军要消灭我们。"宇多田显得很悲伤。

长谷川冷淡地说:"这早就不是新闻了。"

伊达道:"我已经派出了一队勇士过河侦察。"

的确,河边有一小队日军正脱作赤膊,推挤着小声喧杂,往头上绑着"决死""必胜"一类的布条,在谁第一个下水的问题上已经动用了拳脚,那就是伊达的勇士。

伊达悲哀地看着长谷川摇了摇头,"现在他们都只想着活命回家了,昔日的勇士已经成了凋零的花瓣。"

长谷川苦笑。

那队并不勇敢的勇士终于达成协议,几个人试探地向河里迈去,他们腰上缒着绳子,这样万一有事可以把他们拉回来。可刚起步就出了岔子,打头的家伙一脚踩滑,被横拖倒拽地拉了回来。

伊达几个的面色越来越难看,一个军官察言观色,冲过去拿枪对了刚爬上岸的士兵,"快下去!"

士兵试探地说:"你不敢开枪,他们会发现的。"

几个军官愕然之极,士气已经涣散到这种地步,伊达简直没脸见人,"是我的过错!胜利之后我会切腹!"

长谷川叹了口气,"既然胜利了还切什么腹?这样的士气又何来的胜利?"

伊达益发羞愧。

长谷川对河边的士兵说:"参加这次行动的人可以得到假期,他可以不用参与往下的战斗。"

这是个不错的条件,几个士兵犹豫一会儿,终于又涉进了水里,每个人都死贴着桥墩子,觉得自己像在自杀。

对岸的防线仍是一片寂静,袒露着黑洞洞的枪眼。

几个日军已经摸到了彼岸的工事下,他们瞪着头上的枪眼迟疑了一会儿,一个日军终于连滚带爬地拱了进去。

断墙残垣后是打空的弹箱,地上散布着弹壳,那名日军愣了好一会儿,脏污的脸上露出狂喜的神情,他向更深处跑去,几个同伴跟着,腰上的保命绳仍然系着。

打头的家伙又看看空荡荡的街道,终于相信人已去尽,他从齐腰高的工事后站起身来,"敌军逃跑啦……"

工事那边也倏然站起一个人,一壁之隔,脸对着脸,日军刚想退后却已经被叉住脖子,一刀捅了个透心凉。

那是四道风。他跳起来扑向工事里的又一个日军,手起刀落,那一名日军登时断了气。几名日军本来可以趁机把他了账,但却被他一声不吭的搏命架势吓得心胆俱裂,在工事里乱窜。

"埋伏!敌人埋伏!"一名日军嚷嚷着,街口的龙文章一枪把他撂倒。龙文章寻找着下一个目标,六品几个从他身边向工事跑来,他们刚从城外返回,这一切都来得太快。

龙文章又撂倒一个,四道风掏枪向仅剩的一个追去,那家伙正手忙脚乱地翻越工事,一条腿已经挂到工事那边。四道风开枪,他的枪又在关键时候掉链子,枪上的某个零件掉在了地上,他气恼地把枪当板砖甩了过去,那家伙被砸得一下仆倒。四道风和身扑去,那家伙却姿势古怪地从他手底下滑开了。

河那边的日军横拖倒拽,那根系他腰上的绳子发挥了救命功能,四道风十八个不服地抓住那日军的脚跟人拔河,正是一败涂地之时,六品冲过来一刀砍下。

子弹射了过来,两人闪躲到工事后,那日军终于被拖回去了,河里泛着腥浓的血水。两人神情怪异地互看一眼,欧阳跑过来,跌跌撞撞摔在他们跟前,"跑掉了?"

"脑袋在这边,身子……过了河。"六品一副要吐的样子。

欧阳哭笑不得地转过身,炸雷的人正向这里狂奔。他尽可能大声嚷嚷:"我军乘胜追击!一举收复沽宁!"唐真热火朝天地真要冲过河去,被欧阳一把拖住,"假的!这点人追击不够鬼子喝稀饭的!"于是唐真真合上了枪栓等待,欧阳急得粗鲁地揉她一把,"开枪打呀!"

"打什么?都跑光了!"

"也是假的!"

唐真委委屈屈地开始扫射,欧阳从身边的海螃蟹身上拽下一个手榴弹甩出去,甩不过河,手榴弹在水里炸出漫天的水柱。

"炸鱼吃呀?太浪费了!"

欧阳讪讪苦笑,"空城计,空城计只有这种唱法。"

他的同志们已经会意,开始不惜资本地倾泻着子弹。

斗志涣散的日军伏在掩体后,听着密集的枪声。那具拖回来的尸骸扔在河边,他们也无心去顾了。

"增援!增援!"长谷川大叫。

更多的日军堵住了桥头,连那辆坦克也调了过来,他们用更猛烈的射击回应对岸的枪声,并且再也不敢越雷池一步。

"我们应该炸掉这座桥!"伊达说。

长谷川大叫:"炸桥?那就切断了我们唯一的退路!"

"你说过要玉碎的!"宇多田立刻抓住了话柄。

长谷川发现失言,哼了一声掉头走开。宇多田机不可失地跟在后边,"我希望您再考虑我的建议!"

长谷川懊恼地向司令部走去,宇多田仍叨叨地跟在身后。

一发照明弹带着夜光划过整个沽宁的上空,欧阳他们十几个精疲力竭的人借着河边几道工事和矮墙,居然跟半城的日军对峙了一天。照明弹燃烧的余烬落在欧阳身上,他随手拍掉。

他们早已经停止了射击,但对岸仍打醒着十二分精神防止这支"强大"的军队发动夜袭。

欧阳笑笑,"至少今晚上他们不会进攻了。"

他发现自己这话有点多余,没人想听。除了龙文章和唐真还在监视桥头,其他人都干脆半躺半坐在工事后养神。

这是个奇异的夜晚,星星亮得吓人,弹道在头上掠飞,每个人眼里都闪烁着天上的星星,也闪烁着眼前人造的流星。

欧阳顺着人们的视线看了过去,他也看得痴了,"这么个晚上说打仗,是不是有点作孽,小何?"

何莫修没回答,他神情恍惚地站起身来,走向四道风。四道风四仰八叉地躺着,胸口上放着自己那把破枪,他似乎在看星星又似乎在看枪。

"我帮你修修它好不好?"何莫修说。

四道风安静地看着他,眼神里没有平时的不屑。

"用旧了。这种枪快三十年了,有更好的,可你不会扔了它。你喜欢它,你是那种人,永远保护你喜欢的东西……或者是人。"

四道风歪头看着他,欧阳也担心地看着。何莫修自作主张地拿过那支枪,四道风没动弹。

"我帮你修好它,可你不能做你想做的那件事情。我知道你在想什么。"他悲伤地看着四道风,声音压得很低,"是的,今天是乞巧节。"

四道风没反应。

"没错,中国人的爱人节,牛郎和织女相会的日子。每个有心上人的女孩都会对着星星许愿,希望她能更加心灵手巧,好跟她的爱人一起度过往后的日子。"

他说的是尽人皆知的事情,但每个人都安静地听着,枪炮声都显得远了。

"你不能用这支枪去和她相会……那是假的,你不能踏着喜鹊,你也跨不过星星。这么说很残酷,可死了就是死了,我们活着的在这样的晚上就会想起她,那是我们的幸运。"

四道风忽然一把扣住了何莫修,一直提防的欧阳打算过去分解,可四道风却把何莫修猛地撼了一下,然后死死抱住,抱得何莫修的骨骼发出了脆响。

"乞巧节。可是她的手很笨,真的很笨……"四道风死抱着何莫修,郁积多日的伤痛成了号哭,哭得绝望而奔放。何莫修挣出一只手轻轻拍打着他。

欧阳惊讶地看着。沙观止爬了过来,惊讶而又惊喜地说:"可算哭出来了!哭了就不会寻死了!"

"他认同了死亡,这才活得下去,可是……"欧阳看着,可是什么他也说不上来,他茫然地看着天上的星星和月亮。月亮里的影子又开始像一个妈妈抱着她的孩子,哼着只有欧阳才能听见的歌。欧阳听了一会儿,轻轻叹了口气,那口气叹得情致缠绵牵肠挂肚。

4

这是个雾气蒙蒙的清晨,四道风醒来,发现自己已经哭得眼睛生痛,而他竟然是与何莫修一道偎依在墙根下。

接连不断的奔波作战,几乎所有人已经睡去。睡着的何莫修手上仍拿着四道风的枪,四道风拿过来试了试,枪已经修好了。他恍若隔世地看着周围横七竖八的所有人,睡着的欧阳像具抽干了血肉的骷髅,何莫修蜷伏着枕着一块砖头,唐真睡在她的机枪之上,龙文章低垂的头又一次磕在枪托上。

疲倦而无力,这样的几个人已经作战快八年了。四道风有些惘然,多少天来他第一次不光想的是自己的情绪。可他没有看见的是对岸的几个日军正偷偷下水,泅在水里钻进桥墩之下。

伊达从枪眼里紧张地看着他派出的爆破兵,炸药正从桥头上缒下,桥墩下的人开始装设,他们打算炸桥。

沽宁郊野上,邮差和六品正在山头眺望,这是两个一夜没睡的人,在他们的视野里,望穿秋水的地平线已经一片模糊,他们看起来早就不抱任何希望。

六品刚叹了口气,眼睛却忽然惊讶地睁大了。地平线上终于出现了一团影影绰绰的人影,两个人竭力分辨着,"是国字头的军队!援军!"邮差惊喜地叫道。

六品比他更为激动,他已经一路狂奔冲下山脊,"援军!援军来啦!"那是种欣喜若狂的哭腔。他一路跑着嚷着,他跑进沽宁,所到之处把所有人惊醒,那些脏乎乎的脸上洋溢着惊喜而难以置信的神情,一些人纯属外行地握紧了华盛顿吴临走时留下的武器。

六品飞奔到河边,他如同那位创造马拉松长跑的希腊勇士一样,一头栽倒在他的目的地。

每一个人都从熟睡中跳起来,抓住了手头最近的武器。何莫修摸了个空,四道风把一支冲锋枪塞到他的手里,"谢你啦,兄弟。"

他谢得何莫修足足愣了一下,赵老大已经把六品扶了起来。

"援军……很多援军……来了……往这里……"

轻松和狂喜维持了一秒钟的时间,"鬼子!"唐真起身的时候看见了桥墩下晃动的人影。她开枪,人们轻声骂着扑向自己的位置,日军用比昨晚更猛烈的火力还击。

欧阳没开枪,他已经迅速地看清了日军要做什么,炸药已经绑在桥墩上,河那边的一个日军正要按下发火器。

"保住桥!等待援军!"他大喊。

龙文章开枪,他那只伤手不好用,足用了好几枪才打断连线。

一个日军被伊达催促着去接上连线,伊达恼火地大叫:"压制!炸桥!"

藏在对河街口的坦克开始开炮,早标定了位置的掷弹筒也开始开炮,硝烟和爆炸顿时笼罩了这边的桥头。

山头的邮差焦急地听着城里传来的战斗声,他又回头看看地平线,地平线上的国民党军队已经近了很多。

"喂,这里!"他拼命地举起枪在头上挥动,向那些人飞跑了过去,但那支军队忽然停滞不动了,模模糊糊地有些嘈杂,然后有一个人在大声地说话。

"这里在打仗!鬼子在杀人!救命呀!"

还是没人理他,那些人寂静了一下,忽然爆出惊人的喧哗,邮差看见很多人在拥抱,很多人把帽子扔上了空中。他对空放了一枪,枪声在旷野上震震地传开,欢呼仍继续着,但总算有一骑向他驰了过来,马上的国民党兵连武器都没拿,很远就向他挥着手,"胜利了!"

"什么?"邮差愕然。

"刚传来的消息!鬼子投降了!抗战胜利了!战争结束了!"

"等救命呢!你别开玩笑!"邮差是一百二十个不相信。

骑兵恼火地说:"你是聋子还是白痴?鬼子已经宣布投降了!"

邮差仍愕然着,"他说投降就投降?"他想起眼前的处境,换了哀求的态度,"可是城里还在杀人哪!"

"结束了就是结束了!"他掉转了马头,邮差可怜巴巴地追着,"可是城里……"

"我们会派人去受降的!"骑兵驱马跑远了。邮差欲哭无泪。

河边,日军压制的炮火总算间歇下来,硝烟中已经没有一个站立的人影,刚才的炮击已经把这边的简陋工事完全肢解了。

龙文章在硝烟里爬行,他找到自己的枪,开枪,对岸正忙着接线的日军倒下。

"欧阳?老四?六品?……你们还活着吗?"

没人回应,他忽然有些慌张,死并不可怕,可他也许要孤独地打这场战争。

一个人影从他身边冲过去,那是四道风,他冲刺了几步,用掷铁饼的姿势把一个手榴弹愣是甩过了河,河那边传来爆炸和惨叫,四道风也成为最明显的目标。他被子弹追射着翻到欧阳身边,刚一露头,一发坦克炮弹把一座房子在他眼前削塌了半边,四道风苦笑着吐掉血和土沫,"援军,他妈的援军!"

欧阳直愣愣地瞪着看不透的硝烟,"来了,我听见他们来了。"

是来了,很多影影绰绰的人影冲过了烟幕,开枪,射击,可动作生硬,不知闪避,只是尽量在被击中前将枪里的子弹打出去——那是一直被挡在后面的沽宁市民。

欧阳狂怒地跳起来,"回去!都给我回去!"他张开双臂,下意识地想挡住子弹,一个被击中的市民倒在他的怀里。

四道风一边开着枪一边嚷:"又被耍啦!"

日军惊喜地发现这场桥头的对峙打成了一边倒,敌人的冲锋像在自杀,每一发子弹都能吃到肉,射击也成了一个快感十足的简单动作。

伊达终于从硝烟里看清了和他们对抗的人,他难以置信,又用望远镜看。

日军终于接好了爆破线,一个军官按住了发火器,刚放下望远镜的伊达将他推开,"不用炸桥了!他们根本没有正规军!"

他惊喜,带着一点钦佩,但并不打算停止杀戮。

长谷川在已经快搬空的房里踱步,密集的枪声和爆炸像是近在咫尺,身边的火盆里焚烧着文件,房里乱得一团糟,一切都明白无误地标明着两个字:末日。

长谷川忽然凑到收音机前,把开得很小的音量拧大了,然后他听到一个后来被当作历史时刻记录的声音,萎靡不振,颓唐之极,折磨着自己也折磨别人——那是裕仁在宣读他的投降诏书。

长谷川退了一步又退一步,接着冲上去敲打机器,沮丧和愤怒将他的脸撕扯得快要变形,"不是现在!不是现在!你这个蠢货!"

宇多田冲进来的时候,长谷川正用一把椅子把收音机砸得支离破碎。

"您在干什么?"他惊奇地问。

长谷川缓和下来,顺便检查了一下收音机,确定它再也无法收到任何消息,"没什么没什么,该死的七情六欲。"

"我们已经跟外界失去了联系,您还把它砸坏。"

长谷川毫无内疚地说:"我很抱歉。"

"阵地上传来消息,跟我们作战的根本不是正规军,只是一些没有经过训练的武装分子。"

长谷川想了想,他也立刻为自己找到了一条出路,"通知伊达,我们准备突围,让他不惜代价打开通道。"

"突围?去哪里?"

"哪里都好。只要不是沽宁。"长谷川说。

5

枪声仍在继续,日军从各个隐蔽处出来,在街道上组成残破的队形。

伊达走向他的坦克,爬上了炮塔。因为欧阳他们缺乏重武器也不会用重武器,那玩意几乎没受什么损失,正发动了以作为突围的利器。

两辆卡车从日军驻地里驶出来,篷布紧包,让人看不见车里装载的东西,车顶上各架着一挺机枪,长谷川紧绷着脸坐在驾驶室里。

宇多田追上来砸门,"我可以跟您同车吗?"

"为什么?"长谷川露出点阴沉的笑意。

"您总是会让自己很安全的。"

长谷川笑,"荣幸之至。"他拉开车门,宇多田上车,长谷川伸手向队首挥了挥,"出发!"这支武装像毒蛇一样缓缓移动。

河畔边。枪声尖啸,邮差跑过来,欧阳愤怒地看着他,"援军呢?你看看这里,这就是以为援军马上要来的人!"

"他们没进城……停下来了。"

"城外有什么?鬼子吗?"

"他们在商量怎么受降。他们问,沽宁的鬼子指挥官是什么军衔,我答不上来。"邮差看起来想哭。

"他妈的军衔跟现在有什么关系?!"欧阳已经快气炸了。

"他们在想该派多大的官来受降。如果这边是个大佐,他们就派个小尉官……他们觉得这样就污辱到鬼子了……"

"污辱?要什么污辱?这里在死人!在死人!七年多一直在死人!……"他咳得说不下去,邮差扶住他,欧阳看清了邮差的脸,憔悴忧急,脸上被打肿了一块。

邮差苦笑,"我求过,骂过,打过,还跪过……"

欧阳只是咳嗽,咳了半天,吐出胸腔里的一块淤血,也不知来自哪次创伤。

"好了,鬼子投降了,我们胜利了,这是真的。"他看着欧阳,"今天早上的事,七点钟蒋委员长发的公告。"

"胜利?这是什么胜利?"欧阳看着地上的尸骸,枪声仍在响,尸骸还在增多。

街道上,第一拨冲过来的日军被乱枪阻击在桥头,但第二拨冲过来的是坦克,对付一批刚拿到枪几十个小时的百姓,日军再无顾忌。

炮弹飞来,桥头残剩的最后一堵墙垣也被炸飞了。坦克冲了过来,后边跟着成队的日军,沽宁人已经忘却了恐惧,只想用血肉和枪弹把他们堵在桥头。

何莫修竭力让自己发抖的手稳定下来,他去抓他放在一边的枪。一个不知名的沽宁人从他身边掠过,顺手抓走了那支枪,何莫修目瞪口呆地看着那人冲上一线。

"往巷子里撤!抄后路!打他们屁股!"赵老大正推搡着每一个人。

老百姓并不好指挥,但总算明白了他的意思,大多数人往巷子里蜂拥而去,少数几个脑筋不转弯的仍在做着无效的射击,直到被密集的枪弹吞没。

坦克轰轰地碾过中国人坚守了几天的阵地,后边的日军跟上来,眼前的顺利让他们产生一种胜利的错觉,一个冲在前边的日军用刺刀捅死了地上重伤的沽宁人,杀戮的狂喜让他大声嚎唱。一块分量可观的砖头猛砸在他头上,他捂着脑袋倒下,他的同伴指着头顶惊呼:"上边!上边的!"

沽宁多的是那种两层的低矮民楼,没枪的沽宁人在二楼把能找的任何东西都摔了下来,这在狭窄的街道上颇具杀伤力。

何莫修的脑袋在窗口闪现了一下,他终于找到了自己的位置。

几个日军正要向楼上冲去,但撤进巷里的人们开始从另一个方向向他们射击,尽管没什么准头,可那是要人命的子弹。

日军又惊呼着向后射击,头上不断落下各种不明物体。

伊达从坦克窥孔里看着外边混乱的一切,外边的枪弹和砖瓦砸得装甲叮当作响,让他烦乱又慌张,"向城外冲!不要管他们!"

坦克转了个小弯,加足马力碾过砖瓦,长谷川的卡车艰难地跟在后面。狭窄的街巷扯平了双方悬殊的实力,横飞的子弹和砖头对所有人一视同仁,他们不顾一切地狼狈逃窜,唯恐落后甚至顾不得还击。日军的突围终于成为不折不扣的逃窜。

四道风带了一帮也不知哪路来的神仙,从巷子里呼啸而过,欧阳被邮差扶着,从另一条巷子里横插了出来,"老四!"

四道风很忙的样子,随便挥了挥手就要开路。

"他们人呢?"欧阳问。

"都打散了!我去放火!烧他的铁王八壳子!"

欧阳这才注意到他们这帮人拿的都是瓶瓶罐罐、破布木头,不由苦笑,"带上我。"

"你歇着。"

"带上我!"

四道风犹豫了一下,过来将他背上。他们向着枪声最密的地方紧赶。

坦克、步兵、卡车,最后是掉队的步兵,沿着沽宁大街狼狈逃跑的日军遵循着这么个队列。

六品提着他的刀藏在巷口,一个倒霉的日军贴着巷根跑过,六品一刀砍下,他眼角扫见了紧随其后的卡车,他猛地贴住了墙,卡车紧擦着他的身子驶过。

六品平和的眼里开始冒火,刚才一掠之间他看见了驾驶室里的长谷川,他狂奔着追赶。

四道风和欧阳一帮人藏在另一个巷口,看着坦克驶过时四道风已经跃跃欲试,欧阳拉他,"等会儿!"

四道风算是强忍住,但往下跑过的是步兵,四道风央求地看欧阳一眼,欧阳说:"你这些天找死还不够啊?"

四道风吁口气,他看见六品追在卡车后边,"喂,六品哎。"

"上吧。"欧阳说。

四道风迫不及待地冲了出去,正撞上最后那帮掉队的兵,兵们全无斗志,被四道风一伙迎头痛击,立刻倒下一大半,剩下几个往巷子里作鸟兽散。四道风得理不饶人还要去追,被欧阳喝住:"别追啦!你不要收拾铁王八壳子吗?"

四道风记起这事来,他主动过来背起欧阳,但邮差把街边遗弃的一辆黄包车拉了过来。

"这个我来,我内行。"他把欧阳放在车上,往巷子里抄,他拉着车仍跑在所有人之前,此情此景让两个人都觉得非常熟悉。

"喂,你记不记得刚认识那时候……"

欧阳绷着脸,"我赶时间,请赶紧,快!"

四道风住了嘴拉车,阴沉了多少天的脸上泛出一丝笑意,那差不多就是他们刚见面时说的话。

卡车的车窗玻璃被砰的一拳砸得粉碎,六品那张怒火中烧的脸出现在窗外。靠窗坐的宇多田掏枪,但六品鲜血长流的拳头已经打在他脸上,他快晕了过去,长谷川被宇多田的后脑撞得鼻血长流。

六品瞪着长谷川,从背上拔出他的刀,长谷川吓得忘了掏枪,重重敲打着车顶的机枪手,"有敌人!敌人!"

一支枪管从头上捅了下来,在颠簸中费劲地寻找着目标。六品腾出吊着车门的手抓住那支枪管,一串子弹打在地上。

一声枪响,驾驶室顶的日军摔了下来,六品也随着摔得七荤八素,他爬起身来,那车已经去得远了。

龙文章站在街边的墙上,端着枪瞪着他。六品恼火地说:"你干吗杀了他?你害我追不上那辆车!"

"我在救你。"龙文章有些莫明其妙。

"那辆车!你害我追不上那辆车!"他又跑去追卡车。龙文章愣了一会儿,从墙上跳下来,他去追六品,"还得顾你这个没脑的!你害我少杀了多少鬼子!"

四道风拉着车从巷子里斜刺冲出来,欧阳下了车,能找到手的木头和几根大梁都被拖过来,黄包车也被当了引燃物,人们往上摔着油瓶酒瓶,连街边的房子也被他们引燃。

那辆坦克已经在街口出现,四道风不闪不避,对着刚架起的路障开了一枪,沽宁的大道上顿时燃起了一道火墙。

眼前的火墙让坦克里的伊达有些挠头,他放慢了车速,试图冲过去,可从火墙那边不断飞过来点燃的瓶子,摔在地上和车上立刻就燃成了一片,伊达只好倒车,他用机枪扫射,可隔着熊熊火焰根本看不清那边的人影。

四道风快意之极,打开一个瓶子喝一口,塞上破布甩出去,"早跟你说了,哪来的回哪去吧!"

通向城外的道路已经变成了一片火海。那辆坦克转向,试图在别处找一条出路,日军的队形也终于散乱,他们散向各条巷道自寻活路。

"抄近道!我有近道!"四道风又去背欧阳,欧阳把他推开了,"这回你自己去吧,我这残废帮不上忙。你智勇双全,可以独当一面了。"

"我呸!我是怕你死了!"

"巧了,我也是怕你死了。"

四道风有些感动,扶着欧阳在巷口坐下,"好好等着,打跑了鬼子,回来买烧鸡你吃。"

"好好活,别想多了,这……就是胜利。"

四道风点点头,欧阳一只绷带包裹的手拍了拍他的脸,他忽然赧然起来,对了欧阳就是一把推,"你就是屁话连篇。"

他掉头就走,欧阳却被他用力过猛推得摔在地上,又好气又好笑地嚷嚷:"等回来我收拾你!"他索性躺在地上看着巷子里的一线天穹。

长谷川看着前边溃退回来的坦克和步兵,那边烧出来的浓烟在这里都看得见,他立刻清楚发生了什么。

"别走这条路。"他说。

"走哪里?"宇多田仍是晕晕沉沉。

长谷川指了一条最安静也没有枪声的路,卡车向那里拐了过去。

六品从巷子里抄出来穷追不舍,龙文章看了看反方向溃逃过来的日军,他气恼地跺了跺脚,仍跟着六品。

伊达的坦克在街上轰鸣辗动,如同发怒的怪兽,但四道风的人从他的死角里冲出来,又摔了几个燃烧瓶。

坦克炮塔尽了最快的速度转向,可看见的只是一群刚跑进巷子里的人影,匆忙地一炮轰了过去,只是让他们跑得更快。

伊达气得捶着冷硬的装甲,"浑蛋!和我像样地决战!"

四道风从坦克侧面的一个巷口里又冒了出来,看了一眼,伸手去接他的燃烧瓶,没东西给他,他回头,看见邮差抱歉的眼神。

"没了?"他看得那几个人都觉得抱歉,但他立刻又想出了什么鬼招,拔出枪挥一挥,"你们都跟我来。"

伊达仍在寻找目标,当的一枪,打在窥孔上,惊得他往后一躲,脑袋撞在钢铁上。

炮塔转动,然后伊达看见那个让他恨得牙痒的人,正鲜龙活虎对着他驾驶的钢铁机器嚷嚷:"我是四道风!四海为家的四!……"

伊达开火,可四道风早有准备,一下闪进了巷子。

"追上去!"伊达狂怒,这个人让他想了七八年。

驾驶员犹豫着,伊达狠瞪着他,"追上去。"

驾驶员只好把坦克开了过去。坦克驶到了巷口,伊达惊喜地发现,这巷子勉强可容他的坦克开进去,而且这是条死胡同,巷子里的人连躲的地方也没有。

"很好,决一死战吧。"

坦克将就着挤进巷里,装甲与砖墙摩擦出生涩的声音。

四道风挤在门洞里,看了看那辆坦克,唯恐它不追上来,又给了一枪。

一串机枪弹打在门洞边沿,和他挤在一起的邮差被碎屑溅了一脸。四道风缩回了脖子,坦克轰鸣着挤进巷里,邮差紧张得不行,"你跑到什么地方来了?"

"断头巷,我要断它的头。"他从门洞里跃出去,在墙上蹬了两脚,机枪弹的着点就打在他的脚下,但四道风已经上了墙。

坦克里的伊达紧张地寻找着目标。

邮差目瞪口呆地看着,四道风张开了双臂平衡,在刚能容下脚掌的墙沿上一溜小跑。他到了坦克之后,跳下来,向对面巷子里的人们示意过来。

人们安静地过来,四道风喜欢码人,这次聚过来的人足够遮断了巷子。

坦克炮塔微微转动,伊达的眼睛都完全贴在窥孔上,但他找不到四道风的踪迹。忽然身后一声枪响,驾驶员惊叫:"队长,他好像在我们后边。"

伊达喃喃骂着。炮塔转动,炮管长过了车身,左转,炮管被墙给拦住,右转,炮管撞上了房子。他们已无法转过炮塔,只能用最薄弱的车屁股迎接他的心腹大患。伊达狂怒地捶打着能砼断他手的钢铁,"浑蛋!浑蛋!浑蛋!"

四道风捡起巷边的一块砖头向坦克走去,他踏上车体,再踏上炮塔。然后车里的人听到一个敲击声,单调的当当当三声,然后再三声,并不是在砸,倒更像敲门。

伊达身边的驾驶员紧张地拿起一个手榴弹,拉住拉环,他打算自杀,伊达想了想,拦住,"我要和他决斗。"

他尽可能保持着尊严,打开舱盖,然后与他七年的对头面对面。

四道风蹲在炮塔上,为看清伊达他只好看着胯下的位置,他有点漫不经心,而伊达看得很认真,打算要把死对头的面部特征看进心里。

"决斗吧!和我!我会非常感激!"他的表情诚挚之极,四道风为之愣了一下,然后他一板砖拍了下去,伊达的脑袋在舱盖上消失,车里发出沉闷的一声。

人群一拥而上,顿时淹没了那辆坦克,人群里传出沉闷的殴击声。

"你们在干什么?"

站在坦克上的四道风转身,一队国民党军人站在他身后,衣衫光鲜,美式车辆,他们荷枪实弹却没打算要用,脸上写满着不屑,"走吧,鬼子投降了,愚民就有打落水狗的勇气。"

四道风瞪着那帮家伙离开,他气得一会儿才说出话来:"倒找回五分钟,你怎么不来试试?"

他说的话人听不见,四道风回头想再找个日军发泄一下,但他站得太高,再也没有那些高墙低户的遮拦,一转身就看见无遮无掩的天空,白云高飞,在四道风眼里,那渐渐成了与他生死茫茫的那个女孩的形状。

他清晰地听见高昕说话:"你是个又穷又爱打架的家伙,我一荡荡过墙,砸在你的大笨脑袋上。"

"对啦,就这么看着我。说真的,我再也不爱打架了。"他看得出神,轻轻地把手上抓的砖头扔了。

第三十六章

1

　　沽宁日军司令部已一片狼藉,那队国民党军人龙行虎步地踏了进来,没忘用手上的自动武器摆出个警戒的帅气姿势。
　　打头的军官看着高吊的大喇叭思考,一士兵说:"长官,机器都被砸坏了。"
　　军官打个响指,说:"修理。"
　　几个士兵忙上去捣弄着。

　　卡车在废码头边停了下来,长谷川跳下车,开始脱军装,他的鼻血仍自长流,他从衬衣上撕下两个布卷堵住。
　　宇多田过来的时候,长谷川正在车后换上一口小箱子里放着的中国服装。
　　"你在干什么?"宇多田讶然。
　　"我在这里藏了条船,以防被围时使用。"他对宇多田笑了笑,"宇多田君,船上当然有你的位置。"
　　"我知道你会让自己安全。"
　　"装船。"长谷川对着车上的几名士兵挥挥手。
　　喇叭突然响了起来,长谷川多年来把喇叭装得无处不是,以便随时可以发出折磨人的声音,现在那声音开始折磨他。
　　喇叭里发出的是他今天早上砸掉的声音,那份裕仁的投降诏书。几个人怔怔地听着,长谷川脸上红一阵白一阵。
　　"这是什么?"宇多田吃惊地看着长谷川。
　　长谷川耸耸肩,"我想是敌人的心理战术吧。"
　　"以上是你们裕仁天皇发布的广播讲话,中美苏英四国已于今晨七时宣布了你们的投降……"
　　宇多田听着喇叭里的内容,恨恨地看着长谷川,"你知道!今天早上就知道!你违令让军队突围,因为你知道这里的中国人不会放过你!"
　　长谷川若无其事地笑了笑。
　　"你骗我和你一起擅离职守,违反军令!"
　　"你是自愿的,你我都是只忠于自己的人嘛。不过我不会被军法惩处,我有钱,我熟悉中国也真的喜欢中国。再见了,一文不值的帝国和你们这帮蠢货,我要去做一个聪明的有钱人。"

"亵渎!"宇多田狂怒地去摸自己的枪,长谷川却先一步用枪指住了他,"我们都是该死的,可我会活下去。"

车那边正在卸车的日军忽然看着远处冲过来的一个人影惊呼:"敌人!"

他们开火,那是六品。

宇多田大喊:"停火!战争结束了!"

枪声稍歇。

"不是敌人,是来向你们报复的中国人!"长谷川一句话吓得他们惊惶不安地又疯狂扫射。

六品被眼前蹦跶的子弹压制在地上,他想起他背后还有一杆神枪。

"龙乌鸦!"他往身后看了看,这才发现一直跟在身后的龙文章没了踪影。

子弹在废船壳间弹跳飞蹿,六品被压得喘不过气来,他只有一把刀。

一个震怒的声音传来,"这是在干什么?不知道已经停火了吗?"

六品转头,几个国民党军人枪挂在肩上,一脸老子就是王法的表情。

一串枪弹横飞过来,打中了那军官的大腿,他倒在地上开始痛呼,他的同伴叫骂,还击。六品就着这点空当向那几辆卡车冲去。

车边的日军三心二意地还击,被歼也只是个时间问题。

长谷川拎起自己的箱子,微笑着向宇多田鞠了一躬,"再见啦,笨蛋们。"

宇多田向他冲了过去,长谷川直起了腰,手上拿着枪对着他,"离远一点。"

宇多田往后站了站,卡车那边的子弹穿透了篷布,宇多田缩了缩脖子。

"再往后一点。"

宇多田已经在车尾了,再往后就是枪林弹雨,"你要杀了我?!"

"我从来不杀人,对不起,我是说亲手杀。"

宇多田气得发抖,却只能往后。长谷川拎着箱子倒退着离开,子弹在宇多田身边穿梭,但他奇迹般地没被击中。

"傻瓜的运气总是好得出奇。"长谷川的话刚落,宇多田就被一整梭子弹击中,僵直地倒下,长谷川耸了耸肩,"也不总是那么好。"他向着滩涂边的船走去。

船上几口沉重的箱子已经快把船压到了吃水线,那是他的财富。帝国肯定是败了,但长谷川胜利了,他脸上露出轻松的笑容,脚步也越发轻飘。然后他看见眼前的一个水洼中冒了一个水泡,继而看清楚在那水洼里有着什么。长谷川脸色大变的同时,水洼里已经轰然腾出一个人来,长谷川将提箱砸了过去,顾不得金银细软散落一地,只管向他的船亡命狂奔。

他很清楚地听见身后枪栓拉了一响。

长谷川站住,两条腿抖得不像话。身后的人哼了一声,听起来像在冷笑。长谷川慢慢地转过身来,龙文章正用一只手持枪,一只手抹干湿淋淋的头发,这样的距离他一只手都可以命中。

"地上的……地上的全都给你。"

"算术不好,长谷川先生。要跟您老算账的可不止我一个。"

"我们已经投降了!停火了!战争结束了!"他拼命在身上掏着,龙文章冷眼等着他掏出一支枪,可他的手在枪柄上哆嗦了半天,却怯懦地只敢掏出一条白手绢,着力地挥舞。

龙文章也着力掏着耳朵,"耳朵进水了,听不见。"

长谷川看着那黑洞洞的枪口,他想哭,也真的开始哭,只是吓得出不了眼泪也出不了声,他跪了下来,"求求你,打断我的手脚,把我关进你们的战俘营,关一辈子,只是别杀了我!太便宜我了不是吗?一颗子弹太便宜我了!"

龙文章厌烦地看着那张脸在眼前无声地扭曲,他已经听见了远处的脚步声,一个国民党士兵大叫着:"有人往那边跑了"。

龙文章皱了皱眉,"只好便宜你了。"

长谷川愣了一下,龙文章把一颗子弹打进了他的额头,然后看着长谷川呈一个跪姿僵直地向后倒下。

他回身,国民党的军人正向这里跑来,六品奔在最前边,龙文章甩手把枪扔进了水洼,他迅速被包围了,被几支枪口对着,六品挤上来护在他的身前。

军官问:"你是什么人?鬼子?中国人?"

六品担心地看看他的朋友,龙文章忽然间换了一个人,谦恭到了卑微的程度,腰哈下来一截,一脸讨好的微笑,"军爷,我是本地人哪。"

六品愣住。

"这是怎么回事?"军官用枪推了一下长谷川。

"他是鬼子。军爷您可别把他跟中国人埋一块儿!"

"我说他怎么死的?"

"一枪崩掉自个儿脑花,我正巧看见,就这样啦。"

他被人狐疑地看着,仍谦卑地赔着笑,人们的眼光很快就从他身上转向了地上的财宝,眼里闪烁着贪婪。

士兵附耳,"长官,是条大鱼。"

军官点头间便已意会,"自杀,鬼子就好来这出。"他打官腔,"你还看见什么吗?"

"没啦没啦,我真是不巧路过。"

"滚吧,快滚!"

"军爷走好……啊哟,我是说军爷保重。"他拉一下六品,走开。

他们走向沽宁城的方向,身后的人聚向那些财富。

龙文章和六品走过长巷,龙文章把六品搂得很紧,六品仍在发呆,龙文章嘴角上也仍带着那丝神秘的微笑。

"龙乌鸦,你怎么会……"

"这么贱,是不是?"

"不是贱,你以前总爱端个架子,很傻的,刚才……很聪明。"

"以前?我好像没有以前的,以前就是把自己绑在架子上,除了自己的鼻尖,什么也看不见。"

"以后你……"

"以后?我不知道以后。"他生硬地笑了笑,"不过我知道现在,现在要干什么。"

"我知道你现在要干什么,去看你妈。"

龙文章用力点头,"去让我妈看看。"

两人加快了步子。他们忽然听见一种奇怪的哼哼声,六品往侧巷里张了一望,忙不迭去拔自己的刀。

巷子里坐着一个日军,头顶着墙,背对着全世界,像在哼像在哭又像在唱,龙文章拉住了紧张过度的六品,"他们投降了。"

"他在干什么?"六品疑惑地问。

"大概是……"他漫不经心做了个切腹的动作,"别管他。"

六品点头,收刀走了两步,但他又怜悯地回头看了看。龙文章苦笑,"一村人的命也不能让你心肠变硬。"他过去揉了那日军一把,"喂喂,找个地方乖乖投降去,别在这儿污了老百姓地方。"

那日军浑身颤抖着,但仍然不动。

六品过来,"我说,他怎么……"

龙文章忽然听到一个轻微的金属声,他的瞳孔收缩,那名日军也猛地转身扑过来,那是一张血肉模糊的脸,如同地狱里撞出来的冤魂。

"六品!"龙文章回身把过来的六品扑倒在地,随后一声爆炸震撼着整条巷子。

那家伙引爆了一颗手榴弹。

2

六品抱着龙文章在长巷里疾奔,鲜血顺着他抱着的人,在长巷里一路淌下。

龙文章忍耐着痛苦,脸白得吓人,"六品,到了吗?"

"快了快了!你听我说,没啥大事,擦破点皮肉……"

"只是皮肉?"龙文章苦笑。

六品抱着龙文章的两只手全是鲜血,他茫然地说:"……只是皮肉。"

"那就好。"他忽然开始笑,一边笑一边擦去嘴角溢出来的鲜血,"我猜我的脊椎大概被炸断了。"

"别瞎说！你怎么知道？我都看不见！"六品咆哮着。

龙文章温和地看着他，"因为很痛，痛可只有自己知道……真的很痛呀，好兄弟。"

六品哑然了，他知道龙文章忍受的痛苦非人所堪，但被他自己说出来是另一回事，六品能做的也只是咬紧牙关加快了步子。

他忽然停了下来。龙文章晕晕沉沉地，"怎么啦？"

"到了。"

"到哪儿啦？"

六品僵直地站在高三宝的家门前，那栋华宅的惨状让他却步，门倒了，花园毁了，连一部分栅栏都被推翻了。六品忽然有种强烈的恐怖，怕进去以后看不见一个活人，他木立。

"我看不见了，六品，我看什么都是红色。"

"到家了。"

"我没听见我妈出声。"

"我还没进屋，这就带你进屋。"

龙文章恐慌地叫了出来："不！你让我想想，我再想想。"

"想什么？！"

"放下我，找个人看不到的地方。"

六品莫明其妙，但找了个转角，轻轻把他放下。

龙文章苦笑，"傻六品，要是你像我这样被打成了漏勺，愿意被你的妈妈看见吗？"

"你很好，你没事。"六品执拗地说。

"真的吗？"他在痛苦中翻动了一下身子，他身体的正面几乎完整无损，但整个背部都被近距爆炸的弹片打烂了。

六品死死掩住自己的脸，在龙文章身边跪了下来，"别想了，我带你进去。"

龙文章使劲摇了摇头。六品看看高宅，神色明显大变，想站起来又想伏低。

"谁来啦？"

"你妈。"

龙文章不知哪来的力气，猛劲把六品的身子拉低，"趴下！……你们……要我说多少遍？趴下……不是拱着屁股。"

"我们藏的地方，她看不见。"

龙文章犹豫了一会儿，"扶我起来。"

六品让他靠在自己身上，于是龙文章看见了自己的母亲，站在高家的台阶上，忧心忡忡地看着城里的硝烟腾起之处，一声远远的枪声都能让她微颤一下，她在牵记谁不言自喻。

龙文章看得发痴，他渐渐平静下来，甚至不再喘气，"我是个浑蛋，什么都丢光了的时候才想起来找妈妈。"

"你早该来,我现在带你过去。"

"不,我决定了,回头你找个地方把我埋了,你去跟我妈说,龙文章这个混账还没野够,又跑掉了,跟着国军跑掉了,过个三两年就来接她……"

"你开什么玩笑你……"六品压低了嗓子低吼。

"——照顾我妈。这世界上她除了我,什么都没有。"

他这辈子说话没这么认真过,六品终于点了点头,龙文章又看了看高宅门前的那个身影,叹了口气,"好了,扶我躺下来吧,这样真难受。"

六品小心地照做,接触到龙文章身子的时候,他已经感觉到生气从龙文章身上飞逝,那具躯体在他手上微微抽搐。

"龙乌鸦……不,文章,我求你……"

"还是叫乌鸦吧。我这辈子就想做人中之龙,人中之凤,可说到头,乌鸦多好,不起眼不碍眼,跟大家也混挺熟,最要紧的,它有个巢,知道自己去哪里……"

他安静地死了,死得很痛苦,但脸上的表情很平静。六品等了一会儿,帮他合上了眼睛。

高三宝的声音从屋里传来,"大姐,外边流弹飞蹿的,您老在外边待待着,可不叫文章也担心吗?"

龙妈妈最后看了一眼那长巷,"是啊,我也帮不上忙。"她犹犹豫豫地进屋。

六品茫然了很久,终于抱起龙文章,向郊外走去。人已死了,但无论如何,得给他找一个能永远停留下来的地方。

暮色四合,六品才又回到高家。

全福惊喜地看着那个高大而佝偻的身影,"老爷,我都说了没事!他们回来啦!"

两个老的抱着一个小的从里边冲了出来,六品头垂得更低,但想起自己要做什么时就强自抬起了头,生硬地笑笑,"不是他们,就我一个。"

"他们人呢?"高三宝问。

"一打仗就散了,我和龙文章一起……"

他立刻发现说错话,可他现在心里挤满了龙文章三个字,他也想不到别的。

龙妈妈看着他,"脏仔呢?你俩不在一起吗?"

"文章……"他艰难地咽了口气,才敢直对那老太太的目光,"他跟着国军走了,做大大的官……对,他现在是英雄了,他们那帮人可器重他了……对了,您不知道他穿那身军装有多帅……"

"走?又走哪儿去?"

"去……去上海,他这大英雄得披红挂彩,骑着马游街,应该的……真的,会有好多姑娘家看上他,乌鸦……文章他就该成家了……"

他驴唇不对马嘴地说,老太太立刻就拿定了主意,"我也去上海。"

"不、不光去上海……得全国走一趟,让人都看……看看。"

"这不得一年半载呀?"她叹着气,"这是多大个英雄哪?"

"大,大得没边。"六品麻木地说。

龙妈妈管自地叹气,一点也看不出高兴来。全福尽着一个家仆的责任,拿东西帮他掸着身上的土,"这么多土,您泥里滚来着?哎呀,这么多血?"

"不是我的。"

"是鬼子的。"全福聪明地说。

什么都可以撒谎,这个谎六品坚决不撒,他摇了摇头,"不是。"他忽然觉得疲惫之极,"让我坐会儿,我得坐会儿。"

他在楼梯口坐下,发现手上还有血,六品将手塞进了腋窝。刚松了口气,肩上被人轻轻碰触了一下。高三宝一手拿着没点的烟袋,一手抱着孩子,期待地看着他,"小四呢?"

六品多少振作了些,"四哥他挺好,生龙活虎的,没他兴许今天这城都破不了。"

高三宝满意地点点头,提出他最关注的问题,"小昕呢?"

六品一下愣住了,当所有的心力全用来为龙文章撒谎时,他根本忘了这件事情。

高三宝立刻就明白了,六品说不出话,只能看着这位老人的脸在他面前扭曲。

3

天空的硝烟正慢慢地散去,日军蜷在街边,蹲的坐的,被刚进城的国民党兵收缴着武器。

枪炮声还在零星地响,大队全副武装的国民党兵从沽宁的街巷呼啸而过,就那份张牙舞爪来说,他们像日军一样让人紧张。

海螃蟹和几个国民党兵在撕巴,让人用枪托给揍了回来。

"凭什么收我们的枪?"海螃蟹指着自己鼻子,"你瞧我哪里像鬼子?"

四道风和邮差一边一个将他架开了,强拖往路边。

"老四,这边。"欧阳站在旁边的巷子里叫他,四道风把海螃蟹交给邮差,过去。

"枪都被搜了?"欧阳问。

"搜了一小半,藏了一大半。国字头对我们像对鬼子,海螃蟹非跟他们讲理。"

欧阳忧郁地看着那些撕扯推搡以枪相指以拳相向的人们,收回沽宁的第一天他没有任何喜悦。

欧阳他们贴着街边走着,他们正有意识地把战斗中打散的队友们找齐,也不用言传,眼见便已意会,何莫修、唐真、赵老大等都分散了跟在他们身后。

"你们没瞧见我叔叔吗?"四道风问。

何莫修说:"才开打我就瞧着他往巷子里跑了,不会有事的。"

"你呢?我也没瞧见你。"

"我上了楼……砸石头。"何莫修有些气馁。

四道风笑起来,笑容却突然僵住,被集中的日军战俘正被国民党兵押送过来,像所有人一样,四道风不知道怎么对待这些日本人。

队列中忽然有喧哗呵斥,一个已经被卸去武装的日本军官径直向四道风冲来,那是伊达,几个国民党兵在后边追赶。

四道风拖了别人掉头就走,伊达追上来,深深鞠了一躬,"我要和你决斗。"

"你烦不烦哪?挨揍没够?"四道风瞪眼。

伊达擦了擦黑青的眼眶,"和我决斗吧,请你。"

几个国民党兵冲上来把伊达架住,但他仍使劲挣扎。

"怎么回事?"欧阳走了过来。

"这小鬼子死磨硬泡要和咱们再打一场,我抽风呀,咱们都赢了。"

欧阳忍俊不禁,"这也真是荒唐,这年头还寄刀剑以维护自尊……"

"不是再打一仗?是划场子两人放对?"

瞧着四道风放光的眼睛欧阳已经知道说漏了嘴,他赶紧说:"他是说拉上全班人马跟你再打一仗……"

可四道风已经怀疑了,而且一个国民党兵也冲他过来问道:"你是干什么的?那鬼子官说你跟他是朋友?"

四道风气得大骂:"我上辈子不拉人屎才能修出这么个朋友!"

士兵说:"他说你答应跟他比武?"

四道风愣了一下,对欧阳肯定地说:"是划场子放对。"他转身向伊达走去。

欧阳叹了口气,他知道现在几头牛也拉不回四道风了。

伊达从几个士兵的掌握中挣脱出来,向四道风又是一个深深的鞠躬,"对不起,我撒谎了,为了完成我的夙愿。"他转向国民党士兵,"他不是我的朋友,更不是你们所说的汉奸,他是我头号敌人,在这些年里……"

欧阳连忙打岔,"他的意思是说,他是个武术家……嗯嗨,武林好汉,他们一直不知道谁更厉害……就是这样。"

士兵问:"你是说像七剑十三侠那样的?"

"对对。"欧阳汗然。

伊达看着四道风,"我告诉他们,如果不能和你一战,我将会切腹,事实上我真会这样做,因为已经别无所求。他们很怕我死去,"他苦笑,"因为在不久的投降仪式上必须有人代表沽宁的帝国军队……"

"你叨叨叨完了没有？干脆点划下道来行吗？"

"划道？哦，我告诉他们不会有人受伤，但实际会生死相搏，以示对你的尊敬，就是这样，请多关照。"

他转身去拿刀，四道风两手一甩，两把小刀从袖口滑到了手里，周围人往后惊退，让出了一个圈子。

伊达从国民党士兵手上接过自己的战刀，再看见四道风的刀，错愕而愤怒，"那简直是餐具，你不能用那样小的东西和我决斗。"

"不能？"四道风比他更错愕。

"我是武士，虽然失败了，但你应该对我表示起码的尊重。"

"你那意思要我用枪？"

"当然不！"伊达恼火地说。

"空手陪你玩？"

"不！"

四道风到街角转了一趟，回来时手上抄了一块板砖，"这玩意我使着倒顺手。"

"这叫砖头，我知道它不是武器。"

四道风拿过了欧阳当拐杖的棍子，"这行了吧？"

伊达悲愤地说："我知道你很恨我，但这样的污辱……"

四道风急了，"怕了就直说，我才懒得跟个面瓜放对呢！"

"七年来，我知道你们的枪械很差劲，但身为战士，至少该有像样的战刀……"

"战刀？这些年使的家伙，除了没上枪，刚才全齐活了。"

伊达错愕地瞧着他，他终于意识到自己的荒唐。

四道风终于找到一个解决的办法，街边扔着一堆缴获的日式步枪，他从里边挑出一把带刺刀的，"这么着吧，我学你们的东洋萝卜，不开枪。"

"那不是贵族使用的武器，但是……"伊达勉强地拿起了自己的刀。

四道风拼刺的姿势完全是个外行，这让所有人担心。

伊达鞠躬，拔刀，放鞘，举刀，完美的起手式，四道风不耐烦地等他做着这一切，当那把刀终于劈下来的时候，他已经把刺刀从步枪上拆解下来。

刺刀把伊达的刀格在地上，他倒抢了枪托猛砸下去，伊达的刀被砸成两半。

伊达瞠目结舌，四道风扔掉手上的家伙，赢得如此容易，他有些意兴索然，"你根本不会打架，幸亏打仗时没碰上我，要不你早装在盒子里回国了。"

伊达的脸成了猪肝色，他在发抖，也不知道是气的还是愧的。

四道风继续安慰他，"好好的投降去吧，做足个投降的样子来。说真的，我这打得赢的都不爱打了，你这打不赢的还穷吵吵什么呀？"

他说完扬长而去,欧阳几个也一声不吭地离开,只剩下伊达呆呆地站在那。

4

那个杂院里燃了堆火,虽然地道下不去了,但对这些人来说,这里是最近似于家的地方。

他们在院子里坐得拉拉杂杂,夏末的蚊虫往火堆里扑,每个人都尽量让被战争麻木的心智松弛下来。

"龙乌鸦和六品还没有找到。"赵老大环顾院里的人。

欧阳说:"城里太乱了,得乱几天。不过你放心,那两位火里来水里去,上哪都能照应自己。"

何莫修问欧阳:"咱们来了这,思枫她能找到吗?"

赵老大的表情忽然变得很难看,他看邮差,邮差看火堆,拖了太久的答案已没勇气出口。

欧阳微笑,"她当然能,这地方你们叫窝,我们可叫家……老四?"他忽然想起这种幸福对四道风是个刺激。

院里生了很多野草,四道风把草丛当了床,正枕着手看着天上的星星发呆,欧阳叫他他便伸出只手挥了挥,以示自己心情还过得去。

"你最近很爱想事了,在想什么?"

"我在想你们在想什么。你们在想,好忙好忙,鬼子刚退国字头又发作了,该离开沽宁一辈子不回来了,可怎么跟四道风那家伙说呢?"

欧阳哑然,"这好嘛,都不用说了。"

"走得了呗,说什么说。"

"说说四道风那家伙怎么办呀。老四你怎么办?"

四道风毫不犹豫地问何莫修:"小何你怎么办?"

何莫修愣足了几秒钟,他没想到这问题会问到自己头上,"我?我想跟他们走……我觉得胜利不是这个样子,他们没说,可我看得出他们心里还有种胜利……我想去看看……你呢?"

"我?大概就歇下来吧?没事就这么想想我的女人。"他警告何莫修,"你也可以想,不过是我的女人。"

"她不是你的我的或者任何人的。"

"说话这么绕,今生都不会当你是哥们。"

两人看着就又要掐,欧阳打岔,"曾经私下提过一次,现在当着所有同志郑重地再提一次,跟我们走吧。"

四道风看着他目光闪烁,但没出声。

欧阳继续说:"以前我不敢说,知道你舍不得沽宁。"

"现在你敢说,因为我什么都没了。"

"你有的,比我们刚认识那会儿多得多,这些年没白过。不过你不会像以前那样开心,也许有一天,你觉得这世界像咱们希望的那样好了点,你会笑笑,可就连那都在心里,因为你会觉得代价真沉重,不过值。"

"听起来不怎么好?"

"是不怎么好。我不是邀你去吃香喝辣,是吃苦挨穷,搞不好接着枪林弹雨。"

四道风犹豫一下,伸出一只手,欧阳握住,不管那一手的绷带,用力摇撼了两下。欧阳转向何莫修,"小何,我现在要说你的事情,我跟老赵商量过,你不能跟我们一起走。"

何莫修瞠目结舌,"这怎么回事?我以为你们……我不是说你们离不开我,我知道我没什么用,可……你们让我去哪?"他急得要哭。

四道风说:"他很有用啊!大鼻子拿弹药我都没换!"

欧阳苦笑,"小何,你很有用,是太有用了。我们是大老粗,你是能改变一个国家的人,我们却不知道,直到广岛的爆炸……你为什么不告诉我们?"

"我认为我在做该做的事情,我愿意跟你们待在一起,做些会被同行笑话的东西,我相信我离不开你们。"

他冰冷但是坚决,欧阳叹口气再没说下去。赵老大生硬地宣布了决定:"已经向上级汇报了,你会跟我们的人在一起,可不是跟我们在一起。"

何莫修愣了一下,气冲冲地起身走开,夜色下回荡着他因愤怒而变得尖锐的声音,"我讨厌你们!我会逃走!"

欧阳按住想起身去追的四道风,眼里满是理解和同情,"他会明白的。"欧阳说。

5

沽宁人韧性惊人,战争刚过便开始收拾满目疮痍的家园,晨光下的人们从废墟里捡出还能使用的一点东西,继续平日的营生。

四道风从巷里出来,废墟边居然支开了笼屉,一个沽宁人在仅存半边的包子铺边卖他的包子。

四道风讶然地过去,"这什么包子?"

"吃下去能饱肚子,只能这么说了。"

笼屉揭开,四道风看着里边那些黑坨坨的玩意,"什么馅的?"

"野菜馅的。粮食让鬼子折腾光了,可老天照应,今年城外的野菜长得特别好。"

"老天没照应,是城外死的人多。那些人死不瞑目,就肥了土让野菜长旺一点,是沽宁人在照应沽宁人。"

"哎哟,您这么说可恶心了。"

"这有什么恶心?跟春夏秋冬一个道理。"四道风买了两个包子,珍惜地咀嚼着走开,一路看着这座正在复苏的城市。

沽宁正常开业的第一辆黄包车从他对面驶来,那让四道风无由地冲动,他咽下最后一口包子,擦擦手张开双臂,"我是四道风!我要使你的车!"

车夫吓了一跳,"我说四哥,你要车还叫号干什么呀?"

"我不是要坐你的车,我要拉你的车,拉你,回头钱照给。"

车夫乖乖给他让了出来,"你这脾气今生改不了啦,怎么?四哥以后还带我们拉车呀?"

四道风没说话,他现在说话爱想,他拉着车夫跑了一段才回话,"不啦。这地方跑不开啦,好多熟人熟客都撞不见了,伤心。"

"四哥要去哪儿?"

"别人跟我说中国很大。"

"我说四哥现在要去哪儿?"

"沙门。"

"沙门都完了你还去干什么?"

"谁要出远门了都得先回趟家。"四道风拉着车夫跑远了。

沙门的门上紧贴着中日文字的封条,即使战事已经过去,人们仍远远绕着走,它现在就像一座鬼宅。

墙下扔着一只鞋子,那是沙观止的鞋,墙瓦摔脱了几块,显然有人从这里爬了过去。一个人遮遮掩掩地过来,捡起那只鞋看看又扔了,那是廖金头。

他开始爬墙。

院里七零八落地倒着几个死人,整个院里已经没有活气,所有人都死于长谷川下的绝户令,唯一的动静是沙观止的爱鸟在啁啾。

沙观止呆滞地坐在自己卧室门口,一只脚有鞋,一只脚没鞋。床上蚊帐低垂着,地上的血早已干涸。沙观止不知道坐了多久,鸟叫声让他清醒过来,清醒了就必须得做点什么,他掏出枪对住了自己的头。

他看了看那黑洞洞的枪口,被这枪打中的人是什么样子他也见过。于是他换了个方法,他走到大堂里,找了根绳子挂在梁上。

沙观止呆滞地看着那个绳圈,呆滞地想了想死前该办的事情,终于想起一件,便又进另一间房子把快饿死的鸟放了。

眼角余光扫见了什么,沙观止回头,廖金头背了个袋子正站在门口,手上还抓着一个座钟。两人打了个照面,廖金头吓得跳起来,他把座钟照着沙观止头上一甩,掉头就跑。

沙观止被砸个正着,所有的怒火全被砸了出来,他什么都忘了,只记得他的仇恨,"我把你个杀千刀的!"沙观止瘸着腿猛追。

廖金头背着偷来的东西径直向他爬进来的墙段跑去,沙观止一枪打碎了他跟前的一块墙砖,廖金头魂飞天外,扔了东西开始抓墙,沙观止一把拖住了他的腿。

"老爷子,我跟您可没深仇大恨。"

"老子杀定你了!"

那双炽烧到疯狂的眼睛让廖金头不敢再看,他在墙头上抓了块砖头拍在沙观止头上,沙观止松手,廖金头照墙那边摔了过去。

沙观止爬了起来,无处宣泄的怨愤不仅让他撑住了那一砸,而且翻墙的动作几近利索,看起来他打算追到天涯海角。

廖金头狂奔,又一枪贴着他身边划过,他一边跑一边大叫:"抓汉奸!杀汉奸呀!他是沙门的大阿爷沙观止!"

沙观止又紧赶了几步,忽然发现身后的人在冲他聚拢,他回身,冲人群威胁地挥着枪,"你们懂什么?走开!老子在清理门户!"

打头的人走了过来,一个阴郁的汉子,身上扎着孝布,"您就是我们久仰大名的沙老爷子?"

"行不改名坐不改姓……"他看着人群向他逼近,"怎么着?"他仍拿枪对着,可围过来的每一个人都燃着像他一样的仇恨,却不像他那么疯狂,这种忍耐和压抑让他心惊。他终于软了手,回头看看廖金头,廖金头嘿嘿笑着正要开溜,沙观止气极地一枪打了过去,他对自己的枪法已经完全绝望了,廖金头却惨叫了一声,捂住了大腿一头栽倒。

背后伸过来的一个拳头砸在沙观止肩上,他跑,被从门洞里伸出的一根棍子绊倒,更多的拳头和棍棒打了过来。沙观止胡开了一枪,人群稍退,他头晕眼花地爬起,重伤的廖金头正挣扎着爬进一家民宅。

沙观止红着眼睛将枪口向人群乱挥了几下,借着这暂时的威慑赶进那家民宅,人群立刻将窄小的院门围上了。

这是一座被烧通了的民宅,根本没有人,院里有几个坟堆,插着一串纸钱。

沙观止进来,听着外边人声喧哗,擦了擦糊住眼睛的血渍,他只剩下一个念头,把那个姓廖的家伙找出来杀掉。

他用不着费什么心,大摊的血迹标明了廖金头的去向。廖金头从坟堆后爬了出来,他被沙观止的开花弹打中了动脉,那种流血根本不可能止住。

"老爷子,我错了,我该死,求您,救我……"

看着那个人的哀怜,看着院里的凄零寥落,沙观止烧通天的怒火忽然歇止下来,他在廖金头身边坐下,"你该死,我也该死,我就该早早把大门一关来个一枪一个的,从六野打头,到我这闭门清修的老浑蛋截止……就留下一个小四,"想起他的侄子,沙观止便止不住微笑,"小四小四,那女娃娃多好呀,我真想你们有个孩子。"

廖金头抽搐了一下,在沙观止身边死去了,沙观止伸手给他阖上眼睛。几块石头从门外飞了进来,沙观止拿枪指着门,"别进来啦,让我一个人死。"

四道风拉着车在街头奔驰,他跑得爽利,敞开了衣襟露出了结实的胸膛和腹肌,浑身冒着热气。

满目疮痍的沽宁从身边一掠而过,多少有了点希望的沽宁也从身边一掠而过。他听见一个女孩俏皮的声音在耳边回响,各种的腔调变着法儿,时似怒,时似嗔,时撒娇,时认真,那种声音注定要萦绕他一世。

"四道风?四道风!四道风。四道风?!"

四道风大声地答应:"哎,听着呢。"

车座上的车夫迟疑地在空荡的巷子里找着跟四道风说话的对象。

他奔过巷道的迷宫,街巷从他身边纷错而过,每个闪过的巷口都给他带来高昕的只字片语,他爱的女孩已经与他爱的家乡融成了一体。

"我们两个,两个一起顶过这场战争。"

"我真的乐意为你做任何事情。"

"我真的觉得很幸福。"

"我是不懂什么快意恩仇的大事啦,就想跟小四一块待着。"

四道风冲过一个巷口,猛地停住了,身上热气蒸腾,眼里含着泪水,"我就要走啦!你跟我一块儿吗?"

没有人回答他,四道风却好像听见了什么,他乐了,"我是个傻瓜啦,早说了一块儿走的。我们约了一块儿私奔嘛,我这个傻瓜。"

他被人拉了拉袖子,四道风回头,车夫一脸迟疑的神情,"四哥,你还好吧?"

"好。"他的笑容无法退去,"小何说对了,我是个好狗运的浑蛋,能这样去想一个人。"

车夫根本不明白他说什么,往一边指了指,"四哥,那边……"

四道风抬头,看见民宅边拥着的一群人,正拿着棍棒和任何可做武器的东西在嚷嚷:"姓沙的老东西有枪。""被他打死一个了。""去叫几个兵来,就说是沽宁的头号汉奸沙观止。"

四道风立刻反应过来,他向人群冲过去,双手把住门不让别人进,"叔……"

轰的一声枪响,身后的人们都看见四道风的身子猛震了一下,然后他进了院,把门在身后合上。

坟堆边的沙观止惊骇莫名地瞪着四道风,四道风靠着房门,一道血渍在肚腹部迅速扩散,他脸白得吓人,对着沙观止苦笑了一下,"叔叔……"

"我……打到你啦?"

"没事、没事。"四道风看起来疲惫之极,"擦过去了。"

沙观止哭了出来,"小四小四,你又来看我啦?"

"是啊,我来看叔叔。"

"小四,叔叔正在想,叔叔要陪你一块儿打鬼子,你该多开心啊。"

"不打啦,打完啦,我来陪叔叔回家。"

"家没啦,被鬼子杀光啦,叔叔没地方可去啦。"

"没事的,病鬼跟我说中国大得很,别光想着沽宁。"

院子里有条破布,他捡起来在自己肚腹上用力绑上,沙观止呆滞地看着。

门开了,扶着沙观止出来的四道风让人们后退,四道风看了看周围,"我是四道风,我叔叔跟我走。"

他的威望让人对此没有异议,人们更关注的是他本身。车夫问:"四哥,刚才那枪……"

"没打着。"他说,他搀着沙观止离开,人们下意识地跟着。四道风停住了,"我要走了,别跟着。你们好好过吧,乡里乡亲。"

人们站住了,四道风走开,他的步子已经见了蹒跚,他和那个半痴呆的老头子已经不知道是谁搀着谁。

夏末的旷野快被野花和野草覆盖,正像四道风说的,死的人太多,让野生的花草都空前茂盛。

四道风和沙观止走来,眼前的旷野延伸得无边无际,让沙观止都觉得茫然,"你要让我去哪儿呀,小四?"

"去哪儿都成啊,就是活下去。病鬼说活下去,你还有心愿未偿。小何说可别死,死是这辈子最后一门学问。龙乌鸦说撑着吧,谁知道你以后会多顶天立地。"

"你还真是越长见识啦。"

"可不,长得都有点累啦。叔叔你走吧,我要歇歇。"他在路边找了棵树,在树下的草地上坐下,沙观止木木地看着,"那我往哪儿走?"

"往前走,人总不能倒退着走。"

沙观止甚觉有理地点点头,他向前走去。

"叔叔。"

沙观止回头,四道风正心满意足地抚弄着身边的一棵雏菊,"小昕特别喜欢这里的野花。"

"你们总是没个正形。"沙观止机械地说。

"走吧,叔叔。"

沙观止就走,走了一段路回头,四道风靠着树,好像睡了过去。

"你不会死吧?"他声音很小,但四道风似乎听见了,他无力地向沙观止抬手挥了挥,于是沙观止走向无穷尽之处。

地平线上有一辆黄包车,那位车夫拉着欧阳过来,欧阳离老远就看见了四道风。

车停了,欧阳拄着他的拐棍,尽最大速度赶了过来,脸上是又好气又好笑的表情,"你是浑蛋!所有人为你急得发疯!你却在这里睡觉!"

四道风仍然睡着,心满意足凝固在他脸上。

"我知道你想什么,吓人玩,起来吧,阴谋败露啦!"他在四道风身边吃力地跪下,他已经觉察到了什么,但人对发生得太突然的事情总是不愿意认可,"我知道你怕痒痒的,没耐性的人都怕,你最近长了点出息,可还是怕。"他一只手作势,晃了两下挠上四道风的肚子,然后把手抬了起来,看看手上的血,一瞬间欧阳的表情有些僵滞,他去摸了摸四道风的心跳,然后看了四道风很久,"我知道你离不开也忘不掉,我逼你离开逼你忘掉,我一直逼你,可不用这样搞我吧?"

在他看来四道风脸上简直带点揶揄,一副熟悉的你能奈我何的神情。

"老四老四,胜利了,我说出来你别笑,你们都不在了,这叫个什么胜利?我跟老赵说,让他蹦跶让他浑,总有一天他会成为一个出色的共党分子,不,我说这话是小瞧他了,他会成为一个多么出色的人……"

欧阳终于哭了出来,他在苦泣中晕了过去。

6

欧阳醒来,屋里昏灯如豆,他看着屋里的一个人影,看了半天认出是何莫修。

"老四……?"

何莫修的表情很僵滞,基本是个恸极的生挺,于是欧阳知道一切皆非虚妄,他往后倒在床上。

"六品找回来了。"何莫修说。

"哦。"欧阳不大关心,他现在没力气去关心别的。

"带着孩子,你的女儿。"

欧阳怔了一会儿,他终于明白何莫修试图用一件喜事来冲淡他的悲伤。

"全福抱着,我们谁都不让抱,我们都说,第一个抱她的人应该是她爸爸。"

欧阳点了点头,他忽然有了活气,何莫修扶他起来,欧阳笑了笑,"如果老四在一定会跟我抢,他会说'我是她干爸爸'。"

何莫修不语,默默地帮他穿着鞋子。

六品僵硬地站在院里,身边站着龙妈妈和全福,院子里的人在等待欧阳,他们脸上都有一个共同的特征,死者已经深深刻在他们脸上。

欧阳出来,他几乎是从全福手上抢过了孩子,不过抢得很轻柔。赵老大和邮差不安地交换着眼神。

"她、她……"欧阳有些不知所措,"她还好吗?"

全福红着眼睛,"还好。原来是小姐不离手,小姐……走了,老爷就不离手。"

"高会长还好吧?"

"他不愿意出来,他不想见人了。"

欧阳不知道说什么好,他看别人,又看看抱在怀里的孩子,脸上交织着伤感和喜悦,他情不自禁念出了声:"小可爱,小女孩,爸爸妈妈的小乖乖,哎哟,你的妈妈怎么还不来?"

他的幸福传染了所有人,除了赵老大和邮差,所有人都有种苦中作乐的表情,那两位是越发的苦涩。

何莫修说:"她可还没名字呢,你这名字也想了太久了。"

"她叫思风,狂风大作的风。"欧阳毫不犹豫地说。

何莫修抗议,"女孩叫这样的名字太刚硬了。"

"他那干爸爸会高兴的,会说你够仗义。"他基本不容辩驳,可孩子开始哭起来,似乎抗议。

"这是要尿了。"全福说。

欧阳闪开全福伸过来帮忙的手,"我来,总得帮她把第一泡尿吧。"

他笨手笨脚地解着尿布,赧然地看看其他人,走到院角把尿,一会儿还没有,欧阳看了看,他转过脸,一种如坠云雾的表情,"怎么……怎么……怎么是个男孩?"

赵老大沉痛地说:"欧阳同志,我得说,思枫同志她已经……去世了,在去求援的路上。"

邮差也红了眼,"饥荒、战乱,孩子出生不久就……"他摇了摇头,"她妈妈也在产期中受了重损,她是强撑着来到沽宁,并且不让我们告诉你。她说你伤得更重,而你是靠希望活着的。这孩子是捡来的,从一个被鬼子屠尽的村子,他爸妈都死了,思枫同志说你知道有个孩子……"

赵老大吁了口气,"你的妻子很爱你……不,这根本不需要我来告诉你。她最后一句话是说'我们全家都活在你身上了',所以你……"

"要保重。"欧阳木然地说。

邮差僵硬地点了点头,"两人都葬在我们离开的必经之路上,回头可以去看她们,小树林,很幽静……"

"没关系,我见过她们了,两个都见过。"他的神情像梦游,那尤其让人担心。

赵老大正想说什么,欧阳接着说:"我希望老四坚强地活下去,你们希望我坚强地活下去,又不知道谁希望你们坚强地活下去,就是这样,我们都会尽力。"

赵老大苦笑,他伸出手,"这孩子给我……"

欧阳闪开了,"不,这是我的孩子,我妻子和我的孩子。"他笑得像哭,"他叫思风。思枫的思,四道风的风,这样我就有了……有了……有了两个人……不……三个人……一群人……一群人的回忆,我就有了……有了……"他干张着嘴,说不下去,每个人都能听见他大口地呼吸。

"对不起,小何,帮我抱着,我得……我得……"他把孩子交到何莫修身上,慌乱地看了看所有人,"别担心我,我能理解,非常……非常……理解,是的,理解。"

他语无伦次地唠叨完,做了个手势,慌乱地回到屋里,僵硬地躺倒在床上,无声恸哭。

许久,唐真进来,"军师。"

"出去吧,出去。"欧阳竭力让自己平静下来。

"大家都睡了,明天要远行。"

"我也睡会儿,出去吧,请。"

"欧阳。"

欧阳因这个称呼愣了一下,唐真从来不这么叫他,而且这语气唤起他某个记忆,思枫叫他总是这种语气,带点亲昵和慵懒。

"我不会叫你做老师的,老师不会教他的学生打仗。"

"对。"

"你妻子总这么叫你。"

"是。"

唐真在他身边坐了下来,握过他一只扎满绷带的手轻抚,毫不掩饰地带着男女之情。

"不要这样,绝对不要。"欧阳说。

"我爱你,从鬼子没来的时候,直到现在。"

"乱用汉字。"

"生里死里,跟了你这么多年,这字我懂。"

"是的,你懂,但是不要。"欧阳看看唐真的神情,她像以前一样,充满着执拗和决心,甚至比以前更过。

"你们明天就走了,可我不跟你们走。"

"我不知道。"

"本来是想跟着的,可为一座城市打了这么些年,后来就离不开它了。"

"我有同感。"

唐真在他身边躺下,将他的一只手拉到自己头上,轻抚着自己的头发。

欧阳闭上了眼睛,光线不好的小屋,很窄很硬的床,一个女人的身体,一切让他觉得如此熟悉,如同梦境。

"思枫。"

"我叫唐真。"

"对不起。"

"你在学校里教学生做人没有终点,人生没有穷尽,打仗的时候你也一直教大家明白这个。"

"是的,你说得对。无穷,也无尽。"他又开始恸哭,哭得让他这个自认坚强的人都觉得不好意思,"对不起。等一会儿,等一会儿就好。"

唐真怜惜地轻抚着他,"没关系,我会等着。"

欧阳又哭了一会儿,"再等一会儿,一会儿就好。"

唐真轻轻叹了口气,"好好哭吧,天就快亮啦,我可怜的欧阳。"

于是欧阳抱紧了她痛哭。哭声在小屋里回荡,穿透门板,消失于黑夜之中。

黑暗中,高三宝坐在自己的藏宝室里,外边做遮掩的立柜早不见了,他的珍藏早已空了,连他的家也早就毁了,没有完好的门,没有完好的床,屋里仅存搬不走的家具也被打烂烧掉,偌大的空间里全是只能扔掉的垃圾。

高三宝神情呆滞,他看起来已经打算坐死在这间密室里。

巷子里忽然回旋起高三宝多年没听到的胡琴声,那多少给了高三宝一丝活气,他蹒跚到窗边,一个佝偻的身影拉着胡琴从巷子里走过,那像极了在日军占领当天去世的二胡艺人罗非烟。

"罗老!"

人影没有回应,只是缓步走过,高三宝急急追赶,神情似乎着了魔。他下楼,小跑过残物横陈的大厅,来到自家门口。

"罗老!我什么都没了!你把我带走吧!"

拉琴者已经去得只剩一个远影,高三宝奋步急追,在巷里碰上了全福。

"老爷您……"

高三宝急急地说:"我走了。全福,你回家吧。"

全福往他追赶的方向看了一眼,吓得几乎瘫掉,"老爷,他死了快八年啦!"

高三宝置若罔闻,追赶着长巷里的那个琴声。

7

欧阳被院里的嘈杂声惊醒,他仍保持着昨晚的那个姿势,只有臂弯里的一根头发说明昨晚他曾在一个女人怀里痛哭过。

院里的声音更大了,还加上了摔砸声。欧阳起身,向院里走去。

院里站了几个陌生人,他们一脸的诧异和难堪,何莫修正在奔窜闪避,虽然并没人追他。

赵老大向欧阳走来,"他们是……"

"老子才不跟他们走呢!话说在这里,就算你们把老子绑了,老子也会逃走!"何莫修又摔东西,反正都是破烂,再摔也不过是更破。

赵老大苦笑,"老四虽然走了,可我们每个人都传染了他的性子。"

"小何……"欧阳叫了他一声。

"滚一边去！开口就要哄人！谁来哄你呀？你自己知道,这哄得好吗？"

"小何！"

何莫修哭了起来,"都不是的。我离不开你们呀,我爱小昕爱了八年,我跟老四刚成了哥们,我把最宝贵的时间都浪费在你们身上,我说不浪费,值,跟你们这几年等于我做八辈子研究,你们一脚就把我踢啦……"

欧阳走过去轻抚他,"小何,你的心灵比我们丰富得多,你不是需要我来解释的人。"

"我知道,你们为了现在使劲,我得为了将来使劲。"他悲痛地说,"我不会逃的。"

欧阳露出一丝苦涩的笑纹。

"我还能见到你们吗？"

"当然会。你答应我女儿……"他茫然了一会儿,"……答应我儿子的礼物是什么？把你的学识教给他。"

陌生人中的一个走了过来,"得赶紧了,根据地很远,路上也不太平。"

欧阳点点头,"可以走了,他和我们一样,连行李都不会有。"

何莫修仍悲切,但还是起身和那几个人走上出门的路,他没勇气再回头。

"好好照顾他。"欧阳向陌生人嘱托。

陌生人坚定地说:"我们会照顾他,用我们的生命。"

何莫修被针刺一样叫了起来,"用什么都好！不要用你们的生命！"

这是他留下的最后一句话,欧阳看着他和那几个陌生人消失在院门外,他转身,疲惫地看看赵老大,赵老大迎着他的目光,"我们也该走了。"

"走吧。"

"有些变化。"

"我知道,唐真。"

"她和八斤都会留下,沽宁总得有我们的同志。"

"很好。"欧阳说。

"六品也不走,他要回家。"

"窦村？是的,他在认识我们之前就有了家。"

离别在即,人们都沉默着,没有人愿意再说话。

送别只能送到郊外。郊外有开不败的野花,花丛中有一些坟墓。

欧阳拍了拍六品宽厚的肩膀,"我们暂时不会回来了,来沽宁时帮我们扫扫墓,老四、小昕、龙乌鸦……我不想去数了,所有人。"

"龙乌鸦又没死,他是出去野去啦。"六品说。

欧阳苦笑,"是的,我同意。他就是那么个不甘寂寞的家伙。"他回身,从唐真手上接过孩子,唐真帮他把孩子缚在胸前。

"谢谢。"

他那声谢谢显然不光为眼前这点小活的,是为了有人陪他挨过人生中最难挨的一夜,唐真看着他,眼光旁若无人毫不忌讳,"你说暂时不回来,暂时是多久?"

欧阳挠头,八斤有点寥落地看着脚下的地皮,赵老大和邮差忽然对天空很有兴趣。

"很久。"欧阳说。

"十年算很久吗?我现在二十七,我等十年。"

欧阳吓了一跳,"兴许三两年我就回来,可你别等着。"

唐真眼里掠过一丝胜利的神情,"我是唐真,不是别人。我不会等人太久,我会找过去。"

欧阳狼狈地说:"这就出发吧,六品你保重。"他看八斤而不敢看唐真,"还有你们……"

他的声音被六品的惊呼打断了,旷野上,龙妈妈拄着拐棍赶了过来,她走到目瞪口呆的六品身边,拐棍立刻往六品身上招呼,六品狼狈地护着,并不闪躲。

"六品六品,脏仔死了你不告诉我!你还偷溜!你还跟脏仔学,你走都偷着溜……"她老泪纵横,六品瞧得心痛,那种心痛不是装的,"文章没事呀!他走了,穿很帅的军装,当很大的官……"

"我是他妈!你们这帮做儿子的,以为连死都瞒得过自己妈吗?你还偷溜,一溜就是三五年……"

"我是回窦村,我答应文章照顾您的,我们村房子都烧光了,我总得盖好房再来接您吧?"

"你们不知道当妈的,儿子在哪哪就是个家?"

六品跪了下来,龙妈妈又打了两下也就不打了。其他人在旁边看着,他们无法插手,也无需对一对抱在一起的母子插手。

再怎么依依不舍,终归还要离别。他们各自向着自己的目标,坚定地去了。

六品背着龙妈妈在旷野上大步流星,夏末的和风吹掉了他的悲伤。

"夏天快完了,妈。"

"秋天好啊。"

"我们村到这时就该收稻子了,妈。"

"种点蔬菜吧。"

这对母子看来会絮语整个行程。

欧阳、赵老大、邮差和海螃蟹几个在路上走着,欧阳下意识地哄弄着怀里的孩子,又回头看看和他们分开的朋友们,唐真和八斤在回沽宁城,六品和龙妈妈往另一个方向。他再看一眼沽宁,沽宁已经只是一个模糊的轮廓了。

在这模糊轮廓的一所破院子里,罗非雨正忙活着放开两张破凳,又在中间放上一碗洗净的秋海棠,然后对屋里嚷嚷:"老爷子,该吃饭了,今天有邻居送的秋海棠,新打的!"

屋里很热情地应和了一声,高三宝出来,他的破衣烂衫与罗非雨如出一辙,但却显得很适意。

"这不没好吗?饭前你先给我拉个什么吧。"高三宝笑眯眯地说。

罗非雨很乐意地坐下,他拿起了二胡,"拉什么?"

"你爱拉,我就爱听。"

罗非雨试了个拉拉杂杂的音,院里起了点风,一股有点捣乱的小旋风卷起几片落叶,一点灰尘,在院里旋啊旋的,一刻不得安分。

高三宝很有兴致地指着那风,笑,"四道风。"

罗非雨笑笑,开始拉他的二胡,琴声缭绕于沽宁的巷陌纵横,久久不绝。

附录一

导演孔笙答问录

问：如何从摄影师走上导演的道路？

答：我是摄影出身，从没有刻意做导演。初次做导演是救别人的急，结果彻底走上导演的道路。至今，对摄影依然有感情，听从分配是选择做导演的主要原因。既然选择了就要愉快地接受，一直走到今天。

问：对编剧兰晓龙的评价？

答：兰晓龙字里行间都充满才气。他与导演之间有一种默契，与观众的观点往往不谋而合，这没有让他失掉个人风格，反倒让他独树一帜。生活中的兰晓龙和兰晓龙的作品有相似之处。比如欧阳的嘴，四道风的内心，都非常相似。反倒龙文章和兰晓龙不像。何莫修是编造得很完整的角色，也不像兰晓龙。

问：导演像剧中哪个人物？

答：我女儿像高昕。

问：那孔导就是高三宝？

答：……

问：《生死线》在拍摄上遇到过什么样的难题？

答：文字上的描述可以让你想象，可用想象来还原文字上的描述，很困难。阅读上的快感和镜头里的淋漓尽致，没有一个准确的平衡点，表现起来自然受限制。拍摄周期、技术都有矛盾。梦想变成现实总有不足，起码我们在努力，努力就是愉快的。

《生死线》的台词很长，近似话剧对白。虽然非常有感染力也深入人心，观众会不会接受，这个很难讲。廖凡处理欧阳山川的台词一字不差，我尊重编剧也尊重演员的表现。后期因为各方面的意见和需要，不得不删减。比如欧阳和赵老大第一次见面的戏，欧阳朝赵老大说出理想，憧憬的神态都很真实，十足的热血青年。那是一个不轻易看见的欧阳，也是一个不能够表露的欧阳。很可惜。

问：《生死线》里除了四个主要人物，还有哪些人物比较有意思？

答：兰晓龙是很乐意为小人物加彩的编剧，他在意每个人物，给每个人物设置了性格和功能。有点像游戏里的人物设置。你可以把这个故事看成游戏，这个故事会更立体。《生死线》这个游戏里,有战术有规则有限制,但你要过关斩将,取得胜利或者迎接失败。晓龙的本子,拍起来是有难度,可是玩游戏玩的就是难度。难度是有味道的,我干吗要改简单了?

问: 导演你也玩游戏啊?

答: 我也玩游戏,手笨,玩不了反应快的,我就玩点战略游戏。有一次,他们要往我电脑里放东西,空间不够,他们说,导演,是不是把游戏给你删了。我说,谁敢?我知道我现在没时间玩,那我也得放在那儿,我想着是个安慰。

问: 兰晓龙的爱情戏是不是有缺陷?或者说兰晓龙不适合写爱情戏?

答: 不能说适不适合,想写,有必要写就会写好。这个戏的重点在四个男人身上,爱情是一小部分。不过说到《生死线》里的爱情,最遗憾的是思枫,演员吕夏和思枫这个人物比较贴合,如果能再多一点点情感戏就更好了。你看,高昕、四道风和何莫修的爱情就很完整。所以说,兰晓龙的爱情戏不是有缺陷,而是创作剧本的方向使然。

问: 结尾人物的生、死是不是太突兀了?

答: 思枫的死是偶然,但有情理。那个时代的离别都是很偶然的,没有电话、没有短信、没有电子邮件,没有飞机快递跑腿。可能知道那个死是十几二十年之后的事情,有的一辈子也不知道对方是生是死。还有剧中沙观止的离开,不亲眼看到四道风的死,其实给人物留白留得非常高级。一个打打杀杀的黑帮老大,瞬间成为年迈的老人走在苍茫的大野地里,有它独特的意境。

问: 后期制作遇到什么样的难题?

答: 剪辑的时候就发现很多人物的行为和很多事件的设置都太严谨了。你想动一条路线,又会发现暗含的设计,根本动不了。漏掉一点儿就漏掉一串儿,就跟拆定时炸弹似的。晓龙的本子就是一连串的定时炸弹。有时候,反馈意见让我们做修改,我们修改不了,只能想其他方法来解决。

问: 演员与剧中人物反差大吗?

答: 肯定有反差。戏里戏外不可能完全一样。高三宝这个人物给了我很大惊喜,我们没有太多沟通,因为倪大宏是值得信赖的演员,他有他对人物的独立理解,他知道如何能做得很好。他绝对是个看点。日本军人基本上全部是日本演员,他们演绎的日本军人性格不一,而且都特别有想法,特别认真。你看那个三浦演的伊达,他洗不上澡的时候,一身泥,那份怒气,那时候他简直都是反战的。他是个残暴的侵略者,可是平时带着不可救药的盲目乐观。徐成峰演的长谷川,那就是阴沉,可你用不着说他深刻,他就是沐猴而冠的深刻,深刻的沐猴而冠。

问: 以前就想好要和兰晓龙合作吗?

答: 没有。剧本、作者、选定的演员都是突然而至。只能说是命运关照。

2009 年 9 月 16 日

附录二

大概还会虐下去

我被勒令写下这篇没人要看的文字,并请求把它放在最后。因为个人的恶习是看完正文便绝不看作者的叽歪,实际上在某些难堪加无奈的特定环境下它们很容易被撕下来派别的用场——这时候,请撕我吧,别撕孔笙,他可是我所认识的唯一一个里外如一的真君子,值得爱惜。

其实有很多书是应该在后边留几张白纸的,方便不满意的读者写下很多咒骂的话——譬如这本。当然,最好不要留下地址方便读者把它寄给作者。

照常的,我是胡说八道之后便觉得可以收工,譬如这次——但这次被勒令的乃是一千字……似乎不正经一下说不过去。

好吧,谨为此书洋洋洒洒数十万并不精美的文字、向看了它的人们道歉。因为它其实只是个戴着小说面具的电视剧本。我觉得我似乎知道什么是小说的,就如虽不吃猪蹄髈总也看过它壮硕的小腿,但我确实在目今三十六年的贫瘠生涯中从未写过类似小说的文字——做学生时也许写过那么几千字,但批作业的老师却确凿是带的散文课,并且无一例外地会给妄图小说化的散文作者一个最低分。

好吧,有些人对最低分先天里便有抗体,于是活下来了,并以戏剧工作者的身份在骚扰电视剧,于是有个人妄图在这里向你们解释剧本是完全为了表演和拍摄所做的文字,说白了,这家伙码字时压根不会去想读者或者自己,想的是怎么个调度,这台词如何说,机位大概在哪,某处的景地如何使用,甚至某影厂的枪械价廉物美……嗯,几乎是个账房,而你们看到的是……一个相对文学化的账本。

嗯,后来我学会了别要求太高,但尽量做好。

现在我又发现,如果忙于解释的话,是可以轻易凑足千字的,这样就不用去扯这个账本里也不知道存在与否的意义了。那便继续解释。

同名电视剧正值播出,又斩获哭骂一片,丰沛到快忘了看这戏也有笑的时候,总之是为什么要让人物都死了,而活下来的还惨过死去的,因此我知道了我一向的码字思路:一个字,谓之"虐"。

巴利在他的《彼得·潘》中说，当一个孩子自以为长大成人，说我不再相信小仙子时，就有一个小仙子死去。手指大的小玩意，生着晶莹剔透的翅膀，从她的小心脏里开始粉碎，然后整个化为星尘。

因为她不再被人相信。

我见了太多这样的老人，在昨天为了今天，付出了一个人能交付出来的最大代价，而今天对他们说着相信，却基本是把他们弃绝于今天之外。

这样的相信有点口是心非。

于是这里的剧中人也只好随之一块死去。哦，并非殉葬或是纪念，只好通过这种方式来让人为时已晚地记住他们，其实无关乎戏，亦无关乎剧中之人，无关乎社会公益。谁把历史喻为车轮来着？就是说它会一次一次地辗过一个原点，而我很不想回到一九三八年的沽宁——或任何真实存在过却有类似参照的时空。

甚至无关乎老人们的现世和本身，因为他们绝大多数已经确确实实地成为了昨天，只是有个当年总把散文跑调成小说类似体的家伙，虽然今天成了个账房，却仍然妄图靠浮躁的电视剧维系住这样一丁点的存在。

希望最后一个小仙子不要死去。

于是只要有万分之一乃至十万分之一的心脏里仍存留着那些沟壑之面混沌之眼的小仙子，某账房大概还会这样虐将下去。

2009 年 10 月 12 日
兰晓龙

附录三

> 我虽然是一个参与者，对每一场戏的剧本都很熟悉，但是也能够完全抛开，越到后面，越会为剧中人物的命运而担忧，很想看到每个人物到底会怎么样，会走向哪儿。

关于欧阳山川

他的信仰和坚韧，是不能不让人惊叹的神话。
原来，他只是一个失去了很多的男人。
即使是那样痛彻心肺的哭泣，他也仅仅给了自己一个晚上的时间。

——等着看神仙

老天好像一直在对他狞笑。他执着，就给他最挫折；他坚强，就给他最痛苦；他乐观，就给他最绝望；让他看一夜星光，就要给他一万年的黑暗。

——蒋小乙

我是四道风，四海为家的四，
不讲道理的道，狂风大作的风！
鬼子来了，叔叔不笑了，沙门的门关上了，
城外的守备军殁了，兄弟相继死去……我们不再沉默，
拉起了一杆旗也叫四道风！
我总在问"死不去的"为什么打？问了七年，我不再问了，
因为我知道了，打完了是要有个家回！
我是沽宁的孩子，吃百家饭长大的孩子！这里有他，
有她……和我所有的记忆！我舍不得走！所以我选择留下！
起风了！别怕！那是我在和你们玩呢！

关于四道风

超级爱看他和欧阳抬杠，每次被欧阳气到内伤，又一副倔样，太可爱了！！
——恋云儿

爱替人出头的鲁莽侠士，欺硬怕软，字典里只有兄弟、仗义的字眼，历史逼他拿起了枪，再也没有放下。
他与生俱来的活力让他在这样不屈服的斗争中如鱼得水。
——等着看神仙

四道风的不羁与洒脱，还有孩子般的天真是这个靡靡时代女性的劫数。
——北燕南楚

真是可惜龙门无后，要不怎么也能出
几个奥运射击冠军。
　　我和我追逐的乌鸦一起经历了生与死
的考验，无论是戏中的八年坚守
还是戏外的一百七十天全情出演，
　　我至今都难以释怀。那两个寓意相反
却又紧密相关的字深深嵌入心间，
他她它和我在一个战线的时光飞逝而去，
留下的是记忆是友谊是不变的坚持。
所以，一二三唱，
　　"永远守在你的天空……"

关于龙文章

　　龙文章。龙乌鸦。我猜到了你故事的过程，却猜不到是这样的结局。
　　如果这就是最后的结局，我宁愿想象你已经与华盛顿吴并肩而走，然后在某年某月某个不经意间，又被龙妈妈寻得。

——等着看神仙

　　其实相比张立宪，龙文章才是真正的青春残酷物语呀。

——1982 水中月

　　在龙文章短暂的一生中，他做了两道选择题，有意思的是，他都选择跟随这个小团体。第一道题让他成长，第二道题让他真正成熟。龙文章是最矛盾的一个，他的人性时时刻刻在与他的荣誉感做着殊死的斗争。

——北燕南楚

那一day，you微笑着go to了天国。
那微笑是me的发明，却不是为me而微。自然，也不是为he而微，I know that!
you微的是me的祖国，微的是us的胜利！
But, I have懊悔也，当I单膝跪在你冰冷的墓穴前，第一句话应该对你说：猜猜我是谁……捧上花束，我该说：你知道什么是……最好的季节对于花儿来说……
不用猜，你也知道我是谁。
不用花，你也知道我爱谁。
我是小何，我，爱，你……

关于何莫修

　　如果2009年只允许说一次美好，我会用它形容小何。

　　战争和苦难没有从他身上夺走任何东西，却让他的单纯里有了坚定，天真里有了勇敢，泪水里有了笑容，将他所有的品性历练成一种美好。

——等着看神仙

　　《生死线》中，欧阳是合生忘死，老四是悍不畏死，而小何是怕得要死，但仍然坚持。他是真正的游子，即便脚踏故土，依旧离家万里。

——蒋小乙

附录四

一种说法

《生死线》又叫《士兵突击》前传,讲述龙文章的前世今生

兰晓龙的军旅三部曲:《士兵突击》《我的团长我的团》《生死线》,据说有着剧情的连接。《生死线》中守备团的一个溃兵,顶了"狙击手"龙文章的名字,后来成了《我的团长我的团》中的假龙文章。而真正的龙文章所在的"团",即华盛顿吴带领的部队,参加了内战,后来被中国人民解放军收编,参加了著名的孟良崮战役,也就是《士兵突击》中"钢七连"的前身。

另一个结局

……于是,我强烈要求249(指代作者兰晓龙)给《生死线》人物以不同的结局。我说:"《生死线》是你几年前写的了,现在经过了一些时间,如果重新为他们设定结局……你会怎么写?不要告诉我还是一样的……在合理的范围内,你愿意的范围内,给出这些人物不一样的结局……其实,人生充满偶然,某一个点上不一样,也许就会不一样……试试看,那四个人……不一样的结局……"

开始的时候,249百般不情愿,他宁肯转换视角,从高三宝、沙观止甚至长谷川的眼睛看出去,事还是那些事,但完全不同。他觉得这个更有趣。但是备不住我使劲地使劲地撺掇:"随便地,天马行空地,不负责任地,想一下另外一种或几种可能性,多好玩呀!其实命运不一定只有一种可能嘛……"

如此来回拉锯N个回合,咱们的249终于拿他的《生死线》开玩,这个结局是在网上一句一句递来递去玩出来的。现整理如下:

首先,"龙文章,跟华盛顿跑啦,六品追着打,玩七擒孟获……"我大惊,"六品……他就一根筋啊!"他说:"对,就这样,否则就无趣成那种戏啦,还就得六品……嗯嗯,像张灵甫和廖耀湘一样……"我较真,"六品什么时候带的队伍泥?"他曰:"谁管丫啥时带的队呢……其实国军经常败于士气和怀疑之上,而非智谋之上……战争,不过是政治的延续。"

然后,"四道风,和高昕私奔啦,欧阳后来开着红旗车去看丫,丫不见,说家里没煤烧啦,欧阳就拿红旗车去拉蜂窝煤,还不见,说家没人卸煤,欧阳就卸,卸到脑病复发……那老小子又玩冒啦……"

那个时候的四道风,干上了公安,专门扫黑。高昕是小学老师,但是她的学生被沙观止组织成一个小沙门,人手一个弹弓子。高昕常常和沙观止争学生、抢地盘,搞得不可开交。欧阳去看他们的时候是正月,这帮小沙门门徒正和隔壁大院的孩子们用烟花爆竹干仗,热火朝天。隔壁是文化局院儿,比他们院儿有钱,火力更足,但是,他们院儿的人更擅长近身肉搏,所以,他们一冲过去,那边就潮水一般撤退(这个创意我们俩无耻地偷盗了孔导的童年经历。不过孔导那时候是文化局院儿的。在此,向孔导致意)。欧阳是和思枫吵翻以后,净身出户,离家出走。那时候他已经混到省上去了。他从家里逃走的时候充分发挥了当年躲敌特的技能，一儿一女连同老婆都没有抓到他。欧阳在四道风家因为卸煤而住院的时候，何莫修和龙文章在荒无人烟的沙漠里。那是晚上了，沙漠昼夜温差大，冷得要死，何莫修和龙文章哆哆嗦嗦往前走，边走边抽烟呢。天上撒了一天的星星，低得伸手就可以抓到一样，就像燃了一支大烟花。

何莫修在为祖国造原子弹，龙文章负责安保那一块儿。我就龙文章的政治背景是否可以去沙漠那块儿搞安保提出疑问，被249命令忽略。然后，我就何莫修是否恋爱结婚的问题八卦，249回曰："恋个毛，他被辐射阉了那是一定的。他和龙文章是同阉的交情……"我抗议："你太狠衾……拜托，这个稍微手软一点成不成……"这个抗议被他严词拒绝："NO！让李晨得瑟……龙文章干的是处长，龙处长最不能释怀的是，他妈的五四枪太短，做了处长又不能天天挂支56半乱串。其实龙文章的五四这时已经被何莫修改造成洲际射程了，一开枪就是国际问题……"然后，我比较关心女性人物的结局，要求她们出场，被躲闪着拒绝，我说："欧阳住院动手术，要签字呢……家属怎么也得出现一个吧……"

249说："思枫不出来了，省点演员钱……真对不起吕夏……沙家的出现，其他的全省演员钱……"我嚷嚷道："不许犯懒……就算不出现，要用台词交待！"249抵挡不住，说："她们……弄了个联谊会倾诉对这帮男人的不满之情呢，一直倾诉到本戏终……后来认定何莫修和龙文章是世界上最好的男人……"

"这个交代太让我抓狂了！我宁可你不交代！"

"这是个喜剧，喜剧。喜剧的第一要素不是笑，是用涂鸦来让太正经的世界偶尔也不那么正经……就这结尾不变，允许女士们快乐地埋怨男人们不行吗？这是247（指代兰夫人）生命中很重要的节目……经常搞到她的埋怨友们当了真……"

扯到这里的时候，我们快快活活地在网上挥手再见，我快快活活地坐下来整理这些胡说八道，快快活活地一行一行字敲下去，敲下去，敲着敲着——一阵心酸——我仿佛看到了那座城，沽宁，数历劫灰，如在目前，仿佛是一个人，遍身风尘，却，始终微微笑。是这一刻，我忽然愿意相信今天得到的这个颠覆版结局。啊，你相信吗？如果……你不肯信，那只是因为，只是因为——这里面没有你的渴望。

——撰文：盛放盛开

（本书附录中摘录了几位网友的文章，在此一并表示感谢。）